国家社科基金重大委托项目
"中国少数民族语言与文化研究"

中国社会科学院创新工程学术出版资助项目

中国社会科学院民俗学研究书系
中国少数民族语言与文化研究

朝戈金　主编

苗族古歌《瑟岗奈》传承研究

A Study on the Transmission of
the Miao Epic Song *Seib Gangx Neel*

罗丹阳　｜　著

中国社会科学出版社

图书在版编目（CIP）数据

苗族古歌《瑟岗奈》传承研究／罗丹阳著．—北京：中国社会科学
出版社，2019.4
（中国社会科学院民俗学研究书系）
ISBN 978-7-5203-2135-8

Ⅰ.①苗… Ⅱ.①罗… Ⅲ.①苗族—史诗—诗歌研究—中国
Ⅳ.①I207.22

中国版本图书馆 CIP 数据核字（2018）第 037827 号

出 版 人　赵剑英
责任编辑　张　林
特约编辑　张　虎
责任校对　冯英爽
责任印制　戴　宽

出　　版　中国社会科学出版社
社　　址　北京鼓楼西大街甲 158 号
邮　　编　100720
网　　址　http://www.csspw.cn
发 行 部　010 - 84083685
门 市 部　010 - 84029450
经　　销　新华书店及其他书店

印　　刷　北京明恒达印务有限公司
装　　订　廊坊市广阳区广增装订厂
版　　次　2019 年 4 月第 1 版
印　　次　2019 年 4 月第 1 次印刷

开　　本　710×1000　1/16
印　　张　29.5
插　　页　2
字　　数　485 千字
定　　价　128.00 元

总　序

　　自英国学者威廉·汤姆斯（W. J. Thomas）于19世纪中叶首创"民俗"（folk-lore）一词以来，国际民俗学形成了逾160年的学术传统。作为现代学科意义上的中国民俗学肇始于"五四"新文化运动，近百年来的发展几起几落，其中数度元气大伤。从20世纪80年代开始，这一学科方得以逐步恢复。近年来，随着国际社会和中国政府对非物质文化遗产（其学理依据正是民俗和民俗学）保护工作的重视和倡导，民俗学研究及其学术共同体在民族文化振兴和国家文化发展战略中，都正在发挥着越来越重要的作用。

　　中国社会科学院曾经是中国民俗学开拓者顾颉刚、容肇祖等人长期工作的机构，近年来又出现了一批较为活跃和有影响力的学者，他们大都处于学术黄金年龄，成果迭出，质量颇高，只是受学科分工和各研究所学术方向的制约，他们的研究成果没能形成规模效应。为了部分改变这种局面，经跨所民俗学者多次充分讨论，大家都迫切希望以"中国民俗学前沿研究"为主题，以系列出版物的方式，集中展示以我院学者为主的民俗学研究队伍的晚近学术成果。

　　这样一组著作，计划命名为"中国社会科学院民俗学研究书系"。

　　从内容方面说，这套书意在优先支持我院民俗学者就民俗学发展的重要问题进行深入讨论的成果，也特别鼓励田野研究报告、译著、论文集及珍贵资料辑刊等。经过大致摸底，我们计划近期先推出下面几类著作：优秀的专著和田野研究成果，具有前瞻性、创新性、代表性的民俗学译著，以及通过以书代刊的形式，每年选择优秀的论文结集出版。

　　那么，为什么要专门整合这样一套书呢？首先，从学科建设和发展的角度考虑，我们觉得，民俗学研究力量一直相对分散，未能充分形成集约效应，未能与平行学科保持有效而良好的互动，学界优秀的研究成果，也较少被本学科之外的学术领域所关注、进而引用和借鉴。其次，我国民俗学至今还没有一种学刊是国家级的或准国家级的核心刊物。全国社会科学刊物几乎都没有固定开设民俗学专栏或专题。与其他人文和社会科学的国家级学刊繁荣的情形相比较，学科刊物的缺失，极大地制约了民俗学研究成果的发表，限定了民俗学成果的宣传、推广和影响力的发挥，严重阻碍了民俗学科学术梯队的顺利建设。再者，如何与国际民俗学研究领域接轨，进而实现学术的本土化和研究范式的更新和转换，也是目前困扰学界的一大难题。因此，通过项目的组织运作，将欧美百年来民俗学研究学术史、经典著述、理论和方法乃至教学理念和典型教案引入我国，乃是引领国内相关学科发展方向的前瞻之举，必将产生深远影响。最后，近些年来，国内外非物质文化遗产保护工作的大力推进，也频频推动国家文化政策的制定和实施中的适时调整，这就需要民俗学提供相应的学理依据和实践检验，并随时就我国民俗文化资源应用方面的诸多弊端，给出批评和建议。

从工作思路的角度考虑，"中国社会科学院民俗学研究书系"着眼于国际、国内民俗学界的最新理论成果的整合、介绍、分析、评议和田野检验，集中推精品、推优品，有效地集合学术梯队，突破研究所和学科片的藩篱，强化学科发展的主导意识。

为期三年的第一期目标实现后，我们正着手实施二期规划，以利我院的民俗学研究实力和学科影响保持良好的增长势头，确保我院的民俗学传统在代际学者之间不断传承和光大。本套书系的撰稿人，主要来自民族文学研究所、文学研究所、世界宗教研究所和民族学与人类学研究所的民俗学者们。

在此，我代表该书系的编辑委员会，感谢中国社会科学院文史哲学部和院科研局对这个项目的支持，感谢"国家社科基金"以及"中国社会科学院哲学社会科学创新工程"。

朝戈金

目　录

第一章　苗族古歌的相关研究情况 ……………………………………（1）

　第一节　苗族古歌搜集和整理情况 …………………………………（2）

　　一　苗族古歌始兴于 20 世纪初 ……………………………………（3）

　　二　苗族古歌繁盛于 20 世纪 50—80 年代 ………………………（4）

　　三　苗族古歌 20 世纪 80 年代至今的搜集情况 …………………（8）

　第二节　被记述下来的苗族古歌传承人 …………………………（10）

　小结 …………………………………………………………………（36）

第二章　田野研究中的苗族古歌传承人 ………………………………（38）

　第一节　走进剑河：在田野中寻访文本背后的传承人 …………（40）

　　一　地方文化视野下的苗族古歌传承人 …………………………（41）

　　二　文化部门对传承人保护的情况 ………………………………（50）

　　三　寻访苗寨的古歌传承人 ………………………………………（53）

　第二节　转战台江：寻访苗族古歌的传承人 ……………………（67）

　　一　地方学者对传承人的保护和关注 ……………………………（68）

　　二　对施洞镇传承人的田野访谈 …………………………………（76）

　第三节　回到施秉：对田野选点地古歌传承人的重点

　　　　　寻访和关注 …………………………………………………（81）

　　一　双井村的地理文化环境 ………………………………………（81）

　　二　双井村的古歌传唱区域和婚姻圈 ……………………………（87）

　　三　对杨柳塘镇屯上村歌师的田野访谈 …………………………（92）

　小结 …………………………………………………………………（99）

第三章 苗族古歌《瑟岗奈》演述中的传承人 ·········· （101）

　第一节　关注"人"：四次演述事件中的传承人 ·········· （102）

　　一　切磋技艺：第一场古歌演述中的传承人 ·········· （103）

　　二　提高技艺：第二场古歌演述中的传承人 ·········· （112）

　　三　暗中比试：第三场古歌演述中的传承人 ·········· （117）

　　四　当面较量：第四场古歌演述中的传承人 ·········· （125）

　第二节　关注"事"：苗族古歌演述事件的田野观察 ·········· （129）

　　一　现场教学：对第一场古歌演述的田野观察 ·········· （130）

　　二　边唱边学：对第二场古歌演述的田野观察 ·········· （134）

　　三　唱答应和：对第三场古歌演述的田野观察 ·········· （139）

　　四　现场教徒：对第四场古歌演述的田野观察 ·········· （142）

　第三节　从演述中产生的文本《瑟岗奈》来分析古歌的

　　　　　传承境况 ·········· （147）

　　一　演唱形式："一问一答"到"自问自答" ·········· （150）

　　二　演述时"换歌师" ·········· （154）

　　三　从"男女对唱"到"男女合唱" ·········· （158）

　　四　歌师比试 ·········· （163）

　小结 ·········· （174）

第四章 苗族古歌传承人的传习活动素描 ·········· （176）

　第一节　双井村歌师和学徒对古歌的传承情况 ·········· （177）

　　一　水井边组（Eb Ment）情况 ·········· （178）

　　二　新寨组（Baot Jux）情况 ·········· （189）

　　三　老上组（Ned Haot）情况 ·········· （194）

　第二节　新寨与水井边歌师对古歌的传习活动之比照 ·········· （200）

　　一　歌师传习活动的缘起不同 ·········· （200）

　　二　歌师视学徒情况来"因材施教" ·········· （205）

　第三节　借助歌师的视角来探析苗族古歌的传承问题 ·········· （214）

　　一　从对歌师演唱内容的访谈经历看歌师传承的记忆模式 ··· （215）

　　二　歌师所总结的本土术语之"歌花"和"歌骨" ·········· （222）

　　三　歌师传习和演述中的"问"与"答" ·········· （239）

　小结 ·········· （254）

结　语　民族志写作与田野关系之思考 ……………………… （256）

参考文献 ……………………………………………………… （276）

附　录 ………………………………………………………… （285）

　　附录 1　黔东苗文转写规则,双井苗语中古歌相关词汇
　　　　　　苗汉文对照表 …………………………………… （285）

　　附录 2　2009 年 8 月 31 日双井村新寨组苗族歌师演述的
　　　　　　《瑟岗奈》文本(共 105 行) ……………………… （288）

　　附录 3　2009 年 9 月 1 日双井村新寨组苗族歌师演述的
　　　　　　《瑟岗奈》文本(共 203 行) ……………………… （296）

　　附录 4　2009 年 9 月 2 日双井村河边组苗族歌师演述的
　　　　　　《瑟岗奈》文本(共 162 行) ……………………… （310）

　　附录 5　2010 年 8 月 25 日双井村新寨组苗族歌师演述的
　　　　　　《瑟岗奈》文本(共 160 行) ……………………… （322）

　　附录 6　2011 年 2 月 18 日新寨歌师张老革教唱的古歌
　　　　　　《瑟岗奈》文本(共 108 行) ……………………… （333）

　　附录 7　2011 年 2 月 20 日水井边苗族歌师龙光杨教唱古歌
　　　　　　《瑟岗奈》的文本(共 216 行) …………………… （340）

　　附录 8　1990—1992 年龙林搜集的歌师龙和先唱的古歌
　　　　　　《瑟岗奈》文本(共 966 行) ……………………… （355）

　　附录 9　龙林搜集整理的新寨歌师张老革唱的古歌
　　　　　　《瑟岗奈》文本(共 282 行) ……………………… （416）

　　附录 10　对苗族古歌传承人的田野访谈(节选) ………… （435）

　　附录 11　苗族古歌传承人小传(节选) …………………… （446）

倾听古歌的声音(代跋)
　　——悼念双井村古歌传承人龙光祥老人 ……………… （450）

后　记 ………………………………………………………… （453）

图表目录

图目录

图 1—1 黔东南施秉县双井村龙林搜集的苗族古歌 …………………（10）

图 1—2 对苗族学者今旦的田野访谈 …………………………………（26）

图 2—1 对苗族学者吴培华（右）的田野访谈 ………………………（45）

图 2—2 对苗学会学者姜柏（中）的田野访谈 ………………………（47）

图 2—3 对知识型古歌传承人张昌学进行田野访谈 …………………（49）

图 2—4 就苗族古歌传承人的保护问题对剑河县
文化馆杨茂进行访谈 …………………………………………（51）

图 2—5 剑河县非物质文化遗产项目简介 ……………………………（51）

图 2—6 剑河县文化馆墙上悬挂的歌师照片资料 ……………………（52）

图 2—7 歌师罗发富居住地稿旁村阶九寨 ……………………………（54）

图 2—8 歌师刘榜桥等居住地展丰村 …………………………………（55）

图 2—9 对南寨乡柳富寨的歌师王松富进行田野访谈 ………………（56）

图 2—10 歌师张昌禄和妻子在自己家的屋外唱古歌 ………………（58）

图 2—11 剑河县岑松镇稿旁村歌师罗发富在接受田野访谈 ………（61）

图 2—12 展丰村的歌师刘榜桥（右）和罗仰高（左）
在接受田野访谈 ……………………………………………（64）

图 2—13 柳富寨歌师龙格雕（左）、王妮九与男歌手
王秀四等人在对歌 …………………………………………（66）

图 2—14 柳富寨歌师王秀四（左）在演述苗族古歌 ………………（67）

图 2—15 台江县文化馆保存的歌师照片资料 ………………………（70）

图 2—16 田野协力者杨村对张德成的田野访谈 ……………………（75）

图 2—17 在台江县施洞镇刘永洪家进行田野访谈 …………………（79）

图 2—18　双井镇政府驻地全景(照片提供者:

　　　　　田野协力者龙佳成)…………………………………………（82）

图 2—19　双井村村民举办婚礼的庆典场景 …………………………（82）

图 2—20　过"吃新节"时双井村村民围着观看"牛打架"的场景 ……（83）

图 2—21　在婚礼中敬酒的双井村苗族新娘和新郎 …………………（84）

图 2—22　双井村苗族婚礼中同一寨子上的村民

　　　　　给主人准备的贺礼 …………………………………………（84）

图 2—23　双井村苗族妇女的节日盛装 ………………………………（85）

图 2—24　双井村按照传统习俗着盛装前往水井边挑水的新娘 ……（86）

图 2—25　包着头帕戴着墨镜的苗族村民们在婚礼上尽情娱乐 ……（87）

图 2—26　办喜事时寨子上的村民在堂屋里传唱苗歌的情形 ………（88）

图 2—27　办喜事时寨子上的村民在屋外传唱苗歌的情形 …………（88）

图 2—28　在喜事上歌师准备唱古歌《运金运银》…………………（89）

图 2—29　双井村村民在庆贺喜事时集体跳舞踩鼓 …………………（90）

图 2—30　村寨中为小孩祈福而建造的"指路碑"…………………（91）

图 2—31　双井村的土地庙 ……………………………………………（92）

图 2—32　施秉县杨柳塘镇屯上村的村寨剪影 ………………………（93）

图 2—33　在施秉县杨柳塘镇对传承人进行田野访谈 ………………（94）

图 2—34　在杨柳塘对苗族古歌传承人进行田野访谈 ………………（94）

图 2—35　到杨柳塘歌师吴通胜家里进行拜访 ………………………（95）

图 2—36　2011 年 2 月 19 日歌师吴通胜、吴通祥传唱

　　　　　古歌《瑟岗奈》………………………………………………（96）

图 3—1　2009 年 8 月 31 日,苗族古歌《瑟岗奈》的传唱现场 ………（104）

图 3—2　第一场古歌《瑟岗奈》演述的室内方位图 …………………（105）

图 3—3　具有亲属关系的苗族古歌传承人 …………………………（111）

图 3—4　2009 年 9 月 1 日传唱古歌的歌师 …………………………（112）

图 3—5　第二场古歌《瑟岗奈》演述的室内方位图 …………………（113）

图 3—6　歌师龙光祥在参加寨子上过世老人的葬礼 ………………（115）

图 3—7　歌师龙光祥参加葬礼在酒席上唱古歌 ……………………（116）

图 3—8　龙明清(学徒)向歌师龙光祥请教古歌的唱法 …………（117）

图 3—9　四位歌师传唱《瑟岗奈》的情形 …………………………（118）

图 3—10　第三场古歌《瑟岗奈》演述的屋内方位图和

　　　　　观察位置 ……………………………………………（119）

图 3—11　龙光勋和老伴儿在家门口迎接我们 …………………（120）

图 3—12　对龙光勋夫妇的田野访谈 ……………………………（123）

图 3—13　对从田间劳作回来的歌师龙光基进行田野访谈 ……（124）

图 3—14　2010 年 8 月 25 日歌师演述古歌结束后的合影 ………（125）

图 3—15　第四场古歌《瑟岗奈》演述的室内方位图和

　　　　　观察位置 ……………………………………………（126）

图 3—16　演述开始前歌师们的准备工作 ………………………（132）

图 3—17　男歌师换上苗族服装准备演唱古歌 …………………（132）

图 3—18　龙光学在演述古歌的时候对学徒龙光林进行指导 …（133）

图 3—19　龙光祥对两位女歌师进行指点 ………………………（133）

图 3—20　2009 年 9 月 1 日晚上古歌传唱结束后歌师与

　　　　　受众的集体合影 ……………………………………（137）

图 3—21　歌师张老革和张老岔在商议古歌《瑟岗奈》的唱法 …（138）

图 3—22　歌师张老岔起身到对面去请教龙光祥怎么往下唱 …（138）

图 3—23　2009 年 9 月 2 日，歌师演述《瑟岗奈》的现场 …………（141）

图 3—24　第三场古歌演述开始前歌师换上了苗族服装 ………（145）

图 3—25　第四场古歌演述的休息时间歌师在吃西瓜 …………（146）

图 3—26　学徒龙耶清（左）认真聆听刘昌吉（右）的指点 ………（147）

图 3—27　协力者双井村龙林记录古歌《瑟岗奈》文本的稿纸 …（148）

图 3—28　第二场古歌演述时龙明富替换了龙光林 ……………（157）

图 3—29　女歌师刘远英和男歌师刘昌吉一起

　　　　　唱古歌《瑟岗奈》 ……………………………………（158）

图 3—30　歌师刘昌吉带着学徒龙耶清在唱古歌 ………………（159）

图 3—31　女歌师刘远英替换了男学徒龙耶清 …………………（161）

图 3—32　受众龙厅保和刘三妹在倾听古歌的传唱 ……………（172）

图 3—33　现场受众刘三妹游离于古歌的演述之外 ……………（173）

图 4—1　村民们在双井村水井边(Eb Ment)洗菜和洗衣服等 …（179）

图 4—2　从龙光基和潘灵芝的口述中了解歌师龙和先的情况 …（180）

图 4—3　张老两（左）教儿媳妇在苗衣上绣花 …………………（185）

图 4—4　张老两（中）在家中接受田野访谈 ……………………（186）

图4—5　对苗族古歌传承人万老秀(中)的田野访谈 …………(188)

图4—6　双井村新寨组的远景图 ………………………………(189)

图4—7　在龙林的协助下对歌师张老革(中)的田野访谈 ………(191)

图4—8　张老革(右)协助我和龙林进行古歌《瑟岗奈》
　　　　文本誊写 ……………………………………………(192)

图4—9　张老革在教刘三妹唱古歌的现场 ……………………(193)

图4—10　双井村老上组(Ned Haot)的地理位置 ………………(194)

图4—11　对苗族古歌传承人龙通祥(中)的田野访谈 …………(196)

图4—12　对苗族古歌传承人龙光捌(左一)的田野访谈 ………(198)

图4—13　张老革教唱古歌《瑟岗奈》的情形 …………………(201)

图4—14　2011年2月18日龙光杨老人教唱古歌的情形 ………(202)

图4—15　苗族古歌的传承人龙光杨(左)在教龙生银(右)
　　　　唱古歌《瑟岗奈》 …………………………………(208)

图4—16　学唱现场的四位女学徒:张老玉、龙妹、
　　　　张开花、杨胜菊(从左至右) ……………………(208)

图4—17　歌师潘灵芝(右)带着两位学徒
　　　　唱古歌《瑟岗奈》 …………………………………(209)

图4—18　歌师龙光杨(中)和潘灵芝(左)在切磋
　　　　古歌的演唱技法 …………………………………(210)

图4—19　我在张老革向张老积、龙厅保教歌的现场
　　　　进行田野访谈 ……………………………………(211)

图4—20　张老革教学徒张老积和龙厅保唱古歌《瑟岗奈》 …(212)

图4—21　龙厅保在认真记录歌师张老革刚教唱的古歌内容 …(213)

图4—22　歌师龙光祥等人在观看我所拍摄的
　　　　古歌《瑟岗奈》的演述过程 ………………………(214)

图4—23　张老革指出龙厅保唱的古歌所存在的问题 …………(234)

图4—24　张老革单独对张老积进行辅导 ………………………(236)

图结—1　田野调查中我居住在歌师龙光学老人家里 …………(259)

图结—2　歌师龙光祥(中)对我所拍摄的古歌《瑟岗奈》
　　　　进行点评 …………………………………………(262)

图结—3　第三场古歌演述时协力者龙佳成(左二)
　　　　在操作摄像机 ……………………………………(263)

图结—4　从门外对苗族古歌《瑟岗奈》的演述进行观察 …………（264）

图结—5　我和协力者在现场拍摄苗族古歌《瑟岗奈》的演述 ………（265）

图结—6　我在田野调查中与歌师龙光祥和龙光学

等人一起吃饭 ………………………………………（267）

图结—7　田野协议书 …………………………………………（269）

图结—8　歌师龙光祥、龙光学和过年回家的子孙们照的

全家福 …………………………………………………（271）

图结—9　我在村民家吃的"大锅饭" ………………………（272）

图结—10　龙林、龙佳成、刘三妹等人协助我整理古歌的文本 ……（272）

图结—11　我在田野中逐步与双井村歌师建立了良好的

田野关系 ………………………………………………（274）

图结—12　追寻着已过世歌师龙光祥老人的脚步继续前行 ………（275）

表目录

表1—1　《民间文学资料》对传承人的搜集和记录情况一览表 …—（14）

表1—2　田兵编选《苗族古歌》对演唱者搜集者的说明一览表 …（17）

表1—3　燕宝所编《苗族古歌》对演唱者、搜集者等记录一览表 …（18）

表1—4　燕宝所编《贵州省苗族歌谣选》对搜录情况的

记录一览表 ……………………………………………（19）

表1—5　《民间歌曲选集·苗族民歌》一书对演唱者、

收集者等进行说明 ……………………………………（21）

表1—6　《剑河苗族古歌·礼俗歌》中对演唱者、记录者等

情况的介绍说明 ………………………………………（22）

表1—7　《中国歌谣谚语提成·贵州省黔东南州台江县卷》

所提及的演唱者等信息 ………………………………（24）

表1—8　《苗人的灵魂——台江苗族文化空间》中所列举的

"苗族古歌主要传承人名单" …………………………（28）

表2—1　台江县文化馆记载的该县非物质文化遗产传承人的

基本信息 ………………………………………………（75）

表2—2　台江县施洞镇苗族古歌的歌师基本情况 ………………（80）

表4—1　苗族古歌传承人张老革的学徒 …………………………（193）

第 一 章

苗族古歌的相关研究情况

苗族古歌或史诗①具有较高的学术研究价值，涉及众多的学科领域。中外学者对苗族古歌的分析和研究由来已久，纵览中国民俗学、民间文艺学等学科领域，中国现代民俗学创始人之一的朱自清先生曾就中国古歌谣以及少数民族歌谣的产生和发展问题作过写实文字，根据他在 1929—1931 年间的讲稿整理出版的《中国歌谣》② 是五四以来研究我国民间文学较早的一部专著。钟敬文在《民俗学概论》《民间文学概论》等教程中对苗族古歌作了评价，③ 马学良对他和今旦搜集的苗族古歌④进行了苗语教学的研究，并对该书的学科价值给予高度评价。马学良称赞苗族古歌是

---

① 在"苗族古歌"（史诗）术语的苗语注音问题上，有不同的称谓。《苗汉词典》（1990）收有 Hxak lul 一词，解释为"古歌"。《汉苗辞典》（黔东方言）（1992）收有 Hxak lul 一词，解释是"古诗"。马学良、今旦译注的《苗族史诗》（1983）出版时，封面上的苗文是 Hxak Hmub，燕宝翻译的《苗族古歌》（1993）的苗文标题成了 Hxak Lul Hxak Ghot。从概念上看，"史诗"之于"古歌"更像是学者的表述方式，在《苗族史诗》（1983）的前言中，今旦解释了采用"苗族史诗"作为书名的原因。马学良、今旦对搜集整理的版本最早想命名为苗族"古歌"，然而田兵早在 1979 年就已经出版过名为《苗族古歌》的版本。为有所区分，以免两个关于苗族古歌的版本混淆不清，他们决定另取其名。今旦说，考虑到所搜集的文本内容庞大，颇有"史诗"的性质特征，所以出版这个文本时以"苗族史诗"来命名。

② 朱自清：《中国歌谣》，金城出版社 2005 年版。

③ 钟敬文主编的《民间文学概论》中把史诗划分为"创世史诗""英雄史诗"两大类，并将苗族史诗归为前者的范畴之中，对《苗族史诗》的内容作了详细概括，充分认识到了这类史诗所具有的民间文艺学价值。钟敬文主编的《民俗学概论》中，把苗族史诗归入"原始性叙事诗"一类型。

④ 在我对今旦的田野访谈中，他回忆了当时搜集整理苗族古歌的过程，以及在出版的时候以《苗族史诗》来命名的原因。参见马学良、今旦译《苗族史诗》（*HXAK HMUB*），中国民间文艺出版社 1983 年版。

"古代苗族人民生活的瑰丽画卷",是"形象化的民族发展史","鼓舞着世世代代的苗族人民,继承和发扬祖先艰苦创业的优良传统,创造今天的幸福生活"。下面从两个方面对苗族古歌的研究情况进行归纳。

第一节　苗族古歌搜集和整理情况

苗族是一个历史悠久的民族,如今已遍布世界各地。从有限的文史资料记载来看,中国苗族至少有五千多年的人文生长发展历史。早在名典《尚书》中就有关于"三苗"的详尽记载。① 我注意观察和考访了苗族被史料所记载的生存发展情况,这个迁徙民族的生存繁衍是如此步履艰辛,正如澳大利亚民族史学家格迪斯(Geddis)在其《山地的移民》中所说:"世界上有两个灾难深重而又顽强不屈服的民族,他们就是中国的苗族和分散在世界各地的犹太族。"② 在苗族漫长的历史发展进程中,苗族民众可谓跋山涉水走遍了大半个中国,他们历尽千辛万苦终于为自己营造了独立生存的一方天地,并且用自己的智慧创造了异彩纷呈的民族文化,但遗憾的是由于苗族没有自己的文字,民众生活中的艺术创作只能够口耳相传,很多都随着时光的流逝而消失了。

在宏大丰赡而又熠熠生辉的苗族口承文化中,苗族古歌具有一定的完整性、代表性、典型性和影响力。2006 年苗族古歌被列入首批国家级非物质文化遗产保护名录,2008 年包含大量苗族古歌内容的"苗族理辞",也被列入第二批国家级非物质文化遗产保护名录。苗族古歌之所以历经千百年而不衰,在于其独特的民俗背景和传承方式。苗族古歌至今仍在民间口头流传。中华人民共和国成立后,许多民族民间文学工作者曾进行过悉心搜集,发现了不少异文,这引起国内外研究者的注意。1979 年由贵州民间文学组整理、田兵编选,贵州人民出版社出版的《苗族古歌》是有代表性的版本之一。由于传统意义上界定的 13 首《苗族古歌》的内容基本上是神话,并且有搜集整理者将苗族古歌译成史诗的例子,于是当时的民间文学理论界大多把古歌与神话史诗或创世史诗等概念等同起来。比如

---

① 顾铁符:《楚国民族述略》,湖北人民出版社 1984 年版。
② 石朝江:《世界苗族迁徙史》,贵州人民出版社 2006 年版。

《少数民族民间文学论稿》① 在提及中国南北少数民族史诗的差异性时，认为北方少数民族以英雄史诗见长，而"在南方各少数民族中，则以创世史诗居多，大多数民族都有自己的创世史诗"。著者不仅列举了彝族的《梅葛》和《阿细的先基》等作品，也把苗族、布依族的《古歌》归入其中。② 段宝林主编的《民间文学教程》把古歌作为歌谣中的一个类别，属歌谣中的第二大类，有长篇古歌和短篇古歌之分。该书认为长篇古歌即"神话史诗"，其中举例提及《苗族古歌》，而"短篇古歌在对唱中显示历史知识，是古史的一种载体"。③

一　苗族古歌始兴于 20 世纪初

19 世纪末 20 世纪初，西方学者开始对苗族古歌传统开展调查和搜集工作。苗族学者李炳泽提出："苗族口传诗歌的记录翻译工作，就目前所掌握的材料来看，是始于 1896 年前后。"④ 当时比较有代表性的有英国学者约翰·韦伯（John Webb）、塞缪尔·克拉克（Samuel R Clarke）等。克拉克是一位英国传教士，他曾向潘寿山学习苗语，为了更好地在苗族地区宣讲圣经，他用拉丁字母为黔东苗语设计了拼音文字，同时还跟潘寿山一起搜集整理了许多苗族民间故事，比如苗族古歌中的《洪水滔天》《兄妹结婚》和《开天辟地》等，并对这些诗歌的演唱形式进行了阐述："苗民虽然没有文字，却流传着大量的口头传说，这些传说是历史上集体创作、代代相传的结晶。有许多传说是诗歌体的，能歌可吟，格式多半是一行五个音节，每段长短不等。这些古歌都是在欢度节日时，由两人或两组对唱，一般是青年男子和青年女子各一组，一组发问，一组应答。"⑤ 在脚注中作者说明了这些古歌、传说全是直译，人名、情节等和"苗族古歌"颇有出入。

20 世纪 40 年代，上海大厦大学迁至贵阳，该校社会学系的教授陈

---

① 朱宜初、李子贤主编：《少数民族民间文学论稿》，云南人民出版社 1983 年版。

② 《关于"古歌"》（参见"贵州民族文化艺术网"，金黔在线，发表时期：2008 年 12 月 18 日）对苗族古歌和史诗的界定介绍。

③ 段宝林：《民间文学教程》，高等教育出版社 2007 年版，第 156 页。

④ 李炳泽：《口传史诗中的非口语问题——苗族古歌的语言研究》，民族出版社 2004 年版，第 17 页。

⑤ ［英］塞缪尔·克拉克：《在中国的西南部落中》，贵州大学出版社 2009 年版，第 23 页。

国钧①等人开始对贵州境内的苗族文化进行研究。当时，陈国钧所调查的范围较为广泛，他的主要关注点在于社会文化。他在《生苗的人祖神话》②一文中，记录并翻译了贵州下江苗族的三则"人祖神话"。这些神话中，其中第三则为口传诗歌形式，当时是用国际音标记录并进行翻译的。

二　苗族古歌繁盛于 20 世纪 50—80 年代

20 世纪 50—80 年代，我国民间文艺学界两度开展了全国范围内的民间文学搜集、整理工作。经过学者们的搜集、记录和整理，苗族古歌开始引起学界的重视。李炳泽对 20 世纪 50—60 年代的搜集整理情况进行过概述："对苗族口传诗歌的记录翻译工作有几条线在进行。一条是滇东北苗语区苗族知识分子把以前记录的口传诗歌翻译为汉语，一条是其他地区的苗族知识分子和其他民族的知识分子在各地的记录和翻译，主要的一条是一些省区的文联为了编写民间文学史而有计划地记录和翻译，这一点在贵州比较突出，因为当时中央宣传部要贵州负责苗族文学史的编写。"③ 简美玲在《贵州东部高地苗族的情感与婚姻》一书中也介绍了 20 世纪 50 年代苗族古歌的编印情况："以 1985—1986 年中国民间文艺研究会贵州分会重新翻印及编印 72 集的民间文学数据为例，有 21 集记录黔东南地区的苗歌。这 21 集资料原出版于 1950—1962 年，内容反映出黔东南地区苗歌题材、歌曲结构多元，叙述的时空宽广。它们包括有苗族古歌：开天辟地、运金运银（71、72 集）；叙事诗：分支开亲、仰阿莎（1、5、7、62 集）；酒歌、祝词、嘎百福歌（3、23 集）、古理歌（6 集）、焚巾曲（丧葬时唱）（48 集）、开亲歌（17、66 集）、情歌（8 集）、季节歌、劳动歌、酿酒歌（24、25 集）；歌颂咸同年间苗民革命人物张秀眉的歌与

---

① 陈国钧：《生苗的人祖神话》，转自《中国新文艺大系·民间文学集》（1937—1939）导言，中国文联出版公司 1996 年版。

② 《生苗的人祖神话》，载吴泽霖、陈国钧等编著《贵州苗夷社会研究》（第 140—144 页），民国三十一年（1941）由交通书局发行。

③ 李炳泽：《口传史诗中的非口语问题——苗族古歌的语言研究》，民族出版社 2004 年版，第 18 页。李炳泽在原书中标明了他参考了这本书：田兵《民间文学工作三十年》，出自燕宝编著《崎岖的路》，中国民间文艺家协会贵州分会主编，1987 年版，第 283—295 页。

传说故事（2、27 集）以及民国年间战乱时代唱的苦歌、反歌、逃荒歌（14、26 集）。"①

贵州省文联为了编写民间文学史丛书，开始对黔东南的苗族古歌进行有计划的记录和翻译。这些苗族民间文学资料集问世后，"苗族古歌"开始进入学术界人们的视野。1956 年，马学良在《民间文学》杂志上刊载了《金银歌》《蝴蝶歌》。1958 年，桂舟人、赵钟海、唐春芳、伍略等翻译整理的"黔东南苗族古歌"刊载于内部铅印稿《民间文学资料》，其中的第四集和第六集主要记录和翻译了苗族古歌的《开天辟地》《金银歌》《铸撑天柱》《蝴蝶歌》《砍枫木树》《洪水滔天》《跋山涉水》和《说古词》等，但这些苗族古歌均只保留了汉语译文。

《黔东南苗族古歌》把苗族古歌分为三大部分，共有 13 首古歌。每一部分结尾处，都有演述者、译者和搜集整理者等说明性材料，还有汉语的注释，尽管以我们现在的观念来看这些内容不够详尽，然而置身于特定的时代背景下，这对当时的民间文学搜集工作而言，已经是一大进步。该书主要由唐春芳、桂舟人等人在 1957 年调查苗语的时候搜集上来的，称得上是对苗族古歌进行搜集整理的最早版本。这本未公开出版的资料集后来成为田兵版本《苗族古歌》的基干部分。

1959 年 1 月 20 日，苗族歌师唐德海演唱了一部长篇口传史诗《说古唱今》，苗族学者唐春芳把这部史诗进行了记译和整理，1962 年这部作品由贵州省民间文学工作组作为内部资料印出。这部古歌的内容与开天辟地和洪水灭世有关，涉及苗族生活和文化的方方面面，可谓一部口传的苗族历史。由于苗族的历史长期依靠口耳相传，所以这部长篇古歌引起了学术界和有关部门的高度重视。

苗族有语言却没有自己的文字。新中国成立后，党和国家在 20 世纪 50 年代为苗族创制了拉丁字母为基础的拼音文字。1956 年，国家制订的苗族文字方案试行后，曾有部分学者搜集整理过有关苗文资料，但没有正式出版。1958 年以后，民族语文工作受到"左"的干扰而停止了。党的十一届三中全会以后恢复了党的民族政策，纠正了过去在民族语文中的"左"的做法，于 1980 年召开了第三次全国民族语文科学讨论会。1981 年，贵州省恢复民族文字推行工作，为了拯救苗族文化遗产，黄平县民委

---

① 简美玲：《贵州东部高地苗族的情感与婚姻》，贵州大学出版社 2009 年版，第 79 页。

组织搜集苗族古籍的同志不辞辛劳找到了歌师，搜集并整理了《豆纽》《开亲歌》《苗族大歌》等。① 其中的《苗族大歌》已于 1988 年 12 月出版，而他们所搜集到的苗族古歌古词也反映出许许多多英雄人物和英雄群像。②

20 世纪 70 年代末以来，许多民族文化工作者和民间文艺家相继整理翻译和出版了一批苗族古歌，主要代表作品有《苗族古歌》（田兵等选编，贵州人民出版社 1979 年版）；《苗族史诗》（HXAK HMUB）（马学良、今旦译，中国民间文艺出版社 1983 年版）；《苗族古歌》（燕宝整理译注，贵州民族出版社 1993 年版）；《开亲歌》（杨通胜等搜集整理翻译，贵州民族出版社 1991 年版）；《中国苗族古歌》（石宗仁翻译整理，天津古籍出版社 1991 年版）；潘定智、杨培德、张寒梅所编的《苗族古歌》（收入 1997 年贵州人民出版社出版的《贵州民间文学选粹丛书》）；《苗族巫辞》（麻勇斌著，台海出版社 1999 年版）；《苗族理辞》（吴德坤、吴德杰搜集整理翻译，贵州民族出版社 2002 年版）；《苗族贾理》（王凤刚搜集整理翻译编辑，贵州人民出版社 2009 年版）；《贾》（吴培华、杨文瑞、潘定华编译，大众文艺出版社 2009 年出版）；等等。

在收集、记录的众多苗族古歌版本中，马学良、田兵编纂的版本是公开出版的两个优秀本子，也是内容较丰富、结构较完整的两种研究材料。在马学良、今旦两位学者的共同努力下，苗族古歌［即马学良、今旦译《苗族史诗》（HXAK HMUB）］重新以崭新的面貌示人。这部古歌的原始资料是马学良在 1952 年进行苗族语言调查时所搜集的，此后，又进行过多次补充调查。

---

① 参见黄寿海 2010 年 10 月 11 日的文章《黄平县多措施弘扬民族文化事业》，出自 http://www.qdnhp.gov.cn/info/news/page/86485.htm。

② 在对双井村协力者龙林的田野访谈中，受访者认为：从下面这些搜集的古歌的人物形象的分析可以看出，苗族古歌的历史表现是以颂扬各种英雄为主体的史诗。例如：（1）开天辟地的英雄群像，这类歌有《掘窝》《运金运银》《铸道明》；（2）战天斗地的英雄群像，这类歌有《洪水滔天》《榜香由》；（3）拟人化的英雄鬼神群像，这类歌有《扁瑟稼》《五好汉》《十二宾》；（4）反映争取婚姻自由的英雄群像，这类歌主要集中在《仰欧桑》，歌名即人物名；（5）反映除恶去暴的英雄群像，这类歌主要集中在《斩龙》《香简马》中；（6）反映聪明伶俐、才智过人的英雄群像，这类歌主要表现在《嘎尼拉》中。

今旦①整理译注的《苗族古歌歌花》一书列出了 120 首"歌花"和"歌骨歌花对唱实例",相对于相互盘问的"歌骨"而言,这些"歌花"的篇幅都很短小,例如第 2 首《懂歌应在此时唱》有 13 行,第 3 首《要撑趁伞绿茵茵》有 10 行,第 5 首《唱歌要趁此时光》有 12 行等。今旦在前言中谈及出版这本资料集的初衷时指出:"苗族古歌是篇幅宏大、内容精深的民间文学作品,其价值已有定评。不过,我们现在见到的几种版本,不论是汉文的翻译整理本,还是作为古籍出版的苗汉对照本,都只是它的基干,即苗语称为'hsongd hxak'('歌骨')的部分。跟歌唱时的情况相比,缺少了极为重要的内容,即苗语称为'bangx hxak'('歌花')的部分,也略去了许多表示承接或交代的一些套语。缺略的原因是在教唱和记录时为了省时省力,在出版时为了节约篇幅和经费,再者,因为歌花多系即兴之作,难以搜集。现在,我从多年搜集保存的资料中选出 120 首歌花,并加上《歌花歌骨对唱实例》,编辑整理翻译成册……"② 这为我们对苗族古歌中"歌花"和"歌骨"的研究提供了参考范例。

石宗仁翻译整理的《中国苗族古歌》③ 的篇目与今旦、田兵等版本都不一样,作者选取了古往今来有关苗族历史的诗歌,共分 11 部,即《远古纪源》《帷公摊母》《除鳄斗皇》《部族变迁》《辰州接龙》《崇山祭祀》《婚配》《纠纷》《丧葬》《招魂》和《赶秋节》等,各部之间既可独立成篇,又具有内在的逻辑联系。祝注先在《〈中国苗族古歌〉简论》一文中对这部古歌产生的背景进行了介绍,"早在 60 年代初石宗仁先生在民间文学田野作业的实习调查时,即对苗族古歌发生了浓厚的兴趣,此后,他曾从事少数民族民间文学的收集与抢救工作,足迹踏遍了湘鄂川黔

---

① 今旦(1930 年至今)苗名 Jenb Dangk,苗文研究及教育专家。汉名吴涤平,贵州省台江县革东镇(现属剑河县)稿午寨人,大学文化。1954 年 1 月至 1956 年 5 月任中央民族学院(今中央民族大学)语文系教员。1956 年 6 月至 1959 年 3 月参加中国科学院少数民族语言调查第二工作队回贵州调查苗语创制苗文,并被派往贵州民族学院协助开办民族语文班(系),任教研室副主任、教研组组长。1959 年 4 月至 1981 年 8 月因错划右派,被派往贵州省扎佐林场劳动。1981 年 9 月至 1985 年任贵州省民族研究所助理研究员和副所长。1985 年被评为贵州省科技战线先进工作者。1992 年开始享受国务院政府津贴。1995 年被评为全国民族教材先进工作者。

② 今旦整理译注:《苗族古歌歌花》(Jenb Dangx hxangb qet hfaid Hveb),贵州民族出版社1998 年版,第 6 页。

③ 石宗仁翻译整理:《中国苗族古歌》,天津古籍出版社 1991 年版。

边区的山山岭岭，记录了两百多万字的口头传承诗歌"。并对这部史诗进行了评述："从翻译整理到出版发行，经历了 30 多个春秋。这一部古歌，可以说耗费了他大半辈子的心血。石先生是苗族人，生长在苗族聚居区，会苗语，明风情，加上汉语功底深厚，所以这部古歌尽可能地保持了原汤原汁原味。这一点是十分难得的。"

我们今天所看到的苗族古歌，大多是编者按照当时记录的素材，经一词一句的直译，再综合意译而成的，在此之后，又进行过许多补充调查。比如马学良、今旦搜集整理的《苗族史诗》是对许多歌师演述的版本进行综合而形成的，这本书为诸多学者对苗族古歌的研究提供了参考材料。而燕宝整理译注的《苗族古歌》（HXAK LUL HXAK GHOT）和潘定智、杨培德、张寒梅主编的《苗族古歌》则大大丰富了苗族古歌的版本形态。较之以前的版本，燕宝这一版本的最大特点在于它是苗汉文的互译本。

三　苗族古歌 20 世纪 80 年代至今的搜集情况

20 世纪 80 年代初，美国俄亥俄州立大学东方语言文学系学者马克·本德尔（Mark Bender），在苗族学者今旦的陪同下，深入贵州苗族村寨进行实地调查研究，发表了一系列专题研究论文：1）"Antiphonal Epics of the Miao（Hmong）of Guizhou，China" Chapter in Traditional Storytelling Today：An International Sourcebook. Chicago：Fitzroy Dearborn Publishers（pp. n. a.）. 1999；2）"Felling the Ancient Sweetgum'：Antiphonal Epics of the Miao of Southeast Guizhou." Chinoperl Papers 15：27 – 44. 1990；3）"Hxak Hmub：An Antiphonal Epic of the Miao of Southeast Guizhou，China." Contributions to Southeast Asian Ethnology 7：95 – 128，1988。这些文章对苗族文学乃至民间文学的研究具有重要参考价值。他在这些论文中还阐述了克拉克和陈国钧等人对苗族古歌的记录情况。此外，他已将马学良和今旦编译的《苗族史诗》翻译为英文，第一次把苗族古歌或史诗全文介绍到了西方，该书现已出版。2011 年 2 月，本人在对苗族学者今旦的田野访谈中得知：吴一方和马克·本德尔协作，拟出版《苗族史诗》（中、英、苗三种文字互译）的版本，因老版的《苗族史诗》只有汉文，今旦认为其无法阐释原来语境中的古歌的丰富多彩的意义。2013 年，由今旦、吴一文负责苗汉语译注，马克·本德尔等负责英汉语译注的《苗族史诗（苗汉英文版)》① 出版，该书汇集了自 20 世纪 50 年代至 21 世纪搜集的苗族古歌文本及相关资料。2014 年 2 月，在本人对今旦的田野访谈结束后，他和吴一文一起将一部《苗族史诗通解》② 赠予了本人，全书注释 3000 多条，涉及古今地名考注、人物注解、动植物注解、重要风俗解释、句子解意等多个方面。据此本人认为，它是已出版的苗族古歌版本中注释非常详尽的版本。

2008 年，贵州大学出版社把苗族歌师王安江搜集整理的十二部苗族古歌材料编辑出版发行，定名为《王安江版苗族古歌》，该书共上下两卷，1500 多页，270 万字，并由贵州大学出版社邀请多名贵州省苗学研究领域的专家学者对该作品进行了详细校注。具体来说，此书上册为"王安江演唱的苗族古歌"，分为《开天辟地》《耕地育枫》《跋山涉水》《仰欧瑟》《运金运银》《四季歌》《造房歌和酒曲歌》《嫁女歌》《诓婴歌》《打菜歌》《造纸歌》和《丧亡歌》十二部，这与田兵、今旦和燕宝等人编选的古歌存在着差异；下册为"杨培德、张寒梅③校注的专家注释本（一），姜柏、张文泽④校注的专家注释本（二）"。王安江演唱的古歌与专家注释本（一）、（二）的篇名完全一致。在"编者的话"中，编辑组指出："本书采用多种手段，立体记录原生态状态的《苗族古歌》。既有苗文的记录，又有汉文的直译和意译，还有王安江演唱全本录像、录音；考虑到《苗族古歌》作为口传文学必然消失的趋势，用现代的方式转换它的传唱模式，成为本书的关注所在，从这个意义上说，它更是一部留给人类文明宝库的书。本书还收录有关苗族人民生产生活的大量图片……"⑤ 由此可见，该书既有苗文的记录，又有汉文的直译和意译，还有王安江演唱全本录像、录音，为苗族古歌的研究提供了丰富的资料。

在多次田野调查中，我关注到了地方学者对于苗族古歌的搜集整理情

---

① 《苗族史诗（苗汉英文版）》，贵州民族出版社 2013 年版。

② 吴一文、今旦：《苗族史诗通解》，贵州人民出版社 2014 年版。

③ 该书对校注者进行了介绍，杨培德（苗）是贵州省苗学会执行会长、贵州省文联编审、苗族文化研究专家；张寒梅（苗）是《南风》杂志副编审。

④ 姜柏（苗）是苗族文化研究专家、高级教师；张文泽（苗）是台江县文化局干部，长期从事苗族古歌的收集整理工作。

⑤ 《王安江版苗族古歌》，贵州大学出版社 2008 年版，第 10 页。

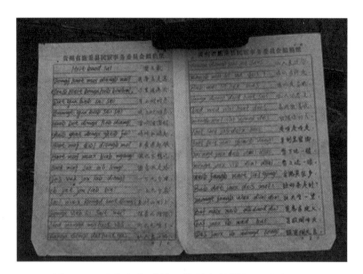

图1—1　黔东南施秉县双井村龙林搜集的苗族古歌

况，例如，黔东南州施秉县双井村龙林①从 20 世纪 80 年代开始搜集古歌，他走访了苗族寨子里的古歌师，请歌师龙勾九、龙和先等人演述古歌并进行录音，他搜集的古歌有《瑟岗奈》《十二个蛋》《运金运银》等。20 世纪 90 年代龙林曾把这些珍贵的古歌资料提供给当地民委，现在他又全部无私地提供给我进行学术研究。凯里苗族学者姜柏搜集整理了苗族古歌《运金运银》《开天辟地》等，他正为这些古歌进行第二次翻译和核对。台江苗族学者张德成搜集整理了苗族古歌《运金运银》等，他同时也是会唱苗族古歌的歌师。凯里苗族学者张昌学也是一位"书写型"的传承人，他不仅搜集整理了苗族古歌《洪水滔天》《开天辟地》等，还把他自己唱的古歌录制成了光碟，在我的访谈中，他也提供了这些古歌资料。

第二节　被记述下来的苗族古歌传承人

民间文学界对传承人的关注由来已久，早在 1991 年，张紫晨在《民间文艺学原理》一书中把传承人界定为："传承人是指长期直接参与民间

①　龙林（1931 年至今）男，苗族，黔东南施秉县双井小学退休教师，精通苗语，在我的田野调查中他一直协助我进行访谈和转录誊写古歌文本《瑟岗奈》。

文艺活动，并通过自身进行演唱或讲述民间作品的传承者。分为群体传承人和个体传承人两种。"① 传承人包括故事讲述家、（史诗）歌手、说唱艺人、戏曲表演家等。刘锡诚在《传承与传承人论》一文中，对传承人的作用予以肯定："非物质文化遗产的大部分领域，如口头文学、表演艺术、手工技艺、民间知识等，一般是由传承人的口传心授而得以代代传递、延续和发展的。在这些领域里，传承人是非物质文化遗产的重要承载者和传递者，他们以超人的才智、灵性，贮存着、掌握着、承载着非物质文化遗产相关别的文化传统和精湛的技艺，他们既是非物质文化遗产的活的宝库，又是非物质文化遗产代代相传的'接力赛'中处在当代起跑点上的'执棒者'和代表人物。传承人可能是家族传承中承上启下的继承者，也可能是社会传承中承上启下的继承者。至少在前面所举的口头文学、民间艺术、手工技艺和民间知识这些类别中，传承人的传承作用是非常明显的。"②

　　关于传承人的研究，这里借助了有关《卡勒瓦拉》的部分资料，另外还获得了如下研究的必要支持。比如，劳里·杭柯（Lauri Honko）对印度史诗的研究，朝戈金关于江格尔奇的文本研究，巴莫曲布嫫对毕摩的文化研究，杨恩洪对格萨尔艺人的研究，阿地力·朱玛尔吐尔地对玛纳斯演唱大师的研究，黄中祥对新疆哈萨克民间艺人的现场访问实录以及《哈萨克英雄诗与草原文化》的研究，高荷红对东北地区说部艺人的研究等，这些对民间文学领域的其他少数民族口头传承传统的研究成果，对本人从事苗族古歌传承人的研究而言，无疑具有极大的参考价值。

　　藏学家杨恩洪在《民间诗神——格萨尔艺人研究》中，对藏族格萨尔艺人进行了较为深入的研究。贾芝在其"序言"中肯定了作者所付出的辛勤努力，他说："作者用了八九年的时间，对艺人们进行了长期寻访和全面研究"；"作者在探讨说唱艺人和史诗的内涵中，力图以历史唯物主义的世界观和方法论为指针，观察和阐述史诗《格萨尔》的历史演变，同时多方面地描述说唱艺人的流浪、朝佛、绕湖、转神山等生活环境以及学艺的经历，从宗教的斗争与变迁、释梦等方面进行理论上的探索，努力

---

①　张紫晨：《民间文艺学原理》，花山文艺出版社 1991 年版，第 106 页。

②　刘锡诚：《传承与传承人论》，选自《河南教育学院学报（哲学社会科学版）》，2006年，第 5 期第 25 卷（总 103 期），第 30 页。

揭示史诗《格萨尔》与艺人说唱的神秘文化之谜。"① 该书上编《史诗说唱艺术论》主要探讨了艺人的地位与贡献、说唱内容及形式、艺人的分布与类型以及说唱与本子、整理与再现等问题，下编《艺人传与寻访散记》则记叙了 22 位艺人的个人传记，如《雪域青松——记著名说唱家扎巴》《他们出自同一片沃土——记一个家族的三位艺人玉梅、洛达、曲扎》《兼巫师与艺人于一身的阿达尔》等，通过这些说唱艺人的小传，作者对艺人的不同类型以及说唱生活的经历进行了生动的阐释和分析。

　　蒙古学家朝戈金通过对史诗传承人江格尔奇冉皮勒演述的《江格尔》的研究，对蒙古族史诗《江格尔》的程式句法进行了深入的探索，分析了蒙古口传史诗的创作、传播到接受各个环节的特征。②

　　彝学家巴莫曲布嫫对本民族史诗"勒俄"的研究在不断深入田野的基础上，从个案延伸到整个民族史诗的演述活动中去，由此发表了大量民族志诗学的研究论著。她多次强调对民间活形态史诗进行田野研究的重要性，并以"五个在场"理论来规范自己的田野作业。她的博士论文《史诗传统的田野研究：以诺苏彝族史诗"勒俄"为个案》对文本背后的传承人进行了关注，随着田野访谈和实地调查的逐步展开，她通过对代表性史诗演述人曲莫伊诺的追踪，阐述了曲莫伊诺的成长过程、学艺经历和表演实践等，她还对史诗传人毕摩、德古头人和民间论辩能手等进行了长期的田野跟踪和研究。她提出："史诗传承人问题成为我们考察诺苏彝族史诗传统的一个关键步骤，尤其是当我们从学理上认识到史诗演述是口头叙事过程及其传承表现时，我们的工作重心就应当抛开文本概念的束缚而转移到表演者即史诗传承人的问题上来。"③ 她的研究方法为我的论文提供了参照，我开始着手对苗族古歌传承人进行个案研究。

　　《居素普·玛玛依评传》被誉为"第一部系统介绍和研究《玛纳斯》演唱大师居素普·玛玛依的专著"，作者对柯尔克孜族的民间歌手玛纳斯奇进行了细致深入的分析，这些歌手是史诗《玛纳斯》的创造者、传播者、口头保存者、加工丰富者，作者"经过多年的民间调查和采访，在

---

① 杨恩洪：《民间诗神——格萨尔艺人研究》，中国藏学出版社 1995 年版，第 6 页。

② 朝戈金：《口传史诗诗学：冉皮勒〈江格尔〉程式句法研究》，广西人民出版社 2000 年版。

③ 巴莫曲布嫫：《史诗传统的田野研究——以诺苏彝族史诗"勒俄"为个案》，博士学位论文（民俗学），北京师范大学，2003 年，第 88 页。

搜集大量第一手材料的基础上，运用多学科的理论，通过分析居素普·玛玛依成长的人文地理环境、家庭环境、自身才能及主观努力等因素，对他在继承、发展、传播《玛纳斯》史诗方面的作用，对他与不同地区、不同时代的玛纳斯奇的师承关系，以及其唱本的形成和完善过程、特点等进行了广泛的评述。介绍了他演唱的多部史诗，为保存和发展柯尔克孜民间文化所做出的特殊贡献"。① 作者关注到了文本化过程导致的缺憾，并提出了关注和研究史诗歌手玛纳斯奇具有重要的意义："随着《玛纳斯》史诗逐步进入文本状态，传统的通过听觉去感受史诗内容富于节奏的优美语言和音律节奏，通过视觉去欣赏史诗歌手声情并茂，融唱、演为一体的表演的综合接受方式便不复存在。史诗的听众逐步转变成史诗文本的读者。从这个意义上讲，居素普·玛玛依无疑成了《玛纳斯》史诗演唱中永远不可复现的活标本。能够与他生活在同一个时代，看到他富于激情的史诗演唱活动，听到他歌喉中传出的远古的回声实在是我们史诗研究者的幸运和光荣。"②

学者黄中祥在扎实的田野调查基础上，对哈萨克族民间演唱艺人进行了调查研究，《传承方式与演唱传统——哈萨克族民间演唱艺人调查研究》③ 系统地介绍了哈萨克族民间艺人的形成环境、传承方式、创作手法、演唱形式、社会职能和类型等，概括出其中的一些共性规律和个性特征。高荷红在《满族说部传承研究》④ 一文中，对历史上和当下的满族说部传承人进行了调查研究，她把满族说部传承人分为单一型和复合型两类，她认为复合型传承人还具有搜集者、整理者、书写者或是研究者的不同身份，并提出了"书写型"传承人的概念，并对传承人的作用进行了阐述。

在对民间散体叙事文学的研究中，学者刘锡诚、林继富等人对民间故事传承人的研究，也为我的写作开拓了思路。例如，林继富在《民间叙事传统与故事传承》⑤ 一书中，对国内外民间故事传承人的研究概括进行了梳理，他通过田野调查中获得的第一手资料，采用民族志方法，把故事

① 阿地力·朱玛尔吐尔、托汗·依莎克：《居素普·玛玛依评传》，内蒙古大学出版社2002年版，第2页。

② 同上书，第6页。

③ 黄中祥：《传承方式与演唱传统——哈萨克族民间演唱艺人调查研究》，民族出版社2009年版。

④ 高荷红：《满族说部传承研究》，博士学位论文，中国社会科学院研究生院，2008年。

⑤ 林继富：《民间叙事传统与故事传承》，中国社会科学出版社2007年版。

传承人置于特定的生态与文化空间中去加以考察，对民间故事传承人生活档案、民间故事传承人的讲述传统、传承人的民间叙事传统定位、民间叙事传统中传承人类型等问题进行了深入细致的描写和分析。

在参考了以上学者对传承人的研究成果后，我主要对苗族古歌传承人的情况进行了梳理。我们知道，苗族古歌传承人从最初的被发现到引起重视，经过了一个长期的过程，这与民间歌谣的搜集整理工作密不可分，虽然 20 世纪晚期才出现大规模、科学而系统的苗族古歌传承人研究，但此前苗族古歌的搜集整理者对传承人的状况并非视而不见。尤值一提的是，老一辈苗族学者唐春芳、今旦、燕宝等人不仅参与搜集、整理了苗族古歌，他们自己也都会演唱苗族古歌①的很多篇目，如《运金运银》《开天辟地》等，今旦曾把其父亲所唱苗族古歌整理下来并传予后代，他可以称得上是"书写型"的古歌传承人。从老一辈学者搜集整理的古歌篇目中，我们可以列一表格来对文献中出现的苗族古歌传承人的特点和共性进行比照研究。

首先，我们关注一下 1958 年出版的《民间文学资料》（第四集）② 对传承人的采访和记录情况：

表 1—1　《民间文学资料》对传承人的搜集和记录情况一览表

序号	民歌集或发表的杂志（页码）	篇名	整理者	整理时间	传承人情况
1	《民间文学资料》（第四集）第 23 页	开天辟地（一）	唐春芳	不详	故秦（台江）、故水（台江）、故久（台江）、故岩（施秉）、故博久老（台江）
2	同上，第 28 页	开天辟地（二）	桂舟人	不详	张故丁、李务卜、张德胜、杨够也、张务普唱、刘文祥译
3	同上，第 50 页	运金运银（一）	唐春芳	不详	务娥（台江）、故讲博（台江）、故久（台江）、帮博久老（台江）等唱
4	同上，第 97 页	运金运银（二）	桂舟人	不详	强志诚、强讲博、龙正海、杨耀武等唱，刘文祥译

---

① 2009 年 2 月，在我对苗族学者今旦的田野访谈中，他随兴演唱了苗族古歌《运金运银》等，我记录了下来。

② 参见《民间文学资料第四集·黔东南苗族古歌（一）》，中国作家协会贵州分会筹委会编印，1958 年。

续表

序号	民歌集或发表的杂志（页码）	篇名	整理者	整理时间	传承人情况
5	同上，第106页	铸撑天柱（一）	桂舟人	不详	李务卜、龙正海、张故丁、张德盛、张务普等唱，刘文祥译
6	同上，第126页	造日月（一）	唐春芳	不详	廖大洪（施秉）、务来（施秉）、故博久老（台江）、故嘎里交（剑河）、故啥（剑河）等唱
7	同上，第138页	造日月（二）	桂舟人赵钟海	不详	张成诚、龙向博、龙正发等唱，刘文祥译
8	同上，第145页	找树子种子（一）	唐春芳	不详	台江县施洞口方寨歌手务娥、台江县岩寨歌手故讲博两人唱
9	同上，第155页	找树子种子（二）	桂舟人赵钟海	不详	张务尼、吴务右、龙在发、龙正海唱，姜仁辉、刘文祥译
10	同上，第161页	犁东耙西（一）	唐春芳	不详	龙降发（台江）、故九（台江）、务娥（台江）等唱
11	同上，第177页	犁东耙西（二）	桂舟人赵钟海	不详	龙任兴、龙烂约、张志诚、张务尼、吴务右、龙务留、龙正海唱，姜仁辉、刘文祥译
12	同上，第180页	种树	唐春芳	不详	台江县施洞口方寨歌手务娥、台江县岩寨歌手故讲博等唱
13	同上，第186页	砍枫木树	唐春芳	不详	台江县施洞口方寨歌手务娥、台江县岩寨歌手故讲博等两人唱
14	同上，第190页	妹榜妹留（一）	唐春芳	不详	台江县施洞口方寨 歌手务娥、台江县岩寨歌手故讲博等两人唱
15	同上，第194页	妹榜妹留（二）	桂舟人赵钟海	不详	龙务兴、龙故付、张志诚、龙正海、龙务留、杨后中、杨务卜唱，刘文祥译
16	同上，第203页	十二个蛋（一）	唐春芳	不详	台江县施洞口方寨歌手务娥、台江县岩寨歌手故讲博、台江县登鲁歌手故九等三人唱
17	同上，第214页	十二个蛋（二）	桂舟人赵钟海	不详	龙在发、龙务兴、张志诚、龙务昌、张秀尼、吴务右、石二榜、龙务留等唱，姜仁辉、刘文祥译

　　从上表中我们看到，唐春芳整理的《开天辟地》（一）采访记录了歌师故秦、故水、故久、故岩、故博久老等；桂舟人整理的《开天辟地》（二）采访记录了歌师张故丁、李务卜、张德胜、杨够也、张务普等；唐春芳整理的《运金运银》（一）采访记录了歌师务娥、故讲博、故久、帮博久老等；桂舟人整理的《运金运银》（二）采访记录了歌师强志诚、强讲博、龙正海、杨耀武等；桂舟人整理的《铸撑天柱》（一）采访记录了歌师李务卜、龙正海、张故丁、张德盛、张务普等；唐春芳整理的《造日月》（一）采访记录了歌师廖大洪、务来、故博久老、故嘎里交、故啥等；桂舟人、赵钟海整理的《造日月》（二）采访记录了歌师张成诚、龙向博、龙正发等；唐春芳整理的《找树子种子》（一）采访记录了歌师务娥、故讲博等；桂舟人、赵钟海整理的《找树子种子》（二）采访记录了歌师张务尼、吴务右、龙在发、龙正海等；唐春芳整理的《犁东耙西》（一）采访记录了歌师龙降发、故九、务娥等；桂舟人、赵钟海整理的《犁东耙西》（二）采访记录了歌师龙任兴、龙烂约、张志诚、张务尼、吴务右、龙务留、龙正海等；唐春芳整理的《种树》《砍枫木树》和《妹榜妹留》（一）采访记录了歌师务娥、故讲博等；桂舟人、赵钟海整理的《妹榜妹留》（二）采访记录了歌师龙务兴、龙故付、张志诚、龙正海、龙务留、杨后中、杨务卜等；唐春芳整理的《十二个蛋》（一）采访记录了歌师务娥、故讲博、故九等；桂舟人、赵钟海整理的《十二个蛋》（二）采访记录了歌师龙在发、龙务兴、张志诚、龙务昌、张秀尼、吴务右、石二榜、龙务留等。这本资料集是采用汉文的形式来记录的，虽然只有歌师、译者的姓名等基本信息，却为我们的研究提供了重要的参考资料。

　　其次，田兵选编的《苗族古歌》在每首歌的文后，都记录了演唱者、搜集者和整理者等信息，例如：桂舟人和唐春芳等搜集，唐春芳整理的《开天辟地》记录了台江县秦公、施秉县岩公、凯里市李普奶等8位歌师的演述；桂舟人、唐春芳、今旦、邰昌厚等搜集，汛河整理的《运金运银》采访记录了歌师娥奶、张讲博、博久、张志诚、龙正海等人的演述；桂舟人和唐春芳等搜集，唐春芳整理的《打柱擎天》采访记录了台江县宝久老、施秉县岩公、凯里市李普奶等8位歌师的演述；桂舟人、唐春芳等搜集，唐春芳整理的《铸日造月》采访记录了台江县宝久老、施秉县岩公、剑河县嘎里交等12位歌师的演述；唐春芳和桂舟人等搜集，燕宝整理的《枫香树种》《犁东耙西》《栽枫香树》《砍枫香树》《妹榜妹留》《十二个蛋》采访记录了张讲博、务娥、龙正海、龙务兴、顾固理、杨固保、田保汪等18位歌师的演述；唐春芳、桂舟人、潘光华、龙明伍等搜集，苏晓星、潘光华整理的《洪水滔天》采访记录了故秦、务倒、龙喜传、陈金才等歌师的演述；潘光华、桂舟人、唐春芳、龙明伍等搜集，潘光华、苏晓星整理的《兄妹结婚》采访记录了丹寨县杨永珍、台江县仰当、施秉县龙正发、凯里市龙喜传等歌师的演述；唐春芳和桂舟人等搜集，燕宝整理的《跋山涉水》采访记录了张讲博、务娥、龙正海、龙务兴、顾固理、杨固保等16位歌师的演述等。详见下表：

表1—2　田兵编选《苗族古歌》对演唱者搜集者的说明一览表

篇名	流传地区和演唱者	搜集者	整理者	页码
开天辟地	台江县秦公、施秉县岩公、凯里市李普奶等八位歌师	桂舟人、唐春芳等	唐春芳	16
运金运银	娥奶、张讲博、博久、张志诚、龙正海等	桂舟人、唐春芳、今旦、邰昌厚等	汛河	67
打柱擎天	台江县宝久老、施秉县岩公、凯里市李普奶等八位歌师	桂舟人、唐春芳等	唐春芳	82
铸日造月	台江县宝久老、施秉县岩公、剑河县嘎里交等十二个歌师	桂舟人、唐春芳等	唐春芳	115
枫香树种 犁东耙西 栽枫香树 砍枫香树 妹榜妹留 十二个蛋	张讲博、务娥、龙正海、龙务兴、顾固理、杨固保、田保汪等十八位歌师	唐春芳、桂舟人等	燕宝	218
洪水滔天	故秦、务倒、龙喜传、陈金才等	唐春芳、桂舟人、潘光华、龙明伍等	苏晓星、潘光华	252
兄妹结婚	丹寨县杨永珍、台江县仰当、施秉县龙正发、凯里市龙喜传等	潘光华、桂舟人、唐春芳、龙明伍等	潘光华、苏晓星	280
跋山涉水	张讲博、务娥、龙正海、龙务兴、顾固理、杨固保等十六位歌师	唐春芳、桂舟人等	燕宝	324

从上表我们可以了解到，当时的搜集者、记录者和演述者的一些基本信息，但也只是简单的记录。除此之外，燕宝所编的《苗族古歌》①，在每章的开篇部分，基本上都对搜集整理的情况进行了简要说明。详见下表：

表1—3　燕宝所编《苗族古歌》对演唱者、搜集者等记录一览表

篇名	演唱者		搜集者	整理译著者	页码
创造宇宙：开天辟地、运金运银、打柱擎天、铸日造月、射日射月、呼日换月	张启庭、张荣光、张正玉、张启德		张明	燕宝	2
枫木生人：枫香树种、犁东耙西、栽枫香树、砍枫香树、妹榜妹留、十二个蛋	老（句）富		苗丁	燕宝	393
浩劫复生：洪水滔天、兄妹结婚、打杀蜈蚣	洪水滔天	潘正昌	张海平	燕宝	514
	兄妹结婚	张洪正	张文	燕宝	
	打杀蜈蚣			今旦	
沿河西迁	姜洪魁		杨忠诚	燕宝	649

而燕宝所编的《贵州省苗族歌谣选》② 对演唱者的基本情况以及记录者、记录时间、翻译者等都进行了介绍，为我们的研究提供了更为详尽的资料参考，尤其是记录下的演唱者的姓名、年龄、籍贯、学历等基本信息则比上文提及的《苗族古歌》更为翔实。例如，演述人"张启庭"在《苗族古歌》中仅被记录下姓名，而其他信息一概省略，但在

---

① 燕宝整理译注：《苗族古歌》（*HXAK LUL HXAK GHOT*），贵州民族出版社1993年版。

② 贵州省三套集成办公室主编，燕宝编：《中国民间文学集成·贵州省苗族歌谣选》，中国民间文艺出版社1989年版。

《贵州省苗族歌谣选》一书还介绍了这名歌师的其他基本情况，即"苗族，男，75岁，文盲，农民，台江县台盘乡平水村人"等。以下为详细的图表说明：

表1—4　燕宝所编《贵州省苗族歌谣选》对搜录情况的记录一览表

篇名	演唱者	个人情况	记录者	记录时间	翻译者	流传地区	页码
开天辟地	张启庭	苗族，男，75岁，文盲，农民，台江县台盘乡平水村人	张明，苗族，男，45岁，初中文化，苗文教师，台江县台盘乡水平小学教师	1985年4月记于平水村	燕宝，苗族，1989年译	黔东南台江、剑河、凯里、雷山、丹寨、黄平、施秉等县	245页
	张荣光	苗族，男，65岁，文盲，农民，台江县台盘乡平水村人					
枫木歌摘自务普、者傅演唱的资料和《苗族古歌》等	务普	苗族，女，84岁，文盲，凯里市凯棠乡人		记译于1957年	燕宝、苗丁	附记：枫木歌共2000余行，这里只摘选有关人类和禽兽及鬼神卵生同源的部分内容	208—209页
	者傅	苗族，男，80岁，文盲，台江县掌汤人					
跋山涉水	陶自改	苗族，男，78岁，文盲，农民，贵州威宁人			摘自燕宝整理的苗族古歌《跋山涉水》		250页

续表

篇名	演唱者	个人情况	记录者	记录时间	翻译者	流传地区	页码
榜香畏		力东坡,苗族,男,50岁,大专文化,中师教师。伏里达,苗族,男,60岁,大学文化,中学教师	附记:这是苗族著名的"长寿"歌《榜香畏》中的一段。全诗分三大章,十三大段,并有"引子"和"尾声"共1200行		作为苗族民间歌谣集成,应包括长歌和短歌。短歌基本上多是情歌,若不收编长歌(古歌和叙事诗),那么《苗族民歌集成》无异于《情歌集成》	根据中央总集成办的意见:适当节选一些著名长诗和古歌进入集成,故节录此一段《榜香畏》,以飨读者,节录时,编者作了些文字上的修整	265页
仰欧桑	务娅	苗族,女,70岁,文盲,农民,凯里市凯棠乡翁村别人	顾维君,苗族,男,60岁,大学文化,民间文学家	1987年春节采录于凯棠乡翁别村人			269页

通过分析上面这个表格,我们可以梳理出当时的学者燕宝等人对苗族古歌《开天辟地》《枫木歌》《跋山涉水》等的搜集、记录情况,并从中获取很多有价值的参考资料。例如:《开天辟地》主要流传于黔东南台江、剑河、凯里、雷山、丹寨、黄平、施秉等县市,演唱者有张启庭、张荣光,记录者是张明,翻译者是燕宝,翻译时间为1989年。《枫木歌》的演唱者是务普、者傅,翻译者是燕宝、苗丁,记译时间为1957年;《枫木歌》共2000余行,该书只摘选了有关人类和禽兽及鬼神卵生同源的部分内容。《跋山涉水》摘自燕宝整理的苗族古歌《跋山涉水》。《榜香畏》的记录者是力东坡、伏里达,这是苗族著名的"长寿歌"《榜香畏》中的一段,全诗分三大章,十三大段,并有"引子"和"尾声",共1200行。《仰欧桑》的演唱者是务娅,记录者是顾维君等。

　　在田野作业过程中，我于调查地凯里搜集到一本《民间歌曲选集》①，该书对苗族古歌、酒歌和大歌等的演唱者、记录者的基本情况进行了介绍，例如：流传于凯里、台江的《开天辟地》属于"酒歌"（hxak joa）类，1980 年 3 月由姜柏翻译记录，演唱者是张玉荣、张子贵，等等。

表1—5　《民间歌曲选集·苗族民歌》一书对演唱者、收集者等进行说明

歌名	流传地区	演唱者	收集、记录者	时间	页码
开天辟地 （hxak joa 酒歌） 一、盘问 二、回答	苗族 凯里、台江	张玉荣 张子贵	记录译配：姜柏	1980.3	89 页
创世古歌《开天辟地》（hxak lol 古歌）	苗族—台江反排	张光文	记录译配：姜柏	1981.8 注：此古歌调流传于台江县巫脚公社反排大队，演唱形式是由一个中年以上的男子独唱，带有吟唱的性质，节拍不规则。苗族著名古歌《开天辟地》《运金运银》《铸日造月》《洪水滔天》等在该地均用此调演唱。	99 页
铸造日月 （古歌）	苗族—台江	杨阿秀	记谱：韩光忠 记词：吴通发		100 页
造月亮（hxak hlyob 大歌）	苗族—黄平				101 页

　　在田野调研中，我在剑河县搜集到了《剑河苗族古歌·礼俗歌》。该书的"前言"对这部古歌被搜集整理的相关背景作了介绍，并提及苗族古歌的传承人，其文写道："经过一年多的搜集、整理，终于问世了。这个集子的问世，饱含着演唱者、翻译者、搜集整理者辛勤的汗水。它集纳了苗族古歌、礼俗歌 37 首，计 15125 行，其中古歌有 13 首，6425 行。礼俗歌有 24 首，8700 行。这些歌主要采集于剑河县观么乡新民、新合村，但也有少量出自剑河温泉、岑松、摆伟乡，歌手 20 余人。"②编者还对古

---

①　黔东南苗族侗族自治州选编：《民间歌曲选集·苗族民歌》，贵州民族出版社 1980 年版。

②　贵州省剑河县文化局编：《苗族古歌·礼俗歌》，贵州省剑河县印刷厂，1989 年 1 月 1 日印刷，第 1 页。

歌的传承人进行了致谢："这个集子在编辑过程中，得到了县人民政府、县财政局及有关领导同志的大力支持，也得到了苗族歌手特别是张贵华、万龙保、张岩三、万九斗的热情支持与协助。"①

　　文中较为详尽地介绍了苗族古歌搜集的艰辛过程，同时包括传承人信息，诸如姓名、性别、文化程度、职业等，例如：1987 年农历正月廿一，杨胜文②、万土畅③、万龙保④、张贵华⑤演唱了《十二个蛋》，这是由张贵华翻译、万必轩搜集的古歌；1988 年农历正月十三，万龙斗、张岩三、万龙保、万桥和、张贵华等演唱了《十二个蛋》，这是由张贵华翻译、万必轩搜集的古歌等。全书分为"古歌"和"礼俗歌"两大部分，古歌有13 首，除了下表中选取的有代表性的 9 首外，还有《分寨歌》《构板歌》《锢脏歌》和《引龙歌》，编者同样记录了演唱者、翻译者、演唱时间（多为 1987 年至 1988 年）和搜集整理者等信息，并提供了详尽的注释，这为我们研究 20 世纪 80 年代剑河苗族古歌的传承情况提供了宝贵资料。

表1—6　《剑河苗族古歌·礼俗歌》中对演唱者、记录者等情况的介绍说明

篇名	演唱者	个人情况	翻译者	搜集者	演唱时间	页码
哪个养你我	万土畅	男，苗族，66 岁，农民，文盲，剑河县观么乡新民村人	张贵华	万必轩	1987 年 2 月 8 日	5 页
	张岩三	男，苗族，53 岁，农民，文盲，剑河县观么乡新民村人				
	张贵华	男，苗族，60 岁，退休干部，初小文化，剑河县观么乡新合村人				
	万水生	男，苗族，32 岁，农民，文盲，剑河县观么乡新民村人				
	万龙保	男，苗族，42 岁，农民，文盲，剑河县观么乡新合村人				

---

① 贵州省剑河县文化局编：《苗族古歌·礼俗歌》，贵州省剑河县印刷厂，1989 年 1 月 1 日印刷，第 3 页。
② 杨胜文：男，苗族，66 岁，文盲，农民，剑河县新民村人。
③ 万土畅：男，苗族，68 岁，文盲，农民，剑河县新民村人。
④ 万龙保：男，苗族，42 岁，文盲，农民，剑河县新合村人。
⑤ 张贵华：男，苗族，60 岁，退休干部，初小文化，剑河县新合村人。

续表

篇名	演唱者	个人情况、流行地区等	翻译者	搜集者	演唱时间	页码
开天辟地	张岩三	男，苗族，53 岁，农民，文盲，剑河县观么乡新民村人	万必轩		1987 年 2 月 12 日	13 页
	万龙保	男，苗族，42 岁，农民，文盲，剑河县观么乡新合村人				
	万木生	男，苗族，43 岁，农民，文盲，剑河县观么乡新合村人				
	张和保	男，苗族，48 岁，农民，文盲，剑河县观么乡新民村人				
铸日造月	张岩三、万龙保、张贵华等	流传地区：剑河县观么乡新民村、新合村	张贵华	万必轩	1987 年 2 月 13 日	27 页
枫木歌	万龙保、张贵华、张岩三等	流传地区：剑河县观么乡新民村、新合村	张贵华	万必轩	1987 年 4 月 6 日	32 页
蝴蝶妈妈	万龙斗	男，苗族，70 岁，农民，文盲，剑河县观么乡新合村人	（文盲）张贵华	万必轩	1988 年农历正月十三	37 页
	张岩三	男，苗族，54 岁，农民，文盲，剑河县观么乡新民村人				
	万龙保	男，苗族，42 岁，农民，文盲，剑河县观么乡新合村人				
	张贵华	男，苗族，60 岁，退休干部，初小文化，剑河县观么乡新合村人				
	万桥和	男，苗族，64 岁，农民，文盲，剑河县观么乡新合村人				
十二个蛋	万龙斗、张岩三、万龙保、万桥和、张贵华等		张贵华	万必轩	1988 年农历正月十三	44 页
洪水滔天	张岩三	流传地区：剑河县新民村、新合村	张贵华	万必轩	1987 年农历正月廿一	50 页

续表

篇名	演唱者	个人情况、流传地区等	翻译者	搜集者	演唱时间	页码
兄妹结婚	张岩三、万龙保、张贵华、万再荣、万水生、万报三、万国民	流行地区：剑河县观么乡新民村、新合村	录音：张贵华；翻译：张贵华、万龙保	万必轩	1987年2月	57页
跋山涉水	张岩三、万龙保、张贵华、万再荣、万水生、万报三、万国民	流行地区：剑河县观么乡新民村、新合村	张贵华	万必轩	1987年2月	58页

在研究中我关注到的民间文学资料还有《中国歌谣谚语集成·贵州省黔东南州台江县卷》，书中对台江县的歌谣进行了分类和记录，编者在每首歌的后面都对演唱者、搜集整理者的情况逐一进行了说明，例如：《我说务农一品高》是由姬周恒（52岁，苗族，城关镇东街农民）演唱、田代元搜集整理的；《十二月唱祝英台》是由杨合英（74岁，台盘街上）演唱、龙金平搜集整理的等。

表1—7 《中国歌谣谚语集成·贵州省黔东南州台江县卷》所提及的演唱者等信息

歌谣篇名	页码	演唱者	其他信息	搜集整理
采茶歌	2	田胜元	50岁，革一屯上	龙金平
我说务农一品高	2	姬周恒	52岁，苗族，城关镇东街农民	田代元
祭午神	7			奖杉、张海生
聚山神	8	唐九牛		奖杉
立房上梁吉利词	11			田连碧
梁粑吉利词	13			田连碧
大门吉利词	14			田连碧

续表

歌谣篇名	页码	演唱者	其他信息	搜集整理
奉劝老人歌	14		提供人：徐培基，革东新街人	徐鸿菊
迎亲回喜神词	16		提供人：徐培基	徐鸿菊
迎亲古语	17		提供人：徐培基	徐鸿菊
酒歌	21	杨青松		田代元
苗族情歌	31	杨计有	老屯长滩村人	张少华、张晓华
		张炸九	大塘乡西南村人	
		张乃丁	大塘乡西南村人	
		杨娄唱	大塘乡西南村人	
盘歌	99	杨青松		田代元
百事盘歌	103	刘嫂	望京村	徐鸿菊

除了上述所提及的民间文学资料外，我们从苗族古歌的诸多版本中依然较少发现传承人的踪迹，更难寻觅到这些传承人的个人生活史等情况。当时的编著者多把工作的重心放在苗族古歌文本的誊写和呈现上，如马学良、今旦选编的《苗族史诗》就是如此。马学良曾提及这部史诗的搜集整理情况："这部《史诗》的收集和调查工作，早在1952年就开始了，那是在贵州黔东清水江一带。为了调查苗语，收集语言材料，我们请歌师为我们演唱《史诗》的片断，其后断断续续地收集加工，翻译整理，迄今定稿，已近30年了。先后参加这项科研工作的，有笔者和邰昌厚、潘昌荣、今旦三位苗族同志。他们既通晓本族语言，又经过一定的语言文字的科学训练，都是熟练而胜任的，保证了《史诗》文本的可靠和忠实。"①

我曾对苗族学者今旦进行了访谈②，询问其当年所见到的苗族民间古歌师的一些基本情况。我原本以为苗族古歌是在传统的演述语境中被学者们搜集、整理和记录下来的，然而事实不尽然。当时，学者们邀请苗族古歌师坐在一起进行演述，他们先进行记录，再把几位歌师演唱的内容加工整合在一起，以保证内容的连贯性和完整性。由于这样的"演述事件"

---

① 马学良、今旦译：《苗族史诗》（HXAK HMUB），中国民间文艺出版社1983年版，第12页。

② 详见2010年2月28日我对苗族学者今旦的访谈笔录，当时主要就苗族古歌的传承人研究问题请教了今旦。

图1—2   对苗族学者今旦的田野访谈

不是在传统的语境中发生的，所以文本中也就缺少了演唱者、演述场景、受众等传统因素的在场。这容易导致一些不熟悉苗族古歌的人将之视作一部有完整篇章、情节和结构的文学"作品"，而很少有人去深究文本后面大的"传统"是什么。

从上面所列的这些具有代表性的关于苗族古歌传承人记载的表格中，我们发现：在此之前的民间古歌演述人，基本上处于一种被忽视的"隐形"状态，较少受到研究者的关注，比较好的一种情况是——搜集整理者在某位传承人进行演述的时候，连同文本一起记下了他们的姓名，然而，搜集整理者的兴趣并不在这个传承人的身上，他们为什么选择某一古歌的篇目来进行演述，向谁、什么时候学习的这首古歌，在怎样的场合传唱这样的古歌，这种古歌演述对他们而言有什么意义等。我们于既有文献中几乎找不到它们的答案，可见当初的搜集整理者和研究者的兴趣点主要集中在文本上而不是传承人或演述者。

学者龙仙艳认为"苗族古歌研究自 1896 年至今已逾百年，虽然国外对于苗族研究论著颇丰，但对于苗族诗歌甚至具体到苗族古歌的研究形成专著或专论并不多，仅散见于苗族文化的系列研究之中。"① 在研究中我

① 龙仙艳：《苗族古歌研究百年回眸》，《贵州社会科学》2012 年第 9 期，第 118 页。

们发现，早期苗族古歌的搜集者和研究者更多关注于文本本身。在他们的眼中，文本如同一个可以独立存在的、封闭自足的客体，他们对苗族古歌传承人的地位和作用没有给予足够的重视。当时传承人在整个民间歌谣研究领域都常常被忽略。可以说直至 20 世纪晚期，苗族古歌传承人的存在才引起搜集者和研究者的关注，他们对民间口承文学的产生和传播的影响成为越来越多的研究者所关注的重点话题之一。例如，随着《王安江版苗族古歌》的出版和相关媒体的报道，台江县台盘乡棉花坪村古歌传承人"王安江"这个名字为人们所熟知，他穷尽一生搜集整理了苗族古歌，并于 2008 年 7 月结集出版，使正在消失的苗族古歌以书面文字的形式较为完整地记录下来。此外，他还经常利用农闲时节的夜晚给寨子里的人传授古歌。《王安江版苗族古歌》的编者对这位歌师进行了评述："当卡拉 OK 正随着我们追求的现代化从沿海经济相对发达的地区向西部蔓延扩张，当文化短视甚至文明的患者对贫乏的'普世的'商业文化产品趋之若鹜或沉迷其中的时候，贵州的苗疆出现了这么一个苗族的行乞者，一位歌者，一位诗人。"① 该书的"序言"部分对王安江进行了赞誉，甚至提升到了诗人荷马的高度："纵观古今中外，兼具乞丐与文化守望者身份的只有两人，一位是古希腊的荷马：经他的传唱，人类文化宝库中永远保存了古希腊的《荷马史诗》；而另一位大概就要算到贵州台江的苗族歌师王安江了：他用大半个人生，以乞讨这唯一可供他选择的生活方式，追寻苗族古歌的旋律，行走了半个中国，收集整理了 120 万字的《苗族古歌》。"②

近年来，随着国家一系列政策法规的制定和出台，对非物质文化遗产项目代表性传承人的组织认定，已成为有效保护和传承非物质文化遗产的一项核心工作，所以，传承人的保护和培养也成为我们关注和亟待解决的问题。在这一时代背景下，苗族古歌和刻道也于 2007 年被列入第一批国家级非物质文化保护遗产名录加以保护，并于 2007 年至 2009 年 3 年间公布了这两个项目的国家级代表性传承人 7 名，省级传承人 9 名，州级传承人 6 名，总计 22 名。在"贵州省第一批国家级非物质文化遗产项目性传承人名单"③（6 个类别 12 人）中，第一项就是苗族古歌，其传承人有 5 名，他们

---

① 王安江：《王安江版苗族古歌》，贵州大学出版社 2008 年版，第 8 页。
② 同上书，第 3 页。
③ 参见贵州省文化厅、贵州省非物质文化遗产保护中心编《传衍文集》，贵州民族出版社 2009 年版，第 142 页。

分别是台江县王安江、刘永洪、张定强和黄平县王明芝、龙通珍；刻道传承人有施秉县石光明、吴治光。这些传承人虽年事已高，但仍能坚持开展传承活动。《传衍文集》一书对这些代表性传承人的传承路径做了介绍，并列举了具体例子①：黄平县谷陇镇谷陇村的龙通珍热衷于古歌的演唱与传承，经过她传授的苗族歌师多达200余人；台江县施洞镇岑孝村的张定强在寨子和家里传歌，他把歌传授给了两个儿媳妇以及三位59岁的学徒，学徒自己也带了三男一女4个学徒；台江县施洞镇芳寨村的刘永洪经常教村里的青年、小孩唱古歌；黄平县翁坪乡牛岛村的王明芝培养的年轻人多达80余人，其中，95%以上的人已成为苗歌歌师。这些传承人的传承路径主要是家族传承（例如，刘永洪和张定强师承于自己的母亲，龙通珍师承于她的祖母和母亲）和社会传承或称师徒传承（例如，王安江师承于凯棠乡歌师王固沙，王明芝师承于寨子里的王垢山、王巫仙、王巫桑等，石光明师承于本寨歌师王应光，吴治光师承于寨上的蔺师父等）。

　　中国民间口头与非物质文化遗产推介丛书之《苗人的灵魂——台江苗族文化空间》着重从非物质文化遗产保护的角度，介绍了黔东南台江县的苗族古歌文化，这让更多人了解到苗族文化的社会价值和抢救苗族文化的特殊性和迫切性。该书第六章特别提及"关于苗族古歌文化传承群体中代表性人物对抢救苗族古歌文化的意见"，作者对苗族古歌传承人的减少和民间文化的消失表示担忧：千百年来苗族古歌及其文化都是在民间自由传播，广大苗族群众就是它的传承者，在苗族传统社会中每个人或多或少能吟唱一些苗族古歌，了解一些苗族古歌文化。但是近年来随着苗族老一代歌师的相继去世，苗族古歌传承人正在逐渐减少。同时随着社会生活的不断发展变化，乡村文化变得越来越丰富多彩，一些民间文化正在逐渐消失，比如苗族古歌②。

　　该书列举的"苗族古歌主要传承人名单"（如下表）对台江县主要传承人的基本信息作了记录。据不完全统计，目前全县的主要传承人有：

---

　　① 参见贵州省文化厅、贵州省非物质文化遗产保护中心编《传衍文集》，贵州民族出版社2009年版，第1—18页。
　　② 参见中国民间文艺家协会副主席余未人主编《苗人的灵魂 —— 台江苗族文化空间》，黑龙江人民出版社2005年版。

表1—8　《苗人的灵魂——台江苗族文化空间》中所列举的"苗族古歌主要传承人名单"

序号	姓名	性别	年龄	工作单位或家庭住址
1	张玉超	男	58	县苗族文化保护办
2	李德成	男	57	县苗族文化保护办
3	张德成	男	65	台江县民族中学
4	刘八九	男	66	施洞镇芳寨村
5	方少保	女	37	革东镇方家村（现属剑河县）
6	滕东艳	女	36	台拱镇朗等村
7	杨胜英	女	35	老屯乡长滩村
8	唐正福	男	60	方召乡反排村
9	杨胜花	女	33	老屯乡长滩村
10	邰胜建	男	65	台拱镇台拱村
11	李　飞	男	56	南宫乡交包村
12	姜故代	男	92	施洞镇巴拉河村
13	张定祥	男	75	施洞镇岑孝村
14	吴秀英	女	58	施洞镇芳寨村
15	王安江	男	62	台盘乡棉花坪村
16	张昌汪	男	50	革一乡大堂村
17	熊胜达	男	55	台拱镇桃香村
18	徐德生	男	49	南宫乡展丰村
19	姜乃九	女	52	老屯乡稿仰村
20	姜志英	女	52	老屯乡稿仰村
21	唐噢波	女	36	方召乡反排村
22	姬报周	男	35	台拱镇张家村
23	刘永洪	男	56	施洞镇方寨村
24	杨小妹	女	40	革东镇村（现属剑河县）
25	杨噢耶	女	44	革东镇村（现属剑河县）
26	吴光银	男	40	方召乡方召村
27	田油金	男	45	方召乡方召村
28	杨　亚	女	36	方召乡方召村
29	张胜利	女	28	方召乡方召村
30	唐乃里	女	38	方召乡反排村
31	杨光玉	男	36	方召乡反排村

序号	姓名	性别	年龄	工作单位或家庭住址
32	张正发	男	40	方召乡反排村
33	吴光英	女	47	台拱镇台拱村
34	欧明英	女	45	台拱镇台拱村

虽然文中记录了传承人的基本情况并强调了对其进行保护的重要性，为我们研究苗族古歌传承人提供了一些参考，然而这些甚不详尽的信息，只能让我们知晓传承人的姓名、性别、年龄、工作单位或家庭住址等。除此之外，文中很少有对这些苗族古歌传承人的演唱篇目、演唱特点、生卒年代、师承关系（主要指徒弟关系）等进行介绍的内容。按照书中所列的传承人目录①，我前往台江县、施秉县和剑河县进行了田野调查，仅寻访到歌师张德成、刘永洪、吴秀英等人，而在当地村民们的协助下，我后来才寻访到歌师张昌禄、邰妹伍、罗发富、刘榜桥、罗仰高、务革耶丢、王松富等人，并对他们进行了田野访谈。

从 20 世纪 50 年代开始即有众多研究者对苗族古歌传承人进行寻访调查，留下一些十分宝贵的田野资料和研究论文（或调查报告）。例如，《黔东南苗族侗族自治州志·人物志》对苗族古歌的传承人唐德海进行了记载："他的苗名叫农旺宝，三岁丧父，五岁丧母，随祖父母生活。他从少年时代就特别喜欢向歌师和俚师学习，日积月累，到成年时，对苗族的传说故事、巫词、俚词、议榔词、祝词、仪式歌、飞歌、反歌等，无不烂熟于心，融会贯通。仅贵州民间文学工作组所记录他的口传资料，就有古歌 6280 行，反歌 720 行，俚词 1140 行，议榔词 780 行，宴客祝词 135 行，嘎别福歌 20 多万字。他于 1956 年任县文化馆副馆长，并先后当选过州县人大代表与政协委员，是全国文联委员和中国民间文艺家协会的理事。"②从这些文字记录可以看出，唐德海不仅是苗族古歌的传承人，掌

---

①　在对该书的编者之一吴一文进行田野访谈的过程中，他提供了一些线索，他说今天苗族古歌歌师的居住地很集中，多半集中在台江县、施秉、雷山等，还有一些人有过搬家的经历。这让我的田野路线发生了调整，我不仅关注施秉县的苗族古歌传承人，同时也到台江、剑河等县进行了田野调查。

②　黔东南苗族侗族自治州地方志编纂委员会编：《黔东南苗族侗族自治州志·人物志》，贵州人民出版社 1990 年版。

握了丰富的古歌曲库，同时也是苗族民间文学其他文类的知识型传承人。从另外一些文字记录中，我们还可看到这位传承人更为详细的信息："他的《说古唱今》记录稿共印了130页，其中只有31页为古歌，另外99页约4000行历史传说歌皆是他自己编唱的，可见他创作能力之强。"① 更重要的是，除了上述传记体描述外，这位苗族老歌师还受到民间文学研究领域的重要专家的关注。陈建宪在2006年就曾对这位歌师进行访问，并对所拍摄的田野照片做出以下描述："2006年3月下旬，我们在贵州省凯里市雷山县丹江镇陶尧村，对著名苗族老歌师唐德海的苗族古歌传承情况进行了调查。"②

　　学者们对传承人的研究还注意到了古歌传唱的语境。例如，《苗族古歌与苗族历史文化研究》一书③是比较系统地研究苗族古歌的专著，它对苗族古歌与苗族族源与迁徙、苗族古歌与民族关系、苗族古歌与苗族支系、苗族古歌与苗族社会形态、苗族古歌与苗族婚姻家庭、苗族古歌与苗族科技文化、苗族古歌与苗族原始宗教等几个方面的问题进行了阐述。作者在第一章论述了"演唱和传承"这个问题，把苗族古歌的传承方式总结为祖先传承、家族传承、师徒传承、自学等，并选取了相应的实例来加以说明。简美玲在《贵州东部高地苗族的情感与婚姻》一书中，对苗族古歌的演唱者也进行了简要的介绍，还区分了不同的演唱场合："苗族有丰富的歌唱表演。贵州省目前被记录并出版较多的苗歌，大多传唱在黔东南地区的清水江流域与雷公山地区。歌曲的演唱有歌者与脉络的区别：族老、歌师演唱《开天辟地》《跋山涉水》《枫树歌》等叙事古歌；寨老唱《季节时令歌》；鬼师演唱祭神仪式歌或念诵的神词；理老演唱《道理歌》和《说理歌》；青年男女游方时唱情歌。"④

　　调查和研究显示：今天苗族古歌传承人的生存现状与传承前景不容乐观。随着老一代歌师的离世，这一古歌传统的说唱形式也将有可能消失。但是更多的传承人却未得到应有的重视，没有留下更多的资料，即使是对

---

① 黔东南苗族侗族自治州地方志编纂委员会编：《黔东南苗族侗族自治州志·人物志》，贵州人民出版社1990年版。

② 参见"民间文学青年论坛"文章《探访大山深处的苗族歌手》，网址 http://www.pkucn.com/chenyc。

③ 吴一文、覃东平：《苗族古歌与苗族历史文化研究》，贵州民族出版社2000年版。

④ 简美玲：《贵州东部高地苗族的情感与婚姻》，贵州大学出版社2009年版，第79页。

过去歌师的搜集整理也并不完全科学。这与彝族史诗研究的情况相类似。巴莫曲布嫫认为："在彝族史诗研究中存在着一种普遍的倾向，就是过度重视口头传承的集体性而忽略了民众个体的创造性，因而鲜有学者关注文本背后的史诗传承人。当我们将目光从既有的史诗文本转向史诗田野之后，寻找史诗传承人便成为我们考察史诗传统的一个基本前提。实际上，传承人成为我们关注的焦点，正是因为在'史诗传统文本化'问题的思考中形成的：第一，在梳理《勒俄》学术史的过程中，我们始终没有得到涉及史诗传承人的任何信息……"① 因此，这一并非个例的问题不仅应该引起我们的关注，更应得到我们的重视。

纵观20世纪中后期以来学者们对于苗族古歌的传承人或演述人的研究，我们在肯定他们已取得的学术研究成果的同时，也应该看到其中存在的一些问题和不足，大体可以概述为以下三个方面：

其一，从现有的苗族古歌的研究资料来看，以往学者们的研究，更多的是关注"苗族古歌"或"苗族史诗"文本，其他方面侧重较少。如我们今天探讨的"人"的问题：学者们对传承人的关注立足于表面化，很少对苗族古歌的传承人的个人生活史进行梳理，忽略了对传承人生长的人文地理环境等语境的介绍，对传承人的成长经历、心理诉求、喜好等问题关注不够，很少深入传统内部去关注古歌传承规律等问题，对歌师演唱过程中的一些因素，如自我创编的部分，对同一个歌师演唱的不同"苗族古歌"作品的比较，不同歌师演唱同一部"苗族古歌"的比较研究关注较少，这为我们进一步研究传承人提供了可供拓展的空间。

近半个世纪以来关于苗族古歌传承人研究存在的诸多不足，即苗族传承人的系统理论没有建立起来，我们看到的只是一个个苗族传承人研究的成果，苗族古歌传承人的研究方法体系没有完全形成，更多借用文学研究和其他学科的一些方法，苗族古歌传承人的田野研究做得不够充分，这极易导致研究者对问题的把握尺度不够深入，这些都制约了苗族古歌传承人研究理论的构建和方法的完善。这一现象与藏族格萨尔艺人的研究情况类似。杨恩洪曾指出："然而，长时间来，我们主要注重于艺人说唱记录本，

---

① 巴莫曲布嫫：《史诗传统的田野研究——以诺苏彝族史诗"勒俄"为个案》，博士学位论文（民俗学），北京师范大学，2003年，第88页。

或依据记录稿整理后出版的文本的研究，其中又主要是文学角度的研究。这固然是重要的，却又是远远不够的。史诗是人类多元文化的载体，文学角度的研究难以概括它的全部科学内涵，因此，即使是文本的研究仍需拓展视野，运用多种学科的手段和方法进行科学研究工作，方能贴近史诗科学的客观实际。更是长期以来，我们囿于文学学科的局限，或由于其他种种原因，几乎没有注意到中国境内诸如藏族、蒙古族、土家族等几个民族中，至今仍活跃于民间的史诗说唱艺人。"并继续阐述了这样一个发人深省的问题："当国外的史诗研究者、文化人类学家足迹遍全球而'遍寻无着'时，我们国内竟让这宗宝藏又沉睡了数十载，这不能不让人感到遗憾。有感于此，笔者自80年代中期开始有意识地走访了藏族、蒙古族和土家族的史诗说唱艺人，所得颇丰。"①

其二，许多学者不重视周期性的田野作业，极少深入苗族民间亲历演述事件并进行参与观察，通常是简单地沿用过往资料，这使他们的研究容易脱离苗族的民间语境。朝戈金曾探讨过这个问题，他说："研究中存在的比较典型的问题还有：许多学者缺乏周期性的田野作业，因而也缺乏真实的演唱参与体验，研究的结论就难以摆脱片面性的局限。"② 缺乏实地调查的一个后果是，研究者们多采用业已出版的苗族史诗或古歌作品充当论据，未考虑这些作品产生的时代背景，基本上脱离了苗族古歌演述的语境，可谓断章取义。正如杨恩洪在研究格萨尔艺人时所意识到的问题："目前，如果说人们对于史诗的价值已经有了足够认识的话，对于参与创作并直接传承了这部史诗的民间说唱艺人的历史功绩和作用的认识和评价却远远不够。"③ 这一论述一针见血地指出了导致这一现象的原因，一是"轻视民间作品及其创造者的传统观念的存在。虽然人们承认民间艺人对史诗的贡献和创造，但是，若将他们与作家相提并论，又总觉得难以接受，似乎仍然有个'阳春白雪'和'下里巴人'的分野"；另一个原因是"艺人研究尚属开创阶段"，由于国外已无说唱艺人可寻，基本上没有关于史诗艺人研究的经验可以借鉴，加上国内的说唱艺人多居住在交通不便

---

① 杨恩洪：《民间诗神——格萨尔艺人研究》，中国藏学出版社1995年版，第3—4页。

② 朝戈金：《口传史诗诗学：冉皮勒〈江格尔〉程式句法研究》，广西人民出版社2000年版，第7页。

③ 杨恩洪：《民间诗神——格萨尔艺人研究》，中国藏学出版社1995年版，第16页。

利的边远山区，寻访艰难等，作者认为：这些原因导致了国内对史诗艺人的研究尚属开创阶段①。这是我们在研究苗族古歌的过程中所应避免出现的问题。

其三，学者们多采取自上而下的角度去研究古歌，未从民间出发，不重视民间本土化的观念，忽略了民众自己的经验、看法、见解等，导致学者话语体系和民众话语体系之间缺少对话的平台。长期以来，很多学者在研究苗族古歌时，虽然涉足的领域比较广，比如说历史、哲学、文学、宗教、民俗、习惯法等方面，但是研究的问题尚待深入。他们有的是在搜集古歌的资料，有的是对古歌的内容作了解读，有的是对它产生的背景和时间提出了自己的看法，等等，但很多人尚未认识到苗族古歌是古代苗族人与现当代苗族人的一种"对话"。那么，古代苗族人创立和所唱的古歌为什么能传承几千年长盛不衰？传承的生态环境或条件是什么？怎样才能把苗族古歌更好地传承下去？对上述这些问题，以往的学者们极少进行深入的研究和回答。有些学者只是从苗族古歌文本出发，仅仅依靠分析文本中的章节内容，就大胆地对苗族古歌进行追根溯源的研究，缺乏实证主义研究的科学依据。正如《苗族生态文化》所述："黔东南苗族古歌中的《枫木歌》唱道：'最初最初的时候，最古最古的时候，枫香树干上生出妹榜，枫香树干上生出妹留。'苗语'榜'是花的意思，'留'即蝴蝶，'妹'即妈妈，'妹榜妹留'即花蝴蝶妈妈的意思。后来花蝴蝶妈妈和水泡玩耍，结果得了一肚子胎儿，生下十二个蛋。""苗族村民这幅人类起源由枫木——蝴蝶——人的谱系，虽然缺乏科学根据，但它包含了一种朴素的唯物主义思想，反映了当地人对自然的认识。在他们看来，人类的诞生是自然的结果，宇宙是先有自然才有人类，自然是巨大的，是'神'，是人类起源的地方。人类仅仅是自然世界的一位客人，人类只有服从自然、爱护自然才会得到神的保佑，否则将会受到惩罚和报应。这种思想同时代表了苗族人只知其母不知其父的祖先崇拜观念，反映了苗族人对图腾崇拜的根源。"②

不过，我们也应看到，越来越多的学者开始对这种研究模式提出质疑。例如，杨正伟对苗族古歌的传承方式与流传原因进行了分析，在

① 杨恩洪：《民间诗神——格萨尔艺人研究》，中国藏学出版社1995年版，第3—4页。
② 杨从明编著：《苗族生态文化》，贵州人民出版社2009年版，第88页。

《苗族古歌的传承研究》中提出：对苗族古歌的传承研究，是研究苗族古歌的基础，即将过去孤立的、平面的表层的纯作品研究，扩展到更为广阔的领域去研究，把苗族古歌视为苗族的一个文化系统，一个有机体，将其创作者，传承者、受传者、传承渠道置于一个立体的三维空间中去进行宏观的综合考察。"① 这为我们后来的研究拓展了思路。李炳泽② 2004 年在研究苗族古歌的语言时就关注到了时代性的问题，并由此指出："现在我们所看到的是'古歌'吗？是古代产生并流传到现在的古歌吗？我们说，是，也不是。不知是谁说过这么一句话，任何历史都是当代史。胡适说：历史像是一个任人打扮的村姑。我们觉得，用这些话来理解苗族古歌也非常恰当，即所谓'古歌'是'当代的古歌'。我们从语言和历史观念两个角度来谈这个问题。"③ 从古歌来讨论苗族的历史和文化尤其是古代文化，大量使用当代的材料，那么所讨论的是古歌中反映的苗族古代文化吗？历史表明，无论是东方还是西方，演唱禁忌是史诗演唱民俗的重要内容，而许多史诗都有自己与众不同的演唱禁忌。苗族古歌与这些史诗相似，在演唱方面也有不少禁忌必须遵守。有的篇章不是什么场合或什么人都可以唱，而是存在严格的禁忌。例如，《蝴蝶歌》又称《黑鼓藏之歌》，它叙述了人类祖先如何产生、为什么要对祖先们进行祭祀、如何祭祀等内容，实际上是祭祖歌，是苗族鼓社祭的制度史④。由于它是祭祖歌，加上在行"鼓社祭"祭祀祖先的活动中，有很严密的组织及许多"清规戒律"必须遵守。因此这组歌过去非祭祖之年不许演唱，更不允许小孩子们演唱，否则就是亵渎祖先⑤。吴一文对苗族古歌演述的民俗背景和传承方式

---

① 杨正伟：《苗族古歌的传承研究》，《贵州民族研究》1990 年第 1 期，第 28 页。

② 李炳泽：男，苗族学者，贵州省雷山县人，1988 年在中央民族学院研究生毕业、获得硕士学位后留校任教，1997 年任该校副教授。李炳泽大学时代即开始发表学术论文，据不完全统计，他一生共发表各类学术文章 160 余篇（其中两篇是在他去世之后发表于《民族语文》和《中央民族大学学报》的），还出版了个人专著 4 部。而令人遗憾的是，凝聚着李炳泽 10 多年心血的研究专著《苗族古歌的语言研究》，二校样稿刚刚交付出版社，却因车祸英年早逝，专著最终也未能如期出版。

③ 李炳泽：《口传史诗中的非口语问题——苗族古歌的语言研究》，民族出版社 2004 年版，第 38 页。

④ 参见吴一文等《〈蝴蝶歌〉与苗族鼓社祭制度》，《贵州民族学院学报》（社会科学版）2006 年第 4 期。

⑤ 参见马学良、今旦译著《苗族史诗》（*HXAK HMUB*），中国民间文艺出版社 1983 年版。

进行过研究，提出：苗族古歌之所以可以一代代传承下来，这离不开独特的民俗背景与传承方式，其中"演述场景、演述禁忌对古歌传承具有正反两方面的深刻影响；而在其传承方面，主要有师传学歌、家学渊源、神迷顿悟、自学成才四种方式。"① 他认为在这四种方式中，有的是并行的，一些歌师往往通过综合的方式来习得古歌。参照以上研究的新动向，我在研究中借鉴了民族志诗学研究的理论。从民族志诗学的角度来研究苗族史诗，我们就应该关注到苗族民间本土的史诗观念与地方语汇，重视民间歌手经验性的总结，把它还原到本土文化的生态中去加以阐释和理解，强调从自己民族的立场去解释史诗传统，从而将史诗视作一种活在苗族民间的特定口头叙事传统，而不仅仅只是一部"作品"。

小　结

在我的田野研究开始之前，我认真查阅并整理了老一辈学者曾经爬山过坎到苗寨搜集到的苗族古歌，这是一部部流传在黔东南苗族地区的民间创世史诗，以诗的语言叙述苗族发展史和远古时代的生活图景，以诗的哲理和内容表达了苗族先民们的艺术思维和审美观念，生动形象地刻画了苗族先民们生存繁衍的英雄壮举，叙述了从开天辟地到铸日造月，从万物产生到洪水滔天，从兄妹结婚到溯河西迁的自然世界与苗族社会生产和发展的全过程。通过梳理20世纪50年代出版的苗族古歌的版本，我沿着老一辈学者的脚印继续走下去，在比照研究中试着探寻关于古歌传承人的更多信息，以对我今天的研究提供更有价值的参考。

在走出书斋、奔向田野的过程中，我常常想到一位大约与我同样乐于进行调查的远方同行，他就是英国考古人类学家和民俗学家威廉·约翰·汤姆斯（W. J. Thomas）。他在给当时文坛名刊《雅典娜之论坛》的一封公开信当中，首次使用了"folklore"一词。这个在当时还显得比较突兀的名词，现在看来应当就是今天的"大众民俗"的称谓吧？而且我也为能有这样一位先知先觉的同行而感到庆幸——民俗学真的是一门世界性

---

① 吴一文：《仪式与表演中的文化传承——苗族古歌演述的民俗背景》，《贵州民族大学学报》（哲学社会科学版）2012年第5期。

学科。

在诸多关于整理民间文学尤其是口承文学的方法当中，我选择了第一手田野调查法（实地调查或现场研究）［Field work］。根据实际的田野调查得知，深入大山，涉足田间，访问民众，与身边那些隔窗品茗、分派表格、按书索引的室内作业方法不同，我更愿意选择适用于自己的言之有物的田野方式。而且显然，我的田野不是团队式的田野功课。我的田野作业更属于"家乡民俗学"的田野考察。在对古歌的搜集整理工作中，我个人更加偏重忠实于搜集到的第一手资料。鲁迅先生在《且介亭杂文·门外文谈》中讲得有理：不赞成对于民间文学润色[①]。随着对苗族古歌研究的不断深入，我开始用口头诗学领域的观念来看待我的研究对象。口头诗学关注的是传统、演述和文本三个要素：传统可以看作一个历史深化的过程，演述是共时性的事象，而文本是传统和演述交互作用的结果。如果缺少演述，口头传统便不是口头的；如果缺少演述，传统便不是相同的传统；如果缺少演述，我们关于史诗的观念也失去了完整的意义[②]。在现实中，我们通观苗族古歌的演唱，常会发现它同样具备浓厚的演述色彩。

也许，我正在进行的苗族民间古歌搜集整理工作是一个远不知尽头的开端。好在我的身后拥有更加博大精深的苗族历史文化以及苗族同胞的默默支持，所以我立足于到民间去观察苗族古歌的演述事件，并对苗族传统中的古歌传承人进行新的研究。我当然知道万事开头难的道理，只不过我曾经确实深有感触自己的这一份田野考证犹如探险一般；但同时我的心里也清楚，当初始创这一民俗之框的前辈们的开拓工作更为艰难，如何能够为我们今天在民间观察到的苗族古歌进行民族志写作，如何使自己拥有绝大气力一笔一画书写下去，肩负着一种民族责任感与使命感来继续努力完成这篇已然开端的文章。

---

①　《鲁迅全集》，人民文学出版社 2005 年版。

②　尹虎彬：《口头诗学与民族志》，参见周星主编《民俗学的历史、理论与方法》，商务印书馆 2006 年版，第 658 页。

第 二 章

田野研究中的苗族古歌传承人

　　苗族分布在我国西南数省区，按方言划分，大致可分为东部方言区、中部方言区和川滇黔方言区（即西部方言区）。黔东南清水江流域是全国苗族最大的聚居区，苗族古歌则流传在凯里、剑河、黄平、台江、雷山、丹寨、施秉、镇远、三穗、从江、榕江等地。在田野调查中我们发现，苗族民众自身对古歌这类口承文学的传承与保护，大多缺乏理解与认识，处于一种比较自然与初级的状态。由此可见，我们面临的任务，不仅是一般意义上所谓的"继承人类文化遗产"，汲取和保留一份民族民间口头艺术的优秀基因，而是要深入民间，在扎实的田野工作基础上对古歌传统的价值与功能进行挖掘。然而，以往学者们的研究成果大多立足于苗族古歌本身，多侧重从源流、传承和音乐等方面对苗族古歌进行阐述，往往忽视了对其传承人的研究，造成了"我者"的缺席。除此之外，他们还主要从宏观的视野上进行研究，较少联系到具体的地域。

　　苗族古歌与所有非物质文化遗产一样，具有活态生存和传承的特点，苗族古歌至今还在民间流传，这种活形态的艺术形式受到了学者的关注和重视。著名民俗学家陶立璠在《非物质文化遗产的定义、评价与保护》一文中曾一针见血地指出："一个国家一个民族生存的根本，除物质的保证之外，文化遗产也是立命的根本。中国人之所以成为中国人，是以他所创造的文化作为标志的。如果这种文化消失，国家和民族就失去了存在的意义。"① 《苗族生态文化》一文也指出了保护苗族民间文化的重要性："贵州苗族由于长期居住在山区，交通不便，对外交往少，至今许多边远

---

　　① 陶立璠：《非物质文化遗产的定义、评价与保护》，出自《中国非物质文化遗产保护论坛论文集》，文化艺术出版社 2007 年版。

的苗寨仍保存着丰富的、传统的、原生的农耕技术和文化。他们信仰万物有灵，崇拜自然，主张天人合一、人与自然和谐共处。文化是人类进步与创造性的源泉。没有人文背景的发展，只是一种没有灵魂的经济增长而已。挖掘这些蕴藏在苗族民间的文化，对于我们保护民族地区的自然环境和资源、加快生态文明建设、加快民族地区经济社会发展有着重要的意义。同时，传承好这些宝贵、原生的人类文化资源，对于文化多样性的保护，特别是从文化视角来探索解决环境资源问题有积极作用。"① 作为苗族古歌世代相传的代表性人物，苗族古歌传承人作为这一非物质文化遗产的重要承载者和传递者，他们掌握并传承着苗族古歌精湛的演唱技艺，对传承和保护苗族非物质文化遗产做出了重要贡献，可称其为苗族古歌"活的宝库"。试想，如果没有了苗族古歌传承人，苗族古歌的生命力也将逐渐丧失，没有他们在民间坚守着苗族古歌的生态延续，其保护与传承也只是一句空话。

民俗学家刘魁立曾提醒我们："活鱼是要在水中看的。"走出书斋、走向民间，这成了我一直以来所坚持的学术追求。为了找到田野理论与实践的结合点，我选择了前往古歌传承人所在的苗族村寨开展田野作业的路线，深入到凯里、施秉、台江、剑河等地进行了长达数月的田野调查。在田野调查中，我对古歌传承人的观察研究经历了一个反复比较和选择的过程，我的田野调查点首选为黔东南苗族侗族自治州施秉县苗族聚居地双井镇双井村，每年的寒暑假我都到此地开展田野调查，后期我又选择了邻近的台江县、剑河县和施秉县的苗族村寨等，开展了长达66天的口头传统研究领域的实地田野工作，我前后几次寻访了施秉县、台江县和剑河县的古歌传承人，访问对象达40多人，以期对传承人的整体情况进行一个横向的比照。

我的田野工作主要以双井镇双井村作为考察维度，循序渐进地做好村落地理环境、历史渊源、人口状况、经济生活、文化传统、空间结构等方面的调查，并在此基础上研究苗族古歌演述的社会人文环境和传承情况。之所以选择这样的田野路线，主要是力避从文本走向文本的研究，从而深入苗族古歌传承的核心区域，亲临苗族民间的古歌演述现场，亲耳聆听当地苗族歌师演唱古歌，进而掌握第一手资料，真实地呈现苗族民间传唱古

---

① 杨从明编著：《苗族生态文化》，贵州人民出版社2009年版，第3页。

歌的场景，然后展开对苗族古歌的研究。由于亲自观察到了传统语境中的演述事件，接触到苗族古歌的传承人，我真正领悟到了古歌在民间所具有的鲜活生命力。

以往的古歌传承人既有文盲，也有半通文墨的乡间文化人，还有受过教育的本土学者。通过田野访谈和研究，我对苗族古歌传承人进行了归纳分类：有目不识丁、全凭口传心记来传唱古歌的传承人，如剑河县岑松镇弯根村的古歌传承人张昌禄、施秉县杨柳塘镇屯上村的古歌传承人吴通贤、台江县施洞镇的古歌传承人刘永洪、剑河县稿旁村的古歌传承人罗发富、剑河县中富村的古歌传承人王松富等；也有如张德成、吴培华、姜柏等这类学有专长的本土学者和专家；还有如张昌学、龙林等这类既会演述苗族古歌又可进行苗文记录的知识型古歌传承人。通过对他们的民族志访谈，我对苗族古歌的整体传承线索进行了梳理和总结。

我的几次田野工作均达到了预期目标，通过开展田野调查工作，不仅搜集到了丰富的第一手田野资料，完成了田野资料的建档工作，而且提高了田野调查中的具体操作技能，建立了良好的田野关系，积累了较丰富的田野调查经验。

第一节　走进剑河：在田野中寻访
文本背后的传承人

为了从宏观上把握苗族古歌传承人的整体情况，我走进苗族民间，寻访到了苗族古歌的传承人，并且亲眼看到了古歌在民间的演述场景。在进行田野访谈前，我按照寻访"黔东南州古歌传承人——剑河县古歌传承人——台江县古歌传承人——施秉县古歌传承人"这样的线索，制定了详尽的调查提纲。然而，在实际的田野调查中我遇到了一些困难，所以我及时对预先设计好的访谈问题作了修正，并在实践中不断加以调整。针对田野中所涉及的几类研究对象，我分别制定了三种"访谈问题表"，即苗族古歌传承人田野访谈问题表、文化部门工作人员田野访谈问题表和苗族当地村民田野访谈问题表，这样更有针对性，便于操作。按照预先拟定好的问题，我有步骤地对这几类研究对象进行了田野访谈，我提出的问题得到了他们的逐一解答。

在黔东南州进行田野调查的过程中，我对州文化局、台江县文化馆、施秉县文化馆和剑河县文化馆的工作人员都进行了田野访谈。在对州文化局的工作人员、苗族古歌的研究者等人进行田野访谈中，我试图对整个州的非物质文化传承人的保护工作情况有所了解，同时寄希望于受访者可以提供传承人的传承谱系、传统曲库等详尽信息，这样可以让我更加有的放矢地开展田野工作，但实际的情况却不是很理想，当地文化部门并未健全古歌传承人的相关档案，这使我不断调整自己的田野路线，原计划展开的田野工作也在实践中不断进行新的修正。

一　地方文化视野下的苗族古歌传承人

在黔东南州文化局，我对非物质文化遗产保护中心的负责人粟周榕进行了访谈，我主要关注的是当地对苗族古歌传承人的保护情况。在访谈开始前，我查阅了黔东南州对传承人保护方面的介绍资料，并向受访者询问了相关问题。

> 田野访谈：黔东南州对非物质文化遗产传承者的保护情况
>
> 访谈者：请问州里有多少位古歌传承人呢？
>
> 粟周榕：省级传承人先后有 5 人，他们是姜固代、吴通英、张定强、刘永洪和张洪珍。其中，80 多岁的歌师姜固代是台江人，他的年纪大了，在被评上省级传承人一年后就去世了；吴通英是台江县施洞人，她现在住在贵阳，还有专门的传习所；张定强是台江人；刘永洪是台江县施洞人；张洪珍是台江县施洞人。但是，现在的歌师年龄普遍偏大，年轻一些的传承人很少有会唱古歌的了。
>
> 州级只有十二路酒歌、飞歌、剑河多声部情歌的传承人，没有古歌传承人。剑河多声部情歌传承人有杨开元，他是男歌师，1975 年出生，剑河县久仰乡巫交村人。飞歌的传承人有四人，他们是吴通德，男，1936 年出生，施秉人；方绍保，男，1973 年出生，参加过西部民歌赛，他唱得好；刘礼洪，男，1973 年出生，剑河人；卢玉芝，女，1933 年出生，雷山县人。这些传承人都会唱一些其他类型的歌，他们掌握的歌较多。
>
> 在我州的苗族古歌传承人中，国家级传承人有 4 人，即王安江、

王明芝、龙通珍和刘永洪，王安江是位男歌师，台江人，不幸的是他已经过世了；王明芝是位女歌师，黄平人；龙通珍是苗族歌师阿幼朵的母亲，80 多岁，黄平人；刘永洪是位男歌师，80 多岁，台江县施洞人。2007 年 6 月，我们当地申报了首批国家级非物质文化传承，苗族古歌也进行了申报。遗憾的是第二批没有被评上，第三批有一位歌师张定强被评选为国家级非物质文化传承人，他是台江县施洞人，20 世纪 30 年代出生的，接近 80 岁。

访谈者：请问对非物质文化传承者有什么保护措施吗？

粟周榕：一是给传承人生活补助经费，比如国家级传承人的补助是 8000 元/年，省级传承人的补助费是 5000 元/年，州级传承人的补助是 3000 元/年。二是通过开展活动情况予以项目补助。三是尽可能解决传承人所提出的要求，无论哪一种要求我们都有责任、义务去帮助他们解决困难和问题，每年他们也都签有责任状，他们肩负着传承的使命。

到 2010 年 9 月，我州已有国家级非遗项目代表性传承人 21 人，省级非遗项目代表性传承人 77 人，这些传承人分布在全州 16 个县市，省级、国家级的都有，在评定中一般都要考虑兼顾。我州入选的省级第二批非遗项目有施秉县的苗族《古歌》等，该项目的传承人有吴通胜，你们刚才提到已经去访谈过了。

每年我们都要对传承人进行考核，县文化局和州文化局都只有两个人专门从事这项工作，做一些常规性工作。根据签订的责任状来对传承人进行考核。我们与一些传承人保持着联系。很多传承人不会讲汉话，当地文化局同志到传承人家乡去进行调查，但是他们苦于无法翻译苗歌，歌师也很难准确地用汉语来表达，这导致很多古歌都没有来得及抢救，很可惜。王安江整理了一些古歌，他走了不少地方，但他的古歌唱得不是很好，也没有专门从事苗族古歌研究。我们准备请县里的工作人员从今年开始抢救一些濒危项目，把重点传承人的名单报上来。很多项目都有专门的项目经费，包括古歌，但是经费比较少，专门的研究人才也很紧缺，我们很难开展工作。

受访者指出，非物质文化传承人的评定方式，当地要按程序层层上报，由县文化局调查申报，在当地公示一周以上再报到州文化局，到州文化局也要公示一周以上。每人都有一张申报表，申报材料包括传承谱系（第几代传人）、传承经历（带了几个徒弟）、苗名（按苗族子父连名制追溯到第五代）、家传、师传等。我们可以通过申请表来了解传承人的一些基本情况，同时也注意到传承人的生活境遇问题。我国现阶段对国家级和省级传承人分别每年给予8000元、5000元的津贴，黔东南州还规定每年给予州级传承人3000元津贴，这对传承人的保护起到了一定的作用，然而，这些经费对传承人而言还只是杯水车薪，他们的生活总体上还处于较清贫的状态，为了维持基本的生计，他们不仅要从事繁重的体力劳动，有些传承人甚至还要到外地去打工。如何采取有效的措施来协助解决传承人的生计问题，为传承人提供良好的传承环境，让他们有更多的时间和精力来全力以赴地投入到传承工作中，这是我们应该想办法解决的根本问题。

当我问及苗族古歌的搜集和整理工作时，受访者说，由于经费所限，他们很难对苗族古歌进行录音、记录、翻译等，而且他们也无法对古歌传承人的个人传统曲库进行整理，目前主要集中精力继续完善传承人名录体系，避免传承人消失后无法记录下这些宝贵的材料。根据受访者提及的传承人名录，现在我们可以查到的传承人资料有：先后被评为省级传承人的歌师有5人，他们是台江的姜固代、吴通英、张定强、刘永洪、张洪珍；剑河多声部情歌传承人有杨开元；飞歌的传承人有4人，他们是吴通德、方绍保、刘礼洪和卢玉芝。国家级传承人有台江的王安江、刘永洪、张定强，黄平的王明芝、龙通珍。当我询问受访者是否有这些传承人的更为详细的资料记录时，受访者说仅有她在访谈中提供的这些信息，如姓名、籍贯、年龄和家庭住址等，至于传承人的个人生活史、传统曲库、学艺历程等问题，由于州文化局人手有限，目前没有精力对传承人进行详尽调查，她建议我到县文化局去搜集一些材料，而且，如果我要全面了解传承人实际的演述和生活状况，还需要亲自到台江、剑河等县的苗族村寨去实地调研，这与我一直以来坚持的田野调查路线不谋而合。

在结束对文化局工作人员的田野访谈后，我拜访了凯里市研究苗族古歌的相关学者，期望获取更多的信息。当我问及凯里市古歌传承人的情况时，协力者杨茂锐①引荐了知识型的古歌传承人吴培华②，并协助我到吴培华家进行田野访谈。受访人吴培华介绍了自己对苗族文化的研究情况，他曾走遍贵州、湖南、广西和云南等少数民族地区进行民族社会历史调查工作，搜集了大量的第一手资料，并发表了《苗家吊脚楼的美学和实用价值》《黔东南苗族习俗与两个文明建设》《论嘎百福歌的起源与断代问题》《黔东南苗族着中短裙的习俗与文学》《棉花歌》《苗岭乌蒙走泥丸》等著作。此外还在省、地刊物发表了 34 篇论文，内部刊物发表了 41 篇作品，共 40 余万字。他还努力搜集整理了一万余行苗族理辞和两万余行的各种歌词。受访人对苗族贾理进行过深入的研究，他详尽地为我们介绍了古歌和贾理在语音、语调等方面的区别，他认为，苗族古歌是押调的，歌师主要通过"唱"来进行传承，而贾理则以"念"为主，除了"念"还带"唱"，因此，贾理可唱可念。

　　田野访谈：苗族古歌和贾理的比较

　　访谈者：请问古歌与贾理在唱法上有什么区别吗？

　　吴培华：苗族贾理"贾理"是包罗万象的，包括古歌和民族习惯法、民族叙事诗、民族哲学思想、民族迁徙史、历法、苗族哲学思想等，类似一个综合的文本。"贾"包括"理"，"理"不包括"贾"。古歌应该是不断发展的，从运金运银、打柱撑天到造太阳月亮，这些内容的历史很悠久，可以追溯到苗族的远古时候了，但我认为后来的《张秀眉之歌》等也应被包含进来。贾理包括《开天辟地》《铸造日月》《人造太阳月亮》《打柱撑天》等关于远古的古歌，还有苗族的"种棉歌"、"种麻歌"，还有其他一些歌，开亲、人类起源、运金运银等，都被贾理记录下来了，所以，贾理可称为关于古歌的"百科全书"。

---

① 杨茂锐：男，苗族，凯里舟溪人，贵州大学人武学院国教系教授。

② 吴培华：中国民间文艺家协会会员，社会科学助理研究员，精通苗文，1952 年参加工作，并赴从江县搞土改工作。随后进入贵州民族学院学习，1955 年结业后，留在民族学院从事民族调查研究工作。1958 年，贵州民族学院与贵州大学合并，调中国科学院贵州分院民族研究所，并参与全国人大组织的贵州、湖南少数民族社会历史调查组工作，后调黔东南州民族研究所。由于从事民族民间艺术工作成绩卓越，而被收入《中国当代艺术名人录》第 55 页。1984年，参加黔东南州志"苗族部分"的编写和参与《黔东南概况》的编写等。

　　贾理除了念还带唱，可唱可念，通过谱来念唱下去，我认为只有唱才能使这种民间艺术传下去。如果歌师只采取念的形式，这样的效果不好，不怎么吸引人，听众也不感兴趣。但是如果歌师采用唱的形式来进行，大家觉得很好听，又容易促进记忆，这样的形式有助于古歌或贾理的传承。贾理的唱法略有区别，比如舟溪龙氏唱法，这是由一位著名的龙姓贾理师首创的，还有吴氏唱法，这是由吴姓的家族传承进行开创和传承的，但是这些贾理的内容基本上大同小异。

图2—1　对苗族学者吴培华（右）的田野访谈

　　当我提及古歌传承人这个问题的时候，受访人吴培华回忆了一下，他以前认识不少著名的歌师，例如：凯里的男歌师龙沙宣、榕江的男歌师姜开银、雷山的男歌师唐德海、凯里的男歌师吴辽英、凯里的男歌师吴翁林等人，他们的古歌唱得很好，吴翁林还是贾理师、鬼师。然而，受访人仅能提供这些歌师的姓名、性别、籍贯等，他没有关注过这些歌师的个人生活史、传统曲库等信息，他说自己在30岁左右的时候，都曾见过这些歌师，也很了解他们的基本情况，然而，现在已经过去很多年了，他很后悔当年没有多去向这些歌师进行学习，并把他们演述的古歌或贾理记录下来，遗憾的是现在已经是人走歌歇了。

　　受访人说，他对歌师龙沙宣的印象极深，这位歌师很热衷于苗族古歌的传承事业，不计名利和得失，他曾在民间办了三期培训班，不少人都去向他拜师学艺。受访人回忆说，20世纪30年代至60年代初是古歌传唱的高峰时期，在凯里、丹寨、榕江、雷山等地都有古歌流传。按照时间来统计，这些老一辈歌师大多出生在 20 世纪初，在 20 世纪 50 年代末或 60 年代中期先后逝世，所以，苗族古歌的演述传统已经衰微了。然而，受访人很乐观地认为古歌的传唱不会消亡，他借用了苗族古歌演唱的"文化生态"概念。苗族的民间文学与民众的生活紧密相连，苗族古歌、理辞是民众日常生活中不可缺少的组成部分，它们与苗族人日常的社会习俗、节日庆典紧密相关，他认为苗族古歌不是孤立存在的，只要民族文化生存、传承、发展的文化生态尚存，苗族古歌传承人还生活在本土环境、文化传统和相关的社会人文土壤里，这样的民间艺术形式必将继续传承下去，当然，这与相关部门对传承人的认可和保护力度以及当地民众对本民族文化传承的认知态度密不可分。

在杨茂锐的协助下，我在黔东南州凯里市苗学会办公室对学者姜柏[①]进行了田野访谈。姜柏谈起他对苗族古歌的搜集和整理情况：他小时候就对苗族古歌产生了浓厚的兴趣，经常听到寨子里的歌师们唱古歌，他便向这些歌师们学习。20 世纪 80 年代初，他参加工作后借调到州文化局，参与了 1980 年文化部牵头编写的《中国民间歌曲集成·贵州卷·黔东南分卷》苗歌部分的抢救工作，他走遍了 16 个县市，亲自到古歌流传的村寨进行搜集和整理。

> 田野访谈：关于苗族古歌的搜集和整理情况、古歌传承人等问题
>
> 访谈者：请问您当时是如何来搜集苗族古歌的呢？
>
> 姜柏：我先录音，再用苗文记下来。我所搜集到的古歌，第一行是苗语，第二行是汉语的音译，我还标注了歌调和曲谱。当时，我请歌师来唱古歌，唱得好的我都录下来，回来后慢慢整理。当时，歌师基本上都会唱古歌，所以，我搜集到了很多较为完备的古歌版本，在"文革"前我都完整地保留了下来，但是，"文革"至改革开放的这段历史时期，苗族古歌逐渐走向衰退，我所搜集的古歌变得不完整了。

----

① 姜柏：男，苗族，凯里市凯棠乡人，1939 年 12 月出生，1960 年毕业于贵州大学艺术系，学苗文四年制。1960 年到小学教书，任美术、音乐课教师。1963 年调入凯里市运输公司子弟学校中学部（现改名为第十二小学），2000 年退休。

图2—2　对苗学会学者姜柏（中）的田野访谈

访谈者：您觉得古歌的传唱与婚姻圈有关联吗？

姜柏：我认为，非婚姻圈内的苗族人一般不能交流，因为他们没有联姻，服饰不同，唱歌的语调也不同，这样歌师之间较难进行对唱。苗族基本以同种服饰联姻，舟溪是中短裙苗，黔东南有一百多种服饰，凯里市至少有4种服饰。不同服饰不能对唱，黄平大歌、酒歌曲调不同于凯棠。习俗不同，歌词也不同。施秉有两种服饰，一种与台江施洞服饰同，住清水江边。另一种与黄平服饰同。凯棠、旁海、庐山、湾水等地服饰相同，可以开亲。凯棠和台江革一开亲，服饰相同，歌词一样，曲调也一样。由此可见，苗族古歌的划分方式，要从语言、服饰、习俗来入手，不能以现在的行政区划来分。凯里一区原来归麻江管辖，现在又归凯里管辖了。服饰同，歌种同，语言基本相通，但也存在着差异。凯棠与三棵树的白溪、台江县台盘乡、革一乡同一服饰，还有雷山大部分地区服饰同。同一婚姻圈，同歌调、同语言、同习惯。剑河的西面与台江东面太拥的短裙苗服饰相同。两地交界处的人服饰、婚姻圈都相同。

受访人谈到了古歌的传承方式，他认为主要有以下三种：

姜柏：一是寨子就近学，我们可以拜寨子的歌师为师，他们会义务教学，也不需钱。第一次是听歌师念歌词，朗诵下来，不用调子唱；

第二次再来教唱，如果寨子没有歌师，就跑附近寨子去学。另一种是家传，按照"老祖——父亲——儿子——孙子"这样的传承方式。父子、母子可以传承。第三种是学徒不拜师，他们直接从酒场上学会，在歌师演唱古歌的时候，他们在旁边认真学习。比如，杨茂锐老师的母亲就是靠这种方式学习的。从外行到内行，人家唱我注意听，不知不觉就学会了。一般歌师特点是身体好、记忆力好、聪明灵活、勤奋。现在我发现还有年轻人听光碟来唱古歌的情况，这应该是一种新的传承方式。

针对马学良、田兵、唐春芳等人搜集整理的几种苗族古歌版本，姜柏也作出了较为客观的评价：

> 姜柏：前辈唐春芳、燕宝他们花了一辈子精力搜录这些古歌，刚开始是苗文，后来他们补充汉文，这花了很多精力，他们全面搜录了很多古歌的文本，后来在整理时删减了部分内容，这是一个缺陷。我觉得这本书不可传承，因为这不是母语记录，老百姓不可能用。苗族古歌如果已翻成汉语就很难再翻成苗语。我认为现在我们要制作的是苗汉对照版本，而且在内容上不能以一个歌师为代表，传承也有局限性，这些歌师的作用很重要，互相弥补，完善的版本应是苗汉对照。把某个地区的曲调、演唱区域、服饰等记录下来。我觉得最好要做光碟，亲自朗诵出来，我想把自己搜集的古歌用苗语朗诵出来，刻成光碟版本，让光碟起到传承作用。我正在做此事，把几个版本综合成一个，在原始资料基础上提炼，比如，同样一个情节，有的歌师会唱三行，有的歌师会唱四行，谁的措辞好我就用谁的，我也会适当搜集整理一些"歌花"，我觉得有代表性的"歌花"都要去搜集。我打算用三年的时间来完成。

在访谈中，姜柏谈到了他曾关注过的歌师有凯棠乡大平村的男歌师张金岔、女歌师张务新等，他回忆说，1992 年，他曾去大平村搜集古歌，当时张金岔已经是 88 岁的老人了，姜柏把他的歌全录了下来，当时他录音的时候，这位老人的思维还很清晰，他念一句歌词，姜柏先把词记录下来，再记歌调。1997 年，歌师张金岔去世了。张务新是文盲，现在她已经快 90 岁了。姜柏关注的歌师还有凯绍村的杨友长和杨成礼、凯棠乡南江村的歌师顾永明，其中，杨友长的演述水平较高，他虽然只有小学文化，但他会讲汉语，他的年纪是 60 岁；杨成礼的年纪已近 70 岁了。顾永明的年纪是 79 岁，小学文化，他不会说汉语，但是他会唱不少古歌。

在结束访谈的时候，受访者姜柏还现场唱了一首古歌《运金运银》，他一边深情演唱，一边饱含忧虑地谈及苗族古歌的传承和保护问题。受访者以凯棠乡为例进行了说明，当地最多只有四人可以把一首古歌完整地唱下来，村子里有一位 80 多岁的歌师，他年纪大了，耳朵处于半失聪的状态，加之记忆力不好，所以他很担心自己无法传承下去。现在的歌师寥寥无几，凯里市瓮项有很多歌师先后去世了。现在很难找到精通古歌的歌师了，基本上找不到每首歌能唱全的歌师。

随后，我还对知识型古歌传承人张昌学进行了田野访谈，受访者谈起了他的学歌历程，他于 1955 年 10 月生于台江县红阳寨，从小向奶奶、外婆、母亲学唱苗歌，向父亲学唱古歌，父亲走到哪里，他就跟到哪里。从记事起，六七岁时，张昌学就已经会唱古歌《开天辟地》等篇目了，他说：“我们苗族人会讲话就会唱歌，苗歌自古以来靠口头传承，我喜欢唱古歌，听一遍就会记住，靠心记，不靠稿子，现在我也会把古歌写下来进行学习，我会唱古歌、情歌、游方歌、酒歌等。”

受访人张昌学认为，按照民间的说法，古歌大体有十二路，从《开天辟地》唱到《运金运银》《跋山涉水》《仰欧瑟》《起屋造房》《耕田造地》，婚嫁也有古

图 2—3　对知识型古歌传承人张昌学进行田野访谈

歌，丧葬歌都应列为古歌范畴。现在很多村寨里的年轻人都外出打工了，他们忽视了古歌的传唱和传承，认为可唱可不唱，可传可不传，真正会唱的人不多，能真正理解古歌实际意义的人就更少了。现在，很多歌师都担心自己的古歌难以传承下去，如果政府不予以重视，苗族的民间文学将面临衰微的境地。2010 年，受访人张昌学接触了非物质文化遗产的保护工作，作为歌师，他希望把歌传唱下去，积极鼓励年轻人来学歌。他花时间录制了一张光碟，内容为他演唱的古歌《开天辟地》（30 分钟）和《仰欧瑟》（8 分钟），还有酒歌（10 多分钟）、飞歌、情歌等。

受访人张昌学经常思考这样一个问题，即怎样才能把好的民间文化精品一代一代传承下去？他认为，一方面，政府要重视传承人的保护问题，建立起激励和管理传承人的机制，给歌师评定初、中、高级别，不仅在经费上给予一定的补贴，还要对传承人进行表彰和奖励，使他们对在民间自发开展传承工作有信心；另一方面，传承人也应意识到自身所肩负的本民族所赋予的文化传承的责任，自觉地传承民族的优秀文化。当时，受访人张昌学即将参加州政协会议，他计划提出《关于制定黔东南苗族侗族自治州非物质文化遗产管理条例的提案》，希望为当地非物质文化遗产传承人的保护工作贡献一臂之力。

就苗族古歌的传承而言，张昌学建议州文化部门有计划地选拔有代表性的古歌传承人，最好实施传承人签约带徒传授制，争取培养起年青一代的传承人，让年老一代把自己所掌握的古歌文化传给年青一代，让年青一代将老一代传承人所传的古歌再进行新的传承。既要重视传承人的保护，又要加强对他们的学徒的培养，才有可能使非物质文化遗产世代相传下去。

二　文化部门对传承人保护的情况

在结束了对州级文化部门的田野考察后，我开始到县里对传承人进行新的田野访谈，遵循我的田野工作思路，我下一步选择了剑河县文化馆作为访谈地，主要针对苗族古歌传承人的情况，对当地文化部门工作人员杨茂①进行了田野访谈。杨茂向我介绍了剑河县苗族古歌传承人的基本情况。

---

① 受访人：杨茂，男，苗族，出生于剑河县太拥乡昂英村。剑河县文化馆负责人。访谈地点：剑河县文化馆。

图 2—4　就苗族古歌传承人的保护问题对剑河县文化馆杨茂进行访谈

田野访谈：剑河县对非物质文化遗产传承者的调查情况

访谈者：请问你们今年准备申报哪些项目呢？

杨茂：我们今年准备申报苗族古歌这一项目，久仰、南寨、岑松、太拥 4 个乡镇有古歌传承人，南哨、革东、岑松几个乡镇古歌传唱最多。别的乡镇较少，磻溪是侗族聚居区，没有苗族古歌的传唱。

访谈者：请问现在会唱古歌的人多吗？

杨茂：在我们剑河县 12 个乡镇中，10 个乡镇以苗族人口为主，两乡镇以侗族人口为主。现在这些村寨会唱古歌的人不多了，歌师的年龄一般都在 70 多岁，具体人

图 2—5　剑河县非物质文化遗产项目简介

数很难统计，根据昨天的调查结果，我们认为会唱歌的歌师有二十多个。今年（2011 年）11 月，我们参与了"非遗"申报工作，按照规定要一级一级报，先报到州里，再报到省里，最后才可达国家级别。我们文化馆只有一人负责"非遗"工作，人员严重不足。剑河的苗族古歌很有特色，各地方言各有特色，音调不同，唱法也不同，但是，苗族古歌的内容大同小异，比如，苗族的迁徙歌的内容基本一致，迁徙情况基本差不多，我们唱的都是关于苗族从太拥乡昂英村迁至九连，然后往各地分散开来等历程。据说昂英村有 72 寨分支。古歌所涉及的内容很广泛，比如迁徙、定居以及生活中的大小事。古歌的内容很多，关于万物起源，谁支起天地，太阳如何升起来，动物、植物如何造出来，苗族怎样生产，安居乐业等，我虽然懂苗语，但是很多内容我都听不懂。古歌是说"古代"的事，现代的歌不是古歌了，古歌的内容大多所涉及的是远古事件。

图 2—6　剑河县文化馆墙上悬挂的歌师照片资料

在剑河县文化馆办公室的墙壁上，我发现悬挂着几幅苗族古歌师的照片，受访者杨茂告诉我这是以前他和同事们去村寨里拍摄的。杨茂从2005 年开始对苗族古歌进行搜集，2006 年他把苗族古歌申报为非物质文化遗产项目，遗憾的是没有获得批准。当时，该县选择了 7 个项目申报国家级非物质文化遗产项目，2010 年有 2 个项目申报成功，即革东苗族民歌（苗族飞歌）和苗族银饰锻造技艺。今年，受访者将继续致力于苗族古歌和水鼓舞的申报工作。我提出打算去拜访剑河当地古歌的传承人，请受访者提供一些线索，他介绍了一位古歌传承人：温泉村的欧棍，这位歌师是苗族古歌的州级传承人。

于此，我还问起了传承人的遴选问题，受访人杨茂回答说，首先在全县范围内对苗歌进行普查，文化部门的工作人员前往村寨去询问民众谁的古歌唱得好，然后请歌师来唱古歌，根据他们实际演述的水平来进行等级评定。现在会唱古歌的传承人很少了，据不完全统计，温泉村只有一人会唱古歌，大部分歌师会唱的是苗族飞歌、姊妹歌、酒歌等，与古歌相比，这些歌的音调更高，穿透力较强，歌师也更喜欢学。苗族古歌在当地是采用对唱形式，一方提问，一方应答，然而，随着老一辈古歌传承人的辞世，我们已很难看到这样的古歌演唱形式。2009 年，受访人杨茂申报的古歌传承人有欧昌仁，当年这位歌师已经 78 岁了，他是贵州省民间文艺家协会会员，他的演述水平很高，可惜这位歌师在 2010 年过世了，遗憾的是没有为这位传承人留下音频资料，目前只有一些图片和文字。

受访人杨茂说他一直在关注传承人，今年还准备去搜集古歌，现在最大的问题是筹集经费，有了资金的支持才能更好地组织一些人开展工作。在对苗族民间传承人的保护问题上，受访人杨茂谈了自己的一些思考。他认为，我们对传承人要给予支持，不仅是经济上扶持，更多的是要给予其人文关怀，真正去关心他们的生活，提高他们的社会地位，让寨子里的人尤其是年轻人认识到民间文学遗产保护的紧迫性，同时也更加理解和关爱本民族文化的传承人。

三　寻访苗寨的古歌传承人

为了较全面地掌握苗族古歌的演述环境和传承情况，我前往剑河县的村寨进行了田野调查。通过查阅剑河的材料，我对该县的地理位置、面积、人口、民族构成和习俗等情况有了一定的了解。

剑河县位于贵州省东南部，黔东南苗族侗族自治州中部，地处清水江中游，东与锦屏、天柱两县毗邻，西与台江县接壤，南抵黎平、榕江两县，北邻镇远、施秉两县，是一个古老神奇秀丽的少数民族县。根据我在 2011 年调研中所获得的资料情况：全县面积 2176 平方公里，辖 5 镇 7 乡，300 个行政村，总人口 25.11 万，少数民族人口占 96%，其中苗族占总人口的 66% 以上。苗族人口主要居住在革东、岑松、柳川、久仰、南哨、太拥、南加、南寨、观么、敏洞十个乡镇。

剑河民族服饰五彩缤纷，苗族服饰多达 11 种，素有"十里不同俗，五里不同服"之称。民族服饰尤其以柳富锡绣、稿旁红绣为代表，其制作精美，工艺独特。苗族节日丰富多彩，最隆重的有春节、正月十五、二月二、姊妹节、粽粑节、六月六民歌节、九月九、牯藏节、苗年节等。在剑河县的苗族村寨里，都有人会唱古歌，但歌师一般都在自己的婚姻圈内进行传唱。当然也不排除例外的情况，如果歌师在外地走亲访友的时候，虽然不是本婚姻圈内，但主人一定邀请歌师唱歌时，他们也能陪唱。只有在学歌词的时候，可以跨婚姻圈学习。

图 2—7 歌师罗发富居住地稿旁村阶九寨

在田野调查中，我对剑河县岑松镇弯根村的张昌禄[1]，稿旁村的罗发富[2]，苗榜村的邰妹伍[3]，展丰村的刘榜桥[4]、罗仰高[5]和务革耶丢[6]，南寨乡中富村的王松富[7]等歌师分别进行访谈，他们讲述了各自的学艺历程。

---

[1] 受访人：张昌禄，苗名引桑，1934 年 8 月出生，农民，小学毕业，会说汉语，识字。他有四个孩子都在外面打工。歌师。

[2] 受访人：罗发富，男，苗名罗九凹，剑河县岑松镇稿旁村阶九寨人，66 岁，文盲，歌师。

[3] 受访人：邰妹伍，女，苗族，剑河县岑松镇苗榜村人，80 岁，不会说汉语，文盲，歌师。

[4] 受访人：刘榜桥，女，苗族，剑河县岑松镇展丰村人，75 岁，文盲。

[5] 受访人：罗仰高，女，苗族，剑河县岑松镇展丰村人，55 岁，文盲。

[6] 受访人：务革耶丢，女，苗族，剑河县岑松镇展丰村人，77 岁，文盲。

[7] 受访人：王松富，男，苗名就报侯，剑河县南寨乡中富村人，74 岁，文盲。

在我的访谈中，剑河县弯根村苗族歌师张昌禄特别提到古歌传唱与婚姻圈的关系，他介绍说，弯根村的人多与附近的温泉、苗榜、巫沟、新寨、张往、干俄、苗寨、报谷、马山、穿洞、打老、革东、稿午、交喜、方家、源江、屯州、八朗、交东、东拢、辣子寨等村寨进行通婚，所以这些寨子里的歌师之间对唱古歌的机会比较多，他多半时间在本婚姻圈里与歌师进行对唱。年轻时，他曾经到过镇远的巫松、巫吉、纠王、巫枯、往后、巫细等地唱歌。他说："我们唱歌大都在自己的婚姻关系圈内唱，一是我们寨子上有人家办喜事的时候，经常有酒席，歌师便要在酒席上唱歌；二是我们这几个村寨的人互相通婚，我们唱歌的歌调相同，容易理解和沟通。"

张昌禄提到了附近村子的一位古歌传承人罗发富，他说："罗发富是稿旁村较有影响的歌师，他是稿旁村阶九寨人，他唱的古歌《仰欧瑟》被台江县一个姓王的音像制作人录制后刻成光碟在集市上卖，他的歌在稿旁村的婚姻圈里广为流传。"按照张昌禄提供的线索，我到稿旁村进行了田野调查，该村共有460户，15个村民小组，2600人，其中阶九寨3个村民小组，353人，全是罗姓。我对罗发富进行了田野访谈，他介绍了现在的传承情况："目前，寨上来学唱古歌的人很多，学得最好的有40岁的罗报荣、43岁的杨仰耶、65岁的杨务革金里、58岁的杨仰高、63岁的刘九水等人，这些歌师的传唱区域有岑松镇的展亮、柳旁、展丰、按拱、

图2—8　歌师刘榜桥等居住地展丰村

图2—9　对南寨乡柳富寨的歌师王松富进行田野访谈

六虎、老寨、老磨坡、大坪、南高、巫亮、下岩寨，柳川镇的巫泥、高标、小寨、柳落、台格、南脚、反前、中都，观么乡的巫烧、巫包、苗岭、雅磨、老屯、稿蒙等，这些都是与稿旁村通婚的村寨。"这与剑河县弯根村苗族歌师张昌禄所述的情况基本一致。

南寨乡柳富寨王松富是我在剑河访问的另一名歌师，他是柳富寨中富村人，74岁。当我们问及歌师的标准时，他认为，现在整个柳富寨可以称得上歌师的人不足10人，寨子里的年轻人对学歌基本都不感兴趣，他为收不到合适的学徒而深感遗憾。柳富苗寨位于剑河锡绣苗族的中心区，锡绣苗族社区共56寨，5256户，22735人。柳富寨分为三个村，共有516户，36个村民小组，2215人，分为中富村、柳富村和广丰村。柳富寨的通婚范围有：南寨乡的柳富三村和上白都、下白都、展留、白路、九龙基、久社、柳社、巫卧、绕号、白俄、展莱、反寿，南加镇的九旁、东北、青龙、架南、展牙、羊白、乌尖、塘流、塘化、久衣、久阿，敏洞乡的高丘、新寨、白欧杰、平鸟、上白斗、下白斗、小高丘、老寨、库设、平教、扣教、章沟、东努、河边、和平、圭怒、圭桃、麻栗山、干达，观么乡的白胆、平夏、上巫斗、下巫斗等村寨。

苗族古歌的传承人一般是以家族的传承为核心进行传承，围绕着优秀的传承人经常会形成特定的传承群体或传承圈。如剑河县的传承人有张昌禄、罗发富、欧昌仁、刘榜桥、王松富等人，台江县的传承人有刘永洪、刘唱其、吴合妹等人。

（一）剑河县岑松镇弯根村的传承人——张昌禄

2011年2月24日，我来到剑河县岑松镇弯根村，对当地的歌师张昌禄进行了田野访谈。剑河县岑松镇弯根村有106户，6个村民组，500多人，全是苗族，主要姓氏有张、吴、石、伍、谢、邰、刘。全村主要有张、谢、吴以及混杂姓共四个家族。主要通婚圈有温泉、苗榜、巫沟、新寨、张往、干俄、苗寨、报谷、马山、穿洞、打老、革东、稿午、交喜、方家、源江、屯州、八朗、东拢等37个苗寨。其中，稿午、交喜、方家、源江、屯州、八朗、东拢等村寨，2001年以前属于台江县，因清水江三板溪水电站库区淹没剑河老县城，剑河新县城必须迁至革东建设，于是后来贵州省政府调整了行政区划，将其纳入剑河县管辖。弯根村的主要产业为农业，随着市场经济的发展，从20世纪90年代开始陆续有年轻人外出打工，现有100多人在广东、浙江、上海、福建等地务工。

1. 家族传承

我对剑河县岑松镇弯根村的传承人张昌禄进行了田野访谈，他的学艺情况如下：他从21岁开始学歌，在家里向其父亲桑纽（苗名）和祖父张纽宝①学唱古歌。他从开始学歌第一天起，经常一个人坐在自家门前念念有词，家里人不知道他在念什么，还以为他哪里不对劲感到非常紧张。后来一问才知道，原来他是在温习刚刚学会的歌。他学歌时边学边唱，反复练习，至今还在不断地学歌，学了四五十年，他会唱《开天辟地》《运金运银》《妹榜妹留》《十二个蛋》《铸日造月》等很多歌，可以念两三夜，直到把歌词牢记在心，不轻易忘记。他学歌和许多人有一个区别：别的歌师都是把歌学得很多、很好以后才开始传授给学徒，而张昌禄则是学到一首，就与他的学徒、同伴和家人们分享。张昌禄认为自己学了四五十年的歌，实际上也相当于教了四五十年的歌。张昌禄的传承方式是教唱，他以"唱"为主要传授方式，一般是歌师唱一节，学徒学一节。张昌禄77岁，仍很健谈。在与他交谈过程中，他有时会一连串地唱起古歌来。20世纪70年代，学者今旦曾从贵阳赶来向张昌禄搜集古歌。张昌禄回忆这段历史说，1977年有一位在贵阳工作的学者来过这里，回去后从贵阳邮寄了20元稿费给他。他后来才知道是今旦和马学良等来搜集过他的古歌，20元是支付给他的劳动报酬。他的侄子张先光是温泉小学的老师，懂苗文。在张昌禄的传授下，张先光用苗文记录过很多古歌。我在访问张昌禄时，张先光也在一旁协助我进行苗语翻译，并对访谈中的缺漏作了补充，此外，他还用苗文记下了一些与古歌相关的词汇。

访谈结束后，我和歌师张昌禄老人一起在张先光家吃晚饭。席间，张

---

① 张昌禄的父亲1992年去世，享年89岁，文盲；张昌禄的爷爷，据说在张昌禄两三岁的时候过世了，距今已经100多年了，其余情况据张昌禄说因年代久远，他已经记不清楚了。

图 2—10   歌师张昌禄和妻子在自己家的屋外唱古歌

昌禄老人端着酒碗若有所思，后来他才说："我家的歌就只有张先光继承了一些，有很多歌可能就到我这里结束了，现在年轻人都到外地打工，也不愿学歌了。"他对苗族古歌的传承现状深感忧虑，他特别希望更多年轻人来向他学习古歌。

2. 社会传承

按照当地人评判"歌师"的条件和标准（指既能演述古歌和其他文类的苗歌，又能传授技法给学徒）来看，此类"歌师"在弯根村有六七人，即张昌禄、张昌福、吴正荣、吴通方、刘窝王等人①。以上这些歌手均可称为"歌师"，他们都能主持领唱，唱起来可以通宵达旦不休息。在歌师的领唱下，全村有近 20 人可随唱，他们在农闲时经常聚在一起传唱。以上歌师除张昌福外，他们多与张昌禄有师承关系。

张昌禄介绍了其学徒的基本情况，例如，岑松镇稿旁村的杨永才在 20 世纪 70 年代曾向张昌禄学歌，他学会了《铸日造月》《犁东耙西》《运金运银》等，教学方式是唱、学，即张昌禄唱一节，杨永才跟着学唱一节。1980 年，本镇干俄村本和（苗名）向张昌禄学歌，岑松镇南高村杨老勾也曾向张昌禄学歌。岑松镇温泉村、南高村男女多人都来向张昌禄学过歌，他们学习的古歌主要有《铸日造月》《犁东耙西》《运金运银》《十二个蛋》

————————

①   张昌福：苗名满仓纽，男，82 岁，初小文化，懂汉语；吴正荣，苗名土保，男，72 岁，文盲；吴通方，苗名报党，男，74 岁，初小文化；刘窝王（苗名），女，49 岁，文盲。

等。当时村子里向张昌禄学歌的人数有 30 余人，但真正成为歌师的只有不到 10 人，如稿旁村的杨永才、温泉村的田沙尼（苗名，其大女儿叫田维英）才被称为"歌师"。现今，田沙尼业已去世，大多数歌师也已不在世了。

张昌禄谈到了至今仍记忆犹新的一件事：2006 年，剑河县柳川镇公俄村杨通美[①]来向张昌禄学了半个月的歌，主要是《运金运银》《铸造月日》《犁东耙西》等。教歌方法是张昌禄唱，杨通美录音，之后杨通美通过反复听录音的方式边放边学，他忘记了再听录音。随后，杨通美参加了在剑河县城举办的"六月六"民歌比赛，获二等奖，奖金 600 元。剑河民间多地有"六月六"民歌节活动，这个活动从 1985 年开始在县城举办，至今不断。1985 年，为了庆祝剑河大桥落成通车，剑河县于农历"六月六"期间举办大型民歌比赛，县城一时满城空巷，人们都去听歌。在张昌禄的记忆中，20 世纪 60 年代至 80 年代他所经历的古歌演述事件最多，他的主要演述范围（即歌师所理解的唱歌所到地）有：施秉县双井、枇杷（hlot）、截略（jes wol）、嘎德（ghad dlet），台江县施洞等。去施洞是参加龙船节，2010 年，张昌禄又去了一次施洞参加龙船节。他去施秉主要是游玩，但当地歌师听说有剑河的歌师来了，坚持要邀他们对歌。

古歌通常是两男两女对唱形式。有时在不正式的场合，比如只为了娱乐，也允许两男对两男或两女对两女的形式。张昌禄自豪地说，自他会唱歌以来，在对歌比赛中从未输过。他记得 20 岁时，他与剑河县岑松镇温泉村歌师欧昌仁（苗名勾根 ghet ghenb）对歌，两人水平相当，后来，两人经常相约到台江县施洞和施秉县马号乡等地与人对歌。年轻时他边学边唱，边唱边学，越学越起劲，越唱越有兴趣。他 40 多岁时，在截略（地名 jes wol）等地唱古歌，多次让听众都听哭了，原因是他们唱的歌太感人了。有一次，一个苗族女子被迫出嫁，而她本人又不愿意，张昌禄等老人就去唱歌鼓励和安慰她，听着听着，这名出嫁苗女禁不住哭了。

张昌禄谈及了苗榜村一位有名的歌师邰妹伍，并讲述了曾与她对歌的经历。邰妹伍水平很高，会唱的苗歌很多，古歌有《运金运银》《犁东耙西》《开天辟地》《十二个蛋》等，大歌有《粮满仓》等；邰妹伍最喜欢唱的歌是《仰欧瑟》和《榜香由》，她觉得这两首歌很好听，旋律动人，什么时候都可以唱，酒席上可以唱，谈情说爱时也可以唱。

---

① 杨通美：女，苗族，1966 年出生，小学文化，剑河县柳川镇公俄村人。

在访谈中张昌禄指出，在立房造屋、老人过世、婚嫁等场合，歌师主要是在酒席上唱，没有严格禁忌，但有些场合不适合唱。除苗族古歌外，还有丧葬歌、情歌、飞歌、劳动歌等，劳动歌又细分为四季歌、迎春歌等。只有《运金运银》任何场合都可以唱，随时随地可以唱，别的歌都有一定的限制，如《洪水滔天》在喜庆的场合不能唱，《开天辟地》这首古歌比较悲伤，在办喜事时通常也不唱。

邰妹伍的师父是欧福今，苗榜村人，去世 60 年了。邰妹伍 20 多岁就跟欧福今学歌，15 岁左右向父亲邰伍今学。那时候，唱歌盛行，年轻人唱，老年人也唱，以古歌为主，她也就跟着学，一般是在家里，跟师父学唱歌，邰妹伍的记忆力特别好，师父唱完，她已熟记于心。从张昌禄的口述中，我们可以看出这些歌师的演述水平是比较高的。

（二）剑河县稿旁村苗族古歌传承人——罗发富

剑河县岑松镇稿旁村①是一个高寒山区，海拔高度在 1000 米以上，全村 460 户，15 个村民小组，2600 人，其中阶九寨 3 个村民小组，353 人，全是罗姓。村子里 18 岁到 50 岁的人有一半以上去了广东、浙江、上海、福建等地打工。第一次听到"罗发富"这位歌师的名字，我是在岑松镇弯根村访问张昌禄时听到的，后来到展丰村做田野调查时，我又亲耳听了他唱古歌。当时有一群苗族女歌师聚在杨胜荣家，包括下文中我访谈的苗族歌师刘榜桥、罗仰高也在场，她们聚在一起听碟（一共有 8 张），而光碟的内容全是歌师罗发富唱的《仰欧瑟》。可以看出，这些女歌师不仅在现场听他的歌，也通过光碟学他的歌。后来，我在村子里其他家又听到了这套光碟《仰欧瑟》的声音，我向村民们询问后才知道，罗发富②在稿旁村以及稿旁村的婚姻圈里是很有名气的歌师。

在田野协力者刘永木的陪同下，我踏着泥泞的小路来到该村阶九寨访

---

① 展丰村和稿旁村属于红绣苗族，主要通婚村寨有剑河县岑松镇的稿旁、展亮、展丰、柳旁、按拱、六虎、老寨、老磨坡、大坪、南高、巫亮、下岩寨，柳川镇的巫泥、高标、小寨、柳落、台格、南脚、反前、中都，观么乡的巫烧、巫包、苗岭、雅磨、老屯、稿蒙等村寨。过去，通婚范围比较严格，除了特殊的人，比如找不到媳妇和嫁不到丈夫或出门在外生活的以外，基本上只能在本婚姻圈内通婚。现在这种情况变化很大了，本婚姻圈与外界通婚的现象很多了，而且有很多青年直接在打工地谈恋爱，回来时就带着外地的媳妇回家了。

② 罗发富，苗名九凹，66 岁，文盲，剑河县岑松镇稿旁村阶九寨人。25 岁结婚，生养 2 男 5 女，儿女中除了二女儿罗奶九已经成为小有名气的歌师外，其余都不会唱歌。二女儿罗奶九，37 岁，已嫁到按拱村。

问苗族歌师罗发富。我们来到罗
发富家时，他和妻子正在屋廊里
架起打米机打米，听说我们前来
拜访，罗发富立即关掉打米机来
接待我们。他带我们来到屋里与
我们进行交谈。在访谈中，罗发
富谈起了他的学歌经历：他从16
岁开始学歌，三个师父都是远近
有名的歌师，一个叫杨九高，剑
河县观么乡巫烧村人，80多岁了；
一个叫刘乔保，剑河县柳川镇巫
泥村人，76岁；一个叫邵报土，
本镇展亮村人，80多岁时去世了。

**图2—11　剑河县岑松镇稿旁村歌师
罗发富在接受田野访谈**

罗发富会唱的歌主要有《铸日造月》《洪水滔天》《打柱撑天》《犁东耙
西》《运金运银》《十二个蛋》（十二宝）、《瑟岗奈》（西迁歌）、《仰欧
莎歌》《酒种歌》《谷种歌》《鱼种歌》《迎春歌》《劳动歌》《开亲歌》
《婴儿歌》《赞美歌》《丧葬歌》《牯脏歌》《斗牛歌》《找牛歌》等。他
的个人传统曲库比一般歌师都丰富。他说如果要把他所会的歌全部唱一遍
至少要一个月时间。罗发富的记忆力非常好，一首古歌，只要歌师教两
遍，他就能记住。他在很多场合都会唱歌，主要是在酒席上唱，没有酒席
时他也唱，比如有时上山干活，他也会一边干活一边唱歌，甚至一个人在
犁田时，他也握着犁把唱歌。他会唱的歌比一般人都多，在和对手赛歌
时，他会挑选较为简单的酒歌来对唱，他认为唱内容复杂的古歌，一问一
答，如果对手答不上来，在场的人就会觉得没意思了。有时，他还能在对
歌时边唱边教对方如何唱下去。

　　田野访谈：苗族古歌传承人的传唱经历
　　访谈者：请问你现在的学徒多吗？
　　罗发富：我的学徒人数很多，刚才你们来之前有四个热爱古歌
的妇女来向我学歌。我家有很多时候坐满了前来学歌的人，还经常
有人专门来接我去教歌。我教歌有时一教就是一天。有个叫刘九荣
的歌手，有一天，他来接我去教歌，我正好不在家，他就在我家等

了一天，一定要等到我回家，要拉着我去他们家教歌。还有一次，我坐宋伯光（苗名保播富）的车从革东（县城）回家，车刚停下来，宋伯光就拉我去教他爱人唱歌了。杨荣木生（苗名）的父亲叫杨胜才，68 岁了，他经常来接我去教歌。六虎村有个叫张包告的妇女是我的学徒，她也学到了很多歌，但她不太会歌调，在大场合不太敢唱。

访谈者：您唱歌遇到过对手吗？

罗发富：在对歌中，我遇到过各种各样的对手，但我也会教对手们唱歌。当对方感觉我的歌内容太深而对不上去时，我都会教对方怎样唱下去。今年春节期间，我和族人一起送新媳妇回娘家，在本镇巫亮村与主人唱歌，那晚我们所唱的古歌难度比较大，我提问，对方答不上来，偷偷地溜走了，主人只好再找两个女歌师来和我对唱，勉强唱到天亮。在很多时候，我都会提醒或教对方怎样唱下去，因为唱歌是为了娱乐，我并不想争输赢。在我年轻时，有一次在南脚村和村子里的歌师比试过，当地歌师张你尼醒、张金耶醒、张老尼赛歌都比不过我。2002 年，柳旁村过牯藏节，我和够宝（苗名，当地歌师）他们一起唱歌，够宝也唱不过我。够宝已经80 岁了。现在，稿旁村学歌的人不少，来学歌的都是三四十岁的人，既有来自本寨（指阶九）的人，也有来自大寨（指稿旁寨）的人，他们有时还接我到别的寨子去教徒。

罗发富很想培养一个杰出的古歌传承人，但他说现在还没有发现这样的人才。他所培养的学徒中，罗报荣、刘九水、杨仰耶、杨务革金里、杨仰高等人①都学得很快，这几个学徒都成为歌师了，他们独立领唱一两天没有问题。罗奶九是罗发富的二女儿，她基本上学会了父亲的古歌，但罗发富要求高，认为她的水平还有待提升。

距稿旁村 3 公里的展丰村共有 97 户，430 人，该村与稿旁村同属一

---

① 罗报荣：男，40 岁，小学文化，农民；刘九水，男，66 岁，文盲，农民；杨仰耶，女，43 岁，小学文化，农民；杨务革金里，女，65 岁，文盲，农民；杨仰高，女，58 岁，文盲，农民。

个婚姻圈。在对罗发富进行访谈之前，我已在展丰村访问了歌师刘榜桥①、罗仰高②和务革耶丢③等人。刘榜桥、罗仰高和务革耶丢经常聚在一起学歌和唱歌，我到杨胜荣（罗仰高的丈夫）家时，他们正好在播放罗发富所演述的歌碟来学歌。她们会唱的歌主要有《运金运银》《仰欧瑟歌》《种子歌》《迁徙歌》《酒种歌》《嫁女歌》《迎客歌》《送客歌》（也叫《村头寨尾歌》）、《兄弟姐妹歌》（也叫《分家歌》）等。

　　田野访谈：三位古歌传承人的传唱经历
　　访谈者：请问你们从什么时候开始学唱古歌？
　　刘榜桥：我是从 1963 年开始学歌的，罗仰高从 1984 年开始学歌，我记不清务革耶丢具体哪一年开始学歌的了，但肯定是她年轻的时候。她们的师父主要有本寨的歌师务仰报及其儿子雷金凹，这两个人都已去世，务仰报 1981 年去世，当时 78 岁；雷金凹去世时 55 岁。雷金凹是务革耶丢的夫弟，务仰报是务革耶丢的婆婆。罗仰高除了向歌师务爷报和雷金凹学歌外，现在还经常向本村的杨九往学歌。
　　访谈者：请问你们的学歌方式是什么？
　　罗仰高：我们学歌的方式是师父教一句我们学一句，记得差不多了，就把一首歌串联起来说唱，师父在一边听，漏了的地方就提醒我们。雷金凹经常对我们说："你们要好好学这些歌，好好传下去，要不我就带进坟墓去了，就没有人会唱了。"所以，我们也学得很用心，一有酒席的时候，我们都会在酒席上唱歌，如《仰欧瑟》和《赞美歌》等。现在，展丰村男歌师有杨九往、杨木王、雷九凹、杨胜和、唐翁当、唐龙九、杨你耶、杨九亮、杨木里等 10 多人，女歌师有务革耶丢、刘仰了、刘心耶、罗仰报岩、刘妹戛、刘欧岩、唐欧九、刘

---

　　①　刘榜桥：女，苗族，75 岁，文盲，剑河县岑松镇稿旁村人。1962 年嫁到剑河县岑松镇展丰村。丈夫杨胜光，74 岁，小学文化。生育三男二女，长子杨村，现为贵州文学院签约作家，黔东南州作协副主席，著有小说散文多篇；次子杨秀斌，现为剑河县民族医院医师；小儿子杨秀明，当过兵，现在外地打工。两个女儿都已出嫁。除了两个女儿能唱一些简单的苗歌，三个儿子都不会唱苗歌。
　　②　罗仰高：女，苗族，55 岁，文盲，剑河县稿旁村阶九寨人，1984 年嫁到本镇展丰村。丈夫杨胜荣，57 岁，小学文化，生育一男三女。
　　③　务革耶丢：女，苗族，77 岁，文盲，老歌手，剑河县岑松镇稿旁村人，1954 年嫁到展丰村，丈夫雷里凹，生育三男三女。

迈即、田仰秀、格翁、仰报你、榜金秀、谢宝够、刘欧岩等人。这些歌师平均年龄都在35岁以上了，年纪最大的有77岁。

访谈者：你们唱古歌一般在什么场合？

刘榜桥：在展丰村，唱歌基本没有禁忌。只要大家想唱都可以唱，在什么地方都唱，特别是有酒席的时候，有人起头了，我们就不断地唱，唱到不想唱为止。只有丧葬时，如果主人不许唱歌，那就不能唱歌，必须等主人先安排人唱歌，开个歌头，大家才能唱歌。现在这种情况也发生了变化，很多年轻人不再受这种约束，想唱也就唱了。但现在学歌的年轻人很少了，古歌更少有人学。年长的歌师经常鼓励他们学，有些年轻人也在学唱一些酒歌。我们讲的"会唱歌"是指歌师能在酒席上通宵达旦地唱（古歌）。

务革耶丢：我教过很多学徒，唱得最好的有罗仰高、刘欧九、雷九凹、雷欧凹等①。刘榜桥和罗仰高说，他们学歌的瘾很大，学歌时，经常和别人探讨，哪首歌该怎样唱，他们在互相讨论时才能完整地记下来很多歌，很多不懂的歌也会在互相探讨中学会唱。刘榜桥说，

图2—12　展丰村的歌师刘榜桥（右）和罗仰高（左）在接受田野访谈

① 雷九凹是务革耶丢的大儿子，雷欧凹是她的女儿。村民公认这个地区最有名的歌师是罗发富。集市上卖的很多碟片录的都是他唱的歌，台江有一个专门录苗歌卖的人，曾经两次登门录过他的歌。罗发富的歌碟在这片地区流传很多。他的歌碟主要唱的是《仰欧瑟》。他的歌和本地的有点不同，一些内容都是和外面的歌师学来的。她们说的"外面"指的是婚姻圈之外的苗族地区。

我经常教村里人唱歌，学徒主要有6人。罗仰高还没有带学徒，只是大家在一起时，经常讨论和温习歌，算是互相学习。

（三）剑河县中富村苗族古歌传承人——王松富

在访谈中我了解到，南寨乡中富村①的王松富老人②是一位德高望重的歌师，于是，我前往该村对这位歌师进行了田野访谈。

田野访谈：苗族古歌传承人的传唱经历

访谈者：请问你们从什么时候开始学唱古歌？

王松富：我是16岁开始学歌的，我的师父罗报赛计（苗名）和王道里（苗名九赛侯）都是本地有名的歌师，现在都已不在人世了。我有一部分歌是边唱边学会的，也有的是唱擂台时学会的。我唱的曲目主要有《铸日造月》《开天辟地》《十二个蛋》《洪水滔天》《运金运银》《仰欧瑟》《四季歌》《姊妹歌》《植物歌》等。现在全寨有男女歌手10多对能独立唱歌。我教的学徒很多，唱得最好的有龙先计（女，50岁）、龙格丢（女，55岁）。她们已经能唱出主要的歌了，由于她们的记忆力比我好，所以她们有些歌唱得比我还要全。

访谈者：请问你们当地唱古歌一般在什么场合？

王松富：在柳富寨里，除了情歌以外，其他歌通常在酒席上唱，这没有很多禁忌，屋里屋外都可以唱，随歌师的兴趣而定。只有办丧事时要注意，在送葬的第二天，主人家先对亲友说："我们家老人不在了，我们心里很多歌都不会唱了，请亲戚们唱歌来开导我们一下。"这时，亲友就请歌师开歌头，之后大家才可以唱歌。除了酒席

---

① 南寨乡中富村属于柳富苗寨。柳富寨有516户，36个村民小组，2215人，分为中富村、柳富村、广丰村，是锡绣苗族的核心区，其婚姻圈有：剑河县南寨乡的柳富三村和上白都、下白都、展留、白路、九龙基、久社、柳社、巫卧、绕号、白俄、展莱、反寿，南加镇的九旁、东北、青龙、架南、展牙、羊白、乌尖、塘流、塘化、久衣、久阿，敏洞乡的高丘、新寨、白欧杰、平鸟、上白斗、下白斗、小高丘、老寨、库设、平教、扣教、章沟、东努、河边、和平、圭怒、圭桃、麻栗山、干达，观么乡的白胆、平夏、上巫斗、下巫斗等村寨。共56寨，5256户，22735人。

② 王松富：苗名就报侯，74岁，文盲，剑河县南寨乡中富村第一组人。妻子罗格甲，73岁，不会唱歌。生育三男二女，二儿子王启安（苗名乔就侯）是小有名气的歌师。

图2—13　柳富寨歌师龙格雕（左）、王妮九与男歌手王秀四等人在对歌

上唱歌外，有一种独特的形式是男歌师赛歌。赛歌的场地是在寨中间的户外，选一个大家平时喜欢集合的地坪。赛歌要在晚上，我们把赛歌叫"大歌"，主要唱"十二条河"，很多歌的意思。

　　访谈者：现在当地古歌的传承情况如何呢？

　　王松富：从我22岁开始，每年都参加集体举行的唱苗族古歌的活动。这种活动一般安排在二月节，这也是柳富寨最隆重的节日，有时到本寨进行，有时也到邻近的展留村或上白都村和下白都村进行。在赛歌中自然是有输有赢。在我遇到的歌师中，我们寨的王秀四（苗名赛报妹）和王九么妹唱得最好。王秀四今年50多岁，王九么妹46岁了。现在也有唱苗族古歌的活动，但比以前少了，有很多歌都不会唱了。在我的记忆中，苗歌是从（20世纪）80年代起，越来越少人唱了。

　　以上是对苗族古歌传承人的田野访谈。通过走访台江县、剑河县的苗族村寨，我记录下了苗族古歌传承人的基本情况，征得受访人同意后，在田野访谈中进行录音并拍摄了相关照片和部分歌师演述古歌的视频。在访谈中，歌师详细地叙述了苗族古歌的演述特点、演述形式和场合等，让我们对剑河"古歌"这个亚文化单元有了更深入的了解。丰富的想象和浓厚的浪漫主义色彩，是当地古歌最突出的特点。早期神话传说大都通过神奇的幻想来表现生活，每个形象都具有活泼奔放、新奇而又自然贴切的特色，这表现了苗族人民对艺术高度概括的能力。古歌的表演形式多样，主要是两人对唱，也可以两人至四人接唱。一般是歌师在喝酒时演唱——由两个人演唱，其他人围坐旁听。

当地的古歌演述有其特点：歌师多在酒席上进行演述，他们先唱一段酒歌作为开场，然后引入古歌，不断往下推进。在演唱时有严格的规定，尤其是关于家族史部分，一方还没有唱结束时，另一方是不能演唱的。在演唱时，男女双方以问答形式展开，以讲述自我家史为主。每个村都会约定一个集中唱古歌的时间，一般在正月后的第一个亥（时令）日，还有在正月后的第一个卯（时令）日。大家商议后集中到一户人家，开始演唱古歌，等把歌唱完后才

图2—14　柳富寨歌师王秀四（左）
在演述苗族古歌

回自己家，有的唱一天就可以唱完，有的唱几天几夜才结束。

不过，由于现代文化和市场经济的冲击，苗族古歌已濒临失传。在剑河县，古歌主要流传于革东、岑松、观么、久仰、南寨、太拥等几个乡镇，全县16万多苗族同胞，能唱全整部古歌的已寥寥无几，据不完全统计，目前仅存20余人，且以中老年人为主，而能演述古歌较多篇目的老人大都年事已高。在访谈中，当地歌师们都很忧虑，如不抓紧抢救保护，苗族古歌这一民族瑰宝将最终在世间消失。

第二节　转战台江：寻访苗族古歌的传承人

在结束剑河县的田野工作后，我来到了邻县台江，继续寻访这里的苗族古歌传承人。台江与剑河相隔较近，也就几十分钟的车程。台江县史称"九股（鼓）"苗地，位于黔东南州中部，周边与凯里、雷山、榕江、剑

河、镇远、施秉等县市接壤。根据我在 2011 年调研中所获得的资料情况：全县辖 8 个乡镇，3 个社区，156 个行政村，总面积 1108 平方公里，总人口 14.5 万，其中苗族人口占 97%，是全国苗族人口比例最大的县，享有"天下苗族第一县"之称。台江县主要的苗族节日有祭祖节（13 年过一次，每次连续过三年）、春节、正月十五、二月二、姊妹节、端午节、吃新节、施洞龙舟节、九月节、苗年节等。台江县民间文学非常丰富，有古歌、理歌理词、嘎百福歌、苦歌、反歌、祭祀歌、酒歌、情歌、生产劳动歌、儿歌等，大多数民间文学以吟唱方式流传。反排木鼓舞、反排多声部情歌和方召情歌，都是台江苗族厚重文化的代表。

一　地方学者对传承人的关注和保护

在施秉县文化馆长的引荐下，我对台江县文化馆馆长龙金平[①]进行了田野访谈。受访人对苗族古歌进行过搜集和研究，还曾参加过《台江民间故事集成》《台江歌谣集成》《台江民间谚语集成》[②]的搜集整理工作。

> 田野访谈：台江县苗族古歌的传唱情况
>
> 访谈者：请问现在台江主要有什么地方传唱古歌？
>
> 龙金平：我们台江的古歌文化很兴盛，据我了解有台拱镇、施洞镇、南宫乡、革东镇（2001 年划入剑河）、革一乡、台盘乡、老屯乡、方召乡、排羊乡。我们当地会唱古歌的人中，中老年人多一些，以巫师为主。例如唱叙事歌（驱鬼词、保命词、巫辞、避邪词），必须要买一只鸭子，巫师点燃香和纸，才开唱，犹如神助，而且，开唱不能打岔，因为歌师们正唱得尽兴，一打断他们会接不上来，无法唱下去了。巫师通常是男人，男巫师一个人来唱巫辞。女歌师主要唱嘎百福，这种歌是男女合唱的，他们以一问一答的形式来唱，一定要在酒场上唱。可以说唱，也可讲述。
>
> 访谈者：请问台江的古歌传唱有什么特点？

① 受访人：龙金平，男，苗族，1964 年 4 月出生，台江县文化局干部，黄平谷陇镇里冲人。1981 年 9 月在黔东南州台江县施洞镇医院工作，1985 年 6 月在台江县文化局办公室工作。访谈时间：2011 年 2 月 25 日。访谈地点：台江县文化局。

② 受访人龙金平指出：文中所提及的"三套集成"于 1989 年出版，台江地区部分，局里出钱找一个印刷厂印的。

龙金平：施洞唱腔与台江方召乡、南宫乡的唱腔有差别，叙事内容基本吻合。台江反排的古歌腔调和其他片区不同，我所搜集的录音不一样。2006 年，对反排民族村寨进行调查时，我们主要关注和调查了反排古歌、情歌、嘎百福等。反排民族文化最浓郁，除了唱的音调有点差别外，其余差别不大。

古歌和情歌有很大区别，情歌多为抒发内心情感的歌，不一定局限于谈情说爱，可唱怀旧，可唱爱情。年轻人没有中年人唱得那么地道。因为地方风俗不同，唱的形式和场合也有区别。在台江县反排乡，晚上父母离开了，没结婚的年轻人在自家火塘旁边唱，如果其他村子有专门游方场，则专门到游方场上唱。"仰欧瑟"本身是"水姑娘"之意，是叙事歌，也有人认为是过去的情歌。飞歌多为即兴发挥；情歌又称为"游方歌"。酒歌也有古歌。古歌以叙事为主，是对事物的一种认识。"大歌"划分以苗族古歌为基调，这也叫群唱。多声部有地区的区域性、普遍性，只有方召、反排有多声部，嘎百福也只是这两个地方有，主要在酒场上展现。

当我问到有关双井村古歌的分类标准时，龙金平表示从地域划分而言，他不同意把苗族分为"河边苗"、"高坡苗"的说法，他认为这"不利于民族团结，是过去一些人强加给苗族的称谓"。"苗族由多个支系组成，缺少哪一支都不行。"当地人对苗族的划分所参照的依据多样，龙金平认为主要以方言支系来对苗族进行划分比较科学。

田野访谈：苗族古歌的搜集整理情况

访谈者：请问你搜集过苗族古歌吗？

龙金平：我搜集了很多情歌、酒歌、飞歌等，以前台江县文化局的工作人员统一做过光碟，我自己没存放。2006 年至 2008 年，我对古歌传承人进行了几次调查，每次调查我都拍了照片，有时请歌师到县里来拍录，有时我们工作人员进村去拍录。古歌主要以叙事为主，展现苗族人对自然界事物的一种认识，如"开天辟地"、"洪水滔天"、"运金运银"、"蝴蝶妈妈"、"枫香树"等都是对自然界的一种认识过程。"跋山涉水"是对迁徙过程的一种叙述。我看过马学良、今旦版本的古歌，我认为反映的是人类的整个延续过程。

图2—15   台江县文化馆保存的歌师照片资料

在对龙金平的田野访谈中，我还问起了台江目前非物质文化项目的情况，他出示了台江县苗族文化保护委员会暨世界遗产申报委员会办公室编写的简报《苗族文化与世界遗产信息》，第五期中有一篇文章《我县申报世界文化遗产主题已定正组织专家编写申报文本》，该文介绍了苗族古歌申报的背景："根据省遗产办的要求，为了搞好我县非物质文化遗产申报工作，年底前完成申报文本的编写并上报，我办在多方征求省内专家和领导的意见后，结合我县苗族民间文化的特点，确定以《苗族古歌》为我县申报世界非物质文化遗产主题。"①受访人龙金平还对当时的申报情况进行了详细阐释。

田野访谈：台江县对非物质文化遗产传承者的保护情况

---

① 《苗族文化与世界遗产信息》：2007 年由台江县苗族文化保护委员会暨世界遗产申报委员会办公室编，报：省遗产办、州遗产办，送：县委办、县人大办、县政府办、县政协办、县"两委"会成员。

访谈者：请问你们为什么选择《苗族古歌》来申报非物质文化项目？

龙金平：苗族文化遗产内容十分丰富和广泛，我们在申报文化遗产项目时，对于申报什么，如何定调，大家都在进行着思考。在谈到台江应以什么内容为申报主题时，当时县里分管文化的领导同志一致认为：《苗族古歌》内容丰富，不仅反映了我们苗族人民对本民族和世界万事万物的认识、认知，而且涵盖了几乎所有的苗族的口传文学及服饰艺术、鼓笙舞蹈、节日习俗、哲学思想、审美意识、宗教信仰、制度文化、社会形态等文化形式。《古歌》对我们苗族人民影响很大，所以大家一致认为以《古歌》为首选方案。当时我们的工作主要是抓紧时间把现存的古歌、民歌及一系列的民间文化形式统统搜集下来，积极地加以保护，同时引导民间艺人搞好传承。

访谈者：请问您还记得当时申报的具体情况吗？

龙金平：我可以为你提供一些当时的申请材料，你看，这是2002年12月30日的文章《我办已完成申报文本编撰并上报省申报办》，该文详细记录了当时的上报情况："我县确定了以《苗族古歌》为申报世界非物质文化遗产主题后，即成立了申报文本编撰小组。编撰小组严格按照联合国教科文组织规定的提纲和格式要求，广泛搜集资料，日夜加班加点，经过两个月的努力，于12月中旬完成了名为《台江县〈苗族古歌〉及'古歌文化'》申报文本初稿，文稿共分四个章节，近20万字。"《民族文化与非物质文化遗产信息》总第三十四期（2007年6月12日）有篇文章《首批国家级非物质文化遗产传承人我县二人榜上有名》记载了《第一批国家级非物质文化遗产项目代表性传承推荐人名单》（文化部2007年5月23日公布），黔东南州有8人进入推荐名单中，其中我县二人榜上有名，他们是《苗族古歌》传承人王安江（台盘）、刘永洪（施洞）。

在访谈中，受访者龙金平谈到了苗族古歌的传承情况，他对苗族古歌面临衰微的情况表示忧虑。他认为，随着市场经济的发展，以及外来文化、现代文明等冲击，传承人的地位逐步走向边缘化，苗族古歌也面临着曲终人散或人亡艺绝的境遇。在田野上，在村寨里，我们很少听到古歌的传唱之声。调查中，我们了解到，现在台江的村寨会唱苗歌的人还比较多，每个村至少有十来人会唱，按照该县有 156 个行政村来计算，会唱苗歌的多达 1000 多人，这些人的年龄在 40 岁以上，但是一个地区被公认为唱得好的人只有 1—2 人。整个台江村寨的古歌传承人记录很少，只有 11 人记名在册，未记录上去的人太多，这应当引起文化部门工作者的高度重视。如果民间艺人得不到社会的认可和尊重，他们的知识产权也得不到应有的保护，甚至无法维持正常的生计，这种清贫的生活极易让有志于学古歌的年轻人打退堂鼓。寨子里的年轻人为了生计，大多外出打工，他们没时间更没兴趣来向老人学歌，更让人堪忧的是现在的年轻人不懂苗族历史文化，他们无法理解苗族古歌所渗透的历史文化内涵。很多年迈的传承人感慨自己后继无人，苗族古歌这一民间文化传统已面临严重的断层危机。举例来说，在台江的村寨中，现在会唱苗族古歌的人越来越少，龙金平每一次下乡，都会去寻找寨子里的传承人，他认为虽然苗族民间会传唱古歌的人越来越少，但古歌里苗族文化的生命记忆不能失传。金龙平提出了一些切实可行的解决方案，他建议在全县范围内开展苗族古歌的传承人寻访普查活动，运用文字、图像、多媒体等形式，建立起传承人的各类档案，为以后进一步研究提供第一手资料；还可以把搜集到的民间文学资料，通过文本印刷、网络媒体、报纸等媒介来进行传播，使越来越多的人参与到民间文化的保护中来。

当我问起县里的传承人时，龙金平提到一个名字"张德成"，并带着我和协力者杨村[①]一起去登门拜访。这让我的思绪回到了 2006 年 7 月 20 日，我曾到台江县寻访苗族古歌的传承人张德成[②]的情景。在访谈现场，张德成及其妻子即兴为我们唱了一首古歌。他们解释说，歌名是"锻造太阳月亮"的歌头。我现场作了记录并录音。遗憾的是当时只是田野访谈，未拍摄下这一场苗族古歌演述事件，也没有机会观察演述中歌师的语言、动作和神态等。2011 年 3 月 3 日，在杨村的协助下，我又一次到台江县对歌师张德成进行了田野访谈。通过这次访谈，我进一步深入了解到张德成对于苗族古歌的传承经历。

---

① 杨村：男，苗族，1963 年 11 月出生，贵州省剑河县人，作家。主要著作有《让我们顺水漂流》《爱情离我们有多远》《中国少数民族人口丛书·苗族》等。

② 张德成：男，苗族，1946 年 4 月出生，贵州省台江县老屯乡岩脚村（苗语：香萨）人。1968 年毕业于贵阳师院中文系，分配在凯里一中任教，1974 年调到台江一中任教，1984 年任台江一中副校长，1990 年任校长。2001 年退休。系中教高级教师职称。

在家族环境的影响下，张德成从小就热爱苗族古歌，并学习掌握了相当数量的古歌，而且可以根据场合进行生动地演述。可以说，张德成既是苗族早期的文化人、地方学者，也是苗族地区的一名歌师，他还参与到苗族古歌的搜集整理工作中，记录了《酿酒歌》并在当地的民歌杂志上发表。

田野访谈：苗族古歌的传承人世家

访谈者：请问您是在什么时候开始学唱苗族古歌的？

张德成：小时候，我与伙伴们一起向我父亲学唱古歌。我的父亲张常尼是寨上有名的老歌师，寨上经常有很多人去向他学歌。在我读小学的时候，是七八岁，经常看见寨上的人向父亲学歌，受到他们的影响，我开始对古歌感兴趣，就慢慢学会了。父亲教歌时，就像教小孩子读书一样，开始是一句一句地教，等大家都对一首歌较熟悉的时候，才教大家一起来唱，唱漏了内容或唱错了，父亲就提醒纠正。学歌时主要学"歌骨"，全靠心记。当时我父亲的学徒很多，一批又一批。那些学徒中，在寨上唱歌最有名的女歌师有务常、务交、务雷、务刀（"务"即苗语奶奶之意，"常"、"交"、"雷"、"刀"分别为四个老人的苗名），男歌师有常贵、一该、里叉（均为苗名），这些老歌师都已不在人世了。

访谈者：您会唱些什么古歌呢？

张德成：在我的古歌曲目里，有《开天辟地》《打柱撑天》《运金运银》《铸日造月》《十二个蛋》《洪水滔天》《犁东耙西》《沿河西迁》等。《仰欧瑟》属于古歌，但《仰欧瑟》的内容与以上古歌不能并列，没有直接联系。

访谈者：现在古歌传唱的情况如何？

张德成：现在的人学习古歌，除了向歌师学以外，还可以借助录音机、影碟机学，有的还可以通过人们搜集出版的文本学习。但文本基本上只记录了"歌骨"，从文本上学习古歌，必须有歌师教才会唱。在现有的别人搜集整理出版的古文本中，我也只接触过燕宝搜集的苗族古歌版本。我觉得这个版本比较全面，但我觉得文本都是"歌骨"，如果放到实际中去传唱，还要编上"歌花"才能唱。据我观察，歌师现在酒席上很少唱古歌了。如果在酒席上遇到对手，其中一方会主动邀请另一方唱古歌，若双方都会唱古歌，那就以唱古歌为主要内容了，苗族民间把唱古歌叫唱"正宗的歌"。在酒席上唱的古歌通常是《运金运银》，有时也唱《瑟岗奈》，因为这些歌让人感觉到比较吉利，其他古歌通常只能在户外唱，比如过姊妹节或者举行赛歌活动场合唱，特别是《洪水滔天》，这些歌是唱灾难的，不吉利，通常是不能在家唱的。最常唱仰欧瑟的时候是在嫁女娶媳的酒席上。除了唱《仰欧瑟》以外，还唱《染布歌》和《酿酒歌》。

在访谈中，针对苗族古歌正在逐步走向衰微的境况，张德成直言感到很惋惜。他说，随着社会趋利化特征的显现，年轻人不会像老一辈人那样在村寨里过着"日出而作，日落而息"的生活，传承人贫穷的生活现状影响了他们学习古歌的积极性，他们通过打工、考学、当兵等方式离开了偏远的苗寨，离开了祖辈们固守的故乡，纷纷到大都市去生存和发展，这样的趋势对古歌的传承带来了极大影响，甚至造成传承人的断代。现在学习古歌的人少了，年轻人中能完整唱古歌的基本没有。为了传承苗族古歌，他教会了妻子冯天秀，遗憾的是他的三个孩子都不会唱古歌。他说，在自己的出生地岩脚村现有80户，360多人，全是苗族，20世纪七八十年代时，如果约人在酒席上对歌，随便可以找出十来个会唱古歌的人，当时经常唱的古歌有《运金运银》等，但是现在村里能完整唱苗族古歌的人已经没有了。

受访者张德成认为，要积极动员年轻人来学习古歌，让古歌得到流传。例如，施秉县双井村老支书龙光乾不仅自己带头学习古歌，还动员在外打工的年轻人在过年回家时学习古歌，如果谁愿意学，村党支部就予以相应的奖励。张德成虽然从小学习古歌并掌握古歌，但他年轻时都在外地求学，基本上没太多机会唱古歌。后来他参照了搜集出版的古歌文本，一边细读文本，一边自学演唱，并不断练习。他退休后，开始在酒席上与村民对唱古歌，慢慢向歌师学会了唱古歌。后来，家族或朋友有走亲访友的活动都邀他去唱歌，他的歌渐渐得到人们的认可，还有人慕名而来向他学习唱古歌的。刚开始，张德成看到学歌的人年纪与他差不多，还有些不好意思，便利用走亲访友的机会，邀请这些人一起去参加，在酒席上，他带他们唱歌，这些学徒也慢慢记住了歌词。他的学徒主要有张继东（退休干部）、姜文富（退休干部）等，经过张德成的培养，现在学徒们基本上都能独立演唱《运金运银》和《瑟岗奈》等古歌了。

图2—16　田野协力者杨村对张德成的田野访谈

　　台江县文化馆的龙金平在接受我的田野访谈时，提供了一份台江县非物质文化遗产传承人通讯地址，上面记录着传承人的姓名、住址、联系电话和传承目录等信息。根据这张通信地址上的信息，我对部分歌师进行了访谈，尤其关注到了施洞镇芳寨村的歌师刘永洪。通过这位古歌传承人，我们从一个侧面了解到现在的苗族古歌传承人所处的状态和困境。

表2—1　台江县文化馆记载的该县非物质文化遗产传承人的基本信息

序号	姓名	住址	传承名录
1	王安江（已故）	台盘乡棉花坪村	苗族古歌
2	刘永洪	施洞镇芳寨村	苗族古歌
3	万政文	方召乡反排村	苗族木鼓舞
4	张洪珍	老屯乡榕山村	刺绣
5	张定祥	施洞镇岑孝村	苗族古歌
6	吴水根	施洞镇塘坝村	银饰
7	唐汪报	方召乡反排村	木鼓舞
8	田文科	方召乡反排村	芦笙、古歌
9	欧光英	不详	剪纸

序号	姓名	住址	传承名录
10	张德英	台拱镇新街	刺绣
11	吴通英	施洞镇塘坝村	刺绣
12	姜故代（已故）	不详	苗族古歌
13	唐思成	方召乡反排村	芦笙制作
14	方少保	台江县	情歌

正如前文所述，苗族民间文学国家级代表性传承人的平均年龄为72岁，这个表格中所记载的古歌传承人的年龄普遍为六七十岁，随着他们的自然衰老和死亡，民间文学遗产在传承过程中就会出现衰微甚至消亡的可能。对此，作为民间歌师、古歌传承人的刘永洪也进行过一些思考，他认为苗族古歌走向衰微的原因主要有现代文化的冲击、年老歌师生活贫困、年轻人为了生存而外出打工等。当下苗族古歌传承人大都年事已高，年轻一代很难传承下去，甚至存在漠视本民族文化的现象，民众对苗族民间文化的集体记忆也在逐步消退，由此可见，现阶段对苗族古歌进行传承和抢救已迫在眉睫。

二 对施洞镇传承人的田野访谈

通过对台江县文化部门工作人员的田野访谈，我对台江县古歌传承人的基本情况有了更深的了解。按照龙金平提供的线索，我开始到村寨中对具体传承人进行更详尽的调查，走访了施洞镇芳寨村的歌师刘永洪。

台江县施洞镇有21个村，刘永洪所在的芳寨村有200多户，1000多人，全为苗族。全寨以刘姓为主体，寨上有刘家祠堂和其他散姓祠堂，这些散姓户主要是卢、龙、潘、唐诸姓。散姓住户大多是民国时期当地人请的长工，后来在寨上安家立业，定居下来。

以芳寨村为例，这样一个200多户、1000多人的苗族村寨，现在会唱古歌的歌师只有十来人。芳寨村的开亲范围有施秉县的双井、巴江、竹子、寨丹、鲤鱼塘、铜鼓塘、大冲、龙塘、巴团、龙颈、沙湾、平地云、胜秉、六河；台江县的旧州、四新、黄泡、良田、棉花坪、岑孝、八埂、杨家沟、天堂、白子坪、芳寨、塘坝、塘龙、偏寨、巴拉河、平兆、井洞彻、井洞塘、平敏、猫碧岭、猫坡、长滩、上稿仰、下稿仰、老屯、榕山、白土；剑河县的五河等村寨。以上这些苗族村寨，大多数居住在清水江沿岸，地处苗族社区的核心区，过去的歌师都很多，村村寨寨都可以听到古歌的传唱声，当时歌师们都以能唱古歌为荣，然而，现在唱古歌的除了60岁以上的人外，年轻人能够唱的已很少。由此看来，苗族古歌的传承面临着严重的危机。

我在台江县访问了一些歌师，记录了这些歌师的姓名、性别、文化程度和年龄等信息，据此对当地古歌传唱的情况有了大致了解。在台江县施洞镇芳寨村，歌师刘永洪①接受我的访谈时，我听见屋里传来古歌的声音，刘永洪说录音机里正在播放的是他唱的古歌《运金运银》，这是由他自己录制下来的，他经常边听边干活，时常陶醉在自己的歌声里。看到我们前来访问，刘永洪感到很高兴，解释说他的孩子没有时间在家学唱，他便录在磁带上等他们来学，自己也可以随时听，不时进行复习。他花了一个多月的时间才录完自己唱的古歌，因为白天要忙着干农活，只有等到晚上或农闲时才有时间进行录制。

刘永洪自述从11岁时就开始向母亲龙务纽（苗名）学唱古歌，他的母亲已经过世16年。当时每个村的歌师都很多，他们会唱古歌、酒歌和游方歌等，只要有人愿意学，歌师都非常愿意义务教徒。在农闲时，学徒会成群结队去学歌，一边坐着聊天，一边学唱古歌。学成之后，大家凑钱买几只鸭子带到师父家以表感谢。当然就如学生上学一样，学徒还有一个"毕业考试"——学徒在没有师父带着唱的情况下独立唱完古歌，歌师才批准你完成"学业"。当时刘永洪家还没有搬到芳寨村来，在另一个寨子居住，所以大家经常聚集在某一位歌师家学艺。

刘永洪回忆起20世纪五六十年代，他说，那时没有看电视等娱乐活

---

① 刘永洪（苗名八九）：台江县施洞镇芳寨村人，1931年10月出生（农历），初小文凭，是省级非物质文化传承人。他的老伴儿姜泡九（苗名），71岁，文盲，从巴拉河村嫁过来的，大概25—26岁的时候就会唱苗歌了，主要会唱情歌和古歌。刘永洪家里有五个孩子，老大是女儿，名榜略，45岁，嫁到了湖南，外出打工；老二刘跃海，男，39岁，在台江一中当保卫；老三刘跃洋，男，36岁，外出打工；老四刘跃花，女，34岁，嫁到重庆了，外出打工；老五刘跃梅，男，30岁，在台拱镇政府工作。

动，大家觉得有些无聊，便靠唱苗歌来打发时间，而且谁会唱歌也被人们认为是一种本领，基本上人人都会唱一些苗歌，年轻人如果不会通过唱歌来传情达意的话，就有可能找不到对象。刘永洪说："现在的年轻人谈恋爱，可以用嘴把甜言蜜语说出来，但我们那个时候不是靠说，而是要唱出来的，所以，那个年代的年轻人学歌也有着无穷的动力。"在刘永洪19岁时，他经常到游方（多指青年社交）场上对唱情歌。当时游方场不固定，可以到每一个寨子去唱，但不准进家唱。

他回忆说："1959年至1962年，我们这一代人正长身体的时候，赶上了三年自然灾害，当时我们去外地讨饭，遇到寨子里人家的妹子出来，如果我们不会唱歌的话，她们都不给饭吃。那时候，有的大寨有一个游方场，有的大寨有两三个游方场。以前我们寨子的游方场在边上，不在寨子中间，一般五岁以上的人都可以去，每天都有游方活动，我们吃完晚饭便会过去玩，听人家唱歌。"

他补充说："改革开放以来，特别是20世纪80年代后期，寨子里逐渐普及了广播、电视等现代家电，谈恋爱的形式也更为多样化，以前的'游方'活动也逐渐消失了。"

　　田野访谈：歌师刘永洪的学艺方式
　　访谈者：请问你们当初是如何向师父学唱古歌的？
　　刘永洪：我们学歌的时候，师父先念一段歌词给学徒听，我们边听边记，慢慢地领会歌词大意。如果我们有不理解的地方就会询问师父，师父耐心地给我们解答，这样学会词后，师父开始唱着教我们，有些难记的段落，歌师教一句，我们学一句，这样慢慢就学会了。有时从师父家学歌回来，一路上，大家还在回忆着师父刚刚教的新歌，大家你起一句，我接一句，不知不觉中我们从头唱到了尾。大家有时邀约着去和别人对歌，当唱到不太熟悉的歌时，就用这种方式来把一首歌唱完，既能够与别人对歌，又可以把一首歌记得更牢。

刘永洪回忆说，当时与他一起学歌的还有刘永利、刘诗龙、刘永涛、姜泡久、邰合妹等人①。

图2—17　在台江县施洞镇刘永洪家进行田野访谈

据刘永洪介绍，他所唱的古歌中会有"歌花"和"歌骨"成分。"歌骨"是古歌的主体部分，"歌花"主要起拉开序幕的作用。唱歌的时候，两种都会用上来对唱，歌师也都会教学徒唱"歌花"，但是学习"歌花"主要看一个人的悟性如何，主要教"歌骨"。除了学习古歌，他们还学习酒歌、情歌，这些歌都有"歌花"和"歌骨"两部分。酒歌主要在家里唱，在外面唱得少，在游方场上或送客路上，也可以唱酒歌。但情歌在家里一般是不唱的。刘永洪会唱的古歌主要有《运金运银》《犁东耙西》《铸日造月》《开天辟地》《射日射月》《仰欧瑟》等。

现在，民间文化走向衰微，特别是像古歌这种篇幅巨大的民歌，更少有人去学唱。按照刘永洪的分析，民间文化的衰微主要有两方面的原因：一是现代文化的冲击，特别是从20世纪80年代以后，受电视的影响很大，过去没有更多娱乐，大家聚在一起，就以唱歌为乐，现在大家聚在一起，主要是看电视，年轻人更加喜欢听歌星们唱流行歌曲。以前，一个村寨只有一台电视机，甚至一个乡镇只有一台电视机，周围远近的苗族民众

---

① 刘永利：男，78岁；刘诗龙，男，60岁；刘永涛，男，60岁；姜泡久，女，60岁；邰合妹，女，60岁。

都蜂拥而来，围着看电视，刘永洪记得，1984 年全州文化工作会议在麻江召开，奖给施洞文化站一台 20 寸黑白电视机，这是台江县施洞镇这个苗族社区的第一台电视机，在很长的时间里，天天晚上都有人围着这台电视机看节目很少有人唱古歌了。第二个原因是古歌缺少受众，没有发挥场合。除了过去有影响的歌师以外，现在很少有人关心古歌的传承问题，不过在施洞镇还有一些歌师在继续教徒。以下为刘永洪提供的歌师基本情况表：

表 2—2　台江县施洞镇苗族古歌的歌师基本情况

姓名	性别	文化程度	年龄（岁）	传统曲库
刘昌其	男	文盲	80	开天辟地
刘永利	男	文盲	78	开天辟地、运金运银
刘诗龙	男	小学	60	运金运银
刘永涛	男	小学	60	运金运银
刘八斤	男	小学	54	开天辟地、运金运银
张发弟	女	小学	55	开天辟地
张凤报	女	小学	55	开天辟地
吴合妹	女	小学	50	开天辟地、运金运银
姜榜里	女	小学	43	开天辟地
刘永洪	男	文盲	76	开天辟地、十二个蛋
姜泡久	女	文盲	68	运金运银
张发来	女	小学	56	开天辟地
刘永碧	男	小学	56	开天辟地
张海桥	男	小学	64	运金运银
张保桥	男	文盲	70	运金运银
刘文保	男	文盲	60	开天辟地、十二个蛋
刘当根	男	小学	50	开天辟地
刘土妹	男	小学	50	开天辟地
杨新岩	女	小学	50	开天辟地
刘水龙	男	小学	56	运金运银

第三节　回到施秉:对田野选点地古歌
传承人的重点寻访和关注

在结束凯里、剑河与台江的田野访谈后,我又回到了所选择的田野点——施秉县双井村。这是我的主要田野调查点,从 2006 年至今,我基本上每个寒暑假都到这里定点调查,通过观察和田野访谈等方式对村子里的传承人群体进行了长期追踪。这些补充调查和访谈进一步丰富和扩展了我的研究视野。

一　双井村的地理文化环境

我的田野调查点位于施秉县,地处贵州省东部、黔东南苗族侗族自治州西北部,东抵镇远,南接台江、剑河,西邻黄平、余庆,北与石阡等县接壤,县域东西宽 60.3 公里,南北长 62.6 公里。全县国土总面积 1543.8 平方公里①。该县辖 4 乡 4 镇 60 个行政村 2 个居委会。2009 年末,据不完全统计,全境总人口 14.39 万。县境内居住汉、苗、侗、布依等 19 个民族,少数民族人口占总人口的 55.47%,其中苗族约占全县总人口的 50%,主要分布在东南部的马号、双井、杨柳塘等乡镇。双井镇位于施秉县东南清水江畔,辖 10 个行政村,61 个自然寨,124 个村民组,4217 户,20127 人,主要居住苗、侗、汉三个民族,少数民族人口占总人口的 83.25%。全镇总面积 126.94 平方公里,其中耕地 1114.84 公顷,人口密度为 158.56 人/平方公里。

在我的田野访谈中,双井村前任党支部书记龙光学介绍了双井村的基本情况:该村之名源于村里有两口井,一口白沙井、一口黑沙井,井水甘冽,是全村人生活饮水的主要来源。所以,2005 年元月,凉伞、新寨两村合并时,两村村民一致同意把新村命名为“双井”。全村现有耕地 1910 亩,共有 5 个自然寨,10 个村民小组,610 户,2600 多人,少数民族占全村人口 85%,这是一个典型的少数民族聚居村。该村有三个苗族村民小组,分别为水井边（Eb Ment）、老上（Ned Haot）和新寨（Baot Jux）,

---

① 贵州省施秉县地方志编纂委员会编《施秉县志》,方志出版社 1997 年版,第 1 页。

图 2—18　双井镇政府驻地全景（照片提供者：田野协力者龙佳成）

这三个寨子至今仍有古歌传唱，并且寨子里有少数老年人是苗族古歌师。

苗族过去没有文字，新中国成立后，国家用拉丁字母为苗族创制了拼音文字，但在双井未能充分推广使用，当地的歌谣、传说、故事等都在民众中口头传诵，以心记承。水井边属双井村 1 组，有村民 75 户，320 余人，全系苗族，会唱苗歌的中老年男女约有 10 人；老上属双井村 2 组和 3 组，有村民近 110 户，500 多人，全系苗族，会唱苗歌的中老年男女有 12—13 人，年龄在 50 岁至 60 岁之间；新寨属双井村 4 组和 5 组，有村民 103 户，1230 多人，全系苗族，会唱苗歌的中老年男女有 7—8 人，年龄在 70 岁至 80 岁之间。据不完全统计，双井村外出打工 1200 多人，主要集中在广东、浙江、上海、福建、湖南等地。

图 2—19　双井村村民举办婚礼的庆典场景

　　最能集中表现当地苗族古朴的文化和浓郁的风情的是他们的重大节庆。以双井村为例，当地民族传统节日很多，主要有春节、芦笙节、踩鼓节、四月八、六月六、姊妹节、九月九等。每年双井镇的镇政府所在地（即新城）的节日时间先后顺序为：春节——元宵节——二月二（敬桥节）——清明（二月或三月）——立夏节（三月或四月）——端午（五月初五）——寒食节（也叫鬼节或七月半，节日时间是七月十三）——中秋节（节日时间是八月十五）——重阳节（九月初九）等。双井镇双井村的节日按顺序则为：春节——正月十五节——二月二（敬桥节）——姊妹节（二月十五）——清明节（三月）——牛节（四月八）——立夏节（四月）——大端午（五月初五）——小端午（五月二十四）——吃新节（七月第一或中间一个属蛇日）——八月十五节——九月九节等。

图2—20　过"吃新节"时双井村村民围着观看"牛打架"的场景

　　在凯里、黄平、施秉、镇远这四个地方，苗族人彼此能交流，只是使用的当地土语略有差异。当地虽有"游方"这一习俗，男女青年以对歌形式自由恋爱，但这多限于着同一类服饰的人，而这恰恰反映了群内通婚的传统习俗。

　　据《施秉县志》记载："苗族自古对婚姻有着严格的规定，通常是与旁姓开亲，同姓之间若非直系血统亦可结缘，严禁同一房族、家族内联姻。民间缔结婚姻，依传统有3种形式：一是媒妁婚姻，即男方户主请亲

图2—21   在婚礼中敬酒的双井村苗族新娘和新郎

信老人至女方家里说合促成；二是自由婚姻，即男女双方直接通过游方等社交形式组合而成；三是娘头亲，即姑表亲，依古规姑妈的女儿必须许配给舅爷的男孩，女方若不同意得赔偿舅爷家少则几十元、多则数百元的'娘头亲款'。现在，前后两种形式已逐渐淘汰，而自由婚姻这一形式则被绝大多数人所接受，它的整个过程包括游方、订婚、成亲三个部分。"①从这段文字叙述中我们可以大致了解到当地苗族婚俗的一些情况。

图2—22   双井村苗族婚礼中同一寨子上的村民给主人准备的贺礼

---

① 贵州省施秉县地方志编纂委员会编：《施秉县志》，方志出版社1997年版，第173页。

　　双井镇双井村最隆重的节日有一年一次的吃新节。为了节日更加丰富多彩，该村群众自筹资金，积极参与。吃新节这天，村民们怀着满腔热情，把各项活动开展得有声有色。在这一节日上，民间还以口传方式演唱苗族大歌、飞歌和山歌等。吃新节是当地一个十分重要的民俗节日："踩鼓""斗牛""唱古歌比赛""吃新节晚会"都是该节的组成部分。当天，左邻右寨的人们都来串亲戚，家家都有客人来访，远至台江县的村民都来走亲戚。值得一提的节日还有农历二月十五的姊妹节。我在龙塘、双井目睹过这一节日的盛况，家家户户把煮熟的糯米做成七种颜色。苗族姊妹们相聚一堂，载歌载舞，男女青年对唱飞歌（情歌），适婚女青年把七种颜色的糯米饭赠送给自己最中意的男青年。除此之外，还有农历五月二十四的平寨龙舟节。当天，清水江一带的苗族身着盛装，欢聚平寨进行龙舟比赛，现场气氛十分热烈。农历六月十九，龙塘过卯节，村民同样身着苗族盛装，手拉手跳木鼓舞，唱苗族飞歌，民族风情古朴而淳厚。

图2—23　双井村苗族妇女的节日盛装

　　村中女性的发式梳妆、银饰与穿戴无不凝聚着古朴悠久的苗族文化。"河边苗"少女发式为倒梳绾髻于头顶的"油好"（苗语音译），戴上绣花帽子；已婚妇女是结髻盘发的"捞把"（苗语音译），即用蜡染布裹紧头发，包裹得很干净；女童则头戴露髻帽。"高坡苗"的女童、少女不戴帽，少数搭花帕和插花；已婚女性、青壮年者戴长头巾；年过花甲者改戴青包头巾。《施秉县志》对施秉地区的男女服饰进行了详细介绍："男子着装简朴，上衣为紫蓝色对襟短衫，前襟下端左右各置一衣兜，胸前直排布纽扣或七、或九副不等；老年人为长便衣，左襟往右掩至腋下方，结布扣，冬腊寒天在小腿缠以布条，名裹脚布。""女装甚为繁美，舞阳河流域的苗族，未婚女子头戴圆顶折褶筒状绣花帽，已婚妇女用紫色亮布包扎后插上银簪；清水江流域的苗族妇女则绾髻于发顶别以银簪，髻后插一小木梳，年轻女子、尤其是未婚者尤喜再插以花朵，夏季均不用头帕，平时老少则常用一褶叠三层横厢五色花布绕头帕包扎之。"①

图2—24   双井村按照传统习俗着盛装前往水井边挑水的新娘

　　双井村的主要姓氏有龙（苗族）、姜（苗族）、李（汉族）、沈（汉族）、何（汉族）、管（汉族），在我的田野协力者龙林提供的《双井龙氏家族族谱》②中记载着该村龙氏家族的基本情况：500年前，苗族祖先到此繁衍生息，截至2007年底，南起平寨，东抵龙塘，世居于12个寨落，有6320余人。根据其服饰、语言不相同，当地称谓也不一，龙塘、平寨、凉伞、把琴、铜鼓5个村居住的称"河边"苗族；黄琴、高甸、白坝、冷水冲、杨家湾等6个村寨居住的称"高坡"苗族。双井村的苗族属于"高坡苗"，这有别于施秉县东部清水江流域的"河边苗"。

　　此类划分基于两类苗族语言、服饰与地域的差异，这是当地汉族的地方性知识，在别的地方没有这种说法。事实上他们的苗语相似程度很

---

① 贵州省施秉县地方志编纂委员会编：《施秉县志》，方志出版社1997年版，第173页。
② 《双井龙氏家族族谱》由施秉县双井村龙林从2007年开始编撰，一直到2010年完成，该族谱属于民间手抄本形式，仅在施秉县范围的龙氏家族中流传，没有印刷本。

高，只是调值和韵母有所变异，而这种变异有着严整的对应规律。这部
分苗族以黄平县的谷陇镇为中心，分布于黄平、施秉、凯里、镇远、福
泉、台江、平坝、清镇、关岭、镇宁、兴仁、贞丰等县市，施秉县舞阳
河流域的苗族是其延伸的部分，夯巴苗寨就是这个延伸部分的一个点。
估计这部分苗族人口大约 70 万。如此众多的人口，说着同一种苗话，
这在方言土语纷繁的苗族中，可以说是非常罕见的社会文化现象。不
过，这部分苗族形成的大杂居小聚居的局面，却与整个苗族的分布格局
相类似。我所选择的调查点则是居住于半山腰的苗族，他们具有一定的
自然与社会的双重封闭性，与其他地区的苗族相比，其经济发展处于中
等水平。

图 2—25　包着头帕戴着墨镜的苗族村民们在婚礼上尽情娱乐

二　双井村的古歌传唱区域和婚姻圈

在田野访谈中，我关注到苗族古歌的传唱区域问题，双井村歌师
龙光学认为，这与苗族的开亲范围有关，因为婚姻使这几个寨子有往
来，在交流中语言可以相通，所以双方的歌师可以听懂对方所唱的古
歌。这使我及时调整了田野路线，准备前往双井村周围的村寨进行田
野调查。

图 2—26　办喜事时寨子上的村民在堂屋里传唱苗歌的情形

　　在调查中，我了解到：双井村 90% 的村民都是龙姓家族的成员，如果哪户人家有喜事，寨子里的人都会自发地聚集起来，协助这户人家迎送客人。寨子里会唱苗歌的人不仅在堂屋中唱歌敬酒，他们兴致高的时候，还会聚集在屋外高声唱苗歌。

图 2—27　办喜事时寨子上的村民在屋外传唱苗歌的情形

　　《施秉县志》介绍了苗族民间文学的主要形式，如民歌（Hxak Hmub）、嘎百福（Ghab Bil Ful）、议榔词（Hveb Ghed Hlangd）、理词

（Hveb Lil）、巫词（Hveb Dliangb）、民间故事（Ghed Sed）和谚语（Hveb Lul Hseid Ghot）等，而民歌分为创世史诗、劳动歌、节日歌、礼俗歌、祝词、婚姻歌、情歌、苦歌、叙事歌和新民歌等。这些歌的特点是形式短小精悍，内容生动活泼，更贴近于生活，流传面更加广泛。该书对苗族大歌也进行了阐释，"远古时期的神话传说，主要通过创世史诗的形式世代流传下来，其中最具代表性的有《十二路大歌》和《开亲歌》。《十二路大歌》苗语为 Hxak hliob，在苗族民间广为传唱。其包括《掘窝》《十二宝》《扁瑟缟》《五好汉》《洪水滔天》《运金运银》《铸日造月》《仰欧桑》《扁香尤》《斩龙》《嘎尼拉》《香筒马》"①。文中还对这些苗歌的内容进行了简要介绍。除了民歌这一体裁外，该书还把民间音乐分为飞歌（Hxak Yangt）、游方歌（Hxak Yet Fangb）、酒歌（Hxak Jud）、儿歌、龙船歌、芦笙歌、巫师歌等，而酒歌"曲调深沉，古朴醇厚。主要内容包括祝词、典故、赞歌、劳动歌和祈愿歌等，词为五言体，既有传统歌路，也有即兴创作的新歌词。日常生活中，除了遇丧葬不准唱，其他四时皆可，尤其是每逢婚礼和正月里待客，屋中摆上长桌，左右各坐一排人，主宾同唱，互盘互唱，一问一答，场面甚为隆重、热烈"②。

图 2—28　在喜事上歌师准备唱古歌《运金运银》

①　贵州省施秉县地方志编纂委员会编：《施秉县志》，方志出版社 1997 年版，第 181 页。
②　同上书，第 183 页。

黔东南州各个县对苗族古歌的划分方式不一，例如，雷山县不同于施秉县对苗族古歌的划分方式，《雷山县志》第八章"文学艺术"中介绍了口头文学由歌谣、故事、谚语、谜语和曲艺等组成，歌谣"以诗词和曲调配合而成，命题法有两种：一种以人为对象，一种以事为对象。其表现形式与现代音乐近似，苗语称'hxak'。歌谣内容有的是融合古今素材，即兴编唱；有的是以历史素材为基础的叙事长歌，有的是世代相传沿袭下来的古歌，如嘎别福歌、古歌、开天辟地歌、飞歌、游方歌、酒歌、送客歌、祝贺歌、赞美歌、情歌、哀歌等"。当地苗族古歌的内容主要分为三部分，"苗族民间故事常以口头讲述形式出现，其内容有三：一是歌颂英雄人物或反抗包办婚姻为题材的故事；二是叙述古代的自然现象和人类的起源，如《开天辟地》《十二个太阳》《洪水漫天》《兄妹开亲》等；三是鬼神、熊虎拟人化的故事……"①可见，这是一种比较独特的划分方式，苗族古歌的一些内容已被归入了民间故事的范畴之中。

图2—29 双井村村民在庆贺喜事时集体跳舞踩鼓

在田野访谈中，歌师龙光学列举了双井村的通婚（俗称开亲）范围，

① 《雷山县志》，贵州省雷山县地方志编纂委员会编，贵州人民出版社1992年版，第113页。

如下：施秉县的把琴、京竹湾、石厂、凉伞、把枉寨、竹子寨、寨胆、鲤鱼塘、三角田、铜鼓塘、大冲、塘珠、龙塘、巴团、龙颈、三界屯、杨家湾、三湾、平地营、胜秉、得果窑、冰洞、六河、八埂柴、平扒；台江县的南哨、四新、旧州、棉花坪、良田、黄泡、杨家沟、八埂、天堂、柏枝坪、芳寨、坝场、塘龙、偏寨、石家寨、长滩、老屯、榕山、上稿仰、下稿仰、白土、猫坡、平敏、平羊、巴拉河、平兆、井洞坳、井洞塘；剑河县的五河村（千户寨）等。这一说法在我后来的田野访谈中得到了印证，这与歌师刘永洪的访谈资料吻合，他告诉我，他所在的台江县施洞镇建立姻亲关系范围有：台江县旧州、四新、黄泡、良田、棉花坪、岑孝、八埂、杨家沟、天堂、白子坪、芳寨、塘坝、塘龙、偏寨、巴拉河、平兆、井洞彻、井洞塘、平敏、猫碧岭、猫坡、长滩、上稿仰、下稿仰、老屯、榕山、白土。除了台江县的这些村寨外，还与施秉县的一些村寨建立了姻亲关系，具体有双井、巴江、竹子、寨丹、鲤鱼塘、铜鼓塘、大冲、龙塘、巴团、龙颈、沙湾、平地云、胜秉、六河、五河（2001 年行政区划调整后属于剑河县）。目前这些村寨所面临的一个相似情况为：随着市场经济的发展，以上这些村寨的年轻人大都外出打工，尤其是良田、岑孝、杨家沟等几个村寨有不少年轻人都在外务工。

图 2—30　村寨中为小孩祈福而建造的"指路碑"

　　正如《苗族生态文化》（2009）所述："多数苗族村民均认为万物有灵性、万物皆有生命。人和万物的生命都是祖先赋予的。如台江县交下村流传一句古话'老树护村，老人管寨。'全寨人无论男女老少都认为寨边大树、水井、桥梁等有灵魂，要加以保护，并虔诚信奉。"[①] 这一点在双井村也不例外。寨子里的老一辈人经常讲起枫木树是有灵性的，在我问起古歌所唱内容的真实性时，歌师潘灵芝、龙光杨等人异口同声地表示这些内容是"真实可信的"。当地也可见到多处土地庙，以及为小孩祈福而建造的"指路碑"等民俗。

图 2—31　双井村的土地庙

三　对杨柳塘镇屯上村歌师的田野访谈

　　通过对杨柳塘镇屯上村[②]的田野访谈，我对该村的古歌传承情况有了大致了解。之所以选择这样一个点进行田野调查是有一定考虑的，主要从当地苗族分为"河边苗"和"高坡苗"这样的方式来看，我定点调查的

　　① 杨从明编著：《苗族生态文化》，贵州人民出版社 2009 年版，第 89 页。
　　② 按照当地对于"河边"和"高坡"苗族的区分方式，屯上村包括屯上、平磨、林山坪、杨柳塘、老寨、岩头上、长山等寨子，共 820 户，总人口 3300，25—70 岁的人男女各占一半，外出务工人员为 120 人以上。

双井村因邻近清水江河畔，属于"河边苗"，当地村民与台江的施洞等地有通婚关系，其古歌演述形式、内容等与之相似，而杨柳塘则属于"高坡苗"的代表。为更好地在这两种文化现象内进行一种比照观察，2011年2月19日，我在施秉县文广局工作人员吴光祥、双井镇工作人员龙佳成的带领下，深入到杨柳塘镇屯上村，对苗族古歌传承人吴通贤、吴通祥和吴通胜等人进行了田野访谈。访谈中我了解到，这个村子里会唱古歌的有30多人，但是村民们认为真正可以称得上歌师的不足10人，其中最具代表性的歌师有吴通贤、吴通祥、吴通胜和吴通明。从他们的传承方式和范围来看，这个传承圈主要体现为社会传承。通过田野访谈，我初步掌握了当地传承人的家庭情况、学艺经历等信息。

图 2—32　施秉县杨柳塘镇屯上村的村寨剪影

　　我的第一位访谈对象是58岁的歌师吴通祥（苗名嘎贵），他说自己带的徒弟有40余人，他不仅给村内来学的人传授古歌，也教村子之外慕名前来学习的人，但是真正可以称为"歌师"的弟子只有龙粘九、吴光生、吴变七、吴东七、吴商七等人①。吴通祥的古歌是向岳父母学的，他

———————

　　①　龙粘九，男，苗族，66岁，高小文凭，农民。吴光生，男，苗族，42岁，小学文凭，农民，外出务工。吴变七，38岁，文盲。吴东七，31岁，小学文凭。吴商七，28岁，小学文凭，会唱歌，还会吹芦笙。

图 2—33　在施秉县杨柳塘镇对传承人进行田野访谈

（从左到右姓名：吴通贤、吴通胜、吴通祥、吴光祥、吴通明、赵健）

的家乡在双井镇冷水冲村，他 26 岁结婚时过门到屯上来当上门女婿，岳父吴够福是当地很有名的一位歌师。现在，吴通祥教的学徒全部能独立演述古歌了，按当地术语表述为"独当一面"，比如本村徒弟吴天才、吴变玉、吴青才、林生等，这些学徒大都四五十岁。

图 2—34　在杨柳塘对苗族古歌传承人进行田野访谈

　　我的第二位访谈对象吴通胜（苗名贵祥）是省级非物质文化遗产代表性传承人。

　　田野访谈：吴通胜传唱古歌的经历
　　访谈者：请您介绍一下您的学艺经历好吗？

图 2—35　到杨柳塘歌师吴通胜家里进行拜访

　　吴通胜：我是16岁开始学歌的，最初我是向当歌师的父亲学，后来又向其他歌师学，屯上的吴够方、杨柳塘的吴五党、施秉的王应光等人都教过我。我的妻子杨通兰也会唱古歌，我们两人现在还在互相切磋学艺，边学边唱。
　　访谈者：听说您当初参加过县里的古歌比赛？
　　吴通胜：是的，我记得是在1989年，当时我30来岁，我参加了黄平县谷陇镇举办的古歌比赛。我先在施秉县参加了大歌的比赛，获得了第三名的好成绩，后来辗转到了黄平、施秉、镇远三县参加比赛，比赛的曲目是"十二路大歌"，比赛的方式是比哪个人背得熟，谁掌握的内容多。当时总共比了七天，有100多人参加。每个人不固定时间，根据苗族大歌评委的意见，请参赛者把整个内容背下来，评委来进行评判。我不仅会唱古歌，我还会用苗语把古歌从头至尾说出来，我当时的表现得到了评委们的一致赞誉。

　　除了参加这次比赛外，我还参加了县民委组织的首届苗歌比赛，比赛中唱的歌主要是刻道歌、开亲歌。评委全部是当地有名的老歌师，有白洗中块的吴够将，施秉城关镇的王应光、吴再祥，大桥乡的够保九等，共12名评委。黄平谷陇每年的九月有芦笙会，我都要去唱歌，我印象最深的一次，是县民委主任吴通斌带队到谷陇镇参加酒歌比赛，要求我们一定要为施秉县人民争光。看到领导这么重视，我下定决心一定要争得名次，参赛人员共有一百多位歌师，我们这队的成员逐一与竞争对手们进行对唱，最后我们队取得了胜利，当时的场景真的很有意思，对方回答不了我提出的问题，心里难受得不停用手捶胸口，但又无可奈何，后来只有甘拜下风了。

　　吴通胜说，目前他的学徒有吴水才、吴义保、吴东四、吴变机等20余人，其中很多人已经出师，吴义保、吴东四、吴变机现在还教寨子里的人学唱古歌。

图2—36　2011年2月19日歌师吴通胜、吴通祥传唱古歌《瑟岗奈》

歌师吴通贤①也讲述了他学习古歌的经历：

访谈者：请问您从什么时候开始学唱古歌的？

吴通贤：我从18岁开始学歌，开始在黄平县古陇洞河唱《开亲歌》。我的父亲是歌师，以祖传下辈和父子传承的方式为主。我的父亲是向寨上的吴高秋学的，在岩头、寨子学了半个月，他学歌很慢，刚开始他学了半天还是一句都不会，后来他又向女歌师学，一年大概只学会了一首歌。我们学习唱古歌一般是正月过年以后去学，后来十月、十一月份也有去学的情况。有时候是哪家有酒席了，要陪客的时候，提前几天晚上临时学。我们苗家人结婚的时间经常安排在农历十月、十一月、十二月或正月。学歌的方式就像摆讲故事一样，但要一句一句地记，懂一段了，又学一段，一段一段地往前学。学歌的主要内容有大歌十二路，有长有短，有唱七天七夜的，有唱三天三夜的，调式一样，内容古老、传统，不能被人为改动的。

访谈者：您一般在什么地方唱古歌呢？

吴通贤：我唱歌的经历很多，主要是办酒席的人家接去唱。很多时候，来客太多了，客边派去几个歌师，主人也要安排几个歌师陪。唱歌一般是两人一组，两人为一对，两人对两人唱。有时也有"单数"唱的，唱"单数"时，如果是客方"单数"，主方就找一个人陪唱。通常是同性的人做一对，两个男歌师对两个女歌师唱。我曾经到过黄平、谷陇、大寨、老寨等40多个村寨唱过古歌。从我开始学唱歌至今已有40多年了，每年要唱七八十次。我觉得唱歌是一种荣誉，特别是唱古歌。别人邀请去唱歌时，如果唱好了，有的还要送纪念品，经常是送一条毛巾。比如，新娘回门的好日子，我们被请去唱歌一般是送我们酒壶。大家公认我和我的父亲是整个寨子唱得最好的，寨上的人都喜欢我唱歌，我一共赢得了40多只酒壶。我觉得苗族歌师的水平有高下之分，评判标准一是一首歌唱得完不完整、准不准确，二是调子转得好不好，三是拖音是否好听等。

---

① 吴通贤，男，1953年出生，苗族，屯上村2组人，文盲，3个小孩，小儿子教书，大女儿在施秉打工，开车；二女儿在贵阳一家公司上班。大女儿会唱酒歌，传统的、固定的歌。

在结束对杨柳塘的歌师的访谈后，协力者吴光祥①谈起了他的人生经历，以及他为苗族古歌的传承和保护工作所付出的艰辛努力。1981年，吴光祥来到大西南边陲的云南省参军，在部队里，他学习军事技能，锻炼身体，练就了身强体壮的好身板。1984年，他服役届满后，又回到了生养他的施秉。从1984年部队转业至今，他先后在施秉县文化局、旅游局、文工团、文物站、文物管理所工作，现在还担任了施秉县文广局文物管理所的所长。在二十六年的文化旅游管理工作中，他把很多时间投入到民族民间文学，特别是少数民族古歌、大歌的收集、整理、挖掘、翻译与研究工作中。

吴光祥自述自幼生长在贵州黔东南民族聚居地区，其祖上均是苗族，族群中众长辈及他同辈人均讲苗语，深受本民族文化熏陶，逢年过节或寿庆之日，他都能听到族中德高望重者讲唱苗族生活的"古歌"及先祖传承下来的多首苗族民间故事及大歌。1985年后，他先后参加了黔东南民族民间文化培训班、贵州民族学院民族民间文化培训班、中央民族大学民族民间文化培训班的学习，特别是在贵州省民族民间文化研究者成文魁先生的影响和指导下，他开始从事苗族民间文化的采风工作。他以施秉县杨柳塘镇屯上村为基点，把民族民间的采风范围扩大到全县多个乡镇，同时他又发挥黔东南州政协委员的作用，将采风挖掘的触角伸向了全州。在此期间，他参与了文化普查工作，并将搜集整理、研究撰写的《苗族游方歌》《苗族板凳舞》等文章发表在《群文天地》、台湾《黔人》等报刊上。2003年以来，他作为黔东南州非物质文化遗产的主要研究和挖掘工作者，着手《苗族刻道》《苗族古歌》具体申报材料的撰写，其中《苗族刻道》通过了省、国家两级非物质文化遗产的评估。而由他挖掘出来的吴通胜、吴通明、吴通祥等苗族古歌、大歌传承人，经他举荐最终也进入了国家级、省级、州级非物质文化遗产保护体系。

吴光祥还谈及未来的工作方向，作为一位长期行走在少数民族聚居地区的民族民间文化保护第一线的研究型工作者，他计划用5—10年的时间，把对苗族古歌的传承与保护以及苗族民间故事的记载、传承、整理和相应非物质文化遗产的申报等工作做好，并借此完成苗族古歌与苗族民间故事的全面搜集、整理、翻译写作与成书。

---

① 吴光祥：男，苗族，1966年1月出生，施秉县文化局工作人员。

小　结

我对古歌传承人进行的田野研究，视野顾及整个中国西南地区的苗族，足迹遍及黔东南的施秉、凯里、台江、剑河、黄平等县市，以施秉县双井镇双井村为基地，辐射到周边的古歌传承圈，从古歌的流传环境、文化背景、传唱人群和演述过程等方面，对苗族古歌的发展、运用、传承人、传承方式、传承形态、传承圈子等进行了比较全面系统的考察。通过受访人的"自我"呈现，我逐渐掌握了苗族古歌传唱的土壤、地理环境、发展态势和传承现状等基本情况，我发现绝大多数传承人在传承中陷入尴尬境地，传承活动颇受困扰。苗族古歌传承人大多年事已高，古歌的演述技法大多靠口传心授。随着歌师们的离去，人亡歌息、人去艺绝，古歌也就渐渐失传了。苗族古歌在现代文化的冲击下，陷入了衰微和即将消亡的危险境地，苗族古歌的传承、保护和发展迫在眉睫。对此，我还对关注苗族古歌的地方学者进行了田野访谈，记录了他们对面临衰微危机的苗族古歌的观察、搜集、评述和传承情况。对于这一棘手的问题，当地群众、民间艺人及政府工作人员都想出了一些办法，发挥了各自不同的角色的作用，这也在不同程度上促进了苗族古歌的保护与传承。

通过实地进行田野调查，我们发现，苗族古歌大致经过了由20世纪30—60年代的繁盛时期走向如今的衰微态势，其在民间的教学方式和传承方式大同小异，基本的教学方式是歌师传授——学徒互动——边唱边学——听录音学习等，基本的传承方式是家族传承——婚姻圈内传承——社会传承——多向传承等，这些教学方式和传承方式又是互相交又杂糅的。比如以张昌禄为核心的剑河县岑松镇弯根村古歌传承圈，其家族传承和社会传承表现得尤为明显，而又杂糅有跨婚姻圈传承的情况；以吴通胜、吴通祥等为核心的屯上古歌传承圈则主要表现为社会传承，但也在一定程度上体现了家族传承；而以罗发富为核心的剑河县岑松镇稿旁村古歌传承圈则主要表现为婚姻圈内传承和社会传承，又杂糅有家族传承和跨婚姻圈传承等。

总之，苗族古歌在传承中得到了一定的发展却又有走向衰微的趋势，这是苗族古歌在民间的基本情态。导致这种由发展走向衰微的矛盾之因是多方面的，从外部来看，主要是现代文化的冲击；从内部来看，主要是苗族古歌自身的传承难度和不适应新一代苗族青年的文化需求等，这也是让我们忧虑和亟待呼吁解决的问题。

第 三 章

苗族古歌《瑟岗奈》演述中的传承人

在结束了对剑河、台江等县的村寨田野调查后，我带着搜集到的有关苗族古歌传承人的第一手资料（文字、图片、录音及录像等）及民间艺人自己搜集整理的苗族古歌文本，重新回到了最初的田野选点地——施秉县双井镇双井村，继续推进口头传统研究领域的田野调查工作。由于我已在这里开展过多次田野调查，与村民们建立了良好的田野关系，所以相比于剑河、台江等县而言，我在这里有着更为广泛的人际关系网，甚至可以给初来此地的调查者带路，以拜访相关歌师。我走在乡间地头时，同行的人看到寨子上如此多的人跟我打招呼，纷纷感慨我已经真正跟当地的村民们打成一片了。为便于更好地对歌师进行田野观察，在双井村前任村支书龙光乾的协助下，我住进了歌师龙光学老人的家中，每天与村里人同吃、同住、同劳动，跟着歌师去参加节日庆祝活动。印象很深的是 2009 年的元宵节，村子里的妇女给我穿上当地苗族女孩的盛装，我们一起上街看龙灯表演，其乐融融。随着时间的推移，我感觉自己的身心都渐渐融入到了当地的文化氛围中。

在这种融洽的田野关系下，我的田野访谈进行得比较顺利，在剑河县、台江县等地进行访谈时，我一般借助当地协力者的力量进行交流，而在双井村进行田野访谈时，我感觉更加游刃有余。按照之前制定的调查提纲，对双井村歌师龙光学、张老革、龙厅保、潘灵芝、龙光杨等人进行了逐一访谈，我提出的问题得到了他们的认真解答。通过对歌师的田野访谈，我对苗族古歌传承人的基本情况有了一定的了解，但遗憾的是还没有看到实际的演述事件。

我一直在思考以下几个问题：苗族古歌在民间究竟以何种形式传承？在实际的演述事件中，歌师是否会进行现场教学？除了两男两女对唱的形式外，歌师是否还可以采取别的组合形式来进行传唱等等。我试图在田野访谈中寻求答案。

在 2009 年双井村的"吃新节"期间，我期待中的古歌演述事件终于出现了。我的田野调查协力者龙林提前告诉了我这次传唱古歌的时间，他说七月中旬巳日（即蛇日）是当地苗族的传统节日"吃新节"（nex seil），歌师们可能会聚在一起唱古歌，我马上从北京赶到双井村开展田野调查。在当地，我终于如愿赶上了古歌的演述事件，对古歌的演述场景进行了拍摄并记录下重要的语境要素。

按照演述事件发生的先后顺序，我按照"第×场"的形式进行了编号，第一场古歌演述事件发生在 2009 年 8 月 31 日，歌师张老革（女主唱）、张老岔（女伴唱）、龙光学（男主唱）、龙明富（男伴唱）演述了古歌《瑟岗奈》。第二场古歌演述事件发生在 2009 年 9 月 1 日，歌师张老革（女主唱）、张老岔（女伴唱）、龙光学（男主唱）、龙光林（男伴唱）又一次唱起了古歌《瑟岗奈》，这次除了演述人龙生乔以外，其余的都是前一晚演述古歌《瑟岗奈》的歌师。第三场古歌演述事件发生在 2009 年 9 月 2 日，潘灵芝（女主唱）、张老树（女伴唱）、龙光勋（男主唱）、龙光基（男伴唱）演述了古歌《瑟岗奈》。第四场古歌演述事件发生在 2010 年 8 月 25 日，演述人有邰光英（女主唱）、刘远英（女伴唱）、刘昌吉（男主唱）、龙耶清（男伴唱），他们演述的曲目同样是古歌《瑟岗奈》。以上演述时间都在"吃新节"这个时段，地点都在双井村。

通过开展一系列的田野调查工作，我完整地拍摄到了双井村苗族古歌《瑟岗奈》的四次演述过程，搜集到了丰富的第一手田野资料，并完成了田野资料的建档工作，建立了良好的田野关系，积累了一定的田野调查经验。尤为重要的是，我在田野中亲自观察到了传统语境中的演述事件，亲耳聆听到了古歌的音韵，并接触到了苗族古歌的传承人，真正领悟到了古歌在民间所具有的鲜活生命力。

第一节　关注"人"：四次演述事件中的传承人

我观看了苗族古歌这一活态口头传承形式的四场演述事件，并对古歌《瑟岗奈》演述的四个文本进行了逐录。为了理出一个清晰的线索，下面用表格形式，记述这四次演述事件的时间、地点、受众、演述内容等要素。

场次	时间、地点	演述人	持续时间	演述内容	资料
1	2009 年 8 月 31 日晚上，龙光学家中	男歌师:龙光学、龙明富（苗名龙老常）女歌师：张老革、张老岔	1 小时 32 分	《瑟岗奈》第 1—6 段（共 105 行）	DVD 光碟编号：TYGC1 对应文本详见附录 2
2	2009 年 9 月 1 日晚上，龙厅保家中	男歌师:龙光学、龙光林（苗名龙生乔）。后来换成龙明富。女歌师:张老革、张老岔	59 分 30 妙	《瑟岗奈》第 1—8 段（共 203 行）	DVD 光碟编号：TYGC2 对应文本详见附录 3
3	2009 年 9 月 2 日晚上，龙林家中	男歌师:龙光勋、龙光基 女歌师:潘灵芝、张老树	1 小时 40 分	《瑟岗奈》第 1—9 段（共 162 行）	DVD 光碟编号：TYGC3 对应文本详见附录 4
4	2010 年 8 月 25 日，龙厅保家中	男歌师:刘昌吉、龙耶清 女歌师:邰光英、刘远英	1 小时 50 分	《瑟岗奈》第 1—8 段（共 160 行）	DVD 光碟编号：TYGC4 对应文本详见附录 5

一　切磋技艺：第一场古歌演述中的传承人

如上表所述，第一场演述事件发生在 2009 年 8 月 31 日，当时是"吃新节"的前夕，早在 2006 年的"吃新节"我就拍摄过古歌《瑟岗奈》的演述事件，所以我特意挑选这个时节来到双井村，并对这一节日民俗进行了持续不断的观察。在歌师龙光学的组织下，当天晚上歌师张老岔、张老革、龙光祥、龙老常等人聚在了龙光学家中，他们按照两男两女的组合方式对唱古歌《瑟岗奈》。男歌师为龙光学、龙老常，女歌师为张老革、张老岔，演述时间为 1 小时 32 分，而加上开唱前的准备和中间的停顿时间，实际持续时间为 3 个多小时，即从晚上 9 点至 12 点多，最后在龙光学老人的提醒下，歌师停止了演唱，歌师张老革的年龄最大，明显感觉她有些疲倦。我们收起各种影音设备起身告辞的时候已经凌晨 1 点多钟了。此次调查，我用摄像机把整个《瑟岗奈》演述过程进行了拍摄，除此之外，还有录音和照片，这为我的论证提供了一个很好的参考个案。

图 3—1 2009 年 8 月 31 日，苗族古歌《瑟岗奈》的传唱现场

（从左到右分别为：龙光学、龙明富、龙厅保、龙生付、杨归林、龙红化、邰老二、
吴吉英、刘三妹、龙四红、龙光林、刘光二、龙光祥、张老革、张老岔）

序号 （从左到右）	1	2	3	4	5	6	7	8	9	10	11	12	13	14	15
姓名	龙光学	龙明富	龙厅保	龙生付	杨归林	龙红花	邰老二	吴吉英	刘三妹	龙四红	龙光林	刘光二	龙光祥	张老革	张老岔
性别	男	男	男	男	女	女	女	女	女	男	男	女	男	女	女
年龄	73岁	60岁	51岁	50岁	52岁	13岁	67岁	65岁	49岁	9岁	64岁	68岁	78岁	79岁	75岁
角色	歌师（主唱）	歌师（伴唱）	学徒	受众	受众	受众	受众	受众	学徒	受众	学徒	学徒	受众	歌师（主唱）	歌师（伴唱）

为了更清晰地展示这一场古歌《瑟岗奈》的传唱情况，下面画出当时的具体方位图，并标明歌师、受众的位置（见图 3—2）：

从下图我们可以看到，两名女歌师张老革、张老岔的位置在整个堂屋的西北方向，两位男歌师在东北方向，他们两两相对，这与古歌的对唱形式有一定的关系。

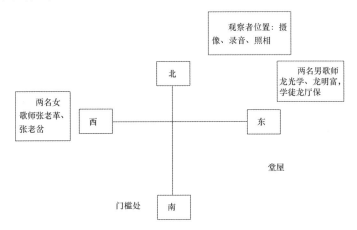

图 3—2　第一场古歌《瑟岗奈》演述的室内方位图

在为这次古歌演述的传承人建档案的过程中，我们关注的第一个对象是男歌师中的主唱龙光学。在整个古歌演述过程中，他发挥着主导作用，他带着学徒龙明富一起唱古歌。如果学徒龙明富记不起唱词，他可以跟着歌师龙光学一起往下唱，但是，如果龙光学忘记唱词的时候，龙明富却无法继续往下唱，所以这会导致演述过程的临时中止。从田野访谈中，我们了解到，龙光学是歌师张老革的学徒，他 17 岁开始跟自己的大哥龙光祥学歌。受访者龙光学回忆说："20 世纪 60 年代谁会唱歌，谁就会得到客人的热情接待，尤其是用酒肉招待，那个时候村子里的人都不富有，学会唱歌就等于说有吃有喝。"[1] 龙光学对唱古歌很感兴趣，他说，只要村里有酒席就会请他去唱歌、陪客，村子里的人都认为他的歌声嘹亮，歌曲唱得熟。当我问及古歌演述时间的长短时，龙光学说："如果对唱的时候，唱得合心，就越唱越有兴趣，一直唱到歌曲完毕，有时几天几夜。若是对手不太会唱，不合曲，唱一会就散了。"由此可见，古歌演述的时间长短，取决于双方歌师的水平，以及受众是否感兴趣。龙光学还说，苗族古歌的演唱，一般没有固定的时间、地点，逢节日、逢酒席都唱，尽兴为止。

---

① 参见龙光学的田野访谈资料：编号 TYFT201115。访谈时间：2011 年 2 月 26 日。受访者：龙光学。

姓名	龙光学（苗名 Ghet Cangf）	性别	男	
民族	苗族	出生时间	1944 年 8 月	
专长	演唱古歌	文化程度	自学	
语言能力	苗语、汉语	身份	歌师	
住址	双井镇双井村四组	受访日期	2011 年 2 月 26 日	与歌师龙光祥（前左）、龙光学（前右）合影
家庭情况	父亲龙通明，苗名龙有发，1960 年过世。母亲苗名是张老谇（经常被称作"Wuk Suk"）。龙光学有 1 儿 2 女，大女儿龙老仙，苗族，36 岁，文盲，不会唱古歌。二儿子，汉名龙明当，苗族，34 岁，高小毕业，在当地务农，不会唱古歌。三女儿龙单长，女，苗族，32 岁，只上到小学四年级就辍学了，不会唱古歌。			
师承关系	龙光学是苗族古歌师龙光祥的弟弟，他曾向龙光祥和自己的老伴儿张老岔学习唱古歌。			
传统曲库	《瑟岗奈》《运金运银》《十二个蛋》《做酒歌》《犁东耙西》《仰欧瑟》《起房造屋歌》等。			

歌师龙光学的学徒有龙明富、龙光林等人，龙光学他一直很希望把自己的孩子培养成歌师，然而孩子长大后都到外地打工了，所以他这个心愿一直未能实现。龙光学说，一般传授古歌是在自己家里，且集中学习的时候多，有时个别学徒也来登门请教，也可单独教学。他的汉语表述水平比较高，所以教歌的时候还可以用汉语讲起歌中的一些内容。

第二位主角是男歌师龙明富，村里人都称呼他为"龙老常"。在现场演述的两位歌师中，龙老常还处于未出师的程度，他要在龙光学的带领下才会唱古歌。

除以上两位男歌师外，现场的女歌师有张老革、张老岔两人。在对双井村民的田野访谈中，我问及这个组谁是唱得最好的歌师，受访者一致认可张老革是唱得最好的，虽然她年事已高且双目失明，但是记忆力很好，她唱起古歌来可以长达几天几夜。在这次古歌的演述中，她同样发挥了重要的师承作用。

姓名	龙明富（苗名龙老常）	性别	男	龙明富（右）在唱古歌时的情形
民族	苗族	出生时间	1951 年	
专长	演唱古歌	文化程度	高小	
语言能力	苗语、汉语	身份	歌师	
住址	双井镇双井村四组	受访日期	2011 年 2 月 27 日	

家庭情况	全家 6 口人，妻子张老妹，有 3 女 1 子，子女都已嫁娶，女儿远嫁到四川，现家中有儿媳妇，两个孙子，其父亲龙通乾和母亲张老敬都是歌师，已逝。全家务农，现居砖房，生活水平一般。
师承关系	小时候开始向其父母龙通乾和张老敬学习唱古歌，后来向张老革学习，平时也向龙光学学习，提高自己唱歌的水平。
传统曲库	《迁徙歌（瑟岗奈）》《运金运银》《做酒歌》《开天辟地》等。

姓名	张老革（苗名 geef）	性别	女	女歌师张老革在家里织布
民族	苗族	出生时间	1942 年	
专长	演唱古歌、苗族刺绣、刮痧	文化程度	文盲	
语言能力	苗语	身份	歌师	
住址	双井镇双井村四组	受访日期	2010 年 2 月 16 日	

家庭情况	家里有 2 女 3 子，两个女儿都已出嫁，两个儿子在外打工，一个儿子在家务农，她的孩子们都不会唱古歌。
师承关系	张老革出嫁前向自己的母亲学唱古歌，嫁到双井以后，她在实践中不断提高演述的技艺。她的学徒有龙光学、龙厅保等人。
传统曲库	《迁徙歌（瑟岗奈）》《运金运银》《犁东耙西》《仰欧瑟》《十二个蛋》《造纸歌》《起房造屋歌》《榜香长寿歌》《酿酒歌》等。

　　现场的另一位女歌师张老岔是男歌师龙光学的妻子，她的演述水平稍逊色于张老革，但她也是双井村民们首肯的歌师，汉语表达水平比张老革好。张老岔和龙光学这对夫妻在生活中一直互相学唱苗族古歌。

姓名	张老岔：苗名"务苍"（Wuk Cangf）	性别	女	
民族	苗族	出生时间	1942 年	
专长	演唱古歌、苗族刺绣、刮痧	文化程度	文盲	
语言能力	苗语	身份	歌师	日常生活中的古歌传承人（从左往右分别是：龙光学、龙光祥和张老岔）
住址	双井镇双井村四组	受访日期	2010 年 2 月 16 日	
家庭情况	张老岔是龙光学的妻子，家庭情况这栏与龙光学提供的信息一样。她能听懂简单的汉语，但在访谈中，我们感觉与她交流不太顺畅，必须要协力者在旁边帮翻译解释，她才能听得懂访谈者的意思。			
师承关系	张老岔在出嫁前向自己的母亲学习过唱古歌，嫁到双井来以后，在多次演述中与张老革进行探讨学习，还与自己的家人进行技艺切磋，她曾教丈夫龙光学唱古歌。			
传统曲库	《迁徙歌（瑟岗奈）》《运金运银》《犁东耙西》《仰欧瑟》《十二个蛋》《造纸歌》《起房造屋歌》《榜香长寿歌》等。			

在这次古歌演述的现场，受众除了龙厅保之外，还有刘三妹、刘光二等人，他们与歌师张老革、张老岔等都存在着师承关系。

我们关注的第一位受众是龙厅保，他曾拜师学艺，向张老革、龙光学学过古歌。在访谈中，龙厅保说，他在 2010 年过春节期间，曾向张老革学唱古歌边学边唱，他的记忆力不好，领悟能力不强，所以，他用了半个月才基本掌握古歌《瑟岗奈》的大意，但是，如果没有歌师的领唱，他独自一人无法唱古歌。

田野访谈：学徒龙厅保的学艺经历

访谈者：您从什么时候开始学唱古歌？

龙厅保：我从 15 岁开始学唱歌，刚开始我学唱的是飞歌，由于难度不大，所以我只用了五六天时间便学会了。后来，我听到寨子上有人唱古歌，旋律很动听，我便开始学古歌，这个时候我已经 35 岁了，我一直学到现在，主要是利用空余时间晚上学。

访谈者：您当时为什么想到学唱古歌？

龙厅保：我学习古歌是出于一种民族责任感，我曾被老一辈歌师们的话语所打动。老人说，你们年轻人必须学会古歌，学会古歌才会懂得苗家人苦难的历史。我的父母不会唱，妻子刘三妹会唱一些。我妻子是台江人，她向歌师张老革学，也向父母学。正月间过大年，我的妻子不绣花，不做农活，学唱古歌。我也跟着学，哪个会唱就去向哪个学，争取一年学一首。歌师教歌是义务的，当然学徒会拿鸭子等去送歌师，表达谢意。

访谈者：你学过哪些古歌？

龙厅保：我这几年都在学唱古歌，前年我学唱《瑟岗奈》，去年学唱《开天辟地》，今年学唱《运金运银》，学三年了，还没学会。学了又忘，忘了又学，要经常反复学。这些歌，有的有 12 节，有的有 25 节。

姓名	龙厅保	性别	男	
民族	苗族	出生时间	1960 年 3 月	龙厅保换上歌师的服装准备参加演唱
专长	演唱古歌	文化程度	初中	
语言能力	苗语、汉语	身份	学徒	
住址	双井镇双井村四组	受访日期	2011 年 2 月 21 日	
家庭情况	龙厅保有 2 儿 1 女，大儿子龙春桥，二儿子龙捌龙，三女儿龙珍秀，他们都是初中毕业，在外打工，小孩留给龙厅保夫妇帮忙看管。龙厅保是双井村新上任的村委会副主任。			
师承关系	龙厅保有两位师父，一位是张老革，另一位是龙光学。这张图片是龙厅保演述前，他的师父龙光学经常会进行指点。			
传统曲库	《迁徙歌（瑟岗奈）》《运金运银》。			

第二位受众刘三妹是龙厅保的妻子，她一直向张老革学习唱古歌，同时与丈夫龙厅保在生活中互相学习，共同提高演述古歌的技艺。

姓名	刘三妹	性别	女	
民族	苗族	出生时间	1964 年	
专长	演唱古歌	文化程度	自学	
语言能力	苗语、汉语	身份	学徒	
住址	双井镇双井村四组	受访日期	2009 年 12 月 21 日	刘三妹（左）和龙厅保（右）夫妇
家庭情况	她是龙厅保的妻子，家庭情况与龙厅保基本相同。			
师承关系	向张老革学习唱古歌，与丈夫龙厅保互相学习。			
传统曲库	《迁徙歌（瑟岗奈）》。			

　　第三位受众是刘光二，她是我几次田野调查中一直关注的传承人。刘光二曾拜歌师龙光祥为师，学唱古歌。在田野访谈中，她很伤感地告诉我们，自从她的师父龙光祥过世后，她便再也没有唱过古歌，我们从她的话语中能够感受到她对古歌师父的深切怀念之情。

姓名	刘光二（苗名 Guangb Aid 光二）	性别	女	
民族	苗族	出生时间	1946 年	
专长	苗族刺绣、演唱古歌	文化程度	初中	
语言能力	苗语、汉语	职业	农民	
住址	双井镇双井村四组	受访日期	2010 年 2 月 26 日	与歌师刘光二（左）在她家院子里的合影
家庭情况	她的老伴儿名叫龙光斗，苗族，读过夜校，教过书，会刻章，做过银匠、风水先生，懂得苗歌，但不会唱，前些年已去世。大女儿龙两两，苗族，1967 年 3 月 22 日出生，不会唱古歌。二女儿龙二妮，苗族，1969 年 6 月 21 日出生，会唱古歌、山歌、酒歌。三儿子龙斌，苗族，1970 年 12 月 15 日出生，他是一名银匠，不会唱古歌。小儿子龙金德，苗族，1973 年 11 月 22 日出生，他也是一名银匠，不会唱古歌。			
师承关系	拜师学艺，刘光二的师父是龙光学。			
传统曲库	《瑟岗奈》《开天辟地》。			

图3—3　具有亲属关系的苗族古歌传承人

（从左到右依次为张老杨、刘三妹、张老岔、张老革、刘光二、邰老二）

从上图我们可以发现，图的正中间为张老岔、张老革两位歌师，两边是她们的四位学徒：张老杨、刘三妹、刘光二、邰老二。前文已述，双井村主要是龙姓的亲属关系，张老革、张老岔、张老杨、刘三妹、刘光二、邰老二都是从别的寨子嫁到双井来的，由于她们的夫家是双井村的龙氏家族，所以，她们与所在的双井村的龙姓人家都存在着一定的亲属关系，例如：张老杨是已过世歌师龙通泉的儿媳妇，刘三妹是龙厅保的妻子，刘光二是龙光斗的妻子，邰老二是龙通祥的妻子；这四位龙姓的男性成员间也存在着亲属关系，例如：龙通泉与龙厅保是叔侄关系，龙厅保和龙光斗是同辈的叔伯兄弟，龙厅保的父亲与龙通祥的父亲是弟兄关系。在对这次古歌演述中的参与者的访谈中，我们发现，除了这些亲属关系以外，歌师、学徒等人一般都是邻居，他们彼此住得很近，方便平时的学歌和演唱，学徒遇到问题也会及时向歌师请教，所以他们也容易组织起一场场古歌演述活动。

二　提高技艺：第二场古歌演述中的传承人

第一场古歌演述事件结束后，我对现场歌师和受众①进行了田野访谈，歌师龙光学、龙老常都对他们自己的演述水平表示不甚满意。龙光学解释说："我们好久没有唱古歌了，今晚发挥得不好，你明天晚上过龙厅保家来，我们回去好好准备一下，争取把最好听的古歌唱给你们听。"第二场古歌演述事件（2009 年 9 月 1 日）在这样一种语境下即将登场，我欣然同意了歌师龙光学的提议，并积极地为第二场演述事件做好准备。我的协力者龙佳成提醒说："晚上歌师的演述比较辛苦，如果我们在中间休息时给歌师发些烟和糖的话，可以提高他们的兴趣，这样他们也就不容易打瞌睡了。"我采纳了他的建议，从集市上给晚上演述古歌的歌师们都买了礼物：每家一瓶老北京二锅头酒、每人一包烟和糖等，歌师们欣然接受。

图 3—4　2009 年 9 月 1 日传唱古歌的歌师

（从左到右依次为龙光学、张老革、张老岔、龙光林）

① 在田野访谈中，我了解到现场的歌师之间有着一定的亲属关系，例如龙光祥和邰老二是夫妻，龙光学和张老岔是夫妻，龙生乔和杨归林是夫妻；龙红花是张老革的孙女，龙四红是龙生乔的孙子等。

通过在村寨中的生活体验，我发现村民们没有很强的时间观念，本来我和歌师们约好了见面时间，打算从晚上 8 点钟开始，但对他们而言，这只是一个大致概念，歌师们全部吃完晚饭，才陆陆续续过来，此时已近 9 点钟了。开始前，歌师们就这次演述的古歌主题、内容和形式等事项进行了讨论，并最终形成一个统一的思路。这两次古歌演述都是按照两男两女的组合形式展开。第二场与第一场的不同之处在于，除 4 人进行对唱外，旁边还有一位歌师进行替补。9 点 40 分，这一场演述正式开始，协力者龙林特意来到现场，他坐在一旁，边听边帮我誊写下古歌的现场版文本。

下图是这次古歌演述的方位图，从图中我们可以看到，两位男歌师龙光学、龙光林坐在堂屋的东北方向，两位女歌师张老革、张老岔坐在堂屋的西北方向，他们唱歌的时候两两相对，从方位上而言，如此座次有利于双方眼神的交流和互动，然而在实际演述的过程中，男女歌师基本上是自歌自唱，基本上没有太多我们想象中的互动情况。与第一次演述的情况一样，受众位于门槛边上的东南方向，他们正对着堂屋中间的神龛。我和协力者的位置在堂屋的北部，这样不仅有利于对全场的参与者进行观察，也便于用摄像机拍摄下歌师和受众的整体情况。

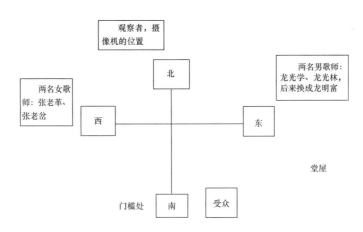

图 3—5　第二场古歌《瑟岗奈》演述的室内方位图

在这场演述活动中，古歌师唱的还是《瑟岗奈》，他们试图唱得比昨晚更加精彩，以提高受众们的兴趣，虽然收效甚微，但他们还是坚持唱了一个多小时，到了深夜 11 点多才结束。这已经是我第三次拍摄古歌《瑟岗奈》的演述了，虽然歌师龙光学、张老革等人都认为他们的演述是

"完全一样"的，但我通过整理誊录文本发现，每一次演述都是有差别的。在现场听古歌演述的时候，对于每次不断重复的程式化的诗句，我都有种耳熟能详的感觉。

姓名	龙光林（苗名龙生乔）	性别	男	
民族	苗族	出生时间	1946 年	龙光林演述时的照片
专长	演唱古歌	文化程度	初中	
语言能力	苗语、汉语	职业	农民	
住址	双井镇双井村四组	受访日期	2009 年 12月 21 日	
家庭情况	全家 6 人，妻子张老妹，生有 3 女 1 子，子女均已嫁娶。儿子龙发财，结婚后育有两子。其父母龙通乾和张老敬都是歌师，已逝。			
师承关系	家传与拜师学艺，龙生乔的师父是其父母亲（龙通乾和张老敬）及龙光祥。			
传统曲库	《瑟岗奈》《开天辟地》。			

在这场演述的过程中，龙光林还处于学徒的初级阶段，他对古歌《瑟岗奈》的一些段落并不熟悉，他唱的时候，明显感觉跟不上节奏，所以后来龙明富替换了他，龙明富开始与歌师龙光学一起唱古歌。

对男歌师龙光林进行访谈时，我们重点提及了他的师父龙光祥，这也是我长期跟踪调查的一位歌师。早在 2006 年我第一次拍摄古歌《瑟岗奈》的演述事件时，已与歌师龙光祥相识。当时他扮演的是男歌师（主唱）的角色。在对这几位歌师的田野访谈中，刘光二、张老杨等人都对龙光祥的人品赞不绝口，他们说在双井村的红白喜事活动中少不了歌师龙光祥忙碌的身影。然而，龙光祥的身体一直不好，患有严重的关节炎，由于孩子们都外出打工，他和老伴儿还带着孙子，常年过着"面朝黄土背朝天"的生活。2009 年夏天，龙光祥不幸患上重病，意识模糊，甚至无法正常说话，更不用说唱歌了，虽经过及时抢救和治疗，他活了过来，但已处于半瘫痪状态。

在这次演述活动中，龙光祥虽可支撑着病体前来，但已无法演唱古歌，所以他没能参与到实际的演述中，只是扮演了一个受众的角色。尽管如此，在整个过程中，他一直听得很认真，当他的弟弟龙光学唱不下去时，他还在一边念念有词，低声提醒着龙光学。在演唱间歇，他还小声嘀咕，与歌师张老岔等人沟通着古歌的唱法。

姓名	龙光祥：苗名构保（Ghet Baod）	性别	男	
民族	苗族	出生时间	1936 年 8 月	
专长	演唱古歌	文化程度	自学	
语言能力	苗语、汉语	职业	农民	
住址	双井镇双井村四组	受访日期	2009 年 2 月 10 日	歌师龙光祥参加寨子上过世老人葬礼时烧纸
家庭情况	配偶郎老二。育有四子一女。长子汉名龙明兴，苗名龙祥保，43 岁，初中毕业，生有 2 儿 1 女，现全在上海打工，会唱一些苗歌。二子龙明营，初中毕业，不会唱古歌。三子龙明水，高小未毕业，不会唱古歌。四女龙春英，文盲，不会唱古歌。五子龙明文，初中毕业，不会唱古歌。父亲汉名龙通明，苗名龙友发。其母的苗名为张老诨（苗语称作"Wuk Suk"）。			
师承关系	龙光祥从小向自己的祖父学唱古歌，长大后他成为寨子上的一名歌师，他的学徒有龙光学（龙光祥的弟弟）、刘光二、张老杨等人。			
传统曲库	《瑟岗奈》《运金运银》《犁东耙西》《仰欧瑟》《十二个蛋》《造纸歌》《开天辟地》《起房造屋歌》《榜香长寿歌》等。			

图 3—6　歌师龙光祥在参加寨子上过世老人的葬礼

在这几年的田野调查中，我对歌师龙光祥进行了重点关注，他不仅是寨子上德高望重的歌师，而且是人们承认的"鬼师父"。寨子上哪户人家逢年过节有喜事或丧事，从孩子出生的"庆生歌"，到老人过世的"丧歌"，他都可以从头至尾地唱。按照当地民众的说法，这些歌在上述活动中是可以起到一定的祈福、禳灾等作用，每当有人家需要做"法事"时，都会专门邀请龙光祥前往助力。所以，龙光祥在当地村民心目中地位很高。2009年春节，我在进行田野调查的时候，正好遇上对面寨子上一位老人过世，主人特意邀请歌师龙光祥前去参加葬礼，并主持"法事"。龙光祥为了让我更进一步地体验苗族仪式活动与古歌演述的关系和过程，便带上我这个正在他家进行田野访谈的外来者一同来到主人所在的寨子。按照当地的习俗，我送了礼钱，并随他一起坐下喝酒，观察村民们的行为。歌师龙光祥对我的表现大加称赞，他认为这种"入乡随俗"的做法是很恰当的。

图3—7　歌师龙光祥参加葬礼在酒席上唱古歌

歌师龙光祥是双井村新寨组的村民，他培养的歌师有龙光学（龙光祥的弟弟）、刘光二、张老杨等人。当我随意询问这个寨子上的村民谁的古歌唱得最好时，村民们几乎异口同声地告诉我："男歌师是龙光祥唱得最好！"龙光祥在传承古歌方面发挥了极大的作用。在2006年的"吃新节"上，他是我所拍摄到的古歌《瑟岗奈》的核心演述者，即主唱，在演述现场他一直对女伴唱刘光二进行指点。四年多以来，龙光祥一直悉心培养学徒刘光二、张老杨，希望她俩可以学会独立演述。然而，在他去世后，这两位学徒基本上都不怎么唱古歌了。

图3—8　龙明清（学徒）向歌师龙光祥请教古歌的唱法

除了刘光二、张老杨这两位女学徒以外，龙光祥一直努力培养的男学徒还有龙明清。不过，这几次演述事件龙明清①都不在场。据龙光学介绍，龙光祥被称为这个寨子上演述水平极高的歌师，学徒龙明清虚心好学，曾用录音机录下了歌师龙光祥所演述的古歌，然后在干农活的时候反复听，并在遇到不明白的地方即登门拜访、请教歌师龙光祥，这样坚持练习了半年多，龙明清便出师，可以自己唱古歌了。

三　暗中比试：第三场古歌演述中的传承人

这场古歌的演述事件是在龙林②的协助下组织的，可以说是一场同村

①　龙明清：男，苗族，58岁，小学文化，生有1男1女，系为学徒，如今可做主唱，师父是龙光祥。

②　龙林（苗名Ghet Xangx Seed）：男，苗族，78岁，中共党员，退休教师，贵阳师范毕业生，爱好文学和书法，是黔东南的老年书法协会会员，精通苗文。

不同组的歌师的古歌"比试"，这与我的协力者龙林有很大的关系。龙林陪我在新寨听了前两场古歌演述后，对此不甚满意，其原因主要在于出现了第一场歌师忘词、第二场男伴唱无法唱下去而不得不临时换人等现象。

图 3—9　四位歌师传唱《瑟岗奈》的情形

协力者龙林说，在水井边也有苗族古歌《瑟岗奈》的演述，他的妻子潘灵芝（苗名 Wuk Meik）就是当地的一位女歌师。龙林竭力推荐潘灵芝，并将之称为"优秀"歌师。2009 年 9 月 2 日，在龙林家里，潘灵芝、龙光勋（苗名 Ghet Qeed）、龙光基（苗名 Ghet Angf）和张老树（苗名 Wuk Suk）唱起了苗族古歌《瑟岗奈》。龙光基和潘灵芝是主唱，龙光勋和张老树是伴唱。我为每位歌师买了白酒和糕点等礼物。歌师们一边喝酒，一边唱着古歌，他们的兴致逐渐高起来。在唱了古歌《瑟岗奈》的几个段落后，还随兴唱了几首赞歌、飞歌和告别歌。这次演述时间比较长，从下午 6 点多吃饭、喝酒时开始唱，一直持续到深夜 1 点多才结束。

下图是这次演述事件的方位图，据此我们可以看到，两位男歌师龙光基、龙光勋的位置正好与两位女歌师潘灵芝、张老树相对，他们演唱古歌的时候一直都有很好的交流。特别是在双方互相敬酒的时候，我们可以看到他们脸上流露出的笑容，这与前两次古歌演述时的情境大不一样。

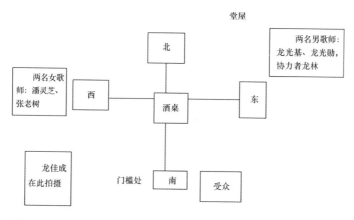

图 3—10　第三场古歌《瑟岗奈》演述的屋内方位图和观察位置

女歌师潘灵芝是这次演述活动的主唱，在访谈中，潘灵芝简单介绍了她的家庭情况、学艺经历和传统曲库等。她年轻的时候便开始向自己的父亲学唱古歌，嫁到双井村后，又开始向龙和先、龙够九等歌师学习，经过多年的学习和演述实践，她已把这些古歌谙熟于心。另外，她还新培养了几位古歌学徒，如歌师张老树、张开花等。

姓名	潘灵芝（苗名 wuk meik）	性别	女	
民族	苗族	出生时间	1939 年	
专长	苗族刺绣、演唱古歌	文化程度	小学	
语言能力	苗语、汉语	职业	农民	
住址	双井镇双井村一组	受访日期	2011 年 2 月 20 日	潘灵芝（右）在教学徒唱古歌
家庭情况	祖籍在黔东南剑河革东五岔村，嫁于双井村龙林。			
师承关系	家族传承。潘灵芝出嫁前向自己的父亲学习唱古歌，嫁到双井村后，又开始向本村的歌师进行学习。			
传统曲库	《瑟岗奈》《你欧福》《仰欧瑟》（Niangx eb seil）、《运金运银》（Qab jinb qab niex）、《铸造日月》（Lieb hnab dangt hleit）、《百酒别》（Beif jux beel）、《榜香由》（Bangx Xangb Yul）、《犁东耙西》（Kab nangl kik qos）、《四季歌》（Hxik yut）和《杀龙》（Dat vongx）、飞歌、酒歌、习俗歌等。			

潘灵芝在访谈中提到，双井村可以被称为"歌的海洋"，每年有许多节日，客人来往频繁，唱歌的场合较多，因此，她经常有机会唱，逐渐成为村里优秀的女歌师之一。20世纪八九十年代，寨子里的老一辈人都会唱古歌，他们觉得唱苗歌既能振奋精神，又能愉悦身心，特别是当他们在对唱中取得胜利，看到听众期许的目光，听到村民们由衷的赞叹声时，歌师们总是很有成就感。但是，随着时代的发展，老一辈歌师大多过世，现在寨子里遇到婚丧嫁娶等事情的时候，无论是客人还是主人，很少有人会唱古歌了，所以，现在潘灵芝在酒堂中唱的大部分是酒歌，而不是像《瑟岗奈》这样的古歌，这让她感到很遗憾，同时也很担心自己退步，她说，如果她许久没有机会唱古歌，也许会逐渐遗忘了歌词。

　　田野访谈：苗族歌师潘灵芝的学艺情况
　　访谈者：请问您什么时候开始学唱歌呢？
　　潘灵芝：我从18岁就开始学唱歌了，一直学到40多岁，现在有时还向一些老歌师学。我的孩子们都不会唱古歌，这是我的一大遗憾，我有5个小孩，4男1女，老大龙明忠44岁，现在双井教育辅导站工作。老二龙明远40岁，现在施秉县委宣传部工作。老三龙明33岁，现在杭州打工。老四龙明洲29岁，他原来在施秉电力局做电工，结婚后与其媳妇到上海打工去了，家庭生活一般。

　　在这场古歌演述中，我们关注的第二位女歌师是张老树，她是潘灵芝的学徒，这位歌师为我们介绍了她的学艺情况。张老树从青年时代就爱唱歌，二十来岁时在娘家开始学唱歌，23岁出嫁来到双井村，恰好住在老歌师龙和先老人隔壁，就经常抽空向龙和先学歌。可以说，她脑子里装的苗歌至少有二三十首。在访谈中，张老树她告诉我们，她有5个小孩，1男4女，大的有37岁，小的26岁，都是小学文化，目前分别在广州、杭州、福州、上海等地打工。当谈及苗族古歌的传承趋势时，张老树表示无奈，她觉得年青一代都不爱唱歌，长此下去，苗族古歌很可能走向失传的不归路。

姓名	张老树（苗名 Wuk Suk）	性别	女	
民族	苗族	出生时间	1947 年	
专长	苗族刺绣、演唱古歌	文化程度	文盲	
语言能力	苗语、汉语	职业	农民	
住址	双井镇双井村一组	受访日期	2011 年 2 月 20 日	张老树（左一）和潘灵芝在唱古歌
家庭情况	张老树，从台江施洞嫁到双井村，她的丈夫是龙光礼。			
师承关系	家族传承。张老树出嫁前向自己的父亲学习唱古歌，这与潘灵芝的学艺情况十分相似。她嫁到双井村后，又向歌师潘灵芝进行学习并探讨。			
传统曲库	《迁徙歌（瑟岗奈）》《运金运银》《十二个蛋》《造纸歌》《起房造屋歌》《榜香长寿歌》《酿酒歌》等。			

　　这次演述中，我们重点关注的两位男歌师为龙光勋和龙光基。龙光勋在 20 岁以前跟着父母学唱古歌，后来又向寨中的歌师学艺。他的嗓音很洪亮，村民们一致公认他唱得很好，他在生活中也经常唱古歌，无论是在干农活时，还是在走客串亲戚中，他都要唱上几节。龙光勋的二儿子龙永生很喜欢唱歌，他把龙光勋唱的古歌都制作成光碟，每次外出打工时都要带去学习，春节回家时更是抓紧一切时间向龙光勋学习唱古歌。龙光勋的两个女儿龙菊英、龙秀英则向父亲学唱了酒歌。

图 3—11　龙光勋和老伴儿在家门口迎接我们

姓名	龙光勋（苗名 Ghet Qeed）	性别	男	龙光勋在家里接受访谈
民族	苗族	出生时间	1939 年 8 月	
专长	演唱古歌	文化程度	小学	
语言能力	苗语、汉语	职业	农民	
住址	双井镇双井村一组	受访日期	2010 年 12 月 21 日	

家庭情况	龙光勋曾当过兵，1959 年 3 月，他应征入伍到 8140 部队，职务是战士，履行义务，修铁路。1961 年 8 月 20 日退伍，家住双井镇双井村二组。他在部队修铁路时，因瓦斯爆炸，导致身体受伤，退伍至今，一直在家务农，不过，左手因伤影响，不能从事重体力劳动。龙光勋有 4 儿 2 女。长子龙海情，46 岁，在家务农，不太会唱古歌，但会苗文，曾在当地学校教过苗文。次子龙东生，41 岁，在家务农，不会唱古歌，文盲。三子龙神保，39 岁，在外务工，不太会唱古歌，但他对古歌很感兴趣，希望以后打工回来向父亲学习唱歌。四子龙八生，31 岁，在外务工，他也从来没有学过唱古歌。长女龙菊英，37 岁，出嫁到台江县南沼，会唱酒歌。次女龙秀英，35 岁，去年嫁到双井镇平寨村，她曾向父亲龙光勋学唱酒歌。
师承关系	龙光勋从 1975 年开始学习唱歌后，一直唱到今天。他向歌师龙福七公学习唱歌，出师后不久，他的歌便受到家乡歌师们的一致肯定，甚至可以说是远近闻名的歌师。龙光勋所教的两位女徒弟，如今也能在参与的演述活动中独当一面。 龙光勋之所以走上古歌演述者之路，据他自述，在他 19 岁的时候，长辈龙福七太公家有事，请他去学习唱酒歌，学会后又帮众亲戚家陪客，从此后就爱上了唱酒歌，后来他又自学了唱古歌。他的声音特别响亮、浑厚，是当地村民一致公认的好歌师。他教自己的两个女儿龙菊英、龙秀英学唱酒歌。龙光勋的老伴儿龙老炮（1941 年 2 月 18 日出生，苗族，文盲，18 岁从台江施洞镇嫁到双井村），她的古歌唱得很好，经常与龙光勋一起交流古歌的唱法，但她基本上都在家里忙家务，很少有时间参与到唱古歌的活动中。
传统曲库	《瑟岗奈》《开天辟地》《大歌》《小歌》《煮酒歌》《造酒台》《织布歌》以及 100 余首酒歌。

龙光勋会唱的古歌有《瑟岗奈》《运金运银》《开天辟地》《十二个蛋》等，具体情况详见上面的歌师档案表。

图3—12　对龙光勋夫妇的田野访谈

　　龙光勋的妻子龙老炮也会唱古歌，听村子里的人说她的古歌唱得很好，但由于人手少，家务忙，她没有时间参加古歌演述活动。龙老炮出嫁前曾向台江县施洞镇的歌师龙福七学习唱古歌，她的记忆力很好，在家乡已远近闻名，传授给两个学徒龙花和龙燕，如今这两个学徒都已经成为当地有名的歌师。

　　龙光基是寨子上有名的古歌师龙和先的儿子，他回想起当时学艺的历程感慨地说，多亏父亲当年"逼"着他学唱古歌。在父亲的监督下，他学唱了《瑟岗奈》《犁东耙西》《运金运银》《染布歌》等古歌，现在想来是件很有意义的事。很多次，寨子上的人家办喜事只要主人家需要陪客时，他都会受到邀请并作为村子里的歌师代表与对方的歌师对唱。可以说，如今古歌演述已经成为龙光基生活中不可或缺的一部分。

　　田野访谈：苗族古歌传承人龙光基的学艺经历

　　访谈者：您当初是如何学唱古歌的呢？

　　龙光基：我的父亲龙和先常利用农闲时间将全寨爱唱歌的人集中在屋里，他很有耐心地教大家唱歌，一首一首地教，我不大爱学，当时还被父亲大骂了一顿。我记得他说："孩子，你要好好学，我像老师一样教你们，我还到新城教了20多个学徒。你不学以后要是后悔也来不及了。"当时的学歌情形是这样的，在农闲的时候，前来学歌的人围坐在一起，烧起一堆火，静悄悄的，我父亲对前来学歌的人说："今晚我教的歌是《瑟岗奈》，我从头教起，你们一句一句学，明晚唱给我听，等我教完了对唱，你们两两组合，两个女的、两个男的组合来对唱给我听。"大家认真地听着、学着。我学唱了《瑟岗奈》《犁东耙西》《运金运银》《染布歌》等。我年轻时就开始向父亲学，但我家庭负担重，我不得不承担大部分农活，导致没精力学唱古歌，学艺不精。我现在只会唱十余首古歌。2010 年 8 月 25 日，我们这个村子过"吃新节"，我和另一位歌师做法事，还唱了古歌《十二个蛋》来祭祀枫木树。

姓名	龙光基（苗名 ghet angf）	性别	男	
民族	苗族	出生时间	1946 年	龙光基在演唱古歌时的情形
专长	演唱古歌	文化程度	初中	
语言能力	苗语、汉语	职业	农民	
住址	双井镇双井村四组	受访日期	2011 年 2 月 15 日	
家庭情况	龙光基有 1 儿 2 女，且都已嫁娶。现为寨子歌师，懂得很多古歌。其父亲龙和先（苗名龙勾凤）曾是远近闻名、很具权威性的歌师。其母亲龙刚二也是歌师。			
师承关系	家传。向父亲龙和先学唱古歌。			
传统曲库	《瑟岗奈》《运金运银》《做酒歌》《犁东耙西》《十二个蛋》《造纸歌》《起房造屋歌》《榜香长寿歌》《酿酒歌》等。			

图 3—13　对从田间劳作回来的歌师龙光基进行田野访谈

四　当面较量：第四场古歌演述中的传承人

第四场古歌的演述事件是在庚寅年（2010）农历七月十四双井村过"吃新节"这一背景下发生的，演述时间是 2010 年 8 月 25 日。这场古歌演述活动不同于前面三场，这是台江县歌师与双井村歌师的古歌对唱。在新寨村新上任的村主任龙厅保家里，我见到了台江歌师邰岗树、刘远英和刘昌吉三人，他们是刘三妹的亲戚，这次从台江步行前来双井村过"吃新节"，而他们此时正想找寨子上的歌师来对唱古歌。

当晚 7 点钟，酒足饭饱后，本寨的龙耶清和来自台江的邰岗树、刘远英、刘昌吉一起为我们演述了古歌《瑟岗奈》。这已不是我第一次听到这首古歌的演述了，古歌的旋律和调子让我有种十分熟悉的感觉。我用数码摄像机记录了这次古歌的演述情形，歌师们演述结束时已经是晚上 10 点多。由于这次演述时间较长，歌师和受众显然表现出疲惫之态，而为了不影响几位长者的身体健康，我们暂时叫停了这场演述活动，并向歌师与协力者致以诚挚的谢意。

图 3—14　2010 年 8 月 25 日歌师演述古歌结束后的合影

（从左到右依次为：刘三妹、邰光英、刘远英、罗丹阳、龙耶清、刘昌吉、龙厅保）

　　为了更清晰地展示这一场古歌《瑟岗奈》的演述情况，下面画出当时的具体方位图，并标明歌师、受众的位置：

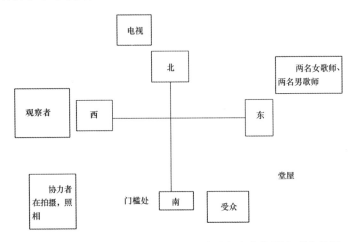

图3—15　第四场古歌《瑟岗奈》演述的室内方位图和观察位置

　　从上述座次布局中，我们可以看出：与前几次古歌演述时的方位不同，两位女歌师郎光英、刘远英的座次方位与两位男歌师刘昌吉、龙耶清一致，都是在堂屋的东北方向，他们基本上坐成了一排，并未形成前三场那样相互对应的关系，但受众还是坐在门槛边上，这样便于他们的进出，我和协力者龙林都位于堂屋的西边，正好与四位歌师的位置相对，有利于拍摄整个演述的场景。

　　在这场演述事件中，歌师刘昌吉是我们关注的第一个对象，他是这场古歌演述不断向前推进的主要力量，即民间称之为"主唱"。刘昌吉是从台江县黄泡村过来"走亲戚"的，他的女儿刘三妹嫁到双井村后，逢年过节他们都会往返于台江县和施秉县所辖的两个村寨间，这使刘昌吉与双井村的歌师有机会进行古歌对唱，在古歌内容、唱法等方面，刘昌吉还经常与双井村的龙光学等人进行切磋学习。

　　这次演述的男学徒龙耶清是伴唱，他是双井镇双井村四组人，自述与龙厅保情同兄弟，两家人关系很好，龙耶清经常到龙厅保家里做客，这样龙耶清有机会认识了龙厅保的岳父刘昌吉，并向这位老歌师学唱古歌。由于台江和施秉在空间上存在一定的距离，两家人平时都忙，龙耶清在逢年过节的时候才有机会见到刘昌吉，并向其请教，而跟着歌师刘昌吉一起唱古歌则是其主要的学习方式，龙耶清认为这样记得快，不容易忘记。

姓名	刘昌吉	性别	男	
民族	苗族	出生时间	1931 年	歌师刘昌吉
专长	演唱古歌	文化程度	小学	在演唱古歌
语言能力	苗语、汉语	职业	农民	
住址	台江县黄泡村	受访日期	2010 年 8 月 26 日	
家庭情况	刘昌吉有 3 子 1 女，除了女儿刘三妹（龙厅保之妻）外，儿子没有一人会唱古歌。			
师承关系	父子传承。刘昌吉从小向自己的父亲学唱古歌，后来在实践中不断学习提高，终于成为台江县黄泡村名气很大的一位歌师。他的妻子也是歌师，他们在生活中互相交流学习，并在当地收了一些学徒。			
传统曲库	《迁徙歌（瑟岗奈）》《运金运银》《犁东耙西》《仰欧瑟》《十二个蛋》《造纸歌》《酿酒歌》等。			

姓名	龙耶清	性别	男	
民族	苗族	出生时间	1941 年	
专长	打银子、演唱古歌	文化程度	初中	龙耶清在演唱古歌
语言能力	苗语、汉语	职业	农民	
住址	双井镇双井村四组	受访日期	2010 年 8 月 16 日	
家庭情况	龙耶清有 1 子 5 女，均已成家立业，都不会唱古歌。			
师承关系	龙耶清还处在学徒水平，他无法独立演述古歌，只能跟随别的歌师一起唱。他在逢年过节时，都要向歌师刘昌吉学习请教。			
传统曲库	《迁徙歌（瑟岗奈）》《运金运银》等。			

　　第一位女歌师郐光英的祖籍为施秉县龙塘村，20 岁时，她远嫁到台江县黄泡村。这次前来双井村，一是过"吃新节"，二是来看望自己的亲家刘三妹，所以，她提前约着刘三妹的堂姐和父亲一起过来。

姓名	邰光英（苗名邰岗树）	性别	女	
民族	苗族	出生时间	1951 年	
专长	苗族刺绣、演唱古歌	文化程度	小学	
语言能力	苗语、汉语	职业	农民	
住址	台江县黄泡村	受访日期	2010 年 8 月 26 日	邰光英在学习古歌的演唱技法
家庭情况	邰光英是刘三妹的亲家，即刘三妹的女儿嫁给了邰岗树的儿子。她的丈夫已经过世，两个儿子都到广州打工，小孙子留在家中，由其帮着照看。			
师承关系	家传。邰光英从小向自己的母亲学唱古歌，出嫁到黄泡村后，逢年过节她都在酒席上暗自向各位歌师学唱古歌。其子龙华（苗名耳迥）随其学唱古歌。			
传统曲库	《迁徙歌（瑟岗奈）》《运金运银》《做酒歌》《犁东耙西》《仰欧瑟》《十二个蛋》《造纸歌》《起房造屋歌》等。			

女歌师刘远英是台江县黄泡村人，她是刘三妹的堂姐，双井村过"吃新节"很热闹，她也特意赶来"走亲戚"和"凑热闹"过节。

姓名	刘远英（苗名刘阿告）	性别	女	
民族	苗族	出生时间	1951 年	
专长	苗族刺绣、演唱古歌	文化程度	小学	
语言能力	苗语、汉语	职业	农民	
住址	台江县黄泡村	受访日期	2011 年 2 月 21 日	刘远英在演唱古歌
家庭情况	刘远英是刘三妹的堂姐，她育有 2 子 1 女，均在家务农，不会唱古歌。			
师承关系	家传。出嫁前向自己的母亲杨三妹学习，现在她的母亲已经过世。			
传统曲库	《迁徙歌（瑟岗奈）》《运金运银》《十二个蛋》《造纸歌》《起房造屋歌》《榜香长寿歌》《酿酒歌》等。			

以上便是四次演述事件的参与者及其基本信息。我考察了双井村的整

个古歌传承情况，对传唱现场的几名古歌师和受众进行了访谈，同时还对双井村的其他古歌师进行了访谈，掌握了该村苗族古歌传唱的基本情况并搜集到了相关资料。通过上述表格，我们对古歌传承人的姓名、住址、专长、文化程度、家庭组成等基本情况有了较为清楚的掌握，而对他们各自的师承关系、传统曲库等信息的记录则让我们更清晰地认识到苗族古歌的存续状态。

第二节　关注"事"：苗族古歌演述事件的田野观察

在完成了上述田野观察与记录后，为了更加生动地展现整个演述事件，我采取了以下呈现方式：首先，在精通苗文的协力者龙林的帮助下，我把拍摄的古歌誊写成了苗汉文相对照的《瑟岗奈》文本：第一行是苗文迻录，第二行是汉文直译，第三行是汉文意译。为了更好地展现古歌传唱的特征，在男、女歌师演述的每个停顿处，我都标出了段落的数目和歌师的性别。例如：2011 年 8 月 31 日晚上，古歌《瑟岗奈》的演述主要采用了男女轮唱形式，由四人分成两组对唱。现场有两位女歌师（主、伴唱）和两位男歌师（主、伴唱），演唱顺序分别为"第一段：女唱；第二段：男唱；第三段：女唱；第四段：男唱；第五段：女唱；第六段：男唱"等等（详见附录）。[①]

其次，与上面这几个附录文本相对应的是我对演述事件的田野观察，我对自己观察到的演述事件的情境进行了总体性阐述，包括演述人、受众、研究者等要素，以及演述的进展情况等，同时，我用表格形式把演述的段落、演述的时间和田野观察以相互对应的整理模式记录下来，并对某个具体时刻发生的、对歌师的演述产生一定影响的要素进行描述。

通过下表，我们可以将现场拍摄的 DVD 光碟（共 5 张，时间共计 3

---

① 参见文后附录 2：2009 年 8 月 31 日双井村新寨组苗族歌师演述的《瑟岗奈》文本（共 105 行）、附录 3：2009 年 9 月 1 日双井村新寨组苗族歌师演述的《瑟岗奈》文本（共 203 行）、附录 4：2009 年 9 月 2 日双井村河边组苗族歌师演述的《瑟岗奈》文本（共 162 行）、附录 5：2010 年 8 月 25 日双井村新寨组苗族歌师演述的《瑟岗奈》文本（共 160 行）。

小时 50 分，编号为 MZGGGD1－5）以及苗族古歌《瑟岗奈》的文本（参见附录 2—5）做出对应检索或参照，从而为田野研究提供一个较为清晰的演述脉络，详见下表。

一 现场教学：对第一场古歌演述的田野观察

段落	演述人	演述开始时间	田野观察
第 1 段	女歌师：张老革、张老岔	21 时 20 分 01 秒	女歌师开始唱古歌。
第 2 段	男歌师：龙光学、龙老常	21 时 32 分 01 秒	两位男歌师接着开始唱古歌，主唱龙光学的演述突然中断，他想不起古歌的词了，女歌师小声提醒他歌词，他们再接着唱，龙光祥也在一旁进行指点。
		21 时 36 分 02 秒	为了更好地进行拍摄，我们把摄像机调换了地点。从原来放置的地方挪到了另一个角落。这影响到了男歌师的演唱，他们停了下来，张老革在一旁提醒着男歌师。
第 3 段	女歌师：张老革、张老岔	21 时 37 分 01 秒	女歌师唱到这里停了下来，在场的歌师们开始集体讨论，女歌师对男歌师说："我们唱完了，该你们唱了。"
		21 时 38 分 03 秒	龙光学说："我身上的衣服太脏了，衣服在中学那边，我要去穿衣服了。"龙光学脱下苗衣，走出门去。旁边听歌的刘三妹说："那就快去穿来。"龙光学说："好，我马上去穿，就回来。"
		21 时 40 分 08 秒	张老革说："我们要唱古老的歌，老歌才生动好听。"龙光学说："老歌我还记不太清呢。"她说完，女歌师又接着开始唱。龙光学过来穿上苗衣，重新入座。
		21 时 44 分 01 秒	中间有很长一段的商量时间，大概意思是如何选择古歌的"路数"，如何把演述继续往下推进。

续表

段落	演述人	演述开始时间	田野观察
第4段	男歌师： 龙光学、龙老常	21时47分05秒	开始接着往下唱。
		21时50分03秒	其间，小孩出去，刘光二和两位女歌师商量着什么。男歌师唱完，笑着提醒女歌师接着往下唱。
第5段	女歌师： 张老革、张老岔	21时52分58秒	结束的时候，女歌师说："我们唱完了，你们接着唱。"这是歌师之间的提醒，摄像机转移了一个位置，歌师们接着往下唱。
		21时53分02秒	由于摄像机的干扰，旁观者开始窃窃私语，他们考虑到摄像机需要更换位置，所以停了一会儿。
		21时59分03秒	在歌师们唱此段的时候，龙光祥突然起身走出去了，他可能感到身体不适，所以他走出去的时候，龙厅保站起来问候他。
第6段	男歌师： 龙光学、龙老常	22时01分35秒	有人从门外进来，两位女歌师在旁边说话。
			我用相机拍下了两位女歌师在窃窃私语讨论的情形。张老革用苗语把歌词说了出来，她小声提醒着男歌师怎么往下唱。
第7段	女歌师： 张老革、张老岔	22时10分03秒	我们在拍摄的过程中，没有了光碟，马上去取。听到歌师停下来，开始议论，张老革说："我们这首马上就唱完了，再给你们唱一段别的古歌吧。"
		22时20分05秒	开始唱了一段《运金运银》。

　　首先，我对2009年8月31日的古歌演述进行了田野观察，现场的演述人有两名女歌师张老革、张老岔，两名男歌师龙光学、龙老常。现场的受众比较多，有龙厅保、刘三妹等学徒，也有龙光祥、刘光二、邰老二等歌师。我和协力者龙佳成在现场，我们用摄像机把整个演述进程拍摄下来，为确保万无一失，我们还用照相机、录音笔等设备对古歌的演述资料进行了记录。

图 3—16　演述开始前歌师们的准备工作

在正式演述开始前，歌师们进行着各项准备工作。我们注意到：女歌师张老革、张老岔的年纪比较大，她们穿的是平常的苗装，与年轻女孩子那样佩戴银饰、身着盛装的服饰不一样，她们穿着蓝布苗衣，用银簪子把头发绾起一个发髻，再用红黑格子的头帕包起来。男歌师龙光学、龙明富特意换上正式场合才穿的苗装。当地男性的服装比较简单，村民在家里用蓝青靛布自己制作衣服。在场的人员都已入座，等待着歌师换好衣服来演唱古歌。

图 3—17　男歌师换上苗族服装准备演唱古歌

首先，在第一场古歌演述开始的时候，在场的歌师们开始进行集体讨论。张老革提议说：“我们要唱古老的歌，老歌才生动好听。”龙光学说：“这是个问题，老歌我还记不太清呢。”等等，他们大概用了 20 多分钟的时间来讨论，主要就选择哪首古歌、如何往下唱等问题进行了协商，这为后面的实际演述打下了很好的基础。

图3—18　龙光学在演述古歌的时候对学徒龙光林进行指导

其次，在歌师正式进行演述的过程中，由于男歌师的主唱龙光学忘记了歌词，他的学徒龙光林更是唱不下去，导致他们的演述无法继续往下进行。在整个演述过程中，出现了三四次这样的中断现象，而歌师龙光祥和张老革在一旁不断地进行指点。歌师张老革用苗语把歌词说了出来，她小声提醒男歌师怎么唱，这可以说是古歌演述过程中歌师对学徒进行的一次生动的现场教学。

图3—19　龙光祥对两位女歌师进行指点

二　边唱边学：对第二场古歌演述的田野观察

段落	演述人	演述开始时间	田野观察
第1段	女歌师：张老革、张老岔	21时50分01秒	女歌师开始唱古歌《瑟岗奈》，受众在认真地聆听。
第2段	男歌师：龙光学、龙光林	21时54分58秒	男歌师接着开始演述，伴唱龙光林是龙光学的学徒。
第3段	女歌师：张老革、张老岔	22时01分02秒	中间有间隔，摄像机未能及时转变位置。本来女歌师在唱，她们现在停顿了下来，等待拍摄者把摄像机对准她们。龙佳成旁听，他提醒歌师们说："你们唱大声点，这样才听得清。"女歌师开始唱。整个演述过程比较顺利，中间偶有一些停顿。
		22时5分30秒	女歌师接着唱。
第4段	男歌师：龙光学、龙光林	22时8分58秒	男歌师接着唱，龙明富替换了龙生乔（龙生乔是龙通泉之子，张老杨的丈夫），他俩的水平实际差不多。中间时有停顿，看得出来男歌师边唱边在思考。
第5段	女歌师：张老革、张老岔	22时13分58秒	张老革提醒旁边的女歌师做好准备，她说："你听他们快唱完了，我们准备接唱了。"
		22时20分46秒	女歌师停下来用苗语交谈，张老革说："这段很久不唱，我们有些忘了。"她思考了一下，接着尝试着唱了几个音，但还是感觉唱不下去，唱了一句又停下来，有些不好意思地笑着说："这几句我没怎么唱，看来真的有点忘了。"总体来说，女歌师的伴唱和主唱的配合很默契，基本没有出现不和谐的音符，她们的现场演绎类似于二重唱一般。

续表

段落	演述人	演述开始时间	田野观察
第6段	男歌师：龙光学、龙光林	22时23分59秒	男歌师唱着唱着，有些记不起来了，唱得不怎么连贯，张老革在旁边教了龙光学两句。龙光学听了后回答："懂了。"他说了这句话后，再继续唱。张老革继续口述教唱。
第7段	女歌师：张老革、张老岔	22时30分58秒	男歌师唱完，我们的摄像带正好拍摄完一盘，于是开始换带子，重新开始。龙佳成请歌师们稍等一下，他们停了下来。龙林与张老革等用苗语交流怎么演述。
		22时31分26秒	女歌师接着唱。
第8段	男歌师：龙光学、龙光林	22时41分2秒	男歌师接着唱，他们的拖音很多，让人听起来感觉浑厚，尾音很长。
		22时42分12秒	张老革自言自语："他们唱错了。"龙光学听到这句话，稍微停了一下，他们又接着往下唱，但张老革仍然在一旁提醒说："又唱错了。"龙光学停了下来，虚心地向张老革请教："你说这段怎么唱？"他们把一个音重复唱了三遍，还是无法继续唱下去，张老革用苗语教一句说："Maf xint jus diux mal"，进行指点。
		22时43分10秒	张老革在一旁教男歌师如何继续把歌唱下去。张老革一句句地教，但不是唱着教，而是用口述的形式把歌词说出来，男歌师边唱边听。
		22时45分42秒	我们明显感觉到男歌师每句歌词之间停顿的时间较长，他们在认真地思考，听着张老革的指点。其间，张老革一直认真地听着和教着。

段落	演述人	演述开始时间	田野观察
第9段	女歌师：张老革、张老岔	22时47分58秒	张老革提醒旁边的女歌师："他们快唱完了，我们赶紧接着唱。"说完，女歌师就接着唱了下去。男歌师唱完后，用苗语说"好了"，女歌师继续接着唱。
		22时55分2秒	男、女歌师开始讨论、用苗语讨论刚才唱过的歌词，他们在努力地寻找着古歌的"路数"。刘三妹在一旁绣花。在耀眼的灯光下，歌师们的满头白发很显眼。
		23时3分58秒	龙林与龙厅保支书讨论，他俩在一旁不停地说话。我递烟给四位老人，在场的男士都在抽烟提神；我把糖分给女士。
		22时9分2秒	龙光学和龙厅保讨论，笑了一下，他俩用苗语讨论着。
第10段	男歌师：龙光学、龙光林	23时19分58秒	男歌师接着开始唱。
		22时21分2秒	他们唱忘词了，讨论一下，又接着往下唱。张老革在教男歌师如何唱下去。张老革教男歌师，男歌师复述了一遍。张老革说："唱到这里就完了。唱完了，这几首歌都结束了。"她很谦虚地说："再唱下去我也不记得了。"
		23时23分1秒	张老革又补充念了一些内容，龙光学追问："这歌到这里为止呢，还是还有？"张老革回答说："就这样唱结尾就结束了。"
第11段	女歌师：张老革、张老岔	23时25分18秒	女歌师接着唱。
		23时30分2秒	演述到此结束。

图 3—20　2009 年 9 月 1 日晚上古歌传唱结束后歌师与
受众的集体合影

（后排从左到右依次为：罗丹阳、龙林、龙厅保、刘三妹，前排从左到右依次为
龙光学、张老革、张老岔、龙光林）

　　我对 2009 年 9 月 1 日歌师演述《瑟岗奈》进行了详尽的田野观察和记录。女歌师是张老革、张老岔，男歌师是龙光学、龙光林，后来龙明富代替龙光林完成了古歌演述。总体来说，女歌师唱得比较好，伴唱张老岔和主唱张老革的配合很默契，她俩的演述基本没有出现不和谐的音符，类似于二重唱一般。然而，男歌师的演唱则发生了一些问题，主唱龙光学带着学徒龙光林一起唱古歌，由于龙光学已经有一段时间没有唱古歌了，自从他的哥哥龙光祥患病后，两兄弟极少有时间跟以前一样对古歌演述技巧进行交流，所以，在这次古歌演述过程中，龙光学记不起一些唱词时，他的学徒龙光林更是难以唱下去，从而导致演述活动被迫多次中断。

　　从上述"田野观察记录表"中我还发现，歌师张老革在整个演述中发挥着重要作用，她对学徒龙光学和龙光林进行了精心指点。刚开始的演述比较顺利，女歌师先唱，然后，男歌师接着往下唱，受众们都在认真听着。但是，男歌师在唱到第二段时遇到了困难，他们把一个音重复唱了三遍，还是无法继续唱下去，龙光学不断地请教张老革："你说这段怎么唱？"张老革用苗语进行了指点。

图3—21　歌师张老革和张老岔在商议古歌《瑟岗奈》的唱法

图3—22　歌师张老岔起身到对面去请教龙光祥怎么往下唱

当男歌师的演述再次终止时，张老革开始认真地一句句教他们，她不是用唱的形式来教，而是用口述的形式把歌词说出来，男歌师每句歌词之间停顿的时间较长。当男歌师唱错时，张老革在一旁提醒说"唱错了"，于是男歌师的演述停了下来，张老革又在一边教了龙光学几句，龙光学听了后回答："懂了。"他们按照张老革的指点再继续唱。张老革除了对男歌师进行指点外，她还不时提醒旁边的女歌师张老岔做好开唱准备，她提醒了几次："他们快唱完了，我们赶紧接着唱。""你听他们快唱完了，我们准备接唱了。"等等。由于龙光林当晚喝了酒，状态不好，特别是唱到一半的时候，张老革听出他无法跟上节奏，所以张老革建议龙明富来替换龙光林，他俩的实际水平差不多，当龙明富不会唱的时候，张老革继续对龙明富进行指导。在张老革的悉心提点下，她的学徒在实际的演述场域中，一边学唱，一边思考，不断提高着自己的古歌演述水平。

三 唱答应和：对第三场古歌演述的田野观察

段落	演述人	田野资料	田野观察
第1段	男歌师：龙光勋、龙光基	21时29分02秒	这次古歌的演述地点在龙林家。开场前，歌师们在商议到底唱哪首歌。女歌师说："我们看看会唱哪支歌，你会我也会唱起来才好听。"歌师们换上苗衣，演述正式开始。
		21时30分08秒	男歌师刚开始唱，女歌师突然插了一句话："有客人来了。"于是他们停顿了下来，先招呼客人。
		21时31分01秒	男歌师继续往下唱。他们唱结束后，最后一句歌词为："我们唱到这儿了，你们快接唱下去。"
		21时32分12秒	男歌师唱完，说了一句："我们唱到这里了，你们快点儿接上来。"此处演述暂停。
第2段	女歌师：潘灵芝、张老树	21时34分01秒	龙光基拿起酒来说："谢谢你们，唱得太好了！拿酒来！"女歌师回敬酒说："谢谢，你们接着唱！"他们拿着酒互相碰杯，女歌师说："你送我们酒喝，谢谢了！"大家起身，喝酒，碰杯。
第3段	男歌师：龙光勋、龙光基	21时40分12秒	女歌师们窃窃私语，讨论一下到底怎么唱。龙光基对龙光勋说："你的调子最好低一点，太高了。唱低一点，声音才好听。"

续表

段落	演述人	田野资料	田野观察
第4段	女歌师：潘灵芝、张老树	21时48分02秒	我请女歌师稍停，摄像机换了一个位置。旋律很优美，调子变化了。
第5段	男歌师：龙光勋、龙光基	21时55分02秒	他们唱歌的调子有变化，中间停顿下来，歌师们商量了一下。
第6段	女歌师：潘灵芝、张老树	22时06分03秒	受众龙林夸赞说："阿，咦，这个音你们唱得很好听！"
第7段	男歌师：龙光勋、龙光基	22时14分02秒	当唱到"Haot meit hxaob dax mol"的时候，歌师们站起来互相敬酒，他们唱酒歌的声音很高亢嘹亮。龙光基说："多谢你们摆酒席！""我们唱这种歌才适合这种酒席。"女歌师回答说："咱们喝这种酒要唱这种歌才行。"
第8段	女歌师：潘灵芝、张老树	22时28分14秒	声音比较大，感染力强。
		22时32分02秒	龙光基对潘灵芝说："你们没唱对，我们先唱，你们再唱。"男歌师接着唱，女歌师说："我们唱完了。"
第9段	男歌师：龙光勋、龙光基	22时35分12秒	男歌师认为，自己的记忆力比新寨的歌师好。事实也是如此，他们彼此之间很有默契，没有太多相互讨论商议的时间，只是偶尔用嘴说出一两句歌词来。唱到一半的时候，女歌师忘了词，她们相互讨论了一下，互相提醒着。
		22时38分06秒	龙光基说："好，开始。"
第10段	女歌师：潘灵芝、张老树	22时42分02秒	唱到尾声。

　　通过上表我们可以较清晰地了解到古歌的演述情形，而这亦可从以下三个主要方面进行分析：

　　首先，在古歌正式开唱前，歌师们集体商议了一下这次要唱哪首歌，比如，潘灵芝问龙光基："你们看看会唱哪支歌，你会我也会唱起来才好听。"龙光基答道："我们唱这种歌才适合这种酒席。"潘灵芝回应说："好的，我们就唱《瑟岗奈》，喝酒要唱这种歌才行。"等等。

　　其次，在演述的过程中，歌师们除了唱"歌骨"部分，也有唱"歌花"部分，歌师们互相夸奖后，他们心里感觉越唱越高兴，声音也变得更加高亢嘹亮，在这样的氛围中，他们一边唱歌，一边站起来互相敬酒碰杯，感谢对方。

图3—23　2009年9月2日，歌师演述《瑟岗奈》的现场

　　再次，歌师即将唱完某个段落时，都会提醒对方继续往下唱，如龙光基说："我们唱到这儿了，你们快接唱下去。"潘灵芝唱完也提醒对方："我们唱到这里了，你们快点儿接上来。"男歌师自认为，他们的记忆力比新寨的歌师好，事实上，他们彼此配合也很有默契，演唱时没有太多相互商议的时间，只是偶尔用嘴说出一两句歌词来。女歌师也有忘词的时候，她们相互讨论了一下，互相提醒着，男歌师也在一旁进行着指点。

四 现场教徒：对第四场古歌演述的田野观察

	演述人	演述开始时间	田野观察
第1段	男歌师：刘昌吉、龙耶清	21时30分01秒	两位男歌师唱得很熟练，整体上感觉很顺畅，唱的内容为《瑟岗奈》。
		21时34分16秒	唱完，男歌师爽朗地一笑，用苗语请女歌师接着往下唱。
第2段	女歌师：邰光英、刘远英	21时34分26秒	两位女歌师接着唱。
		21时39分29秒	两位女歌师想不起歌词了，她们停下来开始讨论，拼命回忆，女歌师请教刘昌吉说："公，下面怎么唱？"刘昌吉回答了她们的提问，对她们进行指点。这段商议的时间有1分39秒。
		21时41分8秒	听完老歌师刘昌吉的提醒后，两位女歌师继续唱下去，但她们还是唱错了，她们没有对男歌师上段提出的问题进行回答，也没有提出新的问题。
第3段	男歌师：刘昌吉、龙耶清	21时44分5秒	女歌师唱完，没有再进行话语提醒，男歌师马上接着唱下去，很顺畅。
		21时47分45秒	男歌师唱的过程中稍微停了一会儿，刘昌吉对龙耶清说："声音大一点。"
		21时50分4秒	男歌师唱完，休息了一会儿，协力者龙佳成开始给现场的歌师和受众分发烟和糖。

续表

	演述人	演述开始时间	田野观察
第4段	女歌师：邰光英、刘远英	22时50分4秒	女歌师接着唱。
		22时57分9秒	女歌师稍微停了一下，她们在讨论："唱一下算了，没有时间全部唱了。"
		22时57分30秒	女歌师接着唱。
		22时59分21秒	男歌师插话，刘昌吉进行指导说："你们要按照顺序一节节唱上去，这样才不会搞丢了。"女歌师点头赞同。
		22时59分50秒	女歌师接着唱。
		22时59分57秒	女歌师唱不下去了，询问"路怎么走"，刘昌吉给予指导，但她们刚唱了一个"aob jaox gongl"的音便唱不下去了，看来又忘记了歌词，只好停下来商议。龙佳成在一旁帮忙翻译说："一个唱，一个答不了，她们有些忘词了。"龙佳成担心现场受众听不懂唱的内容，他对女歌师说："你们给他们（受众）一句一句地讲，这样他们才听得懂。"女歌师听完表示同意，她们又开始接着唱。
		23时1分9秒	女歌师尝试着往下唱，她们唱的时候，刘昌吉一直在旁边不时用苗语提示她们。
		23时1分48秒	唱到"Hleit jeet jos nex"的时候，女歌师忘记了歌词，便又停了下来。唱到"Daot mangb bangf jiangx"的时候，她们询问刘昌吉如何往下唱，刘昌吉很耐心地给予指导。
		23时1分58秒	女歌师继续唱。
		23时2分10秒	女歌师唱不下去，停下来请教刘昌吉。
		23时2分13秒	女歌师继续唱。
		23时2分31秒	女歌师唱不下去，又一次停下来请教刘昌吉。
		23时2分37秒	女歌师继续唱。
		23时3分53秒	女歌师唱到这个地方提出了质疑，她们就演唱的具体内容上进行商议，主要讨论到底唱到哪节了："我们已经唱过这一节了，不要重复了。"女歌师开始询问刘昌吉怎么往下唱，刘昌吉及时给予解答。

	演述人	演述开始时间	田野观察
第5段	男歌帅：刘昌吉、龙耶清	23时4分34秒	男歌师接着唱，女歌师在旁边窃窃私语，她们在回忆刚才唱上一段的时候到底漏掉了多少句。
		23时6分34秒	男歌师停了下来，刘昌吉提醒龙耶清说："我们唱这节不要漏掉了，唱漏掉了她们（女歌师）容易记错了，以后唱的时候就记错了。"他让女歌师好好听他们如何来唱的，女歌师应答着。
		23时4分42秒	男歌师接着往下唱，整体感觉比较连贯，没有出现短暂的停顿现象。
		23时7分28秒	男歌师唱着突然停顿了下来，他们开始议论。摄像机的电池不多，我请龙佳成帮忙换带子。刘昌吉用苗语对我说了一句话，女歌师用汉语翻译过来说："他说，他两个又唱来哦！"我点头示意"好"。
		23时8分56秒	男歌师接着唱，龙耶清不太会唱，他明显跟不上节奏，一直可以听到女歌师在小声说话议论他。
		23时9分13秒	男歌师停了下来，他们在商量换人来唱，因为龙耶清说："我喝酒多了，声音哑了，累了，唱不好，不想唱了。年龄大了，又喝酒了声音不好。"外面隐约传来妇女唱飞歌的悠扬声音。女歌师对刘三妹说："我们有些忘记了，边唱边问你家爸爸怎么唱的，请他教教我们。"女歌师唱上一段的时候，她们明显感觉到力不从心，邰光英说："我实在唱不下去了，请刘昌吉去带刘远英唱吧。"大家同意了她的建议，于是换成刘昌吉带着女歌师刘远英一起唱。
第6段	男歌师：刘昌吉，女歌师：刘远英	23时10分10秒	换成一男一女组合来唱，他们配合得很好，语速不是很快，虽然他们会边唱边暂停下来思考，但给受众的感觉是整体比较连贯。
		23时24分35秒	演述结束，在场人员合影留念。

通过上表，我们可以发现新寨歌师在演述中进行传承的规律。女歌师有邰光英（苗名邰刚树）、刘远英（苗名刘阿告），男歌师有龙耶清、刘昌吉（苗名刘九略）。龙耶清是伴唱，龙厅保和刘三妹是学徒，龙厅保自己一个人无法独立唱古歌，但他可以跟着歌师一起唱，刘三妹也是向刘昌吉老人学习的，她自己不会独立演述，必须要靠歌师带着她才会唱。

图3—24　第三场古歌演述开始前歌师换上了苗族服装

在这场演述活动开始前，歌师同样进行了准备工作，这使我回想起第一场古歌演述事件。开场前男歌师龙光学、龙明富特意换上苗装，这次也一样，女歌师特意穿上蓝色苗衣，下配黑色裤子和黑色布鞋，她们的头发用银簪子绾成发髻，再用红黑格子布包裹起来，从女歌师的服饰可以看出，她们很重视这次演述。虽然她们的年龄偏大，但是爱美之心人皆有之，她们的头上还特意佩戴了两朵大红色的花，以作装饰。男歌师的穿着也比较正式，不同于村里的男人们平时随意穿的服饰，他们特意换上了藏青色靛布制作的苗衣。入座后，他们用苗语说笑了一下，商量演唱哪一首古歌。当他们听到我曾拍摄过古歌《瑟岗奈》的演述后，便决定也唱这首古歌，比试一下谁唱得更好。

图 3—25　第四场古歌演述的休息时间歌师在吃西瓜

在演述过程中，两位男歌师刘昌吉、龙耶清唱得很熟练，整体上感觉很顺畅，中间基本上没有出现中断的现象。主唱刘昌吉的演述水平比较高，他可以带着伴唱龙耶清进行古歌演述。女歌师邰光英、刘远英的演述水平差不多，所以我无法清晰地区分她们谁是主唱谁是伴唱，但在场的人说，邰光英唱歌的声音比刘远英要好一些。在她们演述的过程中，基本上每段都有停下来的情况，因为她们记不太清歌调了，不时向歌师刘昌吉请教，询问他下面怎么唱，在歌师刘昌吉提醒后，两位女歌师又继续唱起来。但是，她们唱到下一段的时候又忘记了歌词，两人便商量说："不如我们随便唱一下算了，没有时间全唱了。"但刘昌吉不同意她们打退堂鼓，他一直耐心地加以指导说："你们要按照顺序一节节唱下去，这样才不会搞丢了。"女歌师听了他的话又接着往下唱。如果她们忘记歌词便停下来询问刘昌吉，总体来说，在整个演述过程中，发生了六七次这样的停顿情况。除了向刘昌吉请教外，女歌师在演述过程中也在互相交流，她们互相提醒着对方："刚才我们已经唱过这一节了，千万不要重复了。"

由于女歌师的演述技艺不高，刘昌吉在每段歌结束的时候，都会用苗语提醒她们接着往下唱，而在女歌师所唱歌段即将结束时，刘昌吉都可以带着伴唱龙耶清马上接上去。他的整个演述一气呵成，十分顺畅。龙耶清自己独立不会唱古歌，必须在刘昌吉的带动下才能展现他的歌唱技艺。刘昌吉在演述中也不时地对龙耶清进行指导，他提醒龙耶清唱大声点，这样受众才能听得清楚。在唱到每段的开头部分时，刘昌吉总不忘提醒龙耶清："我们唱这节不要漏掉了，唱漏掉了她们容易记错了，以后唱的时候就不会唱。"他反复提醒女歌师好好听他们唱到哪一段了，这样才可以跟得上原来的节奏。

3—26　学徒龙耶清（左）认真聆听刘昌吉（右）的指点

在这次演述事件中，值得关注的一个问题是古歌演述的形式并非严格意义上的两男与两女对唱。也就是说，在实际的演述中，由于女歌师无法顺利接唱下去，且唱起来明显感觉到力不从心，于是换成刘昌吉带着刘远英一起唱，这样就形成了一男一女相组合的古歌演述形式。不过，四位歌师两两配合得很好，语速不是很快，边唱边思考，这给受众的感觉是整体比较连贯。

第三节　从演述中产生的文本《瑟岗奈》来分析古歌的传承境况

在上述四场古歌演述事件结束后，我开始投入到古歌文本的整理工作。为了给我的研究提供文本材料，我决心完成苗族古歌《瑟岗奈》文本的誊写和迻译工作。这是建立在传统演述事件基础上的文本，其迻译则是一项十分浩繁的工程。

　　这四次演述的时间，前三场是在 2009 年 8 月 31 日、9 月 1 日和 9 月 2 日，最后一场是 2010 年 8 月 25 日，前后相隔近一年。我是在协力者龙林的帮助下完成其迻译工作的，主要通过播放这四次古歌演述的音视频文件来完成，具体做法是我播放一句，龙林便在本子上记录下这句歌的苗文，同时尽量逐词逐字进行解释，然后再听下一句。在遇到意思不清的地方，龙林便去请教歌师张老革、潘灵芝等人。后来，龙林提出自己来播放视频和誊写文本，这样我可以节省出宝贵的时间来对歌师进行田野访谈。半个多月过去了，龙林把他辛苦誊写的文本交给了我。当我拿到这个文本的时候，我发现只有一个文本，但是我拍摄的是四场演述事件，应该有四个文本才对。当我去请教协力者龙林时才知道，原来他是请歌师张老革协助来整理文本的，其方法是：张老革唱一句，他记录一句，最终整理成了一个他认为最完善的文本，他原以为我需要进行研究的是这样一个文本。

图 3—27　协力者龙林记录古歌《瑟岗奈》文本的稿纸

　　面对龙林在张老革的协助下整理出的完整文本，我认真向他们进行了解释，让他们明白我真正需要的是什么样的文本。同时我调整了工作思路，亲自参与到文本的誊写工作中。我开始重新播放音视频文件，放上一段，就请协力者帮忙誊写一段，然后再往下放。这样的工作很枯燥，对此，龙林提出了质疑：为什么要整理这么多的文本呢？而且有很多都是歌师唱错的地方，连歌师们也表示不理解，他们认为自己演唱的古歌应该都是一样的，然而事实并不是这样。我解释说，这几场古歌演述，虽然歌师唱的都是古歌《瑟岗奈》，但是他们每次演述的古歌都是有变化的，这可以说明民间文学的稳定性和变异性问题。我把最后誊写好的文本展示给他们看的时候，他们才明白原来这些文本都是不一样的，也是有意义的工作。为了检验文本《瑟岗奈》记音的准确性，我邀请2009年9月2日晚上传唱古歌的四位歌师（张老革、张老岔、龙光学、潘灵芝）到场，请他们帮我纠正了文本中出现的错漏之处。

在分析这些文本时，我发现这与我们传统思维中的"标准本"或"权威本"大相径庭。第一场、第二场和第四场的古歌演述都发生在双井村新寨这一组，由于歌师年纪大、记忆力衰退等原因，他们在演述过程中时常唱错，所以他们不时停顿下来进行商议，这导致我们所搜集的文本中出现了不少重复。第三场古歌演述也有类似的情况发生，但这正好是歌师在演述中进行的口头创编，正是这样的文本为我们分析民间口头传统提供了最真实的材料，也折射出了古歌演唱传统所面临的衰微的趋势。

在《中国北方农村的口传文化——说唱的书、文本、表演》一书的第五章"从文本的传承到演唱"中，作者井口淳子提出了口头文本的改编现象："乐亭大鼓中的说唱长篇故事'大书'向来主要依靠口头创作和口头传承。实际上，农村的艺人们在没有脚本等规范文本的情况下，亦不依靠背诵已有的书词，而能够每晚几小时，历时一个月以上长时间地进行编织书词般的即兴演唱。反之，也能够用三天说完通常需要一个月以上时间才能说完的长篇故事。也就是说，其文本分别是在每一次的演出中口头产生的。这种在演出过程中编织文本的行为在当地称之为'改编'。"① 据此，作者进一步点出了该书写作的主要方向："在此，我们不拟探讨那种长期经过无数人的口头、耳朵而最终得以完成的'创作'。而是想通过具体的事例来对某个艺人在演唱大书时是如何即兴创作的问题，亦即对作为通时性口头创作之'一个断面'的'一个改编的过程'进行考察"。② 这一论述为我的研究提供了一个很好的分析视角，即在参与观察古歌演述事件的基础上，对所搜集整理的古歌文本进行诗学分析。从中我们可以发现一些问题，概括起来主要有以下几个方面：

---

① ［日］井口淳子：《中国北方农村的口传文化——说唱的书、文本、表演》，厦门大学出版社2003年版，第94页。

② 同上书，第95页。

一　演唱形式："一问一答"到"自问自答"

在第一场古歌演述中，女歌师唱到了第一个问题，即《祖先是哪个生养的》，按照正常的演唱顺序，她们应该只是提出问题，但她们却又进行了回答。这说明女歌师演唱出现了失误，并由此影响到了男歌师的正常发挥。而这在下面的演述文本中皆可找到此类问题的直接表现（详见附录2：古歌《瑟岗奈》文本的第11—15句）。

Liof	meis	deis	dax	diangl	
蝴蝶	妈	哪	来	生	蝶妈哪里生
Jof	dangt	seib	gangx	neel	
才	生	五	对	爹妈	才生五对妈
Liof	meis	gux	deeb	diangl	
蝴蝶	妈	外在	土地	生	蝶妈地边生
Jof	dangt	scib	gangx	neel	
才	生	五	对	爹妈	才生五对妈
At deis		haot	max	yenl	
怎样		说	不	明白	怎么说不清

在女歌师提出这个问题后，男歌师接着往下唱，他们进行了回答，这与女歌师唱的内容可以进行比照（详见附录2：古歌《瑟岗奈》文本第30—35句）。

Liof	meis	deis	dax	diangl	
蝴蝶	妈	哪	来	生	蝶妈哪里生
Jof	dangt	seib	gangx	neel	
才	生	五	对	爹妈	才生五对妈
Liof	meis	gux	deeb	diangl	
蝴蝶	妈	外在	土地	生	蝶妈地边生
Jof	dangt	seib	gangx	neel	
才	生	五	对	爹妈	才生五对妈
Hleit	jeet	jos	nex	lal	
爹妈	上	上游	吃	美	上游好生活
At deis		baot	max	yenl	
怎样		说	不	明白	怎么说不清

当女歌师接着男歌师的这段内容往下唱的时候，即第三段演述，她们并没有找到"路数"往前唱，而是重复着同样的问题，即询问男歌师五对妈（代指祖先）是谁生养的（详见附录2：古歌《瑟岗奈》文本第47—50句）

Hsangt	deis	ghab hnid	lal	
个	哪	心肠	美	是谁心肠好
Jof	dangt	seib	gangx	neel
才	生	五	对	爹妈　才生五对妈
Diut	hleit	jof	nangx	beel
六	爹妈	才	沿着	坡　六对妈爬坡
Hleit	jeet	jos	nex	lal
爹妈	上	上游	吃	美　上游好生活

我们从这个文本后面的段落中，还可以找出类似的材料加以佐证。总之，通过以上分析，我们不难发现，这是一场并不算成功的古歌演述。虽然男女歌师一共唱了七段，但他们没有提出可以拓展古歌内容的其他问题，也没有进行解答，而是重复询问第一个问题，即"五对妈"是谁生养的？其实，早在第一段歌词中，女歌师自己便已对此做出回答，也就是说，这是一种自问自答的古歌演述形式；女歌师演述的失误影响了男歌师的发挥，当男歌师接着唱第二段时，主唱龙光学已然感到有些不太顺畅，当他唱到"蝶妈哪里生（Liof meis deis dax diangl），才生五对妈（Jof diangt seib gangx neel）"的时候，他想不起古歌的词了，这个时候，女歌师张老革提醒了他几句，龙光祥也在一旁进行指点。男歌师龙光学在张老革的提示下，又询问了一遍这个问题，从而出现了与第一段基本一致的歌词。男歌师在结尾处，还以歌来说明他们唱完了，进而提醒女歌师接着往下唱（详见附录2：古歌《瑟岗奈》文本第36—40句）。

Diux	ab	xongt	qongd	yeel
段	一	停止	节	了　这节就这样
Diux	ghangb	nongt	diangd	laol
段	后	要	转	来　下节接着来
Daot	mangb	bangf	jangx	yol
得	你俩	的	成	啦　你们唱好了

续表

Dliat	mangb	bangf	niaox	nal	
放	你俩	的	里	这	先告一段落
Jeet	aob	bangf	dax	mol	
上	我们	的	来	去	唱咱的来了

歌师张老革意识到由于第一段她带头唱错，所以男歌师唱第二段时也发生了失误，她不好意思地笑了笑，并进行了调整。在第三段的演唱中，张老革带着张老岔又重新唱了一遍第一个问题："是谁良心好（Hsangt de-is ghab nid lal），才生五对妈（Jof dangt seib gangx neel）"，虽然表述方式不一样，但是这个问题的含义与第一、二段相似，即询问谁生下了"五对妈"，并进行了自我回答。接着，女歌师开始以歌提醒对方，她们就唱到这里，请他们接着往下唱（详见附录2：古歌《瑟岗奈》文本第51—54句）。

Aob	diot	saos	yaox	nal	
我俩	唱	到	里	这	我俩唱到这
Saos	diot	aob	max	yenl	
到	唱	我俩	未	分明	还未成分晓
Dliat	diot	ghab	sangx	lal	
放	在	前加成分	坪	美	暂时放一放
Haot	hleit	hxaob	dax	mol	
要	爹妈	接唱	来	去	你们接唱去

第三段演述到了这个地方，本应该由男歌师接着往下唱，但张老革停了下来，并与张老岔商议了一下，她们觉得既然之前的第一、二段已经唱错了，这时索性把答案也唱出来，这样不影响下面的唱法。于是，女歌师接着把问题的答案又唱了出来（详见附录2：古歌《瑟岗奈》文本第62—65句）。

Bad	weib	yas	bad	wul	
爸	威	养	爸	务	威父生务父
Jof	dangt	seib	gangx	neel	
才	生	五	对	爹妈	才生五对妈

续表

Diut	niof	meis	nangx	beel	
六	对	妈	沿着	坡	六对妈爬坡
Hleit	jeet	jos	nex	lal	
爹妈	上	上游	吃	美	去上游吃好

可见，在这一场古歌演述中，歌师演唱的前三段都出现了一些失误。其实，整个古歌的结构应是一个相互关联的整体，在男歌师对古歌不很熟练的情况下，女歌师演唱过程中的失误或多或少地会对他们产生影响，所以，我们可以把前三段演述归结为歌师的"自问"和"自答"。

男歌师演唱第四段的时候，他们的演唱开始变得准确起来，按照歌师的说法是"终于找到了路数"，他们询问了第二个问题，并请女歌师来回答（详见附录2：古歌《瑟岗奈》文本第68—69句）：

Hsangt	deis	at	meis	lul	
个	哪	做	妈	老	哪个是大妈
Hsangt	deis	at	meis	niul	
个	哪	做	妈	小	哪个是小妈

女歌师的下一段演述也比较顺畅，她们回答了男歌师提出的第二个问题（详见附录2：古歌《瑟岗奈》文本第79—82句）：

Juf	aob	yenx	meis	lul	
十	二	寅	妈	老	十二寅大妈
Juf	aob	yenx	meis	niul	
十	二	寅	妈	小	十二寅小妈
Jof	dangt	seib	gangx	neel	
才	生	五	对	爹妈	才生五对妈
Hleit	jeet	jos	nex	lal	
爹妈	上	上游	吃	美	上游好生活

这个时候，按照古歌的正常唱法，应该是女歌师接着询问第三个问题，请男歌师回答，男歌师回答问题后，再提出一个新问题。但是，女歌师唱到这里，她们忘记了提出问题，而是直接结束了这段演述，在快结束的时候，女歌师唱道："我们唱完了，你们接着唱。"这是歌师之间的提

醒。男歌师只好顺着再往下唱，他们再次重复了女歌师已经提过的问题（详见附录 2：古歌《瑟岗奈》文本第 93—96 句）。

Hsangt	deis	at	meis	niul	
个	哪	做	妈	小	哪个是小妈
Hsangt	deis	at	meis	lul	
个	哪	做	妈	老	哪个是大妈
Jof	dangt	seib	gangx	neel	
才	生	五	对	爹妈	才生五对妈
Hleit	jeet	jos	noux	lal	
爹妈	上	上游	吃	好	上游好生活

在这个时候，歌师张老革意识到男歌师的演述出现了问题，她开始与张老岔小声讨论起来，而我则用相机拍下了这两位女歌师正在窃窃私语（讨论）的情形。张老革用苗语把歌词说了出来，她小声提醒男歌师怎么唱。虽然男女歌师唱的是同一个问题的答案，但他们的唱法各异，长短不一。当男歌师唱完这一段后，歌师停下来开始议论，张老革说："我们这首马上就唱完了，再给你们唱一段别的古歌吧。"后来，我根据誊写好的文本，才知道这是她意识到古歌演述出现了问题，在无法正常继续演述的情况下，才临时要求更换篇目的。

在这次演述开始前，歌师面临着一个选择演唱篇目的问题，我询问歌师为什么选择的都是《瑟岗奈》这首古歌，歌师龙光学告诉我，因为他们都会唱这首歌，歌师在这个村教唱的也主要是这首歌。在双井村歌师的个人传统曲库中，迁徙歌《瑟岗奈》是他们耳熟能详的一首歌，所以，这首歌的演唱频率很高，在第一场古歌演述时，他们理所当然地选择了这首歌。不过，在演唱的过程中，虽然开头的第一、二段，歌师们因较为熟悉这些内容而唱得比较连贯，但后面越来越难，由于歌师年纪偏大，演唱难度也随着篇章的延伸而逐步增加，尤其是在唱到第三段以后，他们在演述中的失误频发。

二 演述时"换歌师"

当我们结束了第一场古歌演述的拍摄后，歌师龙光学告诉我，这个晚上歌师们都没有发挥出正常的水平，他们对自己的演唱很不满意，为了让我能够得到一个较为完整的《瑟岗奈》文本，他们决定进行第二场古歌演述。但是，这场演述事件还是没有达到满意的效果，歌师的记忆力衰退，很难完整地演述一首古歌。由于伴唱龙光林的演述发生了问题，他无法正常发挥、继续往下唱，所以临时换人。

　　与第一场演述的情况相似，这场古歌的演述也出现了演唱失误等问题，例如，女歌师张老革、张老岔演唱第一段的时候，她们唱到第一个问题："哪个是老妈（Hsangt deis at meis lul），哪个是小妈（Hsangt deis at meis niul）"，本来应该等男歌师在下一段进行回答，但她们直接把答案唱了出来"格香是老妈（Geef xangb at meis lul），勇兴是小妈（Liangx xinb at meis niul）"（详见附录3：古歌《瑟岗奈》文本第10—15句），这一失误同样影响到了男歌师后面的演唱，甚至导致了更换男歌师这一事件的发生。

Hsangt	deis	at	meis	lul	
个	哪	做	妈	老	哪个是大妈
Hsangt	deis	at	meis	niul	
个	哪	做	妈	小	哪个是小妈
Geef	xangb	at	meis	lul	
格	香	做	妈	老	格香是大妈
Liongx	xinb	at	meis	niul	
勇	兴	做	妈	小	勇兴是小妈
Dangl	leit	ghangb	niangx	laol	
等	到	底	年	来	等到年底来
Jof	dangt	seib	gangx	neel	
才	生	五	对	爹妈	才生五对妈

　　接下来，男歌师龙光学开始带着龙光林演唱第二段的内容，然而，由于女歌师把答案已经唱了出来，所以，龙光学不知如何往下唱，他不得不把刚才女歌师唱错的部分又重新唱了一遍，即他演唱的第23—28句，内容与上文所述第10—15句完全重复。这是因为男歌师在演唱到这个地方的时候，他们记不起具体的唱词了，于是重复演唱着后面的句子。

　　女歌师张老革听到龙光学的唱词后，她已经意识到存在的问题，等男歌师唱完这段的时候，她说："刚才我们都唱得不对，下段我们开始正式提问，按照正确的路数往下走。"在她的提示下，歌师们进行了集体协商，他们一起回忆了古歌的主要部分，这使第三段的演述变得顺畅起来，女歌师提出了第二个问题（详见附录3：古歌《瑟岗奈》文本第49—53句）。

Aob	hmut	lab	niangx	beel	
我俩	说	个	远	古	回想那些年
Meis	hxot	niaox	jins	xil	
妈	休息	在	哪	里	妈睡在何处
Bak	hxot	niaox	jins	xil	
爸	休息	在	哪	里	爸歇在何方
Dangl	leit	ghangb	niangx	laol	
等	到	年	底	来	等到年底来
Jof	dangt	seib	gangx	neel	
才	生	五	对	爹妈	才生五对妈

女歌师唱完这一段后，男歌师接着唱，但他们还是又出现了谬误。按照正常的唱法，男歌师应该回答女歌师的问题，但他们又重复询问了一遍，这影响了整体的表述（详见附录3：古歌《瑟岗奈》文本第75—78句）。

Aob	hmut	xangf	niangx	beel	
我俩	说唱	那	远	古	说起那些年
Laot	niangx	xib	hed	dangl	
嘴	年	古	头	端	远古的时候
Meis	hxot	niaox	qins	xil	
妈	休息	在	哪	里	妈睡在何处
Bad	hxot	niaox	qins	xil	
爸	休息	在	哪	里	爸歇在何方

此时，女歌师张老革在旁边自言自语："他们唱错了。"男歌师龙光学听到这句话，稍微停了一下，他想了想，他和另一位男歌师又接着往下唱，但还是无法找到正确的"路数"，张老革忍不住用苗语说："又唱错了。"男歌师此刻唱得明显很吃力，他们甚至把一个音重复唱了三遍，还是无法继续唱下去，所以，龙光学只得停下来，他向张老革请教说："你看这段怎么唱？"两位女歌师便唱了下面的古歌句子（详见附录3：古歌《瑟岗奈》文本第79—82句）。

Bad	seix	niangb	geed	nangl	
爸	也	在	下	游	爸住在下游
Meis	seix	niangh	geed	nangl	
妈	也	在	下	游	妈也住下游
Niangb	eb	senx	seed	lul	
住在	水	坪	屋	老	水路很遥远
Niangb	eb	senx	geed	daol	
住在	水	坪	远方	远处	水路隔千里

　　通过观察第一场古歌演述，我们可以看到古歌师龙光学带着龙明富唱古歌，龙明富一直在认真倾听和学习，龙明富可以跟得上龙光学的演唱节奏，两人的配合比较默契。但是，在第二场古歌演述中我们看到，在龙光林唱得明显跟不上节奏的时候，龙光学会放慢速度带着他一起唱。但当男歌师唱到第四段的时候，龙光林明显感到力不从心，一是因为他还没有学过后面的内容，二是因为他的声调明显比较高，这让他和歌师龙光学的腔调很不和谐。在这种情况下，歌师张老革、龙光祥都建议换人，所以，第一场古歌演述中的伴唱龙明富临时替换了龙光林，他和龙光学一直唱到了结束。

图3—28　第二场古歌演述时龙明富替换了龙光林

　　这是第二场古歌演述中存在的主要问题，在龙明富临时替换掉龙光林之后，他们的演唱活动直至结束都没有出现太大的问题。总体来说，伴唱和主唱的配合逐渐变得默契起来。虽然男歌师在演述的过程中产生了诸如因龙光学忘记歌词而无法继续唱下去的现象，但在女歌师张老革、张老岔的现场指点下，他们不断进行调整，一直往下唱，直至结束。歌师龙光祥在其中也发挥了重要的作用，虽然他已重病在身，无法实际参与到古歌的演述中，但他在一旁听得很认真，一旦他发现有歌师遇到歌调不准或唱词错误等问题，尤其是在女歌师张老革忘词的时候，他都能一一进行指点。

三 从"男女对唱"到"男女合唱"

这种在演述过程中换人的现象，在第四场演述事件中也有发生。早在第二场古歌演述中，龙明富就曾替换掉龙光林，他俩都是男歌师，替换后的古歌演述形式并未发生本质的变化依然是两男对两女。与此不同的是，在第四场古歌演述过程中，原本是两男对两女的形式，但由于女主唱记不住词，伴唱也无法跟着再往下唱，而现场又缺乏会唱古歌的女歌师，所以，经过歌师们的集体商议，临时由男歌师带着女歌师一起演唱。我们可以看到：当歌师在演述中遇到困难时，旁边的歌师可以前来协助，古歌的演述形式可以随着实际情况的变化而变化，例如：由男—男合唱形式，改为男—女合唱形式等。

图 3—29　女歌师刘远英和男歌师刘昌吉一起唱古歌《瑟岗奈》

从誊写的文本第一段便可看出，主唱男歌师刘昌吉的记忆力较好，演述水平也较高，所以，他在带着龙耶清唱古歌时，整体给人的感觉很连贯，基本上没有出现太大的问题。在第一段中，男歌师提出了第一个问题，即"是谁生爹妈（Liof meis deis dax diangl），生这五对妈（Jof dangt seib gangx neel）"（详见附录5：古歌《瑟岗奈》文本的第19—21句）。

Hleit	jeet	jos	nex	lal	
爹妈	上	上游	吃	美	上游好生活
Liof	meis	deis	dax	diangl	
蝴蝶	爹妈	哪	来	生	蝶妈哪个生
Jof	dangt	seib	gangx	neel	
才	生	五	对	爹妈	才生五对妈

图3—30　歌师刘昌吉带着学徒龙耶清在唱古歌

在男歌师唱完第一段后，女歌师接着往下唱，她们刚开始的时候唱了一些"歌花"，主要对男歌师进行夸赞，表达相聚时的喜悦之情等。唱了开头部分后，两位女歌师突然想不起歌词了，她们停下来开始讨论，女歌师请教刘昌吉如何往下唱，刘昌吉认真对她们进行指点，但是，她们唱得还是不准确，只有主要内容，没有进行回答，也没有提出新的问题，具体内容如下（详见附录 5：古歌《瑟岗奈》文本的第 44—58 句）。

Vangb	ed	daod	tit	bens	
央	要	妹	替	妻	央娶妹做妻
Vangb	neel	dal	daot	daos	
央	爹妈	还	不	喜欢	央妈不允许
Vangb	dal	max	niud	xangs	
央	个	不	愿	告诉	不愿告诉央
Bab	vangb	meil	xit	xiongs	
给	央	马	赛	跑	给央马赛跑
Bab	xinb	dal	meil	bongt	
给	妹	匹	马	壮	给妹匹壮马
Bab	vangb	dal	meil	meet	
给	央	匹	马	瘦	给央匹瘦马
Jeex	leit	dangl	hmangt	gaos	
骑	到	等	傍	晚	骑到傍晚时
Bax	dlangb	bax	ghongd	hlangs	
落	颈	落	脖	啦	马累全身汗
Vangb	dal	gheid	max	gaos	
央	匹	追	不	上	央马追不上
Dal	xid	dal	hxut	gas	
个	哪	个	心	明亮	哪个人聪明
Jaob	Vangb	dal	seit	leis	
教	央	个	指	点	教央个办法
Jeex	meil	leit	khangd	dlongs	
骑	马	到	时期	坳	骑到山坳上
Diangd	dangl	meil	hvit	vongs	
调	转	马	快	点	快点掉马头
Hed	meil	jof	xit	jas	
头	马	才	互相	碰	马头才相会
Deed	meil	jof	xit	neis	
尾巴	马	才	互相	比	马尾才相伴

女歌师唱的这段古歌是《洪水滔天》的内容，其大意是：洪水滔天后，世界上只剩下姜央、母亲和妹妹，为了繁衍后代，姜央要娶妹妹为妻，为了让妹妹答应下来，姜央想了几个办法，比如滚石磨、骑马等。这段关于"洪水滔天""兄妹结婚"的内容，在演述中与"溯问西迁"内容结合在一起了。在访谈中，歌师刘远英告诉我，她在当地学习古歌的时候，歌师就是这样教的，因为她还没有出师，所以，她不清楚后边的内容如何展开。这使我想到一个问题，一直以来，我们受到书面思维方式的影响，在阅读老一辈学者搜集的古歌版本时，我们有时会误认为古歌《洪水滔天》《溯河西迁》是两个不同的篇章，但是，民间歌师的分类标准并不一定如此，有的歌师会把这两章连贯起来演唱，他们觉得这都是古歌《瑟岗奈》的内容，因此，可以说在他们的意识中根本没有我们所谓的"篇""章"等概念。

图 3—31 女歌师刘远英替换了男学徒龙耶清

由于女歌师的演述出现了失误，她们无法提出问题，也不知如何回答，所以，经过歌师们的商议，刘昌吉也临时调整了策略，在后面的演述中，他就带着龙耶清采用了"自问自答"的形式，即他们提出问题再加以回答。在第三段中，男歌师提出了如下问题（详见附录5：古歌《瑟岗奈》文本的第70—73句）。

Hsangt	deis	ghab hnid	lal	
个	哪	心肠	美	是谁心肠好

续表

Hsat	Jangx Vangb	baod xaol	
耳语	姜央	快速地	和姜央商量
Dliangb	deeb	ghab hnid	lal
菩萨	土地	心肠	好 土地菩萨好
Hsat	Jangx Vangb	baod xaol	
耳语	姜央	快速地	和姜央商量

男歌师唱完这一段后，女歌师接着往下唱第四段。从我们所搜集誊写的文本来看，上一段男歌师唱的内容同样是古歌《洪水滔天》，他们唱的内容是姜央与妹妹结婚后，生下的孩子是个怪胎："像节木头样，有眼没有脸，有脚没有手。"面对这道难题，姜央不知该怎么办，于是菩萨给姜央出谋划策，让他去寻找雷公想办法。在女歌师唱到此处时，她们记不住唱词了，但又不好不唱，只好把男歌师唱过的前一段内容又重复了一遍，并且直接唱到了结尾处，这给男歌师的演述带来了一定的难度。当女歌师唱完，男歌师本来要接着往下唱，因女歌师已经唱了结局部分，所以男歌师只好把第二段唱过的内容又重新唱了一遍，即姜央如何设计说服妹妹与他成亲，然后再唱到他们生下的孩子"像节木头样，有眼没有脸，有脚没有手"，姜央不知该怎么办，菩萨给姜央出谋划策，让他去寻找雷公想办法。

男歌师唱完这段后，他们集体停下来进行商议，因为女歌师已经忘词无法再往下唱，加上男歌师龙耶清感觉自己年纪大了，在喝酒后无法继续唱好下面的歌。总之，这两位伴唱都明显感到力不从心，因此，在邰光英的提议下，歌师们临时进行了调整，由刘昌吉带着女歌师刘远英一起唱了第六段，不过，他们也没有继续往下唱新的内容，而是把之前唱过的章节完整地演绎了一遍（详见附录5：古歌《瑟岗奈》文本的第144—150句）。

Vangb	hxat	hvib	lax	ghul
央	愁	心	得	很 姜央很心焦
Hsangt	deis	ghab hnid	lal	
个	哪	心肠	美	是谁心肠好
Hsat	Jangx Vangb	baol xaol		
告诉	姜央	快速地		帮姜央设法

续表

Jaob	laob	jeet	mol	beel	
跑	步	上	去	坡	跑步上山冈
Gib	lib	vuk	nangl	laol	
慢	步	下	下游	来	慢慢走下来
Dliat	dliangb	deeb	nax	lul	
祈求	神	土地	人	老	求土地菩萨
Dliangb	deeb	ghab hnid		lal	
神	土地	心肠		美	土地菩萨好

这段古歌的内容，从男歌师演唱的第三段开始，一直到女歌师唱第四段，再到男歌师唱第五段，由于女歌师演述中出现了失误，导致他们无法往下唱新的内容，所以，协力者龙林在整理文本的时候曾质疑说："他们都唱错了，这几段反复地唱着同样的句子。"但是，从这样的文本分析中，我们也可以看出民间歌师演述古歌时的一种本真状态——他们并不总是记忆超群，一气呵成唱完古歌，现实中的民间文学版本也不是如我们所看到的版本那般完整，相反，歌师在演述的时候会出现一些难以预测的情况，如：歌师年纪太大，忘词了；歌师喝酒后，状态不佳，无法继续往下唱等。所以，我们对歌师演述事件的分析一定要纳入到具体的演述语境中去。

四　歌师比试

在我完成第一、二场古歌演述事件的拍摄后，协力者龙林对新寨这些歌师的表现提出了质疑，他认为歌师们的年龄普遍偏大，所以他们的演述存在很多问题，这导致我们所看到的文本并不是一个"合格"的古歌文本。在这样的语境下，第三场古歌演述活动是由协力者龙林组织的，地点就位于双井村水井边的龙林家中。组织者龙林的意图是为了证明水井边歌师的演述水平比新寨歌师高，所以他建议歌师们特意选择了《瑟岗奈》这一古歌。演唱的地点设在龙林家的"歌堂"中，堂屋内的一张方形桌子摆上了丰盛的酒菜，歌师在喝了酒之后兴致更高，所以相对于其他三场而言，这场古歌的演述变得比较生动。

在这场古歌演述开始前，我到水井边对几位歌师和学徒进行了田野访谈，并请他们对新寨这组歌师进行评价，潘灵芝、龙光基等人认为："那组歌师年纪大了，他们的记忆力的演述水平不行，唱的音调也不好听，还是我们这组唱得好听，如果不相信的话，你们晚上好好听一下。"我们发现，新寨的歌师一致认为歌师张老革、龙光祥唱得最好，而水井边的歌师则持另一种看法，他们认为歌师张老革等人的音调都不好听，唱得最好的还是本组的歌师龙光杨、潘灵芝等人。由此看来，在不同寨子的歌师之间，其评价标准并不一样，他们私下对本组的歌师予以认同，对外组的歌师则提出挑战或质疑。其实，村寨歌师间的暗中较劲、竞争与比试，不仅不会影响他们之间的交流，反而更能激发彼此学习的积极性。

与苗族古歌相似，《勒包斋娃》是景颇族的创世史诗，也是西南地区创世史诗群的一种。它们作为歌师集体智慧的结晶，正如《勒包斋娃——景颇族创世史诗》（1992）所述："民族神话并不是某个个人在短时间内的创造，而是本民族历史文化的保存者、传承者——宗教经师们，在本民族广大人民群众的亲身参加下，通过世世代代的吟唱活动所作出的集体创造，其内容不断修改、增删，不断丰富、发展，最后形成自己的体系。因此，民族神话应该看作一整个时代的产物"[1]，而"随着神话世世代代在一定场合的反复吟唱，斋娃经师们之间在不断地相互学习、切磋、创造和传承"[2]。以张老革为代表的歌师，不同于以潘灵芝为代表的歌师，他们的师承关系、传统曲库等方面完全不一样，演唱风格也各异，他们在演述中进行着自己的创编。在实际演述过程中，歌师的表现也会有差异，比较典型的有第三场和第四场古歌演述，让我们根据下面的图片来比较一下这两场演述的差异性。

我们从这场演述中截取几张图片以作说明：

序号	田野观察	图片
1	水井边的四位歌师（潘灵芝、龙光勋、龙光基、张老树）在酒席上唱古歌。开场前歌师们在商议到底唱哪首歌，女歌师说："我们看看会唱哪支歌，你会我也会，唱起来才好听。"	

---

① 萧家成译著：《勒包斋娃——景颇族创世史诗》，民族出版社1992年版，第11页。

② 同上书，第14页。

续表

序号	田野观察	图片
2	龙光基拿起酒来说："谢谢你们，唱得太好了！拿酒来。"女歌师敬酒说："谢谢，你们接着唱！"男女歌师端着酒互相碰杯，女歌师说："你送我们酒喝，谢谢了！"大家起身，喝酒，碰杯。	
3	女歌师开始唱古歌《瑟岗奈》的第一段，唱完后，她们向男歌师敬酒，并请男歌师接着往下唱。协力者龙林也走过来，参与其中。	
4	男歌师唱完后，歌师们站起来互相敬酒，他们唱酒歌，歌声高亢嘹亮。龙光基说："多谢你们摆酒席！我们唱这种歌才适合这种场合。"女歌师回答说："咱喝这种酒，要唱这种歌才行。"	
5	女歌师唱完后，男歌师龙光基对女歌师说："你们唱得不错，我们敬你们一杯吧！"张老树接过了龙光基递过来的酒杯，她一饮而尽，然后把酒杯递给了龙光基，龙光基再给潘灵芝敬酒。	

　　通过以上图片我们可以看到，这场古歌演述的"表演"色彩更浓，水井边这组歌师，即潘灵芝、龙光基等人，面对摄像机镜头，可谓应对自如，同时表现得更加自然，他们想证明自己的演述比新寨的歌师好。与这场古歌的演述相比，在第一、二场古歌演述时，歌师显得比较拘谨，他们的互动交流不多，对着现场的摄像机镜头，甚至有些发怵，相比之下在第四场古歌演述时，歌师的表现比第一、二场更自然。让我们看下面的图片内容：

序号	田野观察	图片
1	在演唱古歌之前，歌师们开始商议古歌的唱法，他们坐成了一排，面对着摄像机镜头，刚开始有些拘谨，彼此之间没有眼神的交流。	
2	两位女歌师在演唱的过程中，龙耶清并没有认真听她们的演述，他正对着摄像机镜头，受到的外界干扰比较大。刘昌吉在开唱前询问女歌师一些问题，但女歌师还是注视着前方的摄像机，并没有正面对着刘昌吉。	
3	女歌师继续演述，男歌师在一旁小声说话，刘昌吉对学徒龙耶清进行指点。四位歌师之间缺少一种互动、交流，虽然他们唱的古歌中有"问"和"答"的部分，但他们并没有面向对方来进行询问，缺少眼神的交流。	

　　我们发现，在这两场古歌演述过程中，歌师们的表情、动作等方面是截然不同的。第三场古歌的演述更接近于本真状态，歌师们在演唱的过程中，有互动、交流的行为，敬酒就是其中一种表现形式。这从下面的文本中也可以看出，男歌师龙光基、龙光勋唱到第一段的时候，他们表达了当时高兴的心情，感谢主人家的盛情邀请，尽管这样的歌词在新寨这一组前几场的古歌演述中也出现过，但我们能感觉到在这场古歌演述中歌师们是发自内心的高兴，尤其是歌师龙光勋，他在田野访谈中说，他们已经很久没有这样聚在一起了，他们在酒桌上找到了一种很自然的演唱古歌的状态。

　　下面是开头的"歌花"部分（详见附录4：古歌《瑟岗奈》文本的第5—12句）。

Aob	leit	neex	neib	seed	
我俩	到	他	父母	家	咱到父母家

Aob	leit	neex	neib	jud	
我俩	到	他	父母	酒	咱敬父母酒

Neex	neib	ghab hnid		hliaod	
他	母	心肠		聪明	父母心肠好
Neib	xongt	diangb	dax	deed	
妈	摆	张	桌	长	摆张大长桌
Diangb	dangk	yif	dliangx	fangd	
张	凳子	八	尺	宽	桌有八尺宽
Dangk	ngeex	beeb	dangk	jud	
凳子	肉	三	凳子	酒	酒肉摆满桌
Dangk	hongb	niongx	lad	ghud	
凳子	蒙上	菜	得	很	各种各样菜
Max	bub	hent	diol	xid	
不	知	赞	种类	什么	欲赞已忘言

在听到他们的称赞后，女歌师也予以积极回应，并表达了她们此刻的心情（详见附录4：古歌《瑟岗奈》文本的第28—31句）。

Mangx	ghangb	hvib	daot	khat	
你们	甜	心	得	客	贵客高兴不
Beeb	ghangb	hvib	naot	fat	
我们	甜	心	得	很	我们很高兴
Ghangb	ghangb	jangx	neel	neit	
甜	甜	成	鱼	钓	高兴如鱼跃
Jangx	ngeex	yenb	dangl	khat	
成	肉	腌	等	客	像腌肉等客

在第一场古歌《瑟岗奈》的演述中，女歌师张老革、张老岔也曾演述过与以下类似的内容，张老革称这些内容为"歌花"，但是，我们在现场观察到，女歌师唱起下面这些内容时，她们的脸上没有太多的表情，并不是如歌中所描述的这种高兴的情绪。

Beeb	dax	lab	lil	vut	
我们	来	个	礼	好	咱为喜事来
Beeb	xangx	lab	lil	vut	
我们	赞美	个	礼	好	咱唱喜事歌

Lil	nongd	lil	dins	hxent	
礼	这	礼	吉	祥	这是道吉祥
Lil	nongd	lil	das	xongt	
礼	这	礼	富	贵	这是贺富贵
Lil	ghangb	hvib	bongt	wat	
礼	甜	心	得	很	实在很高兴
Ghangb	hvib	jangx	neel	neit	
甜	心	成	鱼	钓	高兴如鱼跃
Jangx	ngeex	yenb	dangl	khat	
成	肉	腌	等	客	像腌肉等客

男歌师开始演唱的时候，他们也唱了一段表示"心情很高兴"的歌来回应，但是他们唱这段歌的时候，脸上也没有任何表情，他们的实际感受和情绪与下文中所描述的内容迥异。

Aob	dax	lab	lil	vut	
我们	来	个	礼	好	咱为喜事来
Aob	xangx	lab	lil	vut	
我俩	赞美	个	礼	好	咱唱喜事歌
Lil	ghangb	hvib	haod	fat	
礼	甜	心	得	很	实在很高兴
Ghangb	hvib	jangx	neel	neit	
甜	心	像	鱼	钓	高兴如鱼跃
Jangx	ngeeb	yenb	dangl	khat	
成	肉	腌	等	客	像腌肉等客
Ngeex	yenb	max	diangl	dliut	
肉	腌	不	够	香	腌肉不够好
Max	dangl	lab	neel	laot	
不	如	个	爹妈	嘴	妈的话最甜

在第四场古歌演述的时候，歌师唱的开头部分即"歌花"与此类似（详见附录5：古歌《瑟岗奈》文本的第1—17句）。

Aob	dax	lab	lil	vut	
我们	来	个	礼	好	咱为好事来
Aob	xangx	lab	lil	vut	
我们	赞美	个	礼	好	咱唱喜事歌
Lil	nongd	lil	das	xongt	
礼	这	礼	富	贵	这是富贵事
Lil	ghangb	hvib	haod	fat	
礼	甜	心	得	很	实在很高兴
Ghangb	ghangb	jangx	nail	neit	
甜	甜	像	鱼	钓	高兴如鱼跃
Jangx	ngeex	yenb	dang	lkhat	
成	肉	腌	等	客	像腌肉等客
Niangx	ib	dlongd	at deis		
年	一	季节	处样		正月做哪样
Niangx	ib	dlongd	hek	peis	
年	一	季节	喝	酒	正月吃年酒
Niangx	aob	dlongd	at deis		
年	二	季节	怎样		二月做什么
Niangx	aob	dlongd	ghat	diangs	
年	二	季节	架	桥	二月架桥节
Hleit	beeb	gheb	laol	saos	
月	三	农活	来	到	三月起农活
Hleit	dlaob	yab	maol	jangs	
月	四	秧	去	栽	四月忙栽秧
Hleit	diut	nex	lab	maol	
月	六	吃	个	卯	六月吃卯节
Hleit	xongs	nex	lab	seil	
月	七	吃	个	已	七月要吃新
Dent	hleit	lax lib	mongl		
约	爹妈	快速	去		邀客到来家
Leit	hleit	nex	eb	niol	
到	爹妈	吃	水（酒）	浑	敬客喝米酒

续表

Aob	vut	jaox	hvib	dlial
我俩	好	条	心	突然轻松状　心情多舒畅

　　由此可见，当歌师们在演述古歌的时候，他们会在现场唱一些表示夸赞主人、感谢客人的歌词，也有一些表现当时心情如何的歌词。歌师张老岔说，在演唱古歌时，主客双方聚在一起，首先要唱赞歌和感谢主人家的酒歌，比如："我们来到主人家，这里有好事我们才来庆贺，祝福主人家，这次的好事带着幸福、快乐，感谢主人家杀鸡宰羊给我们吃了，你们专门送来，我们只吃一小点，你们送来的更多。真的谢谢你们。"这样的歌词有助于引起对方的兴趣。当我向歌师问起这些内容是不是他们即兴创编的时候，龙光学认为这样的歌花也是在传统中产生的，不可随意更改，例如这段内容是表明她们过节时的心情很愉快。协力者龙林总结说，第三场古歌演述比前两场的更精彩，主要得益于他的精心安排，他向水井边的歌师讲述了新寨歌师的演唱情况，激励水井边歌师努力发挥出最好的水平，以证实自己的演唱水平确实比别人高。他之所以举办这次古歌演述活动，主要是考虑到古歌演唱传统的日渐衰微，现在寨子中剩下的大多是老年人，中青年都到外地打工了，大家对古歌的演唱不怎么感兴趣，这已严重影响到古歌的传承。

　　中国社会科学院学者郎樱曾关注到受众的重要作用，"一部口承史诗的生命更是史诗接受者——听众赋予的，没有听众，《玛纳斯》不可能形成、发展、变异；没有听众，史诗《玛纳斯》也不可能流传至今。听众积极参与《玛纳斯》的创作，才使这部史诗进入一种连续性变化的经验视界"。① 《居素普·玛玛依评传》一书也谈到了活形态史诗演述传统的重要性："《玛纳斯》史诗无疑在柯尔克孜人们心中依然是不可替代的艺术高峰，但由于文本的出现，人们在节奏越来越快的生活中便转从聆听玛纳斯奇的演唱逐步向借助阅读去欣赏史诗的无穷魅力。史诗演唱艺人便不能像以前那样尽情发挥自己的演唱才能，在听众的热情鼓励下滔滔不绝地演唱史诗《玛纳斯》，这样无形中就使史诗演唱活动的土壤逐渐减少和退化，造就杰出史诗演唱家的可能

---

　　①　郎樱：《玛纳斯论析》，内蒙古大学出版社1991年版，第136页。

性就越来越少。"①

根据受访者龙林的阐述，我有种恍然大悟的感觉，在古歌演述中加入了"比试"的环节，有助于提高歌师的积极性。20 世纪 50 年代，学者唐春芳等人曾记载过苗族古歌演述的时节和场景。据老一辈学者在书中描述：

> "唱歌时，堂屋中摆着长形的大条桌子，桌子底下放着水缸似的大酒罐，桌子上面摆满各种杯盘和菜肴。对唱歌手分坐两边，其余的人，用苗歌来形容，则是：'八层人坐，十层人站'，主人的屋子，拥挤得水泄不通。这些群众，有些抱着学歌的目的而来，有些为了听歌手优美的歌声而来，有些为了一睹歌手的风采而来，有些是观热闹而来，总之，一个个眉飞色舞，兴高采烈。唱歌的甲方唱出一段以后，要是乙方解答不了，就要罚酒；反之，甲方答复不出乙方的歌，也要喝酒，正式唱歌之时，在场者都静静地倾听，但遇到有趣的地方，群众就发出愉快的笑声；遇到精彩的地方，群众就发出'好啊！''老实好啊！'等等赞叹声；唱到悲惨的地方，特别是唱到祖先含辛茹苦，创业艰难的地方，群众则嘘吁叹气，有的甚至吞声引泣。但遇到一方唱输了，要罚酒了，大家突然喜笑颜开，满屋'噫——噫——'地喝彩助兴起来，巨大欢乐的声浪，响彻数里之外。"②

然而，时过境迁，这样的演述场景已经一去不复返。歌师龙光学也有这种感慨，他觉得虽然现在老一辈歌师还会聚在一起唱古歌，但是受众比较少，从现今的演述中很难见到当时的那种热闹场景了，如果这次不是由于我们对古歌感兴趣的话，他们也不会自发组织起来唱古歌。现在古歌的传唱情形已经远远不同于 20 世纪 50 年代，这从四次古歌演述的田野观察中得到了印证。

---

① 阿地力·朱玛尔吐尔、托汗·依莎克：《居素普·玛玛依评传》，内蒙古大学出版社 2002 年版，第 5 页。
② 参见《民间文学资料第四集·黔东南苗族古歌（一）》，中国作家协会贵州分会筹委会编印，1958 年版。

田野访谈：苗族古歌的传唱情形（2010 年 8 月 26 日下午）

访谈者：请问你们一般在什么时候唱古歌？

张老岔：现在我们基本上都不唱古歌了，寨子里的年轻人都打工去了，懂得古歌的歌师也很少。

访谈者：以前唱古歌是怎样一种情形呢？

张老岔：那是 20 世纪七八十年代的事情了，当时我们有客来唱古歌，白天办喜事，晚上好客的主人杀猪宰鸭来招待客人，大家围着唱古歌，如果哪户人家嫁姑娘或接媳妇，唱《染布歌》《运金运银》等，这些歌的问答很多，比如，一首歌长达 120 节，有 120 个问题，我们一个晚上只能唱十几节，第二天又唱，这样要唱个三天三夜，唱到深夜两三点钟，歌师唱得累了便休息，第二天又接着演唱。这些歌，我们两对、三对地凑在一起唱，这边听那边唱，这边的主人想唱这首，一般要征求前来唱歌的客人的意见，问他们会唱哪首歌，我们商量说："你懂我也懂，大家都高兴来唱；如果你懂我不懂，你唱来我接不上。"比如你会讲犁田打谷子，我不会的话，我们就讲不到一起去了。可惜现在你们已经看不到那样的情形了。

图 3—32　受众龙厅保和刘三妹在倾听古歌的传唱

苗族古歌的演述，尽管存在着传统中的受众缺失、歌师记忆力下降等问题，但它毕竟在民间流传着。通过对文本的分析，我们发现了一些问题，而这与苗族古歌演述传统的衰微密不可分。一方面，歌师的年龄偏大，他们的记忆力渐渐衰弱；另一方面，在苗族古歌演述事件中，对古歌感兴趣的参与者越来越少，更缺乏懂得古歌传统的受众。

在这几次演述事件中，传统中的受众很少，除了学徒龙厅保、刘三妹等人外，现场基本上没有传统中的受众。在场的人对古歌演唱不怎么关注，这影响了歌师的现场发挥。第二场古歌演述在龙厅保家中进行，刘三妹作为这家的女主人，自然在现场做着准备工作，她虽然是张老革的学徒，曾与丈夫一起向这位老歌师学唱古歌，但她的兴趣明显不大。对于这一问题，她在访谈中解释说，因为古歌中唱的多是古词汇，很多村子里土生土长的人都听不大懂，何况她这个"外来人"呢。由于她不懂歌中的古词汇，所以很难产生情感共鸣。

图3—33 现场受众刘三妹游离于古歌的演述之外

正如中国社会科学院学者杨恩洪谈及"史诗《格萨尔》现象"时，对史诗艺人和受众的互动关系做出的深入探讨："史诗《格萨尔》说唱在民间经久不衰赖于两个决定性的因素，第一个是民间说唱艺人，第二个是听众（人数不定，多至数十上百，少至一二人）。史诗即在民间艺人与牧民之间，以说唱的形式，在两者感情达到互相交流、互相理解、互相默契的情况下存在。没有民间艺人的说唱就没有史诗，而民间艺人也离不开听众——人民群众。没有那真诚执着的赞叹的目光的激励，好的史诗作品是产生不了的。在调查中发现不少艺人可以在发挥自己特长的同时，充分调动听众的注意力及兴趣，当听众的情绪达到激昂状态时，艺人更加进入角色，几乎达到忘我的地步。"① 苗族古歌的演述也是如此，如果歌师在感兴趣的受众的关注和肯定下，他们很容易获得一种受重视和尊重的感觉，也许就不会出现以上发生的古歌演述不时终止的情况。然而摆在我们面前的一个现实问题是，随着时代的发展和经济建设的加快，苗族村寨里的中青年不断进入城市打工，民间文学面临着被遗忘乃至逐渐消失的严重威胁，苗族古歌就是一个明显的例子。在这几次古歌演述中，失去了表演激情和表演场域，歌师的演唱活动显得步履维艰，现今，随着传统习俗的淡化乃至消失，古歌这种记忆形式失去了民俗场域，传承呈现日趋衰微趋势。

小　结

随着对苗族古歌传承人调查的深入，我搜集到了一些有关苗族古歌传唱的第一手资料（文字、图片、录音及录像）及民间艺人自己搜集整理的苗族史诗的重要文本。依照详尽的调查提纲进行田野调查，我逐渐获得了当地古歌艺人的传统曲库，他们用本土话语对苗族古歌这一命题进行着自己的阐释。我在村子里与古歌传承人龙光学老人一家同吃、同住、同劳动，每天观察着张老革、龙光学、张老岔等歌师的生活，他们每天的劳作、生活等场景都被我如实地记录在我的田野日志中，在访谈中古歌的传承人也为我描绘了一些古歌传唱的情形。但是，我尚未看到苗族古歌的演述事件，这些资料无法在我的脑海中变成丰富的画面，所以我对这个命题充满了主观的想象，不断地思考着一些问题，如苗族古歌在民间究竟以怎样一种形式传承？在实际的演述事件中歌师是否有现场教学的情况？除了两男两女对唱的形式外，歌师是否还可以采取别的组合形式来进行传唱等？对此，我试图在田野中去寻求答案。

带着问题意识，我到双井村开展了多次田野调查，密切关注即有可能发生的演述事件。2009 年 8 月 31 日，在当地苗族的传统节日"吃新节"

① 杨恩洪：《民间诗神——格萨尔艺人研究》，中国藏学出版社 1995 年版，第 20 页。

里，我观察到了歌师们传唱古歌《瑟岗奈》的情形。2009年9月1日和9月2日，该村的歌师又一次唱起了古歌《瑟岗奈》，我观看了苗族古歌这一活形态口头传承形式的演述，并对当晚所记录的古歌《瑟岗奈》文本进行了迻录。随后，我考察了双井村的整个古歌传承圈，对传唱现场的几名古歌师也进行了民族志访谈，同时还对双井村的其他古歌师进行了访谈，了解到该村苗族古歌的传承情况，搜集到了许多重要资料。2010年8月18日至30日，我到双井村进行第四次田野调查，再次看到了苗族古歌的演述活动并搜集了有助于阐释我的研究主题的第一手资料。通过田野调查，我完整拍摄了四场古歌的演述事件，搜集了丰富的第一手田野资料，并完成了田野资料的建档工作。由于亲自观察到了传统语境中的演述事件，接触到了演述古歌的传承人，从而让我真正领悟到了古歌在民间所具有的鲜活生命力。

为了理出一个清晰的线索，我用表格对这四次演述的时间、地点、受众、演述内容等因素进行了阐释，并在协力者龙林的帮助下，完成了对这几次演述事件的文本誊写工作，制作了四个符合民俗学规范的《瑟岗奈》文本（详见附录2—5）以及四盘全程记录演述情形的DVD光碟。通过当时的细微观察，我对演述人的情形进行了详细描绘，力争为读者展现一幅幅生动的古歌传唱的画面。通过后期的访谈我发现，现场演述的歌师之间有一种师承关系。原来古歌的传承除了传统意义上的拜师学艺外，在现场演述中也是可以学习的。我通过制作的表格，把演述的段落、演述的时间和田野观察记录对应整理下来，而这可与上述DVD光碟（参见附录9）和苗族古歌《瑟岗奈》文本（参见附录2—5）进行对应检索。在我看来，以上工作，不仅可为苗族古歌的田野研究提供第一手资料，也是制作采录于古歌传唱语境中的符合民俗学规范的古歌文本的一次学理尝试。

第四章

苗族古歌传承人的传习活动素描

通过前期田野追踪与民族志访谈，我与双井村的歌师们之间建立起良好的田野关系，他们详细回答了我在访谈中提出的一系列问题，如，何时开始学习唱古歌、向谁学、会唱些什么歌以及怎样教徒弟等。我在田野中欣喜地发现在苗族民间，尤其是我所重点调查的双井村，还有这么一群古歌传承人，他们还在传唱着古歌，并自发地教学徒唱古歌，这与强烈的民族认同感和良好的文化自觉分不开，他们发自内心地热爱本民族文化，积极传授，不断创新，使民族文化得以世代传承。这些歌师可以称得上是承载着民族文化重任的"传承人"，尽管他们还没有被外界关注和重视，也没有被申报为州级或县级的非物质文化传承人，甚至在县文化馆的文档记载中，我们也没有看到有关这些双井村歌师的信息。有些文化部门工作者对"双井村有歌师"的说法提出过质疑，他们甚至认为这个村寨基本上已经没有歌师了，后来通过我的研究资料才发现，原来这些歌师都过着平凡的生活，默默无闻，坚持演唱着、传习着属于他们的文化传统，尽管他们没有受到文化部门工作者的充分关注，但是他们却为民间文化的传承贡献着自己的力量。

我走近了这些古歌传承人，通过参与观察和田野访谈，真实记录了他们的声音，描绘了他们的真实生活。我重点关注的传承人有双井村的龙光杨、张老革、潘灵芝等人，他们在自觉地传承着苗族的民间文化，在田野中我观察到了他们教唱古歌的情形，他们从长期教与唱的实践中总结出了一套规则，并用生动、形象的本土话语加以阐释和说明，例如："不输歌骨输歌花"（daot gos hsongd gos bangx）、"只教歌骨不教花"（xangs hsongd daot xangs bangx）、"你问我来我问你"（mangx sens wal laol wal sens mongx）、"让我们来寻找路数"（mees bib laol vangs gongl）、"公公和婆婆对唱古歌"（ghet khait wak khait jot ghad bongl hxak）、"唱歌押调最好听"（diot hxak niut des yox）等，这与学者的很多观念不谋而合，透过这些本土话语，我们不难总结出苗族古歌的传承规律。

在本文的第一章，我曾提及学者们的一种研究取向：长期以来，大多数学者都是采用自上而下的角度去研究古歌，他们时常忽略民间本土化的观念。可以说，学者的话语体系和民众的话语体系属于两条互不相交的平行线，他们缺少对话交流的平台，从而导致民众自己的经验、看法、见解等难以表达。我们知道，苗族古歌不仅仅是一部"作品"，更是一种活在苗族民间的特定口头叙事传统，世世代代通过歌师的传授而被赋予了鲜活的生命力。在田野调查中我们发现，大部分歌师都是年过半百的文盲，他们主要采用口传心授的方式传承古歌。在长期的教学、演述实践中，歌师用质朴无华的话语总结出了一套法则。我们应该关注到苗族民间本土的史诗观念与地方语汇，重视民间歌手的演述经验，并把它还原到本土文化的生态语境中，从而作出合乎地方文化传统的学理阐释。

第一节　双井村歌师和学徒对古歌的传承情况

苗族古歌属于口头传统范畴，在传承方式上主要依靠口头教授、师徒传承和社会传承等。从田野访谈中，我们发现双井村歌师之间存在一定的师承关系。双井村有三个苗族村民小组，分别为水井边（Eb Ment）、老上（Ned Haot）和新寨（Baot Jux），这三个组之间存在一种潜在的竞争关系，包括对古歌的传承，也是以每个组为核心来建立的独立的传承体系。不过，组内成员大多也存在一定的亲属关系，或直系，或旁系，他们对本组歌师的演述水平表示充分认可，但对本村另外几组歌师的演述技艺作评价时，均持不置可否的态度，当我们再进行追问的时候，他们才说别组不如本组歌师的演述水平高。

在农闲时，歌师张老革、龙光杨都会给前来学习古歌的本组村民进行古歌技艺传授。新寨的歌师多以拜师学艺、歌堂学歌等方式向张老革进行学习。张老革的学徒龙光学、张老岔、张老杨等人已经出师，龙厅保、龙明富、龙光林等人还处于学徒阶段，他们只能与歌师一起唱，多充当伴唱的角色，无法独立进行演唱。与之对应的是，水井边这一组的村民多向歌师龙光杨进行学习，他的学徒有万老秀、龙光勋、龙光基等人，这些学徒的演述水平和能力有差异，学艺的时间长短也有不同，他们个人所掌握的传统曲库也有一定的区别。由于现实中古歌演述场合越来越少，这些学徒很少有演唱古歌的机会，所以，大多数人都只是会跟着歌师唱古歌，他们无法独立演述一首完整的古歌，这一点与新寨的情况很相似。

在对民间文学各种文类进行研究的过程中，我们发现，无论是民间故事、神话、传说，还是歌谣，都不是普通民众所能讲述或传唱的，每一个民族中善讲能唱的人只是少数。例如柯尔克孜族《玛纳斯》的研究专家郎樱曾把玛纳斯奇分为"大玛纳斯奇"和"小玛纳斯奇"两类，这是根据歌手的先天才能、演述记忆和创造能力划分的，大部分人都只处于一般水平。对于苗族古歌的传唱尤其如此，与柯尔克孜族的这种划分方式相似，苗族民间也有把歌师分为"大歌师"（ghet xangs hxik lul）和"小歌师"（ghet xangs hxik vangt）的方式①，演述水平高的歌师被称为"大歌师"，演述水平低的歌师则被称为"小歌师"。大部分人都只是处于学徒水平，他们在实际的演述过程中无法独立完成一首歌的演述，只有在"大歌师"的带领下才会演述某首歌曲，他们充当的是受众或者说是参与者的角色。真正把苗族古歌及其所承载的传统继承和发扬下去的人，实际上大多是那些可以独立演述古歌和教授徒弟的"大歌师"。

一　水井边组（Eb Ment）情况

首先来看水井边（Eb Ment）这组的歌师和学徒的情况。水井边属于双井村1组（ib），有村民75户，320余人，全系苗族，20世纪50—80年代，这组的古歌传承人有龙和先、龙够九等人，后来这些老一辈歌师相继过世，他们的学徒龙光杨、潘灵芝、龙光基和龙光勋等人成为寨子上主要的歌师，他们的师承关系情况可以用下面的表格进行概述：

---

① 参见本人对歌师龙光学的田野访谈，针对苗族古歌的歌师分类问题，龙光学说根据歌师演述水平的高低，歌师被区分为"大歌师"和"小歌师"，这是民间本土的分类方式。详见田野访谈资料 TYFT20110217。

图4—1　村民们在双井村水井边（Eb Ment）洗菜和洗衣服等

序号	歌师	学徒	学艺方式	特征
1	龙和先（已过世）	龙光杨、潘灵芝等	拜师学艺	口传心授
2	龙和先（已过世）	龙光基	家族传承（龙和先是龙光基的父亲）	口传心授
3	龙够九（已过世）	潘灵芝、龙光勋、龙通林等	拜师学艺	口传心授
4	龙够九（已过世）	龙林	文本学习	通过自己搜集的文本进行学习
5	龙光杨	张老两、万老秀	拜师学艺	口传心授
6	潘灵芝	张老树	拜师学艺	口传心授
7	张老树	龙青发	家族传承（张老树是龙青发的母亲）	通过反复播放苗歌光碟来模仿学习
8	龙光勋	龙光银	拜师学艺	口传心授
9	龙光基	龙光明	拜师学艺	口传心授
10	张老两	龙光明	拜师学艺	口传心授
11	万老秀	龙光银	拜师学艺	口传心授

　　从上面的表格中可以看出，学徒学唱苗族古歌，不止向一位歌师学习，他们经常向多位师父进行请教，当这些学徒学成出师时，他们会将自

己所学的古歌教给新的学徒。例如，龙光基向自己的父亲学习唱古歌，学成后他又把古歌教给龙光明等学徒；龙光明除了向龙光基学习唱古歌，他还拜张老两为师。歌师选择徒弟，并没有性别的限制，访谈中潘灵芝说她教唱古歌没有"传男不传女"的观念，只要对古歌感兴趣的学徒到家里拜访学艺，歌师一般都会答应收为学徒并传授演述古歌的技艺。

其次，我们详细了解一下水井边的歌师和学徒的情况。当我问及这个寨子上唱得最好的歌师的名字时，村民们几乎异口同声说是"龙和先""龙够九"。可惜这两位歌师已经过世，唯一可以看到的资料是龙林在20世纪七八十年代曾搜集过的龙和先老人演唱的古歌文本，还有老一辈村民们的口述史。通过老一辈人的讲述，歌师龙和先老人的传艺和生活历程逐渐变得清晰起来。

龙和先是水井边一位德高望重的老歌师，当年向他学歌的人很多，双井村的大多数人都向他学过。他于1987年过世了，享年86岁。他会唱的古歌很多，寨子里的人回忆说，他可以唱至少十天十夜。施秉县文化局及州民委都有他的资料。在改革开放前的大集体生产时代，他教村民们练歌，还到州里参加过当年组织的唱苗歌比赛。龙和先教歌很有耐心，对学徒当场指点，反复帮助学徒纠正所存在的问题。在他的学徒中，有四位成为歌师。在"四清运动"和"文化大革命"期间，村里的人都不敢来学歌，歌师们大多也不敢教歌，即使这样，龙和先仍然没有停止对古歌的传授工作，他心里总是时刻记挂着古歌，他觉得古歌唱的是老祖宗传下来的

图4—2　从龙光基和潘灵芝的口述中了解歌师龙和先的情况

规矩，必须想方设法把古歌传给下一代。因此在山上劳动之余，他与一些歌师私底下进行交流，他们在心里默念着古歌的句子，在娶媳嫁女的场合，龙和先甚至偷偷唱一些古歌，寨子里的人也都认真地听着，依靠这样的集体记忆方式把古歌的精髓保存了下来。

通过对龙和先的儿子龙光基的田野访谈，我们更清楚地了解到这位已过世的歌师当年对古歌的传承情况。在我所拍摄的古歌第四场演述（2010年8月25日）中，龙光基、潘灵芝都是主要的歌师。龙光基说他30岁的时候开始向父亲学习唱古歌，当时潘灵芝对古歌也很感兴趣，便过去跟着龙光基一起学习，龙林把这些古歌用磁带都录了下来。

> 田野访谈：歌师龙和先的传承情况
>
> 访谈者：请问您父亲的歌被搜集整理过吗？
>
> 龙光基：20世纪50年代的时候，北京有同志来向我父亲搜集过古歌，我父亲传承古歌的情况在施秉县文化局和民委都有资料，不知后来是否遗失了。1989年龙林曾来搜集资料，当时是响应州文化局的号召，挖掘民族文化。1990年至1992年，县里又来人要过几次资料，来人说民族的古歌要不收集可惜了，要我们配合他们很快地把民族文化搜集起来，进行积极的抢救。州里当时也下了文件，对民族民间文化抓紧时间搜集，不然古老文化将面临失传的境遇。当时州里负责搜集资料的人找到了龙林协助。1988年至1989年，他们搜集了很多资料，交到县民委了。1953年至1955年期间，他（指龙和先）还到县里去唱过歌。前前后后有100多人向他学习过唱古歌。当时来学的大都是中年人，在实践中边唱边学。成家的人负担都比较重，很多人忙于操持家庭生活，不知不觉中把歌给丢了，所以真正可以培养成才的歌师，少之又少。
>
> 访谈者：听潘灵芝老人说，你们这里"文革"的时候不让唱古歌，是吗？
>
> 龙光基：是的，记得从1966年6月16日开始，当时的造反派组织一些人来造我们的反，他们说唱古歌的歌师们都是牛鬼蛇神，"千只脚万只脚把你们踏死，不让你们这些牛鬼蛇神出笼"，什么歌都不让唱，天天让我们埋头搞生产。当时整个寨子里暮气沉沉的，一点朝气都没有，即使有人会唱古歌，也都觉得没有用，又不敢唱，怕被批

斗，怕被造反派说成是坏人而去坐牢，每个人都谨小慎微，全寨没有歌声，哪怕是有客人来，或者哪家办喜事，都不敢唱，寨子上歌师老人家当时常感慨地说："他们不让唱，以后我就可惜了，我的歌都快忘完了。"有一些歌师，他们心里记挂着那些古歌，担心自己忘记了老祖宗传下来的古歌，于是在山上劳动之余，偷偷地进行交流，在心里默念着古歌的句子，这样才没有忘记。十一届三中全会以后，当地贯彻国家的民族政策，各民族团结一心，不干涉村民的宗教信仰，当时允许我们唱民族歌曲了。改革开放了，邓小平的政策来了，大家刚开始半信半疑，聚在一起复习古歌，后来看到政策越来越好，大家又开始唱歌，逐步兴起民族文化。老一辈人聚在一起的时候，常问对方一些忘记了的歌词，大家一起来复习，他们说："我忘记了一些老辈人教的歌，你记得吗？我有几段忘记了，你帮我讲讲好吗？"对方很高兴地答应下来，于是歌师们互相提醒着温习记忆。

访谈者：后来你们一般什么时候唱古歌呢？

龙光基：记得有一段时间，大概是 1982 年，州民委和县民委都有人专门来寨子里贯彻传达少数民族政策，党中央的民族政策受到我们的大力拥护。我们苗族和各个民族都是一家人，当时，民族政策的光辉照耀着我们的村寨，允许我们讲苗话，唱苗歌，还组织有文化的人前来教苗文，古歌逐渐兴旺起来。那个时候有十一二位歌师很厉害，但现在大都过世了，剩下的懂得古歌的人不多，真是可惜了，那些古歌被带进棺材去了啊。寨子里会古歌的人一般年纪在 70 多岁，他们经常鼓励 60 多岁的人都来学习。他们说，年轻人外出打工，我们的民族文化再不来挖掘就快消亡了。

通过受访者龙光基的口述，我们对歌师龙和先的传唱经历有了一定的了解，20 世纪五六十年代是龙和先主要的传唱时期，他怀着对保存苗族民间文化的责任感，一生致力于传承古歌的事业，他的学徒多达上百人，包括现在我们见到的龙光杨、潘灵芝等人，应该说这个村的第一、二组的歌师主要受到龙和先的影响。在"文革"期间，古歌的演唱受到禁止，当地的歌师不得不停止古歌的传唱。由于苗族古歌与村民们的生活、生产息息相关，所以正如龙光基所表述的，当时整个寨子上的空气很沉闷，歌师们不敢当众唱古歌了，然而这只是表面现象，歌师们在心头仍然记着古歌的歌词，他们在生产、劳动的间隙，依然偷偷地进行着古歌的传唱活动。由此可见，歌师对古歌发自内心的热爱，这为古歌的传承提供了源源不断的动力。改革开放后，村民们才重新学唱古歌，并在村子里掀起一股学歌热潮，谁家有娶媳妇、嫁姑娘等喜事，寨上的人都去陪客，这个时候歌师便发挥了积极作用，他们一边喝着苗家米酒，一边唱起苗族古歌，从而将整个寨子带回到传统的歌场。

在对水井边这组歌师的访谈中，我问道："如果不考虑已过世的歌师，现在哪位歌师的演述水平最高？"村民们有的说是"龙光基"，有的说是"潘灵芝"，但最多的答案为"龙光杨"。协力者龙林为我详细介绍了歌师龙光杨的情况，龙林认为龙光杨这位歌师的演述水平很高，尽管寨子里的年轻人都外出打工了，他还坚持教五六十岁的村民唱古歌。龙林对龙光杨的品质予以了高度肯定："这位老人的记性很好，过去向老人家学，他的歌是最古老的，歌花也是最好的。他有一肚子的古歌，他担心自己去世了歌埋在地下可惜了，所以他让寨子里的年轻人赶紧来学歌。"

在歌师龙光杨的倡导下，该组村民在农闲时经常自发地聚在他家学唱古歌，龙光杨很认真地教唱。我正好赶上一次他教学徒唱古歌的活动，并对此次教唱过程做了认真的田野观察和记录。

姓名	龙光杨	性别	男	
民族	苗族	出生时间	1936 年 8 月	
专长	演唱古歌	文化程度	文盲	
语言能力	苗语	职业	农民	
住址	双井镇双井村一组	受访日期	2011 年 2 月 21 日	龙光杨在教唱古歌《瑟岗奈》的情形
家庭情况	龙光杨有两个孩子，长子龙友生，40 岁。大儿媳张实妹，台江县巴拉河村人。次子龙老二，36 岁，在外打工，未婚，他会唱一些歌，春节回家来跟着龙光杨学唱过一小部分，但还是不能独立演唱。			
师承关系	龙光杨曾向老歌师龙和先学唱古歌，他学成后，不断提高演述技艺，他培养了本组的几位歌师，直到现在他都还在教古歌。			
传统曲库	《迁徙歌（瑟岗奈）》《你欧福》《仰欧瑟》《运金运银》《铸造日月》《百酒别》《榜香由》《犁东耙西》《四季歌》《开天辟地》《洪水滔天》和《枫木歌》等。			

在歌师龙光杨教唱的时候，我对在场的学徒逐一进行了田野访谈，记录了现场学徒们的基本情况。

在对歌师龙光杨进行田野访谈后，我对水井边的女歌师张老两、潘灵芝和万老秀等人进行了田野访谈，关注了她们的学艺经历、个人传统曲库等情况。古歌的传承并没有男女性别方面的限制，在水井边这组，除了龙光杨、龙光勋等男性古歌传承人以外，张老两、万老秀和潘灵芝等人同样是歌师龙和先的学徒，她们是这个寨子可以达到"歌师"标准的女性传承人。

下面是歌师张老两的基本情况：

姓名	张老两（苗名务两）	性别	女	
民族	苗族	出生时间	1937 年	
专长	演唱古歌	文化程度	自学	
语言能力	苗语	职业	农民	
住址	双井镇双井村一组	受访日期	2011 年 2 月 18 日	2011 年春节歌师张老两 在家门前拍照
家庭情况	张老两有 5 个儿子。长子龙九耶，48 岁，初中文化，在外务工，不会唱歌，儿媳会唱歌。次子龙明才，47 岁，初中文化，在家务农，不会唱歌。三子龙明付，45 岁，初中文化，外出务工，不会唱歌，儿媳龙跃花会唱歌，刺绣能手。四子龙明荣，42 岁，初中文化，外出务工。五子龙明彬，35 岁，初中文化，外出务工。丈夫龙东富，77 岁，曾经任过民办教师。			
师承关系	张老两从小向母亲学习唱古歌，出嫁后又向龙和先学习唱古歌。			
传统曲库	《迁徙歌（瑟岗奈）》《你欧福》《仰欧瑟》《运金运银》《铸造日月》《百酒别》《榜香由》《犁东耙西》《洪水滔天》 等。			

在访谈中，受访者张老两详细谈起了自己的学艺经历，她从 15 岁时开始跟母亲学习唱古歌，她的母亲是当地一位有名的歌师，当时她学会了 10 多首古歌，如《瑟岗奈》《运金运银》《开天辟地》等。张老两嫁到双井村后，听说寨子上的龙和先唱得好，便特意跑去向这

位歌师进行请教，继续学习唱古歌。她回忆说，在 20 世纪五六十年代，她因古歌唱得好而远近闻名，甚至可以说只要她到过的地方都知道她的名气，后来在这个寨子上，无论哪家有婚丧嫁娶活动都会邀请她去唱古歌。

现今，张老两对现状很满意，她说自己在家早起晚归，养殖生猪至少 6 头以上，年收入达到 1 万元有余。平时在打猪草、喂猪和做家务活的时候，她常以唱古歌消遣，自娱自乐。她心态很好，身体健康，至今没有生病，不打针不吃药。在访谈中她告诉我们她有一种"特异功能"，就是喂猪时以唱古歌召唤猪群来吃食，别人唱没有用，只有她唱才灵验。村子里的人都说她的歌声有魔力，能让人和动物听了动情。尽管她年纪偏大，但她依旧热心，村子里的大事小事都参加，在每次演述中她都扮演"主唱"的角色，深受前来听古歌的亲朋好友们的欢迎。

图 4—3　张老两（左）教儿媳妇在苗衣上绣花

在访谈中，张老两饱含深情地讲述了自己学唱古歌的经历，她的歌都是从母亲那里学来的，她很想传授给自己的孩子，可惜孩子们都离家在外，一直未能如愿。她现在最大的愿望是把古歌传授给寨子里的人，但近年来由于外出务工人员多，没有年轻人来学习，她空有绝技却无人传授，又不能记载下来，这也是她最关心和心急的事情，在访谈中她谈到这一点的时候忍不住落泪。

图4—4　张老两（中）在家中接受田野访谈

　　歌师万老秀的学艺历程与张老两相似，她也是台江县人，同样是出嫁前向自己的母亲学唱古歌，后来她嫁到双井村以后，又开始向村子里的歌师龙和先、龙光杨等人学唱古歌。这些相似的经历使她和张老两成了无话不谈的好朋友，加上她们两家的房屋距离较近，从年轻时开始，她们一直保持着很好的关系，情同姐妹，遇到哪家办喜事，她们总是一起结伴到这家去庆贺，并在歌堂上合作唱古歌。

姓名	万老秀	性别	女	
民族	苗族	出生时间	1940 年 9 月	
专长	演唱古歌	文化程度	自学	
语言能力	苗语	职业	农民	
住址	双井镇双井村一组	受访日期	2011 年 2 月 16 日	歌师万老秀在自己家大门口
家庭情况	万老秀有 3 个孩子。女儿龙和妹，44 岁；儿子龙银发，43 岁，不会唱古歌；儿子龙青发，41 岁，初中文化，在外打工，会唱一点古歌，他是跟着苗语歌碟自学，边放边学。			
师承关系	万老秀从小向自己的母亲学习唱古歌，后来嫁到双井村，向歌师龙和先、龙光杨学习唱古歌。			
传统曲库	《迁徙歌（瑟岗奈）》《你欧福》《仰欧瑟》《运金运银》《铸造日月》《百酒别》《榜香由》《犁东耙西》《四季歌》等。			

万老秀向我们介绍了她的学艺和传唱古歌的经历。她天资聪慧，9 岁时开始向母亲学歌，学得很快，14 岁便已经会唱很多古歌了。由于当时万老秀家里困难，她时常穿着姐姐、哥哥的旧衣服，很不合身，年幼的她感到很自卑，所以，她经常躲在家里听母亲唱歌，但她自己从来不敢外出唱歌。1962 年，22 岁的万老秀从台江县施洞镇堆窝寨嫁到了双井村，随着生活条件的改善，她穿上了漂亮的苗装，还有不少银饰和刺绣装饰品，万老秀的性格逐渐变得开朗起来，经常参加寨子里各种唱歌活动，不断提高自己的古歌演述水平，她在农闲时向寨子里的歌师龙和先学歌，这位歌师过世以后，她又向歌师龙光杨学唱古歌。经过长时间的潜心学艺，万老秀的演唱功底逐步夯实，她记忆犹新的一次经历是寨子里有人家办喜事，她被邀请去陪台江来的客人唱歌，她唱的古歌《运金运银》得到在座听众的一致认可。当时歌堂里到处都挤满了人，听众里一层外一层地围着听，大家纷纷为她喝彩。万老秀每次谈到这件事时，脸上总洋溢着灿烂的笑容，仿佛又回到了当年那个辉煌的时刻。

访谈者：请问您还记得当初唱古歌的经历吗？

万老秀：十年前，我教的学徒有很多，后来逐渐变少了，尤其是年轻人喜欢学歌的少了。记得 2005 年和 2008 年，我们过七月半吃新节，这里还举行了歌会，只要会唱歌的人都可以参加，台江县长滩、来少、旧州、巴更和本镇的河边苗族歌师都来参加了，我们可以通宵唱一个晚上。如在赛场上没有唱完，还可以到家里继续唱。一般每次对最优秀歌师团队奖励的资金为 1000 元左右，还送洗脸的毛巾等作纪念。

记得"文化大革命"的时候，龙塘和铜古的村民把唱古歌看得很重要，那时家家户户都困难，没有饭吃，只有煮苞谷吃，他们省吃俭用也会买几只鸡、几只鹅送给歌师们，这在当时是最珍贵的礼物了。然而"文革"时歌被批斗为"牛鬼蛇神"，我龙光祥、龙老八、合保九等十多个歌师曾被挂牌游街，当时是姊妹节，他们特意过来与我们过节，那时过节唱歌，我们被迫扛着煮饭的甑子、锅等一起游街。尽管被控制，我们被抓了却一直在秘密地学唱，到后来政策慢慢地放宽，也没有太禁止唱歌。

我认为名气很大的歌师有龙光祥老人，现已去世。那时他的名声很好，无论他到哪个地方，都受到当地人的热情接待。好的歌师都讲歌德，即使对方唱错了，也不能随便唱骂对方，只能谦虚地、婉转地指出别人唱错了。因为大家友谊长久，以后还可能又在一起对歌，不能伤了和气。

图4—5　对苗族古歌传承人万老秀（中）的田野访谈

访谈者：你当时为什么要学唱古歌呢？

万老秀：20多岁的时候，我很喜欢出去游玩，也很乐意去唱歌、学歌，那时只要遇见强过自己的高手，心里就很不舒服，很想超过他们。回来后就学，学会后又去找他们对歌。那时唱的是《瑟岗奈》，我曾经在台江县与别人对唱，唱输后，我回来向别的歌师重新学习，后来又找到对方，把对方唱败后才松口气，直到后来对方没有人来找我唱，自此远近知晓，一传十，十传百，百传千，无意中我就出名了。那时我26岁，与寨子里的人一起去玩的话，我们五六个人出去，须有人会唱歌才觉得有面子。

在访谈中，万老秀回忆了其人生经历中印象最深的一件事。1963年3月，在当地过"姊妹节"的那一天，双井村当时还被称为凉伞村，村里的寨老要组织20多人去施洞镇某村参加对歌，万老秀有幸被选中。这些歌师早上出发，徒步走到施洞镇唐龙村的时候，已是夕阳西下，全寨的男女老少都站在村口，热情地迎接他们，这让万老秀一行很感动，由此可见，当时的村民们对歌师是发自肺腑的敬重。当时物资紧缺，粮食生产供不应求，但这个村还是准备了丰盛的晚饭来招待他们，以表欢迎。这让歌师们更加感慨，他们觉得作为歌师可以享受如此高的礼遇，内心感到很骄傲。他们刚落座，对方寨子上的歌师便开始来敬酒。万老秀回忆说，当时对方寨子有80多户人家，30多位会唱古歌的歌师都出来"迎战"，但他们最终败下阵来，最后以万老秀一行的胜利而结束。这样一来，双井村歌师的名声越来越大，后来，村子里的歌师结伴出行，无论去哪里唱歌，对方寨子里的歌师都知道对手厉害，往往不敢掉以轻心，一般都要请本寨最好的歌师来对唱，这样双方都感到兴致很高，歌师们也觉得越唱越想唱，一般都要唱个三天三夜，看到受众们在一旁听得津津有味，歌师们恨不得把所有的歌都唱出来，有时还临时创编一些新的歌词。然而，现在的演述环境已经发生了很大变化，万老秀说，如今歌师已经很少唱古歌了，老一辈的歌师已经过世，现在的歌师很少有演述的场合，记忆力也在慢慢衰退，有时顶多只能唱一个晚上，加之听众也不怎么感兴趣，所以演述的时间也变得越来越短了。

二　新寨组（Baot Jux）情况

我对新寨（Baot Jux）这组歌师的情况进行了调查，新寨属于双井村4组（dlaob）和5组（seib），这也是我主要的田野观察地点。2009年8月31日、2009年9月1日和2010年8月25日，我拍摄几次古歌《瑟岗奈》的演述事件时，地点就在这组的村民龙光学、龙厅保的家中。

图4—6　双井村新寨组的远景图

通过下面这个表格，让我们来了解一下新寨这组歌师的师承关系：

序号	歌师	学徒	学艺方式	特征
1	龙通泉（已过世）	龙明清	家族传承（龙明清是龙通泉的侄子）	通过记录下来的文本来自学的方式
2	张老革	龙厅保、龙光学、龙明富、刘三妹	拜师学艺	口传心授
3	龙光祥	龙光学	家族传承（龙光祥是龙光学的哥哥）	口传心授
4	张老岔	龙光学	拜师学艺	口传心授
5	龙光祥	刘光二	拜师学艺	口传心授
6	龙光祥	张老杨	拜师学艺	口传心授
7	龙光祥	龙光林	拜师学艺	口传心授
8	龙光祥	龙明清	拜师学艺	通过反复播放苗歌光碟来自学
9	龙光学	龙明富	拜师学艺	口传心授

从上面的表格中，我们发现双井村新寨组的关键人物是歌师张老革，她起着穿针引线的作用。2009 年 8 月 31 日和 2009 年 9 月 1 日，在我拍摄的古歌《瑟岗奈》演述中，张老革是主唱。当时，在演唱的间歇，她不断地对龙光学等人进行指点。通过对这位歌师的重点追踪，我对张老革所在的新寨这个组的传承情况进行了田野访谈，并理出一条清晰的线索。

我对歌师张老革进行了田野访谈，通过她的口述，我对整个双井村的古歌传承情况有了更深入的了解，同时也被这位高龄古歌传承人的经历所打动。82 岁的歌师张老革脸上布满了岁月留下的斑斑皱纹。她不会说汉语，但只要一唱起苗族古歌，她就精神倍增，甚至可以唱几天几夜。这位出生在苗疆腹地台江县的歌师张老革，从小跟着父母亲干农活，日出而作，日落而息，辛苦地在田野里、崇山峻岭中进行着耕种、砍柴、牧牛等活儿，还曾为了生计在乡村街市上贩卖手工艺品。在日常的乡村生活中，她跟着长辈和乡村里的歌师学唱古歌，经过三年耳濡目染的学习和演唱，她成了一名精通古歌演述的歌师。

4—7　在龙林的协助下对歌师张老革（中）的田野访谈

在该谈中，张老革动情地告诉我们：不到 20 岁，她就嫁到施秉县的双井村，在双井村的生产生活中，无论是下地干农活、走街串亲戚还是在厨房做饭，她都经常唱古歌。她自幼学习唱古歌，拜访了多位歌师，16 岁的时候便已经出师。她说自己学的第一首是关于天干地旱、祈求神仙降雨的古歌。当时，寨子里的村民都很喜欢唱古歌，男男女女经常集中训练和参加比赛，共同讨论，共同商量，研究评比谁唱得最好。"说者记不全，唱在心里头。"张老革老人不仅对有 124 个音节的古歌传唱极其热爱，更重要的是，她知道了作为世界上最苦难民族之一的苗族，通过《瑟岗奈》《运金运银》《榜香由》等古歌的传唱，记录了苗族人民的生活、生存、斗争和奋斗的历史。

张老革会唱的古歌很多，当我问起有多少篇目时，她感到很为难，没有上过学的她不知该如何回答我的问题。她的学徒龙厅保打了个比方说："很多，她要连续地唱下去，唱完至少需要 800 个小时。"这是个概数，言其篇目之多，她没有文化，学唱古歌完全靠口传心授，她说自己已经把古歌全部记在心里了。她现在年事已高，对于不经常唱的古歌，好多段节她已经记不太清楚，但只要是平时常唱的古歌，她还记忆犹新。她爱好传授古歌，希望自己的孩子们来学唱古歌，但是这个愿望落空了，她又热心地教左邻右舍的村民们学唱古歌。我们看到她很认真地教古歌，直到学徒学会为止。在传授古歌的时候，她先唱一段，徒弟随后跟着唱一段，她就在一边细心地听，发现哪里唱错了，马上纠正，并示范如何才能唱得好听，如何才能好记好唱。总之，她一夜一夜教，一次一次听，不断地纠正，直到教会学徒为止。

图4－8　张老革（右）协助我和龙林进行古歌《瑟岗奈》文本誊写

　　现在，每逢农闲时，尤其是春节期间，村子里五六十岁的老年人总会聚在一起，他们隔三岔五地都到张老革家学唱古歌，最多时可达10余人。村委会副主任龙厅保就是学唱者之一，他说："我们要把古歌传承下去就得跟老辈学习。一年学不会，两年，两年不会，就学习三年。"张老革很赞同他的话，她说："只要有一口气，我就毫不保留地将古歌传唱教下去。"她这种良好的师德深得全村男女老少的尊敬和爱戴。目前，张老革的学徒有16人，男女都有，且部分学徒也可以独当一面，独自演述古歌，还有部分学徒出师后又收有新的学徒。我对学徒的学艺情况进行了田野调查，问到龙厅保的演述水平时，他回答说："我现在自己一个人还唱不了。我记不住每一节，但人家一唱我就知道。如果歌师带着我一起唱，我可以唱下去。"

　　龙光林[1]、龙明富[2]和龙明水[3]都是张老革的学徒，他们的学艺方式、演述水平等方面基本上与龙厅保的情况一致。

---

　　① 龙光林：男，苗族，55岁，小学文化，他的五个孩子（1男4女）都在打工，全都不会唱古歌。

　　② 龙明富：男，苗族，58岁，小学文化，他有三个儿子，都在外打工，不会唱古歌。

　　③ 龙明水：男，苗族，40岁，小学文化，当过3年村干部，在家务农，有三个儿子，都不会唱古歌。

图4—9　张老革在教刘三妹唱古歌的现场

张老革从20多岁便开始唱古歌，她走过的地方很多，有台江县的偏寨、方寨、旧州、巴拉河、老屯、老县、施洞等30多个村寨，还有镇远县的小溪、永溪等10个村寨，施秉县的巴团、龙塘、铜古、把琴、平寨和寨丹等村寨，以上这些地方，她都去唱过古歌。据不完全统计，她每年到各个村寨唱歌的次数最少3次，每年至少唱歌90场。她对古歌有着浓厚的兴趣，她的学徒不仅有双井的村民龙光学、龙佳强、龙勾上、龙光辉等，也有来自台江施洞的学徒张老勾、刘英安、张左红等，详见下表：

表4—1　苗族古歌传承人张老革的学徒

序号	姓名	性别	年龄	籍贯	文化程度	职业
1	龙光学	男	63 岁	双井	小学	务农
2	龙佳强	男	75 岁	双井	小学	务农
3	龙勾上	男	75 岁	双井	小学	务农
4	龙光辉	男	62 岁	双井	小学	务农
5	龙光前	男	65 岁	双井	小学	务农
6	张老先	女	46 岁	鲤鱼塘	小学	打工
7	张老勾	女	42 岁	施洞	小学	打工
8	张先	女	38 岁	鲤鱼塘	小学	打工
9	张老两	女	36 岁	坝坝寨	小学	务农

续表

序号	姓名	性别	年龄	籍贯	文化程度	职业
10	龙苟嫫	女	51 岁	双井	小学	务农
11	龙英	女	45 岁	长滩	小学	务农
12	龙妹	女	45 岁	坝坝寨	小学	务农
13	张老好	女	37 岁	把琴	小学	打工
14	刘英安	女	36 岁	施洞	小学	打工
15	张左红	女	45 岁	施洞	小学	务农
16	张涛	女	38 岁	施洞	小学	务农
17	张务新	女	41 岁	马号	小学	务农
18	龙务略	女	78 岁	台江	小学	务农
19	张红英	女	51 岁	铜古	小学	务农

三　老上组 (Ned Haot) 情况

在对以上两组歌师进行田野访谈后，作为参照，我对老上（Ned Haot）这组的歌师也进行了田野访谈，老上组属于双井村 2 组（Zux）和 3组（Bib），这一组的地理位置处于新寨和水井边的中间，但是，我们发

图 4—10　双井村老上组（Ned Haot）的地理位置

现相对于新寨和水井边的歌师而言，这一组真正称得上"歌师"的人数
比较少，不算已过世的歌师，现在只有屈指可数的 3 名歌师，他们也很少
参加附近两组的演述活动，现实生活中他们缺少唱古歌的机会，所以这几
名歌师显得默默无闻，寨子里的人很少知道他们会唱古歌。在田野调查
中，我是在老支书龙光乾的介绍和陪同下，才有机会对他们进行田野访
谈，了解到他们的基本情况。

在协力者龙光乾的陪同下，我拜访了这组的歌师龙通祥、龙光捌、龙
光亮等人，对他们的师承关系等情况进行了详细记录：

序号	歌师	学徒	学艺方式	特征
1	龙通福 （已过世）	龙和岩、龙和泉	拜师学艺	口传心授
2	龙和岩	龙通祥	家族传承（龙和岩是龙通祥的父亲）	口传心授
3	龙通祥	龙光捌、龙光亮	拜师学艺	口传心授
4	龙光捌	龙光亮	拜师学艺	口传心授
5	龙光捌	龙海	拜师学艺	口传心授
6	龙光亮	龙光泉	拜师学艺	口传心授
7	龙通先	龙光飞	拜师学艺	口传心授

龙通祥是这组中很有代表性的一位歌师，通过对他的田野访谈，我们
得知：龙通祥从小向自己的父亲龙和岩学唱古歌，他的学艺方式属于家族
传承。龙通祥回忆说，父亲龙和岩是寨子上一位德高望重的歌师，在 20
世纪五六十年代，他经常跟着父亲去施秉县、黄平县和台江县等村寨串亲
戚，在酒席上，他看到父亲因唱古歌而受到村民们的夸赞，感到很自豪。
他的聪慧好学，加上家庭环境，耳濡目染间，他很快就学会了唱古歌。后
来，他经常在逢年过节时陪客、唱古歌，父亲过世后，他下定决心要像父
亲一样传承古歌，他说："只要寨子里有人肯学，我愿意把自己所懂得的
古歌全部传教给他们。"在龙通祥的培养下，本组的龙光捌、龙光亮等人
已经学成出师，他们已能够独立带学徒。

姓名	龙通祥	性别	男
民族	苗族	出生时间	1936 年 8 月
专长	演唱古歌	文化程度	自学
语言能力	苗语、汉语	职业	农民
住址	双井镇双井村二组	受访日期	2011 年 2 月 18 日
家庭情况	龙通祥家有三个儿子、两个女儿，均已成家立业，但他的孩子们都不会唱古歌。他的老伴儿是从台江县嫁过来的，他们老两口经常交流如何唱古歌。		
师承关系	龙通祥从小向自己的父亲龙和岩学习唱古歌，他学会后，经常在逢年过节时陪客、唱古歌。后来，他将古歌演述技能教给了本组的龙光捌、龙光亮。		
传统曲库	《迁徙歌（瑟岗奈）》《运金运银》《做酒歌》《犁东耙西》《十二个蛋》《造纸歌》《开天辟地》《起房造屋歌》等。		

歌师龙通祥在家门口等候我们

图 4—11　对苗族古歌传承人龙通祥（中）的田野访谈

　　龙通祥的学徒龙光捌（苗名龙够八）是我主要关注的歌师，他从1966 年开始向本寨歌师龙够九学唱古歌，后来又向别的歌师学习，那时龙光捌一边学唱古歌、酒歌，一边不断练习，他说自己"当年越学越想学，越唱越受人欢迎，越受人喜欢就越想唱好，最终唱成了远近闻名的歌师"。他说："我当时因为歌唱得生动、唱得嘹亮，深受好多姑娘的喜欢，还常被人追求，也因歌而出名，当时有 20 多家上门提亲，我最终娶了同样会唱古歌的女孩，也就是现在的爱人。当时我的爱人也会唱歌，唱得好，我们两人唱得合心而有感情。年轻的时候，每年都在游方坡、游方场上，一边是男人，一边是女子，年轻人对年轻人，老人对老人，三三两两地进行对唱，哪边唱输就向赢方认输，表示此次愿意服输，等以后再来比赛。"想起当年，龙光捌和村子里的同龄人都很喜欢学唱古歌，即便是在寒冷的夜晚，大家都会每人捎带一块木柴到歌师家集中学习，他们兴致勃勃，不知疲倦，以至于通宵达旦地唱，越学兴趣越浓。

在田野访谈中，龙光捌回答了苗族古歌传唱时的禁忌问题，他认为，古歌中除了《央襄》（苗语，即《洪水滔天》）一首外，其余的古歌他都会唱，如《犁东耙西》《运金运银》《铸日造月》等。因为当地人认为《洪水滔天》是关于祖先遇到灾难的歌，一般的场合歌师们都不唱，所以龙光捌说他也没有这样的机会来学唱这首歌。

姓名	龙光捌（苗名龙够八）	性别	男	 歌师龙光捌谈起个人生活经历
民族	苗族	出生时间	1945 年 8 月	
专长	演唱古歌	文化程度	小学	
语言能力	苗语、汉语	职业	农民	
住址	双井镇双井村三组	受访日期	2011 年 2 月 18 日	
家庭情况	家有两个儿子，长子龙明荣，1969 年出生，高中文化，不会唱古歌，毕业后外出务工。次子龙明东，1971 年出生，高小文化，毕业后外出务工，不会唱古歌。			
师承关系	1966 年开始向本寨歌师龙够九学唱古歌，后来又向其他师父学习，当时一边学唱古歌、酒歌，一边在实践中练习，他学成后，经常在日常生活中演唱苗族古歌，技艺提高很快，受到很多人的赞赏，后来他的演述水平比自己的师父还高。因为他歌唱得生动、唱得嘹亮，有很多家上门提亲，他最终选择了同样会唱古歌的女孩，也就是现在的老伴儿，两人因为演唱苗族古歌而有感情并结合，在生活中互相学习和提高。			
传统曲库	《迁徙歌（瑟岗奈）》《运金运银》《做酒歌》《犁东耙西》《十二个蛋》《开天辟地》《起房造屋歌》等。			

图4—12 对苗族古歌传承人龙光捌（左一）的田野访谈

龙光捌还介绍了和他一起学艺的龙光亮一些情况，我也对龙光亮进行了田野访谈，对他的学艺经历有了一定的了解。

田野访谈：歌师龙光亮的学艺经历

访谈者：请问您从什么时候开始学唱古歌？

龙光亮：我是1939年7月出生的，我从17岁开始跟着父亲学唱古歌，那时在村寨的婚丧嫁娶及走客串亲戚的活动中，我都要到现场唱歌，有时我们连续唱两天两夜还不休息。在50多年的生产劳动和生活中，我喜欢唱《仰欧瑟》《瑟岗奈》《运金运银》《榜香由》等，一个晚上唱10节，"歌花"一半，"歌骨"一半。歌师在教歌时，一般先教"歌骨"，再教"歌花"。歌师教唱"歌花"一般花的时间较多，"歌骨"的内容十分重要，一般是历史的记载，不可随意改动。

访谈者：你感觉最难忘的关于古歌演述的经历是什么？

龙光亮：十年"文革"中，我受到了不公正的待遇，造反派说我传唱古歌是修正主义和资产阶级的东西，那时县里和乡里均有工作队时常来我们生产队进行调查，他们批评说我唱古歌就是牛鬼蛇神，只有进行生产劳动才是正道。那时，受环境的影响，没有人敢唱古歌，大家都觉得生活没有半点乐趣。1962年，生活条件开始好转了一些，一直到1965年，正月、二月农闲的时候，村子里的人没有活路做，也不搞生产了，他们便三三两两结队过来学习（唱古歌）。到了三月份开始春耕、播种，大家忙于农活也就不怎么过来学了，四月份的时候大多数人开始自己复习（唱古歌），一直到次年农闲的时候再来学习，不断巩固提高。

1978 年十一届三中全会后，随着党的各项政策的落实，特别是改革开放不断地深入，民族政策、宗教政策的落实，县文化馆和乡、村的负责人来到我家，讲解各项政策，希望我重新振作起来。之后，我把唱古歌和教古歌重新捡起来。我的父亲是一名歌师，在他 86 岁时离开了我们。而他传唱的歌曲，我作为直接传唱者，必须要传唱、教唱下去。至今，在农闲时的腊月季节里，我都要教那些外出打工回家的年轻人唱古歌，我的学徒还有寨子上 50 岁左右的人。同时，我还要求自己唯一的儿子学唱古歌。我的儿子至今没有成家，他在外省打工挣钱，但他回来后，我给他做工作，要求他学唱古歌，希望他把我们本民族优秀的历史文化艺术传承下去。

通过对以上三组歌师的田野访谈，我们从整体上梳理了水井边（Eb Ment）、新寨（Baot Jux）、老上（Ned Haot）几组歌师的师承关系。首先分析水井边这组，已过世的歌师龙和先、龙够九是寨子上最主要的两位传承人，20 世纪七八十年代，他们把古歌教给了学徒，他们的学徒现均是六七十岁的老人了，这些学徒又带了新的学徒，这样一代代地把古歌传承下来。让我们仔细分析一下这组歌师的主要传承路线：龙和先的学徒有龙光基、龙光杨、潘灵芝等人，其传承模式主要是家族传承（例如龙和先是龙光基的父亲）和拜师学艺。龙够九的学徒有潘灵芝、龙光勋、龙通林等，龙林也曾向这位歌师进行学习，他是通过自己搜集整理的文本来学习。龙光杨又把自己学会的古歌教给了张老两、万老秀等人。潘灵芝的学徒是张老树，张老树的学徒是龙青发，这是家族传承的方式，因为张老树是龙青发的母亲。龙青发除了向歌师张老树学习以外，还充分利用了苗语歌碟这一形式，他在双井镇集市上购买了不少苗语歌碟，一边播放一边自学。龙光勋的学徒是龙光银，龙光银也是张老两的学徒；龙光基的学徒是龙光明，龙光明又是张老两的学徒。其次，我们再来分析新寨这组的古歌传习情况，这一组的传承人主要有张老革、龙光祥两位歌师。张老革的学徒有龙厅保、龙光学、龙明富、刘三妹等；已故歌师龙光祥的学徒有龙光学、刘光二、张老杨、龙明清等人，他们主要是以拜师学艺的方式来传承古歌，这些学徒学成后，又开始了新的传承，如龙光学师承于歌师张老革、龙光祥，他学成后又收了新的学徒龙明富，这些歌师在实际演唱活动中都不断对学徒进行指导。最后，老上（ned haot）这组的古歌传承人主要有龙通福、龙和岩、龙通祥等，已过世的老一辈传承人龙通福教会了龙和岩、龙和泉等人唱古歌，龙和岩还把自己的儿子龙通祥培养成了一名歌师。现在，龙通祥培养的学徒有龙光捌、龙光亮等人，这些学徒学成后同样在进行着新的传承。

第二节　新寨与水井边歌师对古歌的传习活动之比照

经过前期的田野调查后，我列出了双井村范围内歌师名录，并对歌师逐一进行田野访谈。在我对歌师张老革进行田野访谈的过程中，当我问起寨子里现在是否还有人教唱古歌的时候，歌师龙光林很肯定地告诉我，这个寨子上的古歌还在传唱着，现在，新寨这组有龙厅保、刘三妹等人经常会自发地聚在张老革家学唱古歌。在我对水井边这组歌师进行田野访谈时，歌师龙光杨、潘灵芝等人也在教本村的学徒唱古歌。听到这些信消息时，我很欣慰地看到古歌至今仍在小范围流传着，尽管大的趋势已经衰微了。从老一辈学者所记录的资料中我们得知，苗族古歌曾经是村民农闲娱乐的方式，也是当地苗族民众传递感情、交流思想、表达情意的方式，但随着时代的发展，苗族古歌等民间文学已经逐步走向衰微。如今，我们看到一个特例，在双井村这个范围内，民间仍有古歌传习活动，最为重要的是村民们发自内心的自觉学习，并非外界干预或刻意组织人来学唱古歌。所以，我要认真做好观察和记录工作。

从第一节的内容中，我们已知新寨和水井边分属双井村的两个村民小组，歌师张老革、潘灵芝等人的学艺经历、传统曲库等都不一样，他们教唱古歌的方式、内容等方面也存在一定的差异。下文主要对他们的传习活动进行比较：

一　歌师传习活动的缘起不同

在我的田野调查中，受访者龙厅保、潘灵芝告诉我，新寨的学徒来向张老革学歌，是因为他们即将去拜访别的村寨的亲戚朋友，他们担心某个村子的歌师会来发起对歌挑战，如果他们答不上的话会被对方歌师罚酒，所以这是他们走亲戚前的一次集体"补习"，这算是一个偶发事件。与之不同的是，水井边的学徒是一次常规性的学习，他们对古歌很感兴趣，所以自发来向歌师龙光杨学习唱古歌。

我们观察到第一次传习活动纯属偶然。2011 年 2 月 20 日，张老秀远在平寨的亲戚家办喜事，她已经约好了寨子上的龙通莲、杨老炮、龙英、龙妹一起走亲戚。上午 10 点多，她们梳洗打扮一番后，穿上蓝布绣花的苗族服饰，拎着精心准备的礼物准备出发，听说平寨的歌师这次要来陪客唱歌，为了在比试中不输给对方，所以张老秀一行人决定赶紧"补课"，清早起来，张老秀就与歌师张老革约好了学习时间，张老秀说："这次去走客，听说平寨歌师很厉害，他们会唱很多古歌，如果我们不会的话，在歌堂上会感觉很不好意思，所以请您再教我们一次。"张老革一口答应下来。可以说，这次活动的起因是学徒集中学习巩固古歌演述技能，以应对平寨古歌师可能发起的挑战。

图 4—13　张老革教唱古歌《瑟岗奈》的情形

（后排从左到右依次为张老秀、龙友生、龙通莲、龙厅保、杨老炮、吴老晓、龙光会、龙英、吴老英、龙妹，前排从左到右依次为张老革、张老积、龙老王）

　　这次集中学习的时间是二月份，正好赶上春节前的农闲时间，所以，寨子里的龙友生、龙老王等人也过来凑热闹，他们特意选择在张老革家屋后的院子进行学习。这时天气还有些寒冷，在院子里，一阵冷风吹来，让我们打了个寒战，但这并未影响到学徒们的学习热情，他们很认真地听歌师张老革教唱古歌《瑟岗奈》。也许是因为我们在旁边拍摄的缘故，现场学唱的学徒总是不时地对着镜头偷笑，当他们中有学徒出现忘词的情况时，旁边的学徒会马上提醒，同时示意我们先不要拍摄，他们希望我们拍下来的是自己表现最好的形象。这些学徒唱完后，他们纷纷走过来，从摄像机里寻找自己的影像，当我们播放张老革教唱古歌视频的时候，他们不时发出赞许的声音，一致认为这位歌师唱得最好。

　　对这次古歌传习活动进行拍摄后，我离开了新寨，徒步到村子下的水井边寻访苗族歌师，在龙林的协助下，我对潘灵芝、龙光勋、龙光基等人进行了田野访谈。我对他们谈起了在新寨所看到的古歌传习活动，并询问水井这组的传习情况，协力者龙林告诉我，寨子上的人在过年的时候都会自发地学唱古歌，他们在平时农闲时也会集中在歌师家里学习。潘灵芝补充说，与新寨的传习情况一样，歌师龙光杨现在也在自发的教徒，特别是春节期间，晚上经常有人到龙光杨家学唱古歌，他们提供的这些信息使我有机会在现场拍摄到传唱古歌的情形。

图4—14　2011年2月18日龙光杨老人教唱古歌的情形

（从左到右依次为：张老玉、张宏妹、张开花、杨胜菊、邰老英、陈林富、吴老妹、潘灵芝、龙光杨、龙林、龙生银、龙友生）

　　这次我观察到的学艺活动发生在 2010 年 2 月 18 日，当时我住在双井村龙光学家中，协力者龙林告诉我说，寨子上张老玉、张宏妹、张开花等人正在向龙光杨学唱古歌，于是，我带上设备，马不停蹄地赶到歌师龙光杨家，观察了这次演述事件并拍摄了下来。在歌师龙光杨家，我看到聚集在一起的老人们正一起吟歌哼调，老歌师龙光杨在哼唱结束后开始传授古歌，潘灵芝在旁边当助教。月色虽沉，数个小时过去了，但歌师与学徒依然精神抖擞，浑厚有力的歌声飘荡在寂静的夜空中。

　　教唱活动结束后，我对歌师龙光杨进行了田野访谈，当我询问他为什么要组织这样的教学活动时，他回答说，这是出于一种民族责任感，现在村子里的中青年都外出打工，寨子里只有读书的孩子和年迈的老人，一般 40 岁以上的人才懂古歌，寨子会唱古歌的人没有几个了，全寨能传承古歌的歌师只有七八个人。20 世纪 90 年代后出现打工热，学歌的人就更少了。针对苗族古歌面临着失传的境遇，他心急如焚，所以，在农闲的时候，他在水井边寨子上走家串户，希望寨子上感兴趣的村民们都来学唱古歌。在龙光杨的精神的感染下，寨子上的张老玉、杨胜菊、吴老妹、龙友生和龙生银等人都来向他学唱古歌，即我们本次看到的学唱活动中的学徒们。

　　按照龙厅保提供的资料，我以表格形式，把张老革自 2010 年 1 月以来的授徒情况，以及学徒张老积、龙厅保、龙友生等人的学艺时间、学唱篇目等基本信息列举出来。

序号	学艺时间	歌师	学徒	学唱篇目
1	2011 年 2 月 20 日	张老革	张老积、张老秀、龙友生、龙通莲、龙厅保、杨老炮、吴老晓、龙光会、龙英、吴老英、龙妹等	《瑟岗奈》第 1—2 段
2	2011 年 2 月 18 日	张老革	龙厅保、杨老炮、吴老晓、龙光会、龙英、吴老英、龙妹等	《瑟岗奈》第 1 段
3	2011 年 2 月 17 日	张老革	龙英、吴老英、龙妹	《瑟岗奈》第 1 段
4	2011 年 2 月 12 日	张老革	张老秀、龙厅保、杨老炮	《运金运银》第 10 段
5	2010 年 12 月 20 日	张老革	张老积、张老秀、龙友生、龙通莲、龙厅保	《运金运银》第 8—9 段
6	2010 年 11 月 20 日	张老革	张老积、张老秀、龙友生、龙通莲、龙厅保	《运金运银》第 7 段

序号	学艺时间	歌师	学徒	学唱篇目
7	2010 年 2 月 28 日	张老革	张老积、龙友生、龙通莲、龙厅保	《运金运银》第 6 段
8	2010 年 2 月 16 日	张老革	张老积、龙友生、龙厅保	《运金运银》第 4—5 段
9	2010 年 1 月 25 日	张老革	张老积、龙友生、龙通莲、龙厅保	《运金运银》第 3 段
10	2010 年 1 月 16 日	张老革	张老积、龙友生、龙厅保	《运金运银》第 1—2 段

水井边这组的学徒主要师从于歌师龙光杨、潘灵芝，下表以 2010 年 1 月为起点，详细列举了学徒在农闲或过节时，向这两位歌师学艺的情况。

序号	学艺时间	歌师	学徒	学唱篇目
1	2011 年 2 月 18 日	龙光杨、潘灵芝	张老玉、张宏妹、张开花、杨胜菊、邰老英、陈林富、吴老妹、龙生银、龙友生等	《瑟岗奈》第 3—5 段
2	2011 年 2 月 15 日	龙光杨	张老玉、张宏妹、龙生银、龙友生	《瑟岗奈》第 2 段
3	2011 年 2 月 10 日	龙光杨	杨胜菊、邰老英、陈林富、吴老妹、龙生银	《瑟岗奈》第 1 段
4	2011 年 2 月 6 日	潘灵芝	张老树、张开花	《运金运银》第 1—2 段
5	2010 年 3 月 19 日	龙光杨	杨胜菊、邰老英、陈林富、吴老妹、龙生银、龙友生	《瑟岗奈》第 3—4 段
6	2010 年 2 月 26 日	龙光杨	杨胜菊、邰老英、陈林富、吴老妹、龙生银、龙友生	《瑟岗奈》第 2 段
7	2010 年 2 月 12 日	潘灵芝	张老树、张开花	《瑟岗奈》第 1 段
8	2010 年 1 月 27 日	潘灵芝	张老树、张开花	《瑟岗奈》第 1—2 段
9	2010 年 1 月 18 日	龙光杨	邰老英、陈林富、吴老妹、	《开天辟地》第 4 段
10	2010 年 1 月 12 日	龙光杨	邰老英、陈林富、吴老妹、	《开天辟地》第 1—3 段

在田野访谈中，我认真记录了张老革的传统曲库：《迁徙歌（瑟岗奈）》《运金运银》《做酒歌》《犁东耙西》《仰欧瑟》《十二个蛋》《造纸歌》《起房造屋歌》《榜香长寿歌》《酿酒歌》等。在张老革的指导和培养下，她的学徒龙光学会唱的古歌有：《瑟岗奈》《运金运银》《十二个蛋》《做酒歌》《犁东耙西》《仰欧瑟》《起房造屋歌》等；学徒龙明富会唱的古歌有《迁徙歌（瑟岗奈）》《运金运银》《做酒歌》《开天辟地》等。张老岔虽不是张老革的学

徒，但她经常到张老革家去拜访，向张老革虚心求教，她们经常就唱法进行交流，她会唱的古歌有《迁徙歌（瑟岗奈）》《运金运银》《犁东耙西》《仰欧瑟》《十二个蛋》《造纸歌》《起房造屋歌》《榜香长寿歌》等。

以歌师潘灵芝和龙光杨为例，水井边歌师的传统曲库与新寨歌师的传统曲库有所区别。歌师所掌握的传统曲库有差异，他们教给学徒的古歌也各不相同，这充分体现了民间文学在流传中的变异性特征。例如，潘灵芝会唱的古歌有《迁徙歌（瑟岗奈）》《你欧福》《仰欧瑟》《运金运银》《铸造日月》《百酒别》《榜香由》《犁东耙西》《四季歌》和《杀龙》，还有一些酒歌、习俗歌等。龙光杨会唱的古歌有《迁徙歌（瑟岗奈）》《你欧福》《仰欧瑟》《运金运银》《铸造日月》《百酒别》《榜香由》《犁东耙西》《四季歌》《开天辟地》《洪水滔天》和《枫木歌》等。

由于歌师张老革、龙光杨和潘灵芝的传统曲库各不相同，他们所掌握的古歌内容、唱法等也有差别。在演述、教唱的过程中，歌师都有自己创新的地方，所以，即使他们教唱的是同一首古歌，他们的学徒各自所学到的内容也不尽相同，而学徒在实际的演唱中，也会进行新的发挥和创编。

二　歌师视学徒情况"因材施教"

通过对歌师张老革、龙光杨、潘灵芝等人的田野访谈，我逐步掌握了他们所培养的学徒们的基本情况。由于学徒们的年龄、记忆力、演唱水平等方面都存在一定的差异，所以，歌师们采取的传习方式也因人而异，也就是说，他们会根据学徒们的基本情况来因势利导。

我们首先来看新寨歌师的传习情况。前来向张老革学唱古歌的有12人，即学徒张老秀、龙友生、龙通莲、龙厅保、杨老炮、吴老晓、龙光会、龙英、吴老英、龙妹、张老积和龙老王。

　　田野访谈：张老革的学徒基本情况
　　访谈者：请您介绍一下学唱古歌的人的基本情况好吗？
　　龙厅保：好的。我们有12个人在向张老革老人学唱古歌。我给你介绍一下基本情况吧，张老秀44岁，她是从耶爹嫁到双井村来的；龙友生是新寨人，男，48岁；龙通莲，女，苗名两欧，她是从平寨嫁过来的，38岁，在家务农；我有50岁了；杨老炮，马号人，女，58岁；吴老晓，女，58岁，她是从鱼塘村嫁到双井村来的，她是龙友生妻子的姐姐；龙光会（苗名龙老包），他是务略的大儿子，48岁；龙英，女，47岁；吴老英，女，45岁，她是龙友生的妻子；龙妹，女，台江县长滩嫁过来的，42岁；龙老王，男，54岁。另外，张老积是张老革的得意门生，78岁。

在学唱现场，刚开始，歌师们坐在前排，学徒们则围着歌师站成一圈，但为了方便我们拍摄，学徒们在歌师的身后站成了一排。歌师张老革坐在前排中间，这是歌师的特定位置，学徒张老积坐在她旁边。张老积[①]是张老革的得意门生，也是学徒中年龄最大的一位。她时年78岁高龄，但还是谦虚地自称为张老革的"徒弟"。她平时学习很认真，抓住一切机会向张老革学唱古歌，她会演述的曲目主要有《运金运银》和《开天辟地》等。

在歌师龙光杨家中，学徒们围坐在一起，认真地向歌师龙光杨学习。每位学徒的熟练程度不一样，所以他们在跟唱时，有的学徒能跟得上，也有的学徒跟不上。龙光杨告诉我们，从学徒动嘴的幅度就能大致看出他们演述水平的差异，但也有例外，潘灵芝并不怎么跟着唱，但她的水平很高，作为歌师龙光杨的助教，在现场对学徒进行指点。

田野访谈：歌师龙光杨的学徒的基本情况

访谈者：老人家，您的这几位学徒的演述水平怎么样？

龙光杨：今晚前来学歌的学徒有9人，第一个是张老玉，74岁，她是我的妻子，基本不怎么会唱。第二个是张宏妹，是我大儿子的媳妇，属蛇，前几年外出打工，今年回到家中务农，她也不怎么熟悉苗歌。第三个是张开花，女，鼠年出生，以前在杭州打工，春节回家过年，她与张宏妹的演唱水平差不多。第四个是杨胜菊，女，属马，对古歌比较熟悉，她与我家没有亲属关系，她到珠海等地打了8年工，不识字，但她很喜欢唱飞歌，声音条件好，多次请潘灵芝老人教她唱古歌，但每次实际唱的时候，基本上都是潘灵艺带她一起唱，她没有胆量自己唱，她的演述水平还需要进一步提高。第五个是邰老英，

---

① 张老积：女，1933年12月出生，苗族，文盲，家住双井村4组，是由台江县九寨搬过来住的，家里有三个女儿、两个儿子，孩子们全在家务农。

女，属猪，她是龙生银的妻子，她从 13 岁便开始学习唱古歌，声音条件好，她嫁到我们村以后向潘灵芝老人学唱古歌，这次带着孙子陈林富一起过来学唱。第六个是吴老妹，女，属猴，在家务农，家里有四个孩子，其中两个在外面打工，两个在家务农，吴老妹可以被称为"小歌师"，她的水平还行，她是文盲，没有上过学，但她的记忆力好，学习唱古歌靠的是念记。第七个是潘灵芝，女，歌师，她唱得好，她与我一起教徒弟。第八个是龙生银，男，他是邰老英的丈夫，在家务农，属猪，他也可以被称为"小歌师"，他有三儿一女，都在外面打工，他的孩子们都不会唱古歌，因为年轻的时候便出去打工，基本上没有时间学，他们会唱一些山歌、敬酒歌等。第九位是龙友生，男，属猴，在家务农，他是我的大儿子，他也不怎么会唱歌，在家的时候他学了一些敬酒歌。

除了以上学唱的人外，协力者龙林还指着当时拍摄的一张照片，补充告诉我一些关于现场的其他受众的信息。他说："现场还有龙明武等人，龙明武是龙光银的大儿子，1971 年出生，小学毕业，他的汉语说得好。他曾在浙江打工，挣了钱，过年回家来造房子，开春后再出去打工。他会唱敬酒歌和山歌，也学唱一些古歌。龙光银的二儿子和三儿子都在贵阳打工。照片中的小女孩是龙明威的第二个女儿，也是我的孙女。站在门外的人中有龙神保，他是我的侄子，苗族，34 岁，在杭州打工，春节回家来，不怎么会唱古歌，但他比较感兴趣，喜欢听古歌，平时根本没时间学。这位是龙老二，他是龙光杨的二儿子。"

在现场，龙光杨领唱，潘灵芝辅助教学，其他人跟着唱，跟唱速度不一样，有人快，有人不太熟悉，学得就比较慢。在学唱的过程中，六男四女共同学唱古歌《瑟岗奈》，学徒们跟着歌师颤动着嘴巴，一句一字地紧跟着节奏。有的人边听边唱，有的人边唱边琢磨着歌的内涵。在场的还有一位男歌师龙光宣，他是寨中知名的歌师之一，他的唱歌技艺在寨中屈指可数。

在田野观察过程中，我发现虽然都是学徒跟歌师一起来学唱，但从整体的和声中，我们可以听出仍存在不和谐的音符，因为有一两位学徒对古歌不熟悉，他们在跟唱时感觉比较吃力，有几个音和整体声调不是很协调，甚至会出现唱得比歌师快一两个音的情况。龙友生主要跟着唱几句尾音，但也有部分可以跟着唱全。学唱时，还有学徒间互相提醒对方的情

图4—15　苗族古歌的传承人龙光杨（左）在教龙生银（右）唱古歌《瑟岗奈》

况，比如，龙友生跟唱不下去的时候，杨胜菊小声提醒了一下龙友生，他便唱得逐渐好了起来。下图是学唱现场的几位女学徒，分别是张老玉、龙妹、张开花、杨胜菊，她们现在尚未学成出师，所以只能跟着歌师龙光杨一起唱，无法独立完成一首古歌的演述。

图4—16　学唱现场的四位女学徒：张老玉、龙妹、张开花、杨胜菊（从左至右）

　　歌师龙光杨认为，学徒们要成长为一位好的苗族古歌歌师，不仅需要天赋，而且还要有很强的记忆力，很多学徒花了不少时间学艺，还是无法出师，大多因为他们年纪比较大，记忆力衰退，总是重复背诵，一直处于原地踏步的程度。

图 4—17　歌师潘灵芝（右）带着两位学徒唱古歌《瑟岗奈》

　　在现场，我们感受到古歌在音律上没有起伏和激荡的主旋律，一种声调贯穿始终，并没有太多华丽的音律、音韵。在教唱过程中，潘灵芝的两位学徒的孙子和孙女不时来到这个演述的地方听古歌传唱，可以说他们是现场年龄最小的受众了。在冬日里围着烧木炭的火盆，歌师唱起苗族迁徙的古歌《瑟岗奈》，不仅了解了本民族从中原和北方地带迁徙至此的生活历史，更坚定了作为苗族的一员要不断改变生活环境，更好地融入社会发展的信心。歌师龙光杨作为领唱者，始终饱含深情，中气十足，他用本民族的语言，唱出心声，古歌记载着民族同胞生活、奋斗、发展的心路历程。

　　古歌作为苗族同胞记录生活、生存、文化和意识形态的主要口头传承形式，在这个没有文字的民族中处于重要地位。歌师从幼年、青年到成年的过程中，受到长辈经验和传统习俗的影响，他们向父母亲或歌师学唱歌，没有任何笔纸记述，全凭大脑记忆。如果要完整展现苗族生活史的古

图4—18 歌师龙光杨（中）和潘灵芝（左）在切磋古歌的演唱技法

歌全本，按每天8小时唱诵时间计算，则需100天才能演述完成。事实上古歌篇幅更长，难以计数。在歌声中，长辈所传唱的精神内涵、歌中所阐述的苗族先民生活的艰辛与奋斗不息的发展史，对现场的小孩子来说，虽然他们听不明白，但他们从小受此熏陶，足以为日后理解古歌打下基础。协力者龙林描述说，很多时候，孩子们就在老人的歌声中进入了梦乡。

在访谈中，我问歌师龙光杨完整地学习一首古歌需要多长时间，他考虑了一下回答说："每晚上学一段，整个故事共有10段，120节，120个谜语，唱完要用一个星期。刚才唱的是'歌骨'，'歌骨'每节不能少，每个师父都一样；我们学唱歌花时，有时向歌师学，有时自己可以编，只要觉得好听，没有深浅，多少不限。"

龙光杨教学徒说："唱歌的时候，有的歌师故意从歌曲的尾部开唱，以为难对方，或试探对手是否会唱歌，是否真正懂歌。他们也可以跳节唱，不按顺序地唱。"龙光杨回忆起以前与台江县施洞镇的歌师对唱古歌的经历，当时龙光杨和双井村的歌师去走亲戚，施洞镇的歌师在酒桌上向他们发起挑战，他们选择的篇目是《运金运银》，由于双方歌师的水平都很高，所以，在对歌的时候，龙光杨想到了一个策略，他先唱古歌中的一段，请对方歌师回答一个问题，如果对方歌师答出来，他又不按顺序唱另外一段，对方歌师回答后，他又紧接着出问题，这种不按常规演唱的方式，让对方的歌师感到很难应答，所以几个回合比试下来，龙光杨这队最终取得了胜利。龙光杨经常把这个例子讲给学徒们听，希望学徒们在底下多练习，增强记忆，以更好地应对实际演述中的各种突发情况。

潘灵芝在一旁辅助教学，她也曾教张老树、张开花等学徒唱古歌，她认为：学唱歌前必须了解到歌的意义，这样才能学扎实。初学的时候，比如学唱"大歌""小酒歌"的时候，要从汉族的春节开始唱，一直唱到农村俗话说的"开春"时节，对此，首先要知道这类歌的每个段落是什么意思，而学歌的技巧，最主要的是对歌的意思有深刻的了解，只有知道每段的意思，才容易记住，而不是死记硬背。她认为，好多人学不会古歌，主要是因为他们不懂得学歌的方法和技巧。

在对龙光杨的教学过程参与观察后，我重新回到歌师张老革家，继续对这位歌师进行田野访谈，正好看到她在教学徒张老积、龙厅保唱古歌的情形。由于现场学唱的人比较多，张老积没有机会单独请教张老革，所以在学唱结束后，张老积邀请张老革来到龙厅保家继续教唱，张老革很高兴地答应了她的学徒们的请求。

图4—19 我在张老革向张老积、龙厅保教歌的现场进行田野访谈

在对学徒张老积、龙厅保进行单独教学时，张老革根据这两位学徒的不同情况，因材施教。例如：龙厅保正处于学习的初级阶段，针对他的实际情况，张老革采用的方式是带着他一起唱古歌《瑟岗奈》。在唱第一遍

的时候，我们听到的主要是张老革的声音，龙厅保的声音很小，主要因为他对这一段古歌还不怎么熟悉，但是，他学得很认真，在跟着张老革唱第二遍的时候，他的声音逐渐洪亮起来，张老革也夸他唱得越来越好。张老革在连续带着他唱了三遍以后，他基本上可以独自把这段古歌演唱下来，这样的教学方式往往会取到很好的效果。

图4—20　张老革教学徒张老积和龙厅保唱古歌《瑟岗奈》

在这次田野访谈中，我发现，除了传统的口传心授的学艺方式以外，学徒龙厅保还借助文本进行学习，他上过学，认识一些字，所以，在向歌师张老革学习的时候，他用随身带着的本子记下了古歌的主要内容，一边听歌师演唱，一边看自己记录的内容，他说这种方式有助于强化自己对古歌的记忆，他还给在外打工的儿子寄去了古歌《瑟岗奈》的文本，希望孩子们平时有机会学一下，打好基础，以后要学的时候才不至于完全从零开始。

除了这种学习方式之外，学徒还有一种通过光碟学艺的方式。学徒龙明清等人从集市上购买了古歌的光碟，按光碟演述的内容加以学习。我在拍摄了古歌《瑟岗奈》的几次演述事件后，把刻好的光碟带给村子里的歌师们，他们一边欣赏自己的演唱，一边用光碟进行教徒。我看到歌师龙光祥带着学徒龙生林、龙明富等人一起看光碟，还不时为这些学徒分析演述的特点。

图4—21　龙厅保在认真记录歌师张老革刚教唱的古歌内容

　　针对学徒张老积的实际情况，歌师张老革采用了另外一种教唱方式，由于学徒张老积的演述水平比较高，她已经是一名歌师了，所以，张老革主要以听歌纠音为主，她请学徒张老积唱了几遍古歌《瑟岗奈》，并帮助她纠正演唱中存在的问题。每次，在张老革的悉心指点下，张老积都感到自己的收获很大。

　　在访谈中，张老积回忆了自己当年的学歌历程，她16岁的时候便开始向父母亲学唱古歌，后来她嫁到了双井村，又虚心向张老革学唱古歌。除了干好家务活外，唱歌就是她的主要爱好，一年四季从未间断过练歌。她不懂汉语，只会用苗语进行交流，而唱歌是最好的交流手段。当我问起张老革会唱的古歌的长度时，张老积粗略地计算了一下说："如果我们要把张老革师父的古歌全听完，按照每天唱8个小时来算的话，估计她得唱100多天才有可能把古歌全部唱完。"对此，张老积深感佩服，所以，她一直很谦虚地向这位歌师学习。

　　经过张老革的悉心培养，张老积不仅提高了自己唱古歌的技艺，而且还经常帮张老革教学徒唱古歌，她说："在双井村四组新寨会唱古歌的有近 40 人，其中女性 20 多人，男性 10 多人，他们大多过来向我学习过。我学唱古歌时才 16 岁，那时只学会了几首，现在我已经把苗族古歌主要的曲目全学会了。"

图 4—22　歌师龙光祥等人在观看我所拍摄的古歌《瑟岗奈》的演述过程

第三节　借助歌师的视角来探析苗族古歌的传承问题

通过前期对歌师的传习活动进行观察以及对新寨的张老革、龙光学和水井边的龙光杨、潘灵芝等歌师进行了访谈，我发现歌师们的语言表达能力普遍较差，也就是说，他们可以几天几夜地唱起苗族古歌，但是，如果我们请其用语言表述他们演唱的内容时，他们很难完成这一步。不过，他们可以用唱歌方式来传情达意，我还发现一个独特现象，歌师们从长期的教与唱的实践中总结出了一套规则，并用生动、形象的、浸染着乡土气息的本土话语来加以阐释和说明，例如，"歌花"和"歌骨"。下文借助歌师的本土视角，我们来对苗族古歌的传承问题进行探讨。

一　从对歌师演唱内容的访谈经历看歌师传承的记忆模式

通过对歌师龙光杨、张老革教徒过程的参与观察，我大致掌握了苗族古歌在实际传习中的情况，并用摄像机、照相机和录音笔等设备详细地记录了这几次古歌的教唱过程，为以后的深入研究提供了第一手材料。接下来，我对歌师龙光杨进行了田野访谈，我的第一个问题是询问他教唱的内容是什么，他没有用苗语回答，而是又重复唱起了这首古歌，然后，他告诉我们，他已经回答了我的问题。我以为自己没有阐释清楚这个问题，便再次请协力者龙林把我的话翻译成苗语，意思是请龙光杨对古歌的内容进行简单的解释，但他只能说出几个苗语词汇，例如：《瑟岗奈》。我才恍然大悟，歌师只会用"唱"的形式来表述，不会"说"。

在对歌师张老革的田野访谈中，我也遇到了同样的问题。当我们请这位歌师再重唱一遍古歌《瑟岗奈》的时候，她很快投入到了演唱的场域中去，浩瀚的古歌在她唱来如数家珍一般，虽然她双目失明，又是文盲，但是记忆力很好。听完她的演唱，我请协力者龙林询问她古歌《瑟岗奈》的歌词大意，这对她而言难度很大，她想了半天，还是无法用苗语来表述，嗫嚅了半天，又一次念唱了起来，龙林坐在旁边认真地进行着记录，张老革每唱一句，他便记录下一句，我在旁边用录音笔记录着。

这使我想到学者马学良先生提及的一次田野调查经历[1]。钟敬文先生曾对此进行过介绍："他（指马学良）在另一个场合还指出：歌手离开了歌唱环境，就很难'凑'出各种的'花'来。实践确实如此，当我们要求歌手讲述诗歌内容时，往往歌唱时的许多优美动人的歌词不见了，甚至有的歌手，只能由着他唱，不能说着记。他们说'唱着记不完，说着记不全'。这话很有道理。这也是由口头文学的特点所决定的。因为，没有文字记录的口头文学，靠有韵易于上口，便于流传，故大多是采取歌唱的方式，靠曲调韵律传诵下来，离开曲调韵律，诗歌如同失去了灵魂……（马学良《素园集》第 126—127 页）从这段叙述中，我们可以看到，在民众知识的范畴内，对史诗的传承规律已经有了素朴的、率直的概括，其中的某些'原理'与西方学者的理论预设是一致的。可是，多年来，我们竟然忽略了它，也没有对此做出更为深入、透彻的剖析，将之升华到一个理论的高度。因此，

---

[1]　马学良：《素园集》，中国民间文艺出版社 1989 年版。

我们应该承认自己的不足，才能找到发展自己的新起点。"①

"唱着记不完，说着记不全"，这是民间歌师对古歌传承规律最好的诠释，我们在现场观察到，龙光杨、潘灵芝教学徒们唱古歌都是唱着教的，我请协力者龙林问他们唱的是什么意思的时候，龙光杨表示很难用苗语来解释。所以，当我请龙林协助整理文本的时候，我们发现，歌师只有在演唱的过程中，才会很自然唱出长篇浩繁的古歌来，如果请他们说出其中的歌词大意，他们便不知如何进行表述。正如学者马学良所说："记录诗歌和记录故事是不同的。记录故事可以一字一句记。而诗歌最好是从歌唱中记录。因为诗歌有的是传统的古歌，有的却是即兴的诗歌。诗歌句式短，格律性强，而且比较定型，变异性小。若要记录下诗歌的全貌，必须从现场对歌中记录。"② 在对歌师龙通祥、张老两等人的田野访谈中，我也遇到了同样的问题，长期以来，歌师们不知道我们所说的"歌谣""故事"等术语的区别，也不知如何来阐释歌词大意民间有独特的分类体系和标准。

第二个案例是关于苗族古歌演述的禁忌问题，歌师无法用语言来讲述哪些歌可以唱，哪些歌不能唱，但他们会用唱古歌的形式来说明这个问题。在田野访谈中，我对歌师讲起了马学良、今旦主编的《苗族史诗》中对这个问题的阐释。在这个版本的《洪水滔天》篇后注释中提到："这首歌是不轻易唱的，要唱得在户外唱，不能在家里唱，同时要杀鸭或杀鸡，有纪念人类祖先蒙难的意思。另外，这首歌涉及兄妹结婚的事，而这又是后世所忌讳的，在家里唱则有亵渎后世祖先之嫌。"③ 然而，无论是新寨的歌师张老革、龙光学等人，还是水井边的歌师潘灵芝、龙光杨等人，他们都表示《洪水滔天》这首歌在当地没有演唱的禁忌，于是我们大胆假设也许在 20 世纪五六十年代的时候，这首歌不能随便唱起，但在如今的村寨中，歌师们已经可以随意唱起这首古歌了。另一种可能是地域性差异，这首歌在双井村可以随便唱，而在马学良、今旦搜集古歌的区域有演唱禁忌。歌师张老革告诉我，《十二个蛋》不能随便唱，当我问"为什么不能唱"之时，她表示无法回答这个问题。后来，我又请教了歌师

---

① 朝戈金：《口传史诗诗学：冉皮勒〈江格尔〉程式句法研究》，广西人民出版社 2000 年版，第 15 页。

② 马学良、今旦译著：《苗族史诗》（*HXAK HMUB*），中国民间文艺出版社 1983 年版，第 10 页。

③ 同上书，第 302 页。

龙光勋、龙光基等人，他们都说不出其中的缘由，但是，歌师龙光基唱起了古歌《十二个蛋》，他认为答案就在下面这些诗句里。

Aob Hmut juf aob baod	来说十二宝
Juf aob yent hnab qid	十二蛋起源
Nees geet nees max deid	生蛋不小心
Nees diot vangx veeb nongd	在岩尖下蛋
Nees diot vangx veeb niod	蛋碰岩尖破
Geet dus at jox hxid	蛋破做九份
At xongs saot niaox nongd	成七股在这
Laos geet vangx veeb niol	在岩尖下蛋
Geet dus at jox niul	蛋破成九股
At xongs saot niaox nal	成七份在此

协力者龙林在一旁解释了这首歌所唱的含义："《十二个蛋》为什么不能随便唱，是因为：远古时候榜香下蛋时不小心，滚下来破碎了，破成九份七股，此蛋就无用了，所以，现在此歌在家就不让唱，歌师们也不愿唱，久而久之就成了不能在家唱。如果是姊妹节，则在外唱几段古歌。因天气冷等原因，可移到家中来唱。我们视为不吉利的歌就不带回家唱。"

在实践调研中，我的两次田野访谈都没有达到预想的效果，当面对着访谈表上"古歌内容"这一栏的时候，歌师们都无法告诉我们古歌所涉及的内容，协力者龙林建议我们去访谈苗汉语表达水平好的歌师，于是我们对潘灵芝进行了访谈，她可以用汉语来与我们进行交流。当我们问起古歌的歌词大意时，她也认为很难"说出来"，她告诉我们"你们听歌吧，一切都在歌中了"。

Hxik juf aob baod	十二宝歌
男歌师（龙光杨）唱	
Juf aob geet gangb lad	十二个鲜蛋
Lat geed alod hnab gid	远古姜央蛋
Liof nees geet ghax xol	蝴蝶下什么蛋
Nef nees geet ghax xid	鱼下什么蛋
Liuf nees geet ghax xid	团鱼下什么蛋
Geef nees geet ghax xid	螳螂下什么蛋

Aob diot saos yaox nend	我们唱到此
Aob diot aob max xend	唱了未解释
Liof nees liof max vod	蝴蝶下蛋却不孵
Dliat diot hsangt deis vod	放给哪个孵
Nef nees geet ghab hsad	鱼下大米蛋
Niuf nees geet veeb baod	团鱼下岩石蛋
Geef nees geet ghab hmad	螳螂下水泡蛋
女歌师（潘灵芝）唱	
Liof nees geet gangb ad	蝴蝶下央蛋
Nef nees nef max vod	鱼下鱼不孵
Dliot diot hsangt deis vod	团鱼给谁孵
Hsangt deis bos neix hxod	哪个抱他热
Liof nees geet ghab xid	蝶下什么蛋
Nef nees nef max vod	鱼下鱼不孵
Dliat diot hsangt deis vod	拿送哪个孵
Dliat diot Xit Nis vod	拿送细力孵
Liuf nees geet veeb baod	团鱼下岩包蛋
Liuf nees liuf max vod	团鱼下团鱼不孵
Dliat diot hsangt deis vod	拿送哪个孵
Diat diot hxongb nieex vod	拿送沙滩孵
Geef nees geet ghab hmad	螳螂下水泡蛋
Geef nees geef max vod	螳下螳不孵
Dliat diot hsangt deis vod	拿送哪个孵
Dliat diot hxangb jox vod	拿送草叶孵
Ad deis haot max xend	怎样说不清
Diux at beet yeel qongd	此节就这样

　　歌师潘灵芝不仅会唱古歌，她还会即兴创编一些苗歌，她可以解释这些现场创编的苗歌的歌词大意。例如：当我们谈及很多歌师们的人生经历，尤其是潘灵芝听到龙光基介绍父亲龙和先的经历时，她唏嘘不已，有感而发，唱起了一首自己编的苗歌。详见下文（潘灵芝演唱、龙林协助整理）：

Menf	zux	jif	zongb	yas	bat	bongl	
民	主	集	中	养	猪	对	养猪来致富
Jif	tix	longf	zangb	beeb	vut	laol	
集	体	农	庄	我们	好	来	农庄好起来
Dal	hmub	dal	diol	beeb	xit	sul	
个	苗	个	汉	我们	交	渗和	苗汉是一家
Mol	diub	xeek	hmat	lil			
去	里	县	讲	理			赴县学技术
Xeek	zangx	keeb	feik	dlial			
县	长	开	会	啦			县长来开会
Jaob	zenk	ceef	diot	dial			
交	政	策	给	咱（哥）			精神传下乡
Dial	gangl	diub	xeek	laol			
哥	从	里	县	来			干部先领会
Dial	laol	diub	deik	mol			
哥	来	里	队	去			村民跟着学
Dial	laol	keeb	feik	dlial			
哥	来	开	会	啦			村长来开会
Xak	lif	neik	dangx	daol			
下	力	点	大	家			要大家齐心
Xak	lif	neik	xox	yeel			
下	力	点	青	年			青年努力干
Xak	lif	senb	cax	mol			
下	力	生	产	去			努力搞生产
Hleit	yif	deeb	neex	liol			
月	八	打	谷	子			八月收谷子
Ghangt	niaf	saos	diux	nongl			
挑	谷	到	门	仓			户户装满仓
Jeet	seef	lab	zux	geel			
建	设	个	祖	国			把祖国建设
Vut	fat	vaos	deix	mol			
好	超	以	前	去			一天天富强

Daok	liuk	vaos	deix	yol	
不	像	以	前	哟	不像以前穷
Maof	zux	xif	at	tel	
毛	主	席	做	头	毛主席领导
Maof	zux	xif	vut	liul	
毛	主	席	好	心	毛主席心好
Jaob	dangx	daob	daot	ngangl	
教	大	家	得	吞	要大家吃饱
Qab	deix	hnab	hnut	bal	
缺	那	天	年	坏	可那坏年成
Lab	gux	deeb	at	laol	
个	天	地	做	来	天祸来害人
At	gheb	jif	tix	mol	
做	活	集	体	去	集体搞生产
Jif	tix	gheb	hsaod	mongl	
集	体	活	混	乱	安排主义差
Lax	at	lax	xongb	dangl	
个	做	个	停	等	你做他不做
Max	daok	jangx	gheb	yol	
不	会	成	活	哟	工效实在难
Dongt	dongs	sux	lad	wenl	
大	家	撒	开	去去来来	大家无头绪
Liuk	gas	sux	qeed	wul	
像	鸭	散	田	头	大田鸭找虾
At	deis	max	hxangd	ngangl	
再	怎	不	熟	吞	再累不得吃
Ib	dent	nex	beeb	liangl	
一	顿	吃	三	两	一顿吃三两
Daok	xut	nex	vaob	sul	
不	饱	吃	菜	掺	不饱就掺菜
Ghab	fat	seix	nongt	ngangl	
米	糠	也	要	吞	粗糠也要吞

续表

Diangx	daok	diangx	gab	wil	
油	没有	油	炒	锅	炒菜无滴油
Hvob	daok	max	vos	liul	
蕨	没	有	力	捶	没力气捶蕨
Saot	liuk	gangb	gux	gul	
瘦	像	蝗	虫	样	瘦如蝗虫样
Liuk	geef	daos	nex	yol	
像	螳螂	想	叶	青杠	螳螂盼叶香
Beeb	hxat	jangx	ib	niongl	
我们	苦	成	一	段时间	苦愁了一段
Beeb	nangt	dongx	das	mol	
我们	差	点	死	去	差点把命亡
Nins	gheek	max	nins	dial	
记	还	不	记	哥	大家记得否
Deix	beid	hnab	hnut	bal	
那	是	天	岁	坏	你是年岁殃
Lab	gux	deeb	at	laol	
个	天	地	做	来	深耕搞集体
Beeb	max	yongs	hmat	yol	
我们	不	要	讲	啰	我们莫讲了

从这首歌中，我们体会到这位歌师的真挚情怀，她用歌声来表达自己对新时代幸福生活的歌颂。潘灵芝对我们介绍了歌词大意，她说："我刚才唱的内容是关于新旧时期的对比，三中全会后分田到户，我们老百姓的生活越来越好。十年'文革'，我们这些歌师都感到心焦，愁容满面，担心我们会唱的古歌会烂在肚子里了，当时我还偷偷地创作了一些苗歌。十一届三中全会后，新的政策贯彻了下来，后来允许农民到城里打工，大家的心情好多了，吃的穿的都有很大改变，我唱起歌来也感到心明眼亮。记得当初农村分田到户，大家在自己的土地上干活的时候，有些人还感到半信半疑。后来改革开放政策的逐步深入，男女青年都可以到城市打工了，只要带着身份证作为通行证就可以了，大家的心情开始舒畅起来，歌师们也感受到政策所带来的好处。"

　　潘灵芝动情地说:"上级重视民间音乐,常在电视上看到歌舞队在唱唱跳跳的,我要不是年纪大了,也很想参加歌舞队,上山宣传,看着别人表演的快板,唱起了新歌,我觉得自己所掌握的歌不够用了,于是我自己创作了一些时代的新歌。世博会的时候,我还到中国馆进行刺绣表演。有一天,我即兴给几个感兴趣的外国朋友唱起了古歌,深受他们欢迎。古歌应该是很'纯'的,不能添枝加叶,如原本有 20 节,不能唱出 22 节或23 节来,整个黔东南的古歌基本上都一样。但随着时代的变化,整个寨子也发生了翻天覆地的变化,古歌也应该融进时代的因素,要有新的时代内容,'新'是藏在'歌花'之上的。可惜我们老了,年轻人都到外面打工找钱了,如何把古歌传承下去真成了一个问题。"

　　对于这首歌的意义,歌师潘灵芝补充解释说:这首歌唱的是新旧时代的对照,回忆当初的生活是什么样,现在又是什么样子,自从改革开放以来,农村分田到户了,村民们进行生产劳动的积极性越来越高,歌师们可以自由地演唱古歌,生活也过得越来越好。从这个例子中我们也可发现苗歌既是时代的产物,也是凝集着歌师的智慧和情感的成果。

二　歌师所总结的本土术语之"歌花"和"歌骨"

　　我在田野访谈中,询问起歌师教唱古歌的规律时,提及了"歌骨"和"歌花"的内容,并对苗族学者对"歌花"和"歌骨"现象的探讨进行了记录,这是我从事苗族古歌的学习和研究工作以来一直关注的主题。燕宝在《苗族古歌》译者评述中,曾谈及了古歌搜集、整理的情况,并由此指出:"本歌的形式是盘歌,二人组成一方,两方对唱。一方先提问,另一方回答;然后答方提问,原先提问的一方又回答,往复如此,直到终场。答时一般都要重复对方的问题,但在教授的时候,为了省时省力也可不重复。本书是根据教唱的情况整理的,既有重复的,也有不重复的。在这里我们所见到的都是问与答的内容,是歌的主体,苗语称为 'hsongd hxak(歌骨)'。在一方回答另一方的问题之前,要先唱一段与主体并无必然联系且可以独立存在的歌,苗语称为 'bangx hxak(歌花)'。'歌花'多是即兴之作,也有传统的佳句。因篇幅所限和其他原因,本书没有收录。如果把'歌花'也收录进来,本书的篇幅恐怕还要增加一倍。"① 燕宝还对"歌花"和"歌

---

　　① 燕宝整理:《苗族古歌》(HXAK LUL HXAK GHOT),贵州民族出版社 1993 年版,第 4 页。

骨"进行了评述:"'歌花'妙趣横生,优美动听,论欣赏,我更爱'歌花'。'歌骨'述古喻今,深邃庄重,论研究,我更爱'歌骨'。"

学者今旦也曾关注过"歌花""歌骨",他说:"唱古歌实际是赛唱,是要分输赢的,答不出或答不对另一方的问题则为输。输方认输后可以要求对方予以解答。输赢不是目的,求知、联谊、娱乐才是目的。Ax gos hsongd gos bangx（不输歌骨输歌花）,是说尽管你每个问题都答对了,但你的'歌花'不多不美,不如对方扣人心弦,也算输了。Ax gos hxak gos yox（不输歌输调）则指你的'歌骨'、'歌花'内容都不错,但声音比较沙哑,不如对方响亮、圆润、动听。后两种不需认输,不过是听众们的评价罢了。"[1] 今旦还对歌花与歌骨进行过区分说明:"歌骨重在叙事,歌花重于抒情;歌骨严肃庄重,歌花活泼风趣;歌骨传授知识为主,歌花娱乐身心为重。"[2]

在对苗族学者燕宝、今旦等人的观点进行梳理后,我试着换一种视角,不仅"自上而下"地看待民间文学现象,同时也"自下而上"地对诸位学者的这些观点进行探讨。"歌花"和"歌骨"这一现象给了我一个契机。围绕"歌花"与"歌骨"中所涵盖的变异性、稳定性的问题,在田野中,我询问了歌师龙光杨、张老革等人对这个问题的看法,请他们帮助我对搜集到的古歌《瑟岗奈》文本进行分析,找出哪些是"歌花",哪些是"歌骨"。协力者龙林担任了这次访谈的翻译,并协助我把学者马学良、今旦等人的观点翻译成苗语,并转述给歌师们听,请歌师们表达对这些问题的看法。

　　田野访谈:歌师眼中的"歌花"与"歌骨"现象
　　访谈者:请问古歌中有"歌花"成分吗?
　　龙光杨:有的。比如,两个歌手见面唱:"我们今天同心同意,你想真心实意地称赞我,我也真心实意地称赞你,你褒奖我,我就褒奖你。"这就是属于"歌花"。歌手间互相打击的很少,多为谦虚的,还有抬举的,有互相爱护的。唱歌的人,有些性格不太好,以为自己知道得很多,别人唱不赢他们,别人是"满崽嘎嘎"[3],他们才是"大师父",别人只能向他们学习。但大多数唱歌的人即使很有名,他们都会

---

① 　今旦整理:《苗族古歌歌花》(*Jenb Dangx hxangb qet hfaid Hveb*),贵州民族出版社1998年版,第8页。

② 　同上书,第8—9页。

③ 　满崽嘎嘎,当地汉语方言,指水平很低的意思。

很谦虚地说："我们的见识很少，肚里的东西不多，愿意向你们学习，只要你们肯教，肯唱，唱到天亮也可以，唱三天三夜也没有关系。"那些互相夸奖赞美的歌，还有一些自我谦虚的歌，都属于"歌花"。

访谈者：为什么称为"歌花"呢？

龙光杨：这是因为"歌花"很美，我们唱"歌花"的时候可以加深人与人之间的情感，"我们为什么来唱这个歌，有感情的话，我们越唱越高兴，没有感情，我们试一试就走开了"，有"歌花"才能表达出感情。这就像牛肉、猪肉要什么香料来配，狗肉要什么来配味道才好。"歌花"就像我们炒菜的香料一样。

访谈者：民俗学家钟敬文先生也曾探讨过"歌花"和"歌骨"的问题，这段话在这本书里，请龙林老人协助翻译这段话为苗语给您听，内容为："说到这里，我倒想起一个来自民众智慧的实例：1986年秋天，我从民间文学忠实记录的角度，为已故马学良教授的文集《素园集》作了一个小序。在这部文集中我曾注意到当时翻译整理《苗族史诗》的过程，是在现场根据歌手的演唱进行记录的。那时马先生就指出，苗族史诗几乎全都采用'盘歌'的对唱方式（这与北方英雄史诗就不一样），其中有一部分是传统的古歌，有的却是即兴而作的。马先生当时就发现这部史诗'诗歌句式短，格律性强，比较定型，变异性小。而据歌手讲，在教唱史诗时，民间习惯的教法是只教'骨'，不教'花'。也就是说，'骨'是比较定型的，是歌的基本部分，即设问和解答的叙述部分；'花'虽然也是传统的东西，但多数是些即兴之作，或为赞美对歌的人，或为个人谦词，或为挑战性的，往往与诗歌本身的内容没有什么联系。显而易见，不是那种特定的对歌环境，就很难迸放出那样的'花'来（马学良《素园集》191页）。"这是刚才转述的钟老的话，我想请教一下，你们这里传唱古歌的情况也是这样吗？

龙光杨：这段话说得很好，在我们当地，确实也有"歌花"和"歌骨"的说法。我们在教学徒唱古歌的时候，一般都是教"歌骨"的部分，这样有助于记忆。古歌演唱的都是真实发生的事情，"歌骨"是不能变化的，但是，我们也会教"歌花"，我们唱的"歌花"的内容主要是客人感谢主人家的热情招待，主人家又接着答谢客人等，他们互相夸奖，谦抑自己，称赞对方，你夸我来我夸你，这同样是固定下来，不能随便改变的，比如，我们绝对不会唱现在飞机、轮船等这样的内容，所以，不论是"歌花"还是"歌骨"，都是不能改变的。

　　诚如马学良所观察到的这个特点：据歌师讲，在教唱史诗时，民间习惯的教法是只教"骨"，不教"花"。也就是说，"骨"是比较定型的，是歌的基本组成部分，即设问和解答的叙述部分；"花"虽然也是传统的东西，但多数是些即兴之作，或为赞美对歌的人，或为个人谦词，或为挑战性的，往往与诗歌本身的内容没有什么联系①。在我的田野访谈中，歌师龙光杨、张老革在肯定上述这段话的同时，还指出这一概括是不太全面的，他们都以自己的学艺经历告诉我，在学习的过程中，学徒们不仅要学习"歌骨"，而且要学习"歌花"，他们还举出了具体的例子。这让我们发现民间歌师对同一问题给出的答案并不相同，他们经常会各抒己见。

　　比如，歌师龙光杨对古歌《瑟岗奈》进行了自己的阐释，他认为，一般情况下，他教学徒唱的都是整首歌的"歌骨"，如果某位学徒提出想学"歌花"的时候，他也很乐意进行教学和辅导。当我问起古歌中所唱内容的真实性时，龙光杨和张老革一致认为，这些内容肯定是"真实的"，所以这些是不能改变的，他们坚信每次自己教唱的内容都是不变的，在民间这样的观念已经深入人心。张老革说她教的也是"歌骨"，她认为这部分是不能更改的，她每次教唱的古歌都是完全一样的，没有任何更改。我在请协力者龙林整理文本的时候，他也持同样的观点，他认为没有必要整理这么多的文本，他认为每个歌师教唱的内容都是一样的，但是，当我们真正整理出几个文本后，他才发现这些文本都已发生了变异。

　　通过对龙光杨的田野访谈，我对古歌的"歌花"和"歌骨"这个问题进行了重新思考。正如歌师所述，唱古歌《瑟岗奈》的时候，一节有一节的"歌花"，一节有一节的"歌骨"，一般先唱"歌花"，把"歌骨"叙述放在后。"歌花"不一定每段都有，因为唱歌的时候，对唱的双方唱到一定程度，如果已经达成了默契，为减少时间，他们不用互相称赞，可只唱一两句"歌花"或不唱。"歌花"、"歌骨"交叉进行，所占比例不是完全稳定，"歌骨"不一定比"歌花"多，占的时间也不一定更长，"歌花"可以说是考验歌师们的应变和对答能力。同一首歌由同一人演述，每一次都不一样，都有变化，但总的脉络相对稳定。每个歌手所唱的古歌都不同，有时歌师如果想不起来歌词，往往会漏掉几句，这是由记忆的不稳定性所致。"歌花"也可以被进行独立演述。歌师龙光学认为："'歌骨'是这首歌的骨干部分，是表达的中心内容所在。如《瑟岗奈》

---

　　① 马学良、今旦译著：《苗族史诗》（HXAK HMUB），中国民间文艺出版社1983年版，第10页。

是指五对祖先的迁徙，从哪里来，哪对爹妈所生，原来住在哪个地方，后来怎样，溯河西迁之后怎么样等等，这些是基本情节，也是整首诗的骨架部分。'歌花'是附加成分，主要指演述者用自己的语言进行一些赞美或交待事件，而不是'歌骨'本身所要表达的中心内容。"

在我进行这段访谈的时候，协力者龙林插话，对龙光学的表述进行了补充：

> 龙林：我搜集了很多"歌花"，可惜没有人用。前次，我到县民委去打了招呼，希望得到他们的支持，遗憾的是他们不懂古歌的重要性，我担心很快要失传了，一般人唱不了。在民间，歌师有时唱得怄气起来，有些说你唱得不好，罚酒；有的说你的"歌花"唱得太好了，对我们太尊重了，我愿意来喝这杯酒。"歌花"起的作用相当大。很多老师父把"歌花"忽略了。实际上有很多"歌花"很好，让人听起来很激动。

后来，我就苗族古歌所涉及的地方术语问题，对当地的歌师龙光学进行了田野访谈。龙光学认为："歌花"在当地方言中被表述为"称呼"，即指双方在对唱的时候，临时编创的一些唱词；"歌骨"在当地方言中被表述为"路数"，歌师们唱歌时，每问一个问题，每回答一次，唱词内容和格式有一定的套路，特别是主题思想，这些都是一致的。

在田野调查的过程中，我有意识地参照了民间的表达形式，对古歌进行文本誊写。苗族歌师在演唱时，十分重视对"歌骨"的传承和对"歌花"的自由发挥。"歌骨"在古歌中出现的频率相当高，且具有重复现象，即程式化部分，无论古歌如何演述，其"歌骨"部分都是十分稳定的，而名为"花"的部分仅是叙事点缀的作用，在苗族民间的口语表达中，有时也形象地称为"打结""作结"等。学者吴一文对古歌歌骨、歌花、套句、插唱等进行了解析，主要总结了歌骨与歌花交替演唱的原因、特点及主要功能。他认为，歌骨、歌花具有如下功能：一是增加叙事效果；二是调节演唱气氛；三是激发歌手的创造力；四是利于古歌的传承。他对第四点进行了详细的阐释，认为骨花交替属于古歌演唱的基本结构和特点，即古歌演唱的"程式"，有助于歌师们的记忆，他们可以遵循这一规律去学习、传承，甚至可以按照这一"公式"去"填空"。[1] 这与我的

---

① 吴一文：《苗族古歌的演唱方式》，《民族文学研究》2012年第2期，第128页。

研究对象苗族古歌《瑟岗来》的实际案例相互印证。

随后，我就"歌花"和"歌骨"的稳定性和变异性问题继续对歌师龙光杨进行访谈：

> 访谈者："歌骨"可以变化吗？
>
> 龙光杨："歌骨"是古代传下来的部分，我们唱的时候是一点儿都不能增加和减少的，不能变动它的内容。如果你把它变动了，就不是古人的原话了，你认为你唱得好，添枝加叶地唱，可那样就不是"歌骨"了。从古至今传下来的路数，一是一，二是二，不能添枝加叶的。

为了让我们对"歌花"和"歌骨"的关系有一个更加直观的印象，歌师潘灵芝很形象地打了个比方：

> 潘灵芝："歌花"和"歌骨"好比是演员和观众的关系，"歌骨"好比演员，每次的演出是固定的，具有不可更换性，演好演坏关键在于演员的动作、语言和表情等功底；而"歌花"好比是观众，对于去看演出的人而言，今天你觉得好看就去看，如果觉得不好看可以选择不去。"歌花"有长有短，相当于不固定的观众，"歌骨"是固定的，相当于演员。"歌花"是可以变化的，唱这首古歌可以用这首古歌的"歌花"，也可以用那首古歌的"歌花"，相当于观众们看完这场戏后也可以去看另一场戏，他们是不起决定性作用的，带有自由活动的色彩。歌师们唱起一首古歌时，"歌花"只是起到一种激发对方唱歌的心情或者抑制对方心情的作用，比如我夸你唱的歌很好，你称赞我，我也跟着称赞你，你的歌激发我的灵感，唱到天亮我也愿意奉陪到底；如果你唱得不好，对我没有刺激性，我可以走开，或者另找一个人和我对唱。可见"歌花"的多少、唱歌时间的长短，与歌师们的心情息息相关，如果两方对唱时，他们觉得以歌传情的情意不深，唱得不怎么起劲，感觉可唱可不唱的时候，歌师们往往会简单地唱一些"歌花"，这首歌的长度自然降了下来。"歌花"和"歌骨"的关系并不是一种固定的、不可分割的关系，打个比方，"歌骨"是眼睛看得到的，手摸得着的。"歌花"是看不到的，相当于一种称呼，一种形象，比如："歌花"可唱"假如你们两个是两棵树"，把人比成树，怎么这样比喻？你们明明是人，为什么要比作别的事

物？因为歌中是这样唱的："你们两个唱得好，声音动听，可惜你俩是人，如果你俩是花椒树，我们把你俩栽到我的园边，每天浇水，使你们根扎得更深，花开得更艳，叶子更茂盛，等人来我摘了放在肉上做调料，客人吃得香，你俩的名誉传开了。"

　　访谈者：请问"歌花"是可以变化的吗？

　　潘灵芝：是的，我们以发展的眼光来看，可以把现代科学的东西掺杂进去，比如，我们即兴唱：过去没有火车、飞机，我们过去走不快，现在有火车走得快……飞机走得更快；以前犁田牛走不快，现在拖拉机走得快，这些都可以用作歌花，你只要觉得好听的，为大家提神解闷，像讲笑话、说相声，你只要会讲，让大家不打瞌睡，最后达到的目的是引入"歌骨"。古歌的"歌骨"不能变，现在有些歌师自编的歌，属于民歌，不是古歌，古歌是古代人所创造的，根据节气、场合来创编的，古歌有自己特定的路数，一路一路的走，不能走二路三路。比如，今天的车子走的是公路，我们就要走公路，直直的去，去必须走右边这条，来必须走左边的这条，一路歌不能走到二路歌去。歌尾就是"歌骨"的尾声，"歌骨"唱完了，再唱歌尾，如"路是多条路，歌是多首歌，我们唱完了，你们来接去。"这就属于"歌尾"的内容。

　　这里反映了一个问题：在民间的教唱活动中，艺人的习惯教法是只教"骨"，不教"花"。究其原因来说，是由于"骨"较定型，是歌的基本部分，而"花"虽也是传统的东西，但多数是民间传唱者的即兴之作，它的变异性比较大，这些都是民间口头传唱艺人在实践中的经验总结。民间艺人对苗族古歌中的具体内容选择"教"与"不教"，实质上是由古歌之"花"与"骨"的分类来决定的。"花"与"骨"的发现在苗族古歌的研究中是一个新的突破口，具有很大的理论参考价值。

　　那么，民间歌师在教唱的时候，除了"歌骨"的部分，还有"歌花"的内容吗，这些部分到底是稳定的，还是不断变化的呢？我在访谈中对这个问题进行了再次追问。

　　首先，我们观察的是同一位歌师在不同场合中教唱的同一个文本，即以歌师张老革的传习为例。按照歌师张老革的总结，我归纳出了"歌骨"的成分：每首歌都有一些套语，张老革在院坝教学徒唱的过程中，也在重复这些内容，虽然这个文本的篇幅不长，但是下面这两句重复出现了 2 次

（详见附录6：苗族古歌《瑟岗奈》文本第1—2句，第17—18句）。

Aob hmut seib gangx neel	咱唱五对妈
Diut niof meis nangx beel	六对妈爬坡

　　龙厅保学唱古歌的时候，也反复出现了以下两句程式化用语（详见附录6：苗族古歌《瑟岗奈》文本第6—7句，第11—12句）。

Jof dangt seib gangx neel	才生五对妈
Diut niof meis nangx beel	六对妈爬坡

　　与上文所列张老革教唱的诗行类似，在我观察到的几场古歌演述中，歌师总在每段歌的开头或者中间部分，重复唱起下面的程式化用语，这是整首歌出现频率最高的句子。还有一种特殊情况是，当歌师忘记古歌的内容，他们不知如何往下唱的时候，也会反复吟唱这几句熟悉的歌词，这样可以帮助他们在演述中记忆。

Aob	hmut	seib	gangx	neel	
我们	说唱	五	对	爹妈	咱唱五对妈
Diut	niof	meis	nangx	beel	
六	对	妈	沿着	坡	六对妈爬坡
Hleit	jeet	jos	nex	lal	
爹妈	上	上游	吃	美	上游好生活

　　在上文中，我们对发生于真实语境中的四场古歌《瑟岗奈》演述事件进行了拍摄，并誊写出了文本，通过对文本的分析，我们发现，这几次演述事件并不是一成不变的，它们都发生了一定的变异现象。由于歌师的记忆力问题、演唱中临时发生的一些不可预测的因素，这些都会导致我们所搜集的古歌文本《瑟岗奈》发生内容和形式上的变化。

　　例如：上述程式化用语在2009年8月31日双井村新寨组苗族歌师演述的《瑟岗奈》文本中反复出现，详见第8—10句、第27—29句、第41—43句、第44—46句、第55—57句、第66—67句、第76—78句、第91—92句，重复出现了8次。在2009年9月1日双井村新寨组苗族歌师演述的《瑟岗奈》文本（共 203 行）中，以上这几句古歌也重复出现了 10 次，即第 1—3 句、第 15—17 句、第 28—29 句、第 35—36 句、第 60—62 句、第 87—89 句、第 121—123 句、第 139—141 句、第 156—157 句、第 173—175 句。在 2009 年 9 月 2 日双井村河边组苗族歌师演述的《瑟岗奈》文本（共 162 行）中，则重复出现了 7 次，即第 1—3 句、第 34—36 句、第 52—54 句、第 57—59 句、第 91—93 句、第 121—123 句、第 154—156 句。在 2010 年 8 月 25 日双井村新寨组苗族歌师演述的《瑟岗奈》文本（共 160 行）中，也重复出现了 5 次，即第 40—42 句、第 63—64 句、第 79—81 句、第 119—121 句和第 134—136 句。

龙光杨向歌师龙和先学唱古歌的时候，他也曾听到歌师重复唱这样的内容。在对 1990—1992 年龙林搜集的歌师龙和先唱的古歌《瑟岗奈》文本（共 966 行）进行分析的时候，我们发现这位歌师在演述时也在重复以下三句程式化用语。

Aob hmut seib gangx neel	咱唱五对妈
Diut niof meis nangx beel	六对妈爬坡
Hleit jeet jos nex lal	上游好生活

这几句歌词在文中出现的频率很高，有的出现在段落开头，以引出下文；有的出现在段落中，以丰富古歌表词达意的内涵（详见附录 8：苗族古歌《瑟岗奈》文本）。

这类程式化用语在业已出版的苗族古歌版本中也有记录，例如：《苗族古歌》（1983）的开篇部分："来看看五对爹娘吧，唱唱六对西迁的爹妈。他们是哪个生的？是姜央老人家，养了五对爹娘，生了六对西迁的爹妈。"[1] 田兵编选贵州省民间文学组整理的苗族古歌《跋山涉水》中，也有重复吟唱的部分："来唱五支奶，来唱六支祖，歌唱远祖先，经历万般苦，迁徙来西方，寻找好生活。"[2] 遗憾的是，编者只记录了汉语的翻译，

---

① 马学良、今旦译著：《苗族史诗》（*HXAK HMUB*），中国民间文艺出版社 1983 年版，第 257 页。

② 田兵编选，贵州省民间文学组整理：《苗族古歌》，贵州人民出版社 1979 年版，第 281 页。

我们无从看到苗文的原句。

以上这几句已经成了整首歌的标志性用语，双井村歌师对这首歌的名称设定为《瑟岗奈》也是来源于此。当我刚到双井村开展田野调查的时候，我把随身带着的马学良、今旦、田兵等老一辈学者搜集整理的古歌文本展示给歌师们看，我问歌师会不会唱《溯河西迁》《跋山涉水》等篇目，我以为民间也会有这样的篇目分类方式，但他们均摇头表示不会唱。后来他们唱了古歌《瑟岗奈》，并进行了演述，我回头再去查阅资料的时候，才发现《瑟岗奈》是民间的本土语言，其实这就是老一辈学者出版时选用的篇名《溯河西迁》《跋山涉水》等。

马学良、今旦版本的《苗族史诗》（1983）中，对这一篇名进行了说明："《溯河西迁》（苗文为《Nangx Eb Jit Bil》），究其本意应为"顺沿着河流往高坡爬，故作此译。""这是一首叙述苗族祖先原来住在东方滨海或滨湖地区，后因人丁兴旺，住地狭窄，生活困难，为了寻求幸福生活而向西方迁移的史诗。"[1] 这个版本的文后，编者还对"五对爹娘"进行了解释："'五对爹娘，苗文为 Zab Gangx Nal'，这又是本歌的另一名称。按 Gangx 乃是一个以'二'数为单位的集体量词，相当于汉语的'双'或'对'。这个词在流行这首歌的地区，口语里已经不说了；但在其他地区（如凯里舟溪）的口语里则是专用来表示夫妇二人的量词（如，ib gangx wid yis———一对夫妻）。又 nal 这个词，口语里已经不用，在诗歌里的意义，有时指母，有时指父，有时指双亲，有时指祖先，跟英语的 parent 及其复数颇为相似。从这里的用词来看，歌中所反映的已经是一夫一妻的时代了。"[2]

我们再来分析一下张老革在院子里教学徒所唱古歌《瑟岗奈》的文本，这次教唱的时间是半个多小时，从头至尾围绕着一个问题展开。然而，这个文本不同于我们在演述中搜集的文本，歌师采用的是"自问自答"的形式，比如，歌师张老革直接把答案"爸威生爸吾，爸江生爸嘎，才生五对妈"唱出来，然后她再教给学徒如何来提问。（详见附录6：古歌《瑟岗奈》文本中"张老革在院坝教学徒唱苗族古歌"第1—17句）。

---

[1]　马学良、今旦译著：《苗族史诗》（*HXAK HMUB*），中国民间文艺出版社1983年版，第287页。

[2]　同上书，第303页。

Aob hmut seib gangx neel	咱唱五对妈
Diut niof meis nangx beel	六对妈爬坡
Hleit jeet jos noux lal	上游好生活
Bad weib yas bad wul	威父生务父
Bad jangb yas bad gal	江父生嘎父
Jof dangt seib gangx neel	才生五对妈
Diut niof meis nangx beel	六对妈爬坡
Hleit jeet jos noux lal	上游好生活
Hsangt deis at meis lul	哪个做大妈
Hsangt deis at meis niul	哪个做小妈
Jof dangt seib gangx neel	才生五对妈
Diut niof meis nangx beel	六对妈爬坡
Hleit jeet jos noux lal	上游好生活
Max vuk nangs noux liol	下游疾苦多
At deis haot max yenl	怎么说不清
Xongt dlinf ib diux mol	另唱一段去
Aob hmut seib gangx neel	咱唱五对妈

　　张老革教到这个地方时，她停了下来，请学徒们重新一遍，不过，他们重复唱的古歌内容已经发生了变化（详见附录6：古歌《瑟岗奈》文本中"张老革在院坝教学徒唱苗族古歌"第18—27句）。

Diut niof meis nangx beel	六对妈爬坡
Hleit jeet jos noux lal	上游好生活
Max vuk nangs noux liol	下游疾苦多
Hsangt deis at meis lul	哪个做大妈
Hsangt deis at meis niul	哪个做小妈
Geef xangb at meis lul	格香做大妈
Liongx xenb at meis niul	勇兴做小妈
At deis haot max yenl	怎么说不清
Diux ab xongt gongd yeel	这段就这样
Diux ghangb nongt diangd laol	下段来再说

　　我们再来比较一下张老革教龙厅保唱的这首古歌（详见附录6：古歌《瑟岗奈》文本之"龙厅保在家向歌师张老革学唱古歌"第1—43句）：

Laol hmut seib gangx neel	咱唱五对妈
Diut niof meis nangx beel	六对妈爬坡
Hleit jeet jos noux lal	上游好生活
Daok vuk nangs noux liol	下游疾苦多
Liof meis deis dax diangl	哪个妈来生
Jof dangt seib gangx neel	才生五对妈
Bad weib yas bad wul	威父生务父
Bad jangb yas bad gal	江父生嘎父
Jof dangt seib gangx neel	才生五对妈
At deis haot max yenl	怎么说不清
Diut niof meis nangx beel	六对妈爬坡
Hleit jeet jos noux lal	上游好生活
Daot vuk nangs noux liol	下游疾苦多
At deis haot max yeel	怎么说不清
Diux neid niangb neid deel	这节是这样
Jeet dlinf ib diux mol	唱下一段去
Aob hmut seib gangx neel	咱唱五对妈
Diut niof meis nangx beel	六对妈爬坡
Hleit jeet jos noux lal	上游好生活
Daot vuk nangs noux liol	下游疾苦多
Hsangt deis at meis lul	哪个做大妈
Hsangt deis at meis niul	哪个做小妈
Geef xangb at meis lul	格香做大妈
Liongx xenb at meis niul	勇兴做小妈
At deis haot max yenl	怎么说不清
Diux ab xiongt gongd yeel	这节就这样
Diux ghangb nongt diangd laol	下节就来到
Aob hmut seib gangx neel	咱唱五对妈
Diut niof meis nangx beel	六对妈爬坡
Hleit jeet jos noux lal	上游好生活

续表

Daot vuk nangs noux liol	下游疾苦多
Yul deis yenx meis lul	多少寅大妈
Yul deis yenx meis niul	多少寅小妈
Jof dangt seib gangx neel	才生五对妈
Juf aob yenx meis lul	十二寅大妈
Juf aob yenx meis niul	十二寅小妈
Jof dangt seib gangx neel	才生五对妈
Diut niof meis nangx beel	六对妈爬坡
Hleit jeet jos noux lal	上游好生活
Daot vuk nangs noux liol	下游疾苦多
At deis haot max yenl	怎么说不清
Diux ad xongd gongd yeel	这节就这样
Diux ghangb nongt diangd laol	后段就要来

图4—23 张老革指出龙厅保唱的古歌所存在的问题

在歌师张老革教唱的几个文本中，有一个文本引起了我们的关注，即歌师张老革教学徒张老积演述的古歌内容（详见附录6：古歌《瑟岗奈》

文本之"歌师张老革教张老积老人唱的《瑟岗奈》文本"第1—38句）。

Aob hmut seib gangx neel	咱唱五对妈
Diut niof meis nangx beel	六对妈爬坡
Hleit jeet jos noux lal	上游好生活
Daot vuk nangs noux liol	下游疾苦多
Hsangt deis vuk beel laol	哪个下山来
Xik bax dliub lal lal	梳头亮光光
Qot jaox wangb niul niul	整衣服齐齐
Xongt neex neib dlial dlial	拉爹妈起来
Niongx jib vuk beel laol	野鸡下山来
At jaox wangb niul niul	穿一身盛装
Xik bax dliub lal lal	梳头亮光光
Xongt neex neib sel sel	喊爹妈快点
Seix khab neib mol nangl	爹妈去下游
Max khab neib mol beel	不叫去上游
Meis niaox hvib dlial dlial	妈灰心得很
Bad niaox hvib dlial dlial	爸灰心得很
At deis haot max yenl	怎么说不清
Diux ad beet gangd yeel	这节就这样
Diux ghangb nongt diangd laol	下节就要来
Aob hmut seib gangx neel	咱唱五对妈
Diut niof meis nangx beel	六对妈爬坡
Hleit jeet jos noux lal	上游好生活
Daot vuk nangs noux liol	下游疾苦多
Neib laol was gheex was	妈爬山涉水
Neib laol dlongs gheex dlongs	妈翻山越岭
Hsangt deis vuk beel laol	哪个下山来
Niongx jib vuk beel laol	野鸡下山来
At jaox wangb niul niul	穿一身盛装
Xik bax dliub lal lal	梳头亮光光
Xongt neex neib sel sel	催爹妈快点

续表

Diongl nongd nongf wal diongl	这是我的谷
Vangl nongd nongf wal vangl	这是我的寨
Mox at deis laol wangl	你怎么来争
Meis cuf seid ghaod mal	妈出青果买
Bad cuf seid ghaod mal	爸出青果买
Jof daot niongx jib diongl	才得野鸡谷
Jof daot niongx jib vangl	才得野鸡寨
At deis haot max yenl	怎么说不清

图4—24　张老革单独对张老积进行辅导

其次，在2009年9月1日双井村新寨组歌师演述的《瑟岗奈》文本（共203行）中，以下诗句也多次重复出现（详见附录6第9—13句、第23—26句）：

Hsangt	deis	at	meis	lul	
个	哪	做	妈	老	哪个是大妈
Hsangt	deis	at	meis	niul	
个	哪	做	妈	小	哪个是小妈
Geef	xangb	at	meis	lul	
格	香	做	妈	老	格香是大妈

Liongx	xinb	at	meis	niul	
勇	兴	做	妈	小	勇兴是小妈

在这次古歌演述中，以下诗句反复出现了 8 次，详见附录 3：第 37—39 句、第 64—66 句、第 91—93 句、第 100—102 句、第 111—113 句、第 125—127 句、第 143—145 句、第 159—161 句、第 182—184 句。

Xangf	naot	max	yangx	vangl	
繁殖	多	不	容	寨	人多地方窄
Max	yangx	jab	diaod	dul	
不	容	火坑	烧	火	没处挖火坑
Max	yangx	wangb	hsed	ghaol	
不	容	簸箕	簸	米	没簸箕筛米

在 2009 年 9 月 2 日双井村河边组苗族歌师演述的《瑟岗奈》文本（共 162 行）中，下面的诗行也重复出现了 3 次，详见附录 4：第 14—15 句、第 40—41 句、第 85—86 句。

Bad	weib	yas	bad	wul	
爸	威	生	爸	务	威父生务父
Bab	jangb	yas	bad	gal	
爸	江	生	爸	嘎	江父生嘎父

最后，在歌师的演述中，当一方唱完部分内容后，他们会提醒另一方接着往下唱，张老革认为这样的部分也属于"歌骨"。通过对比分析，我们发现这样的部分在古歌演述的时候会经常重复出现，但歌师在教唱的时候却很少涉及这方面内容。

例如，张老革在院子里教学徒唱古歌的时候，第 25—27 句的内容如下：

At deis haot max yenl	怎么说不清
Diux ab xongt gongd yeel	这段就这样
Diux ghangb nongt diangd laol	下段来再说

从学徒龙万保在家向歌师张老革学唱古歌的文本来看，附录 6 第 14—16 句、第 25—27 句、第 41—43 句重复，内容大同小异。如下：

At deis haot max yenl	怎么说不清
Diux neid niangb neid deel	这节是这样
Jeet dlinf ib diux mol	唱下一段去

在龙光杨教唱的古歌《瑟岗奈》文本中，这两句诗行也重复出现（详见：附录 7 第 53—54 句）。

Aob diot saos yox nal	我俩说到这
At deis haot max yenl	怎么说不清

我们需要指出的一个问题是，歌师在民间教唱的时候，如果学徒主动提出想要学习"歌花"，歌师也会教给他们一些常用的"歌花"。例如：在张老革教唱的古歌《瑟岗奈》中，也同样存在着"歌花"部分。

Beeb	dax	lab	lil	vut	
我们	来	个	礼	好	咱为喜事来
Beeb	hxangx	lab	lil	vut	
我们	赞美	个	礼	好	咱唱喜事歌
Lil	nongd	lil	dins	hxent	
礼	这	礼	吉	祥	这是道吉祥
Lil	nongd	lil	dlas	xongt	
礼	这	礼	富	贵	这是贺富贵

这是张老革教学徒唱的"歌花"部分，她认为这些"歌花"也是在传统中"盛开"的，不可随便改动。这与 2009 年 8 月 31 日双井村新寨组苗族歌师演述的《瑟岗奈》文本（共 105 行）相同。在歌师演述的时候，这几句"歌花"在第 1—4 句、第 16—19 句中重复出现。当时，张老革是在场的一名歌师。在这次古歌的教唱活动中，张老革也会教给学徒"歌花"的内容。

三　歌师传习和演述中的"问"与"答"

上文中，我们列举了歌师在教唱时所涉及的"歌花"与"歌骨"，这一现象在我们所观察到的几次演述活动中也同样存在。在歌师列举出的"歌骨"中，最重要的内容是每段的问题和答案，我们知道，苗族古歌采用的是"问答体"，歌师通过一问一答的形式不断往前推进。那么，这些"问"和"答"是一成不变的，还是存在着某种变异？下面以具体诗行为例来进行分析：

（一）歌师龙光杨所教唱古歌中的"问"与"答"

下表总结了龙光杨教唱的古歌《瑟岗奈》文本中的几个"问"与"答"，这也是他所界定为"歌骨"的部分（详见附录7：古歌《瑟岗奈》文本）：

序号	提问	回答
1	谁教姜央主意？	鸭子良心好，告诉姜央办法。
2	谁在仓边教姜央？	米雀在仓边，教姜央办法。
3	哪个在仓边帮姜央设法？	水竹和金竹，他俩在仓边，帮姜央设法。
4	央气得去砍竹，砍竹做几节？	砍竹做九节，成七截在那。
5	哪个在寨头教姜央办法？	花猪在寨头教姜央办法。
6	哪个良心好？	老鹰良心好。
7	哪个教姜央先拿磨相合？	老鹰教姜央，先拿磨相合。
8	妈送姜央和妹妹什么马？	送妹匹飞马，送央一般马。
9	谁教姜央调马头，马头才相碰，马尾才相拼？	土地神教央，调马头快点，马头才相碰。
10	央安套碓边，早晚套谁脚？	安套在碓边，早晚套妹脚。
11	哪个在仓边，听说央要妹做妻？	金竹和水竹，在仓边听见。
12	姜央去接竹笋，他用什么药水接？	姜央接竹笋，用仙人水接。
13	央生怪娃，上天问雷公不理，央悄悄睡在何处？	睡在门角等，竖耳睡等待。
14	怪娃娃不会说话怎么办？	拿竹子烧火，发出爆炸声，怪娃听到后，就会讲话来。
15	怪娃娃不会动弹，雷公教央怎么办？	三半箩虱子，撒在他的头和身，他就会动弹。

从上面的表格中可以看到，歌师提出了 15 个问题，这是歌师龙光杨的教唱内容的记录，当时并没有歌师来进行对答，所以，他直接教学徒从头至尾往下唱，采用了自问自答的形式。这与实际发生的演述情形并不一样。在龙林的协助下，我们用苗汉文对照的方式整理了完整的文本，既有"问"又有"答"，仅用三个问题的苗汉文对照本为例来进行说明：

第一个问题（苗汉对照文）：

Hsangt deis ghab hnid lal	是谁想得到
At jaox wangb niul niul	穿一身盛装
Xik bax dliub lal lal	梳头亮光光
Hxot diot neel diub dlangl	站到家门外
Aok naox ghad hnid lal	鸭子良心好
Hsat Jangx Vangb baol xaol	教姜央主意

第二个问题（苗汉对照文）：

Hsangt deis niangb hed nongl	谁站在仓边
Nes seil niangb hed nongl	米雀在仓边
Hsat Jangx Vangb daol xaol	教姜央办法

第三个问题（苗汉对照文）：

Hsangt deis niangb hed nongl	哪个在仓边
Hlaod seb heeb hlaod nal	水竹和修竹
Aob dab niangb hed nongl	他俩在仓边
Hsat Jangx Vangb daol xaol	帮姜央设法

以上 15 个问题共 216 行，歌师龙光杨带着学徒们唱完这些内容花了 2 个多小时，虽然呈现在我们面前的文本内容不多，但在实际演述过程中，歌师往往要花很长的时间来进行教唱。

（二）苗族古歌版本中的"问"与"答"

以上只是歌师唱到的 15 个问题，那么，在老一辈学者搜集的古歌中，又有多少个问题呢？首先，在《苗族史诗》（1983）这个版本中，涉及的问题共有 50 个，如下所示。根据当地歌师的本土话语体系，即古歌的"歌骨"部分。

序号	提问	回答
1	从前五支奶，居住在哪里？	从前五支奶，居住在东方。
2	从前六支祖，居住在哪里？	从前六支祖，居住在东方。
3	东方虽然宽，好地耕种完，剩些空地方，像个什么样？	剩些空地方，宽处像席子，窄处像马圈，陡处像屋檐。
4	奶奶住的村，像个什么样？	奶奶住的村，又小又狭窄。
5	公公住的村，像个什么样？	公公住的村，房屋都不大。
6	我们五支奶，共用几口灶？	我们五支奶，共用一口灶。
7	我们六支公，火坑共几个？	我们六支公，火坑共一个。
8	我们五家嫂，几个舂米房？	我们五家嫂，一个舂米房。
9	我们六家姑，几对挑水桶？	我们六家姑，一对挑水桶。
10	子孙太多了，日子怎么样？	子孙太多了，吃的找不到，穿的找不到，蕨根当饭吃，树叶当衣穿。
11	一天吃几次，几天就吃完？	一天吃九次，九天就吃完。
12	一天补几次，几天不能补？	一天补九次，九天不能补。
13	哪个最聪明，心灵主意多？	雄公最聪明，心灵主意多。
14	有的怎样说，有的怎样讲？	有的奶奶说，有的公公讲："搬家是要搬，要找好地方！"
15	哪个最聪明，悄悄上高山，嗡嗡吹箫筒？怎样哄奶奶？怎样哄公公？	雄公最聪明，悄悄上高山，嗡嗡吹箫筒，哄着奶奶讲，哄着公公说。
16	见个好地方，急急转回来，悄悄对人讲？	就在山那边，日落那地方，谷粒柿子大，谷穗马尾长，要吃用手剥，碓子用不上。
17	奶奶怎样讲？公公怎样说？	奶奶说"走走"，公公说"走走"。
18	到底怎么说？	快到西方去，寻找好生活。
19	妈妈对爸爸说句什么话？爸爸对妈妈说句什么话？	妈妈叫爸爸记住带犁耙，爸爸叫妈妈记住带棉花。
20	姑姑对嫂嫂说句什么话？嫂嫂对姑姑说句什么话？	姑姑叫嫂嫂莫忘带针线，嫂嫂叫姑姑莫忘带剪刀。
21	临到要走了，奶奶为啥慌？忘记带哪样？后来变哪样？	一个催一个，奶奶心里慌，忘记带手杖，后来变石条。

序号	提问	回答
22	临到要走了，妈妈为啥慌？忘记带什么？后来变哪样？	一个催一个，妈妈心里慌，忘记带纺车，变成纺织娘。
23	哪个最聪明，笑着把话说？	雄公最聪明，笑着把话说。
24	来到什么山，路滑上山难？	来到细石山，路滑上山难。
25	哪个是好汉，一声一声喊？	雄公是好汉，一声一声喊。
26	哪个心明亮，说出啥主张，奶奶和公公，心里喜洋洋？	雄公心明亮，心里有主张。一边叫雄扎，一边喊东勇："快去割茅草，铺垫在路中。"
27	白天怎么办？夜里怎么办？	白天摸着走，夜里跨步难，幸有萤火虫。
28	哪个力气大，拉了奶奶起？哪个本领强，拉了公公起？	凉水力气大，拉了奶奶起；烟叶本领强，拉了公公起。
29	行行又走走，来到啥山头？为个什么事，寸步不能走？	行行又走走，来到冰山头，冰山滑如油，寸步不能走。
30	哪个好心肠，走下高山头？	太阳好心肠，走下高山头。
31	为了啥原因，水色不一样？	三条大河水，滚滚流东方，因为不同源，水色不一样。
32	河水黄央央，来自啥地方？河水白生生，来自啥地方？河水稻花香，来自啥地方？	河水白生生，来自银地方；河水黄央央，来自金地方；河水清幽幽，飘着稻花香，源远水流长，那里出棉粮。
33	雄公问奶奶，要走哪条江？雄公问公公，要去哪地方？	我们五支奶，开口把话讲：沿白水河上，去找银地方。我们六支公，另外出主张：沿黄水河上，去找金地方。
34	漩涡像什么，鸭子不敢过？	漩涡像山口，鸭子不敢过。
35	哪个有主意，心中不着急？	雄公有主意，心中不着急。
36	到处光秃秃，哪里有大树？	只有一棵树，生长在猴坡。
37	那是什么树，生长在猴坡？	那是白桐树，生长在猴坡。
38	哪个在树颠？哪个在树脚？	老鹰在树颠，蛤蟆在树脚。
39	奶奶和公公，怎吹白桐树？	奶奶扛锯子，公公带斧头，攀缘上猴坡，砍伐白桐树。

续表

序号	提问	回答
40	老鹰舞起爪，爪长像什么？蛤蟆张开嘴，嘴大像什么？	老鹰舞起爪，爪长像竹竿；蛤蟆张开嘴，嘴大如箩筐。
41	哪个是好汉，开口大声喊？	雄公是好汉，开口大声喊。
42	哪个主意好，想出好办法？	雄公主意好，想出好办法。
43	请猴用什么？	请猴用金银。猴子不要金，猴子不要银。
44	请猴用什么？	请猴用鸡鸭。猴子不要鸡，猴子不要鸭。
45	请猴用什么？	请猴用黄瓜。猴子笑哈哈，下山把树拉。
46	造了多少天？造了多少夜？造成几只船？一船几个舱？	造了十三天，造了十三夜，造成百只船，一船百个舱。
47	哪个站船头，对着船里喊？	雄公站船头，对着船里喊："东勇和雄扎，快快射岩山。"
48	哪个拿绳子？哪个拴箭杆？	奶奶拿绳子，公公拴箭杆。
49	哪个和哪个，割藤砍刺柯？	东勇和雄扎，割藤砍刺柯。
50	哪个心亮堂，路边栽木桩？	雄公心亮堂，路边栽木桩。

这是文中的 50 个问题，我们遴选出来作为样例，例如：第 19 个问题："妈妈对爸爸说句什么话？爸爸对妈妈说句什么话？"，答案为："妈妈提醒爸爸带犁耙，爸爸叫妈妈记得带上棉花。"第 20 个问题："姑姑对嫂嫂说句什么话？嫂嫂对姑姑说句什么话？"答案为："姑姑叫嫂嫂莫忘带针线，嫂嫂叫姑姑莫忘带剪刀；妈妈忘记带纺车。"等等。

其次，我们以田兵版《苗族古歌》中的《溯河西迁》为例，其所记录的歌师问题与答案，梳理如下：

序号	提问	回答
1	他们是哪个生的？	是姜央老人家。
2	爹娘原来住在哪里？	他们住在这样的地方。
3	穿的什么衣？吃的什么饭？	穿的笋壳衣，吃的清明菜。

续表

序号	提问	回答
4	儿子怎样劝父亲？	儿子劝告父亲说："收拾钢钎吧！"
5	嫂子如何劝小姑？	嫂子劝告小姑说："收拾纺针吧！"
6	西迁的祖先，名字叫什么？	寅公和卯公，辰公和色公，黎公和诺公，姜公和文公，他们五对祖先，五对先人向西迁。
7	是哪一个啊，谁来自东方？	勇娃从东方来，吹着喇叭杆。
8	祖传的钢钎，爹爹收好了，放它在哪里？	放在黄沙坝，后来变巧嘴，地方靠它来治理。
9	先人的纺针，嫂嫂收好了，藏它在哪里？纺曲送给谁？	藏在黄亮的沙滩，纺曲送给纺织娘。
10	哥哥忘带了东西，忘的是哪样？	忘了支芦笙。
11	笙曲谁要了？	蛉蛉虫郎拿去了。
12	妈妈也忘了东西，忘的是哪样？	忘了根手杖。后来变成绊脚石。
13	嫁了姑娘再走吧，姑娘嫁给谁呢？	姑娘嫁给山花，樱花的名声最好了。
14	嫁了姑姑再出发，姑姑嫁给谁家？	嫁给盛开的鲜花，嫁给樱花最美了。
15	谁的力气大，叫它去把路程量？	老鹰力气大，它去量路程。
16	哪个孩子最善良？	喜鹊最善良。
17	哪个孩子最能干？	喜鹊最能干。
18	是哪一个啊，来春米给爹娘？	雄天老公公，他给爹妈春粮。
19	拿什么请拱猪呢？	拿片竹林作报酬，谢礼还要一对鼓。
20	是哪一个啊？	是优养德老人，披荆斩棘把路修，开路给爹娘走。
21	是哪一个啊？	是太阳公公，来给爹妈把路修。
22	是哪一个啊？	是雄该老人家，集合了九路爹娘。
23	鼓是什么样？	号筒草作鼓腔，让蝗虫去钻。
24	哪里去找树？	还有一棵白梧桐，长在雷公家菜园。
25	什么东西啊，生儿育女在树上？	岩鹰老家伙，生儿育女在树上。
26	什么木头造弯弓？	农央木造弯弓。
27	什么木头选箭杆？	农溜竹造箭杆。
28	什么藤子作弓弦？	南翁藤作弓弦。
29	审判要戴什么帽？	要戴白银帽，头戴银冠来审判。

续表

序号	提问	回答
30	要煮鹰肉吃，用的什么锅？	艾杆当作锅。
31	谁来吃掉了肾脏？	勇毕吃掉了肾脏。
32	大船凿好了，是谁来撑篙？是谁来掌舵？	我们爹爹撑篙，我们妈妈掌舵。
33	是谁划前面？哪一个掌后？	我们公公划前面，我们奶奶掌后。
34	哪个最能干？	雄扎最能干。
35	是哪一个啊？	是那水龙王。
36	白天结了什么冤？夜晚结了哪样仇？	梧桐倒下来，砸了水龙的妈妈。
37	谁从西方下来了？	汉人顺河下来了。
38	汉人临走说了话，说了些什么？	我到东方去织布，我到东方去纺绸，到祭祖的时候，我送希、帽到西方才得祭妹榜，祭了祖先才富有。
39	用什么造刀呢？	岩鹰骨头作成刀。
40	是哪一个啊？	是雄天老人，镰刀在手头。
41	方和福去哪里？	方和福去交密。
42	希和涅去哪里？	希和涅去方样。

这是遴选出来作为样例的 42 个问题，文中同样是一问一答的形式，例如：问题 10："哥哥忘带了东西，忘的是哪样？"答案："忘了支芦笙。"问题 11："笙曲谁要了？"答案："蛉蛉虫郎拿去了。"问题 12："妈妈也忘了东西，忘的是哪样？"答案："忘了根手杖。后来变成绊脚石。"

在唐春芳编著的《民间文学资料·第四集》中，与之对应的篇名是古歌《爬山涉水》，其中的问题和答案却与其他的版本基本不一样。详见下表：

爬山涉水（一）

序号	提问	回答
1	从前我们的公公住在哪里？	从前我们的公公住在东方。
2	从前我们的奶奶住在哪里？	从前我们的奶奶住在东方。
3	他们住的地方怎么样？	又窄，又闷，又热。
4	五个公公共什么？	五个公公共一个火坑烤火。
5	六个婆婆共什么？	六个婆婆共一个鼎罐煮饭。

序号	提问	回答
6	五个公公共什么？	五个公公共一把柴刀。
7	六个婆婆共什么？	六个婆婆共一个纺车。
8	嫂嫂和妹妹共什么？	嫂嫂和妹妹共一个碓舂米。
9	他们吃得怎么样？	吃蕨巴当饭，吃蒿菜当饭，一天吃九次，九天以后就找不出吃的了。
10	他们穿得怎么样？	摘芭蕉叶当衣服穿，剥竹笋壳当衣服穿，一天换九次，九天以后就没有换的了。
11	大家怎么办？	大家天天哭。
12	哪个是好汉？	故兄是好汉。
13	晓得爸爸对妈妈说什么？	爸爸叫妈妈带纺锤。
14	晓得妈妈对爸爸说什么？	妈妈叫爸爸带墨线。
15	晓得哥哥对弟弟说什么？	哥哥叫弟弟带锄头。
16	晓得弟弟对哥哥说什么？	弟弟叫哥哥带犁耙。
17	晓得嫂嫂对妹妹说什么？	嫂嫂叫妹妹带花绣。
18	晓得妹妹对嫂嫂说什么？	妹妹叫嫂嫂带簸箕。
19	晓得走的时候说什么？	你们在东方，天天都闻到告劳的香气，吃清喝淡不要难过。
20	晓得送的时候说什么？	愿你们在西方田地满坝子，菜园满寨边，子孙像蜜蜂。
21	哪个和哪个，把他们隔开？	高山和大河，把他们分开。
22	祖先跟着什么走？	顺着日落的方向走。
23	为什么叫作喘气山？	因为那座山，坡陡路难行，出气出不匀，所以叫作喘气山。
24	为什么叫作四脚爬山？	因为那座山，坡斜路又陡，四脚四手爬着走，所以叫作四脚爬山。
25	为什么叫作等人坝？	大家来到一个河沙坝，一个等一个，等着数清人数，清好人数再前进，所以叫作等人坝。

续表

序号	提问	回答
26	为什么叫作弯腰冲？	因为那个冲，树叶压头顶，弯着腰干走，额门弯到胸口上，所以叫作弯腰冲。
27	为什么叫作石刀山？	因为那座山，石头像锯子，像镰刀口子，像针的尖尖。
28	哪个把大家拉起来？	叶烟把大家拉起来。
29	晓得沿着哪一条走？	大家沿着漂稻花的河水走。
30	尖尖住什么？	尖尖住老鹰。
31	根根住什么？	根根住青蛙。
32	用什么请猴子？	用不留请猴子。
33	水浪怎么大？	水浪像牛圈。
34	水旋怎么大？	水旋像谷仓。
35	为什么叫作细尼山？	因为那匹山，树子也没有，草草也没生。
36	为什么叫作宣誓坳？	因为大家在那里宣誓。

爬山涉水（二）

序号	提问	回答
1	老人们准备走，哪个不准离开？	雄以不准老人走。
2	砍个什么竹筒？	砍个金竹筒。
3	杀一个什么牲口？	杀一头大牯牛。
4	砍一个什么竹筒？	砍一个大通鼓筒。
5	爹跟儿怎么讲？	爹跟儿说带锄头。
6	儿跟爹怎么讲？	儿跟爹讲要带水牛杠。
7	嫂跟姑怎么讲？	嫂跟姑讲要取纱锭去。
8	姑跟嫂怎么讲？	姑跟嫂讲带布机。
9	爹失落什么东西？	爹失落一把犁。
10	嫂失落什么东西？	嫂失落一架纺线车。
11	用哪样棒棒才撵动祖母？	只有五谷才能撵动祖母。
12	哪个随白水河上？	鲤鱼随白水河上。

序号	提问	回答
13	哪个随黑水河上？	飞鱼随黑水河上。
14	哪个随桐水河上？	桐子河熟果木。
15	哪个随清水河上？	清水河熟五谷。
16	哪个心肠好？	喜鹊心肠好。
17	哪个人心好？	雄公人心好。
18	哪个来扯一块布？	雾罩扯一块布。
19	哪个拱去岩石？	野猪拱去岩石。
20	拿哪样钻鼓？	拿白鸡钻鼓。
21	开田遇到什么？	开田遇到鱼塘。
22	挖土遇到什么？	挖土遇到银子。
23	开田栽哪样？	开田栽苞谷。
24	栽哪样来吃？	栽苦荞子来吃。
25	娘请哪样人？	娘请个汉人。
26	哪个良心坏？	清江的后生良心坏。
27	拿哪样哄它？	拿鸡崽哄它。
28	拿哪样哄蛤蟆？	拿蚂蚱螳螂哄蛤蟆。
29	拿哪样请师父？	拿公鸡请匠人。
30	拿哪样搓绳？	拿生草搓绳。
31	哪个来爬在身上？	蚂蚁来爬在身上。
32	晓得哪个地方好？	南龙地方好。
33	去到哪个地方？	去到云南地方。
34	好年做什么？	好年吃牯脏。
35	千年做什么？	千年栽荞麦。
36	哪个翻山翻岭来？	仙人婆翻山翻岭来。

（三）张老革、龙和先所演述古歌版本中的"问"与"答"比较

下面比较的两个文本都是协力者龙林搜集整理的，第一个文本是歌师张老革演述的古歌《瑟岗奈》，她共提出了 27 个问题并予以回答（详见附录 9：龙林搜集整理的新寨歌师张老革唱的古歌《瑟岗奈》）；第二个文本是歌师龙和先演述的古歌《瑟岗奈》，全文共有 39 个问答（详见附录 8：龙林搜集整理的龙和先唱的古歌《瑟岗奈》）。

　　我们先来看张老革所演述古歌《瑟岗奈》中的问题与答案。通过分析，我们发现，歌师张老革无论是在教学徒们唱古歌的时候，还是在实际的演述场域中，均采用一问一答的形式，即每一段都会提出问题，再请对方来回答，这些"问"和"答"的句子也是高度程式化的。

序号	提问	回答
1	谁生五对妈？	威公吾公江公嘎公，生五对爹妈。
2	谁是老妈？谁是嫩妈？	格香是老妈，勇兴是嫩妈。
3	几寅是老妈？几寅是嫩妈？	十二寅是老妈，十二寅是嫩妈。
4	古时爸住在何处？妈住在何处？	爸休息在恩省坝，妈休息在恩省坝。
5	恩省地方窄像什么？	窄得像块银元。
6	恩省地方窄像哪样？	地方窄像圈马，拥挤像耳朵锅。
7	远古吃的是什么？穿的是什么？	远古时吃的是毛草穗，穿的是芭蕉叶。
8	吃饭吃哪样，穿衣穿哪样？	吃饭吃毛草穗，穿衣穿芭蕉叶。
9	嫂子叫姑姑做什么？小孩叫爸爸做什么？	嫂叫姑取纺针，崽叫爸放下锄头。
10	取纺针放何处？丢下锄头放何处？	纺针放碗柜边，锄头放屋壁边或田角边。
11	锄头后来变成什么？纺针后来变成什么？	锄头变成穿山甲，纺针变成叫蛐蛐。
12	用什么编鞋？用什么扯鞋？	用稻草芯编鞋，用稻草芯扯鞋。
13	远古时用什么编鞋？用什么扯鞋？	远古时用毛草编鞋，用毛草扯鞋。
14	妈来还忘记什么？	还忘记个老屋基。
15	还忘记带什么？	还忘记带蓑衣斗笠。
16	还忘记带什么？	还忘记带犁和耙。
17	是谁下坡来？	是雪下坡来。
18	谁从下方来？	太阳从下方来。
19	是谁下坡来？	是野鸡下坡来。
20	坡是我的坡，寨是我的寨，你为何来占？	爹出绿籽买，妈出绿籽买。
21	是谁下冲来？	野猪下冲来。
22	冲是我的冲，寨是我的寨，你为啥来占？	妈出蕨根买，爸出蕨根买。
23	是谁好良心，睡在寨脚下？	犀牛好良心，睡在寨脚下。
24	远古老鹰有多大？	远古老鹰有斗笠大。

续表

序号	提问	回答
25	到了河沙坝，每边用做什么？	一边晒谷子，二边是岩包，三边是水流。
26	走到大码头，哪样船渡妈？	杉木船渡妈，渡走千万妈。
27	用什么撑船，把妈渡过去？	用京竹渡妈，渡走千百妈。

　　我们来分析龙和先所唱古歌《瑟岗奈》的内容，下面总结了他所教唱的这首古歌的"问"与"答"部分（详见附录8：古歌《瑟岗奈》文本）：

序号	提问	回答
1	哪个好心肠，它前来告诉？	鸭子来告诉，你快去下方，下方才有伴。
2	是谁在仓边，他对姜央说，你回家快点，你去对妈说？	水竹与京竹，它俩在仓边，告诉姜央说，你快去下方。
3	央下方找伴，找了三年整，三个七月满，仍找不到伴，哪个来告诉？	菩萨心明白，菩萨来告诉。
4	哪个好主意，哪个来告诉？	菩萨好主意，菩萨来告诉，先扛去合起，再对妈妈说。
5	是谁来告诉，快拉马头转，将马头相拼，将马颈相会？	老鹰很聪明，老鹰来告诉。
6	早套得什么？晚套得什么？	在山坡设套，早套得喀雀，晚套得喀雀。
7	设套在哪里？早设得什么？晚设得什么？	安套碓窝边，早套妹的脚，晚套妹的脚。
8	央要妹为妻，年轻人喜欢，老人不喜欢，是谁在仓边？	水竹和京竹，它俩在仓旁，说姜央如何，央要妹为妻。
9	姜央去接笋，用什么药接？	用仙水接笋，接笋接好了。
10	雷公说不知，央退步转回，睡在何地方？	睡在马圈边，听公讲什么。
11	央速转退来，睡在何处躲，等听讲什么？	央退转回来，睡在马圈边，好听雷公话。
12	央退速走来，睡在处所做什么？	睡在处所等。
13	撒在他身上，发痒他就动，央睡在哪里？	睡马圈底下，睡起听情况。
14	哪个妈来生，才生五对妈，六对妈爬坡？	威父生务父，江父生嘎父，他们五个妈，五个妈来生。
15	我俩讲过去，远古的时候，妈住在何处，爸住在何处？	千对妈也住下方，百对妈也住下方。

续表

序号	提问	回答
16	吃饭吃什么，穿衣穿什么？	吃饭是野菜，穿衣穿笋壳。
17	吃饭吃什么，穿衣穿什么？	吃饭毛草穗，穿衣芭蕉叶。
18	黄泥巴在哪，黑泥巴在哪？	黄泥在下方，黑泥在上方。
19	哪个心头亮，会吹土喇叭，惊动了大家，大家全知道？	鹊雀心里好，会吹土喇叭，惊动了大家，大家全晓得。
20	嫂对姑说啥，姑对嫂说啥，崽对父说啥，父对崽说啥？	崽要父放下犁耙，嫂要姑放下纺针，要走上方去，去上方吃好。
21	嫂劝姑放下纺针，把针放何处？	放屋木枋上。
22	崽劝父放下犁耙，藏在何地方，藏撮箕何处？	藏锄田坎边，藏撮箕田坎边。
23	嫂上来忘啥，姑上来忘啥，忘什么东西，嫂来忘记拿？	忘记纺纱车，她拿不动来。
24	崽来忘记啥，忘记啥东西，父来忘记啥，忘记啥东西？	还有老屋基，他们拿不动。
25	还有一样鸟，它像轿子大，它上来不到上方，这是啥东西？	是舂米碓窝，生嘴在头上，生翅在身上，它上来不到。
26	来看祭妈鼓，用什么树制？	用岩石制鼓。
27	用什么敲鼓？	蚂蚱脚敲鼓。
28	祭爹妈再去，用什么制鼓，用哪样钉钉？	鼓敲两面响，才成祭妈鼓，用岩石制鼓。
29	用哪样钉钉，蛤蟆皮蒙鼓面？	用岩钉制鼓，敲两面都响，才成祭妈鼓。
30	是谁来制鼓，除头要中间？	偷油婆供鼓，除两头不同，才成祭妈鼓。
31	要是砍柴鞋，用什么来做，用什么来扯？	用稻草芯编，用稻草芯扯，才得砍柴鞋。
32	咱说爬坡鞋，用什么来做，用什么来扯？	用毛草来扯，用毛草来编，才得爬坡鞋。
33	来到半山腰，来碰到什么？	碰到叫蛐蛐。
34	爸出哪样买，妈出哪样买？	爸出蕨根买，妈出蕨根买，才得野鸡冲，才得野鸡坡。
35	妈出什么买，才得野鸡冲，才得野鸡坡？	妈出青果买（绿籽籽），爸出青果买，才得野鸡冲，才得野鸡坡。
36	老鹰有多大，老鹰来咬妈？	老鹰像块乌云大，雄赳赳上来。
37	拿什么枪打，用哪样绳捆？	拿岩石枪打，用岩石绳捆。
38	哪个力气好，还有七百青年？	九后力气大，老后来拉妈。
39	谁从下方来，哪个来拉手？	仙人从下方来，仙人来拉手。

龙光杨向歌师龙和先学唱古歌的时候，他也曾听到歌师重复唱这样的"歌骨"内容。在对 1990—1992 年龙林搜集的歌师龙和先所唱的古歌《瑟岗奈》文本（共 966 行）进行分析的时候，我们也可以看出这属于歌师重复唱的"歌骨"部分。歌师龙和先演述的是关于洪水滔天以后姜央和他妹妹如何成亲、繁衍人类的故事，我们可以看出，这段古歌所演述的内容与我们所理解的传统意义上的古歌《瑟岗奈》存在一定的差异。现以附录 8 第 425—442 句为例，加以说明：

Xangf jangx gangb peid diol	繁殖像蚂蚁
Liof meis deis dax diangl	蝶妈哪个生
Jof dangt seib gangx neel	才生五对妈
Diut niof meis nangx beel	六对妈爬坡
Bad weib yas bad wul	威父生务父
Bad jangb yas bad gal	江父生嘎父
Nax daol seib dal neel	他们五个妈
Seib dal neib laol dangl	五个妈来生
Laot ut lab niangx beel	现在那年代
Senf ut lab niangx niul	现在这年代
Deel dal dab ghaot daol	有个怪娃娃
Ghaot daof yas dangx daol	怪娃生大家
Jof daot seib gangx neel	才有五对妈
Diut niof meis nangx beel	六对妈爬坡
Hleit jeet jot noux lal	上游好生活
At deis haot max yenl	怎么说不知
Diux ab xongt qongd yeel	这段就这样
Diux ghangb nongk diangd laol	下段又来到

在对古歌《瑟岗奈》程式化用语进行分析后，我们发现这段古歌主要是关于姜央和妹妹成亲后生育怪胎的内容，以前我们总以学者的眼光来看待民间口承现象，认为苗族古歌在演述的时候，应遵循一定的篇章结构，比如先唱某个篇章，再唱下个篇章，然而在实际演述活动中并非如此，歌师的思维方式与学者不同，并没有我们所谓的"章""节"或者

"篇名"的区分方式，他们可以在传唱的过程中根据现场情况对古歌的内容进行增减，例如，在上述古歌第443—452句的转折后，歌师龙和先把演述的内容转到了《瑟岗奈》的主体部分。

Laol hmut seib gangx neel	来唱五对妈
Diut niof meis nangx beel	六对妈爬坡
Hleit jeet jos noux lal	上游好生活
Daos liuk lab niangx lal	得像这时代
Meis hxot niaox ghongs vangl	妈住在寨巷
Bad hxot niaox ghongs vangl	爸也住寨巷
Aob hmut xangf niangx liul	我俩讲过去
Laot niangx xib qid laol	远古的时候
Meis hxot niaox deis mol	妈住在何方
Bad hxot niaox deis mol	爸住在何处

对于这一现象，田兵在《苗族古歌》的"前言"中曾作过较为详细的介绍，他指出："《跋山涉水》这首歌，其主要情节，是写为了追求好生活，老人率领子孙迁移的事。这是黔东方言区所特有的，黔东南聚居区苗族的又比其他地区的更为丰富多彩，其内容似乎就是这支苗族沿都柳江西迁的故事。这像是一首真实的历史歌，较上述神话式的十二首古歌均不同。其产生的时代，显然也晚很多很多。但因苗族没有文字，每首古歌的时代感不明确，群众把它和上述古歌并列，认为是古歌的最后一首，是紧接着《兄妹结婚》的。一般歌唱时，要先唱《兄妹结婚》歌作一段引子，才接唱《跋山涉水》歌。"[①]

正如田兵在上文中所提及的，有的歌师唱《瑟岗奈》的时候，会在前边唱《兄妹结婚》的内容作为引子，再接着往下唱主体部分。

通过对几次演述事件的分析，加上对歌师龙光杨、张老革教唱古歌活动的参与观察，参与详尽的田野调研材料，我们发现，学徒在学习的过程中，既有继承歌师演述技艺的一面，这是民间文学的稳定性特征，又有发

---

① 　田兵编选，贵州省民间文学组整理：《苗族古歌》，贵州人民出版社1979年版，第281、9—10页。

生变异的一面，这体现了民间文学的变异性规律。

苗族古歌的创作主要是基于演述人个体的聪明才智与他们记忆中的传统模式，从这个角度来说，苗族古歌正好是这一民间传统与演述人自我发挥相互结合的产物。一些当代学者对史诗的演唱特点进行研究，他们认为按照常理史诗的演唱者是不可能熟记成千上万的诗行的，而民间演唱者却很好地做到了这一点。民间演述人之所以能做到这一点，是因为在史诗诗行中存在着一种相对固定的格式，即程式，他们正好记住了这一程式。

一方面，任何一种民间文化"传统"的形成、维系与发展的内部运作机制都是建立在"稳定性"的基础上。对苗族古歌的研究，我们不能脱离苗族当地的文化生态环境，只有深入当地进行田野考证，才能真正理解古歌的流传与变异特征，才能更好地领会古歌的深层含意，以便更好地对这部古歌的文化价值作出合理的衡量和判断。

另一方面，民间文学具有口承性的特征，它与书面文学有着本质的区别，美国学者瓦尔特·翁曾总结了口语思维的线性特征，由于语言表达是不断流动而非固定的，所以，民间文学在流传的过程中难免会受到多种因素的影响而产生变异性。在搜集整理史诗的过程中，由于演唱的时间、地点、场合、演述人等不同，演述人在传唱过程中不断进行"添枝加叶"，导致记录下来的文本形成了一个个的"异文本"，而变异性的本身是客观存在的，它不同于民间文艺工作中的改编。

小　结

在田野调查中，我观察到了双井村苗族歌师张老革和龙光杨教唱古歌《瑟岗奈》的情形，我用摄像机拍摄了整个教唱的过程，并制作了四个《瑟岗奈》的演述文本，即 2011 年 2 月 18 日新寨歌师张老革教唱的古歌《瑟岗奈》文本（包括张老革在院子里教十来个学徒唱古歌的文本、张老革教张老积和龙厅保唱古歌的文本）、2011 年 2 月 20 日水井边苗族歌师龙光杨教唱的古歌《瑟岗奈》文本等，这些文本为后期的分析工作比较打下了基础。围绕这几次古歌传习活动，我开始对古歌传承人和学徒逐个进行田野访谈，以掌握双井村新寨组、水井边组和老上组的传承情况。通过研究，我发现虽然在市场经济的冲击下，苗族古歌很大程度上面临着后继乏人的境遇，岌岌可危，然而也有少数例外的情况，古歌传承人出于对本民族文化的热爱，他们自发地组织起不少古歌的传习活动，这为古歌的保存和传承做出了贡献。

从田野访谈中，我对双井村歌师之间的师承关系进行了梳理，双井村有三个苗族村民小组，分别为水井边（Eb Ment）、老上（Ned Haot）和新寨（Baot Jux），这三个组的歌师之间存在一种潜在的竞争关系，包括对古歌的传承，也是以每个组为单位来进行的，组内成员大多存在着一定的亲属关系，他们对本组歌师的演述水平表示认可，但问及他们对本组之外的歌师演述技艺如评价，他们没有表示太多肯定与认同。在传承方式上主要依靠口头教授、师徒传承和社会传承等。

我从歌师张老革、龙光杨的两次教唱活动出发，分析了他们的传习方式、传统曲库等。我主要关注的传承人有新寨的歌师张老革、水井边的歌师龙光杨以及老上的歌师龙通祥等。新寨这组的村民多以拜师学艺、歌堂学歌等方式向张老革学习，其中，学徒龙光学、张老岔、张老杨等人已经出师，可以独立进行演述和教徒，龙厅保、龙明富、龙光林等人尚处在学徒阶段。水井边这一组的村民多向歌师龙光杨进行学习，龙光杨的学徒有万老秀、龙光勋、龙光基等人，这些学徒的演述水平和能力有差异，学艺的时间也有长短，他们个人所掌握的传统曲库也有一定的区别，歌师会根据学徒的基本情况来因材施教。三个组的歌师们都在自发地带徒和传承古歌，然而，现实中的古歌演述场合越来越少，这些学徒很少有古歌演唱的机会。在前期对歌师的传习活动进行观察后，我对张老革、龙光学、龙光杨、潘灵芝等歌师进行了访谈，他们不仅在教唱活动中自觉地传承苗族的民间文化，还在长期教与唱的实践中总结出一套规则，并用生动、形象的本土话语加以阐释和说明，这些问题曾被苗族学者今旦、燕宝等人关注并总结过，这使我在民间话语和学者话语之间寻找到了新的佐证。在总结歌师的传习规律时，我发现他们反复提及两个民间本土词汇，即"歌花"和"歌骨"。在歌师们的协助下，我对搜集的几个文本中的"歌花"与"歌骨"进行了比较分析，通过这些浸染着乡土气息的本土话语，我们不难总结出苗族古歌在传习过程中的一些规律。

结语　民族志写作与田野关系之思考

在三年多的田野调研历程中，我经历了从"陌生人——外地来采风的'记者'——北京来的研究生——双井村的老乡——歌师龙光祥老人家的干孙女——村民中的一员"等一系列的角色转换，深切感受到了走出书斋、迈向田野研究的意义，以及作为一名田野工作者把身心都融入社区文化中去的价值。从走进苗族古歌传唱的地方、寻访古歌传承人开始，到住在歌师家里，穿苗衣，学苗话，唱苗歌，喝当地土酒，与村民们一起去参加婚礼或葬礼、串亲戚、生产劳作，一直到后来成为龙光祥老人的"干孙女"，这些生活对我而言都是一种全新的尝试。随着田野调查的逐步展开，我感觉自己已完全融入到了当地人的生活世界，并对自己的角色定位进行了新的思索。我们在田野中如何建立起良好的田野关系？怎样遵循田野伦理问题？如何在主位和客位之间寻找最佳结合点？我们如何对待信息的提供者？如何把握好我们自己的语言和信息提供者的语言？……尽管这些问题尚需我在以后的研究中不断地进行探讨，这里我还是尝试着从如下几个方面就本文的民族志写作与田野关系的思考做一些阶段性总结。

首先，我的研究重点是在田野研究中寻找传承人。我试着揭示文本背后的传承人的生存环境、生活状态等问题。利用寒暑假，我深入贵州黔东南地区苗族村寨进行了田野定点调查，寻找到了演述古歌的民间传承人，了解到传承人的背景情况，并拍摄了大量的图片和录像资料。我到黔东南的凯里、施秉、台江、剑河等县市开展调查研究，因这些县市都处于双井镇的周边，在古歌的唱法、演述等方面存在着一致性，所以，这样的田野调查可以补充一些资料，让我可以更好地对古歌的传承情况进行横向研究。

我还对关注苗族古歌的当地学者进行了田野访谈，关注了他们对苗族古歌的观察、搜集、评述、传承和面临衰微的态度，主要包括剑河县文化部门工作人员视野中的苗族古歌传承人、剑河县文化部门对传承人保护的情况和对剑河县苗寨古歌传承人的访谈；台江地方学者对传承人的保护和关注情况、对台江县施洞镇传承人的田野访谈；施秉县双井村的地理文化环境、施秉县双井村的古歌传唱区域和婚姻圈以及对施秉县杨柳塘镇屯上村歌师的田野访谈等。之所以选择这样的田野调查路径，我的出发点，就是力避从文本走向文本研究。

在我访谈的苗族古歌传承人中，既有目不识丁、全凭口传心记来传唱古歌的传承人，如剑河县岑松镇弯根村的歌师张昌禄、施秉县杨柳塘镇屯上村的歌师吴通贤、台江县施洞镇的歌师刘永洪、剑河县稿旁村的歌师罗发富、剑河县中富村的歌师王松富等，也有如张德成、吴培华、姜柏等学有专长的本土学者和专家。这些歌师的年纪普遍偏大，平均年龄在 60 岁以上，其中男歌师约占 60%，女歌师约占 40%，他们的文化程度普遍不高，以小学文化为主，女歌师中的文盲占大多数。他们的生活境遇不佳，比较清苦，以农业为主要的谋生手段，但他们对唱古歌怀着浓厚的兴趣，80% 以上的受访者都表示，对古歌的热爱是他们年轻时学习古歌的动力，也是年老时生活的调剂品，他们对年轻人出外打工、找不到古歌传承人的现状深感忧虑，希望苗族的民间文化可以受到更多人的关注和重视。

其次，我主要关注了苗族古歌实际演述场景中的传承人。第一步，通过运用参与观察、民族志访谈等学科要求的基本研究方法，在录音、摄像、现场观察记录等手段的辅助下，我对四次演述事件（时间分别为 2009 年 8 月 31 日、2009 年 9 月 1 日、2009 年 9 月 2 日和 2010 年 8 月 25 日）进行了田野观察，对现场看到的古歌这一活形态口头传承形式的状态进行了书写。我用表格的形式，对演述人、演述时间、演述状态等要素进行了详尽的记录，并对当时所记录的古歌《瑟岗奈》文本进行了迻录，作为这几次演述事件的附录，还刻录了苗族古歌演述的 DVD 光碟。

第二步，我对龙光学、张老革、龙光祥、龙光林、潘灵芝、龙光基、刘昌吉、刘远英等人进行了访谈，他们是这几次演述事件中的歌师，也是苗族古歌在当地的主要传承人。通过他们的口述史，我初步建立了古歌传承人的基本档案。现场演述的歌师之间有一种师承关系，说明古歌的传承除了传统意义上的拜师学艺之外，在现场演述中也是可以学习的。通过对龙林协助誊录的古歌演述文本的分析，我发现，古歌在民间的传承遇到了不少阻力：由于歌师们大多年事已高、记忆力衰退，他们的学徒也多为中老年人，错过了学唱古歌的黄金时间，加上现场的受众对古歌也不怎么感兴趣等，这些原因导致了他们在演述古歌的时候总是出现停歇、中断等现象，这与老一辈学者在搜集古歌时所记载的传承情境大相径庭。针对这样的现状，我主要关注了以下三个问题：一是由于一方歌师唱错了歌词，导致另一方歌师的演唱形式从"一问一答"变成了"自问自答"；二是当歌师唱不下去的时候，别的歌师可以临时替补，那就是我们所看到的几次"换歌师"现象；三是当女歌师无法往下演唱的时候，另一方的男歌师开始带着这方的女歌师进行演述，这就是我们所看到的古歌演述由"男女对唱"演变成了"男女合唱"。

第三步，我还对几次古歌演述事件发生的缘由进行了调查。第一次是新寨歌师聚在一起自发地进行传唱古歌，当然，"研究者的在场"发挥了重要的作用，在苗族民间文化传统不断衰微的今天，在受众基本不在场的情况下，越来越多的歌师缺少了内在驱动力；第二场古歌演述不是在自然的语境中发生的，歌师对前一场演述不满意，所以他们又组织了第二场，并通知我们前去拍摄，然而他们认为自己还是没有发挥出最佳水平并主动提出要进行新的演述活动。在这种情况下，第三场古歌演述活动应运而生，这是水井边歌师通过传唱古歌《瑟岗奈》对新寨歌师提出的比试。时隔一年之后，当我再次到双井村进行田野调查的时候，新寨的歌师又一次唱起了古歌《瑟岗奈》，相比于前几次而言，这次的古歌演述更接近于在自然语境中发生的——台江的歌师来走亲戚的时候，与双井村歌师的一次古歌演述交流活动，没有太多比试的成分，相反，歌师乐于把自己的技艺传授给现场的学徒们。

再次，我对苗族古歌传承人的传习活动进行了观察。在田野访谈中，我主要调查了双井村水井边组（Eb Ment）、新寨组（Baot Jux）和老上组（Ned Haot）歌师和学徒对古歌的传承情况，基本了解了歌师的个人生活史、传统曲库、师承关系等方面的情况。通过歌师提供的第一手资料和信息，我对苗族古歌在当地的两次传习事件（时间分别为：2011 年 2 月 18日、2011 年 2 月 20 日）进行了参与观察，即新寨歌师张老革教唱古歌《瑟岗奈》、水井边苗族歌师龙光杨教唱古歌《瑟岗奈》，并进行了文本的誊录。

我从这两次民间自发的古歌教习活动出发，开始对歌师近三年的传习情况进行梳理。在市场经济的冲击下，虽然歌师自发地在双井村进行着古

图结—1　田野调查中我居住在歌师龙光学老人家里

歌传习，当地还有古歌的传唱活动，然而，学徒们的年龄普遍偏大，多为五六十岁的中老年人，年轻人大多外出打工，受众对古歌也不怎么感兴趣，加之现实中古歌演述场合越来越少，所以，学徒们很少有古歌演述的机会，这导致学艺难度增大，他们往往要用一两年的时间来学唱一首古歌，学艺时间长，无法很快地出师并进行演述，这让我们感慨当地的古歌传习之路依然步履维艰。

我从歌师传习活动的缘起、教习方式等问题入手，对新寨与水井边歌师的古歌传习活动进行了比较。第一次古歌传习活动是偶发的，学徒临时请歌师张老革"补课"，以应对去台江走亲戚时可能遇到的被劝酒和赛歌等情况；第二次古歌演述是学徒们向歌师请教的常规性学习。学徒们的演述水平和能力有差异，他们学唱古歌的时间有长短，所掌握的传统曲库也有一定的区别，当然歌师会根据学徒的基本情况因材施教。比如，张老革针对学徒张老积和龙厅保的不同情况，对他们采取了不同的教学方式，这有利于学徒们的学习和记忆。

在传承方式上主要依靠口头教授、师徒传承和社会传承等，歌师张老革的学徒在水平上参差不齐，龙光学、张老岔的水平比较高，他们已经可以带学徒；龙明富、龙光林等人次之，他们还没有出师，但是可以跟着歌师一起以"合唱"的形式进行古歌的演述；龙厅保、张老杨等学徒尚处于初级阶段。歌师龙光杨的学徒也是同样的情况，万老秀、龙光勋、龙光基等人已成长为歌师，他们已经培养了新的学徒。歌师张老革、龙光杨在对古歌进行传习，他们还在长期的教与唱的实践中总结出了一套规则，并用形象生动的本土话语加以阐释，比如"歌花"和"歌骨"、"提问"和"回答"等。借助歌师的传习文本、本土术语等，我们可以换一种视角，更为清晰地认识到古歌的传习规律和记忆模式等。

最后，我把自己的田野调查经历分为三个阶段，并通过"民族志写作"的方式，对我的田野研究进行总结：

第一阶段：我与研究对象初步认识、建立关系的阶段。由于初次进入田野调查的地方，我和受访者都处于彼此感觉相对比较陌生的阶段，这也导致我的田野工作的推进很慢。我对村子里的人进行观察的时候，他们同样也在打量或审视着我这个"外来者"。如何打破现有的僵局，与村子里的人尤其是歌师建立良好的田野关系，这成了我本阶段关注的主要问题。我采取的第一个方法是寻找协力者，主要目标是当地的文化学者、村支书、教师等，在他们的陪同下，我走进了村子，寻找到了我的田野调查对象，即苗族古歌的歌师和学徒。我的第二步是对受访对象进行田野访谈，围绕口头史诗传唱的相关问题，我说明了田野调查的动机和目的，在征得受访者（主要是歌师和学徒）同意的前提下，我对他们进行了面对面的访谈，记录下了受访者的口头演唱曲目，用相机为他们拍照，搜集第一手材料。这个阶段，由于我和受访者初步认识，彼此之间都不怎么熟悉，受访者在接受访谈的时候，面对着摄像机镜头，他们的面部表情往往比较僵硬，说话也很谨慎小心，他们在回答我所提出的问题时，总是考虑再三，然后简单地进行回答，只有寥寥数语。所以，这个阶段的记录本上还未出现太多的文字，而我也只是把歌师视作自己的研究对象，还未曾考虑过他们心里的想法到底是什么，他们回答这些问题的真实性如何，等等。

在我重返田野调查地点的时候，我在第一阶段所面临的窘境有了极大的改变。随着时间的推移，我和田野受访者逐渐变得熟悉起来，我感觉自己的田野工作可以很好地向前推进。当我背着沉重的田野器材，每天奔走在山间小道上的时候，村子里的人已不似当初那般以好奇的眼光打量我了，他们已经习惯了我在村子里来回调查，也乐意被我的相机镜头记录下来。后来，每次我进行田野调查的时候，不管走到哪户人家，到了饭点，他们都会热情地招呼我吃饭，我们见面的时候，他们也会主动与我打招呼，我学着用简单的苗语予以回应，他们的表情非常和善友好。作为一个外来者，进入这个社区，我面临着如何更好地与当地人交流和相处的问题。为了更好地与受访者进行沟通，我试着使用当地苗语作为交流工具，我从最基本的苗语开始学起，尽量用简单的苗语与当地人进行交流，这让我的田野访谈也变得顺畅起来。

第二阶段：我和研究对象逐渐熟悉起来，田野工作的推进开始变得更加顺利。经过前一阶段积累和沉淀，我对受访者进行田野访谈时，他们显得很自然甚至在镜头前的表情不似当初那般拘谨了，他们对我的个人情况、研究主题等情况更加了解后，有的时候他们还会主动问我需要哪方面的资料，然后予以积极的支持和配合。在我进行拍摄的时候，受访者基本上不再受到影响，他们可以随意地做手中的事情，也可以坦然地面对镜头。我又询问了一些相同的问题，虽然这些问题已经在前期询问过，然而，受访者提供的答案有所变化，他们开始以一种新的形式进行阐释。比如，在之前的访谈中，当我问起歌师的家庭情况时，他们经常欲言又止，顾虑重重，不知如何回答，而在后期的深入访谈中，由于我们彼此间都已十分熟悉，访谈者对我的提问没有了太多的顾虑，因此，他们向我提供了很多有效的信息，这使我逐步搜集了准确度更高的第一手材料。

我坚持进行田野调查，寒来暑往，我每回都住进村民家中，每天与他们"同吃、同住、同劳动"，他们已完全接纳了我这个异乡人，我们已经建立起了更为稳固的田野关系。这个时候，歌师在我的眼里已经不再是我的研究对象，而是有血有肉的、活生生的人，像我在这块土地上的亲人一样，尤其是歌师龙光祥老人，我是带着一种亲情和敬佩之情对他进行研究的。我关注的不仅有他的生活方式、演唱经历，更有他的所思所想、情感表达等。后期，我的田野调查已经很顺利了，我甚至与协力者之间达成了某种默契，受访者对我的研究也更加熟悉了，例如，龙林协助我对歌师龙光学进行田野访谈的时候，他们会主动提醒我打开录音笔，保存好资料，当我使用电脑做记录的时候，他们还会主动帮我拿着录音笔，并善意地提醒我"你的录音笔打开了吗？打开后我就开始唱了"。在我为受访者拍照以后，他们也会学着用我的相机来帮我拍照，等等。这为我的田野调查提供了很多便利。

第三阶段：经过前期的真诚沟通和努力，我和双井村的歌师已经建立了友好的关系。我再次回到双井村，在过节时拎着礼物到每位歌师家去拜访，就像回到自己的家乡一样，而我的受访者已经成了我所牵挂的家乡亲人。当我离开这个地方的时候，总会感到依依不舍，挨家挨户去与他们道别，他们也对我千叮咛万嘱咐着，希望我"常回家看看"。我始终记得这样一句话，一次田野调查的结束并不意味着田野关系的终止，相反，而是一种开端。每次结束田野调查后，回到学校，我都会信守承诺，及时把田野中拍摄的照片给村民们寄回去，并准备好下次拜访的小礼物。当我再次回去进行田野调查时，我发现他们把照片放在了桌子上的玻璃夹板中，或者挂在了墙壁上的镜框里。当我把所拍摄的田野光碟寄回去的时候，歌师们如获至宝，他们聚在一起观看光碟视频，当看到自己的身影时，歌师们的脸上总会洋溢起满意而灿烂的笑容，而在逢年过节有客人来的时候，他们也会播放视频给客人看，以彰显自己的演述水平。

图结—2　歌师龙光祥（中）对我所拍摄的古歌《瑟岗奈》进行点评

从对上述田野经历的回顾中，我的感想和收获如下：当我刚进入田野调查地的时候，主要采用了"参与式观察"法，尽量用一种比较客观、冷静的态度审视陌生群体的文化，刚开始，我在自己比较陌生的文化中从事研究，完全没有语言、环境、人际关系、心理和生活等方面的优势，所以我面临的挑战性更大，但这也是一个难得的机会。作为外来者，在对当地文化的"盲视"情况下，这种"参与式观察"可以促进不同文化、信仰和生活方式的人之间相互理解，缩短与当地人的距离，以便我们与当地人更好地进行沟通、交流，并争取获得当地人的信任。我们可以向当地居民学习到很多东西，重要的是学习当地的民间话语体系，争取跟歌师们倾心交流。从田野作业到论文写作，我一步步进行着探索，在受访者和协力者等人的帮助下，我逐步熟悉了苗语的记音、转写、誊录和翻译等工作步骤。但在此种关系的建立、维护中，我一直在思考，目前采取的方式是否可行，是否涉及田野伦理的问题等。对于如何处理好田野关系、维护好受访者的权益等问题，我也进行了一定的思考。

　　首先，我们要遵循田野伦理，尊重当地人的想法和思想观念，切忌为了得到资料而不加以说明，甚至对受访者加以哄骗。在初期阶段，我们在与研究对象还不怎么熟悉的情况下，一定要在征得当地人同意后，才能开展摄像、记录等工作，如果当地人不同意，一定不要偷偷拍摄、记录。例如，我在获得歌师和学徒允许的前提下，才会亲历苗族古歌的演述现场，采用照相机、MP3 等手段，记录下古歌传唱现场，尽可能真实地加以重现演述流程。

图结—3　第三场古歌演述时协力者龙佳成（左二）在操作摄像机

　　我发现，研究者在现场的观察和拍摄工作，会给歌师的演唱带来一定的影响，所以，这更提醒我们要处理好摄像机的位置等问题，多征求受访者的意见和建议，以不影响到他们的正常演述为宜。我们知道，不同的文化具有不同的象征体系，我们往往是用自己文化的语言来表述和反映另一种文化中人们的行为，显然这是属于两种完全不同的象征体系，"主位"指被调查者自己对事物的看法、分类和解释，"客位"指调查人员等外来者对事物的看法、分类和解释①，我们进行田野研究时必须要认真地考虑：如何在主位和客位间寻找到最佳的结合点？我们如何对待信息的提供者？如何处理好研究者自身的文化背景，这里包括不同的性别、年龄，不同的经历，不同的文化教育或宗教因素等的影响，还有研究者的观察方式等？如何把握好我们自己的语言和信息提供者的语言？我们在田野中应该重视当地群众自己的语言表达方式，忠实记录下被访问者的所思所想，以被访谈人叙述的内容来分析，而不是试着"引导"受访者按照我们预设的思路来回答问题。

这里有两个案例：在第一次古歌演述活动中，我们拍摄的第一段是女歌师的演唱，当时摄像机对着女歌师，当换成男歌师演述时，由于他们的位置与女歌师相对，为了更好地进行拍摄，我们把摄像机调换了地点，从原来放置的地方挪到了另一个角落里。这影响到了男歌师的演唱，他们停了下来，一直注视着摄像机，后来我通过田野访谈才知道，我们的不经意的行为却影响了他们的心态，他们对自己的演述产生了怀疑，以为我们移动摄像机是意味着不愿再听他们的演述了。

图结—4　从门外对苗族古歌《瑟岗奈》的演述进行观察

---

① 汪宁生：《文化人类学调查——正确认识社会的方法》，文物出版社出版发行2002年版，第41页。

在对第四场古歌进行拍摄的过程中，我们也遇到了相似的情况。当时，我和协力者过于专注于获得有效的田野资料，所以，我们在歌师演唱的时候移动了几次位置，这对歌师们的演唱产生了一定的影响。男歌师在演唱的过程中，显得有些心不在焉，他们的兴致已经没有刚开始时那么高了。在女歌师进行演述的时候，我们拍摄用的光碟用完了，只好先把摄像机停下来，这让歌师误认为我们对他们的演唱不感兴趣了，所以，他们的声调逐渐低了下来，后来，他们索性停了下来，进行商量说："他们好像听不太懂，你看他们都不拍摄了，我们再换一首好听一些的古歌吧。"由此可见，当我们专注于自己的拍摄时，往往容易忽略歌师们的内心感受，甚至让歌师们觉得他们只是为了拍摄而演述，换个角度想，如果我们是歌师，缺少研究者和受众发自内心深处的关注和肯定，我们在演唱的时候心情也是可想而知的，所以，我们在拍摄的同时，还要注重与受访者的情感交流，与他们产生共情。

图结—5　我和协力者在现场拍摄苗族古歌《瑟岗奈》的演述

其次，在外来者刻意设定的演述场景中（如录音机和照相设备的安置），我们应该顾及当地人的情感，同时兼顾自己的研究目标。我们要明确这一点，即我们是在与人打交道，而不仅仅是为了资料而来，不要让设备支配了调查者的优先权，不要忘记我们最终是要与人而非机器交流。多与当地人沟通交流，在当地建立良好的田野关系，为以后定期的田野作业打下良好的基础。

　　学者傅谨曾研究过浙江省台州20世纪80年代以来重新复苏的民间戏班，在"后记"中，他讲述了自己对持续8年之久的田野工作的感受，那便是研究者与受访者之间有一道难以逾越的天然鸿沟，他永远无法改变自己在研究对象眼里的"入侵者"身份，他也注意到研究者的关注点和研究对象之间存在着一定的矛盾："从事田野研究是一桩非常辛苦劳累的工作，不过，这种劳累足以通过发现的快乐得到补偿。遗憾的是我的研究对象——台州戏班的班主们和演职员们，并不一定能分享我的这份快乐，他们的快乐源于他们自己的生活方式，而无论我对他们有多少了解，都不能改变外来入侵者的身份，我所关心的内容与他们的生活重心之间的距离，根本不可能弥合。他们中的多数人可能根本不会读到这本书，即使偶尔有人谈到，也未必会认同我对他们的生活方式与价值的阐释。我所关注的重心，也许他们根本不加理会；我的表达并不是他们的表达，而我对他们的言说，也不是他们自己的言说。"① 这样的问题，我在田野调查中同样遇到了，并在不断地作出思考。在田野民族志的写作中，我在多大程度上真正走近了自己的研究对象，又在多大程度上由于自己的主观臆断、感情因素等影响了自己对古歌文本的"误读"？我是土生土长苗族人，但是不精通苗语，在访谈中问及当地歌师对很多问题的看法时，基本上都是在懂苗汉双语的当地人的协助下通过译文理解的。因此，我们应该思考：歌手演述的本来状态是什么？古歌艺人真实的心理状态和情感诉求又是什么？

　　值得一提的是，我把手头搜集上来的所有资料形成文字后，会及时把自己的研究成果再拿到当地去，请当时参与过访谈的传承人看，观察他们的反应，听取他们的意见。我们要明白田野资料的归属权问题，不要违背学术伦理，保护受访者的合法权益不受侵犯。在完成硕士论文的写作后，我把自己的论文打印出来，请受访者和协力者进行指正，博士论文也同样。当歌师龙光学、潘灵芝等人看到文中有他们的名字时，他们感到很高兴，我的协力者龙林还特意保存了我的论文，当有人到他家来的时候，他都会拿出来给别人看，因为附录中有他协助我誊写的苗文资料。我把在田野调查中搜集到的几个文本、拍摄的资料都展示给歌师们过目时，他们还给予了一些评点与反馈。

---

　　① 傅谨：《草根的力量——台州戏班的田野调查与研究》，广西人民出版社2001年版，第310页。

这是我在田野中所关注的田野伦理问题，除此之外，我要特别提及的是在出版论文的时候，要记得对协力者的帮助事项进行注解。在我的田野调查中遇到了不少困难，例如，民族语言的问题。在我开展田野调查的双井村，当地的苗语音位系统是我所不熟悉的，因此我不得不在实践中去学习。再如，我的受访者多为不懂汉语的文盲，所以，我无法与之进行直接的对话和交流，在这个时候，我的田野协力者发挥了重要的作用。在剑河的田野访谈中，杨村担任了我的协力者，他不仅协助我寻觅到了偏远苗寨里的歌师，还在我的田野访谈中担任了我的翻译，他把我的问题翻译成苗语告诉歌师，再把歌师的答案用汉语转述给我，这使我和歌师的交流没有受到太多的语言限制，保证了访谈可以顺利进行。在双井村，我的协力者龙光乾、龙佳成和赵健等人一直陪着我走乡串户，寻访到了古歌的传承人，龙林、张洪德在现场帮我进行苗语翻译，让我得以自由地与歌师进行交流。

图结—6　我在田野调查中与歌师龙光祥和龙光学等人一起吃饭

以下是我的田野调查中协力者工作情况一览表，谨以表格的形式呈现出来，并对他们致以衷心的感谢。如果没有他们的积极协助，我的田野工作很难顺利地推进下去，感谢他们的无私帮助，让我少走了很多弯路。

序号	田野工作事项	协力者
1	对苗族学者吴培华的田野访谈	杨茂锐协助对受访者进行访谈
2	对苗学会学者姜柏的田野访谈	杨茂锐协助拜访受访者并担任苗语翻译
3	对剑河县文化馆杨茂进行访谈	杨村协助拜访受访者并担任苗语翻译

续表

序号	田野工作事项	协力者
4	对南寨乡柳富寨歌师王松富进行田野访谈	杨村协助拜访受访者并担任苗语翻译
5	对岑松镇稿旁村歌师罗发富进行田野访谈	杨村协助拜访受访者并担任苗语翻译
6	对柳富寨歌师龙格雕、王妮九的田野访谈	杨村协助拜访受访者并担任苗语翻译
7	对柳富寨歌师王秀四的田野访谈	杨村协助拜访受访者并担任苗语翻译
8	对张德成的田野访谈	杨村协助拜访受访者并担任苗语翻译
9	搜集台江县文化馆的田野材料	龙金平协助
10	对台江县施洞镇歌师刘永洪的田野访谈	龙金平协助拜访受访者并担任苗语翻译
11	对杨柳塘歌师吴通明、吴通祥、吴通胜、吴通贤进行拜访	龙通祥协助拜访受访者并担任苗语翻译
12	对歌师吴通祥进行田野访谈	龙通祥、龙佳成协助拜访受访者并担任苗语翻译
13	对歌师龙光杨的田野访谈	龙林、龙佳成协助拜访受访者并担任苗语翻译
14	对歌师龙光勋的田野访谈	龙林、龙佳成协助拜访受访者并担任苗语翻译
15	对歌师龙光基的田野访谈	龙林、龙佳成协助拜访受访者并担任苗语翻译
16	对歌师潘灵芝的田野访谈	龙林、龙佳成协助拜访受访者并担任苗语翻译
17	对歌师张老两的田野访谈	龙林、龙佳成协助拜访受访者并担任苗语翻译
18	对歌师万老秀的田野访谈	龙林、龙佳成协助拜访受访者并担任苗语翻译，龙佳成拍照片
19	对歌师张老革的田野访谈	龙光乾协助拜访受访者并担任苗语翻译，龙佳成拍摄照片
20	对歌师龙光学、张老岔的田野访谈	龙佳成、杨村协助拜访受访者
21	对苗族古歌传承人龙通祥的田野访谈	龙光乾协助拜访受访者并担任苗语翻译
22	对苗族古歌传承人龙光捌的田野访谈	龙光乾协助拜访受访者并担任苗语翻译
23	对学徒龙厅保的田野访谈	龙佳成协助拜访受访者并担任苗语翻译
24	对学徒龙明富的田野访谈	龙佳成协助拜访受访者并担任苗语翻译
25	对学徒龙光林的田野访谈	龙佳成协助拜访受访者并担任苗语翻译

　　在田野调查中，我参照了芬尼根在《口头传统与语词艺术》一书第四章中提及的"让渡"理念，因此，我制作了田野协议书，并在我的田野访谈结束后，请协力者逐字宣读并充分沟通后，请受访者自愿签署。协议书格式如下（该协议书一式两份，研究者和受访者一人一份）：

田野协议书

致（苗族古歌传承人的名字）

　　我特此同意你使用我的名字、我的图片、我的照片和录音材料，作为论文例证和出版之用，并且同意你所授权的任何人使用我的名字、我的图片、我的照片和录音材料，作为论文例证和出版之用。

　　我特此同意我的图片或照片作为论文例证和出版之用，但是要求：

_____我的真名不要被提到

_____我的面部特征要被掩蔽

_____日期/地点

_____签名（或按手印）

图结—7　田野协议书

　　下表为我在田野调查研究中请受访者签署的田野协议书一览表，具体信息如下：

序号	姓名	签署地点	签署日期	资料编号
1	龙光勋	双井镇双井村二组	2011—2—18	XYS201101
2	龙光捌	双井镇双井村三组	2011—2—18	XYS201102
3	潘灵芝	双井镇双井村二组	2011—2—20	XYS201102
4	张务略	双井镇双井村五组	2011—2—20	XYS201104
5	龙厅保	双井镇双井村五组	2011—2—20	XYS201105
6	龙明富	双井镇双井村五组	2011—2—21	XYS201106
7	龙光林	双井镇双井村五组	2011—2—21	XYS201107
8	龙光杨	双井镇双井村二组	2011—2—21	XYS201108
9	吴老妹	双井镇双井村二组	2011—2—22	XYS201109

序号	姓名	签署地点	签署日期	资料编号
10	张开花	双井镇双井村一组	2011—2—22	XYS201110
11	邰老英	双井镇双井村一组	2011—2—22	XYS201111
12	张老玉	双井镇双井村一组	2011—2—22	XYS201112
13	杨胜菊	双井镇双井村一组	2011—2—23	XYS201113
14	姜老计	双井镇双井村五组	2011—2—23	XYS201114
15	龙光学	双井镇双井村五组	2011—2—26	XYS201115
16	邰妹伍	剑河县岑松镇苗榜村一组	2011—2—24	XYS201116
17	张昌禄	剑河县岑松镇弯根村	2011—2—24	XYS201117
18	吴培华	凯里市民委宿舍一单元11号	2011—2—23	XYS201118
19	吴通明	施秉县杨柳塘屯上村二组	2011—2—24	XYS201119
20	吴通祥	杨柳塘屯上村三组	2011—2—19	XYS201120
21	吴通胜	杨柳塘屯上村二组	2011—2—19	XYS201121
22	吴通贤	杨柳塘屯上村三组	2011—2—19	XYS201122
23	龙光乾	双井镇双井村五组	2011—2—21	XYS201123
24	龙秀珍	凯里市舟溪平中村四组	2011—2—24	XYS201124
25	张昌学	凯里市苗学会办公室	2011—2—23	XYS201125
26	顾怀能	黔东南州军队离退休干部休养所	2011—3—22	XYS201126
27	龙林	双井镇双井村二组	2011—2—22	XYS201127
28	姜柏	凯里市苗学会办公室	2011—2—23	XYS201128
29	张先光	剑河县岑松镇弯根村	2011—2—23	XYS201129
30	刘永洪	施洞镇芳寨村	2011—2—25	XYS201130
31	姜泡九	施洞镇芳寨村	2011—2—25	XYS201131
32	张久妹	双井镇双井村二组	2011—2—25	XYS201132

图结—8　歌师龙光祥、龙光学和过年回家的子孙们照的全家福

　　这涉及自观与他观、外来观念和本土观念交融的问题，不仅需要以从上而下的眼光去看待民间的文学现象，还需要以自下而上的眼光来对这一问题做出新的阐释。我们在田野研究中对本真性的探寻到底有多大的维度，值得在以后的研究中继续探讨。民间文学由于是口耳相传，在流传过程中，不能像作家文学由文字写定，随着时空流转、情境改换而时时会有变异。对待在民间流传的口头传唱文学，要重视还原到它原来的生态中去。如果只是一味地注重它的书面整理与归类，而忽视了记录，是十分不可取的。

　　苗族古歌是一种"活"的口头表达形式，其传承和传播也可称作"活的生态"，许多地区的苗族古歌就是为了适应苗族民俗生活的需要才流传至今，而正是这些生活诉求才促使苗族古歌进一步地发展，才让先祖的口头艺术至今仍存活在苗族人口传心授的行为实践中，并且与当地苗族人的风俗习惯、生产生活、世界观和价值观等紧密联系在一起。学者杨恩洪在对藏族艺人进行研究的时候，指出"那些未曾留下姓名的众多的民间说唱艺人，在传唱史诗的过程中，将他们的阅历、他们对史诗的理解、他们所能使用的最好的语汇、民间最喜爱的曲调等，天衣无缝地融入史诗之中，不断给史诗注入新鲜血液，使史诗得以不断丰富和发展。正如高尔基所说：'英雄史诗是一个民族全体人民集体智慧的结晶，这种集体思维

图结—9　我在村民家吃的"大锅饭"

的完整性，使它具有至今仍然不可超越的、思想与形式完全和谐的高度的美'"。① 的确，我们只有真正走到民间去，进行实地的田野调查；走近民间演述人，倾听他们自己的声音；走到传统的演述活动与传统的接受活动之中，才能够突破传统既定的框架，真正得出自己的学理思考。

图结—10　龙林、龙佳成、刘三妹等人协助我整理古歌的文本

① 杨恩洪：《民间诗神——格萨尔艺人研究》，中国藏学出版社 1995 年版，第 14 页。

　　最后，我要提及的一个问题是如何关注歌师的真实心声。在田野调查中，我曾遇到过很多的尴尬和无奈。老一辈的古歌艺人为了生计而操劳，他们的孩子们远离家乡亲人在外打工，我在询问他们为什么古歌难以传承下去的时候，却也无法给予他们实质上的帮助这让我很汗颜。在我与歌师龙光学老人朝夕相处的日子里，我多想伸出援助之手去帮助他们改变贫穷的命运，然而，自己的力量又是那么的单薄，可努力之心从未改变。我在思考自己所学的民俗学学科到底可以为当地民众带来什么？民俗学者安德明也探讨过这样一个问题："因为一旦进入田野，当你一心想着去考察、采录和研究传说、故事、仪式、信仰等种种民俗事象时，你总是要同创造、掌握和使用这些事象的人打交道，你总要时时刻刻耳闻目睹他们十分具体的喜怒哀乐、艰难困苦，总是时常面对生活在种种困境中的人们那种痛苦无助、淳朴渴望的眼神。在这样的时候，你会发现，我们平时所强调的纯粹学术研究的意义，与那些生存在底层的广大民众的切实生活相比，是多么地虚幻，多么地遥远！作为一个有良知的人，特别是时常鼓吹社会良心的人文学者，你又怎能死守着所谓纯粹学术研究的心态，而不生出一种自然而然的同情并寻求帮助的途径呢？"[①] 这样的问题已经在学界引起了广泛关注，而学者们也在不停地为改变"地方贫困"倾尽所学。尽管我们的力量是薄弱的，但总比没有意识到这个问题好。"事实上，从目前的情况看，已经有越来越多的田野研究者在关心和思考如何对待自己的调查对象的问题。除出现了大量讨论相关问题的理论著作外，不少学者也在努力用实际的行动，来切实地进行着帮助调查对象的活动。"[②] 这也让我们看到了努力的方向。

　　这几次不同寻常的田野经历，让我永远难以忘记。作为一名从事田野研究工作的学者，我时常感觉到自己的无奈。古歌艺人龙光祥老人曾希望培养我成为传承人，后来又鼓励我考取博士继续进行研究，我按照这个方向不断地努力着。然而，在我完成博士研究论文后的第二年（2010），他永远地离开了这个世界，我当时感到无比伤痛、遗憾和惋惜，他是一个民族精神文化的传承者，那么多的古歌还没能得到搜集整理，便已随着他的

---

　　① 安德明：《重返故园——一个民俗学者的家乡历程》，广西人民出版社 2004 年版，第131 页。

　　② 同上。

图结—11　我在田野中逐步与双井村歌师建立了良好的田野关系

离去，永远地埋入地下。在研究者的著述中，我也感受到了这种深挚的情怀，比如杨恩洪就曾论述，作为一个从事藏学研究的汉族女学者，她十年来曾先后九次踏上青藏高原，在不同的地方寻访艺人，经受住了高寒地带的考验，还有交通不便、道路条件的恶劣甚至车祸的考验，在访谈中通过与艺人的倾心交谈，她还与他们结为莫逆之交和忘年之交。"应该说格萨尔说唱艺人（仲堪）是我走上这一研究之路的启蒙老师，是他们字字句句地给我讲述着这个古老的故事，使我犹如大海探宝一样，逐渐体味到这部史诗的精华与价值之所在，更是他们向我倾诉的肺腑之言，他们为说唱史诗而游吟乞讨、为说唱史诗而遭受磨难，乃至为保存、抢救史诗而历尽风险的献身精神，感动了我，融化了我，使我逐渐地能够用自己的心与他们共同感受这人世间的喜怒哀乐。他（她）们是人，有血有肉；又是神，具有超人的记忆和创作天赋，每个人都有一个神奇的故事，是一些特殊的人、民间诗神。为此，萌生了'就研究他们的念头，并决心在这一片处女地上耕耘'。"①

　　按照自己的学术理想，我希望在以后的工作中，能够获取更多田野实践的机会，继续深入苗族村寨，去体认本民族的口头传统和口头艺术，并

---

① 杨恩洪：《民间诗神——格萨尔艺人研究》，中国藏学出版社1995年版，第373—374页。

在苗族古歌的研究中有所建树。因此，对于我来讲，论文的写作过程，也是我不断克服困难、提升自我的一个过程，虽然文中还有不少纰漏，但作为一名苗族知识青年，我立志从事这项研究工作，并会一如既往地走下去。

图结—12　追寻着已过世歌师龙光祥老人的脚步继续前行

参考文献

一　苗族史诗与古歌的主要文本

[1] 贵州省剑河县文化局编：《苗族古歌·礼俗歌》，贵州省剑河县印刷厂，1989 年 1 月 1 日印刷。

[2] 今旦整理译注：《苗族古歌歌花》（*Jenb Dangx hxangb qet hfaid Hveb*），贵州民族出版社 1998 年版。

[3] 马学良、今旦译注：《苗族史诗》（*HXAK HMUB*），中国民间文艺出版社 1983 年版。

[4] 苗青主编：《西部民间文学作品选（1）》，贵州民族出版社 2003 年版。

[5] 潘定智、杨培德、张寒梅主编：《苗族古歌》，贵州人民出版社 1997 年版。

[6] 黔东南苗族侗族自治州编选：《民间歌曲选集·苗族民歌》，贵州民族出版社 1980 年版。

[7] 田兵编选，贵州省民间文学组整理：《苗族古歌》，贵州人民出版社 1979 年版。

[8] 王安江：《王安江版苗族古歌》，贵州大学出版社 2008 年版。

[9] 王凤刚搜集整理译注：《苗族贾理》（上、下），贵州人民出版社 2010 年版。

[10] 文远荣编译：《雷公山苗族巫词贾理嘎别福》，中央民族大学出版社 2010 年版。

[11] 燕宝整理译注：《苗族古歌》（*HXAK LUL HXAK GHOT*），贵州民族出版社 1993 年版。

[12] 杨通华主编：《雷公山苗族酒歌选译》，中央民族大学出版社 2010

年版。

［13］杨通胜、涪宕、潘朝光等搜集整理，贵州省黄平县民族事务委员会编：《苗族古歌古词》（*HXAK LUL LIL GHOT*）（下集·神词），1988年版。

［14］杨通胜、潘朝光搜集，贵州省黄平县民族事务委员会编：《苗族古歌古词》（*HXAK LUL LIL GHOT*）（中集·酒歌），1988年版。

［15］杨通胜、潘朝光搜集，黄平、施秉、镇远三县民委编：《大歌》（*HXAK HLIOB*）（苗族），1988年版。

［16］马学良、今旦译：《金银歌》，中国国际广播出版社，2016年版。

［17］苗汉译注/吴一文、今旦，英文译注/马克·本德尔、吴一方：《苗族史诗》（苗汉英文版），贵族民族出版社2013年版。

二　民俗学与民间文艺学理论著述

［1］阿地力·朱玛吐尔地、托汗·依莎克：《居素普·玛玛依评传》，内蒙古大学出版社2002年版。

［2］安德明：《重返故园——一个民俗学者的家乡历程》，广西人民出版社2004年版。

［3］朝戈金：《口传史诗诗学：冉皮勒〈江格尔〉程式句法研究》，广西人民出版社2000年版。

［4］陈泳超主编：《中国民间文化的学术史观照》，黑龙江人民出版社2004年版。

［5］董晓萍：《田野民俗志》，北京师范大学出版社2003年版。

［6］傅谨：《草根的力量——台州戏班的田野调查与研究》，广西人民出版社2001年版。

［7］高丙中：《中国人的生活世界——民俗学的路径》，北京大学出版社2010年版。

［8］季羡林主编、董晓萍编：《民间文艺学及其历史》（钟敬文自选集），山东教育出版社1998年版。

［9］林继富：《民间叙事传统与故事传承》，中国社会科学出版社2007年版。

［10］刘魁立：《刘魁立民俗学论集》，上海文艺出版社1998年版。

［11］马学良：《素园集》，中国民间文艺出版社1989年版。

［12］马学良、梁庭望、张公谨主编：《中国少数民族文学史》，中央民族学院出版社 1992 年版。

［13］［美］杜兰蒂：《语言学的人类学阐释》，北京大学出版社 2002年版。

［14］［美］弗里·约翰·迈尔斯：《口头诗学：帕里—洛德理论》（朝戈金译），社会科学文献出版社 2000 年版。

［15］［美］洛德·阿尔伯特·贝茨：《故事的歌手》（尹虎彬译），中华书局 2004 年 5 月版。

［16］［美］ M. H. 艾布拉姆斯：《镜与灯——浪漫主义文论及批评传统》，北京大学出版社 2004 年版。

［17］王春德编著：《汉苗词典》（黔东方言），贵州民族出版社 1992年版。

［18］吴重阳、陶立璠主编：《中国少数民族民间文学作品选讲》，云南人民出版社 1984 年版。

［19］杨恩洪：《民间诗神——格萨尔艺人研究》，中国藏学出版社 1995年版。

［20］叶舒宪主编：《文化与文本》，中央编译出版社 1998 年版。

［21］尹虎彬：《古代经典与口头传统》，中国社会科学出版社 2002年版。

［22］张玉安、陈岗龙主编：《东方民间文学比较研究》，北京大学出版社 2003 年版。

［23］赵志忠：《中国少数民族民间文学概论》，辽宁民族出版社 1997年版。

［24］钟敬文主编：《民间文学概论》，上海文艺出版社 1980 年版。

［25］钟敬文：《民俗文化学：梗概与兴起》，中华书局 1996 年版。

［26］钟敬文主编：《民俗学概论》，上海文艺出版社 2002 年版。

三　苗族文化研究理论著述

［1］［法］萨维纳：《苗族史》，贵州大学出版社 2009 年版。

［2］贵州省文化厅、贵州省非物质文化遗产保护中心编：《传衍文集》，贵州民族出版社 2009 年版。

［3］何积全主编：《苗族文化研究》，贵州人民出版社 1999 年版。

［4］姬德武、侯丽：《〈王安江版苗族古歌〉获第四届省政府文艺奖》，《贵州民族报》2010年6月2日第A02版。

［5］简美玲：《贵州东部高地苗族的情感与婚姻》，贵州大学出版社2009年版。

［6］李炳泽：《口传史诗中的非口语问题——苗族古歌的语言研究》，民族出版社2004年版。

［7］李廷贵、张山、周光大主编：《苗族历史与文化》，中央民族大学出版社1996年版。

［8］［美］路易莎：《少数的法则》，贵州大学出版社2009年版。

［9］黔东南苗族侗族自治州地方志编纂委员会编：《黔东南苗族侗族自治州志·人物志》，贵州人民出版社1990年版。

［10］［日］鸟居龙藏：《苗族调查报告》，贵州大学出版社2009年版。

［11］吴一文、覃东平：《苗族古歌与苗族历史文化研究》，贵州民族出版社2000年版。

［12］吴泽霖、陈国钧等：《贵州苗夷社会研究》，民族出版社2004年版。

［13］伍新福、龙伯亚主编：《苗族史》，四川民族出版社1992年版。

［14］杨从明编著：《苗族生态文化》，贵州人民出版社2009年版。

［15］［英］克拉克·赛缪尔、柏格理·塞姆：《在中国的西南部落中》，贵州大学出版社2009年版。

［16］中国民间文艺家协会副主席余未人主编：《苗人的灵魂——台江苗族文化空间》，黑龙江人民出版社2005年版。

四　论文

［1］巴莫曲布嫫：《史诗传统的田野研究——以诺苏彝族史诗"勒俄"为个案》，博士学位论文（民俗学），北京师范大学，2003年。

［2］巴莫曲布嫫：《在口头传统与书写文化之间的史诗演述人——基于个案研究的民族志写作》，《北京师范大学学报》（社会科学版）2008年第1期。

［3］陈汉杰：《〈苗族史诗〉的美学研究价值漫议》，《中南民族学院学报》（哲学社会科学版）1988年第3期。

［4］陈立浩：《试论〈苗族古歌〉的美学价值》，《贵州民族研究》1984

年第 1 期。

［5］陈青伟：《〈苗族古歌〉生态意识初探》，《黔东南民族师专学报》
　　　2002 年第 2 期。

［6］丁强：《〈苗族古歌〉的价值》，《华夏文化》1998 年第 2 期。

［7］杜卓：《苗族古歌的潜文本解读——以黔东南苗族古歌为个案》，《贵
　　　州民族学院学报》（哲学社会科学版）2009 年第 3 期。

［8］段宝林：《〈苗族古歌〉与史诗分类学》，贵阳：《贵州民族研究》
　　　1990 年第 1 期。

［9］高丙中、王建中：《民族志·民俗志的书写及其理论和方法》，《民间
　　　文化论坛》2007 年 1 月。

［10］高荷红：《满族说部的文本化》，《满族研究》2009 年第 2 期。

［11］过竹：《苗族先民思维的认识建构——〈苗族史诗〉探微》，《贵州
　　　社会科学》1987 年第 8 期。

［12］昊渺：《苗族古歌简论》，《民族文学研究》1987 年第 1 期。

［13］何茂莉：《来自民俗的创作与阅读——苗族口承文艺的文化人类学
　　　研究》，［博士学位论文（现当代文学）］，兰州大学，2008 年。

［14］李子和：《〈苗族古歌〉时代特征》，《民族文学研究》1987 年第
　　　5 期。

［15］李子和：《我国〈苗族古歌〉与芬兰民族史诗〈卡勒瓦拉〉的比较
　　　研究》，《贵州文史丛刊》1989 年第 3 期。

［16］林继富：《20 世纪中国民间故事传承人研究的批评与反思》，《文化
　　　遗产》2008 年第 3 期。

［17］林继富：《国外民间故事传承人研究的批评与反思》，《中南民族大
　　　学学报（人文社会科学版）》2008 年第 6 期。

［18］刘锡诚：《传承与传承人论》，《河南教育学院学报（哲学社会科学
　　　版）》2006 年第 5 期。

［19］刘之侠：《从〈苗族古歌〉看苗族先民的审美意识特征》，《民族文
　　　学研究》1988 年第 6 期。

［20］龙正荣：《贵州黔东南苗族古歌生态伦理思想论析》，《贵州师范大
　　　学学报》（社会科学版）2010 年第 1 期。

［21］毛进：《西江苗寨旅游开发与苗族古歌变迁》，《贵州师范学院学
　　　报》2010 年第 3 期。

[22] 潘定智：《黔东南苗族节日简论》，《贵州民族学院学报（社会科学版）》1988 年第 1 期。

[23] 潘定智：《从新编〈苗族古歌〉看创世史诗的几个问题》，《贵州民族学院学报》（哲学社会科学版）2000 年第 1 期。

[24] 覃东平、吴一文、符江潮：《从苗族古歌看苗族传统林业知识》，《贵州民族研究》2004 年第 1 期。

[25] 山民：《试析〈苗族古歌〉的史料价值》，《贵州民族研究》1987 年第 4 期。

[26] 沈茜：《生态文学视野中的苗族古歌艺术》，《贵州大学学报》（社会科学版）2009 年第 5 期。

[27] 石朝江：《苗族史诗中的哲学社会思想萌芽》，贵阳师范高等专科学校学报》（社会科学版）2005 年第 3 期。

[28] 石德富：《"妹榜妹留"新解》，《贵州社会科学》2008 年第 8 期。

[29] 石宗仁：《略述〈中国苗族古歌〉的历史和文化》，《民族文学研究》1996 年第 1 期。

[30] 苏仁先：《论〈苗族史诗〉的审美特征》，《西南民族学院学报》（哲学社会科学版）1993 年第 3 期。

[31] 苏晓红：《代表性传承人保护与培养机制的多元构建——以苗族民间文学为例》，《河南教育学院学报》（哲学社会科学版）2010 年第 4 期。

[32] 孙辉：《〈苗族史诗〉之〈金银歌〉中的创生观念及其哲学思想》，《大连民族学院学报》2003 年第 4 期。

[33] 汤飞宇：《苗族古歌传承方式浅议》，《艺海》2009 年第 1 期。

[34] 唐志明：《苗族史歌——民族信仰的母体表达》，《长沙铁道学院学报》（社会科学版）2006 年第 1 期。

[35] 田光辉：《〈罗玉达苗族古歌〉的哲学思想初探》，《贵州民族研究》1984 年第 1 期。

[36] 吴一文、吴一方、龙林：《试析苗族古歌所反映的黔东南苗族迁徙原因》，《贵州社会科学》1998 年第 5 期。

[37] 吴正彪：《黔南苗族口述史歌的翻译整理与研究价值浅论》，《贵阳学院学报》（社会科学版）（季刊）2007 年第 3 期。

[38] 夏大平：《民族史诗的现代展演——以苗族古歌的创意开发研究为

个案》，《湖南文理学院学报》（社会科学版）2008 年第 6 期。

［39］肖丽：《浅析苗族古歌〈开天辟地〉的审美意识》，《凯里学院学报》2008 年第 4 期。

［40］徐积明：《苗族古歌〈开天辟地〉哲学思想再研究》，《中南民族学院学报》（哲学社会科学版）1989 年第 6 期。

［41］徐晓光：《古歌——黔东南苗族习惯法的一种口头传承形式》，《中南民族大学学报》（人文社会科学版）2009 年第 1 期。

［42］杨正伟：《论苗族古歌繁荣的文化渊源》，《民族文学研究》1990 年第 1 期。

［43］杨正伟：《苗族古歌的传承研究》，《贵州民族研究》1990 年第 1 期。

［44］余未人：《深山里的苗族大歌师》，《当代贵州》2008 年第 17 期。

［45］张启成：《对〈苗族古歌日月神话浅析〉的再思考》，《贵州民族研究》2001 年第 4 期。

［46］张晓：《论苗族古歌的系统与非系统》，《贵州社会科学》1988 年第 6 期。

［47］张晓松：《无文字的创作与阅读——"歌"话语的描述与诠释》，《贵阳师专学报》（社会科学版）（季刊）2000 年第 3 期。

［48］吴一文：《苗族古歌的演唱方式》，《民族文学研究》2012 年第 2 期。

五　英文文献关联目录

Bauman, Richard. *Verbal Art as Performance*. Rowley, Mass. : Newbury House Publications, 1977.

——. *Story, Performance, and Event*: *Contextual Studies of Oral Narrative*. Cambridge: Cambridge U. Press, 1986.

——. *Folklore, Cultural Performances, and Popular Entertainments*: *A Communications-centered Handbook*, ed. New York: Oxford U. Press, 1992a.

——. "Performance." In *Folklore, Cultural Performances, and Popular Entertainments*: *A Communications-centered Handbook*, R. Bauman, ed., Oxford: Oxford U. Press, 1992, pp. 41 – 50.

Bender, Mark. "Antiphonal Epics of the Miao（Hmong）of Guizhou,

China. " In Bender's *Traditional Storytelling Today*: *An International Source-book*. Chicago: Fitzroy Dearborn Publishers, 1999, pp. 35 – 102.

Bender, Mark. "*Felling the Ancient Sweetgum*": *Antiphonal Epics of the Miao of Southeast Guizhou*. Chinoperl, 1990, pp. 27 – 44.

Bender, Mark. "Hxak Hmub: An Antiphonal Epic of the Miao of Southeast Guizhou, China. " *Contributions to Southeast Asian Ethnology*, 1988, pp. 95 – 128.

Fine, Elizabeth C. . *The Folklore Text*: *From Performanceto Print*, Blooming-ton and Indianpolis: Indiana University Press, 1984.

Finnegan, Ruth. *Oral Traditions and the Verbal Arts*: *A Guide to Research Prac-tices*, London&NewYork: Routledge, 1992.

——. *Oral poetry*: *Its Nature*, *Significance*, *and Social Context*. Bloomington: Indiana University Press, 1992b.

——. *Literacy and Orality*: *Studies in the Technology of Communication*, Ox-ford, UK; New York, NY, USA: Blackwell, 1988.

Foley, John Miles. "Traditional Referentiality: A Receptionalist Perspective. " In Foley's *Immanent Art*: *From Structure to Meaning in Traditional Oral Epic*. Bloomington: Indiana University Press, 1991, pp. 38 – 60.

——. *How to Read an Oral Poem*, Urbana and Chigago: University of Illinois Press, 2002.

——. *Teaching Oral Traditions*, NewYork: Modern Language Association of American, 1998.

——. *The Singer of Tales in Performance*, Bloomington: Indiana University Press, 1995.

Hymes, Dell. *Foundations in Sociolinguistics*: *An Ethnographic Approach*. Philadelphia: University of Pennsylvania Press, 1974.

——. "Ways of Speaking. " In *Explorations in the Ethnography of Speaking*. Richard Bauman and Joel Sherzer eds. , New York: Cambridge University Press, 1989, pp. 433 – 51.

——. "*In Vain I Tried to Tell You*": *Essays in Native American Ethnopoetics*. Philadelphia: U. of Pennsylvania Press, 1981.

Ives, Edward D. . *The Tape-Recorded Interview*: *A Manual for Field Worker in*

Folklore and Oral History. Knoxvilles, Tennesee: The Universty of Tennessee Press, 1980.

Jackson, Bruce. *Fieldwork*. Urbana: University of Illinois Press, 1987.

Jones, Micheal Owen. *Studying Organizinational Symbolism*. Thousands Oaks, CA: Sage Publications, 1996.

Maanen, John Van. *Tales of the Field: on Writing Ethnograpy*. Chicago: University of Chicago Press, 1988.

Tedlock, Dennis. *Finding the Center: Narrative Poetry of the Zuñi Indians*. Dennis Tedlock, trans. ; from performances in the Zuñi by Andrew Peynetsa and Walter Sanchez. New York: Dial Press, 1999 (1972).

——. 1984. "On the Translation of Style in Oral Narrative. " *Journal of American Folklore*, 84: 114 – 133.

附　录

附录1　黔东苗文转写规则，双井苗语中古歌相关词汇苗汉文对照表

　　关注苗族史诗或古歌，首先要了解苗族史诗或古歌流传的地域问题，苗语属汉藏语系苗瑶语支，大致可分为三大方言：湘西方言（又称东部方言）、黔东方言（又称中部方言）、川黔滇方言（又称西部方言）。黔东方言主要通行于黔东南苗族侗族自治州、黔南和黔西南两个布依族苗族自治州、广西融水苗族自治县，共3个土语区，有200多万人操此方言。苗族史诗的流传地区与黔东方言区的苗族分布密切相关，这就对苗族古歌的地域范围作了限定，即专指黔东方言苗族中的古歌或史诗。一般地，凡是有这个方言苗族分布的地区，在过去和现在都或多或少有这组史诗的流传。

　　我的主要田野调查地施秉县属黔东方言北部土语。黔东方言含北部、东部、南部三个土语区，北部土语以贵州省凯里市的养蒿苗话为代表；东部土语以贵州省锦屏县的偶里苗话为代表；南部土语以广西壮族自治区融水县的振民苗话为代表。由于苗族居住山区、交通不便、交往困难等原因，导致语言内部差异较大。土语的语言差异主要是声母，其次是韵母，声调系统的调类都全部相同，只是调值有所不同。当然，各土语内部都还存在一些差异，如施秉城关、白洗地区的苗语和双井六合地区的苗语有的就不一样，但代表点基本上集中体现了该土语区的特征。施秉县双井镇的苗语，根据其方言和语音，是以凯里市开怀街道挂丁村养蒿组的苗语语音

为标准音创立的黔东苗文①，黔东苗文以贵州省凯里市开怀街道办事处挂丁树养蒿寨的语音为标准音，详见下列声母韵母表和声调表。

（一）苗文字母表

根据 1956 年的苗文方案，采用 26 个字母，如下：

印刷体	书写体	印刷体	书写体
A	a	N	n
B	b	O	o
C	c	P	p
D	d	Q	q
E	e	R	r
F	f	S	s
G	g	T	t
H	h	U	u
I	i	V	v
J	j	W	w
K	k	X	x
L	l	Y	y
M	m	Z	z

（二）黔东苗语共有 32 个声母（养蒿话）

b p m hm f hf w d t n hn dl hl l z c s hs r
j q x hx y g k ng v hv gh kh h

备注：养蒿发 z 的音，在双井发 s。

（三）黔东苗语共有 26 个韵母（养蒿话）

a o e ee ai ao ei en ang ong i a ia io ie iee iao
iu in iang iong u ui ua uai un uang

---

① 贵州省施秉县地方志编纂委员会编《施秉县志》，方志出版社 1997 年版，第 172 页。

（四）黔东苗语共有8个声调（养蒿话）

调类	1	2	3	4	5	6	7	8
养蒿调值	33	55	35	22	44	13	53	31
双井调值	33	53	44	22	35	21	24	31
声调字母	b	x	d	l	t	s	k	f
例词	dab	dax	dad	dal	dat	das	dak	daf
词义	回答	来	长	丢失	早晨	死	翅膀	搭

下面是苗汉文对照的关键词示例

双井村苗语中与古歌相关词汇苗汉文对照表	
ghet xangs hxik	歌师
ghet xangs hxik lul	大歌师
ghet xangs hxik vangt	小歌师
ghet xangs hxik bak	男歌师
ghet xangs hxik meis（eed）	女歌师
ghet xangs dliangb	巫师
dail lul diub fangb	寨老
ghet xangs diot geed deix	主唱
xongx hxik	陪唱
geed	路（歌的单位）
qongd	节（歌的单位）
hveb	句（歌的单位）
diux	段（歌的单位）
歌师张老革的传统曲库	
Seib Gangx Neel	迁徙歌（瑟岗奈）
Qab Jenb Qab Nieex	运金运银
Kab Nangl Kik Jos	犁东耙西
Beif Jud Beel	做酒歌
Niangx Eb Seil	仰欧瑟
Juf Aob Baod	十二个蛋
Des Xit	造纸歌

续表

歌师张老革的传统曲库	
Des Det	追溯树木歌
Bangx Xangb Ghed	榜香由
Hxik Hliob Hxik Yut	大歌 小歌
在户外唱的歌及故事	
1. Niangx Eb Seil	仰欧瑟
2. Eb Qab Liangl	运银河歌
3. Niongx Jib Bongl	打官司歌
4. Xangb Kab Langl	香犁地歌
5. Bangx Xangb Ghed	榜香长寿歌
6. Hxik Yox Fangb	游方歌
在家唱的歌及故事	
1. Qab Jenb Qab Nieex	运金运银
2. Hxik Hliob Hxik Yut	大歌小歌
3. Nieex Eb Ful	做酒罐歌
4. Beif Jud Beel	酿酒歌

附录 2　2009 年 8 月 31 日双井村新寨组苗族歌师演述的《瑟岗奈》文本（共105行）

演述人:男歌师龙光学、龙老常;女歌师张老革、张老岔

演述地点:歌师龙光学家中

时间:2009 年 8 月 31 日晚上

地点:贵州省黔东南施秉县双井镇双井村

翻译:歌师张老革、协力者龙林、研究者

誊录人:龙林

完成时间:2009 年 8 月至 2009 年 9 月

第一段：女歌师演唱

1	Beeb	dax	lab	lil	vut	
	我们	来	个	礼	好	咱为喜事来
2	Beeb	hxangx	lab	lil	vut	
	我们	赞美	个	礼	好	咱唱喜事歌
3	Lil	nongd	lil	dins	hxent	
	礼	这	礼	吉	祥	这是道吉祥
4	Lil	nongd	lil	hlas	xongt	
	礼	这	礼	富	贵	这是贺富贵
5	Lil	ghangb	hvib	bongt	wat	
	礼	甜	心	得	很	实在很高兴
6	Ghangb	hvib	jangx	neel	neit	
	甜	心	成	鱼	钓	高兴如鱼跃
7	Jangx	ngeex	yenb	dangl	khat	
	成	肉	腌	等	客	像腌肉等客
8	Aob	hmut	seib	gangx	neel	
	我们	说唱	五	对	爹妈	咱唱五对妈
9	Diut	niof	meis	nangx	beel	
	六	对	妈	沿着	坡	六对妈爬坡
10	Hleit	jeet	jos	noux	lal	
	爹妈	上	上游	吃	美	上游好生活
11	Liof	meis	deis	dax	diangl	
	蝴蝶	妈	哪	来	生	蝶妈哪里生
12	Jof	dangt	seib	gangx	neel	
	才	生	五	对	爹妈	才生五对妈
13	Liof	meis	gux	deeb	diangl	
	蝴蝶	妈	外在	土地	生	蝶妈地边生
14	Jof	dangt	seib	gangx	neel	
	才	生	五	对	爹妈	才生五对妈
15	At deis	haot	max	yenl		
	怎样	说	不	明白		怎么说不清

第二段：男歌师演唱

16	Aob	dax	lab	lil	vut
	我们	来	个	礼	好	咱为喜事来
17	Aob	hxangx	lab	lil	vut
	我们	赞美	个	礼	好	咱唱喜事歌
18	Lil	ghangb	hvib	haod	fat
	礼	甜	心	得	很	实在很高兴
19	Ghangb	hvib	jangx	neel	neit
	甜	心	像	鱼	钓	高兴如鱼跃
20	Jangx	ngeex	yenb	dangl	khat
	成	肉	腌	等	客	像腌肉等客
21	Ngeex	yenb	max	diangl	dliut
	肉	腌	不	够	香	腌肉不够好
22	Max	dangl	lab	neel	laot
	不	如	个	爹妈	嘴	妈的话最甜
23	Hleit	diut	noux	lab	maol
	月	六	吃	个	卯	六月吃卯节
24	Hleit	hxongs	noux	lab	seil
	月	七	吃	个	巳	七月过巳节
25	Hlongt	dut	dax	saos	neel
	走	脚	来	到	爹妈	行到爹妈家
26	Hek	pangt	jaox	hvib	liangl
	喝	大碗	条	心	满意	喝酒真满意
27	Aob	hmut	seib	gangx	neel
	我俩	说唱	五	对	爹妈	咱唱五对妈
28	Diut	niof	meis	nangx	beel
	六	对	妈	沿着	坡	六对妈爬坡
29	Hleit	jeet	jos	noux	lal
	爹妈	上	上游	吃	美	上游好生活
30	Liof	meis	deis	dax	diangl
	蝴蝶	妈	哪	来	生	蝶妈哪里生
31	Jof	dangt	seib	gangx	neel
	才	生	五	对	爹妈	才生五对妈

续表

32	Liof	meis	gux	deeb	diangl	
	蝴蝶	妈	外在	土地	生	蝶妈地边生
33	Jof	dangt	seib	gangx	neel	
	才	生	五	对	爹妈	才生五对妈
34	Hleit	jeet	jos	noux	lal	
	爹妈	上	上游	吃	美	上游好生活
35	At deis		haot	max	yenl	
	怎样		说	不	明白	怎么说不清
36	Diux	ab	xongb	qongd	yeel	
	段	一	停止	节	了	这节就这样
37	Diux	ghangb	nongt	dangd	laol	
	段	后	要	转	来	下节接着来
38	Daot	mangx	bangf	jangx	yol	
	得	你俩	的	成	啦	你们唱好了
39	Dliat	mangx	bangf	niaox	nal	
	放	你俩	的	里	这	先告一段落
40	Jeet	aob	bangf	dax	mol	
	上	我们	的	来	去	唱咱的来了

第三段：女歌师演唱

41	Aob	hmut	seib	gangx	neel	
	我们	说唱	五	对	爹妈	咱唱五对妈
42	Diut	niof	meis	nangx	beel	
	六	对	妈	沿着	坡	六对妈爬坡
43	Hleit	jeet	jos	noux	lal	
	爹妈	上	上游	吃	美	上游好生活
44	Aob	hmut	seib	gangx	neel	
	我俩	说唱	五	对	爹妈	咱唱五对妈
45	Diut	niof	meis	nangx	beel	
	六	对	妈	沿着	坡	六对妈爬坡

续表

46	Hleit	jeet	jos	noux	lal	
	爹妈	上	上游	吃	美	上游好生活
47	Hsangt	deis	ghab hnid	lal		
	个	哪	心肠	美		是谁心肠好
48	Jof	dangt	seib	gangx	neel	
	才	生	五	对	爹妈	才生五对妈
49	Diut	hleit	jof	nangx	beel	
	六	爹妈	才	沿着	坡	六对妈爬坡
50	Hleit	jeet	jos	noux	lal	
	爹妈	上	上游	吃	美	上游好生活
51	Aob	diot	saos	yaox	nal	
	我俩	唱	到	里	这	我俩唱到这
52	Saos	diot	aob	max	yenl	
	到	唱	我俩	未	分明	还未见分晓
53	Dliat	diot	ghab	sangx	lal	
	放	在	前加成分	坪	美	暂时放一放
54	Haot	hleit	xaob	dax	mol	
	要	爹妈	接唱	来	去	你们接唱去
55	Aob	hmut	seib	gangx	neel	
	我俩	说唱	五	对	爹妈	咱唱五对妈
56	Diut	niof	meis	nangx	beel	
	六	对	妈	沿着	坡	六对妈爬坡
57	Hleit	jeet	jos	noux	lal	
	爹妈	上	上游	吃	美	上游好生活
58	Xangf	naot	max	yangx	vangl	
	繁殖	多	未	容下	寨子	人多地方窄
59	Max	yangx	wangb	hsed	ghaol	
	不	容	簸箕	簸	米	没簸箕筛米
60	Max	yangx	jab	diaod	dul	
	不	容	火坑	烧	柴	没处挖火坑
61	Jof	dangt	seib	gangx	neel	
	才	生	五	对	爹妈	才生五对妈

续表

62	Bad	Weib	yas	bad	Wul	
	爸	威	养	爸	务	威父生务父
63	Jof	dangt	seib	gangx	neel	
	才	生	五	对	爹妈	才生五对妈
64	Diut	niof	meis	nangx	beel	
	六	对	妈	沿着	坡	六对妈爬坡
65	Hleit	jeet	jos	noux	lal	
	爹妈	上	上游	吃	美	去上游吃好

第四段：女歌师演唱

66	Aob	hmut	seib	gangx	neel	
	我俩	说唱	五	对	爹妈	咱唱五对妈
67	Diut	niof	meis	nangx	beel	
	六	对	妈	沿着	坡	六对妈爬坡
68	Hsangt	deis	at	meis	lul	
	个	哪	做	妈	老	哪个是大妈
69	Hsangt	deis	at	meis	niul	
	个	哪	做	妈	小	哪个是小妈
70	Aob	laot	dongf	max	yenl	
	我俩	嘴	说	不	清楚	我俩说不准
71	Maf	xint	jus	diux	mal	
	不	知	这	段	啦	不知这一节
72	Dliat	diot	ghab	sangx	lal	
	放	在	前加成分	坪	美	暂时放一放
73	Haot	meit	xaob	dax	mol	
	喊	爹妈	接唱	来	去	你们接唱去
74	Jof	diaos	aob	jaox	gongl	
	才	是	我们	条	沟	才合我们心
75	Jaox	aob	gongb	ngangl	lal	
	条	我们	沟	吞	干净	大家才欢喜

第五段：男歌师演唱

76	Aob	hmut	seib	gangx	neel	
	我们	说唱	五	对	爹妈	咱唱五对妈
77	Diut	niof	meis	nangx	beel	
	六	对	妈	沿着	坡	六对妈爬坡
78	Hleit	jeet	jos	noux	lal	
	爹	上	上游	吃	美	上游好生活
79	Juf	aob	yenx	meis	lul	
	十	二	寅	妈	老	十二寅大妈
80	Juf	aob	yenx	meis	niul	
	十	二	寅	妈	小	十二寅小妈
81	Jof	dangt	seib	gangx	neel	
	才	生	五	对	爹妈	才生五对妈
82	Hleit	jeet	jos	noux	lal	
	爹妈	上	上游	吃	美	上游好生活
83	At deis		haot	max	yenl	
	怎样		说	不	清楚	怎么说不清
84	Diux	ab	xongb	qongd	yeel	
	段	那	停止	节	了	此节分明了
85	Diux	ghangb	nongk	dangd	laol	
	段	后	再	转	来	到下节再说
86	Daot	mangb	bangf	jangx	yol	
	得	你俩	的	成	啦	唱完你们的
87	Dliat	mangb	bangf	niaox	lal	
	放	你俩	的	这	啊	先告一段落
88	Jeet	aob	bangf	dax	mol	
	唱	我俩	的	来	去	唱咱们的来
89	Mangbx	hmut	hsangb	jaox	gongl	
	你们	说	千	条	沟	你唱千条路
90	Mangbx	jeet	hsangb	dax	mol	
	你俩	唱	千	过来	去	你唱千首歌

第六段:女歌师演唱

91	Aob	hmut	seib	gangx	neel	
	我俩	说唱	五	对	爹妈	咱唱五对妈
92	Diut	niof	meis	nangx	beel	
	六	对	妈	沿着	坡	六对妈爬坡
93	Hsangt	deis	at	meis	niul	
	个	哪	做	妈	小	哪个是小妈
94	Hsangt	deis	at	meis	lul	
	个	哪	做	妈	老	哪个是大妈
95	Jof	dangt	seib	gangx	neel	
	才	生	五	对	爹妈	才生五对妈
96	Hleit	jeet	jos	noux	lal	
	爹妈	上	上游	吃	美	上游好生活
97	Max	vut	nangs	noux	liol	
	不	好	下游	吃	苦	下游劳苦多
98	At deis	haot	max	yenl		
	怎样	说	不	清楚		怎么说不清
99	Xongt	gheet	ghaob	bangx	bol	
	伸出	勾子	钩	花	刺	伸勾勾刺花
100	Xongt	laot	ghaob	nix	nangl	
	开口	嘴	钩	妹	姊	开口留姊妹
101	Jof	diaos	aob	jaox	gongl	
	才	是	我们	条	沟	才合我们心
102	Aob	jaox	gongb	ngangl	lal	
	我们	条	沟	吞	美	大家才欢喜
103	Noux	dlub	lab	lal	dongl	
	吃	白	粒	美	生	像吃白米饭
104	Max	dlub	eb	seil	yal	
	不	白	水	生	清洗	不白用水淘
105	Eb	sangx	dlub	lal	dongl	
	水	淘	白	美	生	水淘白生生

附录3 2009年9月1日双井村新寨组苗族歌师演述的《瑟岗奈》文本（共203行）

演述人：男歌师龙光学、龙生乔（后来换成龙明富）；女歌师张老革、张老岔

演述地点：受众龙厅保家中

时间：2009年9月1日晚上

地点：贵州省黔东南施秉县双井镇双井村

翻译：歌师张老革、协力者龙林、研究者

誊录人：龙林

完成时间：2009年8月至2009年9月

第一段：男歌师演唱

1	Aob	hmut	seib	gangx	neel	
	我俩	说唱	五	对	爹妈	咱唱五对妈
2	Diut	niof	mas	nangx	beel	
	六	对	妈	沿着	坡	六对妈爬坡
3	Hleit	jeet	jos	noux	lal	
	爹妈	上	上游	吃	美	上游好生活
4	Daot	vut	nangl	noux	liol	
	不	好	下游	吃	苦	下游劳苦多
5	Xangf	naot	max	yangx	vangl	
	繁殖	多	不	容	寨	人多地方窄
6	Max	yangx	jab	diaod	dul	
	不	容	火坑	烧	柴	没处挖火坑
7	Max	yangx	wangb	hsed	ghaol	
	不	容	簸箕	簸	米	没簸箕筛米
8	Xit	haot	beeb	diax	beel	
	商	量	我们	爬	坡	相约去上游

9	Beeb	jeet	jos	noux	lal	
	我们	上	上游	吃	美	上游好生活
10	Hsangt	deis	at	meis	lul	
	个	哪	做	妈	老	哪个是大妈
11	Hsangt	deis	at	meis	niul	
	个	哪	做	妈	小	哪个是小妈
12	Geef	xangb	at	meis	lul	
	格	香	做	妈	老	格香是大妈
13	Liongx	xinb	at	meis	niul	
	勇	兴	做	妈	小	勇兴是小妈
14	Dangl	leit	ghangb	niangx	laol	
	等	到	末尾	年	来	等到年底来
15	Jof	dangt	seib	gangx	neel	
	才	生	五	对	爹妈	才生五对妈
16	Diut	niof	meis	nangx	beel	
	六	对	妈	沿着	坡	六对妈爬坡
17	Hleit	jeet	jos	noux	lal	
	爹妈	上	上游	吃	美	上游好生活
18	At deis		haot	max	yenl	
	怎样		说	不	清楚	怎么说不清
19	Diux	ab	xongb	qongd	yeel	
	段	那	停止	节	了	这节就这样
20	Diux	ghangb	nongk	diangd	laol	
	段	后	再	转	来	下节又再说

第二段：男歌师演唱

21	Daot	mangx	bangf	jangx	yol	
	得	你俩	的	成	啦	唱完你们的
22	Jeet	aob	bangf	dax	mol	
	上	我们	的	来	去	又唱我们的

续表

23	Hsangt	deis	at	mas	lul	
	个	哪	做	妈	老	哪个是大妈
24	Hsangt	deis	at	mas	niul	
	个	哪	做	妈	小	哪个是小妈
25	Geef	Xangb	at	mas	lul	
	格	香	做	妈	老	格香是大妈
26	Liongx	xinb	at	mas	niul	
	勇	兴	做	妈	小	勇兴是小妈
27	Dangl	leit	ghangb	niangx	laol	
	等	到	末尾	年	来	等到年底来
28	Jof	dangt	seib	gangx	neel	
	才	生	五	对	爹妈	才生五对妈
29	Diut	niof	meis	nangx	beel	
	六	对	妈	沿着	坡	六对妈爬坡
30	At deis		haot	max	yenl	
	怎样		说	不	清楚	怎么说不清
31	Diux	ab	xongb	qongd	yeel	
	段	那	停止	节	了	这节已分明
32	Diux	ghangb	nongk	diangd	laol	
	段	后	再	转	来	下一节再说
33	Daot	mangx	bangf	jangx	yol	
	得	你们	的	成	了	唱完你们的
34	Jeet	aob	bangf	dax	mol	
	唱	我们	的	来	去	唱我们的来

第三段：女歌师演唱

35	Aob	hmut	seib	gangx	neel	
	我俩	说唱	五	对	爹妈	咱唱五对妈
36	Diut	niof	meis	nangx	beel	
	六	对	妈	沿着	坡	六对妈爬坡

37	Xangf	naot	max	yangx	vangl	
	繁殖	多	不	容	寨	人多地方窄
38	Max	yangx	jab	diaod	dul	
	不	容	火坑	烧	火	没处挖火坑
39	Max	yangx	wangb	hsed	ghaol	
	不	容	簸箕	簸	米	没簸箕筛米
40	Xit	haot	beeb	diax	beel	
	商	量	我们	爬	坡	相约去上游
41	Beeb	jeet	jos	noux	lal	
	我们	上	上游	吃	美	上游好生活
42	At	liuk	lab	niangx	nal	
	不	像	个	年	现在	并非像如今
43	Bad	seix	niangb	qut	beel	
	爸	也	住在	地方	上	爸居在上游
44	Meis	seix	niangb	qut	beel	
	妈	也	住在	地方	上	妈住在上游
45	Meis	hxot	niaox	ghongs	vangl	
	妈	休息	在	小巷	寨	妈休息寨头
46	Bad	hxot	niaox	ghongs	vangl	
	爸	休息	在	小巷	寨	爸休息寨边
47	Lab	nend	lab	niangx	nal	
	个	这	个	年	现在	就是现如今
48	Dongf	at	les	ghax	xil	
	讲	做	首	什	么	讲它干什么
49	Aob	hmut	lab	niangx beel		
	我俩	说	个	远古		回想那些年
50	Meis	hxot	niaox	jins	xil	
	妈	休息	在	哪	里	妈睡在何处
51	Bak	hxot	niaox	jins	xil	
	爸	休息	在	哪	里	爸歇在何方
52	Dangl	leit	ghangb	niangx	laol	
	等	到	末尾	年	来	等到年底来

53	Jof	dangt	seib	gangx	neel	
	才	生	五	对	爹妈	才生五对妈

54	At deis	haot		max	yenl	
	怎样	说		不	清楚	怎么说不清

55	Aob	diot	saos	yaox	lal	
	我俩	唱	到	节	美	咱唱到这节

56	Aob	diot	aob	max	yenl	
	我俩	唱	我俩	未	分晓（赢）	还未见分解

57	Haot	hleit	hxaob	dax	mol	
	要	爹妈	接唱	来	去	你们来接唱

58	Jof	diaos	aob	jaox	gongl	
	才	是	我们	条	路	才合我们心

59	Aob	jaox	gongb	ngangl	lal	
	我俩	条	沟	吞	美	大家才欢喜

第四段：男歌师演唱

60	Aob	hmut	seib	gangx	neel	
	我们	说唱	五	对	爹妈	咱唱五对妈

61	Diut	niof	meis	nangx	beel	
	六	对	妈	沿着	坡	六对妈爬坡

62	Hleit	jeet	jos	noux	lal	
	爹妈	上	上游	吃	美	上游好生活

63	Nel	naot	max	yangx	xaol	
	鱼	多	不	容	鱼梁	鱼多网不容

64	Xangf	naot	max	yangx	vangl	
	繁殖	多	不	容	寨	人多地方窄

65	Max	yangx	jab	diod	dul	
	不	容	火坑	烧	柴	没处挖火坑

66	Max	yangx	wangb	hsed	ghaol	
	不	容	簸箕	簸	米	没簸箕筛米

67	Xit haot		beeb	diax	beel	
	商量		我们	爬	坡	相约去上游
68	Beeb	jeet	jos	noux	lal	
	我们	上	上游	吃	美	上游好生活
69	Ax	liuk	lab	niangx	nal	
	不	像	个	年	这	并非像如今
70	Meis	seix	niangb	nongd	deel	
	妈	也	住	这	里	妈居有其房
71	Bak	seix	niangb	nongd	deel	
	爸	也	住	这	里	爸住有其屋
72	Meis	hxot	niaox	ghongs	vangl	
	妈	休息	在	小巷	寨	妈住在寨边
73	Bak	hxot	niaox	ghongs	vangl	
	爸	休息	在	小巷	寨	爸也住寨边
74	Dongf	at	les	ghax	xid	
	说	做	首	什	么	说它做哪样
75	Aob	hmut	xangf	niangx beel		
	我俩	说唱	那	远古		说起那些年
76	Laot	niangx	xib	hed	dangl	
	嘴	年	古	头	端	远古的时候
77	Meis	hxot	niaox	jins	xil	
	妈	休息	在	哪	里	妈睡在何处
78	Bad	hxot	niaox	jins	xil	
	爸	休息	在	哪	里	爸歇在何方

第五段：女歌师演唱

79	Bad	seix	niangb	geed nangl		
	爸	也	在	下游		爸住在下游
80	Meis	seix	niangb	geed nangl		
	妈	也	在	下游		妈也住下游

81	Niangb	eb	senx	seed	lul	
	住在	水	坪	屋	老	水路很遥远
82	Niangb	eb	senx	geed	daol	
	住在	水	坪	远方	远处	水路隔千里
83	At deis	haot		max	yenl	
	怎样	说		不	清楚	怎么说不清
84	Diux	nend	niangb	nend	deil	
	段	那	在	这	样	这节已分明
85	Daot	mangx	bangf	jangx	jul	
	得	你们	的	成	完	唱完你们的
86	Jeet	aob	bangf	dax	mol	
	上	我俩	的	来	去	唱我们的来

第六段：男歌师演唱

87	Aob	hmut	seib	gangx	neel	
	我俩	说唱	五	对	爹妈	咱唱五对妈
88	Diut	niof	meis	nangx	beel	
	六	对	妈	沿着	坡	六对妈爬坡
89	Hleit	jeet	jos	noux	lal	
	爹妈	上	上游	吃	美	上游好生活
90	Nel	naot	max	yangx	xaol	
	鱼	多	不	容	鱼梁	鱼多网不容
91	Xangf	naot	max	yangx	vangl	
	繁殖	多	不	容	寨	人多地方窄
92	Max	yangx	jab	diaod	dul	
	不	容	火坑	烧	火	没处挖火坑
93	Max	yangx	wangb	hsed	ghaol	
	不	容	簸箕	簸	米	没簸箕筛米
94	Qut	ngeef	liuk	ngox	meil	
	地方	窄	像	圈	马	屋窄如马圈

续表

95	Meis	seix	niangb	geed nangl	
	妈	也	在	下游	妈住在下游
96	Bad	seix	niangb	geed nangl	
	爸	也	在	下游	爸也住下游

第七段：女歌师演唱

97	Juf	hsenb	yenx	geed daol	
	十	神	仙	远处	路遥人罕至
98	Juf	seib	senx	geed daol	
	十	五	坪	远处	远甚十五坪
99	Nel	naot	max	yangx	xaol
	鱼	多	不	容	鱼梁	鱼多网不容
100	Xangf	naot	max	yangx	vangl
	繁殖	多	不	容	寨	人多地方窄
101	Max	yangx	jab	diaod	dul
	不	容	火坑	烧	火	没处挖火坑
102	Max	yangx	wangb	hsed	ghaol
	不	容	簸箕	簸	米	没簸箕筛米
103	Qut	ngeif	liuk	ngox	meil
	地方	窄	像	圈	马	屋窄如马圈
104	Qit	wif	liuk	neex	wil
	相互	挤	像	耳朵	锅	相挤如锅耳
105	Meis	seix	niangb	geed nangl	
	妈	也	在	下游	妈住在下游
106	Bad	seix	niangb	geed nangl	
	爸	也	在	下游	爸住在下游
107	Fangb	hsangb	senx	geed nangl	
	方	千	坪	下游	村有千坪远
108	Niangb	hsangb	senx	seed	mol
	住在	千	坪	屋	去	家在千坪外

109	Geef	hsangb	senx		geed daol	
	隔	千	平		远方	相隔千万里
110	Nel	naot	max	yangx	xaol	
	鱼	多	不	容	网	鱼多网不容
111	Xangf	naot	max	yangx	vangl	
	繁殖	多	不	容	寨	人多地方窄
112	Max	yangx	jab	diaod	dul	
	不	容	火坑	烧	火	没处挖火坑
113	Max	yangx	wangb	hsed	ghaol	
	不	容	簸箕	簸	米	没簸箕筛米
114	Qut	ngeef	liuk		deix xid	
	地方	窄	像		哪样	地窄如啥样
115	Aob	laot	dongf	max	yenl	
	我俩	嘴	说	不	清楚	咱们说不准
116	Maf	xind	jus	diux	nal	
	不	清楚	一	段	这	这节未清楚
117	Dliat	diot	ghab	sangx	lal	
	放	在	前缀	坪	干净	先告一段落
118	Haot	hleit	hxaob	dax	mol	
	要	妈	说唱	来	去	你们接唱去
119	Daot	xot	beeb	seix	wangl	
	得	福	我们	也	想要	得福咱想要
120	Daot	xangf	beeb	seix	wangl	
	得	繁殖	我们	也	想要	得贵咱同享

第八段：男歌师演唱

121	Aob	hmut	seib	gangx	neel	
	我俩	说唱	五	对	爹妈	咱唱五对妈
122	Diut	niof	meis	nangx	beel	
	六	对	妈	沿着	坡	六对妈爬坡

123	Hleit	jeet	jos	noux	lal	
	妈	上	上游	吃	美	上游好生活
124	Nel	naot	max	yangx	xaol	
	鱼	多	不	容	鱼梁	鱼多网不容
125	Xangf	naot	max	yangx	vangl	
	繁殖	多	不	容	寨	人多地方窄
126	Max	yangx	jab	diaod	dul	
	不	容	火坑	烧	火	没处挖火坑
127	Max	yangx	wangb	hsed	ghaol	
	不	容	簸箕	簸	米	没簸箕筛米
128	Xit	haot	beeb	diax	beel	
	商	量	我们	爬	坡	相约去上游
129	Beeb	jeet	jos	noux	lal	
	我们	上	上游	吃	美	上游好生活
130	Xangf	naot	max	yangx	vangl	
	繁殖	多	不	容	寨	人多地方窄
131	Max	yangx	jab	diaod	dul	
	不	容	火坑	烧	火	没处挖火坑
132	Qut	ngeef	liuk	deix	xil	
	地方	窄	像	什	么	地窄如啥样
133	Qut	ngeef	liuk	neex	wil	
	地方	窄	像	耳朵	锅	地窄像锅耳
134	At deis		haot	max	yenl	
	怎样		说	不	清楚	怎么说不清
135	Diux	ab	xongb	qongd	yeel	
	段	那	停止	节	了	此节就这样
136	Diux	ghangb	nongt	diangx	laol	
	段	后	要	转	来	下节马上来
137	Daot	mangb	bangf	jangx	yol	
	得	你俩	的	成	哟	唱完你们的
138	Jeet	aob	bangf	dax	mol	
	唱	我俩	的	来	去	唱我们的来

第九段：女歌师演唱

139	Aob	hmut	seib	gangx	neel	
	我俩	说唱	五	对	爹妈	咱唱五对妈
140	Diut	niof	meis	nangx	beel	
	六	对	妈	沿着	坡	六对妈爬坡
141	Hleit	jeet	jos	noux	lal	
	妈	上	上游	吃	美	上游好生活
142	Nel	naot	max	yangx	xaol	
	鱼	多	不	容	鱼梁	鱼多网不容
143	Xangf	naot	max	yangx	vangl	
	繁殖	多	不	容	寨	人多地方窄
144	Max	yangx	wangb	hsed	ghaol	
	不	容	簸箕	簸	米	没簸箕筛米
145	Max	yangx	jab	diaod	dul	
	不	容	火坑	烧	火	没处挖火坑
146	Xit haot		beeb	diax	beel	
	商量		我们	爬	坡	相约去上游
147	Beeb	jeet	jos	noux	lal	
	我们	上	上游	吃	美	上游好生活
148	Qit wif		liuk	deix xil		
	拥挤		像	什么		拥挤像什么
149	Qit wif		liuk	neex	liol	
	拥挤		像	谷	穗	像田里谷穗
150	Jat liaf		diot	lix	wul	
	拥挤		在	田	里	谷穗挤满田
151	At deis		haot	max	yenl	
	怎样		说	不	清楚	怎么说不清
152	Diux	ab	xongb	qongd	yeel	
	段	那	停止	节	了	这节清楚了
153	Diux	ghangb	nongt	diangd	laol	
	段	后	要	转	来	下节马上来

154	Mangb	hmut	hsangb	jaox	gongl	
	你俩	说	千	条	沟	你唱千条路
155	Mangb	jeet	hsangb	jaox	mol	
	你俩	唱	千	条	去	你唱千首歌

第十段：男歌师演唱

156	Aob	hmut	seib	gangx	neel	
	我俩	说唱	五	对	爹妈	咱唱五对妈
157	Diut	niof	meis	nangx	beel	
	六	对	妈	沿着	坡	六对妈爬坡
158	Nel	naot	max	yangx	xaol	
	鱼	多	不	容	鱼梁	鱼多网不容
159	Xangf	naot	max	yangx	vangl	
	繁殖	多	不	容	寨	人多地方窄
160	Max	yangx	jab	diaod	dul	
	不	容	火坑	烧	火	没处挖火坑
161	Max	yangx	wangb	hsed	ghaol	
	不	容	簸箕	簸	米	没簸箕筛米
162	Xit	haot	beeb	diax	beel	
	商	量	我们	爬	坡	相约去上游
163	Beeb	jeet	jos	noux	lal	
	我们	上	上游	吃	美	上游好生活
164	Niangx	nongd	beeb	hek	nius	
	年	这	我们	喝	浓	现在吃喝好
165	Niangx	deix	beeb	hek	xis	
	年	前	我们	喝	淡	过去吃喝淡
166	Noux	gad	noux	at deis		
	吃	饭	吃	怎样		吃饭吃什么
167	Nangl	ud	nangl	at deis		
	穿	衣	穿	怎样		穿衣穿什么

168	Daob	diangd	hfed	jeet	ghangs	
	布	调	头	上	竹竿	布调头上杆
169	Hvob	diangd	hfed	xit	sens	
	话	调	头	相	问	话调头相问
170	Mangb	vangb	lul	hxut	gas	
	你俩	师父	老	心	明亮	你师父知多
171	Dax	hxaob	mol	hvit	vongs	
	来	接	去	快	点	来接唱下去
172	Vol	hxaob	vol	daot	dlas	
	越	接唱	越	得	富	越唱越贵富

第十一段：女歌师演唱

173	Aob	hmut	seib	gangx	neel	
	我俩	说唱	五	对	爹妈	咱唱五对妈
174	Diut	niof	meis	nangx	beel	
	六	对	妈	沿着	坡	六对妈爬坡
175	Hleit	jeet	jos	noux	lal	
	爹妈	上	上游	吃	美	上游好生活
176	Dok	vuk	nangs	noux	liol	
	不	呆	下游	吃	苦	下游劳苦多
177	Bad		seix	niangb	geed nangl	
	爸		也	在	下游	爸住在下游
178	Meis		seix	niangb	geed nangl	
	妈		也	在	下游	妈也住下游
179	Niangb	fangb	senx	seed	mol	
	在	方	坪	屋	去	路程很遥远
180	Geef	hsangb	senx	geed	daol	
	隔	千	坪	路	远	相隔千万里
181	Nel	naot	max	yangx	xaol	
	鱼	多	不	容	鱼梁	鱼多网不容

182	Xangf	naot	max	yangx	vangl	
	繁殖	多	不	容	寨	人多地方窄
183	Max	yangx	jab	diaod	dul	
	不	容	火坑	烧	火	没处挖火坑
184	Max	yangx	wangb	hsed	ghaol	
	不	容	簸箕	簸	米	没簸箕筛米
185	Qut	ngeef	liuk	ngox	meil	
	地方	窄	像	圈	马	屋窄像马圈
186	Xit	wif	liuk	neex	wil	
	互	挤	像	耳朵	锅	地窄像锅耳
187	Qut	ngeef	laot	max	ngangl	
	地方	窄	嘴	不得	吞（吃）	地少生计难
188	Laol	leit	diongl	veeb	dlub	
	来	到	山谷	石	白	来到白岩谷
189	Laol	hent	beel	vaob	dlub	
	来	赞扬	坡	菜	白	想赞白岩谷
190	Hxot	haot	beel	vaob	dlub	
	莫	讲	坡	菜	白	莫讲白岩坡
191	Nongf	diaos	beel	ghab dongb		
	各	是	坡	芭茅		全是茅草坡
192	Aob	leit	diongl	veeb	liul	
	我俩	到	山谷	石	片	又到生岩谷
193	Laot	hent	diongl	veeb	liul	
	来	赞	山谷	石	片	想赞生岩谷
194	Deid	haot	diongl	veeb	liul	
	也	讲	山谷	岩	片	话讲生岩谷
195	Nongf	diaos	diongl	ghab niol		
	各	是	山谷	芭茅		全是茅草谷
196	Laol	laol	jus	deix	laol	
	来	来	实	在	来	走呀又走呀

197	Leit	jaox	fangb	nongd	deel	
	到	片	地方	这	了	来到这地方
198	Xangx	yub	yub	diol	hxox	
	集市	有	有	什	么	这里好哪样
199	Xangx	hxeeb	hxeeb	diod	xox	
	集市	看	看	什	么	这里看哪样
200	Xangx	yub	yub	nel（x）gax（d）①		
	场	有	有	吃	饭	这里好饭吃
201	Xangx	hseeb	hseeb	niol ghaox（d）		
	场	看	看	鼓	木	集市有锣鼓②
202	Hangd	nongd	vut	jaox	fangb	
	里	这	好	个	地方	这是好地方
203	Beeb	wal	fathd	senb niangb		
	你	我	放心	住		安心住这里

附录4　2009年9月2日双井村河边组苗族歌师演述的《瑟岗奈》文本（共162行）

演述人：男歌师龙光勋、龙光基；女歌师潘灵芝、张老树

演述地点：协力者龙林家中

时间：2009年9月2日晚上

地点：贵州省黔东南施秉县双井镇双井村

翻译：歌师潘灵芝、协力者龙林、研究者

誊录人：龙林

完成时间：2009年8月至2009年9月

---

① d调歌师在演述时为了谐调，会临时变调，以保持上、下句的调同。参见李炳泽《口传诗歌中的非口语问题——苗族古歌的语言研究》，民族出版社2004年版。

② 苗族认为有锣鼓的集市是热闹繁荣的好地方。

第一段：男歌师演唱

1	Aob	hmut	seib	gangx	neel	
	我俩	说唱	五	对	爹妈	咱唱五对妈
2	Diut	niof	meis	nangx	beel	
	六	对	妈	沿着	坡	六对妈爬坡
3	Hleit	jeet	jos	noux	lal	
	妈	上	上游	吃	美	上游好生活
4	Daot	vuk	nangs	noux	liol	
	不	留	下游	吃	苦	下游疾苦多
5	Aob	leit	neex	neib	seed	
	我俩	到	他	父母	家	咱到父母家
6	Aob	leit	neex	neib	jud	
	我俩	到	他	父母	酒	咱敬父母酒
7	Neex	neib	ghab hnid		hliaod	
	他	母	心肠		聪明	父母心肠好
8	Neib	xongt	diangb	dax	deed	
	妈	摆	张	桌	长	摆张大长桌
9	Diangb	dangt	yif	dliangx	fangd	
	张	凳子	八	庹	宽	桌有八尺宽
10	Dangk	ngeex	beeb	dangk	jud	
	凳子	肉	三	凳子	酒	酒肉摆满桌
11	Dangt	hongb	niongx	lad	ghul	
	凳子	蒙上	菜	得	很	各种各样菜
12	Max	bub	hent	diol	xid	
	不	知	赞	种类	什么	欲赞已忘言

第二段：女歌师演唱

13	Aob	hmut	seib	gangx	neel	
	我俩	说唱	五	对	爹妈	咱唱五对妈
14	Bad	weib	yas	bad	wul	
	爸	威	生	爸	务	威父生务父

续表

15	Bab	jangb	yas	bad	gal	
	爸	江	生	爸	嘎	江父生嘎父
16	Liof	meis	deis	dax	diangl	
	蝴蝶	妈	哪	来	生	哪个蝶妈生
17	Jof	dangt	seib	gangx	neel	
	才	生	五	对	爹妈	才生五对妈
18	Hleit	jeet	jos	noux	lal	
	妈	上	上游	吃	美	上游好生活
19	Haot	vut	dlub	nax	dongl	
	煮	好	白	生	生	饭熟白净净
20	But	het	hvib	nax	lul	
	感	谢	心	人	老	铭记父母心
21	Xongt	dangt	gheeb	dangx	daol	
	摆	桌	喊	大	家	大伙来赴宴
22	Daot	xot	niangb	nangx	lal	
	得	福	在于	名声	美	因善而得福
23	Daot	hlas	beeb	seix	wangl	
	得	富	我们	也	想要	得贵咱共有
24	Daot	xangf	beeb	seix	wangl	
	得	兴旺	我们	也	想要	得福咱共享
25	Beeb	dongt daol		seix	xaol（b）	
	我们	大家		也	得	有福咱同享
26	Dongt dongt		jof		senx liul	
	大家		才		齐心	有难咱同担

第三段：男歌师演唱

27	Hangd	hxangb	jof	hangd	daot	
	愿	说唱	才	愿	得	爱唱才爱答
28	Mangx	ghangb	hvib	daot	khat	
	你们	甜	心	得	客	贵客高兴不

续表

29	Beeb	ghangb	hvib	naot	fat
	我们	甜	心	得	很	我们很高兴
30	Ghangb	ghangb	jangx	neel	neit
	甜	甜	成	鱼	钓	高兴如鱼跃
31	Jangx	ngeex	yenb	dangl	khat
	成	肉	腌	待	客	像腌肉待客
32	Ngeex	yenb	max	diangl	dliut
	肉	腌	不	太	浓醇	腌肉不够香
33	Diux	hxub	vol	haod	dliut
	门	亲戚	更	胜过	酽、纯	亲情浓又浓
34	Aob	hmut	seib	gangx	neel
	我俩	说唱	五	对	爹妈	咱唱五对妈
35	Diut	niof	meis	nangx	beel
	六	对	妈	沿着	坡	六对妈爬坡
36	Hleit	jeet	jos	noux	lal
	妈	上	上游	吃	美	上游好生活
37	Daot	vuk	nangs	noux	liol
	不	呆	下游	吃	苦	下游疾苦多
38	Liof	meis	deis	dax	diangl
	蝴蝶	妈	哪	来	生	哪个生蝶妈
39	Jof	dangt	seib	gangx	neel
	才	生	五	对	爹妈	才生五对妈
40	Bad	weib	yas	bad	wul
	爸	威	生	爸	务	威父生务父
41	Bad	jangb	yas	bad	gal
	爸	江	生	爸	嘎	江父生嘎父
42	Ghaot	daof①		yas	dangx daol
	公	岛		生	大家	岛公生大家
43	At deis		haot	max	yenl
	怎样		说	不	清楚	怎么说不清

① Ghaot daof：祖先岛公。在苗族史诗《兄妹成婚》中，姜央和妹妹成婚生的怪胎，姜央一生气把"岛公"切成很多块，扔出去后变为各种人，苗名为"岛公"，苗族认为岛公是祖先。

44	Ghaox	niangb	bot	need	deel	
	就	住在	处	那	啦	就在这里啦
45	Max	bab	bot	need	deel	
	不	让	点	那	丢失	不让这失传
46	Daot	mangb	bangf	jangx	yol	
	得	你俩	的	完	了	唱完你们的
47	Jeet	aob	bangf	dax	mol	
	唱	我俩	的	来	去	唱我们的来
48	Hxot	meif	ghab bax	dul		
	不	砍	下枝	柴		不要砍毛柴
49	Hxot	dongf	ghab dliax	lil		
	不	说	坏	礼		不要讲歪理
50	Meif	not	qob	max	jul	
	砍	多	捡	不	完	砍多捡不了
51	Dongf	not	fenb	max	laol	
	议论	多	解释	不	来	唱乱不好译

第四段：女歌师演唱

52	Aob	hmut	seib	gangx	neel	
	我俩	说唱	五	对	爹妈	咱唱五对妈
53	Diut	niof	meis	nangx	beel	
	六	对	妈	沿着	坡	六对妈爬坡
54	Hleit	jeet	jos	noux	lal	
	妈	上	上游	吃	美	上游好生活
55	Hsangt	deis	at	meis	lul	
	个	哪	做	妈	老	哪个是大妈
56	Hsangt	deis	at	meis	niul	
	个	哪	做	妈	小	哪个是小妈
57	Jof	dangt	seib	gangx	neel	
	才	生	五	对	爹妈	才生五对妈
58	Diut	niof	meis	nangx	beel	
	六	对	妈	沿着	坡	六对妈爬坡

59	Hleit	jeet	jos	noux	lal	
	妈	上	上游	吃	美	上游好生活
60	Aob	diot	saos	yaox	nal	
	我俩	唱	到	节	这	咱唱到这里
61	Saos	diot	aob	max	yenl	
	到	唱	我们	未	清楚	还未见分晓
62	Dliat	diot	guf	dax	diol	
	放	在	上	桌	汉	放在桌面上
63	Haot	hleit	nongf	hxangx	laol	
	要	长辈	各	说	来	请妈来分解
64	Ib hxaot	beeb	sux	sal		
	一时	我们	分散	分开		一会儿咱就走
65	Beeb	daot	jas	noux	yol	
	我们	不	相会	吃	啦	难得再相会
66	Beeb	daot	jas	beex	niol	
	我们	不	相会	吃	酒	何时把酒欢

第五段：男歌师演唱

67	Bod het	deil	ghab lal			
	感谢	量词	长官			感谢长官情
68	Xongt	laob	laol	diangb	neel	
	走	脚	来	看望	爹妈	步行看望妈
69	Jof	kaot	dangx	ib	daol	
	才	喊	大	一	群	我叫大家来
70	Dongt	dongl	laol	jib	peil	
	大	家	来	护	陪	众人来奉陪
71	Beeb	daot	noux	eb	niol	
	我们	得	吃	水	酒	讲话又喝酒
72	Beeb	vut	jaox	hvib	dlial	
	我们	好	条	状词	啦	大家很高兴

73	Aob	hmut	seib	gangx	neel	
	我俩	说唱	五	对	爹妈	咱唱五对妈
74	Nel	naot	max	yangx	xaol	
	鱼	多	不	容	鱼梁	鱼多网不容
75	Xangf	naot	max	yangx	vangl	
	繁殖	多	不	容	寨	人多地方窄
76	Max	yangx	jab	diaod	dul	
	不	容纳	火坑	烧	火	没处挖火坑
77	Max	yangx	wangb	hsed	ghaol	
	不	容纳	簸箕	簸	米	没簸箕筛米
78	Beeb	jeet	jos	noux	lal	
	我们	上	上游	吃	美	上游好生活
79	Hsangt	deis	at	meis	lul	
	个	哪	做	妈	老	哪个是大妈
80	Hsangt	deis	at	meis	niul	
	个	哪	做	妈	小	哪个是小妈
81	Juf	aob	yenx	meis	lul	
	十	二	寅	妈	老	大妈十二寅
82	Juf	aob	yenx	meis	nil	
	十	二	寅	妈	小	小妈十二寅
83	Jof	dangt	seib	gangx	neel	
	才	生	五	对	爹妈	才生五对妈
84	At deis	haot	max	yenl		
	怎样	说	不	清楚		怎么说不清
85	Bad	weib	yas	bad	wul	
	爸	威	生	爸	务	威父生务父
86	Bad	jangb	yas	bad	gal	
	爸	江	生	爸	嘎	江父生嘎父
87	Yas	dal	dab	ghaod daol		
	生	个	娃	怪胎		生个怪胎娃
88	Ghaok daof	yas	dangx	daol		
	怪胎名	生	大	家		怪娃生大家

89	Diux	need	niangb	need	deel	
	段	那	在	那	儿	这节是这样
90	Max	bab	baot	need	daol	
	不	给	节	那	远	不让它失传

第六段：男歌师演唱

91	Aob	hmut	seib	gangx	neel	
	我俩	说唱	五	对	爹妈	咱唱五对妈
92	Diut	niof	meis	nangx	beel	
	六	对	妈	沿着	坡	六对妈爬坡
93	Hleit	jeet	jos	noux	lal	
	爹妈	上	上游	吃	美	上游好生活
94	Hsangt	deis	at	meis	lul	
	个	哪	做	妈	老	哪个是大妈
95	Hsangt	deis	at	meis	niul	
	个	哪	做	妈	小	哪个是小妈
96	Jof	daot	seib	gangx	neel	
	才	得	五	对	爹妈	才生五对妈
97	Diut	niof	meis	nangx	beel	
	六	对	妈	沿着	坡	六对妈爬坡
98	Hleit	jeet	jos	noux	lal	
	爹妈	上	上游	吃	美	上游好生活
99	Aob	diot	saos	yaox	nal（d）	
	我俩	唱	到	节	这	我们唱到这
100	Saos	diot	aob	max	yenl	
	到	唱	我俩	未	分明	还未见分晓
101	Haot	khat	nongt	hxangx	laol	
	要	客	要	分解	来	邀客来分解
102	Ib hxaot	beeb		ghaox	mol	
	一会儿	我们		就	去	一会儿咱就走

续表

103	Ib hxaot	beeb	sux	sal	
	一会儿	我们	散	开	一会儿咱就散
104	Beeb	daot	jas	beex	lil
	我们	不	见	说	礼	难得再相会
105	Beeb	daot	jas	noux	niol
	我们	不	见	喝	酒	何时把酒欢

第七段：男歌师演唱

106	Seed	hed	lul	bangf	nax
	家	头	老	的	人	有名的人家
107	Seed	gheed	niol	bangf	nix
	家	管理	鼓	的	牛	是有名的牛
108	Hed	hed	xangt	guf	meix
	头	头	放	碰	他人	常与他牛斗
109	Hed	nongd	xangt	guf	niux
	头	这	放	碰	妹	这次找我斗
110	Hxat	hvib	dangl	dlinf	jangx
	愁	心	等	着	对付	实在心焦等
111	Ghab hed liul		qif	hfangx	
	头		张	旗	黄	牛头插黄旗
112	Ghab deed		liul	qif	naox
	尾巴		张	旗	绿	牛尾插绿旗
113	Wal	hxeed	wal	hxeeb	jangx
	我	看	我	怕	啦	我见我都怕
114	Wal	diod	wal	deeb	max
	我	笨	我	答应	你们	我笨和你唱
115	Yangs	neik	hol	aob	lax
	让	点	情	两	个	请你让点情
116	Yangs	neik	wal	nins	max
	让	点	我	记着	你们	我永记着你

续表

117	Nins	ad	mol	hsangb	niangx	
	记	到	去	千	年	千年也不忘
118	Hsangb	hnut	deel	nins	max	
	千	年	还	记	你们	千年记着你
119	Gif	naot	eb	max	leel	
	山沟	多	水	不	流	沟水多不流
120	Maf	jeet	hsangb	jox	mol	
	不	上	千	条	去	你们唱着去

第八段：女歌师演唱

121	Aob	hmut	seib	gangx	neel	
	我俩	说唱	五	对	爹妈	咱唱五对妈
122	Diut	niof	meis	nangx	beel	
	六	对	妈	沿着	坡	六对妈爬坡
123	Hleit	jeet	jos	noux	lal	
	妈	上	上游	吃	美	上游好生活
124	Juf	aob	yenx	meis	lul	
	十	二	寅	妈	老	大妈十二寅
125	Juf	aob	yenx	meis	niul	
	十	二	寅	妈	幼	小妈十二寅
126	Jof	dangt	seib	gangx	neel	
	才	生	五	对	爹妈	才生五对妈
127	Diut	niof	meis	nangx	beel	
	六	对	妈	沿着	坡	六对妈爬坡
128	Hleit	jeet	jos	noux	lal	
	爹妈	上	上游	吃	美	上游好生活
129	Daot	mangb	bangf	jangx	yol	
	得	你俩	的	成	了	唱完你们的
130	Dliat	mangb	bangf	niox	nal	
	放	你俩	的	这	里	就放在这里

131	Hxot vos		dlinf	niaox	dangl	
	休息		状词	了	等	休息等一会
132	Jeet	aob	bangf	dax	mol	
	唱	我俩	的	来	去	我们接唱去

第九段：男歌师演唱

133	Aob	hmut	seib	gangx	neel	
	我俩	说唱	五	对	爹妈	咱唱五对妈
134	Niangx	nongd	aob	hek	nius	
	年	这	我俩	喝	浓醇	现在咱喝酒
135	Niangx	qid	neel	hek	xis	
	年	古	爹妈	喝	淡	远古咱喝水
136	Nex	gad	noux	at deis		
	吃	饭	吃	怎样		吃饭吃哪样
137	Nangl	ud	nangl	at deis		
	穿	衣	穿	怎样		穿衣穿哪样
138	Nex	gad	noux	ngeex	yenb	
	吃	饭	吃	肉	腌	现有腌肉吃
139	Nangl	ud	nangl	jaox	daob	
	穿	衣	穿	匹	布	今有棉布穿
140	Laol	hxeed	dliol	niangx	xib	
	来	看	那	年	古时	来看远古时
141	Nex	gad	noux	at	seis	
	吃	饭	吃	什	么	吃饭吃什么
142	Nangl	ud	nangl	at deis		
	穿	衣	穿	怎样		穿衣穿什么
143	Geed	need	aob	diot	saos	
	路	那我	俩	唱	到	此节唱到这
144	Aob	max	beel	xongt	yenl	
	我俩	未	还	这样	了	还未见分晓

145	Beel	xenb	diol	at deis	
	还	分明	样	怎样	还有啥未明
146	Daob	diangd	hfed	jeet	qhangs	
	布	调	头	上	杆	布调头上杆
147	Hvob	diangd	hfed	xit	sens	
	话	调	头	互	问	话调头互问
148	Sens	mangx	bongl	ghet	hxangs	
	问	你俩	对	师	傅	请教老师父
149	Vangb	lul	mangb	hxut	gas	
	央	老	你俩	心	明亮	你俩心自知
150	Dax	hxaob	mol	hvit	vongs	
	来	接唱	去	快	点	快点来接唱
151	Vol	hxaob	vol	daot	hlas	
	越	唱	越	得	富	越唱越贵富
152	Mangx	hmut	hsangb	jaox	gongl	
	你们	说唱	千	条	沟	你唱千首歌
153	Mangx	jeet	hsangb	jaox	mol	
	你们	唱	千	条	去	你唱千首去

第十段：女歌师演唱

154	Aob	hmut	seib	gangx	neel	
	我俩	说唱	五	对	爹妈	咱唱五对妈
155	Diut	niof	meis	nangx	beel	
	六	对	妈	沿着	坡	六对妈爬坡
156	Hleit	jeet	jos	noux	lal	
	妈	上	上游	吃	美	上游好生活
157	Nel	naot	max	yangx	xaol	
	鱼	多	不	容纳	鱼梁	鱼多网不容
158	Xangf	naot	max	yangx	vangl	
	繁殖	多	不	容纳	寨	人多地方窄

续表

159	Max	yangx	jab	diaod	dul	
	不	容	火坑	烧	火	没处挖火坑
160	Max	yangx	wangb	hsed	ghaol	
	不	容纳	簸箕	簸	米	没簸箕筛米
161	Qut	ngeef	liuk	ngox	meil	
	地方	窄	像	圈	马	屋窄如马圈
162	Xit	mif	liuk	neex	wil	
	互相	挤	像	耳朵	锅	地窄像锅耳

附录5 2010年8月25日双井村新寨组苗族歌师演述的《瑟岗奈》文本(共160行)

演述人:男歌师刘昌吉、龙耶青;女歌师邰刚树、刘阿高

演述地点:受众龙厅保家中

时间:2010年8月25日晚上

地点:贵州省黔东南施秉县双井镇双井村

翻译:歌师刘昌吉、协力者龙林、研究者

誊录人:龙林

完成时间:2010年9月至2011年2月

第一段:男歌师演唱

1	Aob	dax	lab	lil	vut	
	我俩	来	个	礼	好	咱为喜事来
2	Aob	hxangx	lab	lil	vut	
	我俩	赞美	个	礼	好	咱唱喜事歌
3	Lil	nongd	lil	hlas	xongt	
	礼	这	礼	富	贵	这是富贵事

4	Lil	ghangb	hvib	haod	fat	
	礼	甜	心	得	很	实在很高兴
5	Ghangb	ghangb	jangx	nail	neit	
	甜	甜	像	鱼	钓	高兴如鱼跃
6	Jangx	ngeex	yenb	dangl	khlat	
	成	肉	腊	等	客	像腌肉等客
7	Niangx	ib	dlongd	at deis		
	年	一	季节	怎样		正月做哪样
8	Niangx	ib	dlongd	hek	peis	
	年	一	季节	喝	酒	正月吃年酒
9	Niangx	aob	dlongd	at deis		
	年	二	季节	怎样		二月做什么
10	Niangx	aob	dlongd	ghat	diangs	
	年	二	季节	架	桥	二月架桥节
11	Hleit	beeb	gheb	laol	saos	
	月	三	农活	来	到	三月起农活
12	Hleit	dlaob	yab	maol	jangs	
	月	四	秧	去	栽	四月忙栽秧
13	Hleit	diut	noux	lab	maol	
	月	六	吃	个	卯	六月吃卯节
14	Hleit	hxongs	noux	lab	seil	
	月	七	吃	个	已	七月要吃新
15	Dent	hleit	lax lib	mongl		
	约	爹妈	快速	去		邀客到家来
16	Leit	hleit	noux	eb	niol	
	到	爹妈	吃	水（酒）	浑	敬客喝米酒
17	Aob	vut	jaox	hvib	dlial	
	我俩	好	条	心	突然轻松状	心情多舒畅
18	Aob	hmut	seib	gangx	neel	
	我俩	说唱	五	对	爹妈	咱唱五对妈
19	Hleit	jeet	jos	noux	lal	
	爹妈	上	上游	吃	美	上游好生活

续表

20	Liof	meis	deis	dax	diangl	
	蝴蝶	爹妈	哪	来	生	蝶妈哪个生
21	Jof	dangt	seib	gangx	neel	
	才	生	五	对	爹妈	才生五对妈
22	Dangt	diot	neib	nangx	beel	
	生	得	爹妈	沿着	坡	生得妈就走
23	Hleit	jiet	jos	noux	lal	
	爹妈	上	上游	吃	美	上游好生活
24	Beeb	diot	saos	yaox	nal	
	我们	唱	到	节	这	我俩唱到这
25	Saos	diot	aob	max	yenl	
	到	唱	我俩	未	清楚	我俩还未明
26	Haot	hleit	nongf	xangx	laol	
	要	爹妈	各	解答	来	请爹妈来答

第二段：女歌师演唱，重复以上：1—6行

27	Aob	dax	lab	lil	vut	
	我俩	来	个	礼	好	今天日子好
28	Aob	hxangx	lab	lil	vut	
	我俩	说	个	礼	好	我俩来走亲
29	Lil	nongd	lil	hlas	xongt	
	礼	这	个	富	贵	这是富贵日
30	Dlongd	nongd	dlongd	dins	hxent	
	季节	这	季节	吉	祥	这是吉祥节
31	Lil	ghangb	hvib	haod	fat	
	礼	甜	心	超	过	我们很高兴
32	Ghangb	ghangb	jangx	neel	neit	
	甜	甜	像	鱼	跃	高兴像鱼跃
33	Jangx	ngeex	yenb	dangl	khat	
	成	肉	腊	等	客	像腌肉待客

34	Xenb	ed	hfed	deis	vut	
	妹	要	头	哪	好	妹要哪份好
35	Xenb	ghaox	ed	hfed	naot	
	妹	就	要	头	多	妹要多的份
36	Beeb	jus	deix	daot	bub	yangx
	我们	真	的	不	知	了
						我们已不知
37	Beeb	max	yongs	diot	hol	
	我们	不	愿	唱	啦	不能再唱了
38	Jas	diot	mox	aob	wal	
	遇	唱	你	咱俩	我	轮到你俩唱
39	Dangf	liuk	gax	heeb	niol	
	好似	像	芦笙	和	鼓	好似鼓和笙
40	Aob	hmut	seib	gangx	neel	
	我俩	说唱	五	对	爹妈	咱唱五对妈
41	Diut	niof	meis	nangx	beel	
	六	对	妈	沿着	坡	六对妈爬坡
42	Neib	jeet	jos	noux	lal	
	爹妈	上	上游	吃	美	上游好生活
43	Jeet	jos	jof	noux	lal	
	上	上游	才	吃	美	不愁吃和穿
44	Vangb	ed	daod	tit	bens	
	央	要	妹	替	妻	央娶妹做妻
45	Vangb	neel	dal	daot	daos	
	央	爹妈	还	不	喜欢	央妈不允许
46	Vangb	dal	max	niud	xangs	
	央	个	不	愿	告诉	不愿告诉央
47	Bab	Vangb	meil	xit	xongs	
	给	央	马	互相	跑	给央马赛跑
48	Bab	ninb	dal	meil	bongt	
	给	妹	匹	马	壮	给妹匹壮马
49	Bab	Vangb	dal	meil	saot	
	给	央	匹	马	瘦	给央匹瘦马

50	Jeex	leit	dangl	hmangt	gaos	
	骑	到	等	傍	晚	骑到傍晚时
51	Bax	dlangb	bax	ghongd	hlangs	
	落	颈	落	脖	啦	马累全身汗
52	Vangb	dal	gheid	max	gaos	
	央	匹	追	不	上	央马追不上
53	Dal	xid	dal	hxut	gas	
	个	哪	个	心	明亮	哪个人聪明
54	Jaob	Vangb	dal	seit	leis	
	教	央	个	指	点	教央个办法
55	Jeex	meil	leit	khangd	dlongs	
	骑	马	到	时期	坳	骑到山坳上
56	Diangd	dangl	meil	hvit	vongs	
	调	转	马	快	点	快点掉马头
57	Hed	meil	jof	xit	jas	
	头	马	才	互相	碰	马头才相会
58	Deed	meil	jof	xit	neis	
	尾巴	马	才	互相	比	马尾才相伴
59	Geed	need	aob	diot	saos	
	路	那	我俩	唱	到	这节唱到了
60	Aob	max	beel	xongt	yeet	
	我俩	还	没	明	白	我俩未解释
61	Dax	hxaob	mol	hvit	vongs	
	来	接唱	去	快	点	快点来接唱
62	Vol	hxaob	vol	daot	dlas	
	越	接唱	越	得	富	越唱越富有

第三段：男歌师演唱

63	Aob	hmut	seib	gangx	neel	
	我俩	说	五	对	爹妈	咱唱五对妈

64	Diut	niof	meis	nangx	beel	
	六	对	妈	沿着	坡	六对妈爬坡
65	Bul	yas	seix	diaos	diol	
	别人	生	也	对	样	别人生好崽
66	Vangb	yas	max	diaos	diol	
	央	生	不	对	样	央生个怪娃
67	Yas	dal	dab	ghaod daol		
	生	个	崽	怪样		娃似木头样
68	Max	mas	daot	max	mangl	
	有	眼	没	有	脸	有眼没有脸
69	Max	laob	daot	max	beel	
	有	脚	没	有	手	有脚没有手
70	Hsangt	deis	ghab hnid	lal		
	个	哪	心肠	美		是谁心肠好
71	Hsat	Jangx Vangb	baod xaol			
	耳语	姜央	快速地			出计给姜央
72	Dliangb	deeb	ghab hnid	lal		
	菩萨	土地	心肠	美		土地菩萨好
73	Hsat	Jangx Vangb	baod xaol			
	耳语	姜央	快速地			和姜央商量
74	Jeed	fangb	wax	hvid	beel	
	上	方	天上	快	手	快点上天去
75	Sens	ghet	haob	dal	lul	
	问	公	雷	人	老	问雷公老人
76	Haob	jof	xangs	neex	jul	
	雷	才	讲	他	完	雷公才告诉
77	Diux	ab	beet	qongd	yeel	
	段	那	明白	节	了	此节就这样
78	Diux	ghangb	deid	diangd	laol	
	段	后	再	转	来	下节又来到

第四段：女歌师演唱

79	Aob	hmut	seib	gangx	neel	
	我俩	说	五	对	爹妈	咱唱五对妈
80	Diut	niof	meis	nangx	beel	
	六	对	妈	沿着	坡	六对妈爬坡
81	Hleit	jeet	jos	noux	lal	
	爹妈	上	上游	吃	美	上游好生活
82	Bul	yas	seix	diaos	diol	
	别人	生	也	合	样	别人生好崽
83	Vangb	yas	max	diaos	diol	
	央	生	不	合	样	央生个怪娃
84	Yas	dal	dab	ghaod daol		
	生	个	娃	怪样		娃似木头样
85	Max	mas	daot	max	mangl	
	有	眼	没	有	脸	有眼没有脸
86	Max	laob	daot	max	beel	
	有	脚	没	有	手	有脚没有手
87	Vangb	hxat	hvib	lax	ghul	
	央	愁	心	得	很	姜央很心焦
88	Dliangb	deeb	ghab hnid	lal		
	神	土地	心肠	美		菩萨心肠好
89	Hsat	Jangx Vangb	baol xaol			
	商量	姜央	快速地			出计送姜央
90	Gik	ud	dliangb	deeb	nangl	
	剪	衣	神	土地	穿	裁衣菩萨衣
91	Haot	geed	dliangb	deeb	ngangl	
	煮	饭	神	土地	吞	做饭菩萨吃
92	Dliangb	deeb	bongx hvib	benl		
	神	土地	兴奋	状词		菩萨才高兴
93	Jof	jeet	fangb	wax	mol	
	才	上	方	天上	去	菩萨上天去
94	Sens	ghet	haob	nax	lul	
	审问	公	雷	人	老	问雷公老人

续表

95	Ghet	haob	qit	gul niul	
	公	雷	生气	得很	雷公很生气
96	Jangx Vangb		maf	hxut	lal
	姜央		没	心	美	姜央没良心
97	Diaos	Jangx Vangb		hxut	lal
	要是	姜央		心	美	若央安好心
98	Xangs	neex	ghab	jit	mol
	教	他	办	法	去	我教他办法
99	Meif	noux	seb	diod	dul
	砍	叶	竹	烧	火	砍生竹烧火
100	Dus	diongx	seb	bot	dongl
	破	筒	竹	响	声	竹筒破声响
101	Nongf	lax	nongf	hmat	laol
	各	个	各	讲	来	小娃自会讲

第五段：男歌师演唱

102	Jangx Vangb		ghab	jit	daol
	姜央		设	计	远	央深谋远虑
103	Beet	dlinf	ghangb	ngox	meil
	睡	在	底	圈	马	睡在马圈边
104	Vangb	ed	daod	tit	bens
	央	要	妹	替	妻	央娶妹做妻
105	Vangb	neib	sal	daot	daos
	央	妈	完	不	喜欢	央妈不允许
106	Bab	meil	mol	xit	xongs
	让	马	去	赛	跑	让马去赛跑
107	Xenb	ed	dal	meil	niaos
	妹	要	匹	马	黑纹	妹要黑纹马
108	Vangb	ed	dal	meil	ghent
	央	要	匹	马	白纹	央要白纹马

续表

109	Vangb	ed	dal	meil	hxangt
	央	要	匹	马	赤红	央要匹红马
110	Geed	need	aob	saos	diot
	路	这	我俩	到	唱	此节唱到这
111	Aob	max	beel	saos	xongt
	我俩	没	尚未	到	解释	我俩未分解
112	Beel	xinb	dios	deis	at
	未	说明	是	怎么	做	咱先唱什么
113	Daob	diangd	hfed	ghangs	jeet
	布	转	头	竹竿	上	布转竿挽来
114	Aob	diangd	hfed	sens	hleit
	我俩	转	头	问	客人	话转问师父
115	Sens	mangx	bongl	xangs	ghaot
	问	你们	对	师父	老	问俩老师父
116	Xangs	lul	mangx	gas	hxut
	师父	老	你们	亮	心	心头明亮多
117	Dax	hxaob	mol	bas	hleit
	来	接唱	去	吧	爹妈	快来接唱去
118	Vol	hxaob	vol	hlas	xongt
	越	唱	越	富	起来	越唱越得富
119	Aob	hmut	seib	gangx	neel
	我俩	说	五	对	爹妈	咱唱五对妈
120	Diut	niof	meis	nangx	beel
	六	对	妈	沿着	坡	六对妈爬坡
121	Beeb	jeet	jos	noux	lal
	我们	上	上游	吃	美	上游好生活
122	Vangb	yas	max	diaos	diol
	央	生	不	是	样	央生个怪崽
123	Yas		dal	dab	ghaod daol
	生		个	娃	怪胎	生个怪胎娃

续表

124	Max	mas	daot	max	mangl	
	有	眼	没	有	脸	有眼没有脸
124	Max	laob	daot	max	beel	
	有	脚	没	有	手	有脚没有手
126	Hsangt	deis	ghab hnid	lal		
	个	哪	心肠	美		是谁心肠好
127	Dliangb	deeb	ghab hnid	lal		
	神	土地	心肠	美		土地菩萨好
128	Hsat	Jangx Vangb		baol xaol		
	悄说	姜央		快速地		告诉央办法
129	Sens	ghet Haob	nax	lul		
	问	公雷	人	老		快去问雷公
130	Ghet	haob	neex	bub	lil	
	公	雷	他	知	礼	雷公他知礼
131	Neex	xangs	Jangx Vangb	dal		
	他	告诉	姜央	啊		全告诉姜央
132	Jaob	Jangx Vangb	daot	jul		
	教	姜央	得	完		姜央全学会
133	At deis	haot	max	yenl		
	怎样	说	不	清楚		怎么说不清

第六段：男、女歌师演唱

134	Aob	hmut	seib	gangx	leel	
	我俩	说	五	对	爹妈	咱唱五对妈
135	Diut	niof	meis	nangx	beel	
	六	对	妈	沿着	坡	六对妈爬坡
136	Beeb	jeet	jos	noux	lal	
	我们	上	上游	吃	美	上游好生活
137	Bul	yas	seix	diaos	diol	
	别人	生	也	合	样	别人生好娃

138	Vangb	yas	max	diaos	diol	
	央	生	不	合	样	姜央生怪崽
139	Yas	dal	dab	ghaod daol		
	生	个	娃	怪胎		生个怪胎娃
140	Ghaod daof		liuk	dlongx	dul	
	怪胎		像	捆把	火	像个捆把样
141	Max	mas	daot	max	mangl	
	有	眼	没	有	脸	有眼没有脸
142	Max	laob	daot	max	beel	
	有	脚	没	有	手	有脚没有手
143	Vangb	hxat	hvib	lax	ghul	
	央	愁	心	得	很	姜央很心焦
144	Hsangt	deis	ghab hnid		lal	
	个	哪	心肠		美	是谁心肠好
145	Hsat		Jangx Vangb		baol xaol	
	告诉		姜央		快速地	帮姜央设法
146	Jaob	laob	jeet	mol	beel	
	跑	步	上	去	坡	跑步上山岗
147	Gib	lib	vuk	nangl	laol	
	慢	步	下	下游	来	慢慢走下来
148	Dliat	dliangb	deeb	nax	lul	
	祈求	神	土地	人	老	求土地菩萨
149	Dliangb	deeb	ghab hnid		lal	
	神	土地	心肠		美	土地菩萨好
150	Neex	jeet	fangb	wax	mol	
	他	上	方	天上	去	他到天上去
151	Sens	ghet	haob	nax	lul	
	问	公	雷	人	老	问雷公老人
152	Ghet	haob	xongb	lax niul		
	公	雷	凶	生气的样子		雷公不高兴
153	Weis	Jangx Vangb		hat	wal	
	因为	姜央		害	我	因央先害我

续表

155	Hangd	Jangx Vangb		vut	wal	
	若	姜央		好	我	若央善待我
156	Xangs	neex	ghab	jit	mol	
	告诉	他	办	法	去	教他也无妨
157	Meif	noux	seb	diot	beel	
	砍	叶子	竹	在	手	砍生竹在手
158	Dad	noux	seb	diod	dul	
	拿	叶子	竹	烧	火	拿竹去烧火
159	Nex	seb	dus	bot	dongl	
	叶	竹	破	响	响的声音	竹爆破声响
160	Nongf	lab	nongf	hmat	laol	
	各	个	各	讲话	来	小娃自会讲

附录 6　2011 年 2 月 18 日新寨歌师张老革教唱的古歌《瑟岗奈》文本（共 108 行）

一、张老革在院坝教学徒唱苗族古歌

1	Aob	hmut	seib	gangx	neel	
	两	唱	五	对	爹妈	咱唱五对妈
2	Diut	niof	meis	nangx	beel	
	六	对	妈	沿着	坡	六对妈爬坡
3	Hleit	jeet	jos	noux	lal	
	爹妈	上	上游	吃	美	上游好生活
4	Bad	weib	yas	bad	wul	
	爸	威	生	爸	务	威父生务父
5	Bad	jangb	yas	bad	gal	
	爸	江	生	爸	嘎	江父生嘎父
6	Jof	dangt	seib	gangx	neel	
	有	生育	五	对	爹妈	才生五对妈

7	Diut	niof	meis	nangx	beel	
	六	对	妈	沿着	坡	六对妈爬坡
8	Hleit	jeet	jos	noux	lal	
	爹妈	上	上游	吃	美	上游好生活
9	Hsangt	deis	at	meis	lul	
	个	哪	做	妈	老	哪个做大妈
10	Hsangt	deis	at	meis	niul	
	个	哪	做	妈	小	哪个做小妈
11	Jof	dangt	seib	gangx	neel	
	才	生	五	对	爹妈	才生五对妈
12	Diut	niof	meis	nangx	beel	
	六	对	妈	沿着	坡	六对妈爬坡
13	Hleit	jeet	jos	noux	lal	
	爹妈	上	上游	吃	美	上游好生活
14	Max	vuk	nangs	noux	liol	
	不	下	游	吃	苦	下游疾苦多
15	Ad deis	haot	max		yenl	
	怎样	说	不		清楚	怎么说不清
16	Xongt	dlinf	ib	diux	mol	
	男	唱	一	段	去	另唱一段去
17	Aob	hmut	seib	gangx	neel	
	咱	唱	五	对	爹妈	咱唱五对妈
18	Diut	niof	meis	nangx	beel	
	六	对	妈	沿着	坡	六对妈爬坡
19	Hleit	jeet	jos	noux	lal	
	爹妈	上	上游	吃	美	上游好生活
20	Max	vuk	nangs	noux	liol	
	不	下	下游	吃	苦	下游疾苦多
21	Hsangt	deis	at	meis	lul	
	个	哪	做	妈	老	哪个做大妈
22	Hsangt	deis	at	meis	niul	
	个	哪	做	妈	小	哪个做小妈

23	Geef	xangb	at	meis	lul	
	格	香	做	妈	老	格香做大妈
24	Liongx	xenb	at	meis	niul	
	勇	兴	做	妈	小	勇兴做小妈
25	At deis	haot		max	yenl	
	怎样	说		不	清楚	怎么说不清
26	Diux	ab	xongt	gongd	yeel	
	段	那	另	结	了	这段就这样
27	Diux	ghangb	nongt	diangd	laol	
	段	后	又	转	来	下段来再说

二、龙厅保在家向歌师张老革学唱古歌

1	Laol	hmut	seib	gangx	neel	
	来	唱	五	对	爹妈	咱唱五对妈
2	Diut	niof	meis	nangx	beel	
	六	对	妈	沿着	坡	六对妈爬坡
3	Hleit	jeet	jos	noux	lal	
	爹妈	上	上游	吃	美	上游好生活
4	Daot	vuk	nangs	noux	liol	
	不	下	下游	吃	苦	下游疾苦多
5	Liof	meis	deis	dax	diangl	
	蝶	妈	哪	来	生	哪个妈来生
6	Jof	dangt	seib	gangx	neel	
	才	生	五	对	爹妈	才生五对妈
7	Bad	weib	yas	bad	wul	
	爸	威	生	爸	务	威父生务父
8	Bad	jangb	yas	bad	gal	
	爸	江	生	爸	嘎	江父生嘎父
9	Jof	dangt	seib	gangx	neel	
	才	生	五	对	爹妈	才生五对妈

续表

10	At deis	haot	max	yenl	
	怎样	说	不	清楚	怎么说不清
11	Diut	niof	meis	nangx	beel
	六	对	妈	沿着	坡 六对妈爬坡
12	Hleit	jeet	jos	noux	lal
	爹妈	上	上游	吃	美 上游好生活
13	Daot	vuk	nangs	noux	liol
	不	下	下游	吃	苦 下游疾苦多
14	At deis	haot	max	yenl	
	怎样	说	不	清楚	怎么说不清
15	Diux	neid	niangb	neid	deel
	段	这	在	这	里 这节是这样
16	Jeet	dlinf	ib	diux	mol
	上	唱	一	段	去 唱下一段去
17	Aob	hmut	seib	gangx	neel
	咱	唱	五	对	爹妈 咱唱五对妈
18	Diut	niof	meis	nangx	beel
	六	对	妈	沿着	坡 六对妈爬坡
19	Hleit	jeet	jos	noux	lal
	爹妈	上	上游	吃	美 上游好生活
20	Daot	vuk	nangs	noux	liol
	不	下	下游	吃	苦 下游疾苦多
21	Hsangt	deis	at	meis	lul
	个	哪	做	妈	老 哪个做大妈
22	Hsangt	deis	at	meis	niul
	个	哪	做	妈	小 哪个做小妈
23	Geef	xangb	at	meis	lul
	格	香	做	妈	老 格香做大妈
24	Liongx	xenb	at	meis	niul
	勇	兴	做	妈	小 勇兴做小妈
25	At deis	haot	max	yenl	
	怎样	说	不	清楚	怎么说不清

26	Diux	ab	xongb	qongd	yeel	
	段	那	停止	节	了	这节就这样
27	Diux	ghangb	nongt	diangd	laol	
	段	后	要	转	来	下节就来到
28	Aob	hmut	seib	gangx	neel	
	咱	唱	五	对	爹妈	咱唱五对妈
29	Diut	niof	meis	nangx	beel	
	六	对	妈	沿着	坡	六对妈爬坡
30	Hleit	jeet	jos	noux	lal	
	爹妈	上	上游	吃	美	上游好生活
31	Daot	vuk	nangs	noux	liol	
	不	下	下游	吃	苦	下游疾苦多
32	Yul	deis	yenx	meis	lul	
	时	哪	寅	妈	老	多少寅大妈
33	Yul	deis	yenx	meis	niul	
	哪	时	寅	妈	小	多少寅小妈
34	Jof	dangt	seib	gangx	neel	
	才	生	五	对	爹妈	才生五对妈
35	Juf	aob	yenx	meis	lul	
	十	二	寅	妈	老	十二寅大妈
36	Juf	aob	yenx	meis	niul	
	十	二	寅	妈	小	十二寅小妈
37	Jof	dangt	seib	gangx	neel	
	才	生	五	对	爹妈	才生五对妈
38	Diut	niof	meis	nangx	beel	
	六	对	妈	沿着	坡	六对妈爬坡
39	Hleit	jeet	jos	noux	lal	
	爹妈	上	上游	吃	美	上游好生活
40	Daot	vuk	nangs	noux	liol	
	不	下	下游	吃	苦	下游疾苦多
41	At deis	haot	max	yenl		
	怎样	说	不	清楚		怎么说不清

续表

42	Diu	ab	xongd	gongd	yeel	
	段	那	说	节	清楚	这节就这样
43	Diux	ghangb	nongt	diangd	laol	
	段	后	要	转	来	后段就要来

三、歌师张老革教张老积老人唱的《瑟岗奈》文本

1	Aob	hmut	seib	gangx	neel	
	咱	唱	五	对	爹妈	咱唱五对妈
2	Diut	niof	meis	nangx	beel	
	六	对	妈	沿着	坡	六对妈爬坡
3	Hleit	jeet	jos	noux	lal	
	爹妈	上	上游	吃	美	上游好生活
4	Daot	vuk	nangs	noux	liol	
	不	下	下游	吃	苦	下游疾苦多
5	Hsangt	deis	vuk	beel	laol	
	个	哪	下	山	来	哪个下山来
6	Xik	bax	dliub	lal	lal	
	梳	头	发	美	美	梳头亮光光
7	Qot	jaox	wangb	niul	niul	
	整	条	装扮	齐	齐	整衣服齐齐
8	Xongt	neex	neib	dlial	dlial	
	拉	爹	妈	快	快	拉爹妈起来
9	Niongx	jib	vuk	beel	laol	
	野	鸡	下	山	来	野鸡下山来
10	At	jaox	wangb	niul	niul	
	做	条	盛装	形容绿得发黑的样子		穿一身盛装
11	Xik	bax	dliub	lal	lal	
	梳	羽	毛	美	美	梳头亮光光
12	Xongt	neex	neib	sel	sel	
	拉	爹	妈	快	快	催爹妈快点

13	Seix	khab	neib	mol	nangl	
	也	数	妈	去	下游	爹妈去下游
14	Max	khab	neib	mol	beel	
	不	数	妈	去	上	不叫去上游
15	Meis	niaox hvib	dlial	dlial		
	妈	灰心	得	很		妈灰心得很
16	Bad	niaox hvib	dlial	dlial		
	爸	灰心 得	很			爸灰心得很
17	At deis	haot	max	yenl		
	怎样	说	不	清楚		怎么说不清
18	Diux	ab	beet	gangd	yeel	
	段	那	是	这	了	这节就这样
19	Diux	ghangb	nongt	diangd	laol	
	段	后	要	转	来	下节就要来
20	Aob	hmut	seib	gangx	neel	
	咱	唱	五	对	爹妈	咱唱五对妈
21	Diut	niof	meis	nangx	beel	
	六	对	妈	沿着	坡	六对妈爬坡
22	Hleit	jeet	jos	noux	lal	
	爹妈	上	上游	吃	美	上游好生活
23	Daot	vuk	nangs	noux	liol	
	不	下	下游	吃	苦	下游疾苦多
24	Neib	laol	was	gheex	was	
	妈	来	圈	又	圈	妈爬山涉水
25	Neib	laol	dlongs	gheex	dlongs	
	妈	来	坳	又	坳	妈翻山越岭
26	Hsangt	deis	vuk	beel	laol	
	个	哪	下	山	来	哪个下山来
27	Niongx	jib	vuk	beel	laol	
	野	鸡	下	山	来	野鸡下山来
28	At	jaox	wangb	niul	niul	
	做	条	盛装	形容绿得发黑的样子		穿一身盛装

29	Xik	bax	dliub	lal	lal	
	梳	羽	毛	美	美	梳头亮光光
30	Xongt	neex	neib	sel	sel	
	拉	爹	妈	快	快	催爹妈快点
31	Diongl	nongd	nongt	wal	diongl	
	山谷	这	各是	我	山谷	这是我的谷
32	Vangl	nongd	nongt	wal	vangl	
	寨	这	各是	我	寨	这是我的寨
33	Mox	at	deis	laol	wangl	
	你	做	啥	来	争	你怎么来争
34	Meis	cuf	seid	ghaod	mal	
	妈	出	果子	青杠	买	妈出青果卖
35	Bad	cuf	seid	ghaod	mal	
	爸	出	果子	青杠	买	爸出青果卖
36	Jof	daot	niongx	jib	diongl	
	才	得	野	鸡	山谷	才得野鸡谷
37	Jof	daot	niongx	jib	vangl	
	才	得	野	鸡	寨	才得野鸡寨
38	At deis		haot	max	yenl	
	怎样		说	不	清楚	怎么说不清

附录7　2011年2月20日水井边苗族歌师龙光杨教唱古歌《瑟岗奈》的文本（共216行）

1	Nieel	jeel	geed	laos	sangs	
	结	伴	路	生	育	结伴路生育
2	Beeb	weex	geed	dlioks	sangs	
	咱	唱	路	生	育	咱唱路生育

续表

3	Beeb	xangx	geed	dliok	sangs	
	咱	说	路	生	育	咱说路生育
4	Nieel	jeel	ghab	niangd	niaos	
	结	伴	前加成分	郊外	男	找伴男青年
5	Gheeb	niangx	nil	pit	jos	
	喊	女性名	女性名	边	上游	约妹妹寨边
6	Kab	beel	ghaox	das	det	
	烧	山	就	死	树	火烧山死树
7	Yangb	nangl	ghaox	das	sat	
	滔	下游	就	死	伴	水滔天死人
8	Kab	beel	das	det	yol	
	烧	山	死	树	青松	烧山死青松
9	Yangb	nangl	das	sat	jul	
	滔	下游	死	伴	完	滔天人死完
10	Vangb	mol	deis	daot	bangl	
	央	去	何	得	伴	央去哪寻伴
11	Hsangt	deis	ghab hnid		lal	
	个	谁	心肠		美	是谁心肠好
12	At	jaox	wangb	niul	niul	
	做	条	盛装	形容绿得发黑的样子		穿一身盛装
13	Xik	bax	dliub	lal	lal	
	梳	头	发	美	美	梳头亮光光
14	Hxod	diot	neel	diub	dlangl	
	站	在	妈	前缀	院	站到家门外
15	Aok		naox	ghad hnid	lal	
	鸭		绿	心肠	美	鸭子心肠好
16	Hsat	Jangx Vangb	baol		xaol	
	悄说	姜央	悄声状		耳语状	教姜央主意
17	Mox	mol	nangl	hliot	sangl	
	你	去	下游	找	伴	你快去下游

18	Ted	bongl	beeb	hniut	saos	
	找	伴	三	年	到	找伴三年整
19	Beeb	lab	dlongd	hleit	xongs	
	三	个	季节	七	月	三个七月了
20	Ted	bongl	vangs	daot	jas	
	找	伴	寻	不	见	寻伴寻不到
21	Vangb	at	geed①	hxut	jus	
	央	做	路	心	极点	央真的无法
22	At	geed	bad	bangt	las	
	做	路	满	气	装	心里闷沉沉
23	Neex	diangd	seed	haot	meis	
	他	转	家	求说	妈	他返家求妈
24	Nongt	ed	daod	at	bens	
	想	要	妹	做	伴	想要妹做妻
25	Niangx	nil②	ghab	jot	dens	
	女性名	女性名	一	身	绸	妹妹一身缎
26	Jox	jangb	dangl	hlat vas		
	九	斤	半	彩带		九斤半彩带
27	At xid		mal	xongt saos		
	怎样		不	清楚		怎么说不清
28	Beeb	weex	geed	hliaot	sangs	
	咱	唱	路	结	伴	咱唱路结伴
29	Beeb	xangx	geed	hliaot	sangs	
	咱	说	路	结	伴	咱说路结伴
30	Nieel	jeel	ghab	niangt	niaos	
	结	伴	在	草	坪	十七八青年
31	Ghab	niangx	niaol	pit	jos	
	前缀	路	茵	边	上游	约寨头邀方

---

① 名物化标记，本义为"路"。

② 在苗歌中，nil代表"女孩子"，如果唱歌为女歌师，意为"我们"；如果为男歌师，则表示"你们"。

续表

32	Hsangt	deis	niangb	hed	nongl	
	个	谁	在	头	仓	谁站在仓边
33	Nes	seil	niangb	hed	nongl	
	米	雀	在	头	仓	米雀在仓边
34	Hsat	Jangx Vangb		daol xaol		
	悄说	姜央		快速地		教姜央办法
35	Mox	mol	nangl	hliaot	sangs	
	您	去	下方	寻	伴	找伴去下游
36	Ted	bongl	beeb	hniut	saos	
	找	伴	三	年	到	找了三年整
37	Beeb	lab	khangd	hleit	xongs	
	三	个	时期	月	七	三个七月到
38	Ted	dongl	vangs	daot	jas	
	寻	伴	找	不	到	找不到伴侣
39	Hsangt	deis	niangb	hed	nongl	
	个	哪	在	头	仓	哪个在仓边
40	Hlaod	seb	heeb	hlaod	nal	
	竹	水	和	竹	笋	水竹和修竹
41	Aob	dab	niangb	hed	nongl	
	他俩	他们	在	头	仓	他俩在仓边
42	Hsat	Jangx Vangb		daol xaol		
	悄说	姜央		快速地		帮姜央设法
43	Mox	diangd	seed	hvit	vongs	
	你	转	家	快	点	你快转回家
44	Mox	diangd	seed	haot	meis	
	你	转	家	说	妈	回家求父母
45	Mox	ed	daod	tit	bens	
	你	做	妹	做	伴	你要妹为妻
46	niangx	nil	ghab	jok	dens	
	女性名	女性名	一	身	绸	妹妹一身缎

47	Mox	ed	daod	tit	bens	
	你	在	妹	成	伴	你要妹为妻
48	Neex	neib	sal	daot	daos	
	他	妈	完全	不	跟随	他妈不同意
49	Jangx Vangb		dal	qit	seis	
	姜央		个	气	极	姜央很生气
50	Jangx Vangb		veel	sat	xens	
	姜央		拿	柴刀	一下	央拿起柴刀
51	Jangx Vangb		mol	sangd	nas	
	姜央		去	砍	（竹）笋	就去砍竹笋
52	Sangd	nas	yul	deis	ngol	
	砍	笋	多	少	节	砍竹做几节
53	Aob	diot	saos	yox	nal	
	咱	唱	到	这	里	我俩说到这
54	At deis		haot	max	yenl	
	为何		说	不	清楚	怎么说不清
55	Beeb	weex	geed	bliaot	sangl	
	咱	唱	路	结	伴	咱唱路结伴
56	Beeb	xangx	geed	bliaot	sangl	
	咱	唱	路	结	伴	咱说路结伴
57	Hsangt	deis	niangb	ghab	vangl	
	个	哪	在	脚	寨	是谁在寨脚
58	Bat	ghent	niangb	ghab	vangl	
	猪	花	在	脚	寨	花猪在寨脚
59	Hsat		Jangx Vangb		baol xaol	
	悄说		姜央		快速地	教姜央办法

续表

60	Mox	diangd	seed	hvit	vongs	
	你	转	家	快	点	你快点回家
61	Mox	ed	daod	tit	bens	
62	你	要	妹	做	伴	你要妹做妻
* 4 63	Xox yeel		seix	nongt	daos	
	青年		完全	要	想	年轻人同意
* 4	Neex	neib	maf	daot	daos	
	他	妈	全	不	同意	他妈不同意
64	Neex	neib	laol	haot	seis	
	他	妈	来	说	道	妈妈来说话
65	Mox	ed	daod	tit	bens	
	你	要	妹	为	妻	你要妹为妻
66	Dial	geed	ib	pit	mos	
	哥	扛	一	扇	磨	哥扛一扇磨
67	Nil	geed	ib	pit	mos	
	妹	扛	一	扇	磨	妹扛一扇磨
68	Geed	mol	beel	baok	vas	
	扛	去	山	坡	尖	扛到山顶上
69	Gaol	waol	aob	pik	bangs	
	滚	下	两	边	坡	滚下坡脚来
70	Mol	ghab diongl		xit mos		
	去	山谷		相盖		两扇磨相合
71	Mox	ed	daod	tit	bens	
	你	要	妹	为	妻	你要妹做妻
72	Dal	xid	dal	hxut	gas	
	个	哪	那	心	亮	哪个良心好
73	Dlangd	lul	dal	hxut	gas	
	鹰	老	个	心	亮	老鹰良心好
74	Dlangd	lul	laol	haot	seis	
	鹰	老	来	说	道	老鹰来说话

75	Dial	geed	ib	pit	mos	
	哥	扛	一	扇	磨	哥扛一扇磨
76	Nil	geed	ib	pit	mos	
	妹	扛	一	扇	磨	妹扛一扇磨
77	Geed	mol	beel	baot	vas	
	扛	去	山	坡	尖	扛到山顶上
78	Gaol	waol	aob	pit	bangs	
	下	滚	两	边	尖	滚下山脚来
79	Mol	ghab diongl		xit mos		
	去	山谷		相盖		两扇磨相合
80	Mox	ed	daod	tit	bens	
	你	要	妹	为	妻	你要妹做妻
81	Mol	ghab diongl	daot	mos		
	去	山谷	不	合		到山脚不合
82	Max	ed	daod	tit	bens	
	不	要	妹	为	妻	不要妹做妻
83	Dal	xid	dao	hxut	gas	
	个	哪	那	心	亮	哪个好良心
84	Dlangd	lul	dal	hxut	gas	
	鹰	老	只	心	亮	老鹰好良心
85	Dlangd	lul	laol	haot	seis	
	鹰	老	来	说	道	老鹰来说话
86	Dial	geed	ib	pit	mos	
	哥	扛	一	扇	磨	哥扛一扇磨
87	Nil	geed	ib	pit	mos	
	妹	扛	一	扇	磨	妹扛一扇磨
88	Dad	mol	diongl	xit	mos	
	拿	去	山谷	互相	合	先拿去相合
89	Dleib	neex	neib	haot	mos	
	哄	他	妈	说	合	哄妈说合了

续表

90	Mox	ed	daod	tit	bens
	你	要	妹	为	妻	你要妹做妻
91	At xid		max	xongt	saos
	为何		不	理解	到底	怎么说不清
92	Xox yeel		seix	nongk	daos
	青年		也	要	喜欢	青年很喜欢
93	Neex	neib	maf	daot	daos
	他	妈	全	不	喜欢	他妈不允许
94	Meib	vaob	at	dal	vut
	拿	妹	为	个	好	认妹为好人
95	Bab	vaob	beid	meil	yangt
	送	妹	公	马	飞	送妹飞公马
96	Meib	Vangb	at	dal	hxat
	拿	央	做	个	无出息（指穷）	不关爱姜央
97	Bab	Vangb	beid	meil	hxent
	送	央	公	马	弱	送央弱公马
98	Jeex	mol	beel	baot	vas
	骑	去	山	坡	尖	骑去山顶上
99	Dad	hed	meil	xit	songs
	拿	头	马	互相	近	两马头相近
100	Dad	deed	meil	xit	las
	拿	尾	马	互相	拼	两马尾相拼
101	Dad	ghongd	meil	xit	neis
	拿	颈	马	互相	合	两马颈相合
102	Beeb	hnab	gheid	daot	gaos
	三	天	追	不	到	三天追不上
103	Vangb	at	geed	hxut	jus
	央	做	路	气	极	姜央奈不何
104	At	geed	bad	bongt	dlas
	做	路	满	气	很	姜央很生气

105	Dal	xid	dal	hxut	gas	
	哪	个	那	心	亮	哪个好良心
106	Dal	xid	laol	haot	seis	
	哪	个	来	说	了	哪个来说话
107	Dliangb	deeb	dal	hxut	gas	
	神	地	个	心	亮	土地神心好
108	Dliangb	deeb	laol	haot	seis	
	神	地	来	说	道	土地神来说
109	Diangd	hed	meil	hvit	vongs	
	转	头	马	快	点	转马头快点
110	Dad	hed	meil	xit	songs	
	拿	头	马	互相	近	使马头相近
111	Dad	ghongd	meil	xit	neis	
	拿	颈	马	互相	会	使马颈相会
112	Dad	deed	meil	xit	las	
	拿	尾	马	互相	碰	使马尾相碰
113	Xox yeel		seix	nongt	daos	
	青年		很	喜	欢	青年很喜欢
114	Neex	neib	maf	daot	daos	
	他	妈	全	不	喜欢	他妈不允许
115	Bul	vut	vut	deix	jeel	
	伴侣	选	选	得	伙伴	别人选得当
116	Vangb	vut	max	deix	jeel	
	央	选	不	得	伙伴	央选不正当
117	Diot	taot	ghab	bax	jol	
	安	套	旁	边	窝	安套碓窝边
118	Dat	gos	dex	ib	dal	
	早	套	哪	一	个	早上套哪个

119	Hmangt	gos	dex	ib	dal	
	晚	套	哪	一	个	晚上套哪个
120	Dat	gos	niangx	heeb	nil	
	早	套	妹	和	姐	早上套妹妹
121	Hmangt	gos	niangx	heeb	nil	
	晚	套	姐	和	妹	晚上套妹妹
122	Gheeb	Vangb	haot	dial	dial	
	喊	央	做	哥	哥	喊央做哥哥
123	Jangx Vangb		qit	lad gul		
	姜央		气	鼓鼓地		姜央气鼓鼓
124	Vol	gheeb	Vangb	vol	veel	
	越	喊	央	越	扯	越喊哥越扯
125	Gheeb	Vangb	haot	ghab bongl		
	喊	央	做	伴侣		喊央是伴侣
126	Jangx Vangb		diek	genl nenl		
	姜央		笑	嘻嘻地		姜央笑嘻嘻
127	Deeb	beeb	nongt	jangx	bongl	
	真	正	要	成	双	真正要成双
128	Hlaod	seb	heeb	hlaod	nal	
	竹	水	和	竹	笋	水竹和修竹
129	Aob	dab	niangb	hed	nongl	
	两	个	在	仓	头	它俩在仓边
130	Laotut		lab	niangx niul		
	回忆		个	远古		回忆远古时
131	Senf	ut	lab	niangx beel		
	又	说	这	当今		又说到现在
132	Khab	ed	daod	tit	bens	
	哥	要	妹	为	妻	哥要妹成亲
133	Jiangb Vangb		dal	qit	seis	
	姜央		个	气	状词	姜央是生气

134	Dangl	laol	ghangb	hniut	saos	
	等	来	后	年	到	等到将来到
135	Mox	ed	daod	tit	bens	
	你	要	妹	为	妻	你要妹成亲
136	Mox	khab	wal	at	deis	
	你	教	我	怎	样	你怎样教我
137	Jangx Vangb	laol	hangt	nas		
	姜央	来	接	笋		姜央接竹笋
138	Ed	diol	xid	hangt	nas	
	用	种	什么	接	笋	用什么来接
139	Ed	hsenb	yenl	hangt	nas	
	用	仙	人	接	笋	用仙人水接
140	At xid	max	xongt saol			
	为何	不	知道			怎么说不清
141	Neel	bax	hvob	bad	dil	
	妈	落	话	古	典	老人落的话
142	Neib	hsenx	hvob	haot	fat	
	妈	实	话	说	出	老人话实现
143	Bul	yas	seix	diaos	diol	
	别	生	也	是	样	别人生育好
144	Vangb	yas	max	diaos	diol	
	央	生	不	是	样	央生不像样
145	Yas	dal	dab	ghaod daol		
	生	个	崽	怪胎		生个怪胎娃
146	Max	mas	daot	max	mangl	
	有	眼	没	有	脸	有眼没有脸
147	Max	laob	daot	max	beel	
	有	脚	没	有	手	有脚却无手
148	Sex	xaob	laot	noux	wul	
	也	有	嘴	吃	奶	也有嘴吃奶

续表

149	Max xob	dut	liax	vangl	
	没有	脚	串	寨	没有脚串寨
150	Vangb	jeet	fangb	wax	mol
	央	上	方	天上	去	央到天上去
151	Sent	ghed	haob	nax	lul
	问	公	雷	人	老	问天上雷公
152	Haob	daot	bub	ghax	xid
	雷公	不	知	什	么	雷公不知道
153	Vangb	tak	dlinf	diox	laol
	央	退	快速地	就	来	央就退回来
154	Beet	dent	jos	ghax	xid
	睡	在	地方	什	么	睡在何地方
155	Beet	dent	songb	neex	dangl
	睡	在	听	讲	等	竖耳睡等待
156	Neex	dinb	sens	neex	bongl
	他	伴	问	他	侣	雷妻问雷公
157	Xangs	daot	xangs	neex	mol
	讲	不	讲	他	去	讲得你讲去
158	Laot	ut	dlil	hxib	niangx
	咀	开	那	间	年	过去那几年
159	Bab	Vangb	liod	kab	lix
	送	央	黄牛	犁	田	给央牛犁田
160	Vangb	dad	mol	deeb	noux
	央	拿	去	杀	吃	央拿去杀吃
161	Dad	hed	jil	eb	lix
	拿	头	栽	水	田	牛头插田中
162	Dad	deed	jil	deeb	niaox
	拿	尾巴	栽	地	边	尾巴插地下
163	Dleib	wal	haot	dleik	geex
	哄	我	说	滚	沟	骗我说爬蛟

164	Wal	yangd	pend	eb	lix	
	我	急	急下	水	田	我急下田拉
165	Bal	wal	ud	dens	naox	
	坏	我	衣	绸	绿	打脏我绸衣
166	Wal	qit	niut	xangs	neex	
	我	才	懒得	告诉	他	才不帮他讲
167	Lab	hxab	bangx	det	dal	
	个	砧	板	木	块	一块木砧板
168	Diangb	ghab	dab	sat	ghongl	
	把	前加成分	孩子	柴刀	弯曲	一把小柴刀
169	Seed	at	yif	jox	jeel	
	砍	做	八	九	块	砍作八九块
170	Seis	diot	yif	jox	beel	
	撒	在	八	九	坡	撒在八九岭
171	Xit dat		aob fangx		dlial	
	早晨		黎明	突然明亮状		第二天一亮
172	Ghaox	daot	yif	jox	vangl	
	就	得	八	九	寨	就成八九寨
173	At	deis	haot	max	yenl	
	做	啥	说	不	清楚	怎么不清楚
174	Nex	seix	xongb	lad	niul	
	吃	也	不	说	话	吃也不说话
175	Max	noux	xongb	lad	niul	
	不	吃	不	说	话	不吃也哑巴
176	Max	sux	hveb	hmat	laol	
	不	会	话	讲	来	不会说句话
177	Vangb	jeet	fangb	wax	mol	
	央	上	方	天上	去	央到天上去
178	Sens	ghet	haob	nax	lul	
	问	公	雷	人	老	问雷公老人

续表

179	Haob	daot	bub	ghax xid	
	雷	不	知	什么	雷公不告诉
180	Vangb	teek	dlinf	diox	laol
	央	退	快速地	就	来	央就退步走
181	Beet	hend	jos	ghax xid	
	睡	在	地方	什么	悄悄睡何处
182	Beet	hend	gib	diux	dangl
	睡	在	角	门	等	睡在门角等
183	Neix	dinb	sens	neix	bongl
	他	伴	问	他	侣	雷妻问雷公
184	Vangb	jeet	fangb	wax	laol
	央	上	方	天上	来	央到天上来
185	Xangs	daot	xangs	neex	mol
	讲	否	讲	他	去	怎不告诉他
186	Gangf	diongx	seb	diot	beel
	拿	竹	筒	在	手	拿竹筒在手
187	Xib	diongx	seb	diaod	dul
	吹	筒	竹	烧	火	将竹筒烧火
188	Dus	diongx	seb	bot	dongl
	破	筒	竹	响	咚	竹筒爆炸声
189	Nongf	lax	nongf	hmat	laol
	各	个	各	讲	来	各个都讲话
190	Nex	seix	xongb	bongd jongd	
	吃	也	静止、停止	不动状	吃也哑呆呆
191	Max	noux	xongb	bongd jongd	
	不	吃	哑	不动状	不吃哑呆呆
192	Vangb	jeet	fangb	wax	mol
	央	上	方	天上	去	央到天上去
193	Sens	ghet	haob	nax	lul
	问	公	雷	人	老	问雷公老人

194	Haob	daot	bub	ghax	xil	
	雷	不	知	什	么	雷说不知道
195	Vangb	teek	dlinx	diox	laol	
	央	退	回	走	来	央悄悄退回
196	Beet	hent	jos	ghax	xil	
	睡	在	地方	什	么	悄悄睡何处
197	Beet	hent	ghab	bax	jol	
	睡	在	底	下	碓窝	睡在碓窝边
198	Neex	dinb	sens	neex	bongl	
	他	伴	问	他	侣	雷妻问雷公
199	Xangs	daot	xangs	neex	mol	
	讲	不	讲	他	去	怎不告诉他
200	Beeb	det	lux	gangb dad		
	三	半	笋	虱子		三半笋虱子
201	Seis	diot	neex	ghab jeed		
	撒	在	他	身上		放在他身上
202	Qub qit	neex	hneeb	hniaod		
	痒	他	动	状词		痒得他直动
203	Beeb	det	lux	gangb hxud		
	三	半	笋	头虱		三半笋头虱
204	Xangt	diot	neex	ghab hed		
	放	在	他	头上		放在他头上
205	Qub qit	neex	hneeb	hniaod		
	痒	他	动	状词		咬他痒则挠
206	Haot	haob	ghab jit	daol		
	说	雷	计谋	远		原说雷计远
207	Haob	nongf	ghab	jit	neel	
	雷	自己	前缀	计谋	浅	雷公计策浅
208	Haob	bongx	ghab	jit	dlial	
	雷	出	的	计	了	雷把计策说

续表

209	Qiob	daot	ghab jit	jul	
	捡	得	计策	完	得雷计策完
210	Bad	weib	yas	bad	wul
	爸	威	生	爸	务	威父生务父
211	Bad	jangb	yas	bad	gal
	爸	江	生	爸	嘎	江父生嘎父
212	Yas	dal	dab	ghaod daol	
	生	个	崽	怪胎	生个怪胎娃
213	Ghaok daof	yas	dangx	daol	
	怪胎	生	大	家	怪娃生大众
214	Jof	dangt	seib	gangx	neel
	才	得	五	对	爹妈	才生五对妈
215	Dangt	mox	heeb	dangt	wal
	生	你	和	生	我	才生你和我
216	Dangt	beeb	dongx	ib	daol
	生	咱	们	一	些	生我们大家

附录8　1990—1992年龙林搜集的歌师龙和先唱的古歌《瑟岗奈》文本（共966行）

	Saib	gangx	neel		
	五	对	爹妈		《迁徙歌》
1	Aob	hmut	seib	gangx	neel
	咱	唱	五	对	爹妈	咱唱五对妈
2	Diut	niof	meis	nangx	beel
	六	对	妈	沿着	坡	六对妈爬坡
3	hleit	jeet	jos	noux	lal
	爹妈	上	上游	吃	美	上游好生活

4	Yangb	nangl	ghaox	das	sat	
	滔	下游	就	死	伴侣	水淹人则死
5	Kab	beel	ghaox	das	det	
	烧	山	就	死	树	火烧山树亡
6	Vangb	mol	geed	deis	daot	
	央	去	路	哪	树	姜央难找伴
7	Kab	beel	das	det	yol	
	烧	坡	死	树	栗	烧山栗树死
8	Yangb	nangl	dlas	sat	jul	
	滔	下游	死	伴	完	水灾死伴侣
9	Vangb	mol	deis	daot	bangl	
	央	去	哪	得	伴	央去哪寻伴
10	Mol	jangx	beeb	hniut	dangl	
	去	了	三	年	半	去找三年半
11	Beeb	lab	niangx	leit	lol	
	三	个	年	到	来	三年足够超
12	Vangs	bongl	beeb	hniut	saos	
	找	伴	三	年	到	找伴足三年
13	Beeb	lab	khangd	hleit	xongs	
	三	个	时期	月	七	三个七月过
14	Ted	bongl	maf	daot	jas	
	找	伴	还	未	见	想伴找不到
15	Dal	xid	dal	hxut	gas	
	个	哪	个	心	亮	哪个好心肠
16	Dal	hxid	lol	haot	seis	
	个	哪	来	说	了	它前来告诉
17	Aok	naox	lol	haot	seis	
	鸭	绿	来	说	了	鸭子来告诉
18	Mox	kheid	nangl	hvit	vongs	
	你	走	下方	快	点	你快去下游
19	Mox	mol	nangl	dliaok	sangs	
	你	去	下方	找	伴	下游才有伴

20	At	xid	max	xot	saos	
	做	啥	不	清	楚	怎么不知道
21	Diux	nend	niangb	nend	bas	
	段	那	在	那	啦	这段就这样
22	Dangl	diux	ghangb	laol	saos	
	等	首/节	后	来	到	等下段再说
23	Aob	hmut	seib	gangx	neel	
	咱	唱	五	对	爹妈	咱唱五对妈
24	Diut	niof	meis	nangx	beel	
	六	对	妈	沿着	坡	六对妈爬坡
25	Hleit	jeet	jos	noux	lal	
	爹妈	上	上游	吃	美	上游好生活
26	Kab	beel	ghaox	das	det	
	烧	山	就	死	树	烧山树就死
27	Yangb	nangl	ghaox	das	sat	
	滔	下方	就	死	伴	水灾就害人
28	Vangb	mol	geed	deis	daot	
	央	去	路	哪	得	央哪里得伴
29	Vangb	mol	nangl	dliaok	sangs	
	央	去	下方	找	伴	去下游得伴
30	Ted	bongl	beeb	hniut	saos	
	寻	伴	三	年	整	找伴整三年
31	Beeb	lab	khangd	hleit	xongs	
	三	个	时期	月	七	三个七月到
32	Ted	bongl	max	daot	jas	
	找	伴	未	得	见	想伴找不到
33	Hsangt	deis	niangb	hed	nongl	
	个	哪	在	头	仓	是谁在仓边
34	Hsat		Jangx Vangb		baol xaol	
	悄说		姜央		快速地	它对姜央说
35	Mox	diangd	seed	hvit	vongs	
	你	转	家	快	点	你快点回家

36	Mox	diangd	seed	haot	meis	
	你	转	家	说	妈	你去对妈说
37	Mox	ed	daod	tit	bens	
	你	要	妹	为	妻	你娶妹为妻
38	Niangx	nil	ghab	jok	dens	
	女性名	女性名	盛	装	绸	妹穿一身缎
39	Jox	jangb	dangl	hsat	vas	
	九	斤	半	绸	缎	一身好盛装
40	Hlaod	seb	heeb	hlaod	nal	
	竹	水	和	竹	京	水竹与京竹
41	Aob	dab	niangb	hed	nongl	
	两	个	在	头	仓	它两在仓边
42	Hsat		Jangx Vangb		baol xaol	
	悄说		姜央		快速地	告诉姜央说
43	Mox	mol	nangl	hvit	vongs	
	你	去	下方	央	点	你快去下游
44	Mox	mol	nangl	hliaot	hsangs	
	你	去	下方	寻	伴	去下游找伴
45	Ted	bongl	max	daot	jas	
	寻	伴	有	不	遇见	找伴找不到
46	At xid	max	xot		saos	
	为何	不	得到		到底	怎么不明白
47	Diux	nend	niangb	nend	bas	
	段	哪	在	这	啦	这段就这样
48	Dangl	diux	ghangb	laol	saos	
	等	段	后	来	到	等下段再说
49	Aob	hmut	seib	gangx	neel	
	咱	唱	五	对	爹妈	咱唱五对妈
50	Diut	niof	meis	nangx	beel	
	六	对	妈	沿着	坡	六对妈爬坡
51	Hleit	jeet	jos	noux	lal	
	月	上	上游	吃	美	上游好生活

续表

52	Vangb	mol	nangl	dliaot	hsangs	
	央	去	下方	寻	伴	央下游找伴
53	Ted	bongl	beeb	hniut	saos	
	寻	伴	三	年	到	找三年整整
54	Beeb	lab	khangd	hleit	xongs	
	三	个	时期	月	七	三个七月足
55	Ted	bongl	max	daot	jax	
	寻	伴	有	不	见	找不到伴侣
56	Hlaod	seb	heeb	hlaod	nal	
	竹	水	和	竹	京	水竹和京竹
57	Aob	dab	niangb	hed	nongl	
	两	个	在	头	仓	它两在仓旁
58	Hsat		Jangx Vangb		baol xaol	
	悄说		姜央		快速地	告诉姜央说
59	Mox	diangd	seed	hvit	vongs	
	你	转	家	快	点	你快点回家
60	Mox	diangd	seed	haot	meis	
	你	转	家	讲	妈	回家跟妈讲
61	Mox	ed	daod	tit	bens	
	你	要	妹	为	妻	你要妹为妻
62	Niangx	nil	ghab	jaok	dens	
	女性名	女性名	全	身	绸	妹穿一身缎
63	Jox	jangb	dangl		hlat vas	
	九	斤	半		彩带	九斤半彩带①
64	Jangx Vangb	dal	qit		seis	
	姜央	又	气		愤了	姜央很生气
65	Jangx Vangb	mol	sangt		nas	
	姜央	去	砍		笋	姜央砍竹子
66	Sangt	nas	yul	deis	ngol	
	砍	笋	做	儿	截	砍竹做几截

---

① "彩带"为苗族服饰上的配饰。

67	Yul	deis	saok	niaox	nal	
	多	少	节	在	那	多少节在那
68	Sangt	nas	at	jox	yangd	
	砍	笋	做	九	截	砍竹做九截
69	At	deis	haot	max	yenl	
	做	啥	说	不	清楚	怎么不清楚
70	Diux	ab	beet	qongd	yeel	
	段	那	名	节	了	这段就这样
71	Diux	ghangb	nongk	diangd	laol	
	段	后	又	转	来	下段再看看
72	Vangb	mol	nangl	dliaot	hsangs	
	央	去	下方	寻	伴	央去下游找伴
73	Ted	bongl	beeb	hniut	saos	
	找	伴	三	年	到	找了三年整
74	Beeb	lab	khangd	hleit	xongs	
	三	个	时期	月	七	三个七月满
75	Ted	bongl	max	daot	jas	
	寻	伴	不	找	见	仍找不到伴
76	Dal	xid	laol	haot	seis	
	哪	个	来	说	了	哪个来告诉
77	Dliangb	deeb	dal	hxut	gas	
	神	地	个	心	亮	菩萨明白多
78	Dliangb	deeb	laol	haot	seis	
	神	地	来	说	了	菩萨来告诉
79	Mox	diangd	seed	hvit	vongs	
	你	转	家	快	点	你快点回家
80	Mox	diangd	mol	haot	meis	
	你	转	去	说	妈	回家和妈讲
81	Mox	ed	daod	tit	bens	
	你	要	妹	为	妻	你要妹做妻
82	Niangx	nil	ghab	jok	dens	
	女性名	女性名	全	身	绸	妹穿一身缎

续表

83	Jox	jangb	dangl	hsat vas	
	九	斤	半	彩带	九斤半彩带
84	Mox	diangd	seed	hvit	vongs
	你	转	家	快	点	你快点回家
85	Mox	diangd	mol	haot	meis
	你	转	去	说	妈	快快和妈讲
86	Mox	ed	daod	tit	bens
	你	要	妹	为	妻	你要妹为妻
87	Xox yeel	seix	nongt	daos	
	青年	也	要	想	年轻人喜欢
88	Neex	neib	max	daot	daos
	他	妈	有	不	跟随	他妈不喜欢
89	Hangd	mox	ed	daod	tit	bens
	如果	你	要	妹	做	伴	若要妹为妻
90	Dial	geed	ib	pit	mos
	哥	扛	一	扇	磨	哥扛一扇磨
91	Nil	geed	ib	pit	mos
	女性名	扛	一	扇	磨	妹扛一扇磨
92	Geed	mol	beel	baok	vas
	扛	去	山	坡	顶	扛到尖山岭
93	Gaol	waol	aob	pit	bangs
	滚	转	两	边	波	从上滚下来
94	Mol	ghab diongl		xit mos	
	去	山谷		相合	两磨合一起
95	Hangb	ed	daod	tit	bens
	可	要	妹	做	伴	允许成双对
96	Geed	mol	beel	baok	vas
	扛	去	山	坡	顶	扛到高山顶
97	Dliangd	mol	aob	pit	bangs
	滚	去	两	边	坡	从上滚下来
98	Mol	ghab diongl		xit mos	
	去	山谷		相合	两磨合一起

续表

99	Hangb	ed	daod	tit	bens	
	才	要	妹	为	妻	允许哥要妹
100	Mol	ghab diongl		xit mos		
	去	山谷		相合		两磨合一起
101	Hxot	ed	daod	tit	bens	
	不	要	妹	为	妻	休娶妹为妻
102	At xid	mal		xot	saos	
	为何	不		明	白	怎么不明白
103	Diux	nend	niangb	nend	bas	
	段	那	在	那	儿	这段就这样
104	Dangl	diux	ghangb	laol	saos	
	等	段	后	来	到	下段再来说
105	Aob	hmut	seib	gangx	neel	
	咱	唱	五	对	爹妈	咱唱五对妈
106	Diut	niof	meis	nangx	beel	
	六	对	妈	沿着	坡	六对妈爬坡
107	Hleit	jeet	jos	noux	lal	
	爹妈	上	上游	吃	美	上游好生活
108	Vangb	ed	daod	tit	bens	
	央	要	妹	为	妻	央要妹为妻
109	Xox yeel		seix	nongf	daos	
	青年		也	自己	欢喜	年轻人喜欢
110	Neex	neib	max	daot	daos	
	他	妈	有	不	跟随	他妈不喜欢
111	Hangd	mox	ed	daod	tit	bens
	若	你	要	妹	为	妻	若要妹为妻
112	Dial	geed	ib	pit	mos	
	哥	扛	一	扇	磨	哥扛一扇磨
113	Nil	geed	ib	pit	mos	
	女性名	扛	一	扇	磨	妹扛一扇磨
114	Geed	mol	beel	baok	vas	
	扛	去	山	坡	顶	扛到高山顶

115	Gaol	waol	aob	pit	bangs	
	滚	转	两	边	山腰	从上滚下来
116	Mol		ghab diongl		xit mos	
	去		山谷		相合	两磨合一起
117	Hangb	ed	daod	tit	bens	
	才	要	妹	为	妻	可要妹做妻
118	Mol		ghab diongl		daot mos	
	去		山谷		不合	两磨合一起
119	Hxot	ed	daod	tit	bens	
	不	要	妹	为	妻	休娶妹为妻
120	Mol	ghab	diongl	daot	mos	
	去	前加成分	山谷	不	合	磨不合一起
121	Dal	xid	dal	hxut	gas	
	个	哪	个	心	亮	哪个人聪明
122	Dal	xid	laol	haot	seis	
	个	哪	来	说	了	哪个来告诉
123	Dliangb	deeb	dal	hxut	gas	
	神	地	个	心	亮	菩萨良心好
124	Dliangb	deeb	laol	haot	seis	
	神	地	来	告	诉	菩萨来告诉
125	Mangx	geed	mol	xit	mos	
	你们	扛	去	相	合	先扛去合起
126	Mangx	diangd	seed	haot	meis	
	你们	转	家	说	妈	回家跟妈讲
127	Dleib	neex	neib	haot	mos	
	哄	他	妈	说	合	哄他磨合了
128	Hangb	ed	daod	tit	bens	
	才	要	妹	为	妻	要妹妹为妻
129	Niangx	nil	ghad	jok	dens	
	女性名	女性名	全、整个	装	绸	妹穿一身缎
130	Jox		jangb	dangl	hsat vas	
	九		斤	半	彩带	一身好盛装

131	At xid	max	xot	saos	
	为何	不	得到	到底	怎么不明白
132	Diux	nend	niangb	nend	bas
	段	那	在	那	吧	这段就这样
133	Dangl	diux	ghangb	laol	saos
	等	段	后	来	到	到下段再说
134	Aob	hmut	seib	gangx	neel
	咱	唱	五	对	爹妈	咱唱五对妈
135	Diut	niof	meis	nangx	beel
	六	对	妈	沿着	坡	六对妈爬坡
136	Hleit	jeet	jos	noux	lal
	爹妈	上	上游	吃	美	上游生活好
137	Vangb	ed	daod	tit	bens
	央	要	妹	为	妻	央要妹为妻
138	Xox yeel	seix	nongf	daos	
	青年	也	自己	跟随		年轻人喜欢
139	Neex	neib	max	daot	daos
	他	妈	有	不	跟随	他妈不喜欢
140	Hangd	mox	ed	daod	tit	bens
	若	你	要	妹	为	妻	若要妹为妻
141	Mangb	jeex	meil	xit	xangs
	你们	骑	马	相互	倾述	你俩赛跑马
142	Jeex	mol	beel	baok	vas
	骑	去	山	坡	顶	骑马上山岗
143	Ghab	ghongd	meil	xit	neis
	两	颈	马	互相	问	两马颈相合
144	Ghab	hed	meil	xit	jas
	两	头	马	互相	会	两马头相会
145	Hangb	ed	daod	tit	bens
	才	要	妹	为	妻	才许哥娶妹
146	Meib	vaob	at	dal	vut
	拿	妹	做	个	好	把妹看好人

147	Meib	Vangb	at	dal	hxat	
	拿	央	做	个	穷	认央为穷人
148	Bab	vaob	beid	meil	yangt	
	送	妹	匹	马	飞	送妹匹骏马
149	Bab	Vangb	beid	meil	hxent	
	送	央	匹	马	差	送央匹跛马
150	Jeex	mol	beel	baok	vas	
	骑	去	山	坡	顶	骑到山岗上
151	Beeb	hnab	gheid	daot	jas	
	三	天	追赶	不	到	三天跟不上
152	Vangb	at geed	hxut	dus		
	央	那样	饱	颈		姜央很生气
153	At geed	bad	bongt	dlangs		
	那样	满	气	极了		气得发了呆
154	Dal	xid	dal	hxut	gas	
	个	哪	个	心	亮	是谁良心好
155	Dal	xid	laol	haot	seis	
	个	哪	来	说	话	是谁来告诉
156	Mox	diangd	hed	meil	hvit	vongs
	你	转	头	马	来	点	快拉马头转
157	Dad	hed	meil	xit	neis	
	拿	头	马	互相	比量	把马头相比
158	Dad	ghongd	meil	xit	jas	
	拿	颈	马	相	见	将马颈相会
159	Dlangd	lul	dal	hxut	gas	
	鹰	老	个	心	亮	老鹰很聪明
160	Dlangd	lul	laol	haot	seis	
	鹰	老	来	说	了	老鹰来告诉
161	Mox	ed	daod	tit	bens	
	你	要	妹	为	妻	你要妹为妻
162	Mox	diangd	hed	meil	hvit	vongs
	你	转	头	马	快	点	快拉马头转

163	Dad	ghongd	meil	xit	neis
	拿	颈	马	互相	问	将马颈相拼
164	Dad	hed	meil	xit	jas
	拿	头	马	互相	见	将马头相会
165	Hangb	diangd	seed	haot	meis
	再	转	家	说	妈	再回家问妈
166	Hangb	ed	daod	tit	bens
	再	要	妹	为	妻	要妹来做妻
167	At xid	max	xot	saos	
	为何	不	得到	到底		怎么说不清
168	Diux	nend	niangb	nend	bas
	段	那	在	那	了	这段就这样
169	Dangl	diux	ghangb	laol	saos
	等	段	下	来	到	下段再来说
170	Aob	hmut	seib	gangx	neel
	咱	唱	五	对	爹妈	咱唱五对妈
171	Diut	niof	meis	nangx	beel
	六	对	妈	沿着	坡	六对妈爬坡
172	Hleit	jeet	jos	noux	lal
	爹妈	上	上游	吃	美	上游好生活
173	Vangb	ed	daod	tit	bens
	央	要	妹	做	伴	央要妹为妻
174	Xox yeel	seex	nongf	daos	
	青年	完全	自己	跟随		年轻人喜欢
175	Neex	neib	max	daot	daos
	他	妈	有	不	跟随	老人不喜欢
176	Bul	hvongt	hvongt	deix	geed
	伴侣	饿	饿	直	路	能顺利吃到
177	Bul	diot	taot	vangx	vud
	伴侣	设	套	山脊	野外	在山坡设套
178	Dat	gaos	jens	ghax	xid
	早	得	件	什	么	早套得什么

179	Hmangt	gaos	jens	ghax	xid
	晚	得	件	什	么	晚套得什么
180	Bul	diot	taot	vangx	vud
	伴侣	设	套	山脊	野外	在山坡设套
181	Dat	gaos	saof	naox	hed
	早	得	喀喀雀	绿	头	早套得喀雀
182	Hmangt	gaos	saof	naox	hed
	晚	得	喀喀雀	绿	头	晚套得喀雀
183	Bul	hvongt	hvongt	deix	jeel
	伴侣	饿	饿	直	权	能顺利得到
184	Diot		taot	ghab vangx	beel
	安		套	山脊	坡	在山坡设套
185	Vangb	hvongt	max	deix	jeel
	姜央	选	不	直	权	央选不正当
186	Diot		taot	diot	ghax xid
	安		套	安	什么	设套在哪里
187	Dat		gaos	jens	ghax xid
	早		得	件	什么	早设得什么
188	Hmangt		gaos	jens	ghax xid
	晚		得	件	什么	晚套得什么
189	Vangb	hvongt	max	deix	jeel
	姜央	选	不	直	权	央选不正当
190	Diot	taot	ghab	bax	jol
	安	套	边	缘	碓窝	安套碓窝边
191	Dat	gaos	niangx	heeb	nil
	早	得	女性名	和	女性名	早套妹的脚
192	Hmangt	gaos	niangx	heeb	nil
	晚	得	女性名	和	女性名	晚套妹的脚
193	Gheel	Vangb	haot	dial	dial
	喊	央	叫	哥	哥	叫央做哥哥
194	Jangx Vangb	qit	gul	ninl
	姜央	气	生气的	样子	姜央气鼓鼓

续表

195	Vol	gheel	Vangb	vol	venl	
	越	喊	央	越	扯	越喊央越气
196	Gheeb	Vangb	haot	ghad mongl		
	喊	央	叫	大伙、一群人		喊央说大伙
197	Jangx	Vangb	xangt	beel	dlial	
	姜央		放	手	快	姜央才松手
198	Jangx	Vangb	diok	genl	ninl	
	姜央		要	成	伴	姜央笑嘻嘻
199	Deeb	deeb	nongt	jangx	bongl	
	真	真	要	成	伴	然而成伴侣
200	Nongt	jas	sat	deix	yal	
	要	见	最	前	呀	要先见到呀
201	Jas	sat	ghab	bax	jol	
	遇	最	前缀	边	碓窝	遇亲碓窝边
202	At deis		haot	max	yeel	
	为何		说	不	清楚	怎么说不清
203	Diux	ab	xongb	qongd	yeel	
	段	那	停止	节	了	这段就这样
204	Diux	ghangb	nongt	diangd	laol	
	段	后	要	转	来	下段再慢说
205	Laol	hmut	seib	gangx	neel	
	咱	唱	五	对	爹妈	咱唱五对妈
206	Diut	niof	meis	nangx	beel	
	六	对	妈	沿着	坡	六对妈爬坡
207	Hleit	jeet	jos	noux	lal	
	爹妈	上	上游	吃	美	上游生活好
208	Vangb	ed	daod	tit	bens	
	央	要	妹	做	伴	央要妹为妻
209	Xox yeel		seix	nongf	daos	
	青年		全	自己	喜欢	年轻人喜欢
210	Xox	lul	maf	daot	daos	
	那	老	有	不	喜欢	老人不喜欢

211	Hsangt	deis	niangb	hed	nongl	
	个	谁	在	头	仓	是谁在仓边
212	Hlaod	seb	heeb	hlaod	nal	
	竹	水	和	竹	笋	水竹和修竹
213	Aob	dab	niangb	hed	nongl	
	两	个	在	头	仓	它俩在仓旁
214	Hsat	Jangx Vangb		baol xaol		
	悄说	姜央		快速地		教姜央办法
215	Vangb	ed	daod	tit	bens	
	央	要	妹	为	妻	央要妹为妻
216	Jangx Vangb		dal	qit	seis	
	姜央		个	气	了	姜央生气了
217	Jangx Vangb		veel	sat	xens	
	姜央		拿	柴刀	一下	姜央拿柴刀
218	Jangx Vangb		mol	sangt	nas	
	姜央		去	砍	笋	姜央去砍竹
219	Sangt	nas	at	jox	ngol	
	砍	笋	做	九	截	砍竹做九截
220	At	xongs	saot	naox	nal	
	做	七	节	丢	那	七节摆那里
221	Dangl	laol	ghangb	hniut	saos	
	等	来	后	年	到	等到将来到
222	Mox	ed	daod	tit	bens	
	你	要	妹	为	妻	你要妹做妻
223	Mox	khab	wal	at	deis	
	你	劝说	我	做	啥	你劝我什么
224	Jangx Vangb		mol	hangt	nas	
	姜央		去	接	笋	姜央去接笋
225	Meib	diol	xid	hangt	nas	
	拿	个	么	接	笋	用什么药接
226	Ed	hsenb	yenx	hangt	nas	
	用	仙	人	接	笋	用仙水接笋

227	Hangt	nas	hangt	jangx	jul	
	接	笋	接	成	完	接笋接好了
228	Hangt	jees	jees	lax	sangl	
	让	样	样	砍	尽	把样样砍尽
229	At deis		haot	max	yenl	
	为何		说	不	清楚	怎么说不清
230	Diux	ab	xongb	qongd	yeel	
	段	那	停止	节	了	这段就这样
231	Diux	ghangb	nongt	diangd	laol	
	段	下	要	转	来	下段再说吧
232	Laol	hmut	seib	gangx	neel	
	咱	唱	五	对	爹妈	咱唱五对妈
233	Diut	niof	meis	nangx	beel	
	六	对	妈	沿着	坡	六位妈爬坡
234	Hleit	jeet	jos	noux	lal	
	爹妈	上	上游	吃	美	上游好生活
235	Vangb	ed	daod	tit	bens	
	央	要	妹	为	妻	央要妹为妻
236	Niangx	nil	ghab	jok	dens	
	女性名	女性名	合	装	绸	少女好衣着
237	Jox	jangb		dangl	hlat vas	
	九	斤		半	绸缎	绸缎扮盛装
238	Xox	lul	max	daot	daos	
	那	老	有	不	跟随	老人不喜欢
239	Neib	bax	hvob	bad	dil	
	妈	送	话	父亲	哥哥	女人骂男人
240	Neib	hseib	hvob	haod	fat	
	妈	粗	言	教	训	妈骂个不停
241	Bul	yas	seix	diaos	diol	
	别人	生	也	是	这	别人生好娃
242	Vangb	yas	max	diaos	diol	
	央	生	不	是	样	央生不是样

243	Yas	dal	dab	ghaod daol	
	生	个	崽	怪胎	生个怪胎娃
244	Ghaod daof	liuk	dliongx	dul	
	怪胎	像	捆把	火	像个捆把样
245	Max	laob	daot	max	beel
	在	脚	没	有	手　有脚没有手
246	Max	mas	daot	max	mangl
	有	眼	没	有	脸　有眼没有脸
247	Seix	xaob	laot	noux	wul
	也	有	嘴	吸	奶　有张嘴吃奶
248	Max	xaob	dut	liax	vangl
	没	有	脚	串	寨　没有脚走路
249	Vangb	jeet	fangb	wax	mol
	央	上	方	天上	去　央到天上去
250	Sens	ghet	Haob	nax	lul
	问	公	雷	人	老　问雷公老人
251	Bul	yas	seix	diaos	diol
	别人	生	也	是	样　别人养正常
252	Vangb	yas	max	diaos	diol
	央	生	不	是	样　央生养异样
253	Yas	dal	dab	ghaod daol	
	生	个	崽	怪胎	生个怪胎娃
254	Ghaod daof	liuk	dliongx	dul	
	怪胎	像	捆把	火	像个捆把样
255	Seix	xaob	laot	noux	wul
	也	有	嘴	吸	奶　有嘴会吸奶
256	Max	xaob	dut	liax	vangl
	没	有	脚	串	寨　没有脚串寨
257	Vangb	jeet	fangb	wax	laol
	央	上	方	天上	来　央到天上来
258	Sens	ghet	haob	nax	lul
	问	公	雷	人	老　问雷公老人

259	Haob	daot	bub	deix xid		
	雷	不	知	什么		雷公说不知
260	Vangb	teek	dlinf	diox	laol	
	央	退	快速地	就	来	央退步转回
261	Beet	diot	jos	ghax xid		
	睡	在	处	什么		睡在何地方
262	Beet	diot	ghab ngox	meil		
	睡	在	门口	马		睡在马圈边
263	Beet	denk	songb	neex	dangl	
	睡	起	听	耳朵	等	听公讲什么
264	Naix	sens	naix	bangf	bongl	
	她	问	她	的	伴	雷母问雷公
265	Vangb	jeet	fangb	wax	laol	
	央	上	方	天上	来	央到天上来
266	Laol	at	jins	ghax	xid	
	来	做	件	哪	样	来做什么事
267	But	yas	seix	diaos	diol	
	别人	生	也	是	样	别人养正常
268	Vangb	yas	max	diaos	diol	
	央	生	不	是	样	央养不正常
269	Yas	dal	dab	ghaod daol		
	生	个	崽	怪胎		生个怪胎娃
270	Ghaod daof	liuk	dliongx	lul		
	怪胎	像	捆把	火		像个捆把样
271	Max	laob	daot	max	beel	
	有	脚	没	有	手	有脚没有手
272	Max	mas	daot	max	mangl	
	有	眼	没	有	脸	有眼没有脸
273	Seix	xob	laot	noux	wul	
	也	有	嘴	喝	奶	也有嘴喝奶
274	Max xob	dut	liax	vangl		
	没有	脚	串	寨		没有脚串寨

续表

275	Jof	jeet	fangb	wax	laol	
	才	上	方	天上	来	才到天上来
276	Sens	ghet	haob	nax	lul	
	问	公	雷	人	老	问雷公老人
277	Haob	daot	bub	ghax	xid	
	雷公	不	知	什	么	雷公不知道
278	Laol	ut	dliol	hxib	niangx	
	年	岁	过	去	年	因为过去年
279	Bab	Vangb	liaod	kab	lix	
	送	央	牛	犁	田	给央牛犁田
280	Vangb	dad	mol	dieeb	noux	
	央	拿	去	杀	吃	央拿去杀吃
281	Dad	deed	jil	deeb	niaox	
	拿	尾巴	栽	泥巴	罢了	尾巴栽土头
282	Dad	hed	jil	eb	lix	
	拿	头	栽	水	田	牛头栽田中
283	Dleib	wal	haot	dleik	geex	
	哄	我	说	滚	沟	哄我说爬跤
284	Yangd	pend	dliol	eb	lix	
	忙	下	去	水	田	忙下田中去
285	Bal	wal	ud	dens	naox	
	脏坏	我	衣	绸	绿	打脏我绸衣
286	Wal	jof	niut	xangs	neix	
	我	才	不	告诉	他	才不告诉他
287	But	yas	seix	diaos	diol	
	别	生	也	是	样	别人养正常
288	Vangb	yas	max	diaos	diol	
	央	生	不	是	样	央生不正常
289	Yas	dal	dab	ghaod daol		
	生	个	崽	怪胎		生个怪胎娃
290	Ghaod daof	liuk	dliongx	lul		
	怪胎	像	捆把	火		像个捆把样

291	Max	laob	daot	max	beel
	有	脚	没	有	手	有脚没有手
292	Max	mas	daot	max	mangl
	有	眼	没	有	脸	有眼没有脸
293	Diangb	ghab dab	sat	ghongl	
	把	小	柴刀	弯	一把小柴刀
294	Lab	hxab	bangx	det	yol
	个	砧	板	木	栗	砧板青松树
295	Hseed	dlel	dlel	ghangb	nongl
	砍	咚	咚	底	仓	砍响声底仓
296	Heed	at	yif	jox	jeel
	砍	做	八	九	砣	砍作八九砣
297	Seis	diot	yif	jox	beel
	撒	在	八	九	岭	撒在八九岭
298	Xit dat		aob fangx		dlial
	早晨		黎明		突然明亮状	第二天一亮
299	Ghaox	daot	yif	jox	vangl
	就	得	八	九	寨	就得八九寨
300	Nongf	eb	seix	nongf	diongl
	各	水	也	各	山谷	水流各有谷
301	Nongf	fangb	seix	nongf	vangl
	各	方	也	各	寨	村落各有寨
302	Nongf	lax	jab	diaod	dul
	各	是各	火坑	烧	柴火	各生自家火
303	Guf	jaox	ib	lad	hul
	冒	股	烟	涂	吧	烟雾冲上天
304	Xangf	jangx	gangb	peid	mol
	繁殖	成	蚂	蚁	去	繁殖如蚂蚁
305	Xangf	dax	dlab	baol	niaol
	繁殖	来	黑	油	油	发来满地是
306	At deis		haot	max	yenl
	怎样		说	不	清楚	怎么说不知

307	Diux	ab	xongb	qongd	yeel	
	段	那	停止	节	了	这段就这样
308	Diux	ghangb	nongt	diangd	laol	
	段	后	要	转	来	后段又转来
309	Laol	hmut	seib	gangx	neel	
	来	唱	五	对	爹妈	咱唱五对妈
310	Diut	niof	meis	nangx	beel	
	六	对	妈	沿着	坡	六对妈爬坡
311	Hleit	jeet	jos	noux	lal	
	爹妈	上	上游	吃	美	上游好生活
312	Bul	yas	seix	diaos	diol	
	别人	生	也	像	样	人生育好样
313	Vangb	yas	max	diaos	diol	
	央	生	不	像	样	央生不是样
314	Yas	dal	dab	ghaod daol		
	生	个	崽	怪胎		生个怪胎娃
315	Ghaod daof	liuk	dliongx	lul		
	怪胎	像	捆把	火		像个木槽样
316	Nex	seix	xongb	lad	niul	
	吃	也	不	啃	声	吃也不说话
317	Max	noux	xongb	lad	niul	
	不	吃	不	啃	声	饿也不说话
318	Max	hsux	hvob	hmat	lil	
	不	会	话	讲	理	不会说道理
319	Vangb	jeet	fangb	wax	mol	
	央	上	方	天上	去	姜央上天去
320	Xangs	ghet	haob	nax	lul	
	告诉	公	雷	人	老	向雷公讨教
321	Haob	daot	bub	deix	xid	
	雷	不	知	什	么	雷公说不知
322	Vangb	teek	dlinf	diox	laol	
	央	退	快速地	就	来	央速转退来

323	Beet	diot	jos	ghax	xid
	睡	在	处	哪	里	睡在什么地
324	Beet	dent	songb	neex	dangl
	睡	在	听	讲	等待	竖耳睡等待
325	Neix	xangs	neix	bangf	bongl
	他	讲	他	的	双、伴	雷母问雷公
326	Vangb	jeet	fangb	wax	laol
	央	上	方	天上	来	姜央上天来
327	Sens	ghet	haob	nax	lul
	问	公	雷	人	老	特请教于你
328	Xangx	niut	xangs	naix	mol
	告诉	不	告诉	他	去	怎不告诉他
329	Vangb	teek	dlinf	diox	laol
	央	退	快速地	就	来	央退转回来
330	Beet	denk	ghangb	ngox	meil
	睡	在	底	圈	马	睡在马圈边
331	Beet	denk	songb	neex	dangl
	睡	起	听	耳朵	等	好听雷公话
332	Gangf	diongx	seb	diot	beel
	拿	筒	水竹	在	手	拿竹筒在手
333	Dad	diongx	seb	diaod	dul
	拿	筒	水竹	烧	水	将竹筒烧火
334	Dus	diongx	seb	bot	dlel
	破	筒	水竹	响	咚	破竹声一响
335	Dangx	daob	nongf	hmat	jul
	大	家	自己	讲话	来	大家自会讲
336	Haot	haob	ghab jit		daol
	说	央	计谋		远	姜央计策远
337	Leex	haob	ghab jit		nieel
	然而	雷	计谋		浅	雷公计策浅
338	Haob	bongx	ghab jit		dlial
	雷	冒	计谋		状语	计策被识破

339	Qob	mox	ghab jit	mol	
	捡	你	计谋、方法	去	得他计策去
340	Gangf	diongx	seb	diot	beel
	拿	筒	水竹	在	手	拿竹筒在手
341	Dad	diongx	seb	diaod	dul
	拿	筒	水竹	烧	火	将竹筒烧火
342	Dus	diongx	seb	bot	dlel
	破	筒	水竹	响	咚	破竹声一响
343	Dangx	daob	nongf	hmat	jul
	大	家	自己	说话	完	大家自会讲
344	At deis		haot	max	yenl
	怎样		说	不	清楚	怎么说不清
345	Diux	ab	xongb	qongd	yeel
	段	那	停止	节	了	这节就这样
346	Dinx	ghangb	nongt	diangd	laol
	节	后	又	转	来	下节又转来
347	Laol	hmut	seib	gangx	neel
	来	唱	五	对	爹妈	咱唱五对妈
348	Diut	niof	meis	nangx	beel
	六	对	妈	沿着	坡	六对妈爬坡
349	Hleit	jeet	jos	noux	lal
	爹妈	上	上游	吃	美	上游好生活
350	But	yas	seix	diaos	diol
	别	生	也	是	样	别人生有样
351	Vangb	yas	max	diaos	diol
	央	生	不	是	样	央生不成样
352	Yas	dal	dab	ghaod daol	
	生	个	崽	怪胎		生个怪胎娃
353	Ghaot daof	liuk	dliongx	dul	
	怪胎	像	捆把	火		像个捆把样
354	Nex	seix	xongb	lad niul	
	吃	也	静	无声状		吃也不作声

355	Max	noux	xongb	lad niul	
	不	吃	静	无声状	饿也不作声
356	Vangb	jeet	fangb	wax	mol
	央	上	地方	天上	去	姜央上天去
357	Sens	ghet	haob	nax	lul
	责问	公	雷	人	老	责问老雷公
358	But	yas	seix	diaos	diol
	别	生	也	是	样	别人生有样
359	Vangb	yas	max	diaos	diol
	央	生	不	是	样	央生不成样
360	Yas	dal	dab	ghaod daol	
	生	个	崽	怪胎	生个怪胎娃
361	Nex	seix	xongb	lad niul	
	吃	也	静	无声状	吃也不作声
362	Max	noux	xongb	lad niul	
	不	吃	静	无声状	饿也不作声
363	Vangb	jeet	fangb	wax	mol
	央	上	地方	天上	去	姜央上天去
364	Sens	ghet	haob	nax	lul
	责问	公	雷	人	老	责问老雷公
365	Bul	yas	seix	diaos	diol
	别	生	也	是	样	别人生有样
366	Vangb	yas	max	diaos	diol
	央	生	不	是	样	央生不成样
367	Yas	dal	dab	ghaod daol	
	重	修	崽	怪胎	生个怪胎娃
368	Ghaot daof	liuk	dliongx	dul	
	怪胎	像	捆把	火	像个捆把样
369	Max	laob	daot	max	beel
	有	脚	没	有	手	有脚没有手
370	Max	mas	daot	max	mangl
	有	眼	没	有	脸	有眼没有脸

371	Vangb	jeet	fangb	wax	laol	
	央	上	地方	天上	来	姜央上天去
372	Sens	ghet	haob	nax	lul	
	责问	公	雷	人	老	责问老雷公
373	Haob	daot	bub	deix	xid	
	雷	不	知	什	么	雷公说不知
374	Vangb	teek	dlinf	diox	laol	
	央	退	快速地	踩	来	央快速过来
375	Beet	diot	jos	ghax	xid	
	睡	在	处	哪	里	睡在何地方
376	Beet	diot	songb	neex	dangl	
	睡	起	听	听	讲	睡在何所等
377	Neix	sens	neix	ghab	mongl	
	她	问	她	伴	侣	她问她老伴
378	Vangb	jeet	fangb	wax	laol	
	央	上	地方	天上	来	姜央上天来
379	Sens	ghet	haob	nax	lul	
	责问	公	雷	人	老	责问老雷公
380	Xangs	niut	xangs	neix	mol	
	讲	不	讲	他	去	是否告诉他
381	Bul	yas	seix	diaos	diol	
	别人	生	也	是	样	别人生是样
382	Vangb	yas	max	diaos	diol	
	央	生	不	是	样	央生不是样
383	Yas	dal	dab	ghaod daol		
	生	个	崽	怪胎		生个怪胎娃
384	Ghaot daof		liuk	dliongx	dul	
	怪胎		像	捆把	火	像个捆把样
385	Nex	seix	xongb	lad niul		
	吃	也	静	无声状		吃也不作声
386	Max	noux	xongb	lad niul		
	不	吃	静	无声状		饿也不作声

续表

387	Beeb	det	lux	gangb hxud	
	三	半	笋	头虱	三半笋头虱
388	Seis	diot	neix	ghab hed	
	撒	在	他	头上	撒在他头上
389	Beeb	det	lux	gangb dad	
	三	半	笋	虱子	三半笋虱子
390	Seis	diot	neix	ghab jeed	
	撒	在	他	身上	撒在他身上
391	Qub qit	neix	hneeb	hniaod	
	痒	他	动	状词	发痒他动弹
392	Vangb	beet	diot	qens	xid
	央	睡	在	处	哪	央睡在哪里
393	Beet	diot	ghangb	ngox	meil
	睡	在	底	圈	马	睡马圈底下
394	Beet	denk	songb	neex	dangl
	睡	起	听	耳朵	等	睡起听情况
395	Haot	haob	ghab jit	daol	
	认为	雷	计谋	远	认为雷计深
396	Lab	haob	ghab jit	nieel	
	却	雷	计谋	浅	却是雷计浅
397	Haob	bongx	ghab jit	dlial	
	公	现	计谋	了	雷公讲计策
398	Xangs	mox	ghab jit	mol	
	告诉	你	计谋	去	告诉你们去
399	Xangt	diot	neex	ghab jeed	
	放	到	他	身上	放在他身上
400	Xangt	diot	neix	ghab hed	
	放	到	他	头上	放在他头上
401	Beeb	det	lux	gangb hxud	
	三	半	笋	头虱	三半笋头虱
402	Qub qit	neix	hneeb	hniaod	
	痒	他	动	状词	发痒他动弹

续表

403	Beeb 三	det 半	lux 箩	gangb dad 虮子	三半箩虮子
404	Seis 撒	diot 在	neix 他	ghab jeed 身上	撒在他身上
405	Qub 发	qit 痒	neix 他	hneeb 动	hniaod 弹	发痒他动弹
406	At deis 怎样		haot 说	mal 不	xend 明白	怎么说不清
407	Diux 段	ab 那	beet 名	yeel 这	qongd 些	这段就这样
408	Diux 段	ghangb 后	nongk 又	diangd 转	dliod 问说	下段就来接
409	Aob 咱	hmut 唱	seib 五	gangx 对	neel 爹妈	咱唱五对妈
410	Diud 六	niof 对	meis 妈	nangx 沿着	beel 坡	六对妈爬坡
411	Hleit 爹妈	jeet 上	jos 上游	noux 吃	lal 美	上游好生活
412	Deel 还有	dal 个	dob 崽	ghaod daol 怪胎	还有怪胎娃
413	Ghaod daof 怪胎		liuk 像	dliongx 捆把	dul 火	像个捆把样
414	Diangb 把	ghab 细	dab 小	sat 柴刀	ghongl 弯	弯弯小柴刀
415	Lab 个	hxab 砧	bangx 板	det 树	dal 子	一块杉砧板
416	Hseet 砍	dlel 咚	dlel 咚	ghab 底	nongl 仓	在厢房脚跺
417	Hseet 砍	at 做	yif 八	jox 九	jeel 砣	剁成八九块
418	Seis 撒	diok 在	yif 八	jox 九	beel 岭	撒在八九岭

续表

419	Ghaox	daot	yif	jox	vangl	
	就	得	八	九	寨	就成八九寨
420	Xit	dat	aob	fangx	dlial	
	明	天	蒙	亮	状词,表示突然 亮起的样子	第二天一亮
421	Nongf	fangb	seix	nongf	vangl	
	各	方	也	各	寨	各方各有寨
422	Nongf	jab	seix	nongf	neel	
	各	火坑	也	各	妈	各家各有娘
423	Nongf	lax	jab	diaod	dul	
	各	有	火坑	烧	火	各生自家火
424	Guf	jaox	ib	lad	hul	
	冒	股	烟	涂	吧	烟雾冲上天
425	Xangf	jangx	gangb	peid	diol	
	发	成	蚂	蚁	样	繁殖像蚂蚁
426	Liof	meis	deis	dax	diangl	
	蝶	妈	谁	来	生	蝶妈哪个生
427	Jof	dangt	seib	gangx	neel	
	才	生	五	对	爹妈	才生五对妈
428	Diut	niof	meis	nangx	beel	
	六	对	妈	沿着	坡	六对妈爬坡
429	Bad	weib	yas	bad	wul	
	爸	威	生	爸	务	威父生务父
430	Bad	jangb	yas	bad	Gal	
	爸	江	生	爸	嘎	江父生嘎父
431	Nax	daol	seib	dal	neel	
	他	们	五	个	妈	他们五个妈
432	Seib	dal	neib	laol	dangl	
	五	个	妈	来	生	五个妈来生
433	Laot	ut	lab	niangx	beel	
	从前	年	个	远古		远古那年代

434	Senf	ut	lab	niangx niul	
	转	年	个	当今	现在这年代
435	Deel	dal	dab	ghaot daol	
	还有	个	崽	怪胎	有个怪胎娃
436	Ghaot daof	yas	dangx	daol	
	怪胎	生	大	家	丑娃生大家
437	Jof	daot	seib	gangx	neel
	才	有	五	对	爹妈	才有五对妈
438	Diut	niof	meis	nangx	beel
	六	对	妈	沿着	坡	六对妈爬坡
439	Hleit	jeet	jot	noux	lal
	爹妈	上	上方	吃	美	上游好生活
440	At deis	haot	max	yenl	
	怎样	说	不	清楚	怎么说不清
441	Diux	ab	xongb	qongd	yeel
	段	那	停止	节	了	这段就这样
442	Diux	ghangb	nongk	diangd	laol
	段	后	又	转	来	下段又来到
443	Laol	hmut	seib	gangx	neel
	来	唱	五	对	爹妈	来唱五对妈
444	Diut	niof	meis	nangx	beel
	六	对	妈	沿着	坡	六对妈爬坡
445	Hleit	jeet	jos	noux	lal
	爹妈	上	上游	吃	美	上游好生活
446	Daos	liuk	lab	niangx	lal
	是	像	个	年	美好	得像这时代
447	Meis	hxot	niaox	ghongs	vangl
	妈	休息	在	巷	寨	妈住在寨巷
448	Bad	hxot	niaox	ghongs	vangl
	爸	休息	在	巷巷	寨	爸也住寨巷
449	Aob	hmut	xangf	niangx liul	
	我们	讲	那	远古	我俩讲过去

450	Laot	niangx	xib	qid	laol	
	讲	年	古	先	来	远古的时候
451	Meis	hxot	niaox	deis	mol	
	妈	住	在	何处	去	妈住在何方
452	Bad	hxot	niaox	deis	mol	
	爸	住	在	何处	去	爸住在何处
453	Hsangb	meis	seix	niangb	nangl	
	千	妈	也	住	下方	千妈住下游
454	Bat	meis	seix	niangb	nangl	
	百	妈	也	住	下方	百妈住下游
455	Meis	niangb	ent	senx	dlangl	
	妈	住	闷热	坪	坝	妈住热坪坝
456	Qut	ngeef	liuk	ngox	meil	
	地	窄	像	圈	马	地窄像马圈
457	Xit	fif	liuk	neex	wil	
	互相	顶撞	像	耳朵	锅	像锅耳顶撞
458	Nel	naot	max	yangx	xaol	
	鱼	多	不	容纳	网	鱼多网不容
459	Xangf	naot	max	yangx	vangl	
	繁殖	多	不	容	寨	人多地方窄
460	Max	yangx	jab	diaod	dul	
	不	容	火坑	烧	火	没处挖火坑
461	Max	yangx	wangb	hsed	ghaol	
	不	容	簸箕	簸	米	没簸箕筛米
462	At deis	haot	max		yenl	
	怎样	说	不		清楚	怎么说不清
463	Diux	ab	xongb	qongd	yeel	
	段	那	停止	节	了	这节就这样
464	Diux	ghangb	nongk	diangd	laol	
	段	后	又要	转	来	下节又再说
465	Laol	hmut	seib	gangx	neel	
	来	唱	五	对	爹妈	咱唱五对妈

466	Diut	niof	meis	nangx	beel	
	六	对	妈	沿着	坡	六对妈爬坡
467	Hleit	jeet	jos	noux	lal	
	爹妈	上	上游	吃	美	上游好生活
468	Hsangb	meis	seix	niangb	nangl	
	千	妈	也	住	下游	千妈住下游
469	Bat	meis	seix	niangb	nangl	
	百	妈	也	住	下游	百妈住下游
470	Meis	niangb	ent	senx	dlangl	
	妈	住	闷热	坪	坝	妈住热坪坝
471	Qut	ngeef	liuk	ngox	meil	
	地	窄	像	圈	马	地窄像马圈
472	Xit	fif	liuk	neex	wil	
	互相	顶撞	像	耳朵	锅	地窄如锅耳
473	Yul	deis	yenx	meis	lul	
	多	少	寅	妈	老	多少寅大妈
474	Yul	deis	yenx	meis	niul	
	多	少	寅	妈	小	多少寅小妈
475	Juf	aob	yenx	meis	lul	
	十	二	寅	妈	老	十二寅大妈
476	Juf	aob	yenx	meis	niul	
	十	二	寅	妈	小	十二寅小妈
477	At deis		haot	max	yenl	
	怎样		说	不	清楚	怎么说不清
478	Diux	ab	xongb	qongd	yeel	
	段	那	停止	节	了	这节就这样
479	Diux	ghangb	nongt	diangd	laol	
	段	后	要	转	来	下节又来接
480	Aob	hmut	seib	gangx	neel	
	咱	唱	五	对	爹妈	咱唱五对妈
481	Diut	niof	meis	nangx	beel	
	六	对	妈	沿着	坡	六对妈爬坡

482	Hleit	jeet	jos	noux	lal
	爹妈	上	上游	吃	美	上游好生活
483	Hsangb	meis	seix	niangb	nangl
	千	妈	也	住	下方	千妈住下游
484	Bat	meis	seix	niangb	nangl
	百	妈	也	住	下方	百妈住下游
485	Meis	niangb	ent	senx	dlangl
	妈	住	闷热	坪	坝	妈住热坪坝
486	Qut	ngeef	liuk	ngox	meil
	地	窄	像	圈	马	地窄像马圈
487	Xit	fif	liuk	neex	wil
	互相	顶撞	像	耳朵	锅	地窄如锅耳
488	Nel	naot	max	yangx	xaol
	鱼	多	不	容	网	鱼多网不容
489	Xangf	naot	max	yangx	vangl
	繁衍	多	不	容	寨	人多地方窄
490	Max	yangx	jab	diaod	dul
	不	容	火坑	烧	火	没处挖火坑
491	Max	yangx	wangb	hsed	ghaol
	不	容	簸箕	簸	米	没簸箕筛米
492	Hsangt	deis	at	meis	lul
	个	哪	做	妈	老	哪个做大妈
493	Hsangt	deis	at	meis	niul
	个	哪	做	妈	小	哪个做小妈
494	Geef	xangb	at	meis	lul
	格	香	做	妈	老	格香做大妈
495	Liongx	xenb	at	meis	niul
	勇	兴	做	妈	小	勇兴做小妈
496	At deis	haot	max		yenl
	怎样	说	不		清楚	怎样说不清
497	Diux	ab	xongb	qongd	yeel
	段	那	停止	节	了	这段就这样

续表

498	Diux	ghangb	nongt	diangd	laol	
	段	后	又	转	来	下段立马来
499	Laol	hmut	seib	gangx	neel	
	来	唱	五	对	爹妈	咱唱五对妈
500	Diut	niof	meis	nangx	beel	
	六	对	妈	沿着	坡	六对妈爬坡
501	Hleit	jeet	jos	noux	lal	
	爹妈	上	上游	吃	美	上游好生活
502	Niangx	nongd	neib	hek	nius	
	年	这	妈	喝	好	现今妈享福
503	Niangx	qid	neib	hek	xis	
	年	起头	妈	喝	淡	过去妈受苦
504	Nex	gad	nex		at deis	
	吃	饭	吃		如何	吃饭吃什么
505	Nangl	ud	nangl		at deis	
	穿	衣	穿		如何	穿衣穿什么
506	Nex	gad	vaob	gheik	dlangs	
	吃	饭	菜	粑	锤	吃饭野菜粑
507	Nangl	ud	ghab	lik	nas	
	穿	衣	壳	叶	笋	穿衣穿笋壳
508	Ib	ngol	vangs	daot	jas	
	一	截	找	不	到	一节找不到
509	Jox	ngol	vangs	daot	jas	
	九	截	找	不	到	九节找不到
510	Nex	at	nongd	xit	xus	
	吃	那	样	快	饿	这样饿得快
511	Nangl	at	nongd	vit	neis	
	穿	那	样	快	烂	这样烂得快
512	Niangx	nongd	neeb	noux	dlub	
	年	这	妈	喝	好	现在妈享福
513	Nex	gad	nongf	neex	dlub	
	吃	饭	自己	谷米	白	吃的是白米

514	Nangl	ud	nongf	jaox	daob	
	穿	衣	自己	匹	布	穿衣是布衣
515	Aob	hmut	xangf	niangx	qid	
	咱	有	那	年	远古	我们说远古
516	Nex	gad	noux	dex	aob	
	吃	饭	吃	什	么	吃饭吃什么
517	Nangl	ud	nangl	dex	aob	
	穿	衣	穿	什	么	穿衣穿什么
518	Nex	gad	ghab	maox	dongb	
	吃	饭	茅	草	穗	茅草穗当饭
519	Nangl	ud	ghab	noux	xob	
	穿	衣	芭	蕉	叶	芭蕉叶做衣
520	Ib	hleit	neis	jox	pangb	
	一	月	烂	九	件	一月烂九件
521	Jox	niangx	ud	max	xaob	
	九	年	衣	不	得	九年没穿的
522	At	geed	jus	jaox	hvib	
	做	这	尽头	思	想	妈的确心焦
523	At xid	haot		max	xinb	
	怎样	说		不	清楚	怎样说不清
524	Qongd	yeel	beet	diux	ab	
	节	这	名	段	了	这段就到此
525	Diangd	laol	jeet	diux	hvib	
	等	来	上	段	新	转来唱下段
526	Aob	hmut	seib	gangx	neel	
	咱	唱	五	对	爹妈	咱唱五对妈
527	Diut	niof	meis	nangx	beel	
	六	对	妈	沿着	坡	六对妈爬坡
528	Hleit	jeet	jos	noux	lal	
	爹妈	上	上游	吃	美	上游好生活
529	Hsangb	meis	seix	niangb	nangl	
	千	妈	也	在	下方	千妈住下游

续表

530	Bat	meis	seix	niangb	nangl	
	百	妈	也	在	下方	百妈住下游
531	Meis	niangb	enk	senx	dlangl	
	妈	住在	闷热	坪	坝	妈住热坪坝
532	Qut	ngeef	liuk	ngox	meil	
	地	窄	像	圈	马	地窄像马圈
533	Xit	fif	liuk	neex	wil	
	窄	窄	像	耳朵	窝	地窄如锅耳
534	Nel	naot	max	yangx	xil	
	鱼	多	不	容	网	鱼多网不容
535	Xangf	naot	max	yangx	vangl	
	繁衍	多	不	容	寨	人多地方窄
536	Max	yangx	jab	diaod	dul	
	不	容	火坑	烧	火	没处挖火坑
537	Max	yangx	wangb	hsed	ghaol	
	不	容	簸箕	簸	米	没簸箕筛米
538	Hsangt deix		ib	dal	xid	
	最先		一	个	哪	以前是哪个
539	Jus	wab	jox	lab	beel	
	一	转	九	个	岭	一转九个岭
540	Jox	lab	vangx	angb	meil	
	九	个	岭	鞍	马	才得马安坡
541	Kat	liax	ghab	hnid	lal	
	乌	鸦	的	心	美	乌鸦心里明
542	Jus	las	jox	lab	beel	
	一	转	九	个	坡	一转九个岭
543	Jox	lab	vangx	angb	meil	
	九	个	岭	安	马	才得马安坡
544	Buf	fangb	yux	hxangd	ghaol	
	见	方	有	熟	谷	见到种谷村
545	Buf	vangb	yux	hxangd	jil	
	见	方	有	熟	茶	见到产茶寨

546	Niaf	fangx	fangb	lad	sel	
	谷	黄	方	金	灿灿	谷子金灿灿
547	Det	neex	hliob	jangd	jol	
	杆	稻	大	杆	碓窝	稻粒碓干大
548	Ghad	lab	hliob	seid	lel	
	颗	粒	大	果子	栀子	稻粒栀子大
549	Nongk	noux	meib	beel	vaol	
	想	吃	拿	手	摘	要吃用手摘
550	Daot	yangx	lab	jol	liul	
	不	用	个	碓	春	不用碓窝春
551	Hleit	bongx	hvib	benl	benl	
	爹妈	现	心	高	兴	妈高兴极了
552	Hleit	jeet	jos	noux	lal	
	爹妈	上	上游	吃	美	上游好生活
553	Hsangt	deis	ghab	hnid	hliaod	
	个	哪	的	心	好	哪个想得到
554	Jus	wab	jox	lab	vud	
	一	转	九	个	岭	一转九个坡
555	Jox	lab	vangx	heeb	hxeed	
	九	个	岭	慢	看	九个岭一看
556	Yat	kat	ghab	hnid	hliaod	
	鹊	雀	的	心	好	乌鸦想得到
557	Jus	wab	jox	lab	vud	
	一	转	九	个	坡	一转九个坡
558	Jox	lax	vangx	heeb	hxeed	
	九	个	岭	慢	看	九个岭轮看
559	Buf	fangb	yux	hxangd	gad	
	见	方	有	熟	谷	见方有熟谷
560	Buf	vangb	yux	hxangd	seid	
	见	方	有	熟	果子	见方有熟果
561	Niaf	fangx	fangb	lad	yud	
	谷	黄	方	金	灿灿	谷子金灿灿

562	Det	neex	hliob	jeed	hsaod	
	干	稻	大	秆	锄	穗秆锄把大
563	Ghad	lab	hliob	seid	ded	
	颗	粒	大	果子	薏苡	颗粒薏苡大
564	Nongt	noux	meib	beel	deed	
	想	吃	用	手	摘	想吃用手摘
565	Daot	yangx	lab	jol	daod	
	不	用	个	窝	舂	不用碓窝舂
566	Hleit	bongx	hvib	pend	pend	
	爹妈	现	心	高	兴	妈实在高兴
567	Hleit	jeet	jos	noux	lal	
	爹妈	上	上游	吃	美	上游好生活
568	At deis	haot		max	xend	
	怎样	说		不	清	怎么说不清
569	Diux	ab	xongb	yeel	qongd	
	段	那	停止	了	节	此节就这样
570	Diux	ghangb	nongk	diangd	dliod	
	段	后	又	转	说	后节再分明
571	Aob	hmut	seib	gangx	beel	
	咱	唱	五	对	妈	咱唱五对妈
572	Diut	niof	meis	nangx	beel	
	六	对	妈	沿着	坡	六对妈爬坡
573	Hleit	jeet	jos	noux	lal	
	爹妈	上	上游	吃	美	上游好生活
574	Deeb	fangx	niangb	hfed	xid	
	土	黄	在	头	哪	黄泥巴在哪
575	Deeb	dlab	niangb	hfed	xid	
	土	黑	在	头	哪	黑泥巴在哪
576	Deeb	fangx	niangb	hfed	nangl	
	土	黄	在	头	下游	黄泥在下游
577	Deeb	dlab	niangb	hfed	beel	
	土	黑	在	头	上游	黑泥在上游

578	Deeb	dlab	liuf	ghongd	meil	
	泥	黑	淹没	颈	马	泥深淹马颈
579	Liuf	qub	nix	lad	sangl	
	淹没	肚	水牛	水	茫茫	深没牛四肢
580	Dax	neex	hliob	maos	menl	
	发	叶	大	帽	麦干	发叶草帽大
581	Ghad	hnangb	hliob	deed	meil	
	谷	穗	大	尾	马	谷穗马尾长
582	Ghad	lab	hliob	seid	lel	
	颗	粒	大	果子	栀	颗粒栀子大
583	Nongt	noux	meib	beel	weel	
	想	吃	拿	手	摘	想吃用手抓
584	Daot	yangx	lab	jol	liul	
	不	用	个	碓	舂	不用碓窝舂
585	Hleit	bongx	hvib	benl	benl	
	爹妈	现	心	高兴状形容		爸妈很高兴
586	Hleit	jeet	jos	noux	lal	
	爹妈	上	上游	吃	美	上游好生活
587	At deis		haot	max	yenl	
	怎样		说	不	清楚	怎么说不清
588	Diux	ab	xongb	qongd	yeel	
	段	那	停止	节	了	此段就这样
589	Diux	ghangb	nongk	diangd	laol	
	段	后	要	转	来	后段接来到
590	Laol	hmut	seib	gangx	neel	
	来	唱	五	对	爹妈	咱唱五对妈
591	Diut	niof	meis	nangx	beel	
	六	对	妈	沿着	坡	六对妈爬坡
592	Hleit	jeet	jos	noux	lal	
	爹妈	上	上游	吃	美	上游好生活
593	Hsangt	deis	ghab	hnid	lal	
	个	哪	良	心	美	哪个心头亮

594	Sux	hsaob	diongx	ghaob	ghel	
	会	吹	筒	喇	叭	会吹土喇叭
595	Qangt	saos	dangx	ib	daol	
	惊动	到	整个	个	群	惊动了大家
596	Dongt	dongs	seix	bub	jul	
	大	家	也	知	完	大家全知道
597	Liat	kat	ghab hnid		lal	
	鹊	雀	良心		美	喜鹊良心好
598	Sux	hsaob	diongx	ghaob	ghel	
	会	吹	筒	喇	叭	会吹土喇叭
599	Qangt	saos	dangx	ib	daol	
	惊动	到	整	个	大家	惊动了大家
600	Dongt	dongs	seix	bub	jul	
	大	家	也	知	道	大家全晓得
601	Dius	hleit	jof	diax	beel	
	个	爹妈	才	爬	坡	爹妈才爬坡
602	Hleit	jeet	jos	noux	lal	
	爹妈	上	上游	吃	美	上游好生活
603	At deis	haot	max		yenl	
	怎样	说	不		清	怎么说不清
604	Diux	ab	xongb	qongd	yeel	
	段	那	停止	节	了	这节是这样
605	Diux	ghangb	nongt	diangd	laol	
	段	后	又	转	来	下节就来到
606	Laol	hmut	seib	gangx	neel	
	来	唱	五	对	爹妈	咱唱五对妈
607	Diut	niof	meis	nangx	beel	
	六	对	妈	沿着	坡	六对妈爬坡
608	Hleit	jeet	jos	noux	lal	
	爹妈	上	上游	吃	美	上游好生活
609	Niangb	khab	daod	at	deis	
	嫂	劝	姑	做	啥	嫂对姑说啥

610	Daod	khab	niangb	at	deis	
	姑	劝	嫂	做	啥	姑对嫂说啥
611	Dab	khab	bad	at	deis	
	崽	劝	爸	做	啥	崽对父说啥
612	Bad	khab	dab	at	deis	
	爸	劝	崽	做	啥	父对崽说啥
613	Dab	khab	bad	yuk	xongs	
	崽	劝	姑	收	啥	崽要父罢犁
614	Niangb	khab	daod	yuk	dius	
	嫂	劝	姑	收	纺针	嫂要姑罢纺
615	Yangd yangl		beeb	jeet	jos	
	商量		咱	上	上游	迁徙去上游
616	Beeb	nangx	beel	hek	bas	
	咱	草	坡	喝	好	咱不愁吃穿
617	At xid	maf		xot	saos	
	怎样	说		不	清	怎么说不清
618	Diux	neid	niangb	neid	bas	
	段	那	就	这	样	这节就这样
619	Dangl	diux	ghangb	laol	saos	
	等	段	后	来	到	待下节来到
620	Aob	hmut	seib	gangx	neel	
	咱	唱	五	对	爹妈	咱唱五对妈
621	Diut	niof	meis	nangx	beel	
	六	对	妈	沿着	坡	六对妈爬坡
622	Hleit	jeet	jos	noux	lal	
	爹妈	上	上游	吃	美	上游好生活
623	Niangb	khab	daod	yuk	dius	
	嫂	劝	姑	收	纺针	嫂劝姑罢纺
624	Dliat	diot	qos	ghax xid		
	放	在	处	什么		把针放何处
625	Dliat	diot	ghab	max	seed	
	放	在	底	枋	屋	放屋木枋上

626	Dab	khab	bad	yuk	xongs	
	崽	劝	爸	收	犁	崽劝父罢耙
627	Vik	xongs	qot	ghax	xid	
	藏	犁	处	哪	里	藏在何地方
628	Vik	yas	qot	ghax	xid	
	藏	箕	处	哪	里	藏撮箕何处
629	Vik	xongs	guf	lix	deed	
	藏	犁	坎上	田	长	藏锄田坎边
630	Vik	yas	ghangb	lix	deed	
	藏	箕	底下	田	长	撮箕藏田边
631	Beeb	jeet	jos	noux	hxod	
	咱	上	上游	吃	好	去上游吃好
632	At deis	haot		max	xend	
	怎样	说		不	清楚	怎么说不清
633	Diux	ab	xongb	yeel	qongd	
	段	那	停止	了	节	这节就这样
634	Diux	ghangb	nongt	diangd	dliaod	
	段	后	又	转	说	下节再来说
635	Aob	hmut	seib	ghangx	neel	
	咱	唱	五	对	爹妈	咱唱五对妈
636	Diut	niof	meis	nangx	beel	
	六	对	妈	沿着	坡	六对妈爬坡
637	Hleit	jeet	jos	noux	lal	
	爹妈	上	上游	吃	美	上游好生活
638	Bad	laol	jul	deel	jens	
	爸	来	还	忘	件	爸上来忘啥
639	Jol	deel	diol	at	deis	
	还	忘	件	归	样	忘记啥东西
640	Niangb	laol	jul	deel	jens	
	嫂	来	还	忘	件	嫂上来忘啥
641	Daod	laol	jul	deel	jens	
	姑	来	还	忘	件	姑上来忘啥

续表

642	Jol	deel	diol	at	deis	
	还	忘	件	哪	样	忘什么东西
643	Niangb	laol	jul	deel	jens	
	嫂	来	还	忘	件	嫂来忘记拿
644	Jol	deel	lab	hxod	was	
	还	忘	件	纱车	转	忘记纺纱车
645	Neex	dad	max	laol	saos	
	妈	拿	不	来	到	她拿不动来
646	Dial	laol	jul	deel	jens	
	崽	来	还	忘	件	崽来忘记啥
647	Jol	deel	diol	at	deis	
	还	忘	件	哪	样	忘记啥东西
648	Bad	laol	jul	deel	jens	
	爸	来	还	忘	件	父来忘记啥
649	Jol	deel	diol	at	deis	
	还	忘	件	哪	样	忘记啥东西
650	Deel	lab	dax	seed	ghaot	
	忘	个	基	屋	旧	还有老屋基
651	Naix	dad	max	laol	leit	
	爸	拿	不	来	到	他们拿不动
652	At xid	max	saos		xod	
	怎样	说	不		清楚	怎么说不清
653	Diux	need	niangb	need	yid	
	段	那	是	这	了	这段就这样
654	Aob	hmut	seib	gangx	neel	
	咱	唱	五	对	爹妈	咱唱五对妈
655	Diut	niof	meis	nongx	beel	
	六	对	妈	沿着	坡	六对妈爬坡
656	Hleit	jeet	jos	noux	lal	
	爹妈	上	上游	吃	美	上游好生活
657	Hsangb	gangb	jox	diol	nes	
	千	虫	九	样	鸟	千虫九种鸟

续表

658	Jus	neib	wangx	wul	yas	
	一	妈	轮	回	生	一妈循环生
659	Vongx	eb	seix	laol	jos	
	龙	水	也	来	上游	龙王来上游
660	Jol	deel	ib	diol	nes	
	还	有	一	种	鸟	还有一种鸟
661	Naix	seix	hliab	laol	jos	
	它	也	想	来	上游	它到上游来
662	Naix	laol	max	saos	jos	
	它	来	不	到	上游	它来不到上游
663	Bub	haot	jens	ghax	xid	
	知	说	件	什	么	这是啥东西
664	Nongf	haot	lab	jol	hsad	
	各	说	个	碓	米	是舂米碓窝
665	Liangs	niux	diot	naix	hed	
	生	嘴	在	他	头	生嘴在头上
666	Liangs	deik	diot	naix	jeed	
	生	翅	在	他	身	生翅在身上
667	Naix	laol	max	saos	jos	
	他	来	不	到	上游	到不了上游
668	At xid		max		xot saos	
	怎样		不		清楚	怎么说不清
669	Diux	naid	niangb	naid	bas	
	段	那	就	这	样	这节就这样
670	Laol	hmut	seib	gangx	neel	
	咱	唱	五	对	爹妈	咱唱五对妈
671	Diut	niof	meis	nangx	beel	
	六	对	妈	沿着	坡	六对妈爬坡
672	Hleit	jeet	jos	noux	lal	
	爹妈	上	上游	吃	美	上游好生活
673	Neib	laol	was	gheex	was	
	妈	来	圈	又	圈	妈爬山涉水

674	Neib	laol	dlongs	gheex	dlongs	
	妈	来	坳	又	坳	妈翻山越岭
675	Laol	leit	diongl	veeb	lil	
	来	到	山谷	岩	柯	来到黑岩谷
676	Beel	at	beel	ghaob	ghel	
	坡	做	坡	鸽	子	坡像鸽子坡
677	Laol	but	dax	Vangb	neel	
	来	祭	个	央	妈	来祭央爹妈
678	But	hleit	jangx	heeb	laol	
	祭	爹妈	完成	再	来	祭爹妈再来
679	But	jangx	hangb	laol	beel	
	祭	完	再	来	上游	祭好就上来
680	Laol	leit	diongl	veeb	dlub	
	来	到	山谷	岩	白	来到白岩谷
681	Beel	at	beel	ghab	dongb	
	坡	做	坡	芭	茅	坡是芭茅坡
682	Laol	but	dal	Vangb	neib	
	来	祭	个	央	妈	来祭央爹妈
683	But	hleit	jangx	heeb	hangb	
	祭	爹妈	完成	再	走	祭爹妈再走
684	Laol	leit	diongl	veeb	lil	
	来	到	山谷	岩	柯	来到黑岩谷
685	Niol	at	niol	ghaob	lel	
	鼓	做	鼓	鸽	样	鼓像鸽子鼓
686	Laol	but	dax	Vangb	neel	
	来	祭	个	央	爹妈	快祭央爹妈
687	But	hleit	dlub	lax	dongl	
	祭	爹妈	白	生	生	祭妈白生生
688	But	hleit	jangx	heeb	laol	
	祭	爹妈	完	再	来	祭好妈再走
689	Diut	hleit	jof	diax	beel	
	六	爹妈	才	爬	坡	六对妈爬坡

续表

690	Hleit	jeet	jos	noux	lal	
	爹妈	上	上游	吃	美	上游好生活
691	Laol	hxeed	niol	but	meis	
	来	看	鼓	祭	妈	来看祭妈鼓
692	Cuf	det	ghal	hxod	teed	
	拿	树	什	么	制	用什么树制
693	Cuf	det	veeb	naox	teed	
	拿	树	岩	青	制	用岩石制鼓
694	Cuf	deit	gangb	gux	kheed	
	拿	翅	蛄	蚱	蒙	蛄蚱翅蒙鼓
695	Cuf	deik	gangb	gux	hleed	
	拿	翅	蛄	蚱	敞	蛄蚱脚敞鼓
696	Diongx	dlaod	laob	lad	weid	
	筒	伸	脚	稳	稳	样样制齐全
697	Jof	jangx	niol	but	meis	
	才	生	鼓	祭	妈	这是祭妈鼓
698	But	meis	dlub	lad	dongl	
	祭	妈	白	生	生	祭妈白又白
699	But	meis	jangx	heeb	laol	
	祭	妈	完成	再	来	祭完妈再来
700	Diut	hleit	jof	diax	beel	
	六	爹妈	才	爬	坡	六对妈爬坡
701	Hleit	jeet	jos	noux	lal	
	爹妈	上	上游	吃	美	上游好生活
702	At deis		haot	max	yenl	
	怎样		说	不	清	怎么说不清
703	Neib	laol	was	gheex	was	
	妈	来	圈	又	圈	妈爬山涉水
704	Neib	laol	dlongs	gheex	dlongs	
	妈	来	坳	又	坳	妈翻山越岭
705	Laol	leit	diongl	veeb	lil	
	来	到	山谷	岩	片	来到黑岩谷

706	Niol	at	niol	ghaob	lel	
	鼓	做	鼓	鸽	样	鼓像鸽子鼓
707	Laob	but	dal	Vangb	neel	
	来	祭	个	央	爹妈	来祭央爹妈
708	But	hleit	jangx	hangb	mol	
	祭	爹妈	完	再	去	祭爹妈再去
709	Meib	diol	xox	mens	het	
	拿	什	么	制	鼓	用什么制鼓
710	Yix	dinb	diol	xid	dint	
	用	钉	哪	个	钉	用哪样钉钉
711	Diangx	dieeb	aob	hfed	bot	
	筒	敲	两	头	响	鼓敲两面响
712	Jof	jangx	niol	but	meis	
	才	成	鼓	祭	妈	才成祭妈鼓
713	Meib	veeb	lil	mens	het	
	用	岩	石	制	鼓	用岩石制鼓
714	Yix	hxenb	diol	xid	xangt	
	用	钉	种类	什么	钉钉子	用哪样钉钉
715	Meib	dud	ghangd	mens	het	
	拿	皮	青蛙	蒙	鼓	蛙皮做鼓面
716	Yix	hxenb	veeb	lil	xangt	
	用	钉	石	石	钉钉子	用岩钉制鼓
717	Diongx	djeeb	aob	hfed	bot	
	筒	敲	两	头	响	敲两头都响
718	Jof	jangx	niol	but	meis	
	才	成	鼓	祭	妈	才成祭妈鼓
719	But	meis	dlub	lax dongl		
	祭	妈	白	状词		祭白白的妈
720	Diut	hleit	jof	nangx	beel	
	六	爹妈	才	沿着	坡	六对妈爬坡
721	Hleit	jeet	jos	noux	lal	
	爹妈	上	上游	吃	美	上游好生活

722	At deis	haot	max	yenl	
	怎样	说	不	清楚	怎么说不清
723	Laol	hmut	seib	gangx	neel	
	来	唱	五	对	爹妈	咱唱五对妈
724	Dut	niof	meis	nangx	beel	
	六	对	妈	沿着	坡	六对妈爬坡
725	Laol	leit	diongl	veeb	lil	
	来	到	山谷	岩	石	来到黑岩谷
726	Niol	at	niol	ghaob	ghel	
	鼓	做	鼓	鸽	样	鼓像鸽子鼓
727	Laol	but	dal	Vangb	neel	
	来	祭	个	央	爹妈	来祭央的妈
728	But	hleit	jangx	hangb	mol	
	祭	爹妈	成	再	去	祭妈好再去
729	Cuf	hsangt	deis	feil	niol	
	用	谁	时	起	鼓	是谁来制鼓
730	Guf	het	mol	aob	hfed	
	出	鼓	去	两	头	除颠要中间
731	Cuf	gangb	diangx	dleib	niol	
	用	虫子	动物油	供	鼓	偷油婆供鼓
732	Guf	het	mol	aob	hfed	
	出	鼓	去	两	头	除两头不同
733	Jof	jangx	niol	but	meis	
	才	成	鼓	祭	妈	才成祭妈鼓
734	But	meis	dlub	lax dangl	
	祭	妈	白	状词	祭白白的妈
735	Diut	hleit	jof	diax	beel	
	六	爹妈	才	爬	坡	六对妈爬坡
736	Hleit	jeet	jos	noux	lal	
	爹妈	上	上游	吃	美	上游好生活
737	At deis	haot	max	yenl	
	怎样	说	不	清	怎么说不清

续表

738	Laol	hmut	seib	gangx	neel①	
	来	唱	五	对	爹妈	咱唱五对妈
739	Diut	niof	meis	nongx	beel	
	六	对	妈	爬	坡	六对妈爬坡
740	But	meis	but	jangx	jul	
	祭	妈	祭	成	完	祭妈祭好了
741	But	jiees	jiees		lax sangl	
	祭	件	件		整齐状	件件摆整齐
742	Diut	hleit	jof	diox	laol	
	六	爹妈	才	走	来	爹妈才过来
743	Jeet	leit	jox	lab	beel	
	上	到	九	个	坡	上到九座坡
744	Vek	leik	jox	lab	diongl	
	下	到	九	个	山谷	又下九条谷
745	Hab	deit	seix	neis	jul	
	草鞋	无跟	也	烂	完	拖鞋已烂了
746	Cuf	diol xid	mil		langl	
	出	什么	编		绳子	用什么做鞋
747	Cuf	diol xid	laol		mil	
	出	什么	来		编	用哪样来编
748	Jof	daot	hab	nangx	beel	
	才	得	鞋	沿着	坡	才得鞋爬坡
749	Diaos	liuk	hab	nangx	dul	
	是	像	鞋	草	柴	要是砍柴鞋
750	Cuf	diol xid	mil		langl	
	出	什么	编		绳子	用什么来做
751	Cuf	diol xid	laol		venl	
	出	什么	来		扯	用什么来扯
752	Cuf	jaox	hxub	mil	langl	
	出	稻草	草芯	编	绳子	用稻草芯编

---

① 第一次出现时用 neel 本章为"鱼",苗语中一般指母亲,有时也包括父亲在内。

753	Cuf	jaox	hxub	laol	venl	
	用	稻草	心	来	扯	用稻草芯扯
754	Jof	daot	hab	nangx	dul	
	才	得	鞋	草	柴	才得砍柴鞋
755	Dius	vangt	jof	diox	mol	
	青	年	才	走	去	青年才得穿
756	Vangt	jeet	ghab	vangx	beel	
	青年	上	那	山	坡	青年才上山
757	Ghuk	saot	bab	neex	neib	
	砍	油柴	送	他	妈	砍柴给妈烧
758	Geed	naid	hab	nangx	dul	
	路	那	鞋	草	柴	那是砍柴鞋
759	Aob	hmut	hab	nangx	beel	
	咱	看	鞋	草	坡	咱说爬坡鞋
760	Cuf	diol xid	mil		langl	
	出	什么	编		绳子	用什么来做
761	Cuf	diol xid	laol		venl	
	出	什么	来		扯	用什么来扯
762	Cuf	nangx	dongb	laol	venl	
	出	草	芭茅	来	扯	用茅草来扯
763	Cuf	nangx	dongb	laol	mil	
	出	草	芭茅	来	编	用芭茅来编
764	Jof	daot	hab	nangx	beel	
	才	得	鞋	草	坡	才得爬坡鞋
765	Diut	hleit	jof	longx	laol	
	六	爹妈	才	走	来	爹妈才过来
766	Hleit	jeet	jos	noux	lal	
	爹妈	上	上游	吃	美	上游好生活
767	At deis	haot		max	yenl	
	怎样	说		不	清楚	怎么说不清
768	Laol	hmut	seib	gongx	neel	
	来	唱	五	对	爹妈	咱唱五对妈

769	Diut	niof	meis	nangx	beel	
	六	对	妈	沿着	坡	六对妈爬坡
770	Neib	laol	was	gheex	was	
	妈	来	圈	又	圈	妈爬山涉水
771	Neib	laol	dlongs	gheex	dlons	
	妈	来	坳	又	坳	妈翻山越岭
772	Laol	weex	ib	dangl	bangs	
	来	到	一	半	山腰	来到半山腰
773	Laol	seex	diol		at deis	
	来	碰	样		怎么	来碰到什么
774	Hseeb	dal	gangb	qangt	naos	
	碰	见	个	蟋	蟀	碰到小蟋蟀
775	Gix	seil leib	seil leis			
	叫	状词	状词			蟋蟀叫蛐蛐
776	Neex	neib	jof	nins	saos	
	他	妈	才	想	到底	妈妈才记起
777	Deel	wal	lab	hxod	was	
	忘	我	个	纺	车	还有纺纱车
778	Aob	dad	max	laol	saos	
	咱	拿	不	来	到	我俩拿不来
779	At xid	max	xot		saos	
	怎样	说	不		清楚	怎么说不清
780	Aob	hmut	seib	gangx	neel	
	咱	唱	五	对	爹妈	咱唱五对妈
781	Diut	niof	meis	nangx	beel	
	六	对	妈	沿着	坡	六对妈爬坡
782	Hleit	jeet	jos	noux	lal	
	爹妈	上	上游	吃	美	妈到上方吃好
783	Neib	laol	was	gheex	was	
	妈	来	圈	又	圈	妈爬山涉水
784	Neib	laol	dlongx	gheex	dlongs	
	妈	来	坳	又	坳	妈翻山越岭

续表

785	Laol	leix	ib	dangl	diongl	
	来	到	一	半	山谷	来到半山谷
786	Hsangt	deis	vuk	beel	laol	
	个	哪	下	山	来	哪个下坡来
787	Kaot	neex	neib	dlial	dlial	
	喊	爹	妈	声	声	喊爹妈声声
788	Diongl	nongd	nongf	wal	diongl	
	山谷	这	自己	我	山谷	这是我的谷
789	Beel	nongd	nongf	wal	beel	
	坡	这	自己	我	坡	这是我的坡
790	Mox	at	deis	laol	wangl	
	你	做	啥	来	占	你为啥来占
791	Ngeex	deeb	vuk	diongl	laol	
	野	猪	下	山谷	来	野猪下谷来
792	Kaot	neex	neib	dlial	dlial	
	咸	爹	妈	声	声	喊爹妈快快
793	Diongl	nongd	nongf	wal	diongl	
	山谷	这	自己	我	山谷	这是我的谷
794	Beel	nongd	nongf	wal	beel	
	坡	这	自己	我	坡	这是我的坡
795	Mox	at	deis	laol	wangl	
	你	做	啥	来	占	你为啥来占
796	Hleit	niaox	hvib	dlial	dlial	
	爹妈	淡	心	极	了	爹妈很伤心①
797	Bub	saod	wal	hxot	laol	
	知	早	我	没	来	早知我不来
798	Wal	niangb	wal	geed	nangl	
	我	在	我	下	游	我住我下游
799	Qut	ngeef	neik	ghaox	hol	
	地方	窄	点	也	好	地窄点也好

---

① 对举时苗语表述为女性在前、男性在后。参考文献《古代苗族母系氏族制的语言学线索》石德富,《中央民族大学学报(哲学社会科学版)》,2013 年 01 期。

800	At deis	hot	max	yenl	
	怎样	说	不	清楚	怎么说不清
801	Aob	hmut	seib	gangx	neel
	咱	唱	五	对	爹妈
					咱唱五对妈
802	Diut	niof	meis	nongx	beel
	六	对	妈	爬	坡
					六对妈爬坡
803	Hleit	jeet	jos	noux	lal
	爹妈	上	上游	吃	美
					上游好生活
804	Laol	leix	ib	dangl	diongl
	来	到	一	半	山谷
					来到半山谷
805	Ngeex	deeb	vuk	beel	laol
	野	猪	下	山	来
					野猪下山来
806	Kaot	neex	neib	dlial	dlial
	喊	爸	妈	声	声
					喊爹妈快点
807	Diongl	nongd	nongf	wal	diongl
	山谷	这	自己	我	山谷
					这是我的谷
808	Beel	nongd	nongf	wal	beel
	坡	这	自己	我	坡
					这是我的坡
809	Mox	at	deis	laol	wangl
	你	做	啥	来	占
					你为啥来占
810	Bad	cuf	diol deis	mal	
	爸	出	什么样	买	爸出哪样买
811	Meis	cuf	diol deis	mal	
	妈	出	什么样	买	妈出哪样买
812	Bad	cuf	jongx	hvob	mal
	爸	出	根	蕨	买
					爸出蕨根买
813	Meis	cuf	jongx	hvob	mal
	妈	出	根	蕨	买
					妈出蕨根买
814	Jof	daot	ngeex	deeb	beel
	才	得	野	猪	冲
					才得野猪坡
815	Jof	daot	ngeex	deeb	diongl
	才	得	野	猪	山谷
					才得野猪谷

816	Dius	hleit	jof	diox	laol	
	个	爹妈	才	走	来	爹妈才过来
817	At deis	haot	max		yenl	
	怎样	说	不		清	怎么说不清
818	Aob	hmut	seib	gangx	neel	
	咱	唱	五	对	爹妈	咱唱五对妈
819	Diut	niof	meis	nangx	beel	
	六	对	妈	沿着	坡	六对妈爬坡
820	Hleit	jeet	jos	noux	lal	
	爹妈	上	上游	吃	美	上游好生活
821	Neib	laol	was	gheex	was	
	妈	来	圈	又	圈	妈爬山涉水
822	Neib	laol	dlongs	gheex	dlongs	
	妈	来	坳	又	坳	妈翻山越岭
823	Laol	weex	khangd	laot	dlongs	
	来	到	时期	口	上	妈来到坳口
824	Hsangt deix	ib	dal	xid		
	最先	一	个	哪		那是哪一个
825	At	jiaox	wangb	niul	niul	
	做	条	盛	好	好	穿一身盛装
826	Xik	bax	dliub	lal	lal	
	梳	头	发	美	美	梳头亮光光
827	Niongx	jib	vuk	beel	laol	
	野	鸡	下	山	来	野鸡下坡来
828	At	jaox	wangb	niul	niul	
	做	身	盛	好	好	穿一身盛装
829	Xik	bax	dliub	lal	lal	
	梳	头	发	美	美	梳头亮光光
830	Kaot	neex	neib	dlial	dlial	
	喊	爹	妈	声	声	喊爹妈快点
831	Diongl	nongd	nongf	wal	diongl	
	山谷	这	自己	我	山谷	这是我的谷

832	Beel	nongd	nongf	wal	beel	
	坡	这	自己	我	坡	这是我的坡
833	Mox	at	deis	laol	wangl	
	你	做	啥	来	占	你为啥来占
834	Hleit	hxat	hvib	lax	ghul	
	爹妈	愁	心	得	很	妈十分担心
835	Bub	saod	beeb	hxot	laol	
	知	早	咱	没	来	早知不要来
836	Beeb	niangb	beeb	geed	nangl	
	咱	住	咱	下	方	咱住咱下游
837	Qut	ngeef	neik	ghaox	hol	
	地	窄	点	也	好	地窄点也好
838	At deis	haot	max		yenl	
	怎样	说	不		清	怎么说不清
839	Laol	hmut	seib	gangx	meel	
	来	唱	五	对	爹妈	咱唱五对妈
840	Diut	niof	meis	nangx	beel	
	六	对	妈	沿着	坡	六对妈爬坡
841	Hleit	jeet	jos	noux	lal	
	爹妈	上	上游	吃	美	上游好生活
842	Neib	laol	was	gheex	was	
	妈	来	圈	又	圈	妈爬山涉水
843	Neib	laol	dlongs	gheex	dlongs	
	妈	来	坳	又	坳	妈翻山越岭
844	Laol	weex	ib	dangl	bangs	
	来	到	一	半	坡	来到半山冲
845	Niongx	jib	vuk	beel	laol	
	野	鸡	下	坡	来	野鸡下山来
846	Kaot	neex	neib	dlial	dlial	
	喊	爹	妈	声	声	喊爹妈快快
847	Diongl	nongd	nongf	wal	diongl	
	山谷	这	自己	我	山谷	这是我的谷

续表

848	Beel	nongd	nongf	wal	beel	
	坡	这	自己	我	坡	这是我的坡
849	Mox	at	deis	laol	wangl	
	你	做	啥	来	占	你为啥来占
850	Neib	cuf	dex	ib	mal	
	妈	出	什	么	买	妈出什么买
851	Jof	daot	niongx	jib	diongl	
	才	得	野	鸡	山谷	才得野鸡谷
852	Jof	daot	niongx	jib	beel	
	才	得	野	鸡	坡	才得野鸡坡
853	Dius	hleit	jof	diox	laol	
	个	爹妈	才	走	来	爹妈才过来
854	Meis	cuf	seid ghaod		mal	
	妈	出	青杠籽		买	妈出青果买
855	Bad	cuf	seid ghaod		mal	
	爸	出	青杠籽		买	爸出青果买
856	Jof	daot	niongx	jib	diongl	
	才	得	野	鸡	山谷	才得野鸡谷
857	Jof	daot	niongx	jib	beel	
	才	得	野	鸡	坡	才得野鸡坡
858	Dius	hleit	jof	diox	laol	
	个	爹妈	才	走	来	爹妈才过来
859	Hleit	jeet	jos	noux	lal	
	爹妈	上	上游	吃	美	上游好生活
860	At deis	haot	max		yenl	
	怎样	说	不		清	怎么说不清
861	Laol	hmut	seib	gangx	neel	
	来	唱	五	对	爹妈	咱唱五对妈
862	Diut	niof	meis	nangx	beel	
	六	对	妈	沿着	坡	六对妈爬坡
863	Hleit	jeet	jos	noux	lal	
	爹妈	上	上游	吃	美	妈上上方吃好

续表

864	Neib	laol	was	gheex	was	
	妈	来	圈	又	圈	妈爬山涉水
865	Neib	laol	dlongs	gheex	dlongs	
	妈	来	坳	又	坳	妈翻山越岭
866	Niangx	yux	duf	liaod	xongs	
	船	油	渡	牛	七	油船渡耕牛
867	Niangx	ghal	xid	duf	meis	
	船	什	么	渡	妈	什么船渡妈
868	Qab	yangx	ghab①	bat	meis	
	渡	容纳	前加成分	百	妈	装渡百位妈
869	Ghad	hsangb	neib	jeet	jos	
	把	千	妈	上	上游	渡妈到上游
870	Neib	nangx	beel	hek	dlas	
	妈	草	坡	喝	好	妈爬坡吃好
871	Niangx	jib	lul	duf	meis	
	船	杉	老	渡	妈	杉木船渡妈
872	Qab	yangx	ghad	bat	meis	
	渡	容纳	把	百	妈	可装百个妈
873	Ghad	hsangb	neib	jeet	jos	
	把	千	妈	上	上游	渡妈到上游
874	At xid	max	xongt saos			
	怎样	不	清楚			怎么说不清
875	Aob	hmut	seib	gangx	neel	
	咱	唱	五	对	爹妈	咱唱五对妈
876	Diut	niof	meis	nangx	beel	
	六	对	妈	沿着	坡	六对妈爬坡
877	Hleit	jeet	jos	noux	lal	
	爹妈	上	上游	吃	美	上游好生活
878	Niangx	lux	duf	liaod	xongs	
	船	油	渡	牛	耕	油船渡耕牛

① ghab 文中第一次出现时注释放在位数词之前，表示概数。

879	Niangx	jib	lul	duf	meis	
	船	杉	老	渡	妈	杉木船渡妈
880	Qab	yangx	ghab	bat	meis	
	渡	容	把	百	妈	可装百个妈
881	Ghad	hsangb	neib	jeet	jos	
	把	千	妈	上	上游	渡妈到上游
882	niangx	nongd	dlangd	def	gas	
	年	这	鹰	咬	鸭	现年鹰咬鸭
883	Niangx	qid	dlangd	def	meis	
	年	古	鹰	咬	妈	远古鹰咬妈
884	Dlangd	lul	meib	hek	meis	
	鹰	老	要	喝	妈	老鹰要咬妈
885	Meis	niaox	hvib	dlial	dlial	
	妈	淡	心	的	很	妈非常失望
886	Dal	dlangd	hliob	yul	deis	
	只	鹰	大	像	啥	老鹰有多大
887	Dlangd	lul	laol	def	meis	
	鹰	老	来	咬	妈	老鹰来咬妈
888	Dlangd	hliob	liul	dab	et	
	鹰	大	块	乌	云	鹰大似乌云
889	Teeb	lad	yangl	jeet	jos	
	雄	赳	赳	上	上游	雄赳赳上来
890	Dlangd	lul	laol	def	meis	
	鹰	老	来	咬	妈	老鹰来咬妈
891	At xid	max	xongt saos			
	怎样	不	清楚			怎么说不清
892	Laol	hmut	seib	gangx	neel	
	来	唱	五	对	爹妈	咱唱五对妈
893	Diut	niof	meis	nangx	beel	
	六	对	妈	沿着	坡	六对妈爬坡
894	Hleit	jeet	jos	noux	lal	
	爹妈	上	上游	吃	美	上游好生活

895	Niangx	nongd	dlangd	def	gas
	年	这	鹰	咬	鸭	现年鹰咬鸭
896	Niangx	qid	dlangd	def	meis
	年	古时	鹰	咬	妈	远古鹰咬妈
897	Hsangt	deis	ghab hnid		hliaod
	个	哪	心智		明白事理	哪个明事理
898	Jeet	hliat	vangx	niangx	bangd
	上	在	枋	船	射	登上船枋射
899	Xox yeeb	ghab hnid	hliaod		
	青年	心智	明白事理			青年明事理
900	Jeet	hliat	vangx	niangx	bangd
	上	快速	枋	船	射	登上船枋射
901	Deid	tut	naix	lab	hed
	本	瞄	它	的	头	瞄准它的头
902	Deik	deix	naix	lab	dliud
	各	中	它	的	心	打中它的心
903	Das	gok	vof	niaox	nongd
	死	惨	惨	这	里	鹰死在这里
904	Hleit	jeet	jos	noux	hxod
	爹妈	上	上游	吃	好	上游好生活
905	At deis	haot	max		xend
	怎样	说	不		清楚	怎么说不清
906	Laol	hmut	seib	gangx	neel
	来	唱	五	对	爹妈	咱唱五对妈
907	Diut	niof	meis	nangx	beel
	六	对	妈	沿着	坡	六对妈爬坡
908	Hleit	jeet	jos	noux	lal
	爹妈	上	上游	吃	美	上游好生活
909	Dlangd	lul	laol	def	meis
	鹰	老	来	咬	妈	老鹰来咬妈
910	Xox	yeeb	ghab hnid		hliaod
	青	年	心智		明白事理	青年明事理

911	Jeet	hliat	vangx	niangx	bangd	
	上	块状	枋	船	射	上船枋打枪
912	Cuf	hxongt	ghab xid		bangd	
	拿	枪	什么		射	拿什么枪打
913	Cuf	hlat	ghab xid		khaod	
	出	绳	什么		瞄	用哪样绳捆
914	Cuf	hxongt	veeb	naox	bangd	
	拿	枪	岩	青	打	拿岩石枪打
915	Cuf	hlat	veeb	naox	khaod	
	出	绳	岩	青	瞄	用岩石绳捆
916	Deid	tut	naix	lab	hed	
	本	指	它	的	头	想打它脑壳
917	Deik	denk	naix	lab	dliud	
	恰	中	它	的	心	恰中它脑膛
918	Dlas	gao	vaof	niaox	nongd	
	死	惨	惨	这	里	鹰死在这里
919	Hleit	bongx	hvil	pend	pend	
	爹妈	兴奋	状词			妈高兴极了
920	Hleit	jeet	jos	noux	hxod	
	爹妈	上	上游	吃	热的	上游好生活
921	At deis	haot	max		xend	
	怎样	说	不		清楚	怎么说不清
922	Neib	laol	was	gheex	was	
	妈	来	圈	又	圈	妈爬山涉水
923	Neib	laol	dlongs	gheex	dlongs	
	妈	来	坳	又	坳	妈翻山越岭
924	Laol	weex	ghab	vongl	liangl	
	来	到	大	沟	塘	来到深沟塘
925	Sat	bax	eb	baol	baol	
	岩柯	落	水	哗	哗	岩落水哗哗
926	Det	guk	aob	hvangb	beel	
	树	倒	两	边	坡	爬坡有树挡

927	Sat	gheit	aob	hvangb	diongl	
	岩	敲	两	边	山谷	两边有山谷
928	Hleit	jeet	jos	max	laol	
	爹妈	上	上游	不	来	妈走不过来
929	Hleit	hxat	hnib	lax	ghul	
	爹妈	愁	心	得	很	妈妈很发愁
930	Dal	xid	dal	vut	vos	
	个	哪	个	好	力气	哪个力气好
931	Dal	xid	laol	tiot	meis	
	个	哪	来	拉	妈	哪个来拉妈
932	Lax	gangf	ib	lax	beel	
	个	拉	一	个	手	大家手挽手
933	Lax	dliaof	ib	lax	dlongl	
	个	拉	一	个	前进	大家肩并肩
934	Dal	xid	dal	vut	vos	
	个	哪	个	好	力气	哪个力气好
935	Jul	deel	xongs	bat	sees	
	还	有	七	百	人	还有七百人
936	Jox	hsangb	diol	xaok	maos	
	九	千	种	红	帽	九千个红帽
937	Jox	leib	lul	vut	vos	
	九	猴	老	大	力气	猴子力气大
938	Leib	lul	laol	tiot	meis	
	猴	老	来	拉	妈	老猴来拉妈
939	Lax	gangf	ib	lax	beel	
	个	拉	一	个	手	大家手挽手
940	Lax	dliaof	ib	lax	laol	
	个	拉	一	个	来	大家肩并肩
941	Dangx	daob	heet	yul	yul	
	大	家	呐喊	哟	哟	大家挤着走
942	Jeet	vangx	veeb	laol	mol	
	上	梁	岩	来	去	爬岩山来去

943	Heek	vangx	veeb	dlel	dlel	
	吆喝	梁	岩	哈	哈	岩山闹哄哄
944	At deis	haot	max		yenl	
	怎样	说	不		清楚	怎么说不清
945	Leib	lul	laol	tiot	meis	
	猴	老	来	拉	妈	老猴来拉妈
946	Jeet	hliat	vangx	veeb	dlangl	
	上	快	梁	岩	坪	爬岩山很快
947	Fat	set	vangx	veeb	mol	
	超	越	梁	岩	去	很快过岩山
948	Hleit	hlongt	ghab sangx		lal	
	爹妈	到	坪地		干净	妈到宽敞坪
949	Dangx daob		heek	yul yul		
	大家		呼唤	气喘吁吁状		大家急呼唤
950	Hlongt	lait	ghab	sangx	lal	
	走	到	坪	宽	美	来到宽敞坪
951	Vangs	max	jas	geed	mol	
	找	不	到	路	去	找不到路去
952	Vangs	max	jas	geed	dleil	
	找	不	到	路	钻	找不到进口
953	Jus	jaox	hvib	lad ghul		
	尽头	条	心	状词		大家很愁闷
954	Dex	ib	diot	nangl	laol	
	哪	个	从	下方	来	谁从下游来
955	Dex	ib	tut	beel	dlial	
	哪	个	拉	手	快	哪个来拉手
956	Hsenb yenx	diot	nangl		laol	
	神仙	从	下游		来	神仙下游来
957	Hsenb yenx	tut	beel		dlial	
	神仙	拉	手		快	神仙来拉手
958	Niangb	jaox	fangb	nongd	deel	
	住	条	方	这	了	就住这地方

959	Dins	jaox	fangb	lad ghail	
	平安	条	方	状词	安心住下来
960	Nongf	eb	seix	nongf	leel
	各	边	也	各	流	水流各有溪
961	Nongf	fangb	seix	nongf	vangl
	各	方	也	各	寨	人住各有村
962	Nongf	lax	jab	diaod	dul
	各	有	火坑	烧	火	各家有火烧
963	Guf	jaox	ib	lad hul	
	冒	股	烟	状词	烟雾冲上天
964	Xangf	dax	dlab	baol niaol	
	发	来	黑	状词	人繁子孙多
965	Xangf	jangx	gangb	peid	diol
	发	成	虫	蚂蚁	样	像蚂蚁一样
966	At deis	haot	max	yenl	
	怎样	说	不	清楚	怎么说不清

附录9 龙林搜集整理的新寨歌师张老革唱的古歌《瑟岗奈》文本（共282行）

1	Laol	hmut	seib	gangx	neel
	来	唱	五	对	爹妈	咱唱五对妈
2	Diut	niof	meis	nangx	beel
	六	对	妈	沿着	坡	六对妈爬坡
3	Meis	jeet	jos	noux	lal
	妈	上	上游	吃	美	上游好生活
4	Hsangt	deis	ghab hnid	lal	
	个	哪	心肠	美	是谁心肠好

续表

5	Jof	dangt	seib	gangx	neel	
	才	生	五	对	爹妈	才生五对妈
6	Laol	hmut	seib	gangx	neel	
	来	唱	五	对	爹妈	咱唱五对妈
7	Diut	niof	meis	nangx	beel	
	六	对	妈	沿着	坡	六对妈爬坡
8	Meis	jeet	jos	noux	lal	
	妈	上	上游	吃	美	上游好生活
9	Bad	weib	yas	bad	wul	
	爸	威	生	爸	务	威父生务父
10	Bad	jangb	yas	bad	Gal	
	爸	江	生	爸	嘎	江父生嘎父
11	Jof	dangt	seib	gangx	neel	
	才	生	五	对	爹妈	才生五对妈
12	Meis	jeet	jos	noux	lal	
	妈	上	上游	吃	美	上游好生活
13	At deis		haot	max	yenl	
	怎样		说	不	清	怎么说不清
14	Diux	ab	xongb	qongd	yeel	
	段	那	结束	节	了	这首就这样
15	Diux	ghangb	nongt	diangd	laol	
	段	后	又	转	来	首后还转来
16	Jeet	dlinf	ib	diux	mol	
	上	快	一	段	去	上另一首去
17	Laol	hmut	seib	gangx	neel	
	来	唱	五	对	爹妈	咱唱五对妈
18	Diut	niof	meis	nangx	beel	
	六	对	妈	沿着	坡	六对妈爬坡
19	Hleit	jeet	jos	noux	lal	
	爹妈	上	上游	吃	美	上游好生活
20	Hsangt	deis	at	meis	lul	
	个	哪	做	妈	老	哪个做大妈

21	Hsangt	deis	at	meis	niul	
	个	哪	做	妈	小	哪个做小妈
22	Aob	diot	saos	yaox	nal	
	咱	唱	到	这	里	咱俩唱到这
23	Saos	diot	aob	max	yenl	
	到	唱	咱	未	分明	还未见分晓
24	Laol	hmut	seib	ganox	neel	
	来	唱	五	对	爹妈	来唱五对妈
25	Diut	niof	meis	nangx	beel	
	六	对	妈	沿着	坡	六对妈爬坡
26	Hleit	jeet	jos	noux	lal	
	爹妈	上	上游	吃	美	上游好生活
27	Geef	xangb	at	meis	lul	
	格	香	做	妈	老	格香做大妈
28	Liongx	xenb	at	meis	niul	
	勇	兴	做	妈	小	勇兴做小妈
29	At deis	haot		max	yenl	
	怎样	说		不	清	怎么说不清
30	Laol	hmut	seib	gangx	neel	
	来	唱	五	对	爹妈	咱唱五对妈
31	Diut	niof	meis	nangx	beel	
	六	对	妈	沿着	坡	六对妈爬坡
32	Hleit	jeet	jos	noux	lal	
	爹妈	上	上游	吃	美	上游好生活
33	Yul	deis	yenx	meis	lul	
	多	少	寅	妈	老	什么寅妈老
34	Yul	deis	yenx	meis	niul	
	多	少	寅	妈	小	什么寅妈小
35	Aob	diot	saos	yaox	nail	
	咱	唱	到	这	里	咱唱到这里
36	Saos	diot	aob	max	yenl	
	到	唱	咱	未	分明	还未见分晓

37	Haot	khat	nongk	hxangx	laol	
	请	客	各	分明	来	请客来分解
38	Laol	hmut	seib	gangx	neel	
	来	唱	五	对	爹妈	咱唱五对妈
39	Diut	niof	meis	nangx	beel	
	六	对	妈	沿着	坡	六对妈爬坡
40	Hleit	jeet	jos	noux	lal	
	爹妈	上	上游	吃	美	上游好生活
41	Juf	aob	yenx	meis	lul	
	十	二	寅	妈	老	十二寅大妈
42	Juf	aob	yenx	meis	niul	
	十	二	寅	妈	小	十二寅小妈
43	At deis	haot	max		yenl	
	怎样	说	不		清	怎么说不清
44	Diux	ab	xongb	qongd	yeel	
	段	那	结束	节	了	那段讲完了
45	Diux	ghangb	nongt	diangd	laol	
	段	后	又	转	来	后段又转来
46	Laol	hmut	seib	gangx	neel	
	来	唱	五	对	爹妈	咱唱五对妈
47	Diut	niof	meis	nangx	beel	
	六	对	妈	沿着	坡	六对妈爬坡
48	Hleit	jeet	jos	noux	lal	
	爹妈	上	上游	吃	美	上游好生活
49	At	niut	lab	niangx	nal	
	做	像	这	年	岁	不像现如今
50	Bad	hxot	niaox	ghongs	vangl	
	爸	歇	在	巷	寨	爸歇在寨巷
51	Meis	hxot	niaox	ghongs	vangl	
	妈	歇	在	巷	寨	妈歇在寨巷

52	Laol	hmut	xangf	niangx beel	
	咱	看	那	远古	回忆那些年
53	Bad	hxot	niaox	deis	xid
	爸	歇	在	何	处	爸歇在哪里
54	Meis	hxot	niaox	deis	xid
	妈	歇	在	何	处	妈歇在哪里
55	Aob	diot	saos	yaox	nal
	咱	唱	到	这	里	我俩唱到这
56	Saos	diot	aob	max	yenl
	到	唱	咱	未	分明	还未见分晓
57	Dius	hleit	hxaob	dax	mol
	个	爹妈	分解	来	去	请客来分解
58	Laol	hmut	seib	gangx	neel
	来	唱	五	对	爹妈	咱唱五对妈
59	Diut	niof	meis	nangx	beel
	六	对	妈	沿着	坡	六对妈爬坡
60	Hleit	jeet	jos	noux	lal
	爹妈	上	上游	吃	美	上游好生活
61	At	niut	lab	niangx niul	
	做	像	个	当今	不像现如今
62	Bad	hxot	end	senx	dlangl
	爸	歇	闷热	坪	坝	爸在热坪坝
63	Meis	hxot	end	hsenx	dlangl
	妈	歇	闷热	坪	坝	妈在热坪坝
64	Qut	ngeef	liuk	ngox	meil
	地	窄	像	圈	马	地窄像马圈
65	Xit	fif	liuk	neex	wil
	窄	得	像	耳朵	锅	地窄如锅耳
66	Max	yangx	jab	diod	dul
	不	容	火坑	烧	火	没处挖火坑

67	Max	yangx	wangb	hsed	ghaol	
	不	容	簸箕	簸	米	没簸箕筛米
68	Beeb	neib	jof	diax	beel	
	咱	妈	才	爬	坡	咱妈才爬坡
69	Hleit	jeet	jos	noux	lal	
	爹妈	上	上游	吃	美	上游好生活
70	Laol	hmut	seib	gangx	neel	
	来	唱	五	对	爹妈	咱唱五对妈
71	Diut	niof	meis	nangx	beel	
	六	对	妈	沿着	坡	六对妈爬坡
72	Hleit	jeet	jos	noux	lal	
	爹妈	上	上游	吃	美	上游好生活
73	Laot	hmut	xangf	niangx beel		
	来	看	那	远古		来唱那些年
74	Bad	hxot	end	senx	dlangl	
	爸	歇	闷热	坪	坝	爸在热坪坝
75	Meis	hxot	end	senx	dlangl	
	妈	歇	闷热	坪	坝	妈在热坪坝
76	Qut	ngeef	liuk	deix	xid	
	地	窄	像	哪	样	地窄像什么
77	Qut	ngeef	liuk	nieex	liangl	
	地	窄	像	银	元	地窄像银子
78	Liuk	niaf	jat	max	jul	
	像	饭	嚼	不	完	像饭嚼不完
79	At deis	haot	max		yenl	
	怎样	说	不		清楚	怎么说不清
80	Diux	ab	xongb	qongd	yeel	
	段	那	结束	节	了	那段讲完了
81	Diux	ghangb	nongt	diangd	laol	
	段	后	又	转	来	后节又转来

续表

82	Laol	hmut	seib	gangx	neel	
	来	唱	五	对	爹妈	咱唱五对妈
83	Diut	niof	meis	nangx	beel	
	六	对	妈	沿着	坡	六对妈爬坡
84	Hleit	jeet	jos	noux	lal	
	爹妈	上	上游	吃	美	上游好生活
85	Laot	hmut	lab	niangx beel		
	来	看	个	远古		来唱远古时
86	Bad	hxot	end	senx	dlangl	
	爸	歇	闷热	坪	坝	爸在热坪坝
87	Meis	hxot	end	senx	dlangl	
	妈	歇	闷热	坪	坝	妈在热坪坝
88	Qut	ngeef	liuk	ngox	meil	
	地	窄	像	圈	马	地窄像马圈
89	Xit	fif	liuk	neex	wil	
	窄	得	像	耳朵	锅	地窄如锅耳
90	Nel	naot	max	yangx	xaol	
	鱼	多	不	容	网	鱼多网不容
91	Xangf	naot	max	yangx	vangl	
	发	多	不	容	寨	人多寨不容
92	Max	yangx	jab	diaod	dul	
	不	容	火坑	烧	火	没处挖火坑
93	Max	yangx	wangb	sed	ghaol	
	不	容	簸箕	簸	米	没簸箕筛米
94	Laot	hmut	lab	niangx	nal	
	来	看	个	年	这	来看这些年
95	Nex	gad	noux	neex	dlub	
	吃	饭	吃	米	白	吃饭吃白米

续表

96	Nangl	ud	nangl	jaox	daob	
	穿	衣	穿	匹	布	穿衣穿布匹
97	Aob	hmut	xangf	niangx	xib	
	咱	看	那	年	远古	咱唱过去年
98	Nex	gad	noux	deix	xid	
	吃	饭	吃	什	么	吃饭吃哪样
99	Nangl	ud	nangl	deix	xid	
	穿	衣	穿	些	啥	穿衣穿哪样
100	Geed	need	aob	seix	qangb	
	节	那	咱	也	唱	这段咱也唱
101	Aob	qangd	aob	max	bub	
	咱	唱	咱	不	知	这段咱不知
102	Diod	ghad	dlinf	niaox	deed	
	哑	口	唱	不	下	这段卡壳了
103	Aob	hmut	seib	gangx	neel	
	咱	唱	五	对	爹妈	咱唱五对妈
104	Diut	niof	meis	nangx	beel	
	六	对	妈	沿着	坡	六对妈爬坡
105	Hleit	jeet	jos	noux	lal	
	爹妈	上	上游	吃	美	上游好生活
106	At	liuk	lab	niangx niul		
	做	像	个	当今		不像现如今
107	Bad	hxot	end	hsenx	dlangl	
	爸	歇	闷热	坪	坝	爸歇热坪坝
108	Meis	hxot	end	hsenx	dlangl	
	妈	歇	闷热	坪	坝	
109	Nex	gad	noux	deix	xid	
	吃	饭	吃	什	么	吃饭吃哪样
110	Nangl	ud	nangl	deix	xid	
	穿	衣	穿	什	么	穿衣穿哪样
111	Aob	hmut	xangf	niaox	nal	
	咱	看	这	年	现在	我俩唱现在

112	Nex	gad	noux	neex	dlub	
	吃	饭	吃	米	白	吃饭吃白米
113	Nangl	ud	nangl	jaox	daob	
	穿	衣	穿	匹	布	穿衣穿布匹
114	At	nongd	vut	jiangx	heeb	
	做	这	好	得	很	这样的确好
115	Laol	hmut	xangf	niangx	xib	
	来	看	那	年	远古	咱唱过去年
116	Nex	gad	ghab	maox	dongb	
	吃	饭	吃	穗	芭茅	吃饭茅草穗
117	Nangl	ud	ghad	noux	xob	
	穿	衣	前加成分	叶子	芭蕉	穿衣芭蕉叶
118	Qongd	yeel	beet	diux	ab	
	节	这	名	知	了	这段就这样
119	Diangd	laol	jeet	diux	hvib	
	转	来	上	段	新	接着唱新段
120	Aob	hmut	seib	gangx	neel	
	咱	唱	五	对	爹妈	咱唱五对妈
121	Diut	niof	meis	diax	beel	
	六	对	妈	爬	坡	六对妈爬坡
122	Hleit	jeet	jos	noux	lal	
	爹妈	上	上游	吃	美	上游好生活
123	Niangx	nongd	beeb	hek	nius	
	年	这	咱	喝	浓	现在咱享福
124	Niangx	qid	beeb	hek	xis	
	年	远古	咱	喝	淡	过去咱吃苦
125	Nex	gad	meib	gheit	dlangs	
	吃	饭	拿	锤	等	吃饭拿锤等
126	Nangl	ud	ghab	lit	nas	
	穿	衣	皮	壳	笋	穿衣穿笋壳

127	Nex	nend	hvit	xit	hxus	
	吃	那	快	当	饿	吃那饿得快
128	Nangl	need	deid	hvit	neis	
	穿	那	什	快	烂	穿那烂得快
129	Beeb	nangx	beel	hvit	vongs	
	咱	草	坡	快	点	咱快点赶路
130	Niangx	nongd	noux	deix	xib	
	年	这	吃	哪	样	现在吃哪样
131	Niangx	nongd	beeb	noux	dlub	
	年	这	咱	吃	白	现在吃白米
132	Nex	gad	noux	neex	dlub	
	吃	饭	吃	米	白	吃饭吃白米
133	Nangl	ud	nangl	jaox	daob	
	穿	衣	穿	匹	布	穿衣穿布匹
134	Niangx	qid	beeb	noux	ib	
	年	远古	咱	吃	苦	过去咱吃苦
135	Nex	gad	ghab	maox	dongb	
	吃	饭	穗	芭	茅	吃饭茅草穗
136	Nangl	ud	ghab	noux	xob	
	穿	衣	前加成分	叶子	芭蕉	穿衣芭蕉叶
137	Hsangt	deis	ghab hnid		lal	
	个	哪	心肠		美	是谁心肠好
138	Dliaok	neex	neib	feil	sangl	
	喊	爹	妈	起	快	喊爹妈快起
139	Dliangb	deeb	ghab hnid		lal	
	神	土地	良心		美	土地菩萨好
140	Dliaok	neex	neib	feil	sangl	
	喊	爹	妈	起	快	喊爹妈快起
141	Niangb	khab	daod	at	deis	
	嫂	劝	姑	做	啥	嫂叫姑做啥

142	Niangb	khab	daod	yut	dius	
	嫂	劝	姑	放	纺针	嫂叫姑取纺针
143	Dab	khab	bad	yut	xongs	
	崽	劝	爸	放	锄	儿叫爸丢锄
144	Niangb	khab	daod	yut	dius	
	嫂	劝	姑	放	纺针	嫂叫姑取纺针
145	Dub	niaox	nangl	ghaot	deis	
	藏	在	处	哪	里	该藏在何处
146	Dub	niaox	ghab	but	jis	
	藏	在	边	碗	柜	放在碗柜旁
147	Ghab	gib	seed	pit	niangs	
	前缀	角	屋	边	里	那角屋里边
148	Dab	khab	bad	yut	xongs	
	崽	劝	爸	放	锄	儿叫爸丢锄
149	Dub	niaox	nangl	ghaot	deis	
	藏	在	处	哪	里	该藏在何处
150	Dub	niangb	ghab	ghut	bis	
	藏	在	边	屋	壁	放在屋壁边
151	Ghab	gib	qeed	pit	niangs	
	角	角	田	边	里	田角角那里
152	Dangl	laol	ghangb	ut	saos	
	等	来	后	年	到	等到后来年
153	Bub	jangx	diol	at	deis	
	知	成	件	哪	样	知它成啥样
154	Mol	jangx	dal	dlaot vaos		
	去	成	个	穿山甲		变成穿山甲
155	Niangb	khab	daod	yut	dius	
	嫂	劝	姑	放	纺针	嫂叫姑取纺针

156	Dangl	laol	ghangb	ut	saos	
	等	来	后	年	到	等来后年到
157	Bub	jangx	diol	at	deis	
	知	成	件	哪	样	哪知成啥样
158	Jangx	dal	gangb	qangt	naos	
	成	个	蟋	蟀	儿	成了个蟋蟀
159	Hsangt	deis	ghab hnid	lal		
	个	哪	心肠	美		是谁心肠好
160	Kat	liax	ghab hnid	lal		
	喜	鹊	良心	美		喜鹊良心好
161	Jus	was	jox	lab	beel	
	一	转	九	个	坡	一转九个坡
162	Buf	fangb	yux	hxangd	ghaol	
	见	方	有	熟	谷	见方有熟谷
163	Niaf	fangx	fangb lad	sel		
	谷	黄	方	金灿灿		谷子金灿灿
164	Ghad	diangb	hliob	jangd	jol	
	稻	杆	大	碓	窝	株儿碓杆大
165	Ghad	hnangb	hliob	deed	meil	
	稻	穗	大	尾	马	穗儿马尾长
166	Ghad	lab	hliob	seid	lel	
	稻	粒	大	果子	栀子	颗粒栀子大
167	Nongt	noux	meib	beel	yol	
	想	吃	用	手	摘	想吃用手摘
168	Daot	yongx	lab	jol	liul	
	不	准许	个	碓	舂	不许用舂捣
169	Kat	liax	ghab hnid	hliaod		
	喜	鹊	良心	好		喜鹊良心好
170	Jus	was	jox	lab	vud	
	一	转	九	个	岭	一转九个岭

续表

171	Buf	jox	fangb	hxangd	gad
	见	地	方	熟	谷	见到有方村
172	Niaf	fangx	fangb		lad sel
	谷	黄	方		金灿灿	稻谷金灿灿
173	Ghad	diangb	hliob	jeed	hsaod
	稻	杆	大	手把	锄	株儿锄把大
174	Ghad	hnangb	hliob	deed	liaod
	稻	穗	大	尾巴	牛	穗儿牛尾长
175	Ghad	lab	hliob	seid	ded
	稻	粒	大	果子	薏苡	颗粒薏苡大
176	Nongt	noux	meib	beel	deed
	想	吃	拿	手	摘	想吃用手拿
177	Daot	yongx	lab	jol	daod
	不	准许	个	碓	舂	不许用舂捣
178	Laol	ngangt	hab	nangx	beel
	来	看	鞋	沿着	坡	来看爬坡鞋
179	Diaos	liuk	hab	nangx	dul
	是	像	鞋	草	柴	得像砍柴鞋
180	Cuf	hsangt	deis	laol	veel
	出	个	哪	来	扯	出什么来织
181	Cuf	hsangt	deis	laol	mil
	出	个	哪	来	编	出什么来编
182	Cuf	jaox	hxub	laol	mil
	出	稻	芯	来	编	出稻草来编
183	Cuf	jaox	hxub	laol	veel
	出	草	芯	来	扯	出稻草来织
184	Geed	nend	hab	nangx	dul
	路	那	鞋	草	柴	编成双草鞋
185	Laol	hxeed	hab	nangx	beel
	来	看	鞋	沿着	坡	来看爬坡鞋

续表

186	Cuf	hxangt	deis	laol	mil	
	出	什	么	来	编	用什么来编
187	Cuf	hxangt	deis	laol	veel	
	出	什	么	来	扯	用什么来织
188	Cuf	nangx	dongb	laol	mil	
	出	草	芭茅	来	编	用茅草来编
189	Cuf	nangx	dongb	laol	veel	
	出	草	芭茅	来	扯	用茅草来织
190	Jaof	daot	hab	nangx	beel	
	才	得	鞋	草	坡	才得爬坡鞋
191	Hleit	jeet	jos	noux	lal	
	爹妈	上	上游	吃	美	上游生活好
192	Hvuk	daot	hnab	ghax	xid	
	选	得	天	哪	样	选得哪一天
193	Leit	hleit	jof	diox	mol	
	到	爹妈	才	走	去	到时妈才走
194	Hvuk	daot	hnab	yenx	maol	
	选	得	天	寅	卯	选到寅卯天
195	Leit	meis	jof	diox	mol	
	到	妈	才	走	去	到时妈才去
196	Neib	laol	jul	deel	jens	
	妈	来	还	忘	东西	妈掉落东西
197	Bub	deel	diol	at	deis	
	知	忘	件	哪	样	不知丢哪样
198	Jul	deel	lab	hxod	was	
	还	忘	个	纺纱	车	掉落纺纱车
199	Neib	dad	max	laol	saos	
	妈	拿	不	来	到	妈拿不动来
200	Mas	neex	niangb	need	bas	
	让	它	在	那	吧	让它放那里

续表

201	Neib	laol	jul	deel	hut	
	妈	来	还	忘	货	妈来还丢货
202	Deel	lab	dax	seed	ghaot	
	忘	个	基	屋	旧	丢了老屋基
203	Neib	dad	max	laol	leit	
	妈	拿	不	来	到	妈拿不动来
204	Mas	neex	niangb	need	yeet	
	让	它	在	那	吧	让它在那里
205	Neib	laol	jul	deel	jens	
	妈	来	还	忘	件	妈掉落东西
206	Deel	hsaob	heeb	deel	maos	
	忘	蓑衣	和	斗	笠	丢蓑衣斗笠
207	Neib	dad	max	laol	saos	
	妈	拿	不	来	到	妈拿不动来
208	Mas	neex	niangb	need	bas	
	让	它	在	那	里	让它到那里
209	Neib	laol	jul	deel	hut	
	妈	来	还	忘	货	妈来还丢货
210	Deel	kab	heeb	deel	kik	
	忘	犁	和	忘	耙	丢了犁和耙
211	Neib	dad	max	laol	leit	
	妈	拿	不	来	到	妈拿不动来
212	Mas	neex	niangb	need	yeet	
	让	它	在	那	里	让它在那里
213	Neib	laol	dlongs	gheex	dlongs	
	妈	来	坳	又	坳	妈翻山越岭

214	Neib	laol	was	gheex	was	
	妈	来	圈	又	圈	妈爬山涉水
215	Hsangt	deis	vuk	beel	laol	
	个	哪	下	山	来	谁从坡下来
216	Dliuk	naox	vuk	beel	laol	
	冰	雪	下	山	来	冰雪下坡来
217	Hsangt	deis	diot	nangl	laol	
	个	哪	从	下游	来	谁从东方来
218	Wangx	hnab	diot	nangl	laol	
	太	阳	从	下方	来	太阳东边来
219	Wangx	hnab	tut	beel	dlial	
	太	阳	指	手	快	太阳手一指
220	Dliuk	yangx	at	bongl	yongl	
	冰	雪	溶	成	水	冰雪融光光
221	Hsangt	deis	vuk	beel	laol	
	个	哪	下	山	来	谁从坡下来
222	Niongx	jib	vuk	beel	laol	
	野	鸡	下	山	来	野鸡下坡来
223	Dliot	neex	neeb	dlel	dlel	
	喊	他	妈	声	声	喊他妈声声
224	Beel	nongd	nongf	wal	beel	
	坡	这	自己	我	坡	这坡是我坡
225	Vangl	nongd	nongf	wal	vangl	
	寨	这	自己	我	寨	这寨是我寨
226	Mox	at	deis	laol	wangl	
	你	做	啥	来	占	你怎么来占
227	Meis	cuf	seid ghaod		mal	
	妈	出	青果		买	妈拿青果买

228	Bad	cuf	seid ghaod		mal	
	爸	出	青果		买	爸拿青果买
229	Jof	daot	niongx	jib	beel	
	才	得	野	鸡	坡	才得野鸡坡
230	Jof	daot	niongx	jib	vangl	
	才	得	野	鸡	寨	才得野鸡寨
231	At deis		haot	max	yenl	
	怎样		说	不	清楚	怎么说不清
232	Hsangt	deis	vuk	diongl	laol	
	个	哪	下	山谷	来	哪个下谷来
233	Ngeex	deeb	vuk	diongl	laol	
	野	猪	下	山谷	来	野猪下谷来
234	Diongl	nongd	nongf	wal	diongl	
	山谷	这	自己	我	山谷	这是我的谷
235	Vangl	nongd	nongt	wal	vangl	
	寨	这	自己	我	寨	这是我的寨
236	Mox	at	deis	laol	wangl	
	你	做	啥	来	占	你怎么来占
237	Meis	cuf	jongx	hvob	mal	
	妈	出	根	蕨	买	妈出蕨根买
238	Bad	cuf	jongx	hvob	mal	
	爸	出	根	蕨	买	爸出蕨根买
239	Jof	daot	ngeex	deeb	diongl	
	才	得	野	猪	山谷	才得野猪谷
240	Jof	daot	ngeex	deeb	vangl	
	才	得	野	猪	寨	才得野猪寨
241	At deis		haot	max	yenl	
	怎样		说	不	清楚	怎么说不清
242	Laol	weex	ghab	vongl	liangl	
	来	到	寨	脚	边	我俩到寨脚

续表

243	Sat	bax	eb	daol	daol	
	岩崖	落	水	哗	哗	岩崖落水哗哗
244	Xongs	niux	ghad	hnid	lal	
	犀	牛	良	心	美	犀牛良心好
245	Beet	niaob	ghab	vongl	liangl	
	睡	在	寨	脚	梁	睡在寨梁脚
246	Sat	bax	eb	baol	baol	
	岩崖	落	水	哗	哗	岩崖落水哗哗
247	laol	laol	jus	deix	laol	
	来	来	真	的	来	说来真的来
248	Laol	weex	ghab sat		yaof	
	来	到	岩崖		鹞	来到鹞子崖
249	Niangx	nongd	dlangd	def	gas	
	年	这	鹰	咬	鸭	现在鹰咬鸭
250	Niangx	qid	dlangd	def	meis	
	年	远古	鹰	咬	妈	过去鹰咬妈
251	Dal	dlangd	hliob	yul	deis	
	那	鹰	大	何	样	老鹰有多大
252	Dal	dlangd	hliob	dliangl	maos	
	只	鹰	大	油斗笠	帽子	像个大斗笠
253	At xid		mal	xongt	saos	
	怎样		不	清	楚	怎么说不清
254	Laol	weex	ghab	denl	hsat	
	来	到	河	坝	沙	来到河沙坝
255	Ib	pit	hsat	ghal	xid	
	一	边	坝	做	啥	一边坝做啥
256	Aob	pit	hsat	ghal	xid	
	二	边	坝	做	啥	二边坝做啥
257	Beeb	pit	hsat	ghal	xid	
	三	边	坝	做	啥	三边坝做啥

续表

258	Ib	pit	hsat	seed	hsad	
	一	边	坝	晒	谷	一边坝晒谷
259	Aob	pit	hsat	veeb	baod	
	二	边	坝	岩	石	二边坝放岩
260	Beeb	pit	hsat	eb	dlaod	
	三	边	坝	水	流	三边坝水流
261	At deis	haot		max	xend	
	怎样	说		不	清楚	怎么说不清
262	Laol	weex	hed	yees	dul	
	来	到	头	马头	渡	来到渡船口
263	Niangx	ghal	xid	duf	meis	
	船	哪	样	渡	妈	哪样能渡妈
264	Niangx	jib	xul	duf	meis	
	船	杉	树	渡	妈	杉木能渡妈
265	Qab	mol	ghad	bat	meis	
	撑	去	把	百	妈	上百位妈走
266	Ghab	hsangb	neib	jeet	jos	
	把	千	妈	上	上游	千妈去上游
267	At deis	haot		max	xend	
	怎样	说		不	清	怎么说不清
268	Meib	diol	xid	baf	yees	
	拿	哪	样	撑	船	拿什么撑船
269	Meib	hlaod	nal	baf	yees	
	拿	竹	京	渡	船	用京竹撑船
270	Qab	mol	ghad	bat	meis	
	撑	去	把	百	妈	能渡千百人
271	Ghad	hsangb	neib	jeet	jos	
	把	千	妈	上	上游	缓缓上游走
272	At deis	haot		max	xend	
	怎样	说		不	清楚	怎么说不清

续表

273	Laol	laol	jus	deix	laol	
	来	来	真	的	来	说来咱就来
274	Laol	leit	diongl	veeb	lil	
	来	到	山谷	岩	块	来到力岩谷
275	Niol	at	niol	ghaob	lel	
	鼓	做	鼓	鸽	样	鼓像鸽儿样
276	Hxot	haot	diongl	veeb	lil	
	别	说	山谷	岩	好	别说岩谷样
277	Nongf	haot	beel	dongb	niol	
	各	讲	坡	芭	茅	要说芭茅坡
278	But	hleit neel		hangb	laol	
	祭	爹妈		再	去	祭先人再走
279	Leit	jaox	fangb	nongd	deel	
	到	片	地方	这	了	到这片地方
280	Hxot	jaox	fangb	nongd	lul	
	住	这	方	这	老	长久居于此
281	Daot	noux	dlub	lad dongl		
	得	吃	白	状词		吃好多健康
282	Vut	jangx	dliangb	xid	mol	
	好	成为	神	什么	样	快活似神仙

附录10　对苗族古歌传承人的田野访谈（节选）

一、2011 年 3 月 3 日对台江歌师进行访谈

时间：15 点至 17 点

访谈对象：张德成

地点：张德成家（台江县人武部宿舍楼）

张德成，男，苗族，1946 年 4 月出生，贵州省台江县老屯乡岩

脚村人。1968 年毕业于贵阳师院中文系，被分配在凯里一中任教，1974 年调到台江一中任教，1984 年任台江一中副校长，1990 年任校长。2001 年退休。系中教高级教师职称。

问：张老，请您简单介绍一下您的出生地岩脚村的基本情况？现在能唱古歌的有多少人？

答：岩脚村现有 80 户，360 多人，全系苗族。现在，村里能完整地唱苗族古歌的人已经没有了。如果在酒席唱歌，能唱古歌《运金运银》这一首歌的也就 10 人左右。

问：您是什么时候开始学唱古歌的？

答：我的父亲是寨上有名的老歌师，寨上经常有很多人去向他学歌。我读小学的时候，是七八岁，经常听寨上的人向父亲学歌，受到他们的影响，我开始对古歌感兴趣，就慢慢学会了。父亲教歌时，就像教小孩子读书一样，开始是一句一句地教歌词，等大家都对一首歌较熟悉的时候，才教大家一起来唱，唱漏了内容，或唱错了，父亲就提醒纠正。学歌时主要学"歌骨"，全靠心记。当时他的学徒很多，一批又一批。他的学徒中，在寨上唱歌最有名的女歌师有务常、务交、务雷、务刀（务即苗语奶奶之意，"常""交""雷""刀"分别为四个老人的苗名），男歌师有常贵、一该、里叉（均为苗名），这些老歌师现在都不在人世了。

问：能否告诉我们，您父亲的名字？

答：我父亲叫"常伲"（苗名 Cangf nix），我家姓张，大伙儿就叫他"张常伲"。

问：现在您的家人会唱古歌吗？

答：我妻子叫冯天秀，苗族，1947 年 4 月出生，台江县施洞镇人，在我和我岳母的影响下，她基本上会唱古歌。我有 3 个儿子，一个在北京，一个在贵州大学，一个在台江一中，他们都不会唱古歌了。

问：您所了解的古歌曲目有哪些？

答：《开天辟地》《打柱撑天》《运金运银》《锻日造月》《十二个蛋》《洪水滔天》《犁东耙西》《沿河西迁》。

问：《仰欧瑟》是否属于古歌？

答：我认为属于古歌，但《仰欧瑟》与以上古歌在内容上不能并列，它们没有直接联系。

问：您专门搜集过苗族古歌吗？现在是否还有人学习古歌？

答：我没有专门搜集过苗族古歌。我的古歌都是小时候与伙伴们一起向我父亲学的。现在学习古歌的人少了，年轻人中能完整地唱古歌的人基本没有。现在的人学习古歌，除了向歌师学以外，还可以借助录音机、影碟机学，有的还可以通过前人搜集出版的文本学习。但文本基本上只记录了"歌骨"，从文本上学习古歌，必须有歌师教才会唱。

问：对于已经搜集出版的古歌版本，您看过哪些版本，如何评价？

答：我只看过燕宝搜集的苗族古歌版本，我觉得还是很全的。但是出版的文本都是"歌骨"，如果放到实际中去传唱，还要编上"歌花"才行。

问：据说唱古歌以前通常在酒席上，现在的情形还是这样吗？

答：一般现在酒席上对唱酒歌，但很少涉及古歌的内容，只有古歌《运金运银》经常唱到。如果在酒席上遇到对手，其中一方会主动邀请另一方唱古歌，若双方都会唱古歌，那就以唱古歌为主要内容了，苗族民间把唱古歌叫唱"正宗的歌"。

问：刚才您说酒席上以唱古歌为"正宗的歌"，是不是所有的古歌都可以在酒席上唱？

答：一般在酒席上只能唱《运金运银》，有时也唱《瑟岗奈》，因为这些歌带有吉祥色彩和鼓舞人心的气氛，其他古歌通常只能在户外唱，特别是《洪水滔天》，这些歌是唱灾难的，不吉利，通常是不能在家唱的。

问：户外唱的歌是在什么情境下唱？

答：比如过姊妹节或者赛歌活动等。

问：在什么情况下唱《仰欧瑟》？

答：最常唱的时候是在嫁女娶媳的酒席上。除了唱《仰欧瑟》以外，还唱《染布歌》（即做新衣服嫁姑娘的歌）和《酿酒歌》，歌中把酒比喻为一个漂亮的姑娘，《酿酒歌》我曾翻译在杂志上发表过。

问：张老，现在苗族古歌已经走向衰微，您怎样看待这个问题？

答：苗族古歌走向衰微，我感到很惋惜，但这是没有办法的事情。唯一的办法就是动员年轻人学习古歌，让古歌得到流传，像施秉县双井镇大冲村支书那样带头学习古歌，并动员年轻人学习古歌，如果谁不愿意学，就对谁予以相应的处罚。虽然有许多搜集出版的文本，但很多人拿起来不一定会唱。

问：在您的经历中，您觉得什么时候，您唱古歌得到了最好的展示和认可？

答：主要是退休后，我在酒席上与歌师们一起唱歌，我的歌从那时起才引起大家的关注。后来亲朋好友们有走亲访友的活动都邀我去唱歌，我的歌渐渐得到人们的认可。走亲访友，主要是到乡村去。

问：有人向您学歌吗？您的学徒主要有哪几位？

答：有。但来向我学歌的人年纪都与我差不多。实际上有很多是和我一起去走亲访友时，在酒席上，我带他们唱歌，他们也慢慢记住了歌词。最有代表性的有张继东（退休干部）、姜文富（退休干部），他们现在基本上能独立唱《运金运银》和《瑟岗奈》了。

二、2011 年 3 月 8 日对展丰村歌师进行访谈

时间：13 点至 15 点 40 分

访谈对象：刘榜桥、罗仰高

地点：杨胜荣家

刘榜桥，女，苗族，75 岁，文盲，剑河县岑松镇稿旁村人。1962 年嫁到剑河县岑松镇展丰村。丈夫杨胜光，74 岁，小学文化。生育 3 男 2 女，长子杨村，苗名龙当，现为贵州文学院签约作家，黔东南州作协副主席，著有小说散文多部（篇）；次子杨秀斌，现为剑河县民族医院医师；三子杨秀明，当过兵，现在外地打工。两个女儿都已出嫁。

罗仰高，女，苗族，55 岁，文盲，剑河县岑松镇稿旁村阶九寨人。1984 年嫁到本镇展丰村。丈夫杨胜荣，57 岁，小学文化，生育 1 男 3 女。

问：你们都会唱苗歌吗？

答：会。

问：你们都会唱些什么歌呢？

答：《恰金恰银》（《运金运银》）、《仰欧瑟》《种子歌》《鱼迁徙歌》《酒种歌》《嫁女歌》《迎客歌》《送客歌》（也叫《村头寨尾歌》）、《兄弟姐妹歌》（也叫《分家歌》）等。

问：你们两位是什么时候开始学歌的？

（刘榜桥）答：我是从 1963 年开始学歌的。

（罗仰高）答：我从 1984 年开始学歌。

问：你们的歌师父主要是什么人？

答：是本寨的歌师务仰报和她的儿子雷金凹，这两个人都已去世了，务仰报 1981 年去世，78 岁；雷金凹去世时 55 岁。雷金凹是务仰报的儿子。

（罗仰高）答：我除了向以上两位学歌以外，现在我还向本村的杨九往学歌。

问：你们是怎样学习苗歌的？

答：师父一句一句教，我们用心记，当记得差不多了，就把一首歌串联起来说唱，师父在一边听，漏了的地方就提醒我们。雷金凹经常对我们说，你要好好学这些歌，好好传下去，要不我就带进坟墓去了，就没有人会唱了。

问：你们经常唱这些歌吗？

答：一有酒席的时候，我们都会在酒席上唱歌。唱《仰欧瑟》和《赞美歌》最多。

问：现在全寨能唱歌的有多少人？

答：男的有杨九往、杨木王、雷九凹、杨胜和、唐翁当、唐龙九、杨你耶、杨九亮、杨木里等 10 多人。女的有务桥耶丢、刘仰了、刘心耶、罗仰报岩、刘妹戛、刘欧岩、唐欧九、刘迈即、田仰秀、格翁、仰报你、榜金秀、谢宝够、刘欧岩等。这些歌手年龄都在 35 岁以上了，最老的有 77 岁。

问：展丰村有多少户多少人？

答：97 户 430 人。

问：你们有学徒吗？

（刘榜桥）答：我经常教村上的人唱歌，有多少学徒记不清了。主要有 6 人，现在唱得最好的人有刘仰了、唐欧九。

（罗仰高）答：我还没有教学徒，只是大家在一起时，经常讨论和温习歌，也算互相学习吧。

问：可以介绍一下你们的婚姻圈吗？

答：婚姻圈？

问：主要指你们可以和哪些地方能够开亲？

答：我们属于红绣苗族。主要通婚村寨有剑河县岑松镇的稿旁、展亮、柳旁、按拱、六虎、老寨、老磨坡、大坪、南高、巫亮、下岩寨，柳川镇的巫泥、高标、小寨、柳落、台格、南脚、反前、中都，观么乡的巫烧、巫包、苗岭、雅磨、老屯、稿蒙等村寨。过去，通婚范围比较严格，除了特殊的人，比如找不到媳妇和嫁不到丈夫或出门在外生活的人以外，基本上只能在本婚姻圈内通婚。现在这种情况变化很大了，本婚姻圈与外界通婚的现象很多了。

问：你们在唱歌时，有什么禁忌吗？

答：基本没有。只要大家想唱都可以唱，在什么地方都可以唱，特别是有酒席的时候，有人起头了，大家就可以不断地唱，唱到不想唱为止。只有丧葬时，如果主人不许唱歌，那就不能唱歌，必须等主人先安排人唱歌，开个歌头，大家才能唱歌。现在这种情况也变化了，很多年轻人不再受这种约束，想唱也就唱了。

问：现在学歌的年轻人多吗，主要学什么歌？

答：现在的年轻人很少学歌了，尤其是学情歌的人特别少。但年长的歌师经常鼓励他们学，有些也学唱一些酒歌。

问：你们喜欢唱吗？

答：非常喜欢，活到老学到老，我们学歌的瘾很大。学歌时，经常和别人探讨，哪首歌怎样唱，很多歌就在互相讨论中才能完整地记下来，很多不懂的歌也会在互相探讨中学会了。

时间：16 点至 17 点

访谈对象：张老革耶丢

地点：张老革耶丢家

张老革耶丢，女，苗族，77 岁，文盲，老歌师，剑河县岑松镇稿旁村人。1954 年嫁到展丰村。丈夫雷里凹，生育 3 男 3 女。

问：老人家，我想知道您会唱哪些歌？

答：《仰欧瑟》《兄弟歌》《酿酒歌》……记不清，太多了。

问：您的师父是哪位？

答：务仰报，就是我的婆婆。我婆婆是柳川镇南脚村人，姓张，已去世 30 多年了，去世时 78 岁。

问：您教过哪些学徒？

答：很多。我大多记不起名字了。记忆最深的有罗仰高、刘欧九、雷九凹。雷九凹是我的大儿子。

问：这一带地区您认为谁是最有名的歌师？

答：罗九凹，他是稿旁村阶九寨人。集市上卖的很多碟片都是他唱的歌，革东有一个专门录苗歌卖的人，曾经几次登门录过他的歌。他的歌碟在我们这地方流传很广。他的歌碟主要唱的是《仰欧瑟》。他的古歌和我们本地的唱法有点不同，一些内容都是他向外面的歌师学来的。

问：您说的外面的歌师指什么人？

答：就是我们的婚姻圈之外的苗族地区的歌师。

问：您的儿女是否会唱歌？

答：我的大儿子雷九凹和长女雷欧凹会唱歌。

问：您的儿女都读过书？

答：大儿子读到初中毕业，女儿们都没上过学。

问：谢谢您，耽误您的时间了。

答：谢谢你们来看我，来了解我唱歌的情况。

时间：15 点 20 分至 16 点 30 分

访谈对象：王松富

地点：柳富寨

柳富苗寨有 516 户，36 个村民小组，2215 人，分为中富村、柳富村、广丰村。婚姻圈：剑河县南寨乡的柳富三村和上白都、下白都、展留、白路、九龙基、久社、柳社、巫卧、绕号、白俄、展莱、反寿，南加镇的九旁、东北、青龙、架南、展牙、羊白、乌尖、塘流、塘化、久衣、久阿，敏洞乡的高丘、新寨、白欧杰、平鸟、上白斗、下白斗、小高丘、老寨、库设、平教、扣教、章沟、东努、河边、和平、圭怒、圭桃、麻栗山、干达，观么乡的白胆、平夏、上巫斗、下巫斗等村寨。共 56 寨，5256 户，22735 人。

歌师王松富（苗名就报侯），74 岁，文盲。剑河县南寨乡中富村第一组人。妻子罗格甲，73 岁，不会唱古歌。生育 3 男 2 女。二儿子王启安（苗名乔就侯）是小有名气的歌师。

问：老人家，请问您从什么时候开始学歌的？

答：16 岁。

问：您的师父是哪位？

答：我的师父是罗报赛计（苗名）和王道里（苗名九赛侯），他们两个都是本地有名的歌师，柳富人，但他们都不在人世了。有一部分歌我是边唱边学会的，也有的是唱擂台时学会的。

问：您主要会唱哪些歌？

答：《铸日造月》《开天辟地》《十二个蛋》《洪水滔天》《运金运银》《仰欧瑟歌》《四季歌》《姊妹歌》《植物歌》等。

问：现在全寨有多少人能唱苗歌？

答：男女歌师有 10 多对能独立唱歌。

问：王老，您教有学徒吗？

答：我教的学徒很多，最出色的有龙先计，女，50 岁；龙格丢，女，55 岁。她们已经会唱主要的古歌了，有些歌唱得比我还要全。我老了，有些记不起了。

问：现在，这里的年轻人还喜欢学歌吗？

答：年轻人不学歌了。有些年轻人对学歌还很反感。

问：您的那些歌通常是在什么情况下唱呢？有什么禁忌吗？

答：通常在酒席上唱，没有什么禁忌，屋里屋外都可以唱，随歌师的兴趣。只有办丧事时，送葬的第二天，主人家先去走亲友并对亲友说："我们家老人不在了，很多话都不会说了，请亲戚开导一下。"这时，亲友就请歌师开歌头，之后大家才可以唱歌。

问：你们这里唱歌主要有哪些形式？

答：除了酒席上唱歌这种形式以外，另一种形式是男歌师赛歌。赛歌的场地是在寨中间的户外，选一个平时大家喜欢聚集的草坪。赛歌要在晚上。我们这里赛歌被称为"大歌"，主要唱"十二条河"（很多歌的意思）。

问：您参加过赛歌没有？就是您说的"大歌"。

答：我 22 岁以后，每年都参加"大歌"活动。这种活动一般安排在二月节，有时到本寨进行，有时也到邻近的展留村或上白都村和下白都村进行。

问：您在赛歌中输过吗？您遇到的对手中哪个最强？

答：有输有赢。我遇到的歌师中，有本寨的王秀四（苗名赛报妹）和王九么妹唱得最好。王秀四今年50多岁，王九么妹也46岁了。

问：现在还有"大歌"活动吗？

答：有，但比以前少了，有很多歌都不会唱了。

问：在您的记忆中，苗歌是从什么时候开始被年轻人冷落的？

答：从20世纪80年代起，越来越多的年轻人都不唱苗歌了，他们大都外出打工了，寨子只剩少数老人还在唱苗歌。

三、2011年3月10日对稿旁村歌师进行访谈

时间：16时至18时20分

访谈对象：罗发富（苗名罗九凹）、刘永木（向导）

地点：稿旁村阶九寨

稿旁村460户，15个村民小组，2600人，其中阶九寨3个村民小组，353人，全是罗姓。

罗发富，苗名罗九凹，剑河县岑松镇稿旁村阶九寨人，66岁，文盲。25岁结婚，生养2男5女，儿女中除了二女儿罗奶九已经成为小有名气的歌师外，其余都不会唱歌。罗奶九，女37岁，已出嫁到按拱村。

问：够九（苗语九公），您是什么时候开始学歌的？师父是谁？

答：16岁。我的师父主要有3个，一个叫杨九高，剑河县观么乡巫烧村人，80多岁了；一个叫刘乔保，剑河县柳川镇巫泥村人，76岁；一个叫邰报土，本镇展亮村人，去世了，去世时80多岁。他们3个都是远近有名的歌师。

问：您主要会唱哪些歌？

答：《铸日造月》《洪水滔天》《打柱撑天》《犁东耙西》《运金运银》《十二个蛋》《瑟岗奈》《仰欧瑟歌》《西拗纽》《酒种歌》《谷种歌》《鱼种歌》《迎春歌》《劳动歌》《开亲歌》《婴儿歌》《赞美歌》《丧葬歌》《鼓脏歌》《斗牛歌》《找牛歌》等。

问：您用什么方式学歌呢？

答：我的记忆力相当好，每学一路歌，只要歌师教两遍，我就能记住了。

问：凭您的记忆，如果读书，您可能是个神童？

答：太过奖了（大笑）。

问：您一般是在什么情况下唱歌？

答：我在很多场合都唱歌，主要是在酒席上，只要有酒席，我都要唱歌。没有酒席时，我也唱歌，有时上山干活，我也会一边干活一边唱歌，有时甚至一个人在犁田时，也把着犁耙唱歌，像自言自语一样。我懂得的歌比一般人都多，我在和对手唱歌时，经常挑些浅的歌来唱，唱深的歌，对手如果对答不上，就没意思了。有时在唱歌时，我总是边唱边教对方如何唱下去。

问：在您唱歌时，您喜欢喝酒吗？

答：我与别的歌师不一样，我不喜欢喝酒。

问：您教有学徒吗？

答：有。来向我学歌的人很多，太多了。你们来之前，就是刚才，就有四个喜欢歌的妇女来和我学歌，刚刚走。我家有很多时候都坐满了前来学歌的人，还经常有人专门来接我去教歌。我教歌有时一教就是一天。有个叫刘九荣的歌手，一天，他来接我去教歌，我正好不在家，他就在我家等了一天，一定要等到我，要拉我去他们家教歌。一次，我坐宋伯光（苗名保播富）的车从革东回家，车一停下来，他就拉我去教他爱人学歌了。杨荣木生（苗名）的父亲，就是杨胜才，68 岁了，他也经常来接我去教歌。

问：您教的学徒中，您以为哪些人学得最好？

答：现在，全村人基本上都在唱我的歌。我教的学徒中，男的主要有罗报荣，40 岁。女的有杨仰耶，43 岁；杨金里，65 岁；杨仰高，58 岁；刘九水等。他们几个最厉害，都可以独立领唱了，唱一两天没有问题。我二女儿也很不错了，基本上能唱我的歌了，但还赶不上我。六虎村有个叫张包告的妇女，她也学会了很多歌，但她不太会歌调，在大场合不太敢唱。

问：您的所有歌，如果全唱下来，需要多长时间？

答：我的歌，要是全唱下来，起码需要一个月。嗯，还不一定能唱完。

问：你们这里唱歌有什么禁忌吗？

答：除了《丧葬歌》要有白喜（丧事）时才能唱以外，其他的歌没有什么禁忌，什么时候都可以唱，屋里屋外都可以唱。办丧事时，主人要先找歌师开歌头，然后客人才能唱丧葬歌。

问：您见过有人搜集整理的歌本吗？

答：我知道。有一次，我有个侄子买来一个歌本，他只会念不会唱。因为他分不清歌节，也不会歌调。我就听他跟着歌本读出来，我来教他，其实里边很多东西他不懂，等我一一作分析解释他才懂，才知道歌里唱的是什么意思。

问：你们说的"歌骨"和"歌花"是什么意思？

答："歌骨"就是歌结，"歌花"只用来修饰，是唱好听的。"歌骨"是古人传下来的，不能乱编，"歌花"可以在唱时即兴发挥，但"歌花"大多数也是学来的，是古人传承下来的。

问：我在村子很多地方都能听到村民在影碟机里放您唱的歌碟，这是谁录的呢？

答：2009 年和 2010 年，台江县有个姓王的音像制品人两次来向我录歌，之后他制作成光碟在集市上出售。现在这些歌碟在我们这个地区流传很广。一张歌碟大概 5 块钱。

问：您收过他的劳务费或者稿费吗？

答：没有。他第一次录了一整夜，第二次也录了大半夜，我老伴儿说，他（指罗发富）太辛苦了，你要给他辛苦费，但姓王的说，他（指录歌者）本来很困难，等那些碟卖出钱了，会适当给他老人家点钱。但最后也没有给一分钱。

问：如果他下次来录，您还配合吗？

答：我不想让他录了。我一没有那个精力，二也想保守一些了。

问：你在对歌时怎么处理对方答不上来的情况呢？

答：今年春节期间，我和村里人送新媳妇回娘家，在本镇巫亮村与主人唱歌，那晚我唱的歌内容有点深，对方答不上来就跑了。主人只好找两个女歌师来和我们对唱，勉强唱到天亮。我在很多时候，都会提醒或教对方怎样唱下去。唱歌是一种很好玩儿的事，又不是完全在比赛。我个人认为比赛第一、友谊第二。

问：您参加过赛歌吗？

答：没有。有次他们来邀我去赛歌，我刚好因为其他事情没有去成。年轻时在南脚村比过一次，我和当地的歌师张你耶醒、张金耶醒、张老你比等人，那些歌师都比不过我。

问：现在学歌的年轻人多吗？

答：还真不少。大寨（指稿旁寨）的人也来，本寨（指阶九）的也来，有时接我去教，但一般在农闲时。

问：您说的年轻人都有多大年纪了？

答：三四十岁吧。

问：您想教出一个能接替您的歌师吗？

答：想。我有个想法，就是培养个接班人。但现在没发现这个人。罗奶九，我的二女儿，她基本上能唱我的歌了，但还赶不上我。2002 年，柳旁村过鼓脏节，够宝（苗名，苗语"宝公"的意思）和我一起唱歌，他也唱不过我。够宝已经有 80 岁了。

问：在您的唱歌经历中，您遇到过哪些优秀的歌师？

答：我 28 岁时，遇到柳川镇柳落村的耶宝报（苗名），68 岁他唱得很好。还有耶荣扭（苗名），70 岁；以及高标村的金九捞（苗名，已故，87 岁）；他们是我印象中最好的歌师。

问：稿旁村出去打工的人多吗？主要去哪里？

（刘永木）答：很多。18 岁到 50 岁的人有二分之一以上去打工，主要到广东、浙江、上海、福建等地，所以寨子上学歌的人也少了很多。

附录 11　苗族古歌传承人小传（节选）

张老革：82 岁的张老革老人，脸上布满了沧桑岁月留下的斑斑皱纹；她不会说汉语，但只要一唱起苗族的古歌，她就精神倍增，可以唱三天三夜（概数）。82 年前，出生在贵州苗疆腹地台江县的张老革老人，从小跟着父母亲日出而作，日落而息，在崇山峻岭中、乡村街市上辛苦地耕种、砍柴、牧牛，贩卖手工艺品。在日常的田野乡村生活中，她跟着长辈和乡村里的歌师学唱古歌，经过三年耳濡目染的学和放开唱，她成了一名会唱、会说的歌师。近 20 岁时，她嫁到施秉县双井村，在双井村的生活生产中，无论是下地干农活、走客串亲戚，还是进厨房做饭，她都在唱着古歌。

"说者记不全,唱在心里头。"张老革老人作为双井村主要的古歌传唱者,不仅对具有 124 个音节的古歌传唱极度热爱,更重要的是,通过唱古歌,她知道了苗族祖先的迁徙历史和奋斗历程,《瑟岗奈》《运金运银》《榜香由》等古歌,记录了苗族人民生活、生存、斗争、奋斗的历史。如今在双井村,农闲时,有一些中年及少部分青年人,每天或隔三岔五到她家学习唱古歌,最多时人数达到 13 人。村委会副主任龙厅保就是学唱者之一,他说:"我们要想把古歌传承下去就要跟老一辈学习。一年学不会,就两年,两年学不会,就学习传唱三年。"张老革老人则说:"只要有一口气在,我就毫无保留地将古歌传唱和教下去。"

张老积:1933 年 12 月出生,家住双井村 4 组,是由台江县九寨搬过来的,共有 3 女 2 男,全在家务农。

张老积在 16 岁的时候,跟着家中一位亲戚及父母亲学唱古歌。学唱"歌花"4 年,出嫁后,她除做好家务活外,唱歌一直是农忙、农闲时主要的爱好。她不懂汉语,只会用苗族语言进行交流,而唱歌是最好的交流方式。她现在每年都在义务教唱古歌,均有 100 多人来学习。住在双井村四组新寨会唱古歌的近 50 人,其中女性有 30 多人,男性有 10 多人,他们均是张老积教出来的。她刚学唱古歌时只学会几首,而现在她把苗族古歌主要的歌曲都学会了。张老积说,如果把她所掌握的古歌唱完,按每天 8 个小时算,要唱 106 天。

龙光勋:1939 年 8 月出生,现居住在双井村 2 组。1959 年 3 月应征入伍,成为中国人民解放军 8140 部队的一名战士。在部队期间,他参加了湘黔铁路的修建,有一次,在修筑一个隧道时,因瓦斯过重,他和另外几名战士受了伤。1961 年他转业回到了家乡,至今在家务农,左手因伤势影响,重体力活还是做不了。他的爱人龙尧炮,儿子龙神宝、龙永生,女儿龙吉弟,儿媳张老新,均在外打工。他的古歌是在 20 岁以前跟着父母和寨中的歌师学的。因他的声音洪亮,被公认为唱得好,不管是牧牛,还是走客串亲戚,他都要唱上几节。他的二儿子在外打工,也喜欢唱歌,于是他给二儿子刻了古歌光碟邮寄过去,过春节二儿子回家时,他也会抓紧一切时间教儿子唱古歌。他每天早晨近 5 点起床,开始喂猪,打扫庭院,忙忙碌碌一整天,直到凌晨 1 点左右才休息,虽然一天只睡四五个小时,但他每天唱着歌,感觉每天的生活都很充实。

龙光宣:17 岁开始跟着父亲学唱古歌,那时在村寨的婚丧嫁娶及串亲戚活动中,他都要到现场唱歌,有时连续唱两天两夜都不停歇。他是1939年7月出生,在50多年的生产生活中,他喜欢唱《仰欧瑟》《瑟岗奈》《运金运银》《榜香由》等歌,对于古歌长度问题,他说,一个晚上唱十节,"歌花"一半,"歌骨"一半。"歌骨"一般花的时间多,"歌骨"的内容十分重要,一般是历史的记载,不可随意改动。在传唱教歌时,他通常是先教"歌骨",再教"歌花"。

龙光宣回忆说,十年"文革"中,说唱和传唱歌曲被批判为"修正主义"和"资产阶级",那时县里和乡里均有工作队时常来生产队(当时的称呼)进行调查,批评说唱古歌就是牛鬼蛇神,只有进行生产劳动才是正道。于是,受环境的影响,他没有机会唱古歌。1978年党的十一届三中全会后,随着党的各项政策(包括民族政策、宗教政策)的落实,县文化馆和乡、村的负责人来到他家,讲解各项政策,希望他把唱古歌和教古歌捡起来。他的父亲在86岁离开了人世,父亲传唱的歌曲,他说自己必须要记取、传唱、教唱下去。如今,在农闲时,他都义务教年轻人唱古歌。同时,他还要求自己唯一的儿子学唱古歌。他的儿子在外省打工,每次回家,他都会给儿子做工作,希望儿子学唱古歌,好好把本民族优秀的历史文化艺术传承下去。

吴光祥:1966年1月出生的吴光祥,喝着清水江的水长大,吃着五谷杂粮在黔东南的施秉县上完了小学、中学。1981年,他来到祖国大西南的边陲——云南省,成为一名光荣的人民解放军战士。在部队中,他学习军事技能,锻炼身体,练就了身强体壮的好身板。1984年服役届满,他又回到了生他养他的这块土地上。自1984年从部队转业至今,他先后在施秉县文化局、旅游局、文工团、文物站、文物管理所工作,现在担任施秉县文广局文物管理所所长。在26年的文化旅游管理工作中,他积极投身到民族民间文学,特别是苗族古歌、大歌的收集、整理、挖掘、翻译与研究工作之中,取得了不少成绩。

吴光祥自幼生长在贵州省黔东南民族聚居地区,其祖上均是苗族,受到本民族文化的熏陶,族群中众长辈及他同辈中人均讲苗语,逢年过节或寿庆之日能聆听到族中德高望重者讲唱苗族生活的"古歌"及先祖传承下来的多首苗族民间故事及"大歌"。

1985年后,他先后参加了黔东南民族民间文化培训班、贵州民族学院民族民间文化培训班、中央民族大学民族民间文化培训班的学习,特别是在贵州省民族民间文化研究者陈文魁先生的影响和指导下,他有志于从事苗族民间文化的采风工作。他以施秉县杨柳塘镇屯上村为基点,把民族民间的采风范围扩大到全县各个乡镇,同时他又发挥黔东南州政协委员的作用,将采风挖掘的触角伸向了全州。在此期间,他参与了文化普查工作,收集整理、研究撰写了《苗族游方歌》《苗族板凳舞》等文章并发表在《群文天地》、台湾《黔人》等报刊上。2003 年以来,他作为黔东南州非物质文化遗产的主要研究和挖掘工作者,着手于《苗族刻道》《苗族古歌》申报的具体材料的撰写工作,其中《苗族刻道》作为非物质文化遗产的申报工作已通过了评估。而由他挖掘出的吴通胜、吴通明、吴通祥等苗族古歌、大歌的传承人也进入了国家级、省级、州级的保护范围。

吴光祥作为一名在少数民族聚居地一线工作生活的人,也是一名从事民族民间文化研究的工作者,在未来五年至十年内,他希望自己能努力做好对苗族古歌的传承与保护,以及苗族民间文化故事的记载、传承、整理及非物质文化遗产的申报等工作,完成苗族古歌的全面收录、整理、翻译、成书和苗族民间传承故事的收集、整理、写作、成书等工作。

倾听古歌的声音（代跋）

——悼念双井村古歌传承人龙光祥老人

　　我至今还记得从村里老支书的口中听到老人过世消息的那一天，我感觉整个人都愣在那里，半晌说不出话来，感觉跟做了个梦似的。直到今天，我在潜意识中还是不愿意承认这个残酷的现实。

　　当时我很想第一时间赶来寨子上，无奈遇上冻雨，高速封路，信息堵塞让人心急如焚。一路风雨兼程，我终于赶到这个苗疆古镇。天上下着蒙蒙细雨，空气中有一种潮湿的味道，阴霾的天空，如同压抑在心底深处的忧伤，绵延不断。

　　如今，迈着沉重的步伐，我又一次回到了这个名叫双井的地方，熟悉的房屋，熟悉的街道，熟悉的踩鼓场，只是，我的眼前已经寻觅不到那个熟悉的身影。我听到了心灵深处的一种声音，龙爷爷，您为什么匆匆驾鹤西去，未曾等到我这远方的干孙女来送您最后一程、见上最后一面呢？

　　远远望见爷爷的木屋，砖木结构的老式房屋，一切依旧，只不过，"物是人非事事休，欲语泪先流"。走进堂屋，看到爷爷生前曾住过的房间，昏黄的灯光下，我曾看到您演述古歌《瑟岗奈》的场景，我曾在您的指点下整理着苗族古歌的苗文，我曾聆听到您亲切的话语。可这一切，已经化作记忆深处永恒的思念。

　　恍惚依稀中，我似乎又见到了您慈祥的面容，听到了您亲切的声音，一声声熟悉的呼唤足可让此时的我肝肠寸断。

　　请让我再叫您一声"龙爷爷"吧，尽管我知道以后再也没有人会应答，但是我永远会记住我心目中可亲可敬的好爷爷。

　　往事历历在目，怎能忘记，我和您初次见面时，您正在传唱苗族古歌《瑟岗奈》，听到您和别的歌师们演述时的洪亮声音，我头一次感受到了苗族古歌的无穷魅力；

怎能忘记，当刘光二婆婆告诉我，村子里有人背后嘀咕，质疑你们演述古歌我们应该支付多少报酬的时候，我感到困惑，您却义正词严地告诉我，不要顾及不明事理的人说些闲言碎语，清者自清，希望有生之年为保存我们民族的文化做些事情，您还安慰我不要难过，一席话让我发自肺腑地敬佩您的崇高品格。

怎能忘记，本来与您约好一大早起来去坡上放牛，可是头天晚上我肠胃疼痛，上吐下泻，折腾了一宿才入睡，当我一觉醒来的时候已经错过了约定时间，我心里特别内疚。远远看着您佝偻着在田间犁耕的情景，我只恨自己不是身强力壮的男孩可以帮您承担更重的农活。

怎能忘记，在酷热的日子里，每天早上我跟着您走在苗岭山头放牛割草，您饶有兴致地讲起山间地头的传说，我们坐在庄稼地里，顶着烈日，您一句一句地听着录音，用苗话说出来，再帮我转录成汉语，耗费了很多心血。

怎能忘记，您鼓励我一定要攻读博士学位，继续把苗族古歌这个选题研究下去，为我们的民族做有意义的事情，在您期许的目光中，我一步步地把理想付诸实践当中。

怎能忘记，在您无法找到古歌传承人的情况下，您无奈地感慨现在市场经济大潮的冲击，我们民族文化的根脉如何维系，您一字一句地教我学说苗话，甚至期待教我古歌，把我培养成为一名苗族的古歌师，我当时以为慢慢学还来得及，哪里知道时不待人啊……

您虽然已经离开我们，但是您的音容笑貌却似乎还在眼前，我们一起走过的岁月似乎定格在了昨天。寒冷的冬日，我正在伏案写作，从以前田野中采录下来的音视频资料上，我一次次地看到了您往昔的容颜，只是未曾料到这么快我们已经阴阳两隔。

记得老人曾豁达地对我说："孩子，你从事这项研究，我很支持，只是不知道，你下次来的时候，我是在屋里，还是在山上哦？"我当时便唏嘘不已，感慨人世间的无常，我知道人固有一死，但真正面对的时候却是这般地伤痛和无奈。

我看到关于西藏圣湖的传说，据说有缘人到了那里可以从清澈的湖水中照见自己的前世和来生，无缘人则会失望而去，我甚至想等我毕业后前往此地，去看看人世间的生死轮回变化，也许若干年后我们会相逢在一个美丽的地方。

　　不知不觉间，我的泪水已经模糊了视线，心里感觉到一种隐隐的痛，我谨以此篇拙文献给逝去的龙光祥爷爷，愿老人家泉下安息，我会继承您的遗愿从事好苗族古歌的研究，无怨无悔继续前行，走好前面的路。

后　记

　　作为一个出生成长在贵州苗寨、奔赴北京求学工作的苗族人，我虽从偏远的大山深处走向了繁华的都市，但始终未敢忘记自己所肩负的民族责任，诚心希望真正能为这个民族的未来奉献自己绵薄之力。我对苗族文化有种天生的热爱，从大学期间写作毕业论文开始，我便选择了"苗族古歌"这一文类作为研究对象，由此开始了漫长的研究历程。每年的寒暑假我都到黔东南的苗寨进行田野调查，斗转星移，我在这块土地上度过了几个春秋冬夏。这段经历将永远铭刻在我的记忆里，任何时候都不会磨灭。

　　这是一个热情好客的民族，当我忐忑不安地敲开第一户村民的家门的时候，村民们的热情让我的紧张情绪逐渐远去；当我走在寨子上的时候，不管是认识的还是不认识的，周围的人都会热情地招呼我吃饭。这里没有大都市的繁杂与喧嚣，人与人之间的关系很单纯，只要你真诚待人，迎接你的永远是笑容，你可以在田间地头散步，看门前花开花落，望天上云卷云舒，随意而闲适。村民们淳朴、善良的品质深深地感动着我，也为我的为人处世树立了良好的榜样。

　　这是一块贫瘠的热土，祖祖辈辈在这里过着"日出而作，日落而息"的生活，老一辈脸朝黄土背朝天地耕种着，然而他们的辛勤劳作改变不了依然贫困的生活，每次想到在农村吃的简单的蘸着辣椒的饭，我的心里就感到一阵阵地酸楚；20世纪80年代后年轻人带着梦想走出了大山，开始在繁华的都市用打工的方式维持着自己艰难的生活，龙光祥老人的孙女初中刚毕业就到杭州去打工了，当我看到她那张稚嫩的面容上显现出来的与年龄不相符的成熟时，感到很无奈。

　　这是一个让你留恋不舍的地方，这里的节日很多，村民聚在一起唱歌、踩鼓、吹芦笙，庆祝着自己的快乐节日。这里是歌的海洋，在歌师们悠远深沉的歌声中，苗族古歌在我的脑海中逐渐清晰起来，它不再是枯燥的文字符号，而是生动的形象，流动的色彩。面对市场经济冲击下年轻人外出打工难以传承民族文化的境遇，当地的歌师看到我如此喜爱古歌，他们甚至希望把我培养成古歌的传承人。我多想他们的梦想可以成真啊，许多次，我听歌师们唱古歌听得出神，心里渴望有一天自己会成为一名很好的歌师，让歌声飘扬在苗家的村村寨寨。

每次离开这里的时候，我的心里是充满了留恋和不舍。回到北京后，心里依然记挂着这里的村民，他们已经如同我的亲人一般，很多次我梦见自己又一次回到这个熟悉的地方，醒来时我的脸上挂满了泪水，我终于理解了艾青诗歌中的那份情感："为什么我的眼里常含泪水，因为我对这土地爱得深沉……"

这本书的字里行间，凝聚了太多人的心血，我要感谢你们对我这段人生历程的陪伴和支持。

感谢导师朝戈金老师，从我攻读博士学位开始，导师对我的学习给予了指导，他严谨治学的精神、渊博的知识对我的影响很大，我立志追寻着导师的治学足迹不断前进。感谢导师组成员的悉心教导，我的硕士导师巴莫曲布嫫老师一直以来关心着我的成长，在学习和生活上都给予我很大支持，在我心目中她已如同母亲一般；感谢石德富老师、吴晓东老师这两位苗学前辈给予我的指导；感谢尹虎彬老师的谆谆教诲。从我读硕士以来，有缘与你们相识，无论是我在学习上遇到困难还是在工作中面对挑战，你们关切的话语总让我的心头洋溢着温暖的阳光。

感谢安德明、黄中祥、万建中等老师的点拨，在我的论文构思上你们的指导意见使我受益匪浅。感谢文传学院的领导林继富、张玉刚等老师三年来对我的关心与帮助。感谢同门师兄、师姐的关心和帮助，感谢高荷红、吴刚、秋喜帮我修改文字，你们的关心和问候带给我奋斗的动力；感谢我的同学冯文开、姜迎春、朱刚、裴氏天台、陈婷婷、程安霞、杨旭东、王新民等。感谢孟令法、张建军、周和平、宋辉、杨村等人帮助我审阅稿件，提供了很多参考意见。感谢石德富老师和杨正辉师弟、潘胜春师弟和张开杰师妹帮我修改和核对苗文。感谢该书的编辑张林老师等人悉心帮我指正把关。

我真诚地感谢在田野调查过程中给予我关心和支持的朋友们：感谢我的田野协力者龙林老师帮我翻译了苗族古歌的文本，在寒冷的冬日，是他陪伴着我整理冗长的古歌文本，及时解决了我遇到的翻译问题；感谢龙光乾、龙佳成、赵健、张洪德、杨村、龙金平、吴光祥、张先光、杨茂锐等协助我进行了田野访谈，帮我拍摄了珍贵的田野照片，陪伴我走过了难忘的田野调查时光；感谢张永祥、刘锋、吴培华、潘应玖、吴志恒、石亚洲、赵秀琴、贾仲益、张晓、杨胜文、邓光奇、石茂明、张荣斌、张雁飞、张凌峰等苗族前辈和学友的指点和支持；感谢苗族学者今旦、吴一文、吴一方、张昌学等对我的关心和支持；感谢李文明、刘昌文、吴能福、吴光福、张美圣、宋通敏、刘明菊、邱国民、王华、杨华等贵州同乡予以我的支持，在我遇到困难的时候，你们的鼎力相助让我一次次渡过了难关。

感谢龙金平、姜柏、吴培华、张昌学、粟周榕、张德成、杨茂等接受了我的田野访谈，并提供了当地保护非物质文化遗产方面的资料。感谢龙光祥、龙光学、张老革、张老岔、龙光杨、潘灵芝、龙光林、龙明富、刘光二、龙厅保、刘昌吉、龙耶清、张老杨、龙光基、龙光勋、吴通祥、吴通贤、吴通胜、吴通明、龙通祥、龙光捌、龙光亮、张昌禄、邰妹伍、罗发富、刘榜桥、罗仰高、务革耶丢、王松富等田野中的古歌传承人，你们是苗族文化的传承者，你们对我治学的支持让我积累了第一手田野材料，使我的研究有了扎实的田野基础，不至于成为无源之水。随着时间的推移，我和歌师们之间的感情也在不断地升华，我记得潘灵芝老人对我说的"孩子，我们已把你视作自己的女儿一般"，当时我的心里就涌起一阵阵暖意，我们之间已经不仅仅是学生与研究对象的关系，而是相亲相爱的一家人。在歌师们的鼓励和支持下，在未来的岁月中我还将坚持自己的这项研究，这将是我一生为之努力的目标。

最后，我要感谢歌师龙光祥老人。写完这篇后记，我已是泪流满面，他的音容笑貌又一次浮现在我的眼前，谨以此书献给他。